Dorothy Leigh Sayers nació en 1893 en Oxford, donde fue una de las primeras mujeres en obtener una licenciatura, en su caso de Francés Medieval. En Londres trabajó en una agencia de publicidad desde 1922 hasta 1929. Su aristócrata detective, lord Peter Wimsey, fue una de las estrellas de la novela negra en los años treinta y protagonizó doce novelas y varios libros de relatos. Dorothy Sayers también destacó como reputada teóloga, dramaturga, ensayista y traductora. Su *Divina comedia* todavía hoy se considera la mejor traducción al inglés de la obra de Dante. Amiga de T. S. Eliot, C. S. Lewis, Agatha Christie y G. K. Chesterton, Sayers fue una mujer avanzada a su tiempo, madre soltera en un ambiente estrictamente anglicano y victoriano, y precursora literaria de Patricia Highsmith y P. D. James. Murió en 1956. En 1973, la BBC produjo una serie basada en sus obras de lord Peter Wimsey, en la que Ian Carmichael encarna al sofisticado detective.

DOROTHY L. SAYERS

Los secretos de Oxford

Traducción de
FLORA CASAS

PENGUIN CLÁSICOS

Papel certificado por el Forest Stewardship Council®

MIXTO
Papel | Apoyando la
silvicultura responsable
FSC® C117695
www.fsc.org

Penguin
Random House
Grupo Editorial

Título original: *Gaudy Night*
Publicado por primera vez en Reino Unido por Victor Gollancz Ltd. en 1935

Primera edición en Penguin Clásicos: enero de 2026

PENGUIN, el logo de Penguin y la imagen comercial asociada son marcas registradas
de Penguin Books Limited y se utilizan bajo licencia.

© Dorothy L. Sayers
© 1935, Herederos de Anthony Fleming (fallecido)
© 2009, 2026, Penguin Random House Grupo Editorial, S. A. U.
Travessera de Gràcia, 47-49. 08021 Barcelona
© 2009, Flora Casas, por la traducción
Diseño de la colección: Penguin Random House

Printed in Spain – Impreso en España

ISBN: 978-84-9105-795-6
Depósito legal: B-19.646-2025

Compuesto en Fotocomposición 2000, S. A.
Impreso en Liberdúplex
Sant Llorenç d'Hortons (Barcelona)

PG 5 7 9 5 6

Sobre esta colección

En 1934, al regresar a Londres tras visitar a su amiga Agatha Christie, el joven editor Allen Lane hizo un alto en el quiosco de libros de la estación Exeter St Davids y notó que solo se vendían libros caros y de mala calidad. Comprendió que al público lector le haría falta justo lo contrario: buenos libros a un precio asequible. Al año siguiente fundó con sus dos hermanos Penguin Books, la empresa con la que creó el libro de bolsillo e inició una revolución editorial en todo el mundo.

El primer lote de libros de Penguin se lanzó en julio de 1935 y consistió en diez títulos. Los libros tenían un diseño distintivo y uniforme: cubiertas con dos bandas horizontales de color naranja y el logotipo de un pingüino impreso en el frontal. Esta uniformidad contribuyó a que fueran fácilmente reconocibles, mientras que la calidad de la selección demostraba el atractivo de la colección. En los diez meses siguientes al lanzamiento se vendieron más de un millón de ejemplares a seis peniques cada uno.

Los hitos siguieron sucediéndose. En su afán por acercar los libros al público, en 1937 Lane ideó la Penguincubator, una máquina expendedora que ofrecía una selección de libros de bolsillo en la estación de Charing Cross Road, Londres, para que nadie se quedara sin su libro al esperar el tren. Con mayor impacto aún, en 1946 la empresa lanzó la colección Penguin Classics, a fin de que los mejores libros jamás escritos estuviesen a disposición de todos. Su primer título, la *Odisea* en traducción de E. V. Rieu, se convirtió en un best seller.

En la actualidad, Penguin Clásicos, heredera de Penguin Books, sigue haciendo honor a los principios fundadores de Allen Lane. Y con ello bien presente esta serie de clásicos quiere rendir homenaje al diseño original que tanto contribuyó a crear un referente en el mundo de la lectura.

Los secretos de Oxford

La Universidad es un Paraíso, los Ríos del Saber allí están, de allí fluyen las Artes y las Ciencias. Las Mesas del Consejo son *Horta conclusi* (como se dice en el Cantar de los cantares), Jardines que están vallados, y son *Fontes signati*, Fuentes selladas, insondables profundidades de Consejos inextricables.

JOHN DONNE

Prefacio

Sería ocioso negar que la ciudad y la Universidad de Oxford (*in aeternum floreant*) existen de verdad y que albergan una serie de colleges y otros edificios, algunos de cuyos nombres se mencionan en el presente libro. Por consiguiente, se impone subrayar que ninguno de los personajes que he situado en este escenario público tiene equivalente en la vida real. En particular Shrewsbury College, con sus profesoras, estudiantes y criadas, es totalmente imaginario, y ninguno de los angustiosos acontecimientos que tienen lugar entre sus muros está basado en sucesos ocurridos en ningún otro lugar. Por su antipática profesión, los escritores de novelas policíacas están obligados a inventar situaciones y personas desagradables y asombrosas, y supongo que también son libres de imaginar qué ocurriría si tales situaciones y tales personas irrumpieran en la vida de una comunidad inocente y ordenada, pero no por ello ha de suponerse que deban dar a entender que tales alteraciones han ocurrido o pueden ocurrir en una comunidad de la vida real.

Sin embargo, he de pedir excusas por ciertas cosas. En primer lugar, a la Universidad de Oxford, por haberle endosado un rector y un vicerrector de mi invención y un college de ciento cincuenta mujeres estudiantes, que sobrepasan los límites ordenados por los estatutos. En segundo lugar, y con suma humildad, al Balliol College, no solo por haberlo cargado con un alumno tan díscolo como

Peter Wimsey, sino por la espantosa impertinencia de haber erigido Shrewsbury College en el espacioso y sagrado campo de críquet. Pido asimismo disculpas a New College, Christ Church y sobre todo al Queen's, por las locuras de ciertos jóvenes, al Brasenose por la jocosidad de un caballero de mediana edad y al Magdalen por la embarazosa situación en la que pongo a un imaginario ayudante de supervisor. Por otra parte, el vertedero es, o era, un hecho, y no debo ninguna excusa en este sentido.

A la directora y las profesoras de Somerville College, en el que cursé mis estudios, mis sinceras gracias por la generosa ayuda que me ofrecieron en cuestiones relacionadas con las normas disciplinarias y el orden del college en general, si bien no hay que considerarlas responsables de los detalles de la disciplina en Shrewsbury College, muchos de los cuales he inventado para que se adaptaran al propósito del libro.

Quienes tengan interés por la cronología, podrán calcular, si lo desean, que la acción del presente libro se desarrolla en 1935, basándose en lo que ya saben sobre la familia Wimsey, mas en tal caso, que no se quejen ni se indignen por que no se mencione el aniversario del rey, ni por que haya adaptado las condiciones del tiempo y los cambios de la luna a mi capricho. Porque, por realista que sea el escenario, el único país, la única tierra natal del novelista es la «Ciudad de las Nubes y los Cucos», donde todo lo que hacen es bromear y enredar, sin ánimo de ofender.

Wimsey, Peter Death Bredon, Orden del Servicio Distinguido, nació en 1890, segundo hijo de Mortimer Gerald Bredon Wimsey, decimoquinto duque de Denver, y de Honoria Lucasta, hija de Francis Delagardie de la casa de Bellingham, Hants.

Estudios: Eton College y Balliol College, Oxford (matrícula de honor, Facultad de Historia Contemporánea, 1912); sirvió en las Fuerzas Armadas de Su Majestad, 1914-1918 (comandante, Brigada de Fusileros). Autor de *Apuntes sobre la recolección de incunables, El vademécum del asesino*, etc. Aficiones: criminología, bibliofilia, música, críquet.

Clubes: Marlborough; Egotists. Residencias: 110A Piccadilly, W.; Bredon Hall, ducado de Denver, Norfolk.

Escudo: en sable, tres ratones de plata corriendo; frente: gato doméstico rampante, en su color; lema: *As my Whimsy takes me*, «Según mi capricho».

1

Tú, ciega marca del hombre, tú, trampa que el necio elige,
vana escoria del capricho y poso del pensamiento disperso,
veta de todos los males, cuna de cuidados sin motivo,
tú, maraña de empeños cuyo fin jamás se cumple:
¡deseo, deseo! He pagado demasiado caro,
al precio de mi espíritu, tu despreciable mercancía.

Sir Philip Sidney

Harriet Vane estaba sentada a su mesa, mirando por la ventana a Mecklenburg Square. Los tardíos tulipanes ofrecían un espléndido espectáculo en el jardín de la plaza, mientras un cuarteto de tenistas concluía con todas sus fuerzas un partido desigual y desmañado, pero Harriet no veía ni los tulipanes ni a los tenistas. Tenía una carta abierta en la carpeta, si bien su imagen se había desvanecido para dar paso a otra. Veía un patio de piedra, construido por un arquitecto moderno en un estilo ni nuevo ni antiguo, sino que tendía una mano de reconciliación entre el pasado y el presente. Recoleta entre sus muros había una cuidada parcela de césped salpicada de parterres en los extremos y rodeada por un ancho estrado de piedra. Tras los tejados planos de pizarra se erigían las chimeneas de ladrillo de varios edificios más antiguos y de perfil menos severo, que también formaban una especie de patio, pero que mantenían la remembranza doméstica de las moradas victorianas que en principio habían albergado a las primeras y tímidas estudiantes de Shrewsbury College. Enfrente estaban los árboles de Jowett Walk, y detrás, un revoltijo de aguilones antiguos y la torre de New College, con sus grajillas revoloteando por el cielo ventoso.

La memoria pobló el patio de figuras en movimiento: estudiantes que paseaban de dos en dos, estudiantes que corrían hacia sus clases, con las togas de cualquier manera sobre los ligeros vestidos veraniegos mientras el viento aplastaba aún más los birretes, dándoles el absurdo aspecto de otros tantos gorros de bufón. Las bicicletas amontonadas junto a la conserjería, con las cestas llenas de libros y togas enredadas entre los manillares. Una profesora de pelo entrecano que cruzaba el césped con mirada perdida, absorta en ciertos aspectos de la filosofía del siglo XVI, con las mangas flotantes y los hombros erguidos con la postura académica que compensaba automáticamente el tirón hacia atrás de los pliegues de popelín. Dos alumnos sin beca en busca de un profesor, con la cabeza descubierta y las manos en los bolsillos de los pantalones, hablando a grandes voces sobre barcos. La rectora —gris y majestuosa— y la decana —robusta, enérgica, con aspecto de pájaro, como un pardillo— en animada conversación en el pasadizo que llevaba al patio viejo. Altas espigas de delfinio recortadas contra el gris, temblorosas llamas azuladas, si acaso las llamas pueden ser tan azules. El gato del college, ensimismado y distante, dirigiéndose hacia la despensa con la cola erguida.

Había pasado tanto tiempo... Todo parecía cerrado, cercado, cercenado como a golpe de espada de los amargos años que se extendían entre medias. ¿Cómo enfrentarse a aquello? ¿Qué le dirían aquellas mujeres, a ella, Harriet Vane, que se había graduado con sobresaliente en inglés y se había marchado a Londres a escribir novelas policíacas, a vivir con un hombre con el que no se había casado y por cuyo asesinato había sido juzgada, con la consiguiente mala fama? No era la clase de trayectoria profesional que deseaba Shrewsbury para sus antiguas alumnas.

No había vuelto; al principio, porque le tenía demasiado cariño a aquel lugar, y una ruptura definitiva le parecía mejor que un lento desgarramiento, y también porque, cuando murieron sus padres, sin dejarle nada, la lucha por ganarse la vida le había absorbido todo el tiempo y todos los pensamientos. Y después, la descarnada sombra del patíbulo, interponiéndose entre aquel patio inundado de sol y ella. Pero ¿y ahora…?

Volvió a coger la carta. En ella le suplicaban que asistiera a las celebraciones de fin de curso de Shrewsbury, una de esas súplicas que difícilmente se pueden desoír, de una amiga a la que no veía desde que terminaron sus estudios, casada y distanciada de ella, pero que había caído enferma y deseaba ver a Harriet antes de ir al extranjero para una operación arriesgada y delicada.

Mary Stokes, tan guapa y fina como la señorita Patty en la obra de teatro de segundo año, tan encantadora y refinada, era el centro social de aquel año. Parecía extraño que le hubiera tomado tanto cariño a Harriet Vane, desgarbada y destemplada y no precisamente muy dotada para la vida social. Mary siempre iba delante, y Harriet la seguía, como cuando paseaban en batea por el Cherwell con sus fresas y sus termos, o cuando subieron juntas a la torre de Magdalen un Primero de Mayo antes del amanecer y notaron el bamboleo del edificio bajo sus pies con el voltear de las campanas. Cuando se quedaban hasta tarde junto a la chimenea, tomando café y galletas de jengibre, era siempre Mary quien llevaba la voz cantante en las largas conversaciones sobre el amor, el arte, la religión y cuestiones de ciudadanía. Todas sus amigas decían que Mary estaba destinada a obtener la máxima calificación, y las oscuras e inescrutables profesoras fueron las únicas que no se sorprendieron cuando salieron las listas de las calificaciones: sobresaliente para Harriet y una nota más baja para Mary. Y después Mary se casó y apenas se volvió a saber de ella, salvo que visitaba el college con una frecuencia enfermiza y no se perdía ni una sola reunión de antiguas alumnas ni una celebración de fin de curso; pero Harriet había roto sus antiguos lazos y quebrantado la mitad de los mandamientos, había arrastrado su reputación por el barro y ganado dinero, tenía a sus pies a lord Peter Wimsey, tan rico y tan divertido, se casaría con él si ella quería y estaba llena de energías, de amargura y de las dudosas recompensas de la fama. Prometeo y Epimeteo habían intercambiado los papeles, o eso parecía; pero para el uno estaba la caja de todos los males y para el otro la roca desnuda y el águila, y Harriet pensaba que jamás podrían volver a encontrarse en terreno común.

—¡Pero por Dios! —exclamó—. No voy a ser una cobarde. Iré, y que pase lo que tenga que pasar. Nada puede hacerme más daño del que ya me han hecho. ¿Y qué importa, al fin y al cabo?

Rellenó la invitación, escribió la dirección, le puso el sello con decisión y bajó rápidamente a echarla al buzón antes de arrepentirse.

Atravesó lentamente el jardín de la plaza, remontó la escalera de piedra de estilo Robert Adam que llevaba hasta su piso y, tras rebuscar infructuosamente en un armario, volvió a salir y subió con igual lentitud hasta el rellano de la última planta. Sacó a rastras un añoso baúl, le quitó el candado y levantó la tapa. Olor a frío, a cerrado. Libros. Ropa desechada. Zapatos viejos. Viejos

manuscritos. Una corbata descolorida, de su amante muerto…
¡Qué horrible que aquello siguiera allí! Hurgó en el fondo y sacó
un bulto negro a la luz salpicada de polvo. La toga, que solo se
había puesto una vez, con ocasión de la graduación, no había sufrido por la prolongada reclusión: los rígidos pliegues se soltaron
sin apenas una arruga. La seda carmesí de la muceta relucía mag-
níficamente. Tan solo el birrete mostraba leves vestigios de la acción de la polilla. Al sacudir la pelusa, una mariposa parda, interrumpida su hibernación bajo la tapa del baúl, salió revoloteando
hacia la claridad de la ventana, donde quedó atrapada en una te-
laraña.

Harriet se alegró de poder permitirse el lujo de tener su propio coche. Su entrada en Oxford no se parecería en nada a sus anteriores
llegadas en tren. Podría desoír durante unas horas más al plañidero
fantasma de su juventud perdida y convencerse de que era una extraña, una viajera, una mujer de posibles con una posición en el
mundo. La carretera serpenteante iba quedando atrás; los pueblos
brotaban del paisaje verde a su alrededor, con los rótulos de sus
posadas y las gasolineras, las tiendas, el policía y los cochecitos de
niño, y a cada curva se perdían en el olvido. Junio se moría entre
las rosas, los setos oscurecían, tornándose de un verde más apagado; el ladrillo rojo que se desparramaba sin miramientos junto a la
carretera era recordatorio de que el presente se construye inexora-
blemente sobre los campos vacíos del pasado. Comió cómodamente en High Wycombe, un almuerzo sustancioso regado con
media botella de vino blanco, y le dio una generosa propina a la
camarera. Estaba ansiosa por establecer las mayores diferencias
posibles con la estudiante de antaño que tendría que haberse con-
formado con un paquete de emparedados y un café bajo las ramas

de un árbol en una carretera secundaria. A medida que se envejece, a medida que vas estableciéndote en la vida, más placer obtienes de lo formal. El vestido para la recepción al aire libre, que había elegido para que combinara con la toga y la parafernalia académica, estaba pulcramente doblado en su maleta. Era largo y austero, de sencillo crepé negro, irreprochable. Debajo estaba el vestido de noche para la cena, de un intenso color violeta, de un corte tan excelente como comedido, sin indecorosas exhibiciones de la espalda ni el pecho: no ofendería a los retratos de las difuntas rectoras que mirarían desde el roble que se añejaba lentamente en el comedor.

Headington. Ya estaba muy cerca, y se le hizo un nudo frío en el estómago, muy a su pesar. Headington Hill, la cuesta que tan penosamente y con tanta frecuencia había subido, empujando una destartalada bicicleta. En aquellos momentos parecía menos pronunciada, al descenderla decentemente tras la rítmica vibración de cuatro cilindros, pero cada hoja y cada piedra la saludaban con la impertinente familiaridad de una antigua compañera de colegio. A continuación la estrecha calle, con sus tiendas desordenadas, pegadas unas a otras, como la calle mayor de un pueblo; habían ensanchado y mejorado un par de tramos, pero había pocos cambios reales en los que refugiarse.

El puente de Magdalen. La torre de Magdalen. Y allí, absolutamente ningún cambio; tan solo la persistencia cruel e indiferente de la obra humana. Allí había que empezar a armarse de valor en serio. Long Wall Street, Saint Cross Road. La mano de hierro del pasado aprisionándote las entrañas. La verja del college, y había que traspasarla.

Había un nuevo portero en la conserjería de Saint Cross, que oyó el nombre de Harriet sin inmutarse y lo comprobó en una lista.

Ella le dio la maleta, llevó el coche a un garaje de Mansfield Lane*
y después, con la toga colgada del brazo, pasó del patio viejo al
nuevo y, por una fea entrada de ladrillo, de reciente construcción,
al edificio Burleigh.

No se encontró con nadie de su época ni en los pasillos ni en la
escalera. Tres condiscípulas de una promoción bastante más antigua se saludaban con efusividad infantil a la puerta de la sala de
estudiantes, pero no conocía a ninguna y pasó junto a ellas sin hablar y sin que nadie le dirigiera la palabra, como un fantasma. Tras
pensar un poco, reconoció la habitación que le habían asignado:
en su época la ocupaba una mujer que la irritaba especialmente,
que se había casado con un misionero y se había ido a China. La
corta toga de la actual ocupante estaba colgada detrás de la puerta; a juzgar por los libros de las estanterías, estudiaba historia; a
juzgar por sus objetos personales, era una novata con deseos de
modernidad y muy poco gusto. La estrecha cama, sobre la que
Harriet tiró sus cosas, estaba cubierta con una colcha de un verde
chillón con un dibujo supuestamente futurista; encima había un
mal cuadro de estilo neoclásico; una lámpara cromada de diseño
angular y nada práctico insultaba cruelmente la mesa y el armario,
que eran del college, de un estilo que solía asociarse a Tottenham
Court Road, y como colofón y realce de la desarmonía, la presencia sobre la cómoda de una curiosa estatuilla o diagrama tridimen-
sional en aluminio que guardaba bastante parecido con un sacacorchos gigantesco, con un rótulo en la base que rezaba ASPIRACIÓN.
Con sorpresa y alivio, Harriet encontró tres perchas decentes en

* En este libro se considera que Mansfield Lane discurre desde Mansfield
Road hasta Saint Cross Road, detrás de Shrewsbury College y cerca del cruce entre
el Balliol y los campos de críquet de Merton tal y como existen en la actualidad.

el armario. De acuerdo con las normas del college, el espejo era minúsculo y estaba colgado en el rincón más oscuro de la habitación.

Deshizo la maleta, se quitó la falda y la chaqueta, se puso la bata y fue en busca de un baño. Iba a dedicar tres cuartos de hora a cambiarse, y la instalación de agua caliente siempre había sido uno de los pequeños grandes logros de Shrewsbury. Había olvidado dónde se encontraban exactamente los baños en aquella planta, pero debían de estar a la izquierda. Una despensa, otra despensa, con avisos en las puertas: PROHIBIDO FREGAR DESPUÉS DE LAS 23 HORAS; tres retretes, también con avisos en las puertas: SE RUEGA APAGAR LAS LUCES AL SALIR; sí, y allí estaban: cuatro baños, con sus correspondientes avisos en las puertas: PROHIBIDO BAÑARSE DESPUÉS DE LAS 23 HORAS y, debajo, un desesperado apéndice: SI LAS ALUMNAS CONTINÚAN BAÑÁNDOSE DESPUÉS DE LAS 23 HORAS, SE CERRARÁN LOS BAÑOS A LAS 22.30. ES NECESARIA CIERTA CONSIDERACIÓN HACIA LAS DEMÁS PARA LA VIDA EN COMÚN. Firmado: L. MARTIN, DECANA. Harriet eligió el cuarto de baño más grande. Había otro aviso: NORMAS EN CASO DE INCENDIO, y una tarjeta con grandes mayúsculas impresas: EL SUMINISTRO DE AGUA CALIENTE ES LIMITADO. SE RUEGA NO DESPERDICIARLA. Con una sensación familiar de sometimiento a la autoridad, Harriet puso el tapón y abrió el grifo. El agua salía hirviendo, pero la bañera necesitaba urgentemente una capa de esmalte y la alfombrilla había visto días mejores.

Cuando terminó de bañarse se sintió mejor. Volvió a tener la suerte de no encontrarse con nadie conocido al regresar a su habitación. No estaba de humor para chismorreos nostálgicos en bata. Vio el nombre «Señora H. Attwood» dos puertas antes de la suya.

La habitación estaba cerrada, y lo agradeció. En la puerta contigua a la suya no había nombre, pero mientras pasaba, alguien giró el pomo desde dentro, y empezó a abrirse lentamente. Harriet se refugió de un salto en su habitación y notó que le latía el corazón con una absurda rapidez.

El vestido negro le quedaba como un guante. Llevaba un pequeño canesú cuadrado, con mangas largas y ceñidas, suavizadas por un volante en las muñecas que llegaba casi hasta los nudillos. Resaltaba su figura hasta la cintura y caía hasta el suelo, sugiriendo el atuendo medieval. La tela mate pasaba inadvertida, para no eclipsar el leve brillo del popelín del ropaje académico. Colocó los pesados pliegues de la toga sobre los hombros, hacia delante, para que quedaran como una estola, serenamente. Con la muceta tuvo que pelearse un poco, hasta que recordó cómo había que colocarla a la altura del cuello para dejar al descubierto la brillante seda. Se la sujetó al pecho, sin signos visibles, para que quedara en su lugar, equilibrada, una hombrera negra y la otra carmesí. Agachándose e irguiéndose ante el absurdo espejo (saltaba la vista que la mujer que ocupaba aquellos días la habitación era muy baja), ajustó el blando birrete para que quedase plano y derecho, con un extremo hacia abajo, en medio de la frente. El espejo reflejó su cara, bastante pálida, de cejas negras que enmarcaban una nariz enérgica, demasiado ancha para resultar hermosa. Vio el reflejo de sus ojos, bastante cansados, desafiantes, unos ojos que habían visto el miedo y aún tenían una expresión cautelosa. La boca era la de quien ha sido generoso y se ha arrepentido de tanta generosidad; los anchos labios estaban apretados, para no revelar nada. Con el abundante pelo ondulado recogido bajo la tela negra, el rostro parecía dispuesto a entrar en acción. Frunció el entrecejo y se pasó las manos por la tela de la toga; después, aburrida del espejo, se volvió hacia la ventana, que daba al patio viejo, aunque más que un patio cuadrado era un jardín alargado, con los edificios del college alrededor. En un extremo habían colocado mesas y sillas sobre la hierba, a la sombra de los árboles. En el otro extremo, la nueva ala de la biblioteca, ya casi terminada, con las vigas al descubierto entre el bosque del andamiaje. Varios grupos de mujeres paseaban por el césped. Harriet se irritó al observar que la mayoría llevaba el birrete mal puesto y que una de ellas había cometido la estupidez de ponerse un vestido de color limón pálido con volantes de muselina, que quedaba ridículo bajo una toga.

Aunque, al fin y al cabo, los colores vivos son medievales, pensó. Y las mujeres no son peores que los hombres. Una vez vi al viejo Hammond en la procesión de la *Encaenia* con toga de doctor en música, traje de franela gris, botas marrones y corbata de lunares azules, y nadie le dijo nada.

De repente se echó a reír, y empezó a sentirse segura. Nadie puede quitarme esto. Sea lo que sea lo que haya hecho desde entonces, esto se mantiene. Becaria; licenciada; *domina; senior member* de esta universidad (*statutum est quod Juniores Senioribus debitam et congruam reverentiam tum in privato tum in publico exhibeant*); ocupo un lugar inalienable, digno de veneración.

Salió con paso firme de la habitación y llamó a la puerta al lado de la suya.

Las cuatro mujeres bajaron juntas al jardín, con lentitud, porque Mary estaba enferma y no podía andar deprisa. Y mientras caminaban, Harriet iba pensando: qué error, qué error he cometido… No debería haber venido. Mary es un cielo, como siempre, y tiene unas ganas tremendas de verme, pero no tenemos nada que decirnos. Y a partir de ahora la recordaré, siempre, como está ahora, con esa cara demacrada y esa expresión de fracaso. Y ella me recordará a mí tal y como estoy ahora, endurecida. Me ha dicho que yo daba la impresión de haber triunfado, y yo sé lo que eso significa.

Menos mal que Betty Armstrong y Dorothy Collins llevaban la conversación. Una de ellas se dedicaba a la cría de perros; la otra tenía una librería en Manchester. Saltaba a la vista que se habían mantenido en contacto, porque hablaban de cosas y no de personas, como quienes tienen intereses comunes. Mary Stokes (Mary Attwood de casada) parecía ajena a ellas, por la enfermedad, por el matrimonio, por —de nada servía cerrar los ojos a la verdad— una especie de estancamiento mental que no tenía nada que ver ni con la enfermedad ni con el matrimonio. Supongo que tenía uno de esos cerebros pequeños, como de verano, que florecen pronto y se agostan, pensó Harriet. Ahí está, mi amiga íntima, hablándome de mis libros con una especie de dolorosa admiración y cortesía. Y yo le hablo de sus hijos con una especie de dolorosa admiración y cortesía. No deberíamos haber vuelto a vernos. Es espantoso.

Dorothy Collins interrumpió sus pensamientos con una pregunta sobre los contratos de las editoriales, y la respuesta las mantuvo ocupadas hasta que salieron al patio. Por el sendero se acercaba una briosa figura que se detuvo con un grito de bienvenida.

—¡Pero si es la señorita Vane! ¡Qué agradable verla después de tanto tiempo!

Harriet se dejó acaparar agradecida por la decana, por la que siempre habría sentido gran afecto y que había tenido la gentileza de escribirle en aquellos días en los que lo que más la ayudaba eran la bondad y la jovialidad. Conscientes del respeto debido a la autoridad, las otras tres siguieron andando; ya habían presentado sus respetos a la decana.

—¡Cuánto me alegro de que haya podido venir!

—He sido muy valiente, ¿no cree? —replicó Harriet.

—¡Vamos, vamos! —dijo la decana. Ladeó la cabeza y contempló a Harriet con ojos brillantes, como de pájaro—. No debe pensar en eso. A nadie le importa lo más mínimo. No somos momias, como podría parecer. Al fin y al cabo, lo que de verdad cuenta es el trabajo que hace, ¿no? Por cierto, la rectora está deseando verla. Le ha encantado *Las arenas del crimen*. Vamos a ver si podemos alcanzarla antes de que llegue el vicerrector. ¿Cómo ve a Stokes, quiero decir, Attwood? Es que nunca me acuerdo de su apellido de casada.

—Muy mal, francamente —respondió Harriet—. En realidad, he venido para verla... pero mucho me temo que no va a servir de nada.

—¡Ah! —exclamó la decana—. Ha dejado de crecer. Supongo. Era amiga suya, pero yo siempre he pensado que era una cabeza de chorlito. Precoz, sí, pero con poco tesón. En fin, espero que la curen... Qué pesadez de viento... No hay manera de mantener el birrete en su sitio. Usted lo lleva divinamente. ¿Cómo lo consigue? Y he observado que las dos llevamos ropa como es debido debajo de la toga. ¿Se ha fijado en Trimmer, con ese espantoso vestido amarillo canario que parece una pantalla de lámpara?

—Sí, era Trimmer, claro. ¿Qué hace?

—Ay, Dios mío, se dedica a la salud mental. La alegría, el amor y todo eso... Ah, ya decía yo que encontraríamos a la rectora aquí.

Shrewsbury College había tenido suerte con las rectoras. En los primeros tiempos, le había dado categoría una mujer de buena posición social; en la época difícil, cuando luchaba por los títulos universitarios para las mujeres, estuvo bajo la tutela de una persona muy diplomática, y ahora que había sido admitido en la universidad, su conducta era aceptada gracias a una personalidad. La doctora Margaret Baring llevaba el rojo y el gris francés con donaire. Era una magnífica figura decorativa en todos los acontecimientos públicos, capaz de aliviar con tacto el pecho herido de los irascibles y afrentados profesores del género masculino. Saludó a Harriet con gentileza y le preguntó qué le parecía la nueva ala de la biblioteca, con la que se completaría el lado septentrional del antiguo patio. Harriet elogió lo que podía verse desde allí, dijo que supondría una gran mejora y preguntó cuándo estaría terminada.

—Esperamos que antes de Pascua. Quizá la veamos a usted en la inauguración.

Harriet dijo cortésmente que le encantaría, y al ver la toga del vicerrector revoloteando a lo lejos, se retiró discretamente para unirse a la multitud de antiguas alumnas.

Togas, togas y más togas. A veces resultaba difícil reconocer a las personas al cabo de diez años o más. La de la muceta azul ribeteada de piel de conejo debía de ser Sylvia Drake... o sea, que al fin se había licenciado en literatura británica. El título de la señorita Drake había sido la irrisión del college; había tardado mucho tiempo en obtenerlo y rehacía continuamente la tesis, desesperada. Apenas recordaría a Harriet, que era mucho más joven que ella, pero Harriet la recordaba muy bien, siempre entrando y saliendo de la sala de estudiantes durante su año de residencia y charlando sobre el amor cortés del Medievo. ¡Santo cielo! Y se acercaba aquella mujer espantosa, Muriel Campshott, a recordarle que se conocían. Campshott siempre había tenido sonrisa de tonta y seguía teniéndola. E iba vestida en un tono de verde espeluznante. Preguntaría: «¿Cómo se le ocurren las tramas de sus libros?». Lo preguntó. Qué cruz de mujer. Y Vera Mollison. Preguntó: «¿Está escribiendo algo?».

—Sí, claro —respondió Harriet—. ¿Usted sigue dando clases?

—Sí… en el mismo sitio —contestó la señorita Mollison—. Pero mis actividades son minucias en comparación con las suyas.

Como no había réplica posible salvo una risa a modo de disculpa, Harriet se rió a modo de disculpa. Se produjo movimiento. La gente empezaba a trasladarse al patio nuevo, donde iba a descubrirse un reloj, y a ocupar sus puestos en el estrado de piedra que se extendía detrás de los arriates. Se oyó una voz que exhortaba con autoridad a los invitados a que dejaran paso al cortejo. Harriet lo aprovechó como excusa para desembarazarse de Vera Mollison y meterse detrás de un grupo, cuyas caras le resultaban desconocidas. Vio a Mary Attwood y sus amigas al otro lado del patio, saludándola con la mano. Ella devolvió el saludo. No tenía intención de cruzar el césped para reunirse con ellas. Quería mantenerse distante, una unidad entre la multitud oficial.

Anticipándose a su aparición en público, el reloj dio las tres detrás de unas colgaduras. La grava crujió con las pisadas. Apareció el cortejo bajo el arco, una fila de personas mayores que iban de dos en dos, ataviadas con el incongruente boato de una época más fastuosa, caminando con la actitud digna e indiferente que caracteriza las ceremonias universitarias en Inglaterra. Cruzaron el patio; subieron al estrado bajo el reloj; los profesores se quitaron las gorras y los birretes de estilo Tudor en señal de deferencia al vicerrector; las profesoras adoptaron una actitud reverencial, propia de un oficio religioso. El vicerrector empezó a hablar con voz frágil, delicada. Habló de la historia del college; aludió con elegancia a los logros que no pueden calibrarse por el mero paso del tiempo; hizo un chistecito absurdo sobre la relatividad y lo remató con una cita clásica; mencionó la generosidad del benefactor y la respetada personalidad del difunto miembro del consejo en cuya memoria se presentaba el reloj; expresó su alegría de poder descubrir el hermoso artefacto, que tanto contribuiría a la belleza del patio, patio que, si bien reciente en cuanto al tiempo, era plenamente digno de ocupar un lugar entre aquellos antiguos y nobles edificios que eran la gloria de nuestra universidad, añadió. En nombre del rector y de la Universidad de Oxford, procedía a descubrir el reloj. Acercó la mano al cordón, y del rostro de la decana se apoderó una expresión de nerviosismo, que se transformó en una sonrisa triunfal cuando cayeron las colgaduras sin catástrofes ni contratiempos. El reloj fue descubierto, unas cuantas personas de espíritu atrevido iniciaron una ovación, y la rectora, con un breve y cuidado discurso, agradeció al vicerrector su amable asistencia y sus bondadosas palabras. La manecilla dorada del reloj se movió y dio los cuartos melodiosamente. Los asistentes soltaron un suspiro de satisfacción; volvió a congregarse el cortejo, que realizó el trayecto de regreso bajo el arco, y la ceremonia concluyó felizmente.

Mezclada con el gentío, Harriet descubrió horrorizada que Vera Mollison había vuelto a aparecer, se había puesto a su lado y estaba diciendo que suponía que todos los escritores de novelas de misterio debían de sentir un gran interés personal por los relojes, porque había muchas coartadas que se basaban en los relojes y las señales horarias. Un día había ocurrido algo extraño en la escuela en la que daba clase, y creía que sería un argumento excelente para una novela policíaca, para cualquier persona lo suficientemente lista para idear tales cosas. Estaba deseando ver a Harriet para contárselo. Plantándose con firmeza en el césped del patio viejo, a considerable distancia de las mesas de los refrigerios, se puso a relatar el extraño incidente, que requería una extensa explicación preliminar. Se acercó una criada con tazas de té. Harriet se hizo con una y enseguida se arrepintió; le impediría una rápida retirada, y se vio

pegada a la señorita Mollison para toda la eternidad. Con una oleada de gratitud que le levantó el ánimo, vio a Phoebe Tucker. La pobre Phoebe, con el mismo aspecto de siempre. Se excusó precipitadamente con la señorita Mollison, le rogó que le contara el
incidente del reloj en un momento de más tranquilidad, se abrió
paso entre un montón de togas y dijo:

—¡Hola!

—¡Hola! —replicó Phoebe—. Ah, eres tú. ¡Gracias a Dios!
Empezaba a pensar que no había nadie de nuestro curso, excepto
Trimmer y esa odiosa Mollison. Ven a por unos emparedados. Cosa rara, pero son bastante buenos. ¿Cómo te va? Estupendamente,
¿no?

—No me va del todo mal.

—Pero estás haciendo buenas cosas.

—Como tú. Vamos a buscar un sitio donde sentarnos. Quiero
que me cuentes lo de la excavación.

Phoebe Tucker había estudiado historia, se había casado con
un arqueólogo y la combinación parecía funcionar extraordinariamente bien. Desenterraban huesos, piedras y cerámica en rincones
remotos del planeta, escribían libros y daban conferencias en so-
ciedades eruditas. En sus ratos libres habían tenido tres risueñas
criaturas, a quienes dejaban tranquilamente en manos de unos
abuelos encantados, antes de volver a precipitarse sobre sus piedras y sus huesos.

—Pues acabamos de volver de Ítaca. Bob está como loco con
un nuevo grupo de enterramientos y ha elaborado una teoría totalmente original y revolucionaria sobre los ritos funerarios. Está escribiendo un ensayo que contradice todas las tesis de Lambard, y
yo le ayudo moderando los adjetivos y poniendo notas de disculpa
a pie de página. O sea, Lambard puede ser un viejo imbécil y un re-

torcido, pero es más digno no decirlo tal cual. Una cortesía insulsa resulta más demoledora, ¿no crees?

—Infinitamente más demoledora.

Al fin alguien que no había cambiado ni un pelo, a pesar de los años y del matrimonio. Harriet estaba de humor para alegrarse por una cosa así. Tras un interrogatorio exhaustivo sobre los ritos funerarios, preguntó por la familia.

—Pues están cada día más graciosos. A Richard, el mayor, le fascinan los enterramientos. Su abuela se quedó horrorizada el otro día cuando lo encontró excavando, con paciencia y corrección, en el montón de basura que había recogido el jardinero, haciendo una colección de huesos. La generación de la abuela se preocupa mucho por eso de los gérmenes y la porquería. Supongo que tienen razón, pero mis retoños no están tan mal, al fin y al cabo. Así que su padre le ha regalado una vitrina para que guarde los huesos. Encima, animándolo, dijo madre. Creo que vamos a tener que llevárnoslo la próxima vez, pero la abuela se preocuparía muchísimo, pensando en que no hay alcantarillas y en lo que podrían contagiarle los griegos. Parece que los tres están saliendo bastante inteligentes, gracias a Dios. ¿Te imaginas ser madre de unos retrasados? Qué aburrimiento y qué pesadez. Si se pudieran inventar, como los personajes de un libro, resultaría mucho más conveniente para una cabeza bien ordenada.

La conversación pasó de una forma natural a la biología, a los factores mendelianos y a *Un mundo feliz*, y se cortó en seco ante la aparición, de entre una multitud de antiguas alumnas, de la que había sido tutora de Harriet. Phoebe y ella se abalanzaron a saludarla al mismo tiempo. La señorita Lydgate tenía la misma actitud de siempre. Jamás parecía presentarse ningún problema moral a los ojos cándidos e inocentes de aquella gran estudiosa. De una escrupulosa integridad personal, aceptaba las irregularidades de los demás con una caridad incondicional. Como cualquier estudiante de literatura, conocía por su nombre todos los pecados del mundo, pero era dudoso que los hubiera reconocido al verlos en la vida real. Era como si una falta cometida por una persona que ella conociera se desarmara y se desinfectara por el contacto. Por sus manos habían pasado muchas jóvenes, y ella había encontrado muchas cosas buenas en todas; no cabía la posibilidad de pensar que fueran malvadas a propósito, como Ricardo III o Yago. Desgraciadas, sí; insensatas, sí, y también expuestas a unas tentaciones complejas y difíciles a las que, afortunadamente, la señorita Lydgate no había tenido que enfrentarse jamás. Si tenía noticia de un robo, un divorcio o de cosas aún peores, fruncía el entrecejo con expresión de perplejidad y pensaba en lo desdichadas que debían de haber sido aquellas personas para haber cometido tales atrocidades. Solo en una ocasión le había oído Harriet hablar de alguien que conociera en tono de absoluta reprobación: una antigua alumna suya que había escrito un libro de divulgación sobre Carlyle. «No ha realizado ninguna clase de investigación —dictaminó la señorita Lydgate—, ni ha hecho el menor esfuerzo por llegar a un juicio crítico. Se ha limitado a reproducir las habladurías de siempre sin molestarse en comprobar nada. Es un libro de tres al cuarto, una ordinariez, una chapuza. Francamente, me avergüenzo de ella.» Pero añadió: «Claro que, según tengo entendido, la pobrecilla anda muy mal de dinero».

La señorita Lydgate no dio muestras de sentirse avergonzada de la señorita Vane; al contrario: la saludó afectuosamente, le pidió que fuera a verla el domingo por la mañana, comentó su obra en términos encomiásticos y la elogió por mantener un nivel tan culto de inglés incluso en sus novelas policíacas.

—Proporciona usted mucha alegría en la sala del profesorado, y según creo, la señorita De Vine también es ferviente admiradora suya —añadió.

—¿La señorita De Vine?

—Ah, claro, no la conoce. Es la nueva profesora del departamento de investigación. Es una persona muy agradable, y sé que quiere hablar con usted sobre sus libros. Tiene que venir para que se la presente. Está aquí desde hace tres años. Bueno, no residirá aquí hasta el próximo curso, pero vive en Oxford desde hace unas semanas y trabaja en la Biblioteca Bodleiana. Está haciendo un estupendo trabajo sobre las finanzas de la nación en la época Tudor, absolutamente fascinante incluso para personas como yo, que soy una ignorante en cuestiones de dinero. Estamos todas muy contentas de que el college decidiera ofrecerle la beca Jane Barraclough, porque es una extraordinaria especialista y lo ha pasado muy mal.

—Me parece que he oído hablar de ella. ¿No fue directora de uno de los grandes colleges de provincias?

—Sí. Fue rectora de Flamborough durante tres años, pero en realidad no era su trabajo. Demasiados asuntos de administración, aunque era estupenda para las cuestiones económicas, desde luego, pero tenía demasiadas cosas que hacer, entre su propio trabajo, dirigir doctorados y demás, y las alumnas... entre la universidad y el college acabó agotada. Es una de esas personas que siempre dan lo mejor de sí mismas, pero creo que no congenió con las demás en el plano personal. Cayó enferma y tuvo que pasar un par de años en el extranjero. Se puede decir que acaba de volver a Inglaterra. Y claro, el tener que abandonar Flamborough le supuso una gran diferencia desde el punto de vista económico, así que es bueno saber que durante los próximos tres años podrá continuar con su libro sin preocuparse por esas cosas.

—Sí, ahora me acuerdo —dijo Harriet—. Lo vi anunciado en algún sitio, en Navidad, más o menos.

—Supongo que lo vería en el anuario de Shrewsbury. Naturalmente, nos sentimos muy orgullosas de tenerla aquí. Por supuesto, debería disponer de una cátedra, pero dudo mucho que soportara la tutoría. Cuantas menos distracciones, mejor, porque es una auténtica estudiosa. Mire, allí está… Ay, qué lástima. Me temo que la ha pillado por banda la señorita Gubbins. ¿Recuerdan a la señorita Gubbins?

—Vagamente —dijo Phoebe—. Estaba en tercero cuando nosotras estábamos en primero. Una excelente persona, pero demasiado severa y una auténtica pesada en las reuniones del college.

—Es una persona muy seria, pero tiene el don de hacer que cualquier tema parezca realmente aburrido —dijo la señorita Lydgate—. Una verdadera lástima, porque es sumamente responsable y digna de confianza, pero eso no importa demasiado en el puesto que ocupa actualmente. Es la bibliotecaria de… la señorita Hillyard debe de saberlo, y según tengo entendido, está investigando sobre la familia Bacon. Trabaja mucho, pero me temo que está sometiendo a la pobre señorita De Vine a un interrogatorio, y no me parece justo en una ocasión como esta. ¿Vamos a rescatarla?

Mientras Harriet atravesaba el césped en pos de la señorita Lydgate, la invadió una terrible nostalgia. Si pudiera volver a aquel lugar tan tranquilo, donde solo contaban los logros intelectuales, si pudiera trabajar allí regular y oscuramente, con un razonamiento único, a salvo de las distracciones y el envilecimiento de agentes, contratos, editores, redactores de notas publicitarias, entrevistadores, correo de admiradores, buscadores de autógrafos y de celebridades, y competidores; suprimir los contactos personales, los resentimientos personales, las envidias personales, hincarle el diente a algo aburrido y duradero, madurar hasta alcanzar la solidez de las hayas de Shrewsbury… y entonces ser capaz de olvidarse de la destrucción y el caos del pasado o al menos verlos en proporciones más justas. Porque, en cierto sentido, no era importante. El hecho de haber amado, pecado, sufrido y haberse librado de la muerte tenía mucha menos trascendencia, en última instancia, que una nota a pie de página en una oscura publicación académica que establece la prioridad de tal o cual manuscrito o restablece un minúsculo subíndice perdido. Era la lucha cuerpo a cuerpo con la obstinada personalidad de los demás, todos ellos pugnando por ser el centro de atención, lo que hacía que los accidentes de la propia aventura personal ocuparan un lugar tan destacado en el universo.

Pero dudaba de poder apartarse del mundo hasta tal extremo. Había dado el paso de dejar atrás el paraíso de Oxford y sus grises muros hacía ya tiempo. Nadie se baña en el mismo río dos veces, ni siquiera en el Isis. No soportaría tal serenidad y tal aislamiento… o eso se decía a sí misma.

Mientras intentaba recobrar el equilibrio de sus dispersos pensamientos, le presentaron a la señorita De Vine, y solo con mirarla comprendió que era una estudiosa de una clase completamente distinta a la señorita Lydgate, por ejemplo, y la diferencia con lo que ella pudiera ser jamás resultaba aún más grotesca. Tenía enfrente a una luchadora, sin duda, pero para quien el patio de Shrewsbury era su auténtica y verdadera palestra, un soldado que no sabía de lealtades personales, que únicamente sentía obligación para con los hechos. Una señorita Lydgate, serena, ajena al mundo, podía envolverlo en un cordial calor de caridad; aquella mujer, con un conocimiento del mundo infinitamente más amplio, lo consideraría en su justo valor y lo desecharía si le resultaba incómodo. El rostro delgado, ávido, de grandes ojos grises y hundidos tras las gafas de gruesos cristales, parecía sensible e impresionable, pero tras aquella sensibilidad se escondía una mente dura e inamovible como el granito. Como directora de un college femenino debía de haber desempeñado una tarea desagradable, pensó Harriet, porque daba la impresión de haber eliminado de su vocabulario la palabra «compromiso», y toda jefatura supone compromiso. No parecía capaz de tolerar vacilaciones en las metas ni vaguedades de criterio. Si algo se interpusiera entre ella y el servicio a la verdad, lo pisotearía sin rencor pero también sin piedad, aunque se tratara de su propio prestigio. Una mujer temible a la hora de conseguir un objetivo, aún más debido a la modestia y la moderación engañosas de que haría gala al enfrentarse con cualquier asunto que no dominara. Mientras subían, iba diciéndole a la señorita Gubbins:

—Estoy completamente de acuerdo en que un historiador debería ser preciso en los detalles, pero a menos que se tomen en consideración todos los personajes y circunstancias, no se tendrán en cuenta los hechos. Las proporciones y las relaciones de las cosas son hechos, tanto como las cosas mismas, y si se malinterpretan, se falsea gravemente el conjunto.

Justo entonces, cuando la señorita Gubbins estaba a punto de protestar, con una mirada obstinada, la señorita De Vine vio a la tutora de inglés y se excusó. La señorita Gubbins tuvo que batirse en retirada. Harriet observó con pesar que tenía la piel descuidada, llevaba el pelo despeinado y un gran imperdible blanco para sujetarse la muceta al vestido.

—¡Por Dios! —exclamó la señorita De Vine—. ¿Quién es esa joven tan desastrada? Parece realmente molesta con mi crítica del libro del señor Winterlake sobre Essex. Por lo visto, piensa que debería haber destrozado a ese pobre hombre por un error nimio de unos cuantos meses al tratar, casi de pasada, la historia temprana de la familia Bacon. No le da la menor importancia al hecho de que ese libro sea el más esclarecedor y erudito hasta la fecha, el que más aporta a la comprensión de las interacciones de dos personajes sumamente enigmáticos.

—No me cabe duda de que para ella es muy importante, porque la familia Bacon es su especialidad —replicó la señorita Lydgate.

—Es una grave equivocación ver la propia especialidad fuera del contexto de fondo. Por supuesto, habría que corregir el error, como hice yo, en una carta personal al autor, que es la forma más adecuada de realizar correcciones nimias, pero estoy segura de que el autor ha descubierto la clave de la relación de esos dos hombres, y con ello, un hecho de verdadera importancia.

—Bueno —dijo la señorita Lydgate, mostrando sus fuertes dientes en una sonrisa amistosa—, parece que ha adoptado una actitud muy dura con la señorita Gubbins. En fin. He traído a alguien que sé que está usted deseando conocer. Le presento a la señorita Harriet Vane, también una artista a la hora de contar detalles.

—¿La señorita Vane? —La historiadora posó sus brillantes ojos miopes en Harriet, y se le iluminó la cara—. Qué maravilla. Quiero que sepa cuánto me gustó su último libro. Lo considero lo mejor que ha escrito, aunque, claro está, yo no estoy capacitada para dar una opinión desde el punto de vista científico. Hablé de él con el profesor Higgins, que es seguidor suyo, y dijo que sugería una posibilidad sumamente interesante, que no se le había ocurrido hasta entonces. No estaba seguro de que fuera a funcionar, pero piensa hacer cuanto esté en su mano para averiguarlo. Dígame, ¿con qué tuvo que trabajar?

—Pues conté con una opinión muy valiosa —contestó Harriet, sintiendo una odiosa punzada de incertidumbre y, maldiciendo al profesor Higgins de todo corazón, añadió—: Pero claro…

En ese momento la señorita Lydgate divisó a otra antigua alumna y se marchó corriendo. Phoebe Tucker ya se había perdido de vista, y Harriet se quedó a solas con su destino. Al cabo de diez minutos, durante los cuales la señorita De Vine puso patas arriba, implacablemente, el cerebro de su víctima, le sacó los hechos a sacudidas como una criada sacude vigorosamente una alfombra para quitarle el polvo, la tunde, la orea, la restriega, la coloca en otra posición y la estira con mano firme, afortunadamente apareció la decana y se metió en la conversación.

—Gracias a Dios, el vicerrector está a punto de marcharse, y podremos quitarnos este odioso bombasí y lucir los vestidos de fiesta. ¿Por qué se nos ocurriría reclamar títulos y el enorme placer de achicharrarnos con la toga en días de calor? ¡Bien! ¡Ya se ido! Denme esos trastos. Voy a dejarlos en la sala común, con mi toga. ¿La suya lleva nombre, señorita Vane? ¡Estupendo! Ya tengo tres togas desconocidas en mi despacho. Las encontré por ahí tiradas a final de curso y, claro, no tengo ni idea de quiénes son las propietarias. Las muy desconsideradas parecen creer que es asunto nuestro ordenar sus absurdas cosas. Las dejan en cualquier sitio, al buen tuntún, y después se las prestan las unas a las otras, y si se multa a alguien por salir sin toga, resulta que siempre se la han robado. Y encima, siempre se las ensucian, que parecen trapos. Usan las togas para quitar el polvo y para avivar el fuego. Cuando pienso en lo que tuvo que sudar nuestra entusiasta generación para tener el derecho a llevar esas prendas… ¡y que a esas niñas no les importe nada! Parece que van vestidas de harapos, como en las ilustraciones de *Pendennis*… ¡Qué anticuadas! Pero para ellas, ser modernas consiste en imitar a los estudiantes varones de hace medio siglo.

—Algunas antiguas alumnas no son nada del otro mundo —dijo Harriet—. Solo hay que fijarse en Gubbins, por ejemplo.

—¡Ay, Dios mío, esa pesada! Lo lleva todo sujeto con imperdibles. Y ojalá se lavara el cuello.

—Yo creo que es el color natural de su piel —se apresuró a decir la señorita De Vine, siempre dispuesta a situar meticulosamente los hechos a la luz justa.

—Pues debería tomar zanahorias para limpiar el organismo —replicó la decana, arrebatándole la toga a Harriet—. No, no se moleste. No tardaré nada en tirarlas por la ventana de la sala. Y no se les ocurra escaparse, porque ya no volvería a encontrarlas.

—¿Llevo bien el peinado? —preguntó la señorita De Vine, repentinamente humana y vacilante tras despojarse del birrete y la toga.

—Se ha descolocado un poquitín —contestó Harriet, examinando el grueso moño de color gris acero del que sobresalían numerosas horquillas demasiado gastadas, como aros de cróquet.

—Siempre me pasa lo mismo —dijo la señorita De Vine, dándose unos toquecitos en el pelo—. Creo que me lo voy a cortar. Seguro que me da menos problemas.

—A mí me gusta así. Le sienta muy bien el moño. Voy a ver qué puedo hacer, ¿le parece?

—Ojalá pueda arreglarlo —dijo la historiadora, aceptando agradecida que le pusieran las horquillas debidamente—. Yo soy muy torpe con las manos. Me he dejado un sombrero en alguna parte —añadió, mirando indecisa el patio—, pero la decana ha dicho que nos quedemos aquí. Ah, gracias. Me siento mucho mejor, más segura. Ah, ahí viene la señorita Martin. La señorita Vane ha tenido la amabilidad de ejercer de peluquera para la Reina Blanca... Pero ¿no debería ponerme sombrero?

—No, ahora no —replicó la señorita Martin en tono rotundo—. Voy a tomar algo como es debido, y ustedes también. Tengo un hambre canina. He tenido que ir pegada al profesor Boniface, que tiene noventa y siete años y está chiflado y chocho, gritándole al oído porque está más sordo que una tapia, y estoy poco menos que desmayada. ¿Qué hora es? Me siento como el pavo de Marjory Fleming… Me importa un cuerno la reunión de antiguas alumnas. Lo único que quiero es comer y beber. Vamos a abalanzarnos sobre la mesa antes de que la señorita Shaw y la señorita Stevens le echen el guante a los últimos helados.

2

Es propio de todos los melancólicos, dijo
Mercurialis, «que el parecer que antaño han
mantenido sea sumamente osado, violento y ra-
dical. Invitas occurrit», hagan lo que hagan, no
pueden librarse de él, y contra su voluntad piensan en él una y mil veces, *perpetuo molestantur,*
nec oblivisci possunt, continuamente preocupados, en compañía y sin ella; en la comida, en el
ejercicio, en todo lugar y ocasión, *non desinunt*
ea, quae minime volunt, cogitare; si fuera especialmente ofensivo, no pueden olvidarlo.

ROBERT BURTON

Bueno, parece que de momento va bien, pensó Harriet mientras se
cambiaba para la cena. Había habido momentos malos, como al intentar restablecer el contacto con Mary Stokes. Y el breve encuentro con la señorita Hillyard, la tutora de historia, a quien nunca le
había caído bien y que le había dicho, con gesto torcido y lengua vi-
perina: «Bueno, señorita Vane, ha tenido usted experiencias muy
variadas desde la última vez que la vimos». Pero también había habido momentos buenos, portadores de la promesa de permanencia
en un universo heraclíteo. Pensó que podría sobrevivir a la cena de

fin de curso, si bien Mary Stokes le había conseguido un asiento a su lado, algo insufrible. Por suerte, también se las había ingeniado para poner a Phoebe Tucker al otro lado. (En aquel entorno, seguía pensando en ellas como Stokes y Tucker.)

Lo primero que le chocó cuando el cortejo formó filas ante la mesa de autoridades y se hubo bendecido la mesa, fue el terrible ruido del comedor. «Chocar» es la palabra adecuada. Te caía encima con todo el peso y la potencia de una estruendosa cascada; golpeaba los oídos como el martilleo de una forja infernal; rasgaba el aire como el repiqueteo metálico de cincuenta mil monotipias en plena composición. Doscientas lenguas femeninas, desatadas como por un resorte, estallaron clamorosamente. Había olvidado cómo era aquello, pero recordó que, al principio de cada trimestre, tenía la sensación de que si el ruido seguía así un minuto más se volvería loca. Al cabo de una semana ya se le había pasado. La costumbre la había inmunizado, pero en aquellos momentos le destrozó los nervios con aún más virulencia que en los primeros tiempos. La gente le gritaba al oído, y ella tenía que gritar a su vez. Miró angustiada a Mary; ¿podría soportarlo una enferma? Mary no parecía darse cuenta; estaba más animada que antes y chillaba alegremente a Dorothy Collins. Harriet se volvió hacia Phoebe.

—¡Por Dios! Se me había olvidado cómo era este jaleo. Si grito, me saldrá un vozarrón. ¿Te importa?

—En absoluto. Te oigo bastante bien. ¿Por qué Dios habrá dado a las mujeres unas voces tan agudas? Aunque no me importa demasiado. Me recuerda a los obreros nativos discutiendo. Nos están tratando bastante bien, ¿no crees? La sopa es mejor que nunca.

—Han hecho un esfuerzo especial para esta noche. Además, según tengo entendido, la nueva administradora es bastante buena.

Hizo algo de economía doméstica. A la pobre Straddles no le preocupaba demasiado la comida.

—Sí, pero a mí Straddles me caía bien. Se portó maravillosamente conmigo cuando me puse enferma justo antes de los exámenes para la especialidad. ¿Te acuerdas?

—¿Qué pasó con Straddles cuando se marchó?

—Ah, pues es la tesorera del Brontë College. En realidad, lo suyo eran las finanzas. Tenía verdadero talento para los números.

—¿Y qué fue de esa chica…? ¿Cómo se llama? ¿Peabody? ¿Freebody? ¿Sabes quién te digo? La que proclamaba solemnemente que la gran ambición de su vida era ser administradora de Shrewsbury.

—¡Uy, la pobre! Se volvió loca de remate con una religión nueva o algo y se metió en una secta increíble, donde van con taparrabos y celebran ágapes a base de frutos secos y pomelos. Bueno, si te refieres a Brodribb…

—Sí, Brodribb… Ya sabía yo que era algo parecido a Peabody. ¡Precisamente ella, tan terriblemente práctica y anodina!

—La reacción, supongo. Instintos emocionales reprimidos y todo eso. En el fondo era tremendamente sentimental, ¿no?

—Sí, lo sé. Tenía una especie de obsesión con la señorita Shaw. Quizá en aquella época estábamos todas muy inhibidas.

—Pues según tengo entendido, la generación actual no padece nada de eso. No tienen ninguna clase de inhibición.

—Vamos, Phoebe, nosotras teníamos bastante libertad, no como antes de las licenciaturas de mujeres. No éramos monjas.

—No, pero nacimos antes de la guerra, lo suficiente para que se nos impusieran ciertas restricciones. Heredamos cierto sentido de la responsabilidad. Y Brodribb era de una familia tremendamente rígida… positivistas, unitarios, presbiterianos o algo por el estilo. La gente de ahora es la verdadera generación de la guerra.

—Es verdad. En fin, no creo que yo tenga derecho a tirar piedras contra Brodribb.

—Pero mujer, es completamente distinto. Lo uno es natural; lo otro… No sé, me parece una degeneración absoluta de la materia gris. Incluso ha escrito un libro.

—¿Sobre ágapes?

—Sí. Y la sabiduría superior. Y el pensamiento bello; esas cosas. Y encima, con una sintaxis espantosa.

—¡Dios santo! Sí, es tremendo, ¿verdad? No entiendo por qué esas religiones estrambóticas afectan tanto a la gramática.

—Debe de ser una especie de putrefacción intelectual que llega a todas partes, pero lo que no sé es cuál de las dos causa la otra, o si las dos son síntomas de otra cosa. Entre la curación mental de Trimmer y el nudismo de Henderson…

—¡Qué me dices!

—Como lo oyes. Está ahí, en la mesa de al lado. Por eso está tan morena.

—Y su vestido tiene tan mal corte… Supongo que pensará que si no puede ir desnuda, debe ir mal vestida.

—A veces pienso si a muchas de nosotras no nos vendría bien un poco de sana maldad.

En ese momento la señorita Mollison, que estaba tres asientos más allá en el mismo lado de la mesa, se inclinó sobre sus vecinas y gritó algo.

—¿Qué? —gritó Phoebe a su vez.

La señorita Mollison se inclinó aún más, aplastando hasta tal extremo a Dorothy Collins, Betty Armstrong y Mary Stokes que estuvo a punto de sofocarlas.

—Espero que la señorita Vane no le esté contando nada demasiado espeluznante.

—¡No! —replicó Harriet en voz muy alta—. Es la señora Bancroft quien me está poniendo a mí los pelos de punta.

—¿Cómo?

—Me está contando la vida de las de nuestro curso.

—¡Ah! —exclamó la señorita Mollison, desconcertada.

El apretado grupo se deshizo con la llegada de un plato de cordero con guisantes y las vecinas de mesa de la señorita Mollison pudieron volver a respirar; pero Harriet comprobó, horrorizada, que la pregunta y la respuesta parecían haber abierto una vía para una mujer de piel oscura y aire decidido, con grandes gafas y rígido peinado, sentada frente a ella, que se inclinó hacia delante y dijo, con cerrado acento norteamericano:

—Supongo que no me recordará, señorita Vane. Solo estuve aquí un curso, pero yo la reconocería en cualquier parte. Siempre recomiendo sus libros a mis amigos de Estados Unidos, que están muy interesados en el estudio de la novela policíaca británica, porque pienso que son extraordinariamente buenos.

—Es usted muy amable —replicó Harriet débilmente.

—Y tenemos un conocido común, muy querido por las dos —añadió la señora de las gafas.

¡Dios!, pensó Harriet. ¿Y ahora qué pesado saldrá de la oscuridad? ¿Y quién es esta espantosa fémina?

—¿De verdad? —dijo, tratando de ganar tiempo mientras hurgaba en su memoria—. ¿Y quién es, señorita…?

—Schuster-Slatt —le sopló Phoebe al oído.

—Schuster-Slatt.

Claro. Llegó en el primer bimestre de verano de Harriet. Al parecer, estudiaba derecho. Se marchó después de un bimestre porque las condiciones de Shrewsbury coartaban la libertad, entró en la Asociación de Estudiantes y desapareció felizmente de su vida.

—Qué lista es usted. Aún recuerda mi nombre. Pues sí, le sorprenderá, pero en mi trabajo veo a muchos miembros de la aristocracia británica —¡Maldición!, pensó Harriet. El estridente tono de la señorita Schuster-Slatt se oía incluso en medio de la barahúnda general—. Su fascinante lord Peter. Fue amabilísimo conmigo, y cuando le conté que habíamos estudiado juntas en la universidad mostró mucho interés. Me parece un hombre adorable.

—Tiene muy buenos modales —replicó Harriet.

Pero la insinuación era demasiado sutil. La señorita Schuster-Slatt añadió:

—Fue encantador conmigo cuando le expliqué mi trabajo. —En qué consistirá, pensó Harriet—. Y, claro, yo quería que me hablase de sus emocionantes investigaciones como detective, pero es demasiado modesto para contar nada. Dígame una cosa, señorita Vane: ¿lleva ese monóculo tan bonito por la vista o por una antigua tradición inglesa?

—Jamás he tenido la impertinencia de preguntárselo —replicó Harriet.

—¡Ay, la famosa reticencia británica! —exclamó la señorita Schuster-Slatt, y a continuación intervino Mary Stokes.

—¡Vamos, Harriet, háblanos de lord Peter! Si se parece a las fotografías, debe de ser encantador. Y tú lo conoces muy bien, ¿no?

—Trabajé con él en un caso.

—Debió de ser fascinante. Cuéntanos cómo es él.

—Si tenemos en cuenta —dijo Harriet con un tono que expresaba su desesperación y su enfado—, si tenemos en cuenta que me sacó de la cárcel y que probablemente me libró de la horca, es natural que lo encuentre encantador.

—Ah —dijo Mary Stokes, sonrojándose y apartando la mirada

48

de los furibundos ojos de Harriet como si hubiera recibido un golpe—. Lo siento… No sabía…

—En fin, me temo que no he tenido el menor tacto —dijo la señorita Schuster-Slatt—. Ya me lo decía mi madre: «Sadie, eres la chica con menos tacto que he tenido la desgracia de conocer». Pero es que me he dejado llevar por el entusiasmo. No me paro a pensar. Me pasa lo mismo con mi trabajo. No tengo en cuenta mis sentimientos, ni los sentimientos de los demás. Me lanzo de cabeza sobre lo que quiero, y en la mayoría de los casos lo consigo.

Tras lo cual, con más sensibilidad de lo que cabía esperar, desvió triunfalmente la conversación hacia su trabajo, que al parecer estaba relacionado con la esterilización de los incapacitados y el fomento del matrimonio entre los intelectuales.

Mientras tanto, Harriet, abatida, pensaba en qué diablos se habría apoderado de ella para hacer gala de todos los rasgos desagradables de su carácter solo con oír el nombre de Wimsey. Él no le había hecho ningún daño; simplemente la había salvado de una muerte ignominiosa, le había ofrecido una lealtad inquebrantable y jamás le había exigido ni había esperado gratitud, por ninguna de las dos cosas. No estaba bien que ella se lo devolviera con rencor y gruñidos. He de reconocer que tengo un tremendo complejo de inferioridad, pensó, pero el hecho de reconocerlo no me ayuda a librarme de él. Peter podría haberme gustado tanto si lo hubiera conocido en igualdad de condiciones…

La rectora dio unos golpes en la mesa y en el comedor se hizo un grato silencio. Una oradora se levantó para proponer el brindis de la universidad.

Con tono grave, desplegó el gran pergamino de la historia, abogó por las humanidades, proclamando la *Pax Academica* ante un mundo aterrorizado y desasosegado. «Se dice que Oxford es la morada de las causas perdidas; si el amor al saber por el saber mismo es una causa perdida en el resto del mundo, encarguémonos de que, al menos, encuentre aquí su hogar permanente.»

Magnífico, pensó Harriet, pero no es la guerra. Y a continuación su imaginación se puso a tejer y destejer las palabras pronunciadas y lo vio como una guerra santa, y aquel grupo de mujeres parlanchinas, heterogéneo, incluso ligeramente absurdo, fundido en una unidad corporativa entre sí y con todo hombre y toda mujer para quienes la integridad intelectual significaba algo más que una ganancia material: defensores de la torre del alma humana, con sus diferencias olvidadas ante el enemigo común. Ser fiel a la propia vocación, por muchas locuras que pudieran cometerse en la vida emocional: ese era el camino hacia la paz espiritual. ¿Cómo sentirse prisionero, siendo ciudadano de tan gran ciudad, o humillado, allí donde todos disfrutaban de sus derechos de ciudadanía en condiciones de igualdad? La eminente profesora que replicó habló de una diversidad del talento pero del mismo espíritu. Aquel tono siguió vibrando en los labios de cada oradora y en los oídos de cada oyente. Y el resumen del año académico que hizo la rectora no desentonó: nombramientos, becas de investigación, licenciaturas… detalles domésticos de la disciplina sin la que no podía funcionar la comunidad. Con el hechizo de aquella noche de celebraciones, cualquiera podía darse cuenta de que era ciudadana de una ciudad nada desdeñable. Podía ser antigua y anticuada, con edificios incómodos y calles angostas por donde los transeúntes tenían que pelearse para circular, pero sus cimientos estaban asentados sobre las sagradas colinas y sus chapiteles tocaban los cielos.

Al abandonar el comedor en aquel estado de exaltación, a Harriet la invitaron a tomar café con la decana. Aceptó, tras comprobar que Mary Stokes tenía que acostarse por prescripción facultativa y que, por consiguiente, no podía solicitar su compañía. Atravesó el patio nuevo y llamó a la puerta de las habitaciones de la señorita Martin. En el salón estaban Betty Armstrong, Phoebe Tucker, la señorita De Vine, la señorita Stevens, la administradora, otra profesora que atendía al nombre de Barton y dos antiguas alumnas mayores que ella. La decana, que estaba sirviendo el café, la recibió alegremente.

—¡Vamos! Hay café de verdad. ¿No se puede hacer nada con el café del comedor, Steve?

—Sí, si se hace una colecta —contestó la administradora—. No sé si habrá calculado la cantidad que se necesita para comprar café de calidad para doscientas personas.

—Ya lo sé —replicó la decana—. Resulta humillante disponer de tan poco dinero. Supongo que debería dejárselo caer a Flackett. ¿Se acuerdan de Flackett, la rica, que siempre fue un poco rara? Estaba en el mismo curso que usted, señorita Fortescue. No ha parado de darme la lata intentando regalar al college un acuario de peces tropicales. Dice que animaría el aula de ciencias.

—Si animara algunas clases, vendría bien —replicó la señorita Fortescue—. La evolución constitucional de la señorita Hillyard resultaba un tanto horripilante en nuestra época.

—¡Sí, por Dios! ¡La dichosa evolución constitucional! Pues todavía sigue con lo mismo. Empieza todos los años con unos treinta alumnos y acaba con dos o tres hombres negros muy aplicados que anotan solemnemente cada una de sus palabras. Siempre las mismas clases, y no creo que los peces contribuyeran a nada. De todos modos le dije: «Es usted muy amable, señorita Flackett, pero no creo que a los peces les sentara bien. Supondría poner un sistema de calefacción nuevo, ¿no?, y más trabajo para los jardineros». Se quedó muy desilusionada, la pobre, y le dije que iba a consultar con la administradora.

—De acuerdo —dijo la señorita Stevens—. Ya me encargo yo de Flackett, para que haga una donación a los fondos para el café.

—Es muchísimo más útil que los peces tropicales —remachó la decana—. Mucho me temo que de aquí salen algunos bichos raros. Sin embargo, estoy convencida de que Flackett está muy documentada sobre la vida de la duela. ¿Le apetece a alguien un Benedictine con el café? Vamos, señorita Vane. El alcohol suelta la lengua, y queremos que nos hable de sus últimos libros.

Harriet tuvo la delicadeza de hacer un breve resumen del argumento de la novela que estaba preparando.

—Señorita Vane, disculpe mi franqueza —dijo la señorita Barton inclinándose hacia delante con expresión seria—, pero tras su terrible experiencia, me extraña que escriba esa clase de libros.

La decana parecía un tanto asombrada.

—Es que, para empezar, los escritores no pueden elegir hasta que ganan dinero. Si te has hecho un nombre con cierta clase de libros y te pasas a otra, las ventas pueden disminuir, y esa es la cruda realidad. —Guardó silencio unos segundos—. Sé lo que piensa... que cualquiera con verdadera sensibilidad preferiría ganarse la vida fregando suelos, pero yo fregaría suelos muy mal, mientras que escribo novelas policíacas bastante bien. No sé por qué una verdadera sensibilidad tendría que impedirme hacer mi verdadero trabajo.

—Tiene razón —intervino la señorita De Vine.

—Pero sin duda pensará que hay que tomarse en serio los crímenes terribles y el sufrimiento de los sospechosos inocentes, y no convertirlos en un juego intelectual —insistió la señorita Barton.

—Me los tomo en serio en la vida real. Todo el mundo tiene que hacerlo, pero ¿diría usted que alguien que haya sufrido una experiencia sexual trágica, por ejemplo, no debería escribir una comedia de salón?

—Pero es distinto —replicó la señorita Barton, frunciendo el entrecejo—. El amor tiene un lado más ligero, pero el asesinato no.

—Quizá no, en el sentido del lado cómico, pero la investigación tiene un lado puramente intelectual.

—Investigó un caso real, ¿verdad? ¿Qué le pareció?

—Muy interesante.

—Y a la luz de lo que averiguó, ¿le gustó la idea de enviar a un hombre al banquillo de los acusados y al patíbulo?

—No me parece justo preguntarle eso a la señorita Vane —dijo la decana y añadió, dirigiéndose a Harriet con tono de disculpa—: A la señorita Barton le interesan los aspectos sociológicos del crimen y ansía la reforma del código penal.

—Así es —dijo la señorita Barton—. Nuestra actitud ante este asunto me parece salvaje, brutal. He conocido a muchos asesinos al ir de visita a las prisiones, y la mayoría son personas inofensivas, estúpidas, unos pobrecillos, cuando no con problemas claramente patológicos.

—A lo mejor pensaría de otra manera si hubiera conocido a las víctimas —replicó Harriet—. En muchos casos son incluso más estúpidas e inofensivas que los asesinos, pero no aparecen en público. Ni siquiera el jurado tiene que ver el cadáver si no quiere, pero yo vi el cadáver en el caso de Wilvercombe. Lo encontré y fue más espantoso de lo que pueda imaginarse.

—Estoy segura de que en eso tiene razón —terció la decana—. Yo no pude con la descripción que hacían en los periódicos.

—Y no se ve a los asesinos en pleno asesinato —añadió Harriet dirigiéndose a la señorita Barton—. Se los ve cuando los cogen y los encarcelan, y entonces dan pena, pero el hombre del caso de Wilvercombe era una bestia astuta y avariciosa, dispuesto a continuar con aquello si no le hubieran parado los pies.

—Ese es un argumento irrebatible para pararles los pies, independientemente de lo que después haga la ley con ellos —dijo Phoebe.

—De todos modos, ¿no es un poco despiadado atrapar asesinos como ejercicio intelectual? —dijo la señorita Stevens—. Está muy bien para la policía. Al fin y al cabo, es su obligación.

—Según la ley, es la obligación de todo ciudadano… aunque la mayoría de las personas no lo sepa.

—Y ese tal Wimsey, para quien parece ser un pasatiempo… ¿lo considera una obligación o un ejercicio intelectual? —preguntó la señorita Barton.

—No lo sé —replicó Harriet—. Pero a mí me vino muy bien que tuviera ese pasatiempo. En mi caso, la policía se equivocó. No les culpo, pero se equivocaron, y me alegro de no haber quedado en sus manos.

—A eso le llamo yo hablar con absoluta generosidad —dijo la decana—. Si alguien me acusara a mí de haber hecho algo que no había hecho, echaría espumarajos por la boca.

—Pero mi trabajo consiste en sopesar las pruebas —replicó Harriet—, y no tengo más remedio que comprender la solidez de los argumentos de la policía. Es cuestión de sumar a más b, solo que en ese caso había un factor desconocido.

—Como eso que está surgiendo en la nueva física —intervino la decana—. La constante de Planck, o como se llame.

—Desde luego, ocurra lo que ocurra, e independientemente de lo que la gente sienta, lo importante es esclarecer los hechos —dijo la señorita De Vine.

—Sí, esa es la cuestión —replicó Harriet—. Es decir, el hecho es que yo no cometí el asesinato, de modo que mis sentimientos son irrelevantes. Si lo hubiera cometido, probablemente me habría considerado plenamente justificada y profundamente indignada por cómo me trataron. Así las cosas, sigo pensando que infligir la agonía del envenenamiento a cualquier persona es imperdonable. El problema concreto por el que me vi metida en eso es tan accidental como que te caiga una teja en la cabeza.

—Pido disculpas por haber sacado el tema a colación —dijo la señorita Barton—. Es usted muy amable al hablar con tal franqueza.

—No me importa... Ya no. No habría sido igual justo después de que ocurriera, pero aquella atrocidad de Wilvercombe arrojó nueva luz sobre el asunto, lo mostró desde el otro lado.

—Dígame una cosa —intervino la decana—. Lord Peter... ¿cómo es?

—¿Se refiere a su aspecto, o a trabajar con él?

—Bueno, su aspecto es más o menos conocido. Rubio y del barrio de Mayfair. Me refiero a hablar con él.

—Es muy divertido. Casi siempre es él quien lleva la conversación.

—Un poco de vida y alegría cuando estás desanimada, ¿no?

—Yo lo vi una vez en un concurso canino —terció inesperadamente la señorita Armstrong—. Estaba haciendo una imitación perfecta de un majadero redomado.

—Pues o estaba terriblemente aburrido o investigando algo —replicó Harriet, riendo—. Conozco esa actitud frívola, y es sobre todo para disimular... pero no siempre se sabe qué.

—Eso debe de ocultar algo, porque salta a la vista que es muy inteligente —dijo la señorita Barton—. Pero ¿es solamente inteligencia o verdadera sensibilidad?

—Yo no lo acusaría de falta de sensibilidad —contestó Harriet, mirando pensativa su taza de café vacía—. Lo he visto muy afectado, por ejemplo, por la condena de un criminal muy simpático, pero a pesar de esos modales tan engañosos, en realidad es muy reservado.

—Quizá sea tímido —apuntó amablemente Phoebe Tucker—. Les suele pasar a quienes hablan mucho. Creo que son dignos de lástima.

—¿Tímido? —replicó Harriet—. No lo creo. Quizá nervioso… esa dichosa palabra sirve para muchas cosas, pero no creo que sea precisamente digno de lástima.

—¿Por qué habría que tenerle lástima? —dijo la señorita Barton—. En este mundo tan lastimoso, no veo por qué habría que compadecer a un joven que tiene todo lo que puede desear.

—Debe de ser una persona extraordinaria si lo tiene —intervino la señorita De Vine con una seriedad que sus ojos desmentían.

—Y además, no es tan joven —dijo Harriet—. Tiene cuarenta y cinco años. —(La misma edad que la señorita Barton.)

—A mí me parece una impertinencia compadecerse de las personas —dijo la decana.

—Vamos a ver —dijo Harriet—. A nadie le gusta que lo compadezcan. A la mayoría nos gusta la autocompasión, pero eso es otra cosa.

—Cáustico, pero absolutamente cierto —terció la señorita De Vine.

—Pero lo que a mí me gustaría saber —añadió la señorita Barton, negándose a cambiar de conversación— es si ese caballero diletante hace algo, aparte de dedicarse a sus pasatiempos, investigar crímenes, coleccionar libros y, según tengo entendido, jugar al críquet en su tiempo libre.

Harriet, que se felicitaba por no haber perdido los estribos hasta entonces, se irritó.

—No lo sé —espetó—. Pero ¿acaso importa? ¿Por qué tendría que hacer algo más? Buscar asesinos no es un trabajo ni fácil ni cómodo. Requiere un montón de tiempo y de energías, y puedes acabar muerto o herido con mucha facilidad. Yo diría que lo hace por diversión, pero sea como sea, lo hace. Debe de haber muchísimas personas con las mismas razones que yo para estarle agradecidas. No se puede decir que eso no sea nada.

—Estoy completamente de acuerdo —dijo la decana—. Pienso que tendríamos que estar muy agradecidas a las personas que hacen el trabajo sucio por nada, cualesquiera que sean sus motivaciones.

La señorita Fortescue celebró aquella frase.

—El domingo pasado se me atascaron las tuberías de desagüe de la casita de campo donde paso los fines de semana. Un vecino muy simpático me las desatascó. Se ensució muchísimo, y yo me deshice en excusas, pero él me dijo que no tenía por qué agradecérselo, porque era muy curioso y le encantaban las tuberías de desagüe. A lo mejor no me dijo la verdad, pero si lo hizo, yo desde luego no tengo motivo de queja.

—Y hablando de desagües… —dijo la administradora.

La conversación adquirió un tono menos personal y más anecdótico (porque no hay reunión en la que no se pueda iniciar una animada conversación sobre los desagües), y la señorita Barton se retiró a dormir al cabo de poco tiempo. La decana suspiró con alivio.

—Espero que no les haya importado demasiado —dijo—. La señorita Barton es tremendamente descarada y estaba dispuesta a despacharse a gusto. Es una excelente persona, pero con poco sentido del humor. No acepta nada que no se haga por los motivos más nobles.

Harriet se disculpó por haber hablado con tanta vehemencia.

—A mí me parece que se lo ha tomado usted muy bien, y que ese tal lord Peter parece una persona de lo más interesante, pero no entiendo por qué se ve usted en la obligación de hablar de él, el pobre.

—Desde mi punto de vista, en esta universidad hablamos demasiado —terció la administradora—. Discutimos sobre esto, lo otro y lo de más allá, en lugar de hacer lo que hay que hacer.

—Pero ¿no deberíamos preguntar qué cosas queremos hacer? —objetó la decana.

Harriet sonrió a Betty Armstrong al ver que empezaba la disputa académica de siempre. Antes de que hubieran pasado diez minutos, alguien pronunció la palabra «valores», y al cabo de una hora seguían con lo mismo. Por último la administradora se descolgó con una cita:

—«Dios hizo los números enteros. Todo lo demás es obra del hombre».

—¡Venga, por Dios! —exclamó la decana—. No nos metamos con las matemáticas, ni con la física. No soporto ninguna de las dos cosas.

—¿Y quién mencionó la constante de Planck hace un ratito?

—Sí, yo, y bien que lo siento. Me parece algo repugnante.

El enérgico tono de la decana hizo reír a todo el mundo, y cuando sonaban las doce finalizó la reunión.

—Aún no vivo en el college —le dijo la señorita De Vine a Harriet—. ¿Puedo acompañarla hasta su habitación?

Harriet asintió, preguntándose qué tendría que decirle la señorita De Vine. Salieron juntas al patio nuevo. La luna estaba muy alta y pintaba los edificios con frías pinceladas de plata y negro cuya austeridad parecía recriminar el brillo amarillo de las ventanas iluminadas, tras las cuales se habían vuelto a reunir viejas amigas que seguían divirtiéndose, hablando y riendo.

—Casi parece que estemos en época de clases —dijo Harriet.

—Sí. —La señorita De Vine sonrió de una forma extraña—. Si escucháramos con atención tras esas ventanas, nos daríamos cuenta de que son las de mediana edad las que están haciendo ruido. Las mayores ya se han acostado, pensando si se habrán conservado tan mal como sus coetáneas. Se han llevado unos cuantos sustos, y les duelen los pies, mientras que las más jóvenes charlan con toda seriedad sobre la vida y sus responsabilidades, pero las de cuarenta fingen ser estudiantes de nuevo, y les cuesta bastante trabajo. Señorita Vane…, la admiro por haber hablado como lo ha hecho esta noche. La imparcialidad es una virtud poco común, y a pocas personas les gusta, ni en ellas mismas ni en los demás. Si encuentra a alguien que la aprecie a pesar de eso, o precisamente por eso, será un aprecio muy valioso, porque será totalmente sincero y porque con esa persona jamás necesitará ser sino sincera.

—Sí, probablemente tiene toda la razón, pero ¿por qué lo dice? —preguntó Harriet.

—No tengo el menor deseo de ofenderla, créame, pero supongo que conoce a muchas personas a quienes les desconcierta la diferencia entre lo que siente usted y lo que ellas se imaginan que debería sentir. Hacerles el menor caso tiene consecuencias fatídicas.

—Sí, pero yo soy una de ellas —replicó Harriet—. Yo me siento desconcertada muchas veces, porque nunca sé qué siento.

—No creo que eso tenga mucha importancia, siempre y cuando no intente una convencerse de sentir lo que debería sentir.

Estaban en el patio viejo, y las ancestrales hayas, la más venerable de las instituciones de Shrewsbury, dibujaban sobre ellas vetas de sombras cambiantes, más engañosas que la oscuridad.

—Pero hay que tomar alguna decisión —dijo Harriet—. Y entre un deseo y otro, ¿cómo saber qué cosas son de una importancia abrumadora?

—Solo se puede saber cuando ya nos han abrumado —contestó la señorita De Vine.

Las sombras de damero resbalaron sobre ellas, como los eslabones de una cadena de plata. Uno tras otro, los relojes de todas las torres de Oxford dieron los cuartos, en una cascada de amistosa desavenencia. La señorita De Vine se despidió de Harriet a la puerta del edificio Burleigh y desapareció bajo el pasadizo del comedor a grandes zancadas, ligeramente encorvada.

Qué mujer tan extraña, pensó Harriet, y sagaz e inteligente. La tragedia de Harriet había surgido por «convencerse de sentir lo que debería sentir» hacia un hombre cuyos sentimientos tampoco habían superado la prueba de la sinceridad. Y la consiguiente inestabilidad de sus objetivos había surgido de la decisión de no volver a confundir el propósito de sentir con el sentimiento mismo. «Solo sabemos qué cosas son de una importancia abrumadora cuando ya nos han abrumado.» ¿Acaso había algo que se hubiera mantenido firme en medio de sus indecisiones? Bueno, sí; había perseverado en su trabajo, a pesar de que podría haber tenido razones de peso para haberlo abandonado y haberse dedicado a otra cosa. Aunque aquella noche había fundamentado los motivos para esa lealtad en concreto, nunca había sentido la necesidad de convencerse a sí misma. Había escrito lo que se sentía llamada a escribir y, aunque empezaba a pensar que quizá podría hacerlo mejor, no le cabía duda de que eso en sí mismo era lo más conveniente para ella. Era algo que la había abrumado sin su conocimiento, sin que se diera cuenta, y eso era prueba de su dominio.

Paseó unos minutos por el patio, demasiado inquieta para irse a dormir. Y de pronto le llamó la atención una hoja de papel que revoloteaba indolente sobre el cuidado césped. La recogió mecánicamente y, al ver que no estaba en blanco, se la llevó al edificio Burleigh para examinarla. Era un papel normal y corriente, y lo único que tenía era un dibujo pueril a lápiz. No era precisamente un dibujo bonito; desde luego, no lo que esperas encontrarte en el patio de un college. Era algo feo, sádico. Representaba una figura desnuda de contornos exageradamente femeninos infligiendo humillantes y atroces ultrajes a una persona de sexo indeterminado con toga y birrete. No podía ser obra de nadie en su sano juicio; era un garabato cruel, sucio, demencial.

Harriet lo contempló un rato con asco, mientras se planteaba una serie de preguntas. Después se lo llevó al piso de arriba, al primer retrete que encontró, lo tiró y lo hizo desaparecer. Tal era la suerte que debían correr semejantes cosas, y punto, pero de todos modos, pensó que ojalá no lo hubiera visto.

3

Bien hacen quienes, si no pueden resistirse al amor, lo mantienen a raya y lo desligan por completo de los asuntos y hechos serios de la vida, pues una vez coincide con los negocios, atribulará la suerte de los hombres y les impedirá ser fieles a sus propósitos.

Francis Bacon

Como siempre aseguraban las profesoras, el domingo era invariablemente el mejor día de las celebraciones de fin de curso. La cena oficial y los discursos ya habían quedado atrás; las antiguas alumnas residentes en Oxford y las visitas, con tantas ocupaciones que solo disponían de una noche, ya se habían marchado; la gente empezaba a irse cada cual por su lado y se podía hablar tranquilamente con las amigas sin que te arrastrara una pandilla de pelmas.

Harriet hizo la visita oficial a la rectora, que ofrecía una pequeña recepción con jerez y galletas, y después fue a ver a la señorita Lydgate, en el patio nuevo. La habitación de la tutora de inglés estaba engalanada con las pruebas de su obra, de próxima aparición, sobre los elementos prosódicos del verso inglés desde *Beowulf* hasta Bridges. Como la señorita Lydgate había perfeccionado o más bien, puesto que una obra de erudición jamás alcanza una perfección inamovible, se encontraba en pleno proceso de perfeccionamiento de una teoría de la prosodia completamente nueva que exigía un sistema original y complicado de notación que suponía doce variedades de tipos de imprenta, y como la letra de la señorita Lydgate resultaba difícil de leer y la autora tenía escasa experiencia con los impresores, en aquel momento había cinco revisiones sucesivas en galeradas, en diferentes etapas de elaboración, además de dos pliegos en pruebas en páginas y un apéndice mecanografiado, pero aún quedaba por escribir la importante introducción que proporcionaba la clave de la argumentación. Hasta que una parte del libro no llegaba a la situación de pruebas en página no se convencía la señorita Lydgate de la necesidad de traspasar párrafos largos de un capítulo a otro; naturalmente, cada cambio de este tipo exigía un costoso retoque de las pruebas en página y eliminar las partes correspondientes de los cinco juegos de revisiones, de modo que en el transcurso de la necesaria remisión, las alumnas y colegas de la señorita Lydgate se la encontraban liada en una especie de capullo de papel buscando desesperadamente su pluma entre aquel caos.

—Lo peor es que, en cuanto al lado práctico de la producción de un libro, mi ignorancia es absoluta —dijo la señorita Lydgate, rascándose la cabeza ante las corteses preguntas de Harriet sobre su obra magna—. Me resulta todo muy confuso y no se me da bien explicar las cosas a los impresores. La señorita De Vine me resultaría de gran ayuda en esto, porque tiene una mente muy ordenada. Es realmente pedagógico ver su manuscrito, y por supuesto, su trabajo es muchísimo más complicado que el mío... con tantos detalles sobre las finanzas de la época isabelina y demás, todo maravillosamente ordenado y con una argumentación clarísima. Y sabe colocar las notas a pie de página como es debido, para que encajen en el texto. A mí me resulta muy difícil, y aunque la señorita Harper tiene la amabilidad de mecanografiármelo todo, la verdad es que sabe más de anglosajón que de tipografía. Supongo que recordará a la señorita Harper. Es dos años más joven que usted; se licenció en inglés y vive en Woodstock Road.

Harriet dijo que las notas a pie de página siempre eran tediosas y le preguntó si podía ver algo de su libro.

—Bueno, si realmente le interesa… —contestó la señorita Lydgate—. Pero no quisiera aburrirla. —Sacó un par de pliegos paginados de un cajón atestado de papeles—. No vaya a pincharse con ese manuscrito que está prendido con un alfiler. Desgraciadamente, está lleno de notas en los márgenes y de interlineaciones, pero es que de repente me di cuenta de que podía mejorar considerablemente el sistema de notación y he tenido que cambiarlo por completo. Supongo que en la imprenta se van a enfadar conmigo —añadió con aire triste.

Harriet coincidía con ella en su fuero interno, pero para animarla le dijo que, sin duda, la Oxford University Press estaba acostumbrada a descifrar los manuscritos de los investigadores.

—A veces me planteo si realmente soy investigadora —dijo la señorita Lydgate—. Lo tengo todo muy claro en la cabeza, pero a la hora de ponerlo sobre el papel, me armo un lío. ¿Qué hace usted con las tramas de sus novelas? Debe de costar mucho trabajo retener en la memoria las horas, las coartadas y todo eso.

—Yo también me lío —reconoció Harriet—. Todavía no he conseguido desarrollar una trama sin cometer al menos seis errores garrafales. Por suerte, nueve de cada diez lectores también se lían, así que no importa. El décimo lector me escribe una carta, y yo le prometo corregir el error en la siguiente edición, pero nunca lo hago. Al fin y al cabo, mis libros solo sirven para entretenerse. No son como las obras de investigación.

—Pero usted siempre ha tenido una mentalidad académica, y supongo que su educación le habrá servido de cierta ayuda, ¿no? Yo pensaba que seguiría en la universidad.

—¿Le decepciona que no haya sido así?

—Por supuesto que no. Me parece estupendo que nuestras alumnas salgan al mundo y hagan toda clase de cosas, siempre y cuando las hagan bien. Y he de reconocer que la mayoría de nuestras alumnas realizan un trabajo extraordinario, cada cual en su campo.

—¿Cómo son las de ahora?

—Pues nos han venido personas muy buenas, que trabajan increíblemente bien, teniendo en cuenta la cantidad de actividades que realizan fuera al mismo tiempo —contestó la señorita Lydgate—. Solo que a veces me da miedo que hagan demasiadas cosas y no duerman lo suficiente. Entre los jóvenes, los automóviles y las fiestas, llevan una vida mucho más plena que antes de la guerra, o incluso que en su época, creo yo. Me temo que nuestra antigua rectora se quedaría terriblemente desconcertada si viera el college tal y como es hoy en día. He de reconocer que a veces me asusto un poco, e incluso la decana, que es tan tolerante, considera que un sujetador y unas bragas no son las prendas correctas para tomar el sol en el patio. No es tanto por los estudiantes, que están acostumbrados, sino porque cuando los rectores de los colleges masculinos vienen a ver a nuestra rectora no tengan que sonrojarse al pasar por el jardín. La señorita Martin ha tenido que insistir mucho en que se pongan trajes de baño como es debido, aunque dejen la espalda al descubierto, pero que sean trajes de baño destinados a ese propósito y no ropa interior.

Harriet le aseguró que le parecía lo correcto.

—Cuánto me alegro de que piense como yo —dijo la señorita Lydgate—. A nosotras, las de la anterior generación, nos resulta muy difícil mantener el equilibrio entre la tradición y el progreso… si es que se le puede llamar progreso. La autoridad como tal impone muy poco respeto hoy en día, y supongo que eso es bueno en general, pero también dificulta la tarea de dirigir cualquier institución. ¿Le apetece un café? No, de verdad… si yo siempre me tomo uno a estas horas. ¡Annie! Me parece haber oído a mi criada. ¡Annie! ¿Puede traer otra taza para la señorita Vane, por favor?

Harriet ya estaba bien servida, de comida y de bebida, pero aceptó cortésmente el refrigerio que le llevó la doncella, elegantemente uniformada. Cuando volvió a cerrarse la puerta hizo un comentario sobre la gran mejora que se había experimentado desde su época de estudiante en el personal y el servicio en Shrewsbury, y volvió a oír alabanzas sobre la nueva administradora.

—Pero mucho me temo que vamos a perder a Annie en estas escaleras —dijo la señorita Lydgate—. A la señorita Hillyard le parece demasiado independiente, y a lo mejor es un tanto distraída, pero es que la pobre es viuda y tiene dos hijas, y la verdad es que no debería estar sirviendo. Según tengo entendido, su marido tenía un buen puesto, pero al pobre se le fue la cabeza o algo, murió o se pegó un tiro o algo trágico, y a ella la dejó en muy mala situación, así que aceptó el primer trabajo que le ofrecieron. Las niñas se hospedan en casa de la señora Jukes. ¿Recuerda a los Jukes, que estaban en la conserjería de Saint Cross en su época? Como ahora viven en Saint Aldate, Annie puede ir a verlas los fines de semana. A ella le viene bien y a la señora Jukes le aporta un poco de dinero.

—¿Se ha jubilado Jukes? No era muy mayor, ¿no?

—Pobre Jukes —dijo la señorita Lydgate, mientras su bondadoso rostro se ensombrecía—. Se metió en un grave aprieto y tuvimos que despedirlo. Lamento decir que no era demasiado honrado, pero le encontramos un trabajo por horas, de jardinero —añadió más animada—, donde no estará expuesto a tantas tentaciones en cuestiones de paquetes y demás. Era un hombre muy trabajador, pero apostaba en las carreras de caballos y, naturalmente, se vio en dificultades. Una desgracia para su esposa.

—Ella era buena persona —reconoció Harriet.

—Se llevó un disgusto tremendo —añadió la señorita Lydgate—. Y en justicia, hay que reconocer que Jukes también. Se vino abajo y fue un espectáculo muy triste cuando la administradora le dijo que tenía que marcharse.

—Ya. Jukes siempre tuvo mucha labia.

—Pero estoy segura de que lamentaba de verdad lo que había hecho. Explicó cómo se había metido en aquello y que lo uno le llevó a lo otro. Estábamos todas consternadas, salvo, quizá, la decana... pero es que Jukes nunca le había caído demasiado bien. Sin embargo, le dimos un pequeño préstamo a su esposa, para que pagara las deudas, y lo han devuelto religiosamente, unos cuantos chelines cada semana. Ahora que se ha enderezado, estoy segura de que seguirá enderezado, pero claro, era imposible que continuara aquí. No podías estar tranquila, y hay que tener absoluta confianza en el portero. Padgett, el que está ahora, es un personaje muy divertido, y de fiar. Que le cuente la decana alguno de sus curiosos dichos.

—Parece el paradigma de la integridad —dijo Harriet—. Por ese motivo quizá no caiga tan bien a la gente. A Jukes se le podía sobornar... si llegabas tarde o cosas de esas.

—Eso es lo que nos temíamos —dijo la señorita Lydgate—. Desde luego, es un puesto de responsabilidad para una persona de carácter poco fuerte. Le irá mucho mejor donde está ahora.

—Por lo que veo, también han perdido a Agnes.

—Sí... Bueno, en la época de usted era la jefa de criadas, y sí, se ha marchado. El trabajo empezó a resultarle excesivo y tuvo que dejarlo. Me alegro de poder decir que conseguimos sacar una pequeña pensión para ella... nada, una pizca, pero como usted bien sabe, tenemos que estirar al máximo nuestros ingresos para cubrirlo todo. Así que hicimos un plan para que realice algunos trabajitos cosiendo para las alumnas, y también se ocupa de la ropa blanca del college. Todo le viene bien, y además está muy contenta porque esa hermana lisiada que tiene puede hacer parte del trabajo y contribuir un poco a sus escasos ingresos. Agnes dice que la pobrecilla está mucho más feliz porque ya no se siente una carga.

Harriet se maravilló, y no por primera vez, de la incansable dedicación de las mujeres encargadas de la administración. Al parecer, jamás olvidaban ni desatendían las necesidades de nadie, y la buena voluntad compensaba la perenne escasez de medios.

Tras hablar un poco más sobre las actividades de profesoras y alumnas, la conversación se centró en la nueva biblioteca. Hacía tiempo que el edificio Tudor ya no podía albergar tantos libros, y al fin iban a encontrarles un lugar adecuado.

—Y cuando se termine, tendremos la impresión de que nuestros edificios universitarios están sólidamente completados —dijo la señorita Lydgate—. A quienes recordamos los primeros tiempos, cuando solo teníamos aquella vieja casa con diez alumnas que iban a las clases acompañadas, en un carro tirado por un burro, nos parece algo increíble. He de reconocer que casi nos echamos a llorar al ver derribado aquel sitio tan querido para dar paso a la biblioteca. Son tantos los recuerdos...

—Desde luego —replicó Harriet, comprensiva.

Supuso que no había momento del pasado en el que aquel ser

con tanta experiencia como inocencia no pensara con espontánea satisfacción. La entrada de otra antigua alumna interrumpió bruscamente la conversación con la señorita Lydgate, y al salir, con cierta envidia, Harriet se topó con la insistente señorita Mollison, dispuesta a atacarla implacablemente con todos los detalles del incidente del reloj. Le contó encantada que al señor A. E. W. Mason se le había ocurrido la misma idea. Insaciable, la señorita Mollison interrogó a su víctima con auténtica fruición sobre lord Peter Wimsey, sus costumbres y su aspecto, y cuando la señorita Schuster-Slatt la echó, la irritación de Harriet no disminuyó, porque tuvo que soportar una arenga sobre la esterilización de los discapacitados, para lo cual (al parecer) el corolario necesario consistía en una campaña para fomentar el matrimonio entre los capacitados. Harriet dijo que las mujeres intelectuales debían casarse y reproducirse, pero añadió que el típico marido inglés debería aportar algo en ese sentido, y que, en la mayoría de los casos, no le gustaba tener por esposa a una intelectual.

La señorita Schuster-Slatt replicó que los maridos ingleses le parecían estupendos y que estaba preparando una encuesta para los jóvenes del Reino Unido con el fin de averiguar sus preferencias matrimoniales.

—Pero los ingleses se niegan a responder a las encuestas —replicó Harriet.

—¿Que se niegan a responder a las encuestas? —repitió la señorita Schuster-Slatt, desconcertada.

—Sí, se niegan —insistió Harriet—. Como nación, no nos lo creemos demasiado.

—Pues es una lástima —dijo la señorita Schuster-Slatt—. Pero espero que se afilie a la rama británica de nuestra Liga para el Fomento de la Aptitud Matrimonial. Nuestra presidenta, la señora

J. Poppelhinken, es una mujer fantástica. Le encantará conocerla. Vendrá a Europa el año próximo, y hasta entonces yo me quedaré aquí para hacer la publicidad y los estudios necesarios desde el punto de vista de la mentalidad británica.

—Pues me temo que le resultará una tarea muy difícil. Me pregunto —Harriet pensaba que debía replicar a la señorita Schuster-Slatt por sus desafortunados comentarios de la noche anterior— si sus intenciones son tan desinteresadas como usted da a entender. Quizá esté pensando en investigar el encanto de los maridos ingleses por motivos personales y de carácter práctico.

—Ahora es usted quien se burla de mí —dijo jovialmente la señorita Schuster-Slatt—. No, yo solo soy una abeja obrera que recoge miel para las reinas.

«¡Cómo me delatan todas las situaciones!», dijo Harriet para sus adentros. Había pensado que Oxford al menos la aliviaría de la tensión de Peter Wimsey y el asunto del matrimonio, pero aunque ella era conocida, si bien no exactamente una celebridad, resultaba muy desagradable que Peter fuera todo un personaje, y que la gente supiera mucho más sobre él que sobre ella. Con respecto al matrimonio… en fin, allí tenía la oportunidad de ver si funcionaba o no. ¿Qué era peor, ser una Mary Attwood (de soltera Stokes) o una señorita Schuster-Slatt? ¿Era mejor ser una Phoebe Bancroft (de soltera Tucker) o una señorita Lydgate? Y todas aquellas personas, ¿habrían actuado exactamente igual, casadas o solteras?

Entró sin prisas en la sala de estudiantes, vacía salvo por la presencia de una mujer gris y mal vestida que leía una revista con expresión desolada. Cuando Harriet pasó a su lado, dijo tímidamente:

—Hola… es usted la señorita Vane, ¿verdad?

Harriet buscó apresuradamente en su memoria. Saltaba a la

vista que era alguien mucho mayor que ella, más cerca de los cincuenta que de los cuarenta, pero ¿quién?

—Supongo que no se acordará de mí —dijo la mujer—. Soy Catherine Freemantle.

¡Catherine Freemantle, por Dios! Pero si solo era dos años mayor que Harriet. Muy inteligente, muy lista, alegre, y la alumna más destacada de su curso. ¿Qué le había ocurrido?

—Claro que la recuerdo, pero se me dan fatal los nombres —contestó Harriet—. ¿Cómo le va?

Resultaba que Catherine Freemantle se había casado con un agricultor y todo había salido mal. La caída de los precios, las enfermedades, los diezmos, los impuestos, la Comisión de Productos Lácteos, la Comisión de Comercialización, deslomarse trabajando para sacar apenas para comer e intentar criar a los hijos… Harriet había leído y oído lo suficiente sobre la depresión agrícola para saber que aquella situación era muy corriente. Sintió vergüenza de ser tan afortunada y de parecerlo. Pensó que preferiría ser condenada a cadena perpetua que someterse al yugo cotidiano de Catherine. A su manera, era una novela, pero absurda. Catherine se descolgó bruscamente con una queja sobre la crueldad de los inspectores eclesiásticos.

—Pero señorita Freemantle, quiero decir, señora… señora Bendick, es absurdo que tenga que hacer esas cosas. Quiero decir, recoger fruta, levantarse a horas intempestivas para dar de comer a las gallinas y trabajar como una esclava. ¡Válgame Dios! Le iría mucho mejor si se dedicara a algún tipo de trabajo intelectual, o a escribir, y que otra persona se dedicara al trabajo manual.

—Sí, desde luego, pero al principio yo no lo veía así. Estaba llena de ideas sobre la dignidad del trabajo, y además, a mi marido no le habría gustado en aquella época que me hubiera distanciado de lo que a él le interesaba. Naturalmente, no pensábamos que las cosas fueran a salirnos así.

Qué lástima, fue lo único que pudo pensar Harriet. Tanta inteligencia desperdiciada, tanta educación atada a una carga que cualquier campesina sin la menor cultura podría haber llevado, y mucho mejor. Tendría sus compensaciones, supuso. Se lo preguntó sin rodeos.

¿Que si merecía la pena?, dijo la señora Bendick. Desde luego que merecía la pena. Merecía la pena trabajar por eso, para servir a la tierra. Y, con cierto esfuerzo, logró expresar que era una labor dura y austera, pero mejor que desgranar palabras sobre el papel.

—Estoy dispuesta a reconocerlo —replicó Harriet—. La reja de un arado es un objeto más noble que una navaja de afeitar, pero si tienes talento natural para afeitar, ¿no sería mejor que fueras barbero, un buen barbero, y dedicar los beneficios, si lo deseas, a mejorar el arado? Por noble que sea el trabajo, ¿es su trabajo?

—Ahora tiene que serlo —respondió la señora Bendick—. No se puede volver a ciertas cosas. Se pierde el contacto y se te oxida el cerebro. Si usted se hubiera dedicado a lavar y cocinar para la familia, a recoger patatas y dar de comer a las vacas, comprendería que esas cosas dejan la navaja mellada. No vaya a pensar que no envidio a las personas como usted, que llevan una vida fácil; claro que las envidio. He venido a esta celebración por sentimentalismo, y ojalá no lo hubiera hecho. Soy dos años mayor que usted, pero parece que tengo veinte más. A ninguna de ustedes les importa lo más mínimo lo que a mí me preocupa, y sus preocupaciones me parecen tonterías. Al parecer, ustedes no tienen la menor relación con la vida real y viven en un sueño. —Guardó silencio, y después su tono de voz se suavizó—. Pero en cierto modo es un sueño maravilloso. Ahora me parece tan raro pensar que en su momento fui es-

tudiante… No sé. A lo mejor tiene razón. El saber y la literatura
son capaces de sobrevivir a la civilización que los creó.

La palabra y solo ella
en el tiempo perdura.
No durarás tú más,
muda y marchita, sino
el laúd y la viola
con su mayor maestría.

Harriet citó estos versos y miró distraídamente al sol.

—Curiosamente, he estado pensando lo mismo, pero en otro
sentido. Verá. La admiro muchísimo, pero pienso que está equivo-
cada. Estoy segura de que cada cual debe hacer su trabajo, por insignificante que sea, y no intentar convencerse de que tiene que hacer el de otro, por muy noble que este sea.

Mientras pronunciaba estas palabras, se acordó de la señorita
De Vine: he ahí un nuevo aspecto de la persuasión.

—Eso suena muy bien —replicó la señora Bendick—, pero
una tiende a dedicarse al trabajo del otro al casarse.

Cierto, pero Harriet tenía la posibilidad de casarse con alguien
cuyo trabajo se asemejaba tanto al suyo que casi no había diferencia, y con suficiente dinero para que el trabajo no fuera necesario.
Volvió a considerarse injustamente afortunada por unas ventajas
que otras personas de más mérito ansiaban en vano.

—Supongo que el trabajo realmente importante es el matrimonio, ¿no? —dijo.

—Sí —contestó la señora Bendick—. Mi matrimonio es feliz,
dentro de lo que cabe, pero muchas veces me pregunto si a mi marido no le habría ido mejor con otra clase de mujer. Él no lo dice,

pero yo lo pienso. Creo que sabe que echo en falta… ciertas cosas, y a veces le molesta. No sé por qué le cuento esto… No se lo había contado a nadie, y al fin y al cabo, no la conozco mucho.

—No, y yo no he sido muy comprensiva. Es más, he sido desagradable y grosera.

—Sí, francamente —replicó la señora Bendick—. Pero tiene una voz tan bonita para ser grosera…

—¡Pero qué me dice! —exclamó Harriet.

—Nuestra granja está en la frontera galesa, y todo el mundo habla con un sonsonete odioso. ¿Sabe lo que más extraño de aquí? La lengua culta, el acento de Oxford, pobrecillo, tan denostado. Curioso, ¿no?

—Pues a mí me pareció que el ruido del comedor era como un gallinero.

—Sí, pero fuera del comedor se puede distinguir a quienes hablan como es debido. Claro que hay mucha gente que no habla bien, pero otras personas sí. Usted, por ejemplo, y encima, con una voz preciosa. ¿Se acuerda de la época del coro de Bach?

—¿Cómo no voy a acordarme? ¿Puede oír música en Gales? Los galeses cantan bien.

—No me queda mucho tiempo para la música. Intento dar clase a los niños.

Harriet aprovechó aquella oportunidad para hacer las preguntas de rigor sobre la familia. Finalmente se despidió de la señora Bendick un poco deprimida, como si hubiera visto a un ganador del Derby cambiándose por un carro de carbón.

La comida del domingo en el comedor tuvo un carácter informal. Faltaron muchas personas que tenían otros compromisos en la ciudad. Quienes asistieron, se dejaron caer cuando les vino en gana, se sirvieron la comida en el bufé y fueron en grupos a consumirla y a charlar donde encontraron asientos. Tras haber conseguido un plato de jamón en dulce, Harriet miró a su alrededor en busca de compañía, y dio gracias al ver que Phoebe Tucker acababa de entrar y una criada le estaba sirviendo rosbif frío. Haciendo causa común, se sentaron al extremo de una mesa alargada, en paralelo con la de autoridades y en ángulo recto con las demás mesas. Desde allí dominaban toda la sala, la mesa de autoridades y las del bufé. Paseando la mirada de una comensal a otra, todas muy entretenidas y activas, Harriet no paraba de preguntarse: ¿cuál? ¿Cuál de aquellas mujeres tan normales y aparentemente alegres habría tirado aquel papel repugnante en el patio la noche anterior? Porque nunca se sabe, y el problema de no saber es que se sospecha vagamente de todo el mundo. Los refugios de paz ancestral están muy bien, pero bajo las piedras cubiertas de líquenes pueden agazaparse cosas muy raras. En su gran silla tallada, la rectora sonreía con la majestuosa cabeza ladeada ante una broma de la decana. La señorita Lydgate atendía con entusiasmo y cortesía a las necesidades de una antigua alumna realmente mayor que estaba casi ciega. La había ayudado a subir, dando traspiés, los tres escalones hasta el estrado, le había recogido comida del bufé y le estaba sirviendo ensalada. La señorita Stevens, la administradora, y la señorita Shaw, la tutora de lengua moderna, se habían reunido con otras tres antiguas alumnas de edad y logros igualmente considerables y parecían mantener una conversación animada y divertida. La señorita Pyke, tutora de clásicas, estaba enfrascada en una discusión con una mujer alta y robusta a quien Phoebe Tucker reconoció y le comentó a Harriet que era una destacada arqueóloga. En una momentánea explosión de relativo silencio resonó inesperadamente la voz aguda de la tutora: «El túmulo de Jalos parece un ejemplo aislado. Los enterramientos en cista de Teotoku…». Y la conversación volvió a quedar sofocada por el clamor. Por sus gestos, otras dos profesoras, a quienes Harriet no reconoció (no estaban allí en su época), parecían discutir de sombreros. La señorita Hillyard, cuyos sarcasmos normalmente la aislaban de sus colegas, comía lentamente mientras hojeaba un folleto que se había llevado a la mesa. Como llegó tarde, la señorita De Vine se sentó a su lado y se puso a comer jamón con aire distante y los ojos clavados en el vacío.

Y después las antiguas alumnas en el centro del comedor, de todos los tipos, edades y formas de vestir. ¿Sería aquella curiosa mujer de hombros redondeados con chilaba amarilla y sandalias, con el pelo recogido en dos rodetes alrededor de las orejas? ¿O aquella persona robusta, de pelo rizado, con traje de mezclilla, chaleco de aspecto masculino y cara de perro pachón? ¿O la rubia oxigenada y encorsetada de unos sesenta años cuyo sombrero habría sido más adecuado para una jovencita recién presentada en sociedad que asistiera a Ascot? ¿O una de las innumerables mujeres que llevaban grabado en el rostro alegre y resuelto la palabra «maestra»? ¿O aquella feúcha de edad indeterminable que presidía la mesa con aire de estar presidiendo un comité? ¿O aquella bajita vestida de un rosa que le sentaba fatal y que daba la impresión de que la habían metido entre la ropa de invierno en un cajón y la habían sacado de repente sin un triste planchado? ¿O aquella señora empresaria, de buen ver y bien conservada, de unos cincuenta años y uñas cuidadas, que se metió en la conversación de unas perfectas desconocidas para informarles de que acababa de abrir un nuevo salón de peluquería «justo al lado de Bond Street»? ¿O aquella mujer de aspecto trágico, alta y ojerosa, vestida de seda negra, que parecía la tía de Hamlet pero que era en realidad la tía Beatrice, encargada de la sección de hogar en *The Daily Mercury*? ¿O la mujer huesuda con cara de caballo que se dedicaba a servicios sociales? ¿O incluso aquella gordita irreductiblemente alegre y radiante que era la valiosa secretaria de un secretario político y tenía secretarias a sus órdenes? Las caras iban y venían, como en un sueño, todas animadas, todas inescrutables.

Relegadas a una mesa en un apartado rincón del comedor había media docena de alumnas de aquel curso, que seguían en Oxford pendientes de los exámenes orales. Murmuraban continuamente entre ellas, y saltaba a la vista que no querían saber nada de aquella invasión de viejos bichos raros y pintorescos, precisamente lo que serían ellas al cabo de diez, veinte o treinta años. Menuda pandilla, pensó Harriet, con aquel aspecto desastrado tan de fin de curso. Había una chica extraña, de pelo rubio rojizo, expresión tímida, ojos claros y dedos inquietos; a su lado, una morena muy guapa, por cuyo rostro los hombres podrían haber cometido auténticas barbaridades si hubiera tenido un mínimo de gracia; una joven desgarbada, como si le faltara un hervor, muy mal maquillada, con la penosa actitud de intentar ganarse a la gente sin conseguirlo jamás y, la más interesante del grupo, una chica con un rostro llameante de entusiasmo, vestida con un mal gusto verdaderamente pérfido, pero que sin duda un día tendría el mundo a sus pies, para bien o para mal. Las demás eran anodinas, aún indiferenciadas; y sin embargo, pensó Harriet, las personas anodinas son las más difíciles de analizar. Apenas te das cuenta de su existencia hasta que …¡zas!, algo estalla de repente como una carga de profundidad, te deja pasmada y te toca recoger extraños restos flotantes.

De modo que el comedor era un hervidero, y las criadas contemplaban la escena impasibles desde las mesas del bufé.

Dios sabe qué pensarán de nosotras, reflexionó Harriet.

—¿Estás tramando un asesinato excepcionalmente complejo? —le preguntó Phoebe al oído—. ¿O ideando una coartada difícil? Te he pedido tres veces que me pases la vinagrera.

—Perdona —dijo Harriet, haciendo lo que le pedían—. Estaba reflexionando sobre lo impenetrable de la expresión humana.

Tuvo un momento de vacilación en el que estuvo a punto de contarle a Phoebe lo del desagradable dibujo, pero su amiga le hizo otra pregunta y se escapó la oportunidad.

Sin embargo, aquel incidente la había dejado preocupada y muy alterada. Horas más tarde, al pasar por el comedor vacío, se detuvo a contemplar el retrato de aquella otra Mary, condesa de Shrewsbury, en cuyo honor se había fundado el college. El cuadro era una copia moderna, de buena factura, del que había en Saint John's College, en Cambridge, y el rostro de rasgos duros, extraños, la boca de gesto desabrido y la mirada aviesa, soslayada, siempre habían ejercido una extraña fascinación sobre ella, incluso en su época de estudiante, cuando los retratos de los personajes célebres ya desaparecidos expuestos en lugares públicos despertaban más comentarios sarcásticos que respeto y consideración. Ni sabía ni se había tomado la molestia de averiguar por qué Shrewsbury College había adoptado tan abominable patrona. Desde luego, la hija de Bess de Hardwick había sido una gran intelectual, pero también el mismísimo demonio: incontrolable por sus compatriotas, impertérrita ante la Torre de Londres, desdeñosa ante el consejo privado, obstinada recusante, amiga incondicional, enemiga implacable y dama con un gusto por la invectiva destacable incluso en una época en que pocos se distinguían por su comedimiento verbal. Francamente, parecía la personificación misma de todas y cada una de las cualidades peligrosas que popularmente se les atribuye a las mujeres cultas. Su marido, el «grande y glorioso conde de Shrewsbury», había pagado un alto precio por la paz del hogar, porque, como dice Bacon, había «alguien más grande que él, que es mi señora de Shrewsbury». Y, naturalmente, que digan una cosa así es tremenda. El panorama resultaba de lo más desalentador para la campaña matrimonial de la señorita Schuster-Slatt, puesto que la norma que parecía imperar consistía en que una gran mujer debía morir soltera, algo que a la señorita Schuster-Slatt le disgustaba, o encontrar a un hombre aún más grande que se casara con ella. Y eso limitaba tremendamente la capacidad de elección de una gran mujer, ya que, a pesar de que abundaban los grandes hombres, el mundo estaba más poblado de hombres normales y corrientes. Por otra parte, un gran hombre podía casarse con quien quisiera, sin limitarse a las grandes mujeres; es más, se consideraba encomiable y encantador que eligiese a una mujer sin la menor grandeza.

Claro que una mujer, reflexionó Harriet, puede llegar a la grandeza, o al menos a un gran reconocimiento, simplemente por ser esposa y madre maravillosa, como la madre de los Gracos, mientras que los hombres conocidos por ser maridos y padres abnegados podrían contarse con los dedos de una mano. Como rey, Carlos I resultó un desastre, pero fue un excelente padre. Sin embargo, difícilmente se le podría considerar uno de los grandes padres del mundo, y sus hijos no fueron precisamente un éxito clamoroso. ¡Dios mío! Ser un gran padre es una profesión muy difícil o con una triste recompensa. Detrás de todo gran hombre hay una gran madre o una gran esposa... o eso decían. Resultaría interesante saber detrás de cuántas grandes mujeres ha habido grandes padres y maridos..., una interesante investigación. ¿Elizabeth Barrett? Bueno, tuvo un gran marido, pero fue grande por derecho propio, por así decirlo, y el señor Barrett no era exactamente... ¿Las Brontë?

Pues tampoco. ¿La reina Isabel? Tuvo un padre memorable, pero no se puede decir que su principal característica consistiera en dedicarse a sus hijas y ayudarlas. Y ella cometió el desatino de no tener marido. ¿La reina Victoria? Se podría decir mucho del pobre Alberto, pero no tanto del duque de Kent.

Alguien cruzaba el comedor detrás de ella: la señorita Hillyard. Con el malicioso propósito de obtener alguna respuesta de aquel personaje hostil, Harriet le expuso su nueva idea para una tesis histórica.

—Olvida los logros físicos —dijo la señorita Hillyard—. Según tengo entendido, muchas cantantes, bailarinas, nadadoras y tenistas se lo deben todo a la dedicación de sus padres.

—Pero los padres no son famosos.

—No. Los hombres modestos no gozan de gran estima entre ninguno de los dos sexos. Dudo mucho que ni siquiera el talento literario que usted tiene fuera reconocido por las virtudes de sus personajes masculinos, sobre todo si elige a las mujeres por sus cualidades intelectuales. En tal caso, sería una tesis muy breve.

—¿«Estancado por falta de argumentos»?

—Eso creo. ¿Conoce a algún hombre que admire sinceramente a una mujer por su inteligencia?

—Bueno, la verdad es que no muchos —contestó Harriet.

—Pensará que conoce a uno —replicó la señorita Hillyard con amargura, recalcando el «uno»—. La mayoría de nosotras piensa en alguna ocasión que conoce a uno, pero ese hombre suele tener algún interés personal de por medio.

—Sí, es muy probable —reconoció Harriet—. Parece que no tiene a los hombres en muy buen concepto…, quiero decir, al carácter masculino como tal.

—No, en efecto —dijo la señorita Hillyard—. Pero poseen una

admirable capacidad para imponer su punto de vista a la sociedad. Todas las mujeres son sensibles a la crítica masculina, mientras que los hombres no lo son a la crítica femenina. Desprecian a las mujeres críticas.

—Personalmente, ¿desprecia usted la crítica masculina?

—Por completo —contestó la señorita Hillyard—. Pero hace daño. Fíjese en esta universidad. Los hombres han sido extraordinariamente amables y bondadosos con los colleges femeninos, no cabe duda, pero no verá que nombren mujeres para puestos universitarios de importancia. Eso es imposible. Las mujeres pueden realizar su trabajo por encima de las críticas, pero a los hombres les encanta vernos con nuestros juguetitos.

—Excelentes progenitores y padres de familia —murmuró Harriet.

—Sí… en ese sentido —dijo la señorita Hillyard y a continuación se rió de una forma bastante desagradable.

Aquí pasa algo raro, pensó Harriet. Probablemente una cuestión personal. Qué difícil resulta no amargarse por la experiencia personal. Bajó a la sala de estudiantes y se miró en el espejo. En los ojos de la tutora de historia había percibido una mirada que no quería descubrir en sí misma.

La oración vespertina del domingo. El college era aconfesional, pero ciertas ceremonias cristianas se consideraban fundamentales para la vida comunitaria. La capilla, con sus vidrieras, sus paredes de paneles de roble y el altar desprovisto de adornos era una especie de mínimo común denominador de todos los credos y sectas. Al dirigirse hacia allí, Harriet recordó que no había visto su toga desde la tarde anterior, cuando la decana la llevó a la sala del profesorado. Como no le hacía ninguna gracia irrumpir en el sanctasanctórum sin más ni más, fue en busca de la señorita Martin, quien, al parecer, se había llevado las dos togas a su habitación. Harriet se embutió en la toga, y al agitar una de las mangas dio un golpazo sobre una mesa.

—¡Por Dios! ¿Qué ha sido eso? —exclamó la decana.

—Mi pitillera —contestó Harriet—. Creía que se me había perdido, pero ahora me acuerdo. Ayer no pude guardármela en ningún bolsillo y la metí en la manga de la toga. Al fin y al cabo, es para lo que sirven estas mangas, ¿no?

—¡Dígamelo a mí! Las mías son una auténtica bolsa de ropa sucia al final del curso. Cuando no me queda ningún pañuelo limpio en los cajones, mi criada le da la vuelta a las mangas de la toga. La mejor colección ascendía a veintidós…, pero después he tenido un resfriado tremendo durante una semana. Qué prendas tan antihigiénicas. Aquí tiene el birrete. No se preocupe por la muceta, ya volverá a buscarla. ¿Qué ha hecho hoy? Apenas la he visto.

Harriet sintió una vez más el impulso de hablar de aquel dibujo tan desagradable, pero volvió a reprimirlo. Se sentía un poco alterada por el asunto. ¿Por qué pensar en ello? De lo que sí habló fue de su conversación con la señorita Hillyard.

—¡Por Dios! Si ese es el caballo de batalla de la señorita Hillyard. Pamplinas, como diría la señora Gamp. Naturalmente que a los hombres no les gusta que se metan en sus cosas, como no le gusta a nadie. Creo que tienen una actitud muy noble al permitirnos que entremos a saco en su universidad, pobrecillos. Llevan cientos de años acostumbrados a ser los amos y señores, y necesitan un poquito de tiempo para acostumbrarse al cambio, pero si un hombre tarda meses y meses en aceptar un sombrero nuevo, y justo cuando estás a punto de llevarlo al mercadillo de beneficencia, te dice: «Llevas un sombrero muy bonito. ¿Dónde lo has comprado?», y tú le dices: «Henry, querido, es el que llevaba el año pasado y tú decías que parecía un mono de organillero». Mi cuñado siempre dice eso, y mi hermana se pone furiosa.

Subieron la escalera de la capilla.

No había estado tan mal, al fin y al cabo. Desde luego, no tan mal como se esperaba. Aunque la entristecía haberse apartado tanto de Mary Stokes, y en cierto modo le daba lástima que ella se negase a reconocerlo. Harriet había descubierto hacía tiempo que no te pueden caer mejor las personas por el mero hecho de que hayan muerto o estén enfermas, y menos aún porque antes te cayeran muy bien. Algunos seres pasaban felizmente por la vida sin hacer este descubrimiento, los hombres y mujeres a quienes se llamaba «sinceros». Sin embargo, quedaban viejas amigas a las que te alegraba volver a ver, como la decana y Phoebe Tucker. Y en realidad, todas se habían portado extraordinariamente bien; algunas se habían puesto un poco tontas con tanta curiosidad por «ese hombre, Wimsey», pero sin duda con la mejor intención. La señorita Hillyard podía ser una excepción, pero aquella mujer siempre había sido un poco retorcida y te hacía sentir incómoda.

Mientras el coche serpenteaba por los Chilterns, Harriet sonrió al pensar en la conversación de despedida con la decana y la administradora.

—Tiene que escribirnos un libro nuevo muy pronto. Y recuerde que si alguna vez tenemos un enigma en Shrewsbury la llamaremos para que nos lo resuelva.

—De acuerdo —dijo Harriet—. Cuando encuentren un cadáver descuartizado en la despensa, envíenme un telegrama…, y tomen la precaución de que la señorita Barton vea el cadáver, para que así no le importe tanto entregar la asesina a la justicia.

Y si realmente encontrasen un cadáver en medio de un charco

de sangre en la despensa, menuda sorpresa se llevarían. El prestigio de un college radicaba en que jamás ocurriera nada grave. Lo más espantoso que podía suceder era que una alumna «tirase por el mal camino». La sustracción de un par de paquetes por el conserje había sido suficiente para sumir en la consternación a todo el claustro. Pobrecillas: cuánto tranquilizaban y animaban, qué buenas eran todas, en los paseos bajo las hayas centenarias meditando sobre ὂν χαὶ μὴ ὂ y las finanzas de la reina Isabel.

—He roto el hielo —dijo Harriet en voz alta—, y al fin y al cabo, el agua no estaba tan fría. Volveré de vez en cuando. Sí, volveré.

Encontró una agradable cantina para almorzar y comió con apetito. Después recordó que tenía la pitillera en la toga, que llevaba colgada del brazo. Metió la mano hasta el fondo de la larga manga y sacó el estuche. Al mismo tiempo salió un trozo de papel, una hoja normal y corriente doblada en cuatro. Mientras la desdoblaba frunció el entrecejo al recordar algo desagradable.

Había un mensaje pegado, con letras que parecían recortadas de los titulares de un periódico:

ASESINA ASQUEROSA. ¿NO TE DA VERGÜENZA
ANDAR POR AHÍ?

—¡Maldita sea! —exclamó Harriet—. ¿También tú, Oxford?

Se quedó muy quieta en el asiento unos momentos. Después encendió una cerilla y prendió fuego al papel, que se quemó rápidamente, y se vio obligada a tirarlo al plato. Aun así, las letras destacaban grises sobre la negrura crujiente, hasta que redujo a polvo aquellas formas espectrales con una cuchara.

4

No puedes, Amor, tanto daño causarme,
cual el que, en pos del deseado cambio,
en conociendo tu empeño, me causaré yo:
la amistad extrañaré, seré un extraño,
y, de tu senda apartándome,
ya no morará en mi lengua tu amado nombre,
por miedo a que, blasfemo, yo lo profane
y acaso nuestra vieja amistad proclame.

WILLIAM SHAKESPEARE

Hay incidentes en la vida que, por una caprichosa coincidencia de tiempo y estado de ánimo, adquieren un valor simbólico. Eso fue lo que le ocurrió a Harriet al asistir a las celebraciones de fin de curso de Shrewsbury. A pesar de ciertos absurdos e incongruencias, nimiedades, aquella situación abrió ante ella la visión de un antiguo deseo, largo tiempo oscurecido por la confusión de inútiles fantasías, pero que en aquellos momentos se alzaba singular como una torre en una montaña. En sus oídos resonaban dos frases, una de ellas de la decana: «Lo que realmente cuenta es el trabajo que haces», y otra, como un triste lamento por algo perdido para siempre: «En cierta época, yo era estudiante».

«El tiempo es; el tiempo fue; el tiempo es pasado», dijo la Cabeza de Bronce. Philip Boyes estaba muerto, y las pesadillas que habían rodeado la espantosa noche de su fallecimiento iban desvaneciéndose poco a poco. Aferrándose instintivamente al trabajo que había que realizar, Harriet había luchado por recobrar una insegura estabilidad. ¿Era demasiado tarde para alcanzar la mirada límpida y la conciencia tranquila? Y si así fuera, ¿qué podía hacer con aquella pesada cadena que la ataba inevitablemente al doloroso pasado? ¿Y con Peter Wimsey?

Sus relaciones habían sido un tanto extrañas durante los últimos tres años. Inmediatamente después del terrible asunto que habían investigado juntos en Wilvercombe, Harriet, pensando que había que hacer algo para mejorar una situación que empezaba a resultar insoportable, llevó a cabo un plan que acariciaba desde hacía tiempo, y que al fin pudo poner en práctica gracias a su creciente fama y a sus ingresos como escritora. Se marchó de Inglaterra con una amiga que le sirvió de secretaria y acompañante, y viajó tranquilamente por Europa; se quedaba aquí o allá, según le dictara el capricho o cuando se le presentaba un buen marco para un relato. El viaje fue todo un éxito desde el punto de vista económico. Recogió material para dos novelas, que se desarrollaban, respectivamente, en Madrid y en Carcasona, y escribió una serie de relatos de aventuras detectivescas en el Berlín hitleriano, así como varios artículos de viajes, de modo que pudo reponer sobradamente sus arcas. Antes de partir, le pidió a Wimsey que no le escribiera. Él aceptó aquella prohibición con una docilidad insólita.

—Comprendo. Muy bien. *Vade in pacem.* Si me necesitas, ya sabes dónde encontrarme, en la empresa de siempre.

Harriet había visto el nombre de Peter en los periódicos ingleses de vez en cuando, nada más. A principios del siguiente junio había vuelto a casa, pensando que, tras tan prolongado paréntesis, habría pocas dificultades para poner punto final a su relación tranquila y amistosamente. Probablemente él ya se sentía tan aliviado y equilibrado como ella. En cuanto volvió a Londres, Harriet se mudó a un piso en Mecklenburg Square y se puso a trabajar en la novela de Carcasona.

Un incidente insignificante poco después de su regreso le dio la oportunidad de poner a prueba sus reacciones. Fue a Ascot, con una joven escritora muy ingeniosa y su marido, abogado, en parte por divertirse y en parte porque quería empaparse del color local para un relato, en el que una desgraciada víctima caía muerta de repente en el recinto real en el momento más emocionante, cuando todas las miradas estaban clavadas en la meta de una carrera. Al recorrer con la vista aquellos sacrosantos espacios desde detrás del seto, Harriet se dio cuenta de que en el color local iban incluidos unos estrechos hombros enfundados en un traje tan ajustado que era casi de desmayo y un perfil de loro muy conocido, resaltado por un sombrero de copa gris pálido echado hacia atrás. Rodeando aquella especie de aparición había un espumear de sombreros veraniegos, de modo que parecía una orquídea un tanto grotesca pero muy cara en medio de un ramo de rosas. Por la expresión de ambos bandos, Harriet dedujo que los sombreros veraniegos estaban acechando algo tan codiciado como inasequible, y que el sombrero de copa se lo estaba tomando con un regocijo rayano en la hilaridad. En cualquier caso, tenía toda su atención puesta en otra parte.

Estupendo, pensó Harriet. Nada de lo que preocuparse por ese lado. Volvió a casa alegrándose de lo excepcionalmente bien que se sentía. Tres días más tarde, mientras leía en el periódico matutino que entre los invitados a un almuerzo literario se había visto a «la señorita Harriet Vane, la conocida escritora de novela policíaca», la interrumpió el teléfono. Una voz familiar, extrañamente ronca e insegura, dijo:

—¿La señorita Harriet Vane?... ¿Eres tú, Harriet? He visto que has vuelto. ¿Quieres cenar conmigo una de estas noches?

Había varias respuestas posibles; entre ella, la represiva y desconcertante: «¿De parte de quién, por favor?». Al ser de natural honrado y pillarla desprevenida, respondió débilmente:

—Ah, gracias, Peter, pero no sé si...

—¿Cómo? —replicó la voz al otro lado, con un dejo de burla—. ¿Conque todas las noches ocupadas de aquí a «que lleguen las Coquecigrues»?

—Claro que no —respondió Harriet, porque no quería parecer la típica celebridad engreída detrás de la que andaba todo el mundo.

—Entonces di cuándo.

—Esta noche estoy libre —dijo Harriet, pensando que con tan poco tiempo quizá lo obligaría a pretextar un compromiso anterior.

—¡Estupendo! —replicó él—. Yo también. Probaremos las mieles de la libertad. Por cierto, has cambiado de número de teléfono.

—Sí. Tengo otro piso.

—¿Paso a buscarte, o nos vemos en Ferrara a las siete?

—¿En Ferrara?

—Sí, a las siete, si no es demasiado temprano. Después podemos ir a algún espectáculo, si te apetece. Hasta luego. Gracias.

Peter colgó antes de que a Harriet le diera tiempo a reaccionar. Ella no habría elegido precisamente Ferrara. Era un sitio de moda, demasiado vistoso. Quien podía entrar allí, allí entraba, pero los precios eran tan altos que, por lo menos de momento, no podía estar hasta los topes, lo que significaba que si ibas allí te iban a ver. Si lo que intentabas era romper una relación con alguien, quizá no fuera la mejor jugada hacerlo público en el Ferrara.

Curiosamente, iba a ser la primera vez que Harriet cenaba en el West End con Peter Wimsey. Durante el primer año después del juicio, no quiso aparecer en ninguna parte, ni aunque hubiera podido comprarse la ropa para hacer su aparición. En aquellos días él la llevaba a los mejores restaurantes del Soho, más tranquilos, o con más frecuencia, la arrastraba, toda enfurruñada y rebelde, hasta hosterías de carretera con cocineros de fiar. Harriet estaba demasiado apática para negarse a esas salidas, que probablemente algo habían hecho por evitar que se amargara, si bien en muchas ocasiones había pagado la imperturbable alegría de su anfitrión con duras palabras de angustia. Al rememorarlo, la paciencia de Wimsey la sorprendía tanto como la preocupaba su insistencia.

Peter la recibió en Ferrara con la media sonrisa y la palabra fácil de siempre, pero con una cortesía más formal de lo que ella recordaba. Escuchó con interés e incluso entusiasmo el relato de sus viajes, y Harriet comprobó (como era de esperar) que el mapa de Europa era terreno conocido para él. Wimsey aportó unas cuantas anécdotas divertidas de su propia experiencia, y añadió datos bien documentados sobre las condiciones de vida en la Alemania moderna. La sorprendió que estuviera tan al corriente de los pormenores de la política internacional, pues no pensaba que tuviera gran interés por los asuntos públicos. Se enzarzó en una apasionada discusión con él sobre las posibilidades de la Conferencia de Ottawa, sobre la que Peter no parecía albergar grandes esperanzas, y cuando llegó la hora del café, Harriet tenía tanto empeño por quitarle de la cabeza ciertas ideas aviesas sobre el desarme que prácticamente se olvidó de las intenciones (si acaso existían) con las que había ido a verlo. En el teatro logró recordar de vez en cuando que tenía que decir algo decisivo, pero el tono se mantuvo tan coloquial y tan sereno que resultaba difícil sacar a colación el nuevo tema.

Una vez acabada la obra, él la llevó hasta un taxi, le preguntó qué dirección tenía que indicarle al taxista, le pidió permiso para acompañarla a casa y tomó asiento a su lado. Sin duda, aquel era el momento adecuado, pero Peter iba hablando en un agradable susurro sobre la arquitectura georgiana de Londres. Al pasar por Guildford Street, Peter se le adelantó preguntándole tras una pausa, durante la cual Harriet había decidido jugarse el todo por el todo:

—Harriet, supongo que no tienes ninguna respuesta nueva que darme, ¿verdad?

—No, Peter. Lo siento, pero no puedo decir nada más.

—De acuerdo. No te preocupes. Intentaré no incordiarte, pero si fueras capaz de aguantarme de vez en cuando, como esta noche, te lo agradecería mucho.

—No creo que fuera justo para ti.

—Si esa es la única razón, yo soy quien mejor puede juzgarlo. —A continuación, volviendo a su tono habitual, como burlándose de sí mismo, añadió—: No resulta fácil librarse de las viejas costumbres. No puedo prometer que vaya a reformarme. Con tu permiso, seguiré proponiéndote matrimonio a intervalos prudentes…, en ocasiones especiales, como mi cumpleaños, el día de Guy Fawkes y el aniversario de la coronación del rey, pero puedes considerarlo pura formalidad. No tienes por qué prestarle la menor atención.

—Es ridículo seguir así, Peter.

—Y, por supuesto, el día de los Inocentes.

—Sería mejor olvidarlo… Esperaba que ya lo hubieras hecho.

—Tengo una memoria muy desordenada. Hace lo que no tiene

que hacer y deja por hacer lo que debería haber hecho, pero hasta la fecha no se ha puesto en huelga.

El taxi se detuvo, y el taxista miró hacia atrás con expresión interrogativa. Wimsey ayudó a salir a Harriet y esperó con ademán grave a que soltara la llave. Después se la cogió, le abrió la puerta, le dio las buenas noches y se marchó.

Al remontar la escalera de piedra Harriet comprendió que en aquella situación, huir no le había servido de nada. Se encontraba de nuevo entre las viejas redes de la indecisión y la angustia. En Peter parecía haberse obrado cierto cambio, pero desde luego no por eso resultaba más fácil tratarlo.

Wimsey cumplió su promesa y apenas molestó a Harriet. Pasó mucho tiempo fuera de la ciudad, trabajando en numerosos casos, algunos de los cuales trascendieron a la prensa, mientras que otros se resolvieron con discreción. Estuvo seis meses fuera del país, sin dar otra explicación que «cuestiones de trabajo». Un verano se vio envuelto en un asunto extraño que lo llevó a colocarse en una agencia de publicidad. La vida oficinesca le resultó entretenida, pero la cosa terminó de una forma rara y dolorosa.

Una noche acudió a una cena que habían concertado de antemano, pero saltaba a la vista que no se encontraba en condiciones ni de hablar ni de comer. Al final confesó que tenía un terrible dolor de cabeza y fiebre y consintió que lo llevaran a casa. Harriet estaba demasiado preocupada para dejarlo hasta que lo vio sano y salvo en su piso, en las competentes manos de Bunter, quien la tranquilizó: era simplemente la reacción, algo que ocurría con frecuencia al final de un caso, pero que se pasaba enseguida. Un par de días después llamó el enfermo, pidió disculpas y concertó otra cita, en la que hizo alarde de una notable euforia.

En ninguna otra ocasión había traspasado el umbral de la casa de Peter ni él había profanado el santuario de Mecklenburg Square. Ella lo había invitado a entrar en un par de ocasiones, movida por la cortesía, pero él siempre había puesto alguna excusa, y Harriet comprendió que estaba decidido a dejarle al menos aquel lugar para ella sola, libre de asociaciones incómodas. Era evidente que Peter no pensaba cometer la necedad de ser más valorado por distanciarse; más bien parecía tener intención de desagraviarla por algo. Renovaba la oferta de matrimonio a una media de una vez cada tres meses, pero de tal forma que no daba pie a estallidos de mal genio por parte de ninguno de los dos. Un primero de abril la pregunta llegó desde París, en una sola frase latina que comenzaba con la desalentadora partícula interrogativa *num*, que evidentemente «requiere la respuesta negativa». Tras buscar en el libro de gramática las «negativas corteses», Harriet replicó con un *Benigne* aún más breve.

Al rememorar su visita a Oxford, Harriet se dio cuenta de que la había alterado. Había empezado a tomarse a Wimsey como algo normal, como se podría tomar como algo normal la dinamita en una fábrica de munición, pero descubrir que simplemente el sonido de su nombre aún tenía el poder de provocar tales explosiones en su interior, que la molestaban por igual, muchísimo, que otros elogiaran o censuraran a Peter, despertaba el recelo de que la dinamita quizá siguiera siendo dinamita, por inocua que pudiera parecer por la costumbre.

En la chimenea de su salón había una nota, con la letra pequeña y complicada de Peter. En ella la informaba de que lo había avisado el inspector jefe Parker, que se encontraba en el norte de Inglaterra con dificultades en un caso de asesinato, y que por consiguiente lamentaba tener que cancelar su cita de aquella semana. ¿Le haría el favor de utilizar las entradas, que él no podía emplear por falta de tiempo?

Harriet apretó los labios al leer la última frase, tan cautelosa. Desde una ocasión espantosa, durante el primer año de su relación, en la que él se arriesgó a enviarle un regalo de Navidad, y en un arrebato de orgullo y vergüenza ella se lo devolvió con un amargo reproche, Peter se había guardado muy mucho de ofrecerle nada que pudiera ni remotamente considerarse un regalo material. Si hubiera desaparecido de la faz de la tierra, no había nada entre las cosas de Harriet que le recordara a él. Cogió las entradas y titubeó. Podía regalarlas, o aprovecharlas para ir con alguien. Al final pensó que no le apetecía pasarse toda la obra con una especie de fantasma de Banquo disputándose la butaca de al lado con otra persona. Metió las entradas en un sobre, las envió al matrimonio que la había llevado a Ascot, rompió la nota por la mitad y la depositó en la papelera. Tras haberse deshecho de Banquo, respiró con más libertad y se enfrentó al siguiente incordio del día. Consistía en revisar tres libros suyos para una nueva edición. Releer las propias obras suele ser una tarea deprimente, y una vez que hubo terminado se sintió hastiada y disgustada consigo misma. Los libros estaban bien como tales, e incluso eran estupendos como ejercicio intelectual, pero les faltaba algo; tenía la sensación de haberlos escrito con cierta reserva mental, con el empeño de no dejar traslucir sus opiniones ni su personalidad. Reflexionó asqueada sobre una conversación tan superficial como ingeniosa sobre la vida matrimonial entre dos de los personajes. Podría haber hecho algo mucho mejor si no hubiera tenido miedo de ponerse en evidencia. Lo que la estorbaba era la sensación de estar en medio de las cosas, demasiado cercana a ellas, oprimida e intimidada por la realidad. Si conseguía distanciarse de sí misma, lograría confianza y más autocontrol. Ese era el gran don con el que, a pesar de sus limitaciones, podía considerarse afortunado el intelectual: la mirada nítida, directa al objeto, ni debilitada ni distraída por cuestiones íntimas.

Conque intimidad, ¿eh?, dijo Harriet para sus adentros mientras metía las pruebas en papel de embalar, de mal humor.

> *No a solas aun cuando a solas estás,*
> *¡oh, Dios, que mi intimidad de ti pudiera guardar!*

Se alegró lo indecible de haberse librado de las entradas.

De modo que cuando Wimsey volvió de su expedición por el norte, ella fue a verlo con ánimo beligerante. Wimsey le había pedido que cenara con él, en esta ocasión en el Egotists Club, un lugar insólito. Era sábado, y tenían toda la sala para ellos solos. Harriet habló de su visita a Oxford y aprovechó la ocasión para enumerar una serie de prometedoras estudiantes que habían destacado en la universidad y después se habían apagado por el matrimonio. Wimsey concedió sin entusiasmo que esas cosas ocurrían con demasiada frecuencia, y puso como ejemplo a un pintor de gran talento que, empujado por la ambición social de su esposa, se había convertido en una auténtica máquina de retratos académicos.

—Desde luego, en ocasiones la pareja simplemente tiene celos o es egoísta —añadió sin gran convicción—. Pero en la mitad de los casos es pura estupidez. No lo hacen a propósito. Es sorprendente las pocas personas que realmente cumplen lo que se proponen en Año Nuevo.

—No creo que pudieran evitarlo, cualesquiera que fueran sus propósitos. Lo que les hace la trastada es la personalidad de los demás.

—Sí. Del dicho al hecho hay mucho trecho. Es lo que pasa siempre. Puedes decir que no vas a meterte en el alma de otra persona, pero lo haces, por el mero hecho de existir. La pega que tiene es la dificultad práctica, por así decirlo, de no existir. Es decir, aquí estamos todos, y ¿qué podemos hacer?

—Bueno, supongo que algunas personas sienten la necesidad de convertir las relaciones personales en el trabajo de toda su vida. En tal caso, muy bien, pero ¿y los demás?

—Una lástima, ¿verdad? —replicó Peter, con un dejo de picardía que molestó a Harriet—. ¿Crees que se deberían eliminar por completo los contactos humanos? Siempre tienes que pelearte con el carnicero, el panadero o la casera. ¿O las personas con cerebro deberían quedarse quietecitas y dejarse cuidar por los que tienen corazón?

—Eso es muy frecuente.

—Cierto. —Peter llamó al camarero por quinta vez para que le recogiera la servilleta a Harriet—. ¿Por qué los genios son malos maridos y todo eso? Pero ¿qué hacer con las personas que sufren la maldición de tener cerebro y corazón?

—Perdona que se me caigan las cosas. Es que esta seda es muy resbaladiza. Bueno, ese es el problema, ¿no? Empiezo a pensar que tendrían que elegir.

—¿No comprometerse?

—No creo que el compromiso funcione.

—¡Que precisamente yo tenga que oír vituperios contra el compromiso en boca de una persona de sangre inglesa!

—Bueno, yo no soy totalmente inglesa. Tengo un poquito de irlandesa y de escocesa.

—Lo cual viene a demostrar que eres inglesa. Ninguna otra raza presume de mestizaje. Yo soy inglés casi hasta el bochorno, porque tengo una decimosexta parte de francés, aparte de las nacionalidades de costumbre, es decir, que llevo el compromiso en la sangre. Sin embargo, ¿dónde me clasificarías? ¿Entre los que tienen cerebro o los que tienen corazón?

—Nadie podría negar que tienes cerebro —contestó Harriet.

—¿Y quién lo niega? Y tú podrás negar mi corazón, pero maldita sea si puedes negar su existencia.

—Argumentas como un ingenio de la época isabelina… dos significados con el mismo término.

—El término es tuyo. Tendrás que negar algo si quieres ser como el sacrificio de César.

—¿El sacrificio de César…?

—Una bestia sin corazón. ¿Se te ha vuelto a caer la servilleta?

—No, esta vez ha sido el bolso. Está debajo de tu pie izquierdo.

—¡Ah! —Peter miró a su alrededor, pero el camarero había desaparecido—. Bueno —añadió sin moverse—, la función del corazón es servir al cerebro, pero en vista de que…

—No te molestes, por favor. No tiene importancia —lo interrumpió Harriet.

—… en vista de que tengo dos costillas rotas, mejor no hago nada, porque como me agache, a lo mejor no vuelvo a levantarme.

—¡Válgame Dios! —exclamó Harriet—. Ya me parecía a mí que estabas un poco rígido. ¿Por qué demonios no me lo has dicho, en lugar de quedarte ahí haciéndote el mártir e induciéndome a que te juzgue mal?

—Al parecer, no soy capaz de hacer nada bien —dijo Peter con tono lastimero.

—¿Cómo te las rompiste?

—Me caí de un muro de una forma muy poco elegante. Tenía

un poco de prisa, porque había un tipo de aspecto patibulario al otro lado con una pistola. No fue tanto el muro como la carretilla que había debajo. Y en realidad, no son tanto las costillas como el esparadrapo. Aprieta como un demonio y el picor es infernal.

—Qué horror. No sabes cuánto lo siento. ¿Qué fue del tipo de la pistola?

—Pues no creo que las complicaciones personales vayan a darle más molestias.

—Si la suerte hubiera jugado del otro lado, supongo que serías tú quien no tendrías más molestias.

—Probablemente no. Y entonces tampoco te habría causado más molestias a ti. Si hubiera tenido la cabeza donde tenía el corazón, quizá habría aceptado de buen grado esa solución, pero como en aquel momento tenía la cabeza puesta en mi trabajo, salí corriendo con la mayor rapidez posible, con el fin de vivir lo suficiente para terminar el caso.

—Pues me alegro, Peter.

—¿En serio? Eso demuestra lo difícil que le resulta incluso al cerebro más poderoso no tener corazón. Veamos. Hoy no es día de pedirte que te cases conmigo, y unos cuantos metros de esparadrapo no bastan para que sea una ocasión especial, pero si no te importa, vamos a tomar café en el salón, porque esta silla me empieza a parecer tan dura como la carretilla y me está destrozando en los mismos sitios.

Se levantó con cautela. Llegó el camarero y le devolvió el bolso a Harriet, junto con unas cartas que ella había recogido de manos del cartero al salir de casa y había metido en el bolsillo exterior del bolso sin leerlas. Wimsey guió a su invitada hasta el salón, la acomodó en una silla y se agachó con una mueca para sentarse en la esquina de un sofá.

—Un buen trecho hasta llegar abajo, ¿no?

—En cuanto llegas está bien. Perdona por presentarme siempre en un estado tan lamentable. Naturalmente, lo hago a propósito, para llamar la atención y despertar lástima, pero me temo que la maniobra es demasiado evidente. ¿Quieres un licor con el café, o un brandy? Dos brandys añejos, James.

—Muy bien, señor. Han encontrado esto bajo la mesa del comedor, señorita.

—¿Más objetos perdidos? —dijo Wimsey, mientras cogía una tarjeta postal. Al ver que Harriet se sonrojaba y fruncía el entrecejo con expresión de asco, preguntó—: ¿Qué es esto?

—Nada —contestó Harriet, metiendo el garabato en el bolso. Peter la miró.

—¿Te llegan cosas así con frecuencia?

—¿Qué cosas?

—Porquerías anónimas.

—Ya no tanto. Encontré una en Oxford, pero antes llegaban en todos los repartos del correo. No te preocupes; estoy acostumbrada. Ojalá lo hubiera visto antes de venir aquí. Es terrible que se me haya caído en el club y lo hayan leído los criados.

—Una cabeza loca, eso es lo que eres. ¿Puedo verlo?

—No, Peter. Por favor.

—Dámelo.

Harriet le tendió la postal sin levantar los ojos. «Pregúntale a tu novio el del título si le gusta el arsénico en la sopa. ¿Qué le diste para que te sacara?», preguntaba.

—¡Por Dios, qué asquerosidad! —exclamó Peter con amargura—. Así que en eso te estoy metiendo. Debería haberlo sabido. Era prácticamente imposible que no ocurriese, pero como tú no decías nada, me he dejado llevar por el egoísmo.

—No importa. Es una de las consecuencias, y tú no puedes hacer nada.

—Podría tener la consideración de no exponerte a ti. Sabe Dios que has intentado con todas tus fuerzas librarte de mí. Aún más; creo que has utilizado todos los instrumentos posibles para apartarme de ti, salvo ese.

—Bueno, sabía que lo detestarías, y no quería hacerte daño.

—¿Que no querías hacerme daño?

Harriet comprendió que aquello debía de parecerle una completa locura.

—Lo digo en serio, Peter. Ya sé que te he dicho las cosas más espantosas que se me han ocurrido, pero tengo mis límites. —La invadió una repentina oleada de ira—. Por Dios, ¿es que realmente piensas eso de mí? ¿Crees que no hay bajeza ante la que no me rinda?

—Estarías plenamente justificada si me dijeras que he estado haciéndote las cosas aún más difíciles al darte tanto la lata.

—¿Ah, sí? ¿Esperabas que te dijera que estabas empañando mi reputación cuando no tenía reputación que empañar? ¿Que te dijera que me salvaste de la horca, muchas gracias, pero que me pusiste en la picota? ¿Que mi nombre no es más que barro, pero que lo tratas como una azucena? No soy tan hipócrita.

—Comprendo. La pura verdad es que lo único que hago es amargarte un poco más la vida. Eres muy generosa al no decirlo.

—¿Por qué te has empeñado en verlo?

—Porque —respondió Peter encendiendo una cerilla y acercando la llama a una esquina de la tarjeta— si bien estoy dispuesto a huir de los matones con pistolas, con otros problemas prefiero enfrentarme cara a cara. —Tiró el papel ardiendo en el cenicero y aplastó las cenizas. A Harriet le vino a la memoria el mensaje que había encontrado en una manga—. No tienes que reprocharte nada. Tú no me lo dijiste; lo descubrí yo solo. Admitiré la derrota y me despediré. ¿De acuerdo?

El camarero del club dejó las copas de brandy sobre la mesa. Con la mirada clavada en las manos, Harriet entrelazaba los dedos. Peter la observó unos momentos y después dijo con dulzura:

—No te pongas tan trágica. Se está enfriando el café. Al fin y al cabo, me queda el consuelo de que «no tú, sino el destino me ha vencido». Resurgiré con mi vanidad intacta, que ya es algo.

—Peter, me temo que no soy muy consecuente. He venido aquí esta noche con la firme intención de decirte que lo dejes, pero preferiría librar mis propias batallas. Yo… yo… —miró hacia arriba y añadió temblorosa—, ¡maldita sea si dejo que por mí te liquiden los matones o los que envían cartas anónimas!

Peter se enderezó bruscamente, de modo que su exclamación de alegría se tornó en un gemido.

—¡Maldito sea el esparadrapo este! Harriet, tienes agallas, ¿verdad? Dame la mano y lucharemos hasta el final. ¡Vamos! Nada de eso. En este club no se llora. No ha ocurrido nunca, y si me deshonras de esa manera, tendré una pelea con los del comité, y probablemente cerrarán los servicios de señoras.

—Lo siento, Peter.

—Y no me pongas azúcar en el café.

Un poco más tarde, tras haberle tendido un fuerte brazo para liberarlo de las arduas profundidades del sofá, entre palabrotas, y haberlo despachado para que obtuviera el descanso que lógicamente desearía, entre los dolores del amor y del esparadrapo, Harriet tuvo tiempo para pensar tranquilamente que si el destino había vencido a alguno de los dos, desde luego no había sido a Peter Wimsey. Él conocía a la perfección el truco con el que el luchador deja que la fuerza del adversario se deje vencer a sí misma. Sin embargo, ella sabía con toda certeza que si, cuando él le había preguntado si se marchaba, ella hubiera contestado con amabilidad pero firmeza: «Lo siento, pero pienso que sería lo mejor», el asunto habría llegado al final deseado.

—Ojalá tuviera una actitud firme —le dijo a la amiga del viaje por Europa.

—Pero si la tiene —replicó la amiga, que era una persona de ideas claras—. Él sabe lo que quiere, y el problema es que tú no. Ya sé que no es agradable poner punto final a las cosas, pero no entiendo por qué tiene que hacerte él todo el trabajo sucio, sobre todo si no quiere que se haga. Con respecto a las cartas anónimas, me parece ridículo prestarles la menor atención.

A su amiga le resultaba fácil hablar así, pues llevaba una vida activa y laboriosa, sin puntos vulnerables.

—Peter dice que debería tener una secretaria que las cribara.

—Pues me parece muy práctico —dijo la amiga—. Pero supongo que, como es un consejo suyo, encontrarás alguna razón ingeniosa para no seguirlo.

—No soy tan mala —replicó Harriet, y contrató a una secretaria.

Así siguieron las cosas durante varios meses. Harriet no volvió a hacer ningún esfuerzo por discutir sobre las exigencias del corazón frente a las del cerebro. Ese tipo de conversaciones desembocaban en un peligroso intercambio de personalidades en el que Peter, con un ingenio más vivo y mayor autocontrol, siempre podía acorralarla sin ponerse en evidencia. Solo con una aspereza brutal lograba que él bajara la guardia, y empezaba a tener miedo a esos feroces impulsos.

En el ínterin no recibió noticias de Shrewsbury College, salvo que un día del bimestre de otoño apareció un párrafo en uno de los diarios más estúpidos de Londres sobre una «novatada de *estudiantas*» en el que se informaba al mundo de que alguien había encendido una hoguera con las togas en el patio de Shrewsbury y de que «la señora jefa» estaba tomando medidas disciplinarias. Por supuesto, las mujeres siempre eran noticia. Harriet escribió una ácida carta al periódico, señalando que «estudiante» o «alumna» serían términos más apropiados que «estudiantas» y que la forma correcta de denominar a la doctora Baring era «rectora». Lo único que consiguió fue la publicación de una carta al director del periódico encabezada como «Damas universitarias» y una referencia a «las encantadoras chicas universitarias».

Le explicó a Wimsey —daba la casualidad de que era la persona del género masculino que tenía más a mano para ensañarse— que esas ordinarieces eran la típica actitud del hombre medio hacia las inquietudes intelectuales de las mujeres. Él replicó que los malos modales le daban asco en toda ocasión, pero ¿acaso era peor que en un titular mencionaran a los monarcas extranjeros solamente con el nombre de pila?

No obstante, unas tres semanas antes del final del bimestre de Pascua, Harriet tuvo que volver a atender asuntos de la universidad, de una forma más personal y más alarmante.

Febrero se aproximaba a marzo sollozante y lacrimoso cuando recibió una carta de la decana.

Querida señorita Vane:

Me dirijo a usted para preguntarle si podría venir a Oxford para la apertura de la nueva ala de la biblioteca, que será inaugurada por el rector el próximo jueves. Como bien sabe, esta ha sido siempre la fecha oficial de apertura, si bien teníamos la esperanza de que los edificios estuvieran habitables al comienzo del curso, pero entre el conflicto en la empresa del contratista y la inoportuna enfermedad del arquitecto, nos retrasamos terriblemente, de modo que estará listo justo a tiempo. En realidad, la decoración interior frente a la planta baja todavía no está acabada, pero, francamente, no podíamos pedirle a lord Oakapple que cambiase la fecha, porque es un hombre muy ocupado y, al fin y al cabo, lo principal es la biblioteca, no las instalaciones para las profesoras, por mucho que las pobres necesiten un refugio.

Estamos impacientes por su llegada —me refiero a la doctora Baring y a mí—, si puede encontrar un hueco entre los innumerables compromisos que sin duda tendrá. Nos alegraría mucho contar con su consejo sobre algo sumamente desagradable que está ocurriendo aquí. No es que esperemos que una autora de novelas policíacas sea policía, pero sé que usted ha participado en una investigación real y estoy segura de que sabe mucho más que nosotras de cómo encontrar malhechores.

¡No vaya a pensar que nos están asesinando en la cama! En cierto sentido, no estoy muy segura de que no resultara más fácil enfrentarse a «un asesinato claro y limpio». Lo cierto es que somos víctimas de una mezcla de *Poltergeist* y anónimos insultantes, y ya se puede imaginar lo repugnante que le resulta a todo el mundo. Creemos que las cartas empezaron a llegar hace cierto tiempo, pero al principio nadie les prestó demasiada atención. Supongo que todo el mundo recibe mensajes anónimos de mal gusto de vez en cuando, y aunque algunas de esas barbaridades no han llegado por correo, en un lugar como este nada impide que cualquiera entre en la conserjería o incluso en el college y las deje, pero la destrucción gratuita de la propiedad es otra historia, y el último ataque ha sido tan abominable que algo hay que hacer. La *Prosodia inglesa* de la pobre señorita Lydgate (usted vio la monumental obra, aún en proceso de redacción) ha quedado desfigurada y mutilada de la forma más repulsiva que se pueda imaginar, algunos manuscritos importantes han sido destruidos por completo, y tendrá que reescribirlos desde el principio. La pobrecilla estuvo a punto de echarse a llorar, y lo más preocupante es que tenemos la impresión de que hay que responsabilizar a alguien del college. Suponemos que alguna alumna está resentida con el claustro, pero tiene que ser algo más que rencor; debe de ser una especie de chifladura espantosa.

No nos atrevemos a llamar a la policía... Si hubiera visto las cartas comprendería que no conviene airearlas, y usted sabe cómo funcionan estas cosas. Supongo que habrá reparado en ese despreciable periódico que hablaba sobre la hoguera del pasado noviembre. No llegamos a descubrir quién lo hizo, y naturalmente, pensamos que se trataba de una broma absurda, pero ahora nos estamos planteando si no formaría parte de un plan.

Por tanto, si pudiera concedernos un poco de su tiempo y del fruto de su experiencia, le quedaríamos sumamente agradecidas. Debe de existir una forma de sobrellevarlo... Desde luego, no podemos seguir con semejante acoso, pero es una tarea tremendamente difícil descubrir nada en un sitio como este, con ciento cincuenta alumnas y todas las puertas abiertas día y noche.

¡Lamento que sea una carta un tanto incoherente, pero es que parece que todo apremia, con la inauguración a la vuelta de la esquina, las pruebas de selección y el papeleo de las becas revoloteando como hojas en Vallombrosa! Con la esperanza de verla el próximo jueves, se despide atentamente,

LETITIA MARTIN

¡Qué curioso! Justo lo que hacía falta para causar el mayor daño imaginable a las mujeres universitarias, no solo en Oxford, sino en todas partes. Por supuesto, en cualquier comunidad se corre el riesgo de albergar a alguien indeseable, pero evidentemente, los padres no estarían dispuestos a enviar a sus inocentes criaturas a ciertos lugares en los que proliferasen las anomalías psicológicas. Aunque aquella campaña difamatoria no desembocara en un auténtico desastre (y nunca se sabe hasta dónde puede llegar la gente al sentirse acosada), sacar a relucir los trapos sucios no era precisamente lo que más podía favorecer a Shrewsbury. Porque, aunque quizá nueve décimas partes del barro no se lanzara al azar, el resto fácilmente podía dragarse del fondo del pozo de la verdad, y no habría quien lo limpiara.

¿Quién iba a saberlo mejor que ella? Sonrió con sarcasmo ante la carta de la decana. «El fruto de su experiencia»… Sí, claro. Aquellas palabras habían sido escritas de una forma totalmente inocente, por supuesto, y sin la menor intención de hurgar en la herida. A la señorita Martin no se le habría pasado por la cabeza escribir cartas insultantes a una persona que había sido absuelta del delito de asesinato, como tampoco se le habría ocurrido que pedir consejo a la señorita Vane para enfrentarse con aquel problema era como mentar la soga en casa del ahorcado. Se trataba simplemente de uno de esos ejemplos de falta de tacto al que son tan proclives las mujeres cultas y enclaustradas, alejadas del mundanal ruido. La decana se habría quedado horrorizada si hubiera sabido que, por humanidad, Harriet era la última persona a la que se debería haber recurrido para semejante asunto, y que incluso, en el propio Oxford, en el propio Shrewsbury College…

En el propio Shrewsbury College, y en la celebración de fin de curso. Ahí estaba la cuestión. La carta que Harriet había encontrado en una manga la habían puesto en Shrewsbury College y en la noche de la celebración. No solo eso; también estaba el dibujo que había recogido en el patio. ¿Formaba parte alguna de esas cosas, o ambas, de su lamentable disputa con el mundo? ¿O más bien habría que relacionarlas con el posterior estallido de violencia en el college? Parecía inverosímil que Shrewsbury hubiese albergado a dos locas de mente calenturienta en tan rápida sucesión, pero si aquellas dos locas eran una y la misma, las consecuencias eran alarmantes, y ella debía intervenir a toda costa, al menos para contar lo que sabía. En ciertos momentos hay que dejar a un lado los sentimientos personales en aras de lo público, y parecía que aquel era uno de ellos.

Cogió el teléfono sin muchas ganas y pidió una conferencia con Oxford. Mientras esperaba reflexionó sobre el asunto a esa nueva luz. La decana no entraba en detalles sobre las cartas ofensivas, salvo que de ellas se desprendía cierto resentimiento contra el claustro y que la responsable parecía ser del college. Era natural atribuir las novatadas destructoras a las alumnas, pero claro, la decana no sabía lo que sabía Harriet. Una mente pervertida y reprimida es capaz de volverse contra sí misma. «Virginidad amargada»... «vida antinatural»... «solteronas medio dementes»... «apetitos insatisfechos e impulsos reprimidos»... «atmósfera malsana»... Se le ocurrieron una serie de epítetos, ya acuñados para su difusión. ¿Era eso lo que habitaba en la torre de la colina? ¿Resultaría ser como la torre de lady Atalía en *Viento juguetón*, morada de frustración, perversión y locura? «Si tu ojo es único, todo tu cuerpo estará lleno de luz...», pero ¿es físicamente posible tener visión única? «¿Qué hacer con las personas con la maldición de tener cerebro y corazón?» Para ellas, la visión estereoscópica probablemente era una necesidad; ¿para quién no? (Era una forma absurda de jugar con las palabras, pero algo significaba.) Y entonces, ¿qué pasaba con el asunto de elegir una forma de vida? Al fin y al cabo, ¿había que llegar a un compromiso, simplemente para mantener la cordura? Entonces, se estaba condenada para siempre a aquella espantosa guerra interior, con confusión de ruidos y ropas empapadas en sangre... y, reflexionó lúgubremente, con las consecuencias habituales de la guerra: moneda alterada, menor rendimiento y gobiernos inestables.

En ese momento le dieron la conferencia, y oyó la agitada voz de la decana. Tras asegurarle que carecía de dotes detectivescas en la vida real, Harriet expresó su preocupación y simpatía y a continuación hizo la pregunta que, para ella, era fundamental.

—¿Cómo están escritas las cartas?

—Precisamente esa es la dificultad. La mayoría están hechas con trozos de periódico pegados, así que no se puede identificar la letra.

Eso parecía zanjar el asunto: no había dos corresponsales anónimas; solo una. Bien.

—¿Son solamente obscenas o también insultantes o amenazadoras?

—Las tres cosas. Insultos de cuya existencia no sabía la pobre señorita Lydgate (lo peor que conoce es por el teatro de la Restauración), y amenazas que van desde hacerlo público hasta el patíbulo.

De modo que aquella era la torre de lady Atalía.

—Aparte de al claustro, ¿se las envían a alguien más?

—No podría decirlo, porque la gente no siempre te cuenta lo que pasa, pero según tengo entendido, también las han recibido un par de alumnas.

—¿Y unas veces llegan por correo y otras a la conserjería?

—Sí. Y han empezado a aparecer en las paredes, y recientemente las meten por debajo de las puertas por la noche. Así que da la impresión de que debe de ser alguien que vive en el college.

—¿Cuándo apareció la primera?

—Tengo la absoluta certeza de que la primera se la enviaron a la señorita De Vine, el pasado otoño. Era el primer bimestre que pasaba aquí y, naturalmente, pensó que era alguien que le guardaba rencor por una cuestión personal, pero poco después las recibieron varias personas más, así que llegamos a la conclusión de que no podía ser eso. Nunca nos había pasado una cosa semejante, de modo que ahora nos inclinamos a pensar que tenemos que vigilar a las alumnas del primer curso.

Precisamente la gente que no puede ser, pensó Harriet, pero se limitó a decir:

—No hay que descartar nada. La gente puede andar bien una temporada hasta que de repente algo las hace estallar. El principal problema de estas cosas es que la persona en cuestión suele actuar con normalidad en otros aspectos. Podría ser cualquiera.

—Es verdad. Supongo que incluso podría ser una de nosotras. Eso es lo más terrible. Sí, ya lo sé, vírgenes de cierta edad y todo eso. Es espantoso pensar que una puede estar codo con codo con alguien que piensa así. ¿Cree que esa pobre desgraciada sabe lo que hace? Llevo varias noches despertándome con pesadillas, sin saber si no habré andado por ahí sonámbula escupiendo a la gente o algo. ¡Y estoy tan asustada por la próxima semana! ¡El pobre lord Oakapple viene a inaugurar la biblioteca y todas esas áspides ponzoñosas rezumando veneno sobre sus botas! ¿Se imagina si le enviaran algo a él?

—En fin, creo que iré la próxima semana. Existe una buena razón para que yo no sea la persona más adecuada para hacerse cargo de esto, pero por otra parte creo que debo ir. Ya le diré por qué cuando nos veamos.

—Es usted muy amable. Estoy segura de que podrá proponer

algo. Supongo que querrá ver todas las muestras que tenemos. ¿Sí? Muy bien. Guardaremos con cariño todos los fragmentos que tenemos. ¿Debemos recogerlos con pinzas para que se conserven mejor las huellas dactilares?

Harriet dudaba de que las huellas dactilares sirvieran de gran ayuda, pero aconsejó que en principio se tomaran precauciones. Una vez acabada la llamada, aún con el agradecimiento de la decana resonándole en los oídos, se quedó unos momentos con el auricular en la mano. ¿Había algún sitio al que pudiera recurrir en busca de consejo? Sí lo había, pero no le hacía ninguna gracia hablar sobre el asunto de las cartas anónimas, y aún menos sobre lo que habitaba en las torres académicas. Colgó con firmeza y se alejó del teléfono.

A la mañana siguiente se despertó con distinto ánimo. Había proclamado que los sentimientos personales no deben entorpecer el interés público. Y así debía ser. Si Wimsey podía resultar útil a Shrewsbury College, ella lo utilizaría. Le gustara o no, soportara o no que le dijera «¿Qué te había dicho yo?», se tragaría el orgullo y le preguntaría cómo había que proceder. Se bañó y se vistió, consciente de su desinteresada dedicación a la causa de la verdad. Entró en el salón y disfrutó de un buen desayuno, satisfecha consigo misma. Cuando estaba terminando la tostada con mermelada llegó la secretaria con el correo de la mañana. Entre las cartas había una apresurada nota de Peter, enviada la noche anterior desde la estación Victoria.

Me han arrastrado otra vez al extranjero casi sin previo aviso. Primero París y después Roma. Después, sabe Dios. Si me necesitas (*per impossibile*), puedes ponerte en contacto conmigo a través de las embajadas, o Correos me reenviará las cartas desde la dirección de Piccadilly. De todos modos, tendrás noticias mías el 1 de abril.

P.D.B.W.

Post occasio calva. Difícilmente podría ponerse a bombardear las embajadas con cartas sobre un pequeño asunto, oscuro y complicado, en un college de Oxford, sobre todo cuando el corresponsal estaba dedicado a otra investigación urgente por toda Europa. Debían de haberlo avisado con urgencia, porque la nota estaba escrita mal y apresuradamente, como si la hubiera garrapateado en el último momento en un taxi. Harriet se entretuvo pensando, divertida, si le habrían pegado un tiro al príncipe de Ruritania o si el mayor sinvergüenza de Europa habría dado otro golpe o si se trataba de una conspiración internacional para destruir la civilización con un rayo mortífero… situaciones frecuentes en sus novelas. Fuera lo que fuese, tendría que seguir adelante sin ayuda y refugiarse en un espíritu independiente.

5

La virginidad es un hermoso cuadro, como lo denomina Buenaventura, una bendición en sí misma, y si hemos de creer a un papista, algo de gran mérito. Y si bien a tales personas afligen ciertas molestias, irritación, aislamiento, etcétera... no son estos sino juegos, fácilmente soportables, en comparación con las frecuentes dificultades del matrimonio... Y a mi parecer, tarde o temprano, entre tantos acaudalados solteros, se encontrará un benefactor que erija un college monástico para que vivan juntas las doncellas ancianas, decrépitas, deformes o descontentas, que han perdido su primer amor o se les ha malogrado, o que por lo que sea desean llevar una vida de celibato. Lo demás, insisto, son juegos en comparación, y suficientemente recompensados por los innumerables gozos y los inigualables privilegios de la virginidad.

Robert Burton

Harriet llegó a Oxford en medio de una asquerosa aguanieve que se colaba por las juntas de las ventanillas y obligaba al limpiaparabrisas a funcionar a pleno rendimiento. Nada parecido al anterior viaje en junio, pero el mayor cambio estaba en sus sentimientos. Entonces se sentía incómoda, reacia a ir allí, como la hija pródiga sin el atractivo romántico de las algarrobas y sin la certeza del ternero cebado. En esta ocasión, era el college el que había manchado su nombre requiriéndola como se requiere a un especialista, sin demasiada consideración por la moral privada, pero con una fe desesperada en la habilidad profesional. No es que le preocupara terriblemente el problema, ni que tuviera grandes esperanzas de resolverlo, pero ya era capaz de considerarlo un simple problema y una tarea que realizar. En junio, en cada recodo del camino se decía: «Todavía queda tiempo... Cincuenta kilómetros antes de empezar a sentirme incómoda..., treinta kilómetros más de respiro..., aún quedan quince kilómetros». En esta ocasión estaba lisa y llanamente ansiosa por llegar a Oxford lo antes posible, un estado de ánimo del que el mal tiempo quizá fuera en gran medida responsable. Bajó por Headington Hill sin mayor preocupación que un pasajero temor a derrapar, al cruzar el puente de Magdalen dirigió un cáustico comentario a un grupo de esforzados ciclistas, murmuró «¡Gracias a Dios!» al llegar a la verja de Saint Cross Road y saludó alegremente con un «buenas tardes» a Padgett, el portero.

—Buenas tardes, señorita. Vaya día malo que tenemos. La decana ha dejado un recado, que la señorita se aloje en la habitación de huéspedes del Tudor y que ha salido a una reunión pero que volverá para la hora del té. ¿Conoce la habitación de huéspedes, señorita? Bueno, supongo que ya era de su época, pero está en el puente nuevo, entre el edificio Tudor y el anexo del norte, donde estaba la casita, ¿sabe, señorita?, pero claro, lo han quitado y tendrá que subir por la escalera principal, delante de la sala de lectura occidental, señorita, lo que era antes la sala de estudiantes, antes de que hicieran la nueva entrada y cambiaran de sitio la escalera, y después a su derecha, y está a mitad del pasillo, señorita. No tiene pérdida, señorita. Cualquiera de las criadas se la indicará, si es que encuentra alguna a estas horas.

—Gracias, Padgett. Seguro que la encuentro. Voy a llevar el coche al garaje.

—No se moleste usted, señorita, que están cayendo chuzos de punta. Ya se lo llevo yo un poco más tarde. No le va a pasar nada en la calle. Y la maleta se la subo ahora mismo, señorita, solo que no puedo dejar la puerta sola hasta que vuelva la señora Padgett, que ha ido corriendo a la despensa, porque si no, le indicaría el camino yo mismo.

Harriet insistió en que no se molestara.

—No, si es muy fácil cuando se conoce el camino, señorita, pero entre lo que han tirado, lo que han construido y lo que han cambiado aquí y allá, resulta que muchas de las antiguas señoritas se nos pierden cuando vuelven a vernos.

—Yo no voy a perderme, Padgett.

Y en efecto, no tuvo la menor dificultad en encontrar la misteriosa habitación de huéspedes junto a la escalera desplazada y la casita inexistente. Observó que desde sus ventanas se dominaba el patio viejo, aunque el patio nuevo quedaba fuera del campo de visión y el edificio de la nueva biblioteca oculto por el ala anexa del Tudor.

Tras tomar el té con la decana, Harriet se encontró sentada en la sala del profesorado en una reunión informal de profesoras y tutoras presidida por la rectora. Ante ella tenía los documentos del caso, un desolador montoncito de sucios delirios. Habían recogido unos quince para someterlos a examen. Había media docena de dibujos, todos ellos muy parecidos al que había encontrado Harriet. Había varios mensajes, dirigidos a diversos miembros del claustro, en los que se las informaba, con epítetos tan variados como odiosos, de que sus pecados las descubrirían, que no eran aptas para la sociedad decente y que a menos que dejaran en paz a los hombres les ocurrirían cosas desagradables. Algunas misivas habían llegado por correo; otras las habían encontrado en el alféizar de las ventanas o debajo de las puertas; todas estaban hechas con el mismo tipo de letras recortadas y pegadas en hojas de papel basto. Dos alumnas también habían recibido mensajes: uno dirigido a una estudiante de último curso, una chica muy educada e inofensiva que estudiaba clásicas; otro a una tal señorita Flaxman, brillante alumna de segundo curso. Este último era más explícito que la mayoría, puesto que mencionaba un nombre: «SI NO DEJAS EN PAZ AL JOVEN FARRINGDON», decía, añadiendo un término insultante, «PEOR PARA TI».

Los demás elementos de la colección consistían, en primer lugar, en un librito escrito por la señorita Barton, *La situación de las mujeres en el Estado moderno*. El ejemplar era de la biblioteca, y lo habían encontrado un domingo por la mañana ardiendo alegremente en la chimenea de la sala de estudiantes de Burleigh House. En segundo lugar, las pruebas y el manuscrito de la *Prosodia inglesa* de la señorita Lydgate. La historia era como sigue. La señorita Lydgate al fin había cambiado todas las correcciones del texto a la última prueba de página y destruido las anteriores revisiones. Después había entregado las pruebas, junto con el manuscrito de la introducción, a la señorita Hillyard, que se comprometió a examinarlos para verificar ciertas referencias históricas. La señorita Hillyard declaró que los había recibido un sábado por la mañana y se los había llevado a sus habitaciones (que estaban en la misma escalera que las de la señorita Lydgate, en la planta de arriba). Después los había llevado a la biblioteca (es decir, a la biblioteca del Tudor, que estaba a punto de ser reemplazada por la biblioteca nueva), y estuvo trabajando un rato con la ayuda de varios libros de consulta. Dijo que había estado sola, salvo por una persona, a la que no había llegado a ver, que se movía de un lado a otro en el cubículo del fondo. Fue a almorzar al comedor y dejó los papeles en la mesa de la biblioteca. Después de comer fue al río para someter a una prueba de remo a unas alumnas de primer curso. Cuando volvió a la biblioteca después del té para reanudar el trabajo, vio que los papeles habían desaparecido de la mesa. Al principio pensó que la señorita Lydgate había entrado y, al verlos allí, se los había llevado para hacer algunas de sus famosas correcciones. Fue a las habitaciones de la señorita Lydgate para preguntarle qué había pasado, pero no estaba. Dijo que la había sorprendido un poco que la señorita Lydgate los hubiera recogido sin dejarle una nota para advertirla, pero no se preocupó de verdad hasta que, tras volver a llamar a la puerta de la señorita Lydgate antes de ir al comedor, se acordó de repente de que la tutora de inglés había dicho que se iría antes del almuerzo y que iba a pasar un par de noches en la ciudad. Naturalmente, de inmediato se puso en marcha una investigación, pero no se averiguó nada hasta que, el lunes por la mañana, justo después de ir a la capilla, se encontraron las pruebas perdidas, desparramadas por el suelo y la mesa de la sala de profesoras. Las encontró la señorita Pyke, que fue la primera profesora que entró aquella mañana en la habitación. La criada encargada de quitar el polvo en la sala tenía la plena certeza de que no había semejantes cosas por allí antes de la misa en la capilla, y por el aspecto que presentaban los papeles daba la impresión de que alguien los había tirado por la ventana al pasar, algo que podría haber hecho cualquiera sin la menor dificultad. Sin embargo, nadie había visto nada sospechoso, a pesar de que interrogaron a todas las personas del college, y sobre todo a quienes habían llegado más tarde a la capilla y a las alumnas cuyas ventanas daban a la sala de profesoras.

Cuando se encontraron las pruebas, estaban pintarrajeadas con tinta. Habían tachado todos los cambios en los márgenes del manuscrito y escrito en algunas páginas epítetos ofensivos en torpes mayúsculas. Habían quemado la introducción del manuscrito y había una nota que lo anunciaba triunfalmente en grandes letras de imprenta pegada en la primera página de las pruebas.

Con tales noticias había tenido que recibir la señorita Hillyard a la señorita Lydgate cuando esta volvió al college el lunes, inmediatamente después del desayuno. Se hizo todo lo posible por averiguar el momento exacto en que las pruebas habían desaparecido de la biblioteca. Se descubrió quién era la persona que estaba en el cubículo del fondo, que resultó ser la bibliotecaria, la señorita Burrows. Sin embargo, dijo que no había visto a la señorita Hillyard, que había entrado después que ella y se había ido a comer antes que ella y tampoco había visto las pruebas, o al menos no se había percatado de que estuvieran sobre la mesa. No habían ido muchas usuarias a la biblioteca el sábado por la tarde, pero una alumna que había entrado alrededor de las tres a consultar el *Diccionario de latín tardío* de Ducange, en el cubículo donde había estado trabajando la señorita Hillyard, dijo que había cogido el libro y lo había puesto sobre la mesa, y que pensaba que si las pruebas hubieran estado allí, las habría visto. La alumna en cuestión era una tal señorita Waters, alumna de la señorita Shaw de segundo año de francés.

La situación se puso un tanto embarazosa por la intervención de la administradora, que al parecer había visto a la señorita Hillyard entrando en la sala de profesoras justo antes de la hora de la capilla el domingo por la mañana. La señorita Hillyard explicó que solo había llegado hasta la puerta, pensando que se había dejado allí la toga, pero que al recordar a tiempo que la había colgado en el guardarropa del edificio Queen Elizabeth, se marchó inmediatamente, sin entrar en la sala. Preguntó airada si la administradora sospechaba que ella había cometido el desaguisado. La señorita Stevens contestó: «Claro que no, pero si la señorita Hillyard hubiera entrado, podría haber visto si las pruebas estaban ya en la sala y aportar así un *terminus quo*, o en su defecto, *ad quem*, para esa parte de la investigación».

En realidad, esas eran todas las pruebas materiales de que se disponía, aparte de que había desaparecido un tintero de gran tamaño del despacho de la secretaria y tesorera, la señorita Allison. No había tenido ocasión de entrar en el despacho ni el sábado por la tarde ni el domingo; solo podía decir que el tintero estaba en el sitio de costumbre el sábado a la una. No cerró con llave la puerta del despacho en ningún momento, puesto que allí no se guardaba dinero, y todos los papeles importantes se dejaban a buen recaudo en una caja fuerte. Su ayudante no vivía en el college y no había estado durante el fin de semana.

Solo se había producido otro acontecimiento de cierta importancia: la aparición de garabatos desagradables en pasillos y servicios. Naturalmente, habían borrado tales inscripciones en cuanto las habían visto y ya no estaban disponibles.

Por supuesto, habían tenido que notificar oficialmente la pérdida y la posterior manipulación de las pruebas de la señorita Lydgate. La doctora Baring había hablado ante todo el college para preguntar si alguien tenía alguna prueba. Nadie presentó ninguna, e inmediatamente advirtió de que el asunto no debía conocerse fuera del college e indicó que cualquiera que enviara comunicaciones indiscretas a los periódicos de la universidad o a la prensa podría incurrir en grave falta disciplinaria. Un delicado interrogatorio en los demás colleges femeninos puso de manifiesto que el acoso se limitaba, de momento, a Shrewsbury.

Como tampoco hasta el momento había salido a la luz nada que demostrara que el acoso hubiera empezado antes de octubre, era natural que las sospechas se centrasen en las alumnas de primer curso. Cuando la doctora Baring llegó a este punto de su exposición, Harriet sintió la obligación de hablar.

—Creo que me encuentro en situación de descartar el primer curso, e incluso a la mayoría de las actuales alumnas —dijo.

Y con cierto desasosiego, continuó contando a las allí reunidas cómo había encontrado los dos ejemplares de la obra de la escritora anónima, la noche de la celebración y después.

—Gracias, señorita Vane —dijo la rectora cuando hubo acabado Harriet—. Lamento profundamente que tuviera una experiencia tan desagradable, pero naturalmente, su información reduce mucho el campo de la investigación. Si la culpable es alguien que asistió a la celebración, debe de ser una de las pocas alumnas actuales que estaban esperando los exámenes orales, una de las criadas o… una de nosotras.

—Sí, me temo que así es.

Las profesoras se miraron unas a otras.

—Por supuesto, no puede ser una antigua alumna —añadió la doctora Baring—, puesto que esas atrocidades han continuado después, ni una residente en Oxford ajena al college, puesto que sabemos que han metido papeles por debajo de la puerta de algunas personas por la noche, por no hablar de las inscripciones en las paredes, que, según se ha demostrado, aparecen entre la medianoche y la mañana siguiente. Por consiguiente, hemos de preguntarnos quién, entre el número relativamente reducido de personas pertenecientes a las tres categorías que he mencionado, podría ser la responsable.

—Sin duda, es mucho más probable que sea una de las criadas que una de nosotras —intervino la señorita Burrows—. Difícilmente puedo imaginarme que ninguna de las presentes en esta sala sea capaz de algo tan repugnante, mientras que esa clase de personas...

—Creo que ese comentario es muy injusto —la interrumpió la señorita Barton—. Estoy firmemente convencida de que no debemos permitir que nos cieguen los prejuicios de clase.

—Que yo sepa, todas las criadas son mujeres de magnífico carácter, y les aseguro que contrato al personal con sumo cuidado —dijo la administradora—. Naturalmente, las encargadas de fregar y otras mujeres que vienen de día están libres de sospecha. Además, recordarán que la mayoría de las criadas duermen en un ala aparte. La puerta exterior se cierra con llave por la noche y las ventanas de la planta baja tienen rejas, aparte de la verja de hierro que aísla la entrada trasera del resto de los edificios. La única comunicación posible por la noche sería a través de la despensa, que también se cierra con llave. La jefa de criadas tiene las llaves. Carrie lleva con nosotras quince años, y supongo que es de fiar.

—Nunca he llegado a comprender por qué hay que encerrar por la noche a las pobres criadas como si fueran fieras salvajes, mientras que todas las demás pueden entrar y salir cuando y como les plazca —dijo la señorita Barton mordazmente—. De todos modos, tal y como están las cosas, mejor para ellas.

—Como usted bien sabe —replicó la administradora—, la razón es que no hay portero en la entrada de servicio, y que a cualquier persona no autorizada no le resultaría difícil saltar por las verjas de fuera. Y también quisiera recordarle que todas las ventanas de la planta baja que dan directamente a la calle y al patio de la cocina, incluidas las de las profesoras, tienen barrotes. Con respecto a cerrar con llave la despensa, yo diría que se hace para evitar que la saqueen las alumnas, como ocurría con frecuencia en la época de mi predecesora, según tengo entendido. Se toman tales precauciones con las personas pertenecientes al colegio y con las criadas por igual.

—¿Y las criadas de los demás edificios? —preguntó la tesorera.

—Quizá haya dos o tres que ocupan dormitorios en cada edificio —contestó la administradora—. Todas son mujeres de confianza que están a nuestro servicio desde antes de que yo llegara. No tengo aquí la lista, pero creo que hay tres en el Tudor, tres o cuatro en el Queen Elizabeth y una en cada una de las cuatro buhardillas del patio nuevo. En Burleigh solo hay habitaciones de alumnas. Y naturalmente, está el personal al servicio de la rectora, además de la ayudante de la enfermera, que duerme con ella en la enfermería.

—Tomaré medidas para que el personal que trabaja para mí no obre mal —dijo la doctora Baring—. Y será mejor que usted haga otro tanto en la enfermería, administradora. Y, por su propio interés, se debería someter a cierta vigilancia a las criadas que no duermen en el college.

—Pero por supuesto, rectora… —empezó a decir con vehemencia la señorita Barton.

—Por su propio interés —repitió la rectora con tranquilidad y firmeza—. Señorita Barton, estoy completamente de acuerdo con usted en que no existen más razones para sospechar de ellas que de una de nosotras, pero mayor motivo para dejarlas fuera de este asunto de una vez por todas.

—Desde luego —replicó la administradora.

—En cuanto al método para mantener vigiladas a las criadas o a cualquiera, estoy convencida de que cuantas menos personas estén al tanto, mejor. Quizá la señorita Vane pueda sugerir un buen sistema, confidencialmente, a mí o a…

—Exactamente —intervino la señorita Hillyard con tono grave—. ¿A quién? Que yo sepa, no podemos confiar plenamente en ninguna de nosotras.

—Es cierto, por desgracia —dijo la directora—. Y también es aplicable a mí. Si bien huelga decir que tengo plena confianza en las responsables del college, tanto en conjunto como individualmente, me parece que, exactamente como en el caso de las criadas, es de suma importancia que tomemos precauciones, por nuestro propio interés. ¿Qué opina usted, vicerrectora?

—Sin duda —contestó la señorita Lydgate—. No debemos hacer ninguna distinción. Estoy dispuesta a someterme a cualquier medida de vigilancia que se nos recomiende.

—Bueno, al menos usted difícilmente podría ser sospechosa —dijo la decana—. Es usted la más perjudicada.

—Todas hemos sido perjudicadas de uno u otro modo —terció la señorita Hillyard.

—Creo que debemos tener en cuenta lo que, a mi entender, es una costumbre muy conocida de estos desventurados… eh… escritores de cartas anónimas: enviarse cartas a sí mismos para desviar las sospechas. ¿No es así, señorita Vane?

—Sí —contestó Harriet, rotunda—. En el caso que nos ocupa, parece improbable que alguien se causara a sí misma el daño material que han infligido a la señorita Lydgate, pero si empezamos a hacer distinciones, será difícil saber dónde poner límites. No creo que deba aceptarse como prueba nada que no sea una coartada clara.

—Y yo no tengo ninguna coartada —dijo la señorita Lydgate—. El sábado no salí del colegio hasta después de que la señorita Hillyard se fuera a comer. Fui al Tudor durante la hora del almuerzo, a devolver un libro a la habitación de la señorita Chilperic antes de marcharme, de modo que no habría tenido dificultad para recoger el manuscrito en la biblioteca.

—Pero sí tiene coartada para el momento en que las pruebas se dejaron en la sala del profesorado —replicó Harriet.

—No, ni siquiera para eso —dijo la señorita Lydgate—. Vine en el primer tren y llegué cuando todo el mundo estaba en la capilla. Tendría que haber sido muy rápida para correr hasta la sala de profesoras, tirar dentro las pruebas y volver a mis habitaciones antes de que se descubriera lo ocurrido, pero supongo que podría haberlo hecho. En cualquier caso, preferiría que se me tratase igual a que a las demás.

—Gracias —dijo la rectora—. ¿Hay alguien que no piense lo mismo?

—Estoy segura de que todas pensamos lo mismo —respondió la decana—. Pero estamos pasando por alto a un grupo de personas.

—Las alumnas actuales que estuvieron en la celebración —dijo la rectora—. Bien. ¿Qué ocurre con ellas?

—He olvidado quiénes eran exactamente, pero creo que la mayoría estaban preparándose para los exámenes de la facultad y que ya han terminado. Ya lo veré en las listas. Y, ah, claro, también estaba la señorita Cattermole, para presentarse al primer examen de la licenciatura… por segunda vez.

—Ah, sí, Cattermole —dijo la administradora.

—¿Y la que iba a examinarse para la licenciatura… cómo se llama? Hudson, ¿no? ¿No estaba aquí todavía?

—Sí —contestó la señorita Hillyard.

—Deben de estar en segundo y tercero, supongo —dijo Harriet—. Por cierto, ¿se sabe quién es el «joven Farringdon» de la nota dirigida a la señorita Flaxman?

—Ahí está —dijo la decana—. El joven Farringdon es alumno de… New College, creo, y estaba prometido a Cattermole cuando empezaron sus estudios, pero ahora está prometido a Flaxman.

—¿En serio?

—Sobre todo, creo, o en parte, a consecuencia de esa carta. Según me han contado, la señorita Flaxman acusó a la señorita Cattermole de haberla enviado y se la enseñó al señor Farringdon, con el resultado de que el caballero rompió el compromiso e hizo objeto de sus afectos a Flaxman.

—No es muy bonito que digamos —dijo Harriet.

—No, pero no creo que el compromiso con Cattermole fuera mucho más que un acuerdo entre familias, y el nuevo compromiso no mucho más que el reconocimiento del *fait accompli.* Supongo que ha habido cierto revuelo en segundo por esta historia.

—Comprendo —dijo Harriet.

—La cuestión que sigue planteándose es qué medidas vamos a tomar —dijo la señorita Pyke—. Hemos pedido consejo a la señorita Vane y, personalmente debo reconocer, sobre todo en vista de lo que hemos oído esta tarde, que es sobradamente necesario que una persona de fuera nos preste ayuda. Decididamente, no es recomendable recurrir a la policía, pero ¿puedo preguntar si, en la fase en la que nos encontramos, se está sugiriendo que la señorita Vane inicie personalmente una investigación? ¿O que, por el contrario, ella nos proponga que pongamos el asunto en manos de un detective privado? ¿O qué?

—Me encuentro en una situación muy incómoda —contestó

Harriet—. Estoy dispuesta a prestar cuanta ayuda pueda, pero supongo que comprenderán que esta clase de indagaciones suelen llevar mucho tiempo, sobre todo si el investigador tiene que ocuparse de ellas sin la colaboración de nadie. Es casi imposible vigilar o controlar eficazmente un sitio como este, donde la gente entra y sale a todas horas. Haría falta una pequeña brigada de detectives, y aunque se hicieran pasar por criadas o alumnas, podría resultar muy embarazoso.

—¿No se pueden obtener pruebas materiales examinando los propios documentos? —preguntó la señorita Pyke—. Hablando solo por mí misma, estaría dispuesta a que me tomaran las huellas dactilares o a someterme a cualquier otra medida de precaución que se considerase necesaria.

—Me temo que lo de las huellas dactilares no es tan fácil como parece en los libros. Es decir, naturalmente que se podrían tomar las huellas del claustro, e incluso de las sirvientas, aunque no les haría mucha gracia, pero dudo que se encontraran huellas distinguibles en un papel tan basto. Y además…

—Además —interrumpió la decana—, cualquier malhechor sabe hoy en día lo suficiente sobre huellas dactilares para ponerse guantes.

—Y si no lo sabíamos, ya nos hemos enterado —dijo la señorita De Vine con cierta crudeza, interviniendo por primera vez.

—¡Santo cielo! —exclamó la decana impetuosamente—. Se me había olvidado que nosotras estamos metidas en esto.

—¿Ven lo que quería decir con que no era conveniente que discutiéramos demasiado abiertamente los métodos de investigación? —dijo la rectora.

—¿Por las manos de cuántas personas han pasado esos documentos? —preguntó Harriet.

—Por las de bastantes, creo —contestó la decana.

—Pero ¿no se podría registrar…? —empezó a decir la señorita Chilperic.

Era la profesora más joven, una muchacha tímida de baja estatura y piel blanca, tutora auxiliar de lengua y literatura inglesas, conocida sobre todo por estar prometida a un joven profesor de otro college. La rectora la interrumpió.

—Por favor, señorita Chilperic. Esa es precisamente la clase de sugerencia que no se debe hacer aquí. Podría tomarse como un aviso.

—Esta situación es intolerable —dijo la señorita Hillyard y miró airada a Harriet, como si ella fuera responsable de la situación, lo que de algún modo era cierto.

—A mí me parece que ahora que hemos pedido a la señorita Vane que venga a aconsejarnos, nos resulta imposible seguir su consejo, ni siquiera saber en qué consiste —dijo la tesorera—. Es una situación de opereta.

—Hemos de ser sinceras hasta cierto punto —dijo la rectora—. ¿Aconseja usted un detective privado, señorita Vane?

—No uno normal y corriente —contestó Harriet—. No les gustaría nada, pero conozco una organización en la que se puede encontrar a la persona adecuada y la mayor discreción posible.

Porque acababa de recordar la existencia de una tal señorita Katherine Climpson, que dirigía lo que en apariencia era una agencia de mecanografía pero que en realidad era una eficiente organización de mujeres que se dedicaban a realizar pequeñas investigaciones de vez en cuando. La agencia se autofinanciaba, pero Harriet sabía que detrás estaba el dinero de Peter Wimsey. Era una de las pocas personas que lo sabían en todo el reino.

La tesorera tosió.

—La factura de una agencia de detectives resultaría un tanto extraña en la contabilidad anual —dijo.

—Creo que eso podría arreglarse —intervino Harriet—. Conozco esa organización personalmente. Quizá no haya que pagarles nada.

—Eso no estaría bien —dijo la rectora—. Por supuesto que se le pagarían sus honorarios. Yo, personalmente, me encargaría de ello de buena gana.

—Tampoco eso estaría bien —intervino la señorita Lydgate—. No nos gustaría una cosa así.

—Quizá pueda averiguar a cuánto ascenderían los honorarios —sugirió Harriet.

La verdad era que no tenía ni idea de cómo funcionaba esa parte del asunto.

—No se perdería nada por preguntar —dijo la rectora—. Mientras tanto…

—Si me permite una sugerencia —dijo la decana—, yo propondría que se entregaran las pruebas a la señorita Vane, ya que es la única de las aquí presentes sobre la que no pueden recaer sospechas. Quizá quiera consultarlo con la almohada y darle un informe por la mañana. Bueno, no por la mañana, a causa de lord Oakapple y la inauguración, pero sí mañana en un momento dado.

—De acuerdo —dijo Harriet en respuesta a la mirada interrogativa de la rectora—. Eso haré. Y si se me ocurre cómo, haré todo lo posible por ayudar.

La rectora le dio las gracias y añadió:

—Todas somos conscientes de lo delicado de la situación, y estoy segura de que haremos lo posible para contribuir a aclararla. Y me gustaría decir lo siguiente: que pensemos lo que pensemos y sintamos lo que sintamos, es de suma importancia descartar, dentro de lo posible, toda vaga sospecha y tener especial cuidado a la hora de decir algo que pueda interpretarse como una acusación contra alguien. En una comunidad cerrada como la nuestra, nada podría perjudicar más que un ambiente de desconfianza recíproca. Insisto en que tengo absoluta confianza en todo el claustro. Intentaré mantener una actitud abierta, y cuidaré de que mis colegas hagan otro tanto.

Las profesoras expresaron su conformidad, y acabó la reunión.

—¡Vaya! —exclamó la decana, mientras Harriet y ella salían al patio nuevo—. Es la reunión más desagradable a la que he asistido en mi vida. ¡Hija, ha sido usted un auténtico bombazo!

—Eso me temo, pero ¿qué podía hacer?

—Desde luego, no podía haber hecho otra cosa. ¡Ay, Dios! Para la rectora es muy fácil hablar de una actitud abierta, pero todas nos vamos a sentir fatal preguntándonos qué pensarán las demás y si no parecemos un poco chifladas. Lo más terrible es la mezquindad.

—Lo sé. Por cierto, me niego en redondo a sospechar de usted, decana. Es usted la persona más cuerda que he conocido en mi vida.

—Me parece que eso no es mantener una actitud abierta, pero de todos modos le agradezco sus amables palabras. Tampoco se puede sospechar de la rectora ni de la señorita Lydgate, ¿no?, pero supongo que será mejor que no diga ni siquiera eso. Es que si no, por eliminación... ¡Dios mío! ¡Por todos los santos!, ¿es que no podemos encontrar a alguien de fuera con una coartada a toda prueba a punto de romperse?

—Esperemos que sí. Y, por supuesto, hay que ocuparse de esas dos alumnas y de las criadas.

Se detuvieron ante la puerta de la decana y entraron. La señorita Martin atizó el fuego con furia en el salón, se sentó en un sillón y se quedó mirando las llamas saltarinas. Harriet se acurrucó en un sofá, contemplando a la señorita Martin.

—Vamos a ver —dijo la decana—. Más vale que no me cuente demasiado de lo que usted piensa, pero no hay razón alguna para que cualquiera de nosotras no le cuente lo que piensa, ¿no? Pues bien, vamos al meollo de la cuestión. ¿Cuál es el objetivo de este acoso? No parece un resentimiento personal contra nadie en concreto. Es una especie de odio ciego contra el college en pleno. ¿Qué se esconde detrás?

—Pues podría ser alguien que piensa que el college como entidad la ha ofendido, o podría tratarse de un resentimiento personal que se enmascara como ataque general. O alguien con la manía de crear problemas por simple diversión, que es normalmente la razón de esta clase de sucesos, si es que se puede considerar una razón.

—En ese caso es una simple chifladura, como esos niños pesados que se dedican a tirar muebles o los sirvientes que se hacen pasar por fantasmas. Y hablando de sirvientes, ¿cree usted que podría haber algo de cierto en la idea de que lo más probable es que sea alguien de esa clase de personas? Desde luego, la señorita Barton se negaría a aceptarlo, pero es que algunas de las palabras que utilizan son de lo más ordinario.

—Sí, pero no hay ni una sola cuyo significado no conozca yo, por poner un ejemplo —replicó Harriet—. Sé que cuando hasta la persona más mojigata que pueda imaginarse se encuentra bajo los efectos de la anestesia es capaz de utilizar el vocabulario más extraño del mundo, por el subconsciente… Es más; cuanto más mojigatos, más ordinarios.

—Es verdad. ¿Se ha fijado en que no hay ni una sola falta de ortografía en todo ese montón de notas?

—Claro que me he fijado, y eso puede apuntar a la autoría de una persona bastante culta, si bien no se podría aplicar necesariamente lo contrario, es decir, que a veces las personas cultas cometen faltas de ortografía adrede, de modo que eso no prueba gran cosa, pero no cometer faltas resulta más difícil si no surge de una forma natural. Bueno, no lo estoy explicando muy bien.

—Claro que sí. Alguien con buena ortografía puede hacerse pasar por lo contrario, mientras que alguien con mala ortografía no puede hacerlo, igual que yo no podría hacerme pasar por matemática.

—A lo mejor consulta un diccionario.

—Pero tendría que poseer los suficientes conocimientos para ser sensible al diccionario, como se diría en la nueva jerga. ¿No es un poco estúpida quien nos envía esas cartas anónimas con una ortografía perfecta?

—No lo sé. La persona culta a veces simula muy mal las faltas de ortografía: comete errores en palabras muy fáciles y escribe bien las difíciles. Creo que es más prudente no presuponer nada.

—Comprendo. Con esto nos inclinamos a excluir a las criadas… pero probablemente escriben mejor que nosotras. Muchas están mejor educadas que nosotras, y desde luego, visten mejor, pero eso no viene al caso. Estoy empezando a decir tonterías. Dígame que me calle.

—No está diciendo tonterías —replicó Harriet—. Lo que dice es la pura verdad. No veo que se pueda excluir a nadie, de momento.

—¿Y qué ha sido de los periódicos mutilados? —preguntó la decana.

—Esto no puede ser —dijo Harriet—. Es usted demasiado astuta. Precisamente es una de las cosas que me estaba preguntando yo.

—Es que ya nos hemos metido con eso —replicó la decana con tono de satisfacción—. Hemos examinado los periódicos de la sala de estudiantes y de profesoras desde que llegó a nuestro conocimiento este asunto, es decir, más o menos desde el principio de este bimestre. Antes de que los reduzcan a pulpa, los examinamos todos, con la lista, para ver si hay algo recortado.

—¿Quién se encarga de eso?

—Mi secretaria, la señorita Goodwin. Creo que no la conoce. Vive en el colegio durante el curso. Es una chica encantadora, bueno, más bien una mujer encantadora. Se quedó viuda, con muy poco dinero, y tiene un niño de diez años en un colegio privado de primaria. Cuando murió su marido, que era maestro, se puso a estudiar secretariado y le fue muy bien. Para mí es sencillamente impagable, y de lo más meticulosa y fiable.

—¿Estuvo aquí la noche de la celebración?

—Por supuesto, pero… ¡Dios santo! ¿No pensará que ella…? ¡Es absurdo, hija mía! Si es la persona más cuerda y sencilla del mundo… Y además está muy agradecida al college por haberle dado trabajo, y desde luego, no querría correr el riesgo de perderlo.

—De todos modos, tenemos que incluirla en la lista de posibles sospechosas. ¿Cuánto tiempo lleva aquí?

—Vamos a ver… casi dos años. No había pasado nada hasta la noche de la celebración, y ya llevaba aquí un año.

—Pero las profesoras y las criadas que viven en el college llevan aquí aún más tiempo, al menos la mayoría. No podemos hacer excepciones. ¿Y las demás secretarias?

—La secretaria de la rectora, la señorita Parsons, vive en las habitaciones de su jefa. Las secretarias de la administradora y de la tesorera viven fuera, así que podemos descartarlas.

—¿La señorita Parsons lleva aquí mucho tiempo?

—Cuatro años.

Harriet apuntó los nombres de la señora Goodwin y de la señorita Parsons.

—Creo que por el bien de la señora Goodwin deberíamos volver a examinar esos periódicos. No es que tenga mucha importancia, porque si quien escribe los anónimos sabe que se están examinando los periódicos, no los usará. Y supongo que lo sabrá, por las molestias que se han tomado en recogerlos.

—Es muy probable. Ese es el problema, ¿no?

—¿Y los periódicos de la gente?

—Naturalmente, eso no podemos controlarlo. Hemos vigilado todo lo posible las papeleras. Nunca se destruye nada, ¿sabe? Se recoge todo en sacos, por una cuestión de economía, y se envía a los fabricantes de papel o lo que sean, que dan dinero por el papel viejo. El bueno de Padgett tiene órdenes de revisar los sacos… pero es una tarea tremenda. Y claro, como además hay chimeneas en todas las habitaciones, ¿por qué iba nadie a dejar pruebas?

—¿Y las togas que quemaron en el patio? Debió de llevar su trabajo. Seguro que tuvo que hacerlo más de una persona.

—No sabemos si forma parte de la misma historia. Unas diez o doce personas habían dejado sus togas en diversos sitios, como se suele hacer antes de la cena del domingo. Unas estaban en el pórtico del Queen Elizabeth, otras al pie de las escaleras del comedor y así sucesivamente. La gente las deja tiradas por ahí hasta que entra en la capilla. —Harriet asintió; la capilla de los domingos era a las ocho menos cuarto, y obligatoria. Además, era una especie de reunión para dar avisos—. Bueno, pues cuando sonó la campana, no encontraron las togas y no pudieron entrar en la capilla. Todo el mundo pensó que se trataba de una broma, pero en mitad de la noche alguien vio un resplandor en el patio, y resulta que era una alegre fogata de popelina. Habían empapado las togas con gasolina y ardían estupendamente.

—¿De dónde sacaron la gasolina?

—Era una lata que tiene Mullins para su motocicleta. ¿Recuerda a Mullins, el portero de Jowett? Guarda el vehículo en un pequeño cobertizo en el jardín de la conserjería, y no lo cerraba con llave. ¿Por qué iba a hacerlo? Ahora sí, pero ya no sirve de nada. Podría haberla cogido cualquiera. Ni su esposa ni él oyeron nada, al haberse retirado a descansar decentemente. La hoguera se inició en medio del patio viejo y dejó un feo claro quemado en el césped. Un montón de gente salió corriendo cuando se avivaron las llamaradas, y quienquiera que lo hiciera probablemente se mezcló con la multitud. Las víctimas fueron cuatro togas de dos licenciadas, dos de investigadoras y las demás de alumnas, pero no creo que las eligieran. Simplemente estaban por ahí.

—Me pregunto dónde las pusieron en el intervalo entre la cena y el inicio del fuego. Cualquiera con un montón de togas por el college habría llamado la atención.

—No, porque fue a finales de noviembre y debía de estar bastante oscuro. Fácilmente podrían haberlas dejado en un aula y después entrar a recogerlas. Es que no se organizó una búsqueda como es debido. Las pobres víctimas que se quedaron sin toga pensaron que alguien les estaba gastando una broma y se enfadaron mucho, pero no resultaron muy eficaces. La mayoría se dedicó a acusar a sus amigas, nada más.

—No creo que podamos sacar gran cosa en claro de ese incidente a estas alturas. En fin… Más vale que vaya a adecentarme para bajar al comedor.

La cena resultó un tanto embarazosa en la mesa de autoridades. La conversación se ciñó a asuntos de interés académico y mundano. Las alumnas charlaban ruidosa y animadamente; daba la impresión de que la sombra que se cernía sobre el college no las había afectado. Harriet las recorrió con la mirada.

—La que está a la derecha de la mesa, ¿es la señorita Cattermole? La del vestido verde, muy mal maquillada.

—Esa es la señorita en cuestión —contestó la decana—. ¿Cómo lo sabe?

—Recuerdo haberla visto en la celebración. ¿Y dónde está la irresistible señorita Flaxman?

—No la veo. A lo mejor no está cenando aquí. Muchas prefieren tomarse un huevo cocido en su habitación, para no tener que cambiarse. Son unas desastradas. Y la del jersey rojo, en la mesa del centro, es la señorita Hudson. La del pelo negro y gafas con montura de concha.

—Parece bastante normal.

—Y que yo sepa, lo es. Claro, que yo sepa, todas somos normales.

—Supongo que incluso los asesinos parecen personas normales y corrientes, señorita Vane —dijo la señorita Pyke, que había oído la última frase—. ¿O tiene usted sus opiniones sobre las teorías de Lombroso? Según tengo entendido, han sido ampliamente refutadas.

Harriet agradeció que se le permitiera hablar sobre asesinos.

Después de la cena, Harriet se sintió un tanto perdida. Pensaba que tenía que hacer algo o interrogar a alguien, pero era difícil saber por dónde empezar. La decana había anunciado que estaría ocupada revisando unas listas, pero que podía recibir visitas más tarde. La señorita Burrows, la bibliotecaria, se dedicaría a dar los toques finales a la biblioteca antes de la visita del rector; había pasado la mayor parte del día recogiendo y trasladando libros y se había procurado un pequeño grupo de alumnas para que la ayudaran a colocarlos en las estanterías. Varias profesoras dijeron que tenían cosas que hacer, y a Harriet le dio la impresión de que les asustaba un poco la compañía de las demás.

Cogió por banda a la administradora y le preguntó si podía proporcionarle un plano del colegio y una lista de las habitaciones y sus ocupantes. La señorita Stevens se ofreció a darle la lista y añadió que pensaba que había un plano en el despacho de la tesorera. Acompañó a Harriet hasta el patio nuevo para recoger las cosas.

—Espero que no dé mucha importancia al inoportuno comentario de la señorita Burrows sobre las criadas —dijo la administradora—. Personalmente, nada me gustaría más que trasladar a todas las doncellas al ala de la servidumbre, libre de toda sospecha, si fuera viable, pero allí no hay sitio. Por supuesto, no me importa darle los nombres de quienes duermen en el college, y por supuesto, estoy de acuerdo en que habría que tomar precauciones, pero en mi opinión, el asunto de las pruebas de la señorita Lydgate elimina por completo a las criadas. No creo que a muchas de ellas les interesen unas pruebas, ni que sepan nada sobre esas cosas, ni que a muchas se les pasara por la cabeza la idea de mutilar manuscritos. Si fueran cartas groseras, sí, es posible, pero destrozar esas pruebas tiene que ser obra de una persona culta, ¿no cree?

—Prefiero no decir lo que pienso —contestó Harriet.

—Sí, hace bien, pero yo sí puedo decirlo. Solo se lo diría a usted, aunque de todos modos, no me gusta nada esta prisa por convertir a las criadas en chivos expiatorios.

—Lo que parece más increíble es que hayan elegido como víctima precisamente a la señorita Lydgate. ¿Cómo puede nadie guardarle rencor a ella, y mucho menos una de sus colegas? ¿No da más la impresión de que la culpable no conocía el valor de las pruebas y simplemente ha hecho un gesto de desafío al azar contra el mundo en general?

—Es posible, en efecto. Señorita Vane, he de decir que las pruebas que ha presentado hoy complican mucho las cosas. Reconozco que preferiría sospechar de la servidumbre que del claustro, pero cuando quien se precipita a lanzar esas acusaciones es la última persona que al parecer estuvo en la misma habitación que el manuscrito, lo único que puedo decir es que..., bueno, que lo considero una imprudencia.

Harriet no replicó. La administradora debió de pensar que había llegado demasiado lejos y añadió:

—Yo no sospecho de nadie. Lo único que digo es que no habría que afirmar nada sin pruebas.

Harriet dijo que estaba de acuerdo, y tras subrayar los nombres relevantes de la lista que le dio la administradora, fue a buscar a la tesorera.

La señorita Allison le entregó un plano del college y le mostró la situación de las habitaciones que ocupaban diversas personas.

—Espero que esto signifique que tiene intención de encargarse personalmente de la investigación —dijo—. Supongo que no podríamos pedirle que dedique mucho tiempo a semejante asunto, pero estoy convencida de que la presencia de detectives a sueldo en este college resultaría sumamente desagradable, por discretos que fueran. Llevo al servicio del college un considerable número de años y me preocupo enormemente por sus intereses. Usted sabe lo desaconsejable que es que una persona extraña intervenga en un asunto de estas características.

—Desde luego que sí —dijo Harriet—. Sin embargo, en cualquier sitio puede ocurrir la desgracia de tener un sirviente rencoroso o deficiente mental. No me cabe duda de que lo más importante es llegar al fondo del misterio lo antes posible, y un par de detectives profesionales resultarían mucho más eficaces que yo.

La señorita Allison la miró pensativa y balanceó lentamente las gafas que llevaba colgadas de una cadena de oro.

—Veo que se inclina por la teoría más cómoda, probablemente como todas nosotras, pero existe otra posibilidad. Claro, desde su punto de vista, comprendo que no le gustaría contribuir al desenmascaramiento de alguien del claustro, pero si se diera el caso, yo confiaría más en su tacto que en el de un detective profesional. Y usted cuenta con la gran ventaja de conocer el funcionamiento del sistema universitario.

Harriet dijo que seguramente podría aportar alguna sugerencia cuando hubiera realizado un examen preliminar de todas las circunstancias.

—Si inicia las pesquisas, creo que es de justicia avisarla de que podría toparse con cierta oposición. Ya han dicho que... pero quizá no debería contárselo.

—Solo usted puede decidirlo.

—Ya han dicho que reducir las sospechosas a los límites mencionados en la reunión que hemos mantenido hoy se basa únicamente en lo que usted ha presentado. Por supuesto, me refiero a los dos papeles que encontró el día de la celebración.

—Comprendo. ¿Creen acaso que me lo he inventado?

—No creo que nadie llegue a ese extremo, pero usted ha dicho que a veces recibe cartas semejantes, de lo que se desprende que...

—¿Que si hubiera encontrado algo parecido debería haberlo traído? Sí, posiblemente, pero da la casualidad de que el estilo de esos papeles se parece mucho al de estos. No obstante, tengo que reconocer que solo cuentan con mi palabra.

—No lo he puesto en duda ni un instante. Lo que dicen es que, si acaso, su experiencia en estas cuestiones es una desventaja. Y perdone, no es lo que yo digo.

—Por eso me apetecía tan poco participar en la investigación. Es absolutamente cierto. No he llevado una vida precisamente intachable, y eso no se puede pasar por alto.

—Si quiere que le diga la verdad, en la vida intachable de algunas personas hay muchas cosas censurables. No soy tonta, señorita Vane. No cabe duda de que mi vida ha sido intachable en lo que se refiere a los pecados más generosos, pero hay ciertos puntos sobre los que espero que usted sostenga una opinión más equilibrada que ciertas personas. No creo que haga falta que añada nada más, ¿no le parece?

A continuación Harriet fue a ver a la señorita Lydgate, con la excusa de preguntarle qué pensaba hacer con las pruebas mutiladas que obraban en su poder. Encontró a la tutora de inglés corrigiendo pacientemente un montoncito de trabajos de las alumnas.

—Pase, pase —dijo la señorita Lydgate animadamente—. Casi he acabado con esto. Ah, ¿es por lo de mis pruebas? Pues creo que no me van a servir de gran cosa. Francamente, son indescifrables. Me temo que no me queda más remedio que reescribirlas desde el principio. En la imprenta deben de estar tirándose de los pelos, los pobres. No tendré muchas dificultades con la mayor parte, o eso espero, y tengo el borrador de la introducción, o sea que no es tan terrible como podría haber sido. Lo peor es la pérdida de varias notas a pie de página del manuscrito y dos apéndices que tuve que incluir a última hora para refutar ciertas conclusiones, en mi opinión poco meditadas, del señor Elkbottom en su último libro, *La versificación moderna.* Cometí la estupidez de escribirlos en las páginas en blanco de las pruebas, y son irrecuperables. Tendré que verificar todas las citas en el libro de Elkbottom. Resulta tedioso, sobre todo a final de curso, cuando hay tanto trabajo, pero es culpa mía, por no anotarlo todo como es debido.

—No sé si yo podría ayudarla con las pruebas. De buena gana dedicaría unas cuantas noches a esa tarea, si sirviera de algo. Estoy acostumbrada a hacer auténticos malabarismos con las pruebas, y creo que recuerdo lo suficiente de mis tiempos escolares para mostrarme razonablemente preparada con respecto a los anglosajones y los primeros ingleses.

—¡Eso me resultaría de enorme ayuda! —exclamó la señorita Lydgate, y se le iluminó el rostro—. Pero ¿no sería abusar demasiado de su tiempo?

Harriet dijo que no, que llevaba bastante adelantado su trabajo y le gustaría dedicar algún tiempo a la *Prosodia inglesa*. Lo que tenía pensado era que si realmente quería hacer pesquisas en Shrewsbury, las pruebas de la señorita Lydgate proporcionarían una buena excusa para su presencia en el college.

La oferta quedó en el aire de momento. Con respecto a la autora de los desaguisados, la señorita Lydgate no pudo sugerir nada, salvo que, quienquiera que fuese, la pobre debía de tener una enfermedad mental.

Al salir de la habitación de la señorita Lydgate, Harriet se encontró con la señorita Hillyard, que descendía la escalera desde sus aposentos.

—Bueno, ¿cómo va la investigación? Ah, claro, no debería preguntárselo. Se las ha ingeniado para arrojar la manzana de la discordia entre nosotras, y con ganas. Sin embargo, como está usted tan acostumbrada a ser la destinataria de comunicados anónimos, no cabe duda de que es la persona idónea para encargarse de esta situación.

—En mi caso, solo he recibido lo que hasta cierto punto me merecía, pero este asunto es completamente distinto. No se trata del mismo problema. El libro de la señorita Lydgate no podría haber sido motivo de ofensa para nadie.

—Excepto para algunos de los hombres cuyas teorías rebate —replicó la señorita Hillyard—. Sin embargo, dadas las circunstancias, el sexo masculino parece excluido de la investigación. En otro caso, este ataque en serie contra un college femenino para mí sería indicio del típico resentimiento masculino contra las mujeres cultas, pero claro, usted lo consideraría ridículo.

—En absoluto. Hay multitud de hombres resentidos, pero no creo que haya hombres rondando de noche por el college.

—Yo no estaría tan segura —replicó la señorita Hillyard, sonriendo sarcásticamente—. Lo que dice la administradora, que las puertas se cierran con llave, es absurdo. ¿Qué podría impedirle a un hombre ocultarse en el jardín antes de que se cierren las puertas y escabullirse cuando vuelven a abrirlas por la mañana? ¿O incluso saltar por los muros, ya puestos?

A Harriet aquella teoría le pareció inverosímil, pero interesante a pesar de todo, como prueba de los prejuicios de su interlocutora, prácticamente obsesivos.

—Lo que, en mi opinión, apunta a la autoría de un hombre es la destrucción del libro de la señorita Barton, que es abiertamente feminista. Supongo que no lo habrá leído y que probablemente no le interesará, pero ¿por qué otra razón habrían escogido ese libro?

Harriet se despidió de la señorita Hillyard en la esquina del patio y se dirigió al edificio Tudor. No albergaba muchas dudas sobre quién podría oponerse a que ella investigara. Si había que buscar a alguien de mente calenturienta, saltaba a la vista que la de la señorita Hillyard era un tanto retorcida. Y, pensándolo bien, no podía demostrarse de ninguna manera que las pruebas de la señorita Lydgate hubieran llegado a la biblioteca ni que hubieran salido de las manos de la señorita Hillyard. Además, no cabía duda de que la habían visto en el umbral de la sala del profesorado antes de la hora de la capilla el domingo por la mañana. Si la señorita Hillyard era tan demente como para propinar semejante golpe a la señorita Lydgate, debía ser internada en un manicomio, y lo mismo era aplicable a cualquier otra persona.

Entró en el Tudor y llamó a la puerta de la habitación de la señorita Barton. Cuando ella la invitó a entrar, le preguntó si podía prestarle un ejemplar de *El lugar de la mujer en el Estado moderno*.

—¿El sabueso en plena faena? —dijo la señorita Barton—. Aquí tiene, señorita Vane. A propósito: quiero disculparme por algunas cosas que dije la última vez que estuvo usted aquí. Me alegraría que usted solucionara este asunto tan desagradable, algo que seguramente no le resultará grato. Admiro mucho a cualquiera que sea capaz de supeditar sus sentimientos al interés común. Evidentemente, se trata de un caso patológico, como toda conducta antisocial, en mi opinión, pero supongo que no hay ni que plantearse procedimientos judiciales. Eso espero, al menos. No deseo que el asunto se lleve ante los tribunales, y por ese motivo estoy en contra de contratar detectives de ninguna clase. Si logra usted llegar al fondo de la cuestión, estoy dispuesta a prestarle toda la ayuda posible.

Harriet le dio las gracias por haberle dado su opinión y el libro.

—Seguramente es usted la mejor psicóloga que hay aquí —dijo—. ¿Qué piensa de todo esto?

—Pues que seguramente se trata de lo de siempre: un deseo morboso de llamar la atención y armar revuelo. Las personas más sospechosas son las adolescentes y las de mediana edad. Dudo mucho que sea algo más, quiero decir, aparte de que las obscenidades, algo fortuito, apuntan a la existencia de un trastorno sexual, pero eso es lo normal en casos como estos. Ahora bien, no sabría decirle si debería buscar a una atrapahombres o a una odiahombres —añadió la señorita Barton, con el primer destello de humor que le había visto Harriet.

Tras haber guardado los recientes hallazgos en su habitación, Harriet pensó que era el momento de ir a ver a la decana. Estaba con ella la señorita Burrows, muy cansada y cubierta de polvo tras el trabajo en la biblioteca, reconfortándose con un vaso de leche caliente al que la señorita Martin había insistido en añadir un chorrito de whisky para favorecer el sueño.

—Hay que ver lo que cambia la idea que se tiene sobre las costumbres del claustro cuando se es antigua alumna —dijo Harriet—. Yo pensaba que solo había una botella de alcohol fuerte en el college, y que la administradora la guardaba bajo llave y candado para emergencias de vida o muerte.

—Antes sí que era así —dijo la decana—, pero con la edad me estoy volviendo frívola. Incluso a la señorita Lydgate le gusta tener su pequeña reserva de aguardiente de cerezas para los días especiales y las vacaciones. Y la administradora está pensando en una pequeña bodega de oporto para el college.

—¡Dios santo! —exclamó Harriet.

—En teoría, las alumnas no deben ingerir alcohol —dijo la decana—, pero yo no saldría fiadora por lo que contienen los armarios del college.

—Al fin y al cabo, sus aburridos padres las acostumbran a tomar cócteles y esas cosas en casa, así que seguramente les parecerá absurdo no hacer lo mismo aquí —dijo la señorita Burrows.

—¿Y qué se puede hacer? ¿Una investigación policial de sus

cosas? Yo me niego en redondo. No podemos convertir el college en una prisión.

—El problema es que todo el mundo se burla de las restricciones y reclama libertad hasta que pasa algo engorroso —terció la bibliotecaria—. Entonces preguntan airadas qué ocurre con la disciplina.

—Hoy en día no se puede imponer la vieja disciplina —dijo la decana—. Sienta muy mal.

—La idea moderna consiste en que las jóvenes se disciplinen a sí mismas, pero ¿lo hacen? —preguntó la bibliotecaria.

—No, claro que no. Las responsabilidades les aburren. Antes de la guerra se celebraban apasionadas reuniones del college por todo. Ahora eso les trae sin cuidado. La mitad de las antiguas instituciones, como los debates y la obra de teatro de tercer año, han muerto o están moribundas. No quieren responsabilidades.

—Están demasiado ocupadas con los novios —dijo la señorita Burrows.

—¡Dichosos novios! —exclamó la decana—. En mis tiempos sencillamente estábamos ansiosas por tener responsabilidades. Nos tenían en la escuela como corderitos y salíamos deseando demostrar lo bien que podíamos organizar las cosas cuando las dejaban en nuestras manos.

—Desde mi punto de vista, la culpa es de las escuelas, con la libre disciplina y demás. Las niñas están hasta las narices de tener que dirigirlo todo ellas y de encargarse de la disciplina, y cuando llegan a Oxford están agotadas y lo único que quieren es quedarse sentaditas tranquilamente y que otras lleven la batuta. Incluso en mis tiempos, las que salían de las escuelas republicanas más al día tenían miedo de tomar posesión de su cargo, las pobres ignorantes.

—Ahora todo es distinto —dijo la señorita Burrows, bostezando—. En fin, yo hoy he conseguido que las voluntarias de la biblioteca trabajaran un poco. Hemos llenado como Dios manda la mayoría de las estanterías, colgado los cuadros y puesto las cortinas. Ha quedado muy bien, y espero que al rector le cause buena impresión. No han terminado de pintar los radiadores de abajo, pero he metido los botes de pintura y esas cosas en un armario, y que sea lo que Dios quiera. Y he pedido un grupo de criadas para que limpien, de modo que mañana no haya que hacer nada.

—¿A qué hora llega el rector? —preguntó Harriet.

—A las doce. Recepción en la sala de profesoras y enseñarle el college. Después almuerzo en el comedor, y espero que le guste. Ceremonia a las dos y media. Y luego echarlo para que llegue al tren de las cuatro menos cuarto. Es un hombre encantador, pero empiezo a hartarme de tanta inauguración. Hemos inaugurado el patio nuevo, la capilla (con coro), el comedor de profesoras (con almuerzo para antiguas tutoras e investigadoras), el anexo Tudor (con té para antiguas alumnas), el ala de las cocinas y la servidumbre (con miembros de la familia real), el sanatorio (con discurso del catedrático de medicina), la cámara del consejo y la residencia de la rectora, y hemos descubierto el retrato de la difunta rectora, el reloj de sol conmemorativo de Willett y el nuevo reloj. Y ahora la biblioteca. Padgett me dijo el último curso, cuando estábamos haciendo las reformas del Queen Elizabeth: «Perdone, señora decana, señorita, pero ¿podría decirme la fecha de la inauguración, señorita?». «¿Qué inauguración, Padgett?», le dije. «No vamos a inaugurar nada este curso. ¿Qué queda por inaugurar?» «Bueno, señorita, yo es que estaba pensando en aquí los nuevos servicios, con perdón, señora decana, señorita», me dice. «Es que ya hemos inaugurado todo lo que se puede inaugurar, señorita, y si va a haber una ceremonia, señorita, debería yo saberlo a tiempo, para solucionar lo de los taxis y lo del estacionamiento.»

—¡Pobre Padgett! —exclamó la señorita Burrows—. Es lo más inteligente que tenemos aquí. —Volvió a bostezar—. Estoy muerta de cansancio.

—Llévela a la cama, señorita Vane —dijo la decana—. Ya está bien por hoy.

6

A menudo cuando se habían acostado, se abrían las puertas de dentro de par en par, así como las puertas de un armario que en la sala había, y todo ello con alboroto y ruido grandes. Y una noche las sillas, que cuando iban a acostarse se quedaban en el rincón de la chimenea, cambiaron de sitio y aparecieron en mitad de la habitación, muy bien ordenadas, y un cedazo colgando sobre una pieza de tela llena de agujeros, y la llave de una puerta sobre otra. Y por el día, mientras hilaban en la casa, muchas veces veían abrirse las puertas del establo de par en par, pero no quién las abría. En una ocasión, estando Alice hilando, la roca o rueca se desprendió varias veces y llegó al centro de la habitación… y muchas más cosas, tan ridículas que resultaría tedioso referirlas.

WILLIAM TURNER

—Peter —dijo Harriet, y con el sonido de su propia voz salió adormilada y flotando del fuerte cerco de los brazos de él por un mar verde de hojas de haya moteadas por el sol y se internó en la oscuridad—. Maldita sea —añadió para sus adentros—. Maldita sea. Y no quería despertarme.

El reloj del patio nuevo dio las tres melodiosamente.

—Esto no puede ser —dijo—. Esto no puede ser. Mi subconsciente tiene una imaginación de lo más traicionera. —Tanteó hasta encontrar el interruptor de la lámpara de la mesilla—. Qué inquietante pensar que los sueños jamás simbolizan los deseos reales, sino algo mucho peor. —Encendió la luz y se incorporó—. Si de verdad quisiera que Peter me abrazara apasionadamente, soñaría con dentistas o con la jardinería. Me pregunto qué inconcebible atrocidad puede ser únicamente expresada con el cortés símbolo de los abrazos de Peter. ¡Caray con Peter! ¿Qué haría con un caso como este?

Aquel pensamiento la devolvió a la noche en el Egotists Club y la carta anónima, y de ahí pasó a la absurda furia que sentía Peter por el esparadrapo.

«... pero como en aquel momento tenía la cabeza en mi trabajo...»

A veces cualquiera diría que es un cabeza de chorlito, pensó, pero cuando trabaja se concentra. Sí, centrarse en el trabajo. ¿Qué hago yo, dejando que se me vaya la cabeza de un lado a otro? ¿Esto es un trabajo o no?... Supongamos que la autora de los anónimos anda ahora mismo por aquí, dejando cartas por debajo de las puertas... Pero ¿qué puertas? No se pueden vigilar todas... Debería apostarme en la ventana, ojo avizor, por si aparece alguien deslizándose sigilosamente por el patio... Alguien tendría que hacerlo, pero ¿en quién confiar? Además, las profesoras tienen su trabajo; no pueden pasarse la noche en vela y trabajar todo el día... El trabajo... centrarse en el trabajo...

Ya había saltado de la cama y estaba descorriendo las cortinas. No había luna, y no se veía nada en absoluto. Tampoco parecía que nadie se estuviera quemando las pestañas redactando un trabajo a última hora.

Cualquiera podía ir a cualquier parte en una noche tan oscura, se dijo Harriet. Apenas se distinguían los contornos de los tejados del Tudor a la derecha, ni la oscura mole de la nueva biblioteca que sobresalía detrás del anexo a la izquierda.

La biblioteca: ni un alma allí dentro.

Se puso la bata y abrió la puerta con cautela. Hacía un frío terrible. Buscó el interruptor de la pared y bajó por el pasillo central del anexo, entre una hilera de puertas tras las cuales dormían las alumnas, soñando Dios sabe con qué… exámenes, deportes, muchachos, fiestas, la extraña mezcolanza que se resume en la palabra «actividades». Junto a las puertas había montoncitos de platos sucios para que las criadas los recogieran y los fregaran. Y zapatos. En las puertas había tarjetas con su nombres: señorita H. Brown, señorita Jones, señorita Colburn, señorita Szleposky, señorita Isaacson… Tantas incógnitas, tantas futuras esposas y madres de la raza, o bien tantas potenciales historiadoras, científicas, maestras, médicas, abogadas… según qué se considerase más importante, una cosa u otra. Al final del pasillo había una ventana grande, higiénicamente abierta por arriba y por abajo. Harriet levantó con suavidad la parte de abajo y se asomó, tiritando.

Y de repente comprendió que en la razón o la intuición que la había llevado a mirar en la biblioteca se había calibrado muy bien la situación. La nueva biblioteca debería haber estado a oscuras; no era así. Una de las alargadas ventanas estaba dividida de arriba abajo por una estrecha franja de luz.

Harriet se puso a pensar rápidamente. Si era la señorita Burrows, que continuaba con sus preparativos, legítima y abnegadamente, si bien a una hora intempestiva, ¿por qué se había molestado en correr las cortinas? Habían colgado cortinas en las ventanas, porque al estar orientada hacia el sur, la biblioteca necesitaba protección de la fuerte luz del sol, pero sería absurdo que la bibliotecaria se protegiese a sí misma y sus funciones de una posible observación en medio de una oscura noche de marzo. La dirección del centro no era tan hermética. Algo pasaba. ¿Qué hacer? ¿Ir allí a investigar sola o avisar a alguien?

Algo estaba muy claro: si quien acechaba tras aquellas cortinas era alguien del claustro, no sería diplomático que una alumna presenciara el descubrimiento. ¿Qué profesoras dormían en el Tudor? Sin consultar la lista, Harriet recordó que la señorita Barton y la señorita Chilperic tenían allí su alojamiento, pero en el otro extremo del edificio. Al menos, se le presentaba una buena ocasión de controlarlas. Tras echar un último vistazo a la ventana de la biblioteca, Harriet pasó rápidamente junto a su habitación, en el puente, y entró en el edificio principal. Se maldijo por no haber cogido una linterna y tuvo que entretenerse buscando los interruptores de la luz. Siguió por el pasillo, pasó de largo la escalera y torció a la izquierda. Ninguna profesora en aquel piso; debía de ser en el de abajo. Volvió, bajó las escaleras, y torció otra vez a la izquierda. Fue dejando todas las luces del pasillo encendidas, y pensó si llamarían la atención en otros edificios. Por fin, una puerta a la izquierda con un rótulo, «Señorita Barton». Y estaba abierta.

Llamó con firmeza y entró. El salón estaba vacío. Detrás, la puerta del dormitorio también estaba abierta.

—¡Válgame Dios! —exclamó. ¡Señorita Barton!

No hubo respuesta, y al mirar en el dormitorio, vio que estaba tan vacío como el salón. La ropa de cama estaba retirada y alguien había dormido allí, pero quienquiera que fuese se había levantado y se había marchado.

Resultaba fácil pensar en una explicación inocente. Harriet reflexionó unos momentos, y entonces le vino a la memoria que la ventana de la habitación daba al patio. Las cortinas estaban descorridas. Miró la oscuridad. La luz seguía brillando en la ventana de la biblioteca, pero se apagó enseguida.

Harriet corrió hacia el pie de la escalera y atravesó el vestíbulo. La puerta del edificio estaba entornada. La abrió del todo y cruzó rápidamente el patio. Mientras corría, le dio la impresión de que algo surgía amenazante delante de ella. Se dirigió hacia allí y al alcanzarlo, lo aferró con fuerza.

—¿Quién es? —preguntó Harriet con brusquedad.

—¿Y quién es usted?

Una mano se desasió y la luz de una linterna cayó sobre la cara de Harriet.

—¡Señorita Vane! ¿Qué hace usted aquí?

—¿Señorita Barton? Estaba buscándola. He visto una luz en la biblioteca nueva.

—Yo también. Acabo de ir a investigar. La puerta está cerrada con llave.

—¿Con llave?

—Sí, por dentro.

—¿No hay otra entrada? —preguntó Harriet.

—Sí, claro. Tendría que haberlo pensado. Por el pasillo del comedor y la biblioteca de narrativa. ¡Venga!

—Un momento —dijo Harriet—. Quienquiera que sea puede seguir allí. Usted vigile la puerta principal, para que no salga por ahí, y yo subiré por el comedor.

—Buena idea. ¡Oiga! ¡No tiene linterna! Llévese la mía. Así no perderá tiempo encendiendo las luces.

Harriet cogió la linterna y echó a correr, sin dejar de pensar. Lo que le había contado la señorita Barton parecía verosímil. Se había despertado (¿por qué?), había visto la luz (probablemente dormía con las cortinas descorridas) y había salido a investigar mientras Harriet deambulaba por las plantas de arriba tratando de dar con la habitación que buscaba. Entretanto, la persona que estaba en la biblioteca había terminado lo que estuviera haciendo o posiblemente se había asustado al ver que encendían luces en el Tudor y había apagado la luz. No había salido por la puerta principal; o estaba aún en el ala de la biblioteca o se había escabullido por las escaleras del comedor mientras la señorita Barton y Harriet forcejeaban en el patio.

Harriet encontró la escalera del comedor y empezó a remontarla, usando la linterna lo menos posible y manteniendo la luz baja. Se convenció de que la persona a la que perseguía estaba, tenía que estar, desequilibrada, si no loca, y de que posiblemente se abalanzaría sobre ella desde un rincón oscuro. Llegó al último escalón y empujó la puerta batiente de cristal que daba al pasillo entre el comedor y la despensa. Entonces le pareció oír a alguien correteando y casi en el mismo momento vio el destello de una linterna. Tenía que haber un interruptor doble a la derecha, detrás de la puerta. Lo encontró y lo accionó. Un parpadeo, y a continuación la oscuridad. ¿Un fusible? Se rió de sí misma. Pues claro que no. Quienquiera que estuviera al otro extremo del pasillo le había dado al interruptor al mismo tiempo que ella. Volvió a accionar el interruptor y el pasillo se inundó de luz.

A la izquierda vio las tres entradas, con los pasaplatos en medio, que daban al comedor. A la derecha estaba la pared desnuda entre el pasillo y las cocinas, y enfrente, al fondo del pasillo, junto a la puerta de la despensa, había alguien agarrando la bata que llevaba puesta con una mano y un tarro grande con la otra.

Harriet se dirigió a toda velocidad hacia aquella aparición, que avanzaba dócilmente hacia ella. Sus rasgos le resultaban vagamente familiares, y enseguida los reconoció. Era la señorita Hudson, la estudiante de tercero que había asistido a la celebración.

—¿Se puede saber qué demonios hace aquí a estas horas? —preguntó Harriet con tono severo.

No es que tuviera ningún derecho especial a interrogar a las alumnas sobre sus movimientos, ni que pensara que su aspecto, en pijama y con una gruesa bata de cuadros, inspirase respeto ni desprendiera autoridad. Desde luego, la señorita Hudson pareció quedarse estupefacta al verse abordada así por una desconocida a las tres de la mañana. Se quedó mirándola, sin habla.

—¿Y por qué no podría estar aquí? —replicó al fin, desafiante—. No sé quién es usted, y tengo tanto derecho como usted a ir por ahí... ¡Ya, claro! —añadió, y se echó a reír—. Supongo que es una de las criadas. No la había reconocido sin el uniforme.

—No —dijo Harriet—. Soy antigua alumna. Y usted es la señorita Hudson, ¿no? Pero su habitación no está aquí. ¿Ha estado en la despensa?

Clavó la mirada en el tarro, y la señorita Hudson se sonrojó.

—Sí... Quería un poco de leche. Es que tengo que hacer un trabajo.

Lo dijo como si se tratara de una enfermedad. Harriet se rió.

—Así que seguimos en las mismas, ¿eh? Carrie es tan blanda como lo era Agnes en mi época. —Se acercó al pasaplatos de la despensa e intentó moverlo, pero estaba cerrado—. No, parece que no.

—Le pedí que lo dejara abierto, pero supongo que se le habrá olvidado —dijo la señorita Hudson—. Oiga... No vaya a delatar a Carrie. Es una persona maravillosa.

—Sabe muy bien que Carrie no debería dejar el pasaplatos abierto, y que si se quiere un poco de leche, hay que venir antes de las diez.

—Sí, ya lo sé, pero no siempre sabes si vas a quererla. Supongo que usted habrá hecho lo mismo en su época.

—Sí —replicó Harriet—. En fin, más vale que se marche, pero un momento. ¿Cuándo ha entrado aquí?

—Ahora mismo, unos segundos antes que usted.

—¿Ha visto a alguien?

—No. —La señorita Hudson parecía asustada—. ¿Por qué? ¿Ha pasado algo?

—No, que yo sepa. Venga, váyase a la cama.

La señorita Hudson salió corriendo y Harriet intentó abrir la puerta de la despensa, que estaba cerrada a cal y canto, como el pasaplatos. Después entró en la biblioteca de narrativa, que estaba vacía, y puso una mano en el picaporte de la puerta de roble que daba a la biblioteca nueva.

No hubo forma de abrirla. No había llave en la cerradura. Harriet echó un vistazo a la biblioteca de narrativa. Sobre el alféizar de la ventana había un lápiz fino, un libro y unos papeles. Metió el lápiz en la cerradura y la puerta se abrió sin ofrecer resistencia.

Fue hasta la ventana de la biblioteca de narrativa y la abrió. Daba a la terraza de una pequeña galería. Dos personas no eran suficientes para jugar así al escondite. Arrastró una mesa hasta la puerta, para darse cuenta de si alguien intentaba salir a sus espaldas; después saltó a la terraza de la galería y se asomó a la barandilla. Abajo no distinguió nada con claridad, pero sacó la linterna del bolsillo e hizo una señal.

—¡Hola! —oyó que decía la señorita Barton con cautela desde abajo.

—La otra puerta está cerrada, y la llave ha desaparecido.

—Qué situación tan complicada. Si una de nosotras se va, podría salir alguien, y si gritamos pidiendo ayuda, se formará gran revuelo.

—Pues sí, más o menos —replicó Harriet.

—Vamos a ver. Voy a intentar entrar por una de las ventanas de la planta baja. Parece que todas tienen echado el pestillo, pero puedo romper un cristal.

Harriet se quedó esperando y al fin oyó un leve tintineo. Se hizo un silencio y después oyó el movimiento del marco de una ventana. Otro silencio, más largo. Volvió a la biblioteca de narrativa y retiró la mesa de la puerta. Al cabo de seis o siete minutos vio que el picaporte se movía y oyó un golpecito al otro lado de la puerta de roble. Se agachó hasta la cerradura y dijo: «¿Qué pasa?», y a continuación prestó oídos.

—Aquí no hay nadie —dijo la señorita Barton al otro lado—. No está la llave, y hay un lío espantoso.

—Voy para allá.

Harriet atravesó apresuradamente el comedor y dio la vuelta hasta la fachada de la biblioteca. Allí vio la ventana que había abierto la señorita Barton, entró por ella y subió a todo correr las escaleras de la biblioteca.

—¡Vaya! —dijo.

La nueva biblioteca era una sala magnífica, de techos altos, con seis cubículos orientados hacia el sur e iluminados por otras tantas ventanas que llegaban casi desde el suelo hasta el techo. En el lado septentrional, la pared, sin ventanas, estaba revestida de estanterías hasta tres metros de altura. Por encima había un espacio vacío, donde en un futuro podría construirse otra galería cuando los libros excedieran la capacidad de las estanterías existentes. La señorita Burrows y su equipo habían adornado ese espacio vacío con una serie de grabados, como los que posee toda comunidad académica, que representaban el Partenón, el Coliseo, la columna de Trajano y otros temas clásicos y topográficos.

Todos los libros de la sala estaban tirados por el suelo; habían vaciado las estanterías por el expeditivo método de desencajarlas. Habían arrancado los grabados y habían adornado el espacio vacío con un friso de dibujos, toscamente realizados con pintura marrón y con inscripciones de unos treinta centímetros de altura, todo ello sumamente indecoroso. En medio del caos se erguía triunfalmente una escalerilla y un bote de pintura con una brocha dentro, para demostrar cómo se había llevado a cabo la transformación.

—Todo echado a perder —dijo Harriet.

—Sí —reconoció la señorita Barton—. Bonito recibimiento para lord Oakapple. —Su voz tenía un tono extraño... casi de satisfacción. Harriet la miró con dureza—. ¿Qué va a hacer? ¿Qué se hace en estos casos? ¿Registrarlo todo con lupa o llamar a la policía?

—Ninguna de las dos cosas —contestó Harriet. Se quedó reflexionando unos momentos—. Lo primero es ir a buscar a la decana. Lo segundo, buscar las llaves originales o las copias. Lo tercero, quitar esas inscripciones asquerosas antes de que las vea nadie. Y en cuarto lugar, dejar la habitación en condiciones antes de las doce. Tenemos tiempo de sobra. ¿Tendría la amabilidad de ir a despertar a la decana y traerla aquí? Mientras tanto, echaré un vistazo, a ver si encuentro alguna pista. Después hablaremos sobre quién ha hecho todo esto y cómo se ha escapado. Dese prisa, por favor.

—¡Vaya! —dijo la profesora—. Así me gusta: las personas que saben lo que quieren.

Se marchó con una prontitud sorprendente.

—Su bata está llena de pintura —reflexionó Harriet en voz alta—. Pero a lo mejor se ha manchado al entrar aquí. —Fue al piso de abajo y examinó la ventana abierta—. Sí, aquí es donde pasó por encima del radiador húmedo. Supongo que yo también me habré manchado. Sí, claro, pero no hay nada que demuestre que todo viene de ahí. Pisadas recientes… suyas y mías, sin duda. Vamos a ver…

Siguió las huellas de pisadas hasta el último tramo de la escalera, donde eran apenas visibles y por último desaparecían. No encontró pisadas de una tercera persona, pero probablemente había dado tiempo a que las de la intrusa se secaran. Quienquiera que fuese, debía de haber empezado su tarea muy poco después de medianoche, como muy tarde. La pintura había salpicado mucho; si se pudiera registrar todo el colegio en busca de ropa manchada de pintura, sería estupendo, pero provocaría un terrible alboroto, pensó Harriet. La señorita Hudson… ¿tenía manchas de pintura en alguna parte? Harriet creía que no.

Volvió a mirar a su alrededor y de repente se dio cuenta de que había dejado todas las luces encendidas y de que las cortinas estaban descorridas. Si alguien estaba mirando desde alguno de los edificios de enfrente, el interior de la habitación destacaría como un escenario iluminado. Apagó las luces y corrió con cuidado las cortinas antes de volver a encenderlas.

—Ahora lo entiendo —dijo—. Esa era la idea. Las cortinas estaban corridas mientras hacía la faenita. Después apagó las luces y descorrió las cortinas. La pintora huyó y cerró la puerta con llave. Por la mañana todo habría parecido normal desde fuera. ¿Quién habría sido la primera persona en intentar entrar? ¿Una criada, para dar una última pasada? Se habría encontrado con la puerta cerrada, habría pensado que la señorita Burrows la había dejado así y probablemente no habría hecho nada. Probablemente habría subido primero la señorita Burrows. ¿Cuándo? Poco después de ir a la capilla, o un poco antes. No habría podido entrar. Habrían perdido mucho tiempo buscando las llaves, y cuando alguien hubiera logrado entrar, habría sido demasiado tarde para arreglar las cosas, con todo el mundo ya por allí. ¿Y el rector...?

La señorita Burrows habría sido la primera en llegar, pensó. También había sido la última en marcharse, y quien mejor sabía dónde habían dejado los botes de pintura. ¿Habría destrozado su propio trabajo, y habría destrozado sus propias pruebas la señorita Lydgate? ¿Hasta qué punto era sólida semejante premisa psicológica? Se puede ser capaz de destruir cualquier cosa en el mundo, salvo tu propia obra pero, por otra parte, si eres lo suficientemente astuto, comprendes que es lo que la gente va a pensar, e inmediatamente tomas las medidas necesarias para que tu obra sufra daños.

Harriet recorrió lentamente la biblioteca. Había una gran salpicadura de pintura en el parquet, y en el borde... ¡Ah, sí! Resultaría muy útil registrar el college para buscar ropa manchada de pintura, pero era evidente que la culpable no llevaba zapatillas. ¿Para qué ponerse nada? Los radiadores de aquella planta estaban funcionando al máximo y la ausencia de ropa no solo habría sido una buena táctica, sino una comodidad.

¿Y cómo habría escapado aquella persona? Ni la señorita Hudson (si es que se le podía dar crédito) ni Harriet se habían encontrado con nadie al subir, pero había mediado suficiente tiempo para huir después de que se apagaran las luces. Desde el fondo del antiguo patio no se habría visto una figura atravesando furtivamente el pasadizo abovedado del comedor. O, ya puestos, podría haber sido alguien que estuviera al acecho en el comedor mientras Harriet y la señorita Hudson hablaban en el pasillo.

—He metido un poco la pata —dijo Harriet—. Debería haber encendido las luces del comedor para asegurarme.

Volvió a entrar la señorita Barton, con la decana, que miró a su alrededor y exclamó: «¡Dios mío!». Parecía un mandarín pequeñito pero robusto, con la larga coleta pelirroja y la bata azul acolchada salpicada de dragones escarlatas y verdes.

—¡Qué tontas hemos sido! Deberíamos haberlo previsto. ¡Pero si era lo más evidente! Si se nos hubiera ocurrido, la señorita Burrows podría haber cerrado la puerta con llave antes de marcharse. ¿Y ahora qué hacemos?

—Lo primero que se me ocurre es aguarrás —dijo Harriet—. Y en segundo lugar, Padgett.

—Pero cuánta razón tiene. Padgett sabrá arreglárselas, como siempre. Es como la beneficencia: nunca falla. Gracias a Dios que ustedes han descubierto lo que pasaba. En cuanto limpien estas repugnantes inscripciones podremos dar una mano de temple de secado rápido o algo parecido, o empapelar la pared y… ¡Dios mío! ¿De dónde vamos a sacar el aguarrás, a menos que los pintores hayan dejado suficiente cantidad? Vamos a necesitar una cubeta. Pero seguro que Padgett lo solucionará.

—Voy ahora mismo a buscarlo y aprovecharé para coger por banda a la señorita Burrows —dijo Harriet—. Tendremos que volver a colocar los libros. ¿Qué hora es? Las cuatro menos cinco… Creo que podemos hacerlo. ¿Puede montar guardia hasta que yo vuelva?

—Sí. Ah, bueno, ahora encontrará la puerta abierta. Por suerte, yo tenía otra llave. Una llave preciosa, encobrada… Era para lord Oakapple, pero tendremos que llamar a un cerrajero para la otra puerta, a menos que los albañiles tengan una copia.

Lo más extraordinario de aquella extraordinaria mañana fue la imperturbabilidad de Padgett. Atendió a Harriet ataviado con un bonito pijama de rayas y recibió instrucciones absolutamente impasible.

—Padgett, la decana lamenta comunicar que alguien ha estado cometiendo grandes desaguisados en la biblioteca nueva.

—¿De veras, señorita?

—Está todo patas arriba y han pintarrajeado palabras y dibujos de lo más ordinario en la pared.

—Lamentable, señorita.

—Con pintura marrón.

—Qué embarazoso, señorita.

—Habrá que limpiarlo inmediatamente, antes de que nadie lo vea.

—Muy bien, señorita.

—¿Cree que podrá solucionarlo, Padgett?

—Usted déjemelo a mí, señorita.

La siguiente tarea de Harriet consistió en recoger a la señorita Burrows, que recibió la noticia con enérgicas expresiones de irritación.

—¡Qué horror! ¿Quiere decir que hay que ordenar esos libros otra vez? ¿Ahora? Sí, claro... Supongo que no queda otro remedio. ¡Dios mío, qué suerte no haber puesto el infolio de Chaucer y otros libros valiosos en las vitrinas!

La bibliotecaria se levantó apresuradamente de la cama. Harriet se fijó en sus pies. Estaban limpios, pero en el dormitorio había un olor raro. Lo olfateó hasta las inmediaciones del lavabo.

—Oiga... ¿eso es aguarrás?

—Sí —contestó la señorita Burrows, poniéndose las medias con dificultad—. La he traído de la biblioteca, porque tenía pintura en las manos, de quitar los botes y demás.

—Ojalá me hubiera dejado un poco. Hemos tenido que entrar por la ventana, por encima de un radiador húmedo.

—Sí, claro.

Harriet salió, confusa. ¿Por qué se habría molestado la señorita Burrows en llevar el bote hasta allí, cuando podía haberse quitado la pintura en el momento? Pero comprendía que cualquiera que hubiera querido limpiarse la pintura de los pies, tras ser interrumpida en mitad del trabajo sucio, no habría tenido otra opción que coger el bote y salir corriendo.

A continuación se le ocurrió otra idea. La culpable no podía haber salido descalza de la biblioteca. Se habría puesto otra vez las zapatillas, y si te pones unas zapatillas con los pies manchados de pintura, quedan señales.

Volvió a su habitación y se vistió. Después regresó al patio nuevo. La señorita Burrows había desaparecido, pero sus zapatillas estaban junto a la cama. Harriet las examinó minuciosamente, por dentro y por fuera, pero no había ni rastro de pintura.

Al volver se encontró a Padgett, que caminaba reposadamente por el césped, cargado con una lata grande de aguarrás en cada mano.

—¿De dónde ha sacado eso con lo temprano que es, Padgett?

—Pues verá, señorita, Mullins ha ido en la moto y ha despertado a un conocido suyo que tiene una tienda de queroseno y vive justo encima.

Así de sencillo.

Al cabo de un rato y decorosamente entogadas y vestidas, Harriet y la decana pasaban por el lado oriental del edificio Queen Elizabeth en pos de Padgett y el capataz de los pintores.

—Las señoritas tienen sus diversiones, como los señoritos —se oyó decir a Padgett.

—Cuando yo era mozo, las señoritas eran las señoritas y los señoritos los señoritos, a ver si me entiendes —replicó el capataz.

—Lo que necesita este país es un Hitler —dijo Padgett.

—Eso es —dijo el capataz—. Las muchachas, en su casa tenían que estar. Vaya trabajo que tienes aquí, jefe. ¿Qué hacías antes de meterte en este gallinero?

—Ayudante del de los camellos en el zoológico. Y bien interesante que era el trabajo.

—¿Y por qué lo dejaste?

—Septicemia. Un mordisco que me dio una hembra en el brazo —contestó Padgett.

—Ah —dijo el capataz.

Cuando llegó lord Oakapple no había nada chocante a la vista en la biblioteca, aparte de cierta humedad y unas cuantas manchas en la parte de arriba, donde el papel recién colocado se estaba secando de forma irregular. Habían recogido los cristales y limpiado los churretes de pintura del suelo; habían sustituido el Coliseo y el Partenón por veinte fotografías de estatuas clásicas rescatadas de un armario; los libros estaban en sus correspondientes estanterías y convenientemente expuestos en las vitrinas el infolio de Chaucer, el primer libro en cuarto de Shakespeare, los tres Morris de la Kelmscott, el ejemplar de *El propietario* con el autógrafo de Galsworthy y el guante bordado que había pertenecido a la condesa de Shrewsbury.

La decana revoloteaba alrededor del rector como una gallina con su polluelo, atribulada y nerviosa por la posibilidad de que una misiva indiscreta cayera de su servilleta o se deslizara inopinadamente por entre los pliegues de su toga, y cuando, después del almuerzo, el rector sacó un montón de notas de un bolsillo y las hojeó con el entrecejo fruncido, confuso, en la sala de profesoras, la tensión llegó a tal extremo que a punto estuvo la decana de que se le cayera el azucarero. Al final resultó que el rector no sabía dónde había metido una cita en griego; nada más. Aunque estaba al tanto de lo ocurrido en la biblioteca, la rectora hizo gala del aplomo de costumbre.

Harriet no presenció nada de eso. Después de que los pintores cumplieran su cometido, se dedicó a observar los movimientos de cuantas personas entraban y salían de la biblioteca y a asegurarse de que no dejaban nada inconveniente.

Pero, al parecer, la *Poltergeist* del college había puesto toda la carne en el asador. A Harriet, celadora voluntaria, le llevaron un almuerzo frío. Iba cubierto por una servilleta, pero bajo sus pliegues no acechaba nada; simplemente unos emparedados de jamón y otras sustancias igualmente inocuas. Harriet reconoció a la criada.

—¿No es usted Annie? ¿Ahora está en la cocina?

—No, señora. Sirvo en el comedor y en la sala de profesoras.

—¿Qué tal sus hijas? Si mal no recuerdo, la señorita Lydgate me ha dicho que tiene dos niñas.

—Sí, señora. Qué amable es usted por preguntar. —La cara de Annie resplandecía de satisfacción—. Están estupendamente. Oxford les sienta muy bien, después de vivir en una ciudad industrial, donde estábamos antes. ¿Le gustan los niños, señora?

—Desde luego —contestó Harriet.

La verdad es que no les tenía demasiado cariño, pero eso no se les puede decir con tanta claridad a quienes disfrutan de tal dicha.

—Debería estar casada y con hijos, señora. ¡Vaya! No tendría que haber dicho una cosa así… No soy quién para eso, pero me parece terrible que todas estas señoras solteras vivan juntas. No es natural, ¿no?

—Bueno, Annie, cada cual tiene sus gustos. Y hay que esperar a que aparezca la persona adecuada.

—Eso sí que es verdad, señora. —De repente Harriet se acordó de que el marido era raro, que se había suicidado o había hecho algo lamentable, y pensó que el lugar común que había soltado no era muy discreto, pero Annie parecía encantada. Volvió a sonreír. Tenía unos ojos grandes, azul claro, y Harriet pensó que debía de haber sido muy guapa antes de adelgazar tanto y de tener aquella expresión de preocupación—. Estoy segura, o sea espero que pronto le llegue a usted… ¿o está ya prometida?

Harriet frunció el entrecejo. No le hacía gracia que le preguntaran semejante cosa, y no tenía el menor deseo de hablar de sus asuntos privados con la servidumbre del college, pero la pregunta no parecía obedecer a ninguna impertinencia, y contestó con amabilidad:

—Todavía no, pero nunca se sabe. ¿Qué le parece la nueva biblioteca?

—Es una habitación muy bonita, ¿verdad, señora? Pero me parece una verdadera lástima tener un sitio tan grande solo para que las mujeres estudien libros aquí. No sé qué quieren sacar las chicas de los libros. No les van a enseñar a ser buenas esposas.

—¡Qué opinión tan terrible tiene usted! —replicó Harriet—. ¿Cómo se le ocurrió venir a trabajar a un college femenino, Annie?

El rostro de la criada se ensombreció.

—Verá, señora, me han ocurrido varias desgracias. Acepté de buena gana lo que me salió.

—Claro, claro. Era una broma. ¿Le gusta el trabajo?

—Está bien, pero algunas de esas señoras tan listas son un poco extrañas, ¿no le parece, señora? O sea, raras. No tienen corazón.

Harriet recordó que había habido ciertos malentendidos con la señorita Hillyard.

—No, no —repuso con vehemencia—. Naturalmente, son personas con muchas ocupaciones y no les queda tiempo para preocuparse por cosas del exterior, pero son todas buenas personas.

—Sí, señora, estoy segura de que esa intención tienen, pero es que siempre pienso en lo que dice la Biblia, que «tanto aprender te ha vuelto loco». Eso no está bien.

Harriet levantó la vista bruscamente y percibió una extraña mirada en los ojos de la criada.

—¿A qué se refiere, Annie?

—No, nada, señora. Solo que a veces pasan cosas raras, pero claro, como usted está de visita, no se habrá enterado, y no soy quién para hablar de eso… porque hoy en día solo soy una criada.

—Desde luego, yo no mencionaría nada por el estilo a las personas de fuera ni a las visitas —dijo Harriet, intranquila—. Si tiene alguna queja, debería hablar con la administradora, o con la directora.

—No tengo ninguna queja, señora, pero a lo mejor ha oído hablar de las palabras groseras que han aparecido en las paredes y de lo que quemaron en el patio… Si hasta ha salido algo en los periódicos… Ya descubrirá que todo empezó cuando llegó cierta persona al college, señora.

—¿Quién es esa persona? —preguntó Harriet con tono severo.

—Una de esas señoras tan sabias, señora. En fin, quizá sea mejor que no diga nada más sobre el asunto. Usted escribe libros de misterio, ¿no, señora? Pues si descubre algo en el pasado de esa señora, puede estar segura de que es verdad. Por lo menos eso es lo que dicen muchos. Y a nadie le gusta estar en el mismo sitio que una mujer así.

—Estoy segura de que se equivoca, Annie, y debería andarse con cuidado y no propagar ese rumor. Será mejor que vuelva inmediatamente al comedor. Supongo que hace usted falta allí.

De modo que eso era lo que comentaba la servidumbre. Claro, la señorita De Vine; ella era la «señora sabia» cuya llegada había coincidido con el comienzo de los problemas... una coincidencia más exacta de lo que Annie podía saber, a menos que también ella hubiera visto el dibujo en el patio la noche de la celebración. Una mujer curiosa, la señorita De Vine, y sin duda con muchas y variadas experiencias tras aquellos ojos desconcertantes; pero a Harriet le caía bien, y sin duda no parecía loca, o no con la locura de la autora de las cartas anónimas, si bien no la habría sorprendido enterarse de que tenía cierta vena de fanatismo. Y, a propósito, ¿qué había hecho la noche anterior? Su alojamiento estaba en el patio nuevo, y probablemente tenía pocas probabilidades de ofrecer una coartada. La señorita De Vine... ¡Pues sí! Habría que ponerla en la misma situación que a todo el mundo.

La inauguración de la biblioteca se llevó a cabo sin problemas. El rector abrió la puerta con la llave encobrada, sin saber que aquella misma llave la había abierto la noche anterior, en extrañas circunstancias. Harriet observó detenidamente las caras de las profesoras y las criadas allí presentes, y ninguna de ellas dio muestras de sorpresa, ira o decepción ante la biblioteca, que tenía un aspecto muy decente. Allí estaba la señorita Hudson, que parecía animada y despreocupada. También la señorita Cattermole. Daba la impresión de haber estado llorando, y Harriet observó que se quedaba a solas en un rincón sin hablar con nadie hasta que, al concluir la ceremonia, se le acercó una chica de piel oscura y gafas entre la multitud y se marcharon juntas.

Más tarde Harriet fue a ver a la rectora para presentarle el informe prometido. Destacó las dificultades de enfrentarse sola a un incidente como el de la noche anterior. Un grupo que hubiera patrullado por patios y pasillos probablemente habría capturado a la culpable, o al menos se habría podido controlar a las sospechosas desde el principio. Aconsejó que se contratase a varias mujeres de la agencia de la señorita Climpson, y a continuación explicó en qué consistía tal agencia.

—Comprendo —replicó la rectora—, pero he comprobado que al menos dos miembros del claustro ponen fuertes objeciones a tomar semejantes medidas.

—Lo sé —dijo Harriet—. La señorita Allison y la señorita Barton, pero ¿por qué?

—Yo también creo —añadió la rectora, sin contestar la pregunta— que el asunto presenta ciertas dificultades. ¿Qué pensarían las alumnas de unas desconocidas rondando por el college de noche? Se preguntarían por qué no podemos asumir las tareas de vigilancia nosotras mismas, y difícilmente podríamos explicarles que precisamente nosotras somos las más sospechosas. Y para realizar como es debido las tareas que usted propone se necesitarían muchas personas, si es que queremos controlar todos los puntos estratégicos. Y como esas personas ignorarían las condiciones de la vida del college, fácilmente cometerían errores nefastos y seguirían e interrogarían a las personas que no debieran. No creo que pudiéramos evitar un escándalo muy desagradable y más de una queja.

—Lo comprendo, rectora, pero a pesar de todo, es la solución más rápida.

La rectora inclinó la cabeza sobre un bonito bordado en cañamazo en el que estaba trabajando.

—No me parece recomendable. Ya sé que usted dirá que la situación en sí misma no es recomendable, y estoy de acuerdo. —Levantó la mirada—. No dispondrá de tiempo para prestarnos auxilio, ¿verdad, señorita Vane?

—Sí dispongo de tiempo —contestó Harriet lentamente—, pero sin ayuda va a resultar muy difícil. Todo sería mucho más fácil si se pudiera exonerar de toda sombra de sospecha a un par de personas.

—La señorita Barton la ayudó anoche con mucha habilidad.

—Sí, pero… ¿cómo podría decirlo? Si yo estuviera escribiendo un relato sobre esto, la primera persona a la que se encontrara en el lugar de los hechos sería la primera de la que habría que sospechar.

—¿Podría explicarlo, por favor?

Harriet lo explicó minuciosamente.

—Lo ha expresado con suma claridad —dijo la doctora Baring—. Y lo he entendido perfectamente. Pues bien; esa alumna, la señorita Hudson. Su explicación no es muy convincente. No podía esperar sacar comida de la despensa a esa hora, y no la sacó.

—No —dijo Harriet—. Pero sé muy bien que en mi época no costaba demasiado que la jefa de criadas dejara el pasaplatos abierto toda la noche si la pillabas de buenas. Así, si tenías que terminar un trabajo o algo y te entraba hambre, bajabas y cogías lo que querías.

—Dios santo —dijo la rectora.

—Éramos muy honradas y lo apuntábamos todo en la pizarra para que figurase en nuestra factura de gastos al final del bimestre. Sin embargo —añadió Harriet pensativa—, seguramente se pasaban de contrabando algunos embutidos y grasa de carne para untar. De todos modos, pienso que la explicación de la señorita Hudson resulta aceptable.

—Pero lo cierto es que el pasaplatos estaba cerrado.

—Cierto. Estaba cerrado. Es más, he visto a Carrie, y asegura que anoche estaba cerrado a las diez y media, como de costumbre. Reconoce que la señorita Hudson le pidió que lo dejara abierto, pero que no lo hizo, porque justo anoche la administradora había dado órdenes especiales para que se cerrasen el pasaplatos y la despensa. Sin duda debió de ser después de la reunión. También dice que este curso se ha puesto más exigente, porque el anterior hubo pequeños problemas por lo mismo.

—Ya… Es decir, no existen pruebas en contra de la señorita Hudson. Sin embargo, según tengo entendido, es una joven muy inquieta, y convendría vigilarla. Es muy competente, pero sus circunstancias anteriores no son especialmente refinadas, y no me sorprendería que considerase una broma las desagradables expresiones halladas en esas… eh… comunicaciones. No se lo digo para fomentar prejuicios contra esa muchacha, sino simplemente por el posible valor testimonial que pueda poseer.

—Gracias. Entonces, si usted cree que es imposible solicitar ayuda del exterior, le propongo quedarme en el college una semana más o menos, de cara a la galería para ayudar a la señorita Lydgate con su libro y para investigar un poco en la Biblioteca Bodleiana por mi cuenta. Así podría hacer más indagaciones. Y si al final del trimestre no se han obtenido resultados concluyentes, entonces creo que habría que plantearse seriamente contratar a profesionales.

—Es una oferta muy generosa —dijo la rectora—. Le quedaríamos sumamente agradecidas.

—Creo que debería advertirle de que no soy del agrado de ciertas personas del claustro —dijo Harriet.

—Eso podría dificultar un poco las cosas, pero si está dispuesta a soportar esa situación un tanto violenta por el bien del college, le quedaríamos aún más agradecidas. No puedo hacer suficiente hincapié en la extraordinaria importancia de evitar la publicidad. Nada puede perjudicar más al college en particular y a las universitarias en general que los chismorreos propagados por la prensa, malintencionados y con información falsa. De momento, las alumnas parecen leales. Si alguna hubiera sido indiscreta, no cabe duda de que ya nos habríamos enterado.

—¿Y el novio de la señorita Flaxman, que está en el New College?

—Tanto él como la señorita Flaxman han actuado muy bien. Naturalmente, al principio se consideró un asunto estrictamente personal, pero cuando la situación cambió, hablé con la señorita Flaxman, y me aseguró que su prometido y ella guardarían silencio hasta que todo se aclarase.

—Ya —dijo Harriet—. En fin, haremos lo que podamos. Me gustaría proponer una cosa: que se dejen encendidas las luces de los pasillos por la noche. Bastante complicado resulta vigilar una serie de edificios grandes a plena luz del día, pero en plena oscuridad es imposible.

—Una idea muy sensata —replicó la doctora Baring—. Hablaré del asunto con la administradora.

Y Harriet tuvo que conformarse con tan insatisfactoria solución.

7

Cloris bienamada, triste no estés,
que estas Furias no te arredren;
allá esas insensatas con su locura,
de infernal orgullo arrebatadas.
Que tus nobles pensamientos
no desciendan como sus sentimientos,
a quienes ni consejo enmienda
ni aun los dioses castigo imponen.

MICHAEL DRAYTON

En Shrewsbury College despertó cierto interés que la señorita Harriet Vane, la conocida escritora de novelas policíacas, estuviera pasando un par de semanas allí con el fin de investigar sobre la vida y la obra de Sheridan Le Fanu en la Biblioteca Bodleiana. La excusa era estupenda, y Harriet recopilaba material, sin prisas, para un estudio sobre Le Fanu, si bien la Bodleiana no era quizá el lugar más indicado, pero de alguna manera había que explicar su presencia, y Oxford siempre está dispuesto a creer que la Bodleiana es el centro mismo del saber universal. Encontró suficientes referencias en las publicaciones periódicas para justificar respuestas optimistas a las amables preguntas sobre el avance de su trabajo y, si bien sesteaba a menudo en los brazos de la Biblioteca Duque Humphrey, para compensar las horas que pasaba fisgoneando por los pasillos de noche, no era la única persona en Oxford a quien el ambiente creado por el cuero viejo y la calefacción central propiciaba el sueño.

Al mismo tiempo dedicaba muchas horas a poner orden en las caóticas pruebas de la señorita Lydgate. Se volvió a escribir la introducción y se restauraron los párrafos, gracias a la vasta memoria de la autora; se sustituyeron las páginas dañadas por nuevas pruebas; se eliminaron cincuenta y nueve errores y puntos oscuros en las remisiones; la réplica al señor Elkbottom, más contundente y concluyente, se incorporó al texto, y los responsables de la Oxford Press empezaron a hablar esperanzados de la fecha de publicación.

La autora de las cartas anónimas se había asustado, ya fuera por las rondas nocturnas de Harriet, o quizá simplemente por saber que el círculo de sospechosas se había reducido, o quizá por alguna otra razón, el caso es que durante los siguientes días hubo pocos incidentes. Sí que se produjo un acontecimiento fastidioso: se atascó por completo el retrete del baño de la sala de profesoras. Descubrieron que se debía a unos jirones de tela que habían metido por la rejilla con la ayuda de una varilla y que, una vez que el fontanero los sacó, resultaron ser los restos de unos guantes, manchados de pintura marrón y de propietario inidentificable. Se produjo otro incidente con la ruidosa aparición de las llaves perdidas de la biblioteca, que salieron del interior de un montón de fotografías enrolladas que había dejado la señorita Pyke media hora en un aula con la intención de utilizarlas después a modo de ilustración de ciertos comentarios sobre los frisos del Partenón. Ninguno de los incidentes llevó a ningún descubrimiento.

El claustro actuó con Harriet con el respeto tan puntilloso como impersonal por la misión en la vida de una persona que impone la tradición académica. Tenían muy claro que, una vez reconocida como investigadora oficial, había que permitirle que investigara sin obstáculos. Y no corrían a ella para proclamar su inocencia ni expresar su indignación. Afrontaron la situación con delicada imparcialidad, haciendo pocas alusiones al asunto y limitando la conversación en la sala de profesoras a cuestiones de interés general y de la universidad. Con un orden solemne y ritual la invitaron a tomar jerez con galletas en sus habitaciones y se abstuvieron de hacer comentarios las unas sobre las otras. La señorita Barton incluso se desvivió por conocer las opiniones de Harriet sobre *Las mujeres en el Estado moderno* y por consultarle sobre la situación en Alemania. Cierto que rechazaba de plano muchas de las opiniones expresadas, pero con objetividad y sin el menor rencor personal, y el controvertido tema del derecho del aficionado a investigar crímenes quedó cortésmente archivado. Dejando a un lado su animadversión, también la señorita Hillyard se esforzó por hablar con Harriet sobre los aspectos técnicos de crímenes históricos como el asesinato de sir Edmund Berry Godfrey y el presunto envenenamiento de sir Thomas Overbury por la condesa de Essex. Naturalmente, tales tentativas de acercamiento podían ser simple táctica, pero Harriet prefería atribuirlas a la prudencia y a un decoro instintivo.

Con la señorita De Vine mantuvo muchas conversaciones interesantes. La personalidad de la investigadora la atraía y la confundía enormemente. Más que con ninguna otra profesora, con la señorita De Vine tenía la sensación de que la dedicación a la vida intelectual no era el resultado de haber seguido apaciblemente una inclinación natural o adquirida, sino de una poderosa llamada espiritual que anulaba cualquier otro deseo o tendencia. Sin necesidad de estímulos, se despertó su curiosidad por la vida pasada de la señorita De Vine, pero indagar en ella resultaba complicado, y tras cada encuentro salía con la sensación de haber contado más de lo que había averiguado. Podía entrever una historia de conflictos, pero le costaba trabajo creer que la señorita De Vine no fuera consciente de sus represiones o incapaz de dominarlas.

Con el fin de establecer una relación amistosa con las alumnas, Harriet también se armó de valor para preparar y dar una «charla» titulada «La investigación en la realidad y la ficción» para una sociedad literaria del colegio. La tarea comportaba riesgos. Por supuesto, no hizo alusión alguna al triste caso en el que ella había sido considerada sospechosa, ni en el debate que siguió a la disertación tuvo nadie la falta de tacto de mencionarlo. El asesinato de Wilvercombe era un asunto distinto. No existía razón alguna para que no hablara a las alumnas sobre ese tema, y le parecía injusto privarlas de una emoción lícita por el motivo, puramente personal, de que fuera una pesadez tener que mencionar a Peter Wimsey cada dos por tres. La exposición, si bien pecó ligeramente de árida y académica, fue acogida con sinceros aplausos, y al final del acto la invitó a café la delegada, una tal señorita Millbanks.

La señorita Millbanks tenía su habitación en el Queen Elizabeth y la había amueblado con mucho gusto. Era una muchacha alta, elegante, a todas luces pudiente, vestía mucho mejor que la mayoría de las alumnas y llevaba sus logros académicos con naturalidad. Disfrutaba de una pequeña beca sin emolumentos, y declaraba públicamente que era becaria solo porque prefería estar muerta a llevar la ridícula toga corta de las estudiantes de pago. Como alternativas al café, le ofreció a Harriet madeira o un cóctel, disculpándose cortésmente por no disponer de hielo para la coctelera, dada la deficiencia de las instalaciones del college. Harriet, a quien no le gustaban los cócteles después de cenar y había consumido madeira y jerez en tantas ocasiones desde su llegada a Oxford que ya se había cansado, aceptó el café y se echó a reír mientras llenaban tazas y vasos. La señorita Millbanks le preguntó educadamente a qué venía la risa.

—Nada, es que el otro día leí un artículo en *The Morning Star,* y según la desagradable frase de cierto periodista, las «estudiantas» viven a base de cacao —dijo Harriet.

—Los periodistas siempre llevan treinta años de retraso —replicó la señorita Millbanks con cierta indulgencia—. ¿Usted ha visto cacao en el colegio, señorita Fowler?

—Ah, sí —contestó la señorita Fowler. Era una muchacha morena, robusta, de tercero, con un jersey desastrado que, según había explicado antes, no había tenido tiempo de quitarse, por haber estado muy ocupada con un trabajo hasta el momento mismo de la conferencia de Harriet—. Sí, lo he visto en las habitaciones de las profesoras, pero solo en ciertas ocasiones, y siempre me ha parecido una especie de infantilismo.

—¿No es como resucitar el pasado heroico? —apuntó la señorita Millbanks—. *O les beaux jours que ce siècle de fer*, etcétera.

—Toman cacao las grupistas —intervino otra alumna de tercero. Era delgada, con una expresión desdeñosa y ansiosa, y no pidió disculpas por su jersey; debía de pensar que no merecía la pena prestar atención a tales asuntos.

—Pero ¡ah!, son tan compasivas con las debilidades de los demás… —dijo la señorita Millbanks—. La señorita Layton «cambió» una vez, y ahora ha vuelto a cambiar. Estuvo bien mientras duró.

La señorita Layton, acurrucada en un puf junto a la chimenea, levantó la traviesa carita en forma de corazón radiante de picardía.

—Yo disfrutaba diciendo a la gente lo que pensaba de ellas. Me extasiaba, sobre todo confesar en público los pérfidos pensamientos que tenía sobre esa mujer, la Flaxman.

—Que zurzan a Flaxman —dijo secamente la chica morena. Se llamaba Haydock, y según descubrió Harriet, se la consideraba candidata segura a un sobresaliente en historia—. Está revolucionando a todas las de segundo. No me gusta en absoluto la influencia que ejerce en ellas. Y a decir verdad, creo que a Cattermole le pasa algo muy grave. Sabe Dios que no quiero tener nada que ver con lo de ser el guardián de mi hermano (bastante lo sufrimos en la escuela), pero sería muy molesto que empujaran a Cattermole a hacer algo drástico. Como delegada, ¿no cree que podría hacer algo, Lilian?

—Pero ¿qué puede hacer nadie, hija mía? —replicó la señorita Millbanks—. No le puedo prohibir a Flaxman que le amargue la vida a la gente, y si pudiera, no lo haría. No esperará que ejerza mi autoridad, ¿no? Bastante tengo con agobiar a la gente para que asista a las reuniones. El claustro no comprende nuestra triste falta de entusiasmo.

—Creo que en su época les apasionaban las reuniones y organizar cosas —dijo Harriet.

—Hay bastantes reuniones entre universidades —dijo la señorita Layton—. Tenemos muchos debates y estamos indignadas con las normas de inspección para los grupos mixtos, pero nuestro interés por los asuntos internos es más limitado.

—Pues yo creo que a veces nos excedemos con el *laisser-aller* —dijo la señorita Haydock sin rodeos—. A nadie le convendría que se produjera una trifulca.

—¿Se refiere a las actividades de Flaxman o a la novatada? Por cierto, señorita Vane, supongo que se habrá enterado de lo del misterio del college.

—Algo he oído —replicó Harriet con cautela—. Francamente, es una pesadez.

—Mucho más pesado será si no se le pone fin —dijo la señorita Haydock—. Creo que nosotras deberíamos investigar un poquito. Me da la impresión de que el claustro está avanzando mucho.

—Desde luego, las últimas tentativas de investigar no han dado grandes resultados —dijo la señorita Millbanks.

—¿Sobre Cattermole? No creo que sea ella. Cattermole es demasiado clara, y encima no tiene valor para eso. Podría hacer el ridículo, y lo hace, pero no con tanto secreto.

—No hay nada contra Cattermole —dijo la señorita Fowler—, salvo que alguien escribió una carta ofensiva a Flaxman con ocasión de que le birlara el novio a Cattermole, que entonces era la sospechosa más evidente, pero ¿por qué iba a hacer todo lo demás?

—Sin duda —intervino la señorita Layton, dirigiéndose a Harriet—, sin duda el sospechoso más claro es siempre inocente.

Harriet se echó a reír, y la señorita Millbanks dijo:

—Sí, pero estoy convencida de que Cattermole está llegando al punto en el que podría hacer prácticamente cualquier cosa para llamar la atención.

—Bueno, no creo que sea Cattermole —dijo la señorita Haydock—. ¿Por qué tendría que escribirme cartas a mí?

—¿Ha recibido alguna?

—Sí, pero solo era una especie de deseo de que fallara en los exámenes, la estupidez de costumbre con letras pegadas. La quemé y aproveché para invitar a cenar a Cattermole.

—Bien hecho —dijo la señorita Fowler.

—Yo también recibí una —dijo la señorita Layton—. Una auténtica joya... Decía que las mujeres como yo recibirían su recompensa en el infierno, y yo, dándome por aludida, la envié a mi futuro domicilio tirándola a la chimenea.

—De todos modos es repugnante —dijo la señorita Millbanks—. Las cartas no me preocupan demasiado, pero sí las novatadas y las pintadas en las paredes. Si se enterase algún chismoso de fuera, habría un escándalo público, y sería una pesadez. No presumo de mucho sentido de lo social, pero reconozco que algo sí tengo. No nos gustaría que nos encerrasen a todas a modo de represalia, y preferiría que no dijeran que vivíamos en un manicomio.

—Sí, es bochornoso —admitió la señorita Layton—, aunque, claro, en cualquier sitio se puede encontrar un bicho raro aisladamente.

—Desde luego, hay gente rara en primero —dijo la señorita Fowler—. Pero ¿por qué cada año son más chillonas y vulgares?

—Siempre han sido así —replicó Harriet.

—Sí, y supongo que en tercero decían lo mismo cuando empezamos nosotras —dijo la señorita Haydock—. Pero lo cierto es que no teníamos ningún de estos problemas antes de ese montón de novatas.

Harriet no la contradijo, pues no deseaba que las sospechas se centrasen en el claustro ni en la desgraciada Cattermole, quien, como todo el mundo recordaría, había estado en la celebración, librando batalla simultáneamente contra el amor despechado y contra los exámenes para la especialidad, pero sí preguntó si habían recaído sospechas sobre otras alumnas además de Cattermole.

—No, seguro que no —contestó la señorita Millbanks—. Está Hudson, claro… Llegó de la escuela con cierta fama de bromista, pero en mi opinión es bastante responsable. Yo diría que todas las de su curso lo son. Y en realidad, Cattermole se lo ha buscado, es decir, va pidiendo guerra.

—¿Cómo? —preguntó Harriet.

—De diversas maneras —contestó la señorita Millbanks con una cautela que daba a entender que Harriet gozaba de demasiada confianza entre las profesoras para contarle detalles—. Tiene tendencia a romper las normas porque sí, que está muy bien si te diviertes con ello, pero no es su caso.

—Cattermole se está metiendo de lleno en un lío. Quiere demostrar a ese joven... ¿cómo se llama?... Farringdon, que no es el único hombre sobre la tierra. Hasta ahí, muy bien, pero lo está haciendo con cierto descaro. Sencillamente está asediando a ese muchacho, Pomfret.

—¿Ese pobrecillo con cara de bueno de Queen's? —dijo la señorita Fowler—. Pues va a volver a tener mala suerte, porque Flaxman lo está acorralando.

—¡Maldita Flaxman! —exclamó la señorita Haydock—. ¿Es que no puede dejar en paz a los hombres de las demás? Ha cazado a Farringdon; creo yo que podría dejarle Pomfret a Cattermole.

—Le sienta fatal dejarle nada a nadie —replicó la señorita Layton.

—Espero que no haya intentado llevarse a su Geoffrey —dijo la señorita Millbanks.

—No voy a darle ninguna oportunidad —contestó la señorita Layton con sonrisa pícara—. Geoffrey es sensato... Sí, queridas, sumamente sensato, pero no pienso correr riesgos. La última vez que lo invitamos a tomar el té en la sala de alumnas, Flaxman entró cimbreándose y... ah, perdón, resulta que no tenía ni idea de que hubiera alguien allí y se había dejado un libro. Con el cartel de «Ocupado» como una casa en la puerta. No le presenté a Geoffrey.

—¿Él quería que lo presentara? —preguntó la señorita Haydock.

—Me preguntó quién era. Le dije que es la becaria de Templeton y peso pesado de la erudición. Eso lo desanimó.

—¿Y qué hará Geoffrey cuando saque usted sobresaliente, hija mía? —preguntó la señorita Haydock.

—En fin, Eve... Como lo consiga, me veré en un aprieto. ¡Pobre criatura! Tendré que hacerle creer que lo conseguí por este aspecto frágil que da tanta pena en los orales.

Y, efectivamente, la señorita Layton lograba parecer frágil e inspirar lástima, y cualquier cosa menos culta. Sin embargo, ante las preguntas de la señorita Lydgate, Harriet descubrió que era la candidata favorita para la facultad de inglés, y que iba a elegir nada menos que lengua especial. Si los resecos huesos de la filología revivían gracias a la señorita Layton, desde luego esa chica era una verdadera sorpresa. Harriet sentía respeto por su cerebro; una personalidad tan impredecible era capaz de cualquier cosa.

Y después hablaban de las de tercero, pero el primer encuentro personal de Harriet con las de segundo resultó más dramático.

El college llevaba una semana de tal tranquilidad que Harriet se tomó unas vacaciones en su tarea de vigilancia y asistió a un baile que daba una coetánea suya que se había casado y vivía en el norte de Oxford. Volvió entre las doce y la una, estacionó el coche en el garaje privado de la decana, se deslizó silenciosamente por la verja que separaba la entrada de tráfico del resto de las instalaciones y se dirigió hacia el Tudor por el patio viejo. El tiempo había mejorado, y la luna brillaba trémula y pálida entre las nubes. Recortado contra la luz, Harriet observó, al bordear la esquina del edificio Burleigh, algo extraño, abultado, en el contorno del muro oriental, cerca de donde la entrada trasera daba a Saint Cross Road. Saltaba a la vista que allí, como dice la vieja canción, había «un hombre donde ningún hombre debía haber».

Si le gritaba, saltaría al otro lado y desaparecería. Llevaba la llave de aquella puerta, pues le habían confiado un juego completo para su tarea de vigilancia. Se cubrió la cara con la capa negra y echó a correr con paso sigiloso por el sendero de hierba que discurría entre la casa de la rectora y el jardín de las profesoras, salió silenciosamente a Saint Cross Road y se quedó junto al muro. En ese momento surgió otra silueta oscura de entre las sombras y dijo: «¡Eh!».

El caballero encaramado en el muro miró a su alrededor, exclamó «¡Maldita sea!» y bajó rápidamente. Su amigo salió corriendo a buen paso, pero el escalador de muros debía de haberse hecho daño al descender y no andaba muy deprisa. Harriet, que a pesar de llevar más de nueve años fuera de Oxford estaba bastante ágil, salió en su persecución y lo alcanzó a escasos metros de la esquina de Jowett Walk. El cómplice, ya lejos, miró hacia atrás, vacilante.

—¡Lárgate, chaval! —gritó el cautivo y a continuación, volviéndose hacia Harriet, añadió con sonrisa avergonzada—: Vaya, me ha pillado. Me he torcido el tobillo o algo.

—¿Y qué hacía usted en nuestro muro, caballero? —preguntó Harriet.

A la luz de la luna contempló un rostro lozano, limpio y franco, de redondez juvenil y, en aquel momento, sorprendido con una expresión entre divertida y asustada. Era un hombre muy alto y corpulento, pero Harriet lo tenía aferrado con tal fuerza que difícilmente podría haberse zafado sin hacerle daño, y no daba señal alguna de intentar valerse de la violencia.

—Nada, jugando a la lotería —respondió el joven sin tardar—. Es una apuesta, a ver si me entiende, o sea colgar mi birrete en una de las hayas de Shrewsbury. Ese amigo mío era el testigo, pero para mí que he perdido la apuesta, ¿no?

—Si es así, ¿dónde está su birrete? —preguntó Harriet con severidad—. Y si a eso vamos, ¿dónde está la toga? ¿Y su nombre y su college?

—Pues si a eso vamos, ¿dónde están los suyos? —replicó el joven con descaro.

Cuando tu trigésimo segundo cumpleaños está prácticamente a la vuelta de la esquina, esa pregunta te halaga, y Harriet se echó a reír.

—Pero vamos a ver, joven, ¿es que me toma por una estudiante?

—¡Un profesor… o sea una profesora! ¡Que Dios me ayude! —exclamó el joven, cuyo espíritu parecía elevado, aunque no excesivamente, por bebidas espirituosas.

—¿Y…? —dijo Harriet.

—No me lo puedo creer —replicó el joven, escudriñando su rostro a la débil luz—. No es posible. Demasiado joven. Demasiado encantadora. Demasiado sentido del humor.

—Demasiado sentido del humor para dejar que se salga con la suya, muchacho. Y ningún sentido del humor para esta intromisión.

—Mire, de verdad que lo siento muchísimo —dijo el joven—. Era por divertirnos un poco. En serio; no queríamos hacerle daño a nadie. O sea, en absoluto. Solamente hemos ganado la apuesta y nos queríamos ir tranquilamente. Venga, sea comprensiva. O sea, no es usted la decana, ni la rectora, ni nada de eso, porque yo las conozco. ¿No podría hacer la vista gorda?

—Muy bien, pero no podemos consentir estas cosas —dijo Harriet—. No puede ser. ¿No ve que esto no puede ser?

—Sí, claro —concedió el joven—. Desde luego. No cabe la menor duda. Es una auténtica estupidez, que podría dar lugar a interpretaciones erróneas. —Hizo una mueca de dolor y levantó una pierna para frotarse el tobillo que se había lesionado—. Pero cuando ves un murito tan tentador como ese...

—Ah, ya. ¿Y dónde está la tentación? —preguntó Harriet—. Haga el favor de enseñármela. —Lo llevó con firmeza hacia la entrada, a pesar de sus protestas—. Ah, ya lo veo. A ese contrafuerte le faltan un par de ladrillos y es un punto de apoyo estupendo. Casi podría decirse que los han quitado a propósito, ¿no? Y además, un árbol que viene muy bien en el jardín de las profesoras. Ya se encargará de ello la administradora. ¿Conoce bien ese contrafuerte, joven?

—Se conoce su existencia —admitió el prisionero de Harriet—. Pero, mire, no... no íbamos a ver a nadie ni nada parecido, o sea, quiero decir, a ver si me entiende...

—Eso espero —replicó Harriet.

—No, estábamos solos —se apresuró a explicar el joven—. No hay nadie más metido en esto. No, por Dios. Y mire, me he lesionado un tobillo y encima nos van a prohibir salir. Por favor, amable señorita...

En ese momento resonó un fuerte gemido dentro de los muros del colegio. La cara del joven se ensombreció de preocupación y miedo.

—¿Qué ha sido eso? —preguntó Harriet.

—No sabría decir —contestó el joven.

Se repitió el gemido. Harriet aferró con fuerza al estudiante por un brazo y lo llevó hasta la puerta.

—Pero oiga, no debe... por favor, no vaya a pensar... —dijo el caballero, cojeando lastimosamente a su lado.

—Voy a ver qué ocurre —dijo Harriet.

Abrió la puerta, empujó a su prisionero y volvió a cerrarla. Junto al muro, justo debajo de donde se había encaramado el joven, había alguien acurrucado, al parecer víctima de agudos sufrimientos internos.

—Oiga, lo siento muchísimo —dijo el joven renunciando a todo pretexto—. Creo que hemos sido un poco irreflexivos. O sea, no nos dimos cuenta. Quiero decir, me temo que no se encuentra bien, y nosotros no nos hemos dado cuenta, ¿comprende?

—Esa chica está borracha —replicó Harriet, inflexible.

En sus malos tiempos había visto a demasiados poetas jóvenes aquejados de algo parecido y no podía confundir los síntomas.

—Bueno… Me temo que sí, que es eso —dijo el joven—. Es que Rogers se empeña en hacer unos combinados tan fuertes… Pero oiga, de verdad, no ha pasado nada, quiero decir…

—Ya. Bueno, no grite. Esa casa es la residencia de la rectora.

—¡Maldita sea! —exclamó el joven por segunda vez—. Esto… ¿va usted a ser comprensiva?

—Depende —contestó Harriet—. Lo cierto es que ha tenido usted una suerte tremenda. No soy profesora. Estoy en el college de paso, así que soy completamente libre.

—¡Que Dios la bendiga! —exclamó el joven con ardor.

—No se precipite. Tendrá que aclararme todo esto. Por cierto, ¿quién es la chica?

La enferma volvió a emitir un gemido.

—¡Ay, Dios! —dijo el estudiante.

—No se preocupe —dijo Harriet—. Vomitará enseguida. —Se acercó a la paciente y la examinó—. Está bien. Puede mantener su caballerosa reserva. La conozco. Se llama Cattermole. ¿Y usted?

—Me llamo Pomfret… y estoy en Queen's.

—Ah —dijo Harriet.

—Hemos dado una fiesta en la habitación de mi amigo —explicó el señor Pomfret—. Bueno, empezó como una reunión, pero acabó en fiesta. Pero no pasó nada malo. La señorita Cattermole vino de broma. Todo muy sano. Lo que pasa es que éramos muchos, y entre unas cosas y otras bebimos demasiado y cuando vimos que la señorita Cattermole estaba bastante mal la recogimos y Rogers y yo...

—Comprendo —lo interrumpió Harriet—. No muy encomiable, ¿no?

—No; horrible —admitió el señor Pomfret.

—¿Tenía permiso Cattermole para asistir a la reunión? ¿Y para volver tarde?

—No lo sé —contestó el señor Pomfret, inquieto—. Me temo que... Verá, es muy complicado, quiero decir, no pertenece a la sociedad...

—¿Qué sociedad?

—La sociedad que celebraba la reunión. Creo que entró allí para divertirse.

—¿Que se coló? Hum. Eso probablemente significa que no tenía permiso para volver tarde.

—Parece grave —dijo el señor Pomfret.

—Es grave para ella —replicó Harriet—. Ustedes se librarán con una multa o la prohibición de salir, supongo, pero nosotras tenemos que ser más exigentes. Vivimos en un mundo de malpensados, y nuestras normas deben tenerlo en cuenta.

—Lo sé —convino el señor Pomfret—. La verdad es que estábamos terriblemente preocupados. ¡Menuda historia para traerla hasta aquí! —exclamó con tono confidencial—. Por suerte, solo ha sido desde este extremo de Long Wall. ¡Puf! —Sacó un pañuelo y se enjugó la frente—. De todos modos, se agradece que no sea usted profesora.

—Me parece muy bien, pero soy miembro del college y debo sentirme responsable —replicó Harriet con severidad—. No queremos que pasen estas cosas.

Dirigió una fría mirada a la pobre señorita Cattermole, a quien le estaba ocurriendo lo peor.

—Tenga por seguro que nosotros tampoco lo queríamos —dijo el señor Pomfret desviando la mirada—, pero ¿qué podíamos hacer? No sirve de nada intentar sobornar a su portero. Ya se ha intentado —añadió con candidez.

—¿De veras? —dijo Harriet—. No, de Padgett no se puede esperar mucho. ¿Había alguien más de Shrewsbury?

—Sí… La señorita Flaxman y la señorita Blake, pero tenían permiso para venir y se marcharon alrededor de las once, o sea que ellas no tienen problema.

—Deberían haber traído a la señorita Cattermole.

—Desde luego —dijo el señor Pomfret.

Parecía más pesimista que antes. Evidentemente, a la señorita Flaxman no le importaría lo más mínimo que la señorita Cattermole estuviera en apuros, pensó Harriet. Los motivos de la señorita Blake eran más oscuros, pero probablemente se trataba tan solo de estupidez. Harriet tomó la decisión, no muy escrupulosa, de que la señorita Cattermole no se metiera en líos si ella podía evitarlo. Se acercó a la joven desplomada y la obligó a ponerse en pie. La señorita Cattermole gimió lúgubremente.

—Se pondrá bien —dijo Harriet—. Me pregunto dónde estará la habitación de esta insensata. ¿Usted lo sabe?

—Pues la verdad es que sí —contestó Pomfret—. Suena fatal, pero es que… la gente te enseña sus habitaciones, a pesar de todas las normas y demás. Está por ahí, pasando por ese arco.

Señaló vagamente hacia el patio nuevo.

—¡Por Dios! Ahí tenía que ser —dijo Harriet—. Creo que va a tener que echarme una mano. Pesa demasiado para mí, y no puede quedarse aquí con tanta humedad. Si nos ve alguien, tendrá usted que aguantarse. ¿Qué tal el tobillo?

—Mejor, gracias —respondió el señor Pomfret—. Creo que podré arreglármelas aunque cojee un poco. Oiga, es usted muy amable.

—Continúe y no pierda el tiempo con discursos —replicó Harriet con gravedad.

La señorita Cattermole era una joven robusta, con un peso nada desdeñable. Además, se encontraba en un estado de absoluta inercia. Para Harriet, obstaculizada por los zapatos de tacón, y el señor Pomfret, aquejado de un tobillo torcido, el avance por los patios fue cualquier cosa menos triunfal, además de bastante ruidoso, entre el crujido de la piedra y la gravilla al pisar y los gemidos del ser inerte que arrastraban. Harriet esperaba a cada momento oír una ventana abrirse de golpe o ver la silueta de una profesora alarmada salir corriendo para exigir explicaciones por la presencia del señor Pomfret a semejantes horas de la madrugada. Finalmente, y con gran alivio, encontró la puerta que buscaba y empujó el cuerpo indefenso de la señorita Cattermole hasta el interior.

—¿Y ahora? —preguntó el señor Pomfret con un ronco susurro.

—Tiene que marcharse. No sé dónde está su habitación, pero no puedo consentir que usted deambule por todo el colegio. Un momento. Vamos a meterla en el primer baño que veamos. Ahí mismo, a la vuelta de esa esquina. Con calma.

El señor Pomfret volvió a aplicarse a la tarea diligentemente.

—¡Ya está! —dijo Harriet. Tendió boca arriba a la señorita Cattermole en el suelo del cuarto de baño, quitó la llave de la cerradura y salió, tras haber cerrado la puerta—. De momento debe quedarse ahí. Ahora tenemos que librarnos de usted. No creo que nos haya visto nadie. Si se topa con alguien al salir, usted ha estado en el baile de la señora Heman y me ha acompañado a casa. ¿Entendido? No resultará muy convincente, porque no debería haber hecho ninguna de las dos cosas, pero es mejor que la verdad.

—Ojalá hubiera estado en el baile de la señora Heman —dijo agradecido el señor Pomfret—. Habría bailado con usted todas las piezas y los bises. ¿Le importaría decirme quién es usted?

—Me llamo Vane. Y más le vale no hacerse demasiadas ilusiones. No me interesa especialmente su bienestar. ¿Conoce bien a la señorita Cattermole?

—Bastante bien. Bueno, naturalmente, o sea, tenemos conocidos comunes y esas cosas. La verdad es que estaba prometida a un antiguo compañero de mi clase (está en el New College), pero aquello quedó en nada. No es asunto mío, pero ya sabe cómo son las cosas. Conoces a alguien y después lo conoces más... Y eso es todo.

—Sí, comprendo. En fin, señor Pomfret, no tengo el menor interés en meterlos a usted o a la señorita Cattermole en un lío...

—¡Ya sabía yo que era usted comprensiva! —gritó el señor Pomfret.

—No grite... pero esto no puede volver a ocurrir. Se acabaron las fiestas nocturnas y escalar muros. Entiéndalo: con nadie. No es justo. Si le voy con el cuento a la decana, a usted no le pasará prácticamente nada, pero la señorita Cattermole tendrá suerte si no la expulsan. Por Dios, deje de hacer el imbécil. Hay otras maneras, mucho mejores, de disfrutar de Oxford que andar enredando a medianoche con las alumnas.

—Ya lo sé. Sí, es una bobada.

—Entonces, ¿por qué lo hace?

—No lo sé. ¿Por qué se cometen estupideces?

—¿Que por qué? —replicó Harriet. Pasaban junto al extremo de la capilla, y se detuvo para dar mayor énfasis a lo que decía—. Se lo voy a explicar, señor Pomfret. Porque no tienes agallas para decir no cuando alguien te pide que seas comprensivo. Esas absurdas palabras han creado problemas a más personas que todas las del diccionario juntas. Si ser comprensivo consiste en animar a las chicas a incumplir las normas, beber más de lo que pueden aguantar y meterse en líos por su culpa, yo dejaría de ser comprensivo e intentaría ser un caballero.

—Ah, ya —replicó dolido el señor Pomfret.

—En serio —insistió Harriet.

—Sí, comprendo lo que quiere decir —replicó el señor Pomfret, moviendo los pies, molesto—. Haré lo que pueda. Ha sido usted realmente com... quiero decir, se ha portado como un auténtico caballero... —Sonrió—. Y voy a intentar... ¡Dios! Viene alguien.

Unos pies enfundados en zapatillas se aproximaban apresuradamente por el corredor entre el comedor y el Queen Elizabeth. Harriet retrocedió sin pensárselo y abrió la puerta de la capilla.

—Entre —dijo.

El señor Pomfret se escurrió rápidamente tras ella. Harriet cerró la puerta y se quedó en silencio ante ella. Las pisadas se aproximaron, llegaron hasta el porche y se detuvieron. El caminante nocturno emitió un chillido.

—¡Aah!

—¿Qué pasa? —preguntó Harriet.

—¡Ah, es usted, señorita! Menudo susto me ha dado. ¿Ha visto algo?

—¿Que si he visto qué? Por cierto, ¿quién es usted?

—Emily, señorita. Duermo en el patio nuevo, señorita, y al despertarme, estoy segura de haber oído la voz de un hombre en el patio interior, y al mirar allí lo vi, señorita, con toda claridad, viniendo hacia aquí con una de las señoritas jóvenes. Así que me puse las zapatillas, señorita…

Maldita sea, dijo Harriet para sus adentros. Será mejor que cuente parte de la verdad.

—No se preocupe, Emily. Era un amigo mío. Entró conmigo y quería ver el patio nuevo a la luz de la luna, así que lo cruzamos y volvimos a salir.

(Una excusa poco convincente, pero probablemente menos sospechosa que negarlo rotundamente.)

—Ah, ya, señorita. Perdone, pero entre unas cosas y otras me pongo muy nerviosa. Y si me perdona que se lo diga, señorita, no es corriente que…

—No, nada corriente —la interrumpió Harriet, dirigiéndose lentamente hacia el patio nuevo, para obligar a la criada a que la siguiera—. Ha sido una estupidez mía no pensar que podría molestar. Se lo explicaré a la decana por la mañana. Ha hecho muy bien en bajar.

—Bueno, señorita, es que yo no sabía quién era, y la decana es tan especial… Y con todas estas cosas raras que están pasando…

—Por supuesto. Desde luego. Siento de verdad mi falta de consideración. El caballero ya se ha marchado, así que nadie volverá a despertarla.

Emily parecía indecisa. Era una de esas personas que creen que no han dicho una cosa hasta que la dicen tres veces seguidas. Se detuvo al pie de la escalera para volver a contarlo todo. Harriet la escuchó impaciente, pensando en el señor Pomfret, que estaba echando chispas en la capilla. Por fin se libró de la criada y volvió.

Qué complicado, qué situación tan absurda, como una farsa, pensó Harriet. Emily piensa que ha sorprendido a un estudiante, y yo que he sorprendido a un *Poltergeist*. Nos sorprendemos mutuamente. El joven Pomfret abandonado en la capilla, pensando que los estoy protegiendo a Cattermole y a él. Tras esconder con tanto cuidado a Pomfret, tengo que reconocer que estaba allí, pero si el *Poltergeist* hubiera sido Emily (y es probable), Pomfret no podría haberme ayudado a perseguirla. Esta clase de investigación te confunde mucho.

Abrió la puerta de la capilla. El porche estaba desierto.

—¡Maldita sea! —exclamó Harriet irreverentemente—. El muy imbécil se ha ido. O a lo mejor ha entrado.

Se asomó a la puerta interior y vio con alivio una figura oscura recortada débilmente contra el roble claro de la sillería del coro. A continuación se llevó una impresión tremenda al vislumbrar una segunda figura oscura, al parecer extrañamente suspendida en el aire.

—¿Hola? —dijo Harriet. A la tenue luz de las ventanas orientadas hacia el sur vio el destello de la pechera de una camisa blanca cuando apareció el señor Pomfret—. Soy yo. ¿Qué es eso?

Sacó una linterna del bolso y enfocó despiadadamente. El haz de luz recayó en una lúgubre figura que colgaba del baldaquino sobre la sillería. Se balanceaba un poco de un lado a otro y giraba con el balanceo. Harriet se precipitó hacia allí.

—Qué imaginación tan morbosa tienen estas chicas, ¿no? —dijo el señor Pomfret.

Harriet contempló el birrete y la toga de licenciada, colocados sobre una almohada cilíndrica y un vestido sujetos por un delgado cordón a un extremo del baldaquino.

—Y encima con un cuchillo del pan en la tripa —añadió el señor Pomfret—. Casi me da un patatús, como diría mi tía. ¿Ha pillado a la joven?

—No. ¿Ha estado aquí?

—Sí, desde luego —contestó el señor Pomfret—. Es que pensé que debía apartarme un poco, y al entrar aquí vi eso. Me acerqué a investigar y oí a alguien saliendo a hurtadillas por la otra puerta... por ahí.

Señaló vagamente hacia el lado norte del edificio, donde había una puerta que daba a la sacristía. Harriet fue rápidamente a mirar. Estaba abierta, y aunque la puerta exterior de la sacristía estaba cerrada, la habían abierto desde dentro. Se asomó. Todo estaba en silencio.

—Malditas sean, ellas y sus novatadas —dijo Harriet al regresar—. No, no he visto a la señora en cuestión. Debe de haberse escapado mientras yo llevaba a Emily al patio nuevo. ¡Qué suerte la mía!

Pronunció las últimas palabras para sus adentros. Le daba una rabia tremenda haber tenido al *Poltergeist* al alcance de la mano y haberse entretenido por culpa de Emily. Volvió a acercarse a la muñeca y vio que había un papel en la cintura, sujeto con el cuchillo.

—Citas de los clásicos —dijo el señor Pomfret con soltura—. Parece que alguien está resentido con las profesoras.

—¡Las muy insensatas! —exclamó Harriet—. Pero es una faena muy convincente, si te paras a pensar. Si no lo hubiéramos visto nosotros, se habría armado un gran revuelo cuando hubiéramos entrado a la oración. Hay que iniciar una pequeña investigación. Bueno, es hora de que se vaya tranquilamente a casa y de que le prohíban las salidas, por su bien.

Lo acompañó hasta la verja y se la abrió.

—Por cierto, señor Pomfret, le agradecería que no hablara con nadie de esta novatada. No es precisamente de buen gusto. Favor con favor se paga.

—Como usted diga —replicó el señor Pomfret—. Y una cosa… ¿puedo pasarme por aquí mañana?… Bueno, ya es mañana, ¿no? Para preguntar y esas cosas. Seré correcto, por supuesto. ¿Cuándo estará usted? ¡Por favor!

—No se permiten visitas por la mañana —contestó Harriet de inmediato—. No sé qué haré por la tarde, pero puede preguntar en la conserjería.

—¿Puedo, de verdad? Fantástico. Vendré, y si no está, dejaré una nota. O sea, tiene que venir a tomar el té o un cóctel o algo. Y le prometo que no volverá a ocurrir, en serio, si puedo evitarlo.

—De acuerdo. A propósito… ¿A qué hora llegó la señorita Cattermole a las habitaciones de su amigo?

—Pues… hacia las nueve y media, creo. No estoy seguro. ¿Por qué?

—Por saber si sus iniciales estaban en el cuaderno del portero, pero ya lo averiguaré. Buenas noches.

—Buenas noches y muchísimas gracias —dijo el señor Pomfret.

Harriet cerró la verja y volvió a cruzar el patio, pensando que de aquel absurdo incidente había sacado algo en claro. Difícilmente podrían haber colocado la muñeca antes de las nueve y media, de modo que, por pura estupidez, la señorita Cattermole había conseguido hacerse con una coartada a toda prueba. Harriet le estaba tan agradecida por haber adelantado la investigación incluso con un paso tan pequeño que decidió que, si era posible, la muchacha no pagaría las consecuencias de su aventura.

Eso le recordó que la señorita Cattermole seguía en el suelo del baño, esperando a que alguien se ocupara de ella. Resultaría muy violento que hubiera recuperado el conocimiento y se hubiese puesto a hacer ruido, pero al llegar al patio nuevo y abrir la puerta, Harriet encontró a su prisionera en la etapa de somnolencia de su carrera de libertina. Tras una breve búsqueda por los pasillos descubrió que la señorita Cattermole dormía en el primer piso. Abrió la puerta de la habitación; en el mismo momento se abrió la puerta de al lado y alguien asomó la cabeza.

—¿Cattermole? —susurró aquella cabeza—. ¡Ay, perdón!

Y volvió a esconderse.

Harriet reconoció a la chica que había hablado con la señorita Cattermole tras la inauguración de la biblioteca. Fue a su puerta, en la que estaba escrito el nombre de C. I. Briggs y llamó con suavidad. La cabeza volvió a aparecer.

—¿Esperaba a la señorita Cattermole?

—Pues… Es que he oído a alguien a su puerta y… ¡Ah! Es usted la señorita Vane, ¿no? —dijo la señorita Briggs.

—Sí. ¿Por qué estaba despierta esperando a la señorita Cattermole?

La señorita Briggs, que llevaba una chaqueta de lana encima del pijama, pareció asustarse un poco.

—Tenía que hacer un trabajo, o sea que de todas formas tenía que quedarme despierta. ¿Por qué?

Harriet miró a aquella chica. Era baja y corpulenta, de rostro enérgico, feúcho y con expresión de sensatez. Parecía digna de confianza.

—Si es usted amiga de la señorita Cattermole, haga el favor de ayudarme a subirla hasta aquí —dijo Harriet—. Está abajo, en el cuarto de baño. Me la encontré cuando un joven la ayudaba a subir el muro, y está hecha polvo.

—¡Vaya por Dios! —exclamó la señorita Briggs—. ¿Borracha?

—Pues sí.

—Es una insensata —dijo la señorita Briggs—. Ya sabía yo que algún día pasaría algo. Muy bien; voy con usted.

Entre las dos arrastraron a la señorita Cattermole por las escaleras enceradas, que hacían un ruido tremendo, y la dejaron en la cama. La desnudaron en absoluto silencio y la cubrieron con las sábanas.

—Ahora dormirá hasta que se le pase la borrachera —dijo Harriet—. Por cierto, ¿no le parece que no estarían de más ciertas explicaciones?

—Venga a mi habitación —dijo la señorita Briggs—. ¿Le apetece tomar algo, leche caliente, un caldo, café?

Harriet le pidió leche caliente. La señorita Briggs encendió el hornillo en la antecocina, entró, avivó el fuego en la chimenea y se sentó en un puf.

—Por favor, cuénteme qué ha ocurrido —dijo la señorita Briggs.

Harriet se lo contó, omitiendo los nombres de los caballeros implicados, pero a la señorita Briggs le faltó tiempo para reparar la omisión.

—Reggie Pomfret, claro —dijo—. Pobrecillo. Siempre le cargan con el mochuelo. ¿Y qué va a hacer el muchacho, si la gente anda detrás de él?

—Es algo muy delicado —dijo Harriet—. O sea, se necesita cierto conocimiento del mundo para salir airoso. ¿A la chica le interesa de verdad?

—No —contestó la señorita Briggs—. La verdad es que no. Solamente necesita a alguien o algo, ¿comprende? Recibió un golpe tremendo cuando se rompió su compromiso. Verá, Lionel Farringdon y ella eran amigos de la infancia, y estaba todo decidido antes de que ella viniera aquí. Y entonces nuestra querida señorita Flaxman cazó a Farringdon y se produjo la ruptura, con muchas complicaciones. Y Violet Cattermole está muy nerviosa.

—Lo sé —dijo Harriet—. Es una sensación de desesperación… debo tener un hombre para mí sola y esas cosas.

—Sí. Y da igual quién sea. Creo que es una especie de complejo de inferioridad o algo parecido. Tienes que cometer estupideces y hacerte valer. ¿Me explico?

—Sí, sí. Lo entiendo perfectamente. Ocurre muchas veces. Hay que autoafirmarse a costa de lo que sea… ¿Ha ocurrido esto con frecuencia?

—Pues con más frecuencia de lo que a mí me gustaría —confesó la señorita Briggs—. He intentando hacer entrar en razón a Violet, pero ¿de qué sirven los sermones? Cuando la gente se pone tan frenética, es como hablar con la pared, y aunque es un fastidio para el joven Pomfret, él es de lo más decente y fiable. Desde luego, si fuera una persona más decidida, se libraría de esto, pero yo le agradezco que no lo haga, porque si no fuera por él, podría ser cualquier sanguijuela.

—¿Es posible que salga algo de todo esto?

—¿Se refiere a una boda? No, qué va. Creo que él tiene suficiente instinto de autoprotección para evitarlo. Y además… Mire, señorita Vane, de verdad que es vergonzoso. La señorita Flaxman no es capaz de dejar a nadie en paz, y también está intentando llevarse a Pomfret, aunque no lo quiere. Si dejara en paz a la pobre Violet, probablemente todo este asunto se acabaría sin más. Claro, yo le tengo mucho cariño a Violet. Es buena persona, y le iría perfectamente con el hombre adecuado. La verdad es que no le interesa lo más mínimo estar en Oxford. Lo que realmente quiere es llevar una vida hogareña con un hombre al que dedicarse, pero ese hombre tendría que ser firme, decidido y muy afectuoso, de una forma seria. Pero desde luego, no Reggie Pomfret, que es un imbécil caballeroso.

La señorita Briggs atizó el fuego con furia.

—Pues algo habrá que hacer al respecto —dijo Harriet—. No quiero hablar con la decana, pero…

—Claro que hay que hacer algo —la interrumpió la señorita Briggs—. Hemos tenido una suerte enorme, que fuera usted quien lo descubriera y no una de las profesoras. Yo casi estaba deseando que pasara algo. Me tiene realmente preocupada. Es ese tipo de cosas a las que no sé cómo enfrentarme, pero tenía que apoyar a Violet, más o menos, porque si no, habría perdido toda la confianza en sí misma, y sabe Dios qué estupidez podría haber cometido.

—Creo que tiene usted razón —dijo Harriet—. Pero ahora quizá podría tener yo una conversación con ella y decirle que se ande con cuidado. Al fin y al cabo, tiene que ofrecer ciertas garantías de que va a observar una conducta sensata para que yo no dé parte a la decana. Me parece que en este caso procede un poquito de amable chantaje.

—Sí —reconoció la señorita Briggs—. Debería hacerlo, y es usted de lo más amable. Agradecería librarme de esa responsabilidad. Es agotador… y además interfiere con tu trabajo. Al fin y al cabo, si estamos aquí es para trabajar. El próximo trimestre tengo exámenes finales, y te descentra muchísimo no saber qué va a pasar mañana.

—La señorita Cattermole confía mucho en usted, supongo.

—Sí, pero escuchar las confidencias de la gente lleva mucho tiempo, y a mí no se me da precisamente bien enfrentarme con arrebatos de mal genio.

—La tarea del confidente es muy ingrata y pesada —dijo Harriet—. No es de extrañar que acabe poco menos que con camisa de fuerza, mientras que sí es raro que se mantenga en sus cabales, como usted, pero estoy de acuerdo en que hay que quitarle esa carga de sus espaldas. ¿Es usted la única?

—Desde luego. La pobre Violet ha perdido muchos amigos por el revuelo que se formó.

—¿Y la historia de los anónimos?

—Ah, se ha enterado de eso… Bueno, por supuesto que no ha sido Violet. Sería absurdo, pero Flaxman ha propagado ese chismorreo por todo el colegio, y con una acusación de tal calibre se hace mucho daño.

—Sí, desde luego. En fin, señorita Briggs, ya es hora de que las dos nos vayamos a la cama. Vendré a ver a la señorita Cattermole después del desayuno. No se preocupe demasiado. A lo mejor este disgusto es para bien. Bueno, me marcho. ¿Podría dejarme un buen cuchillo?

Un tanto atónita, la señorita Briggs le entregó una navaja consistente y le dio las buenas noches. Antes de llegar al Tudor, Harriet se detuvo para cortar la muñeca oscilante y se la llevó para inspeccionarla y tomar medidas un poco más tarde. Sentía una necesidad imperiosa de consultar el asunto con la almohada. Y debía de estar muy cansada, porque se quedó dormida en cuanto se metió en la cama, y no soñó ni con Peter Wimsey ni con nada.

8

Contemplándolo con tiernos ojos
un emocionado latido de su corazón brotó
e interrumpió sus palabras.
Con un viejo pesar que abrió una nueva grieta
pareciole ver en el rostro del mozo
las viejas facciones de su gentil padre.

EDMUND SPENSER

—El caso es que tengo que dar una clase a las nueve. ¿Alguien puede prestarme una toga? —preguntó la señorita Pyke.

Varias profesoras estaban desayunando en el comedor del profesorado. Harriet entró a tiempo de oír la pregunta, formulada con un tono destemplado y bastante indignado.

—¿Ha perdido la toga, señorita Pyke?

—Le dejaría la mía con mucho gusto, señorita Pyke, pero me temo que le quedaría demasiado corta —dijo la diminuta señorita Chilperic con gentileza.

—En los tiempos que corren ya no se puede dejar nada en el guardarropa del claustro —dijo la señorita Pyke—. Sé que estaba allí después de la cena, porque la vi.

—Puedo dejarle la mía, si me la devuelve antes de las diez —apuntó la señorita Burrows.

—Pídasela a la señorita De Vine o a la señorita Barton —sugirió la decana—. No tienen clase. O a la señorita Vane... Su toga le quedará bien.

—Por supuesto —dijo Harriet con tono despreocupado—. ¿También necesita birrete?

—El birrete también ha desaparecido —repuso la señorita Pyke—. No lo necesito para la clase, pero no estaría de más saber adónde han ido a parar mis pertenencias.

—Es sorprendente cómo desaparecen las cosas —dijo Harriet, sirviéndose huevos revueltos—. La gente es muy descuidada. Por cierto, ¿de quién es un vestido negro estampado, de crepé, con ramilletes de amapolas rojas y verdes, delantero drapeado, escote de pico, corte en las caderas, falda y mangas con mucho vuelo de hace como tres temporadas? —Recorrió con la mirada el comedor, que se había llenado de profesoras—. Señorita Shaw, usted que tiene tan buen ojo para la ropa, ¿podría reconocerlo?

—Quizá, si lo viera —contestó la señorita Shaw—. Por su descripción, no recuerdo ninguno así.

—¿Lo ha encontrado usted? —preguntó la administradora.

—¿Otro capítulo del misterio? —apuntó la señorita Barton.

—Estoy segura de que ninguna de mis alumnas tiene un vestido así —dijo la señorita Shaw—. Les gusta enseñarme los vestidos que se compran. Creo que es bueno interesarse por esas cosas.

—Yo no recuerdo haber visto un vestido de esas características en la sala de profesoras —dijo la administradora.

—¿No tenía la señorita Wrigley un vestido negro estampado de crepé? —preguntó la señora Goodwin.

—Sí —contestó la señorita Shaw—. Pero ya no está aquí, y además, el suyo era de escote cuadrado y sin corte en las caderas. Lo recuerdo muy bien.

—¿No podría contarnos cuál es el misterio, señorita Vane? —preguntó la señorita Lydgate—. ¿O es mejor que no nos diga nada?

—Bueno, no veo razón alguna para no contarlo —respondió Harriet—. Cuando volví anoche de un baile fui a… hacer la ronda y…

—¡Ah!, ya me parecía a mí haber oído a alguien desde mi ventana yendo y viniendo. Y susurrando —dijo la decana.

—Sí… Es que salió Emily y me pilló. Creo que pensaba que yo era la bromista. El caso es que entré en la capilla.

Contó la historia, omitiendo el nombre del señor Pomfret y limitándose a decir que el culpable al parecer había salido por la puerta de la sacristía.

—Y el hecho es que el birrete y la toga son suyos, señorita Pyke, y que puede recogerlos cuando quiera. Lo más probable es que el cuchillo de pan se lo llevaran del comedor, o de aquí. Y la almohada… no sé de dónde la habrán sacado.

—Creo que puedo imaginármelo —dijo la administradora—. La señorita Trotman está fuera. Vive en la planta baja de Burleigh. Resultaría muy fácil colarse y apoderarse de la almohada.

—¿Por qué está fuera Trotman? —preguntó la señorita Shaw—. No me lo había dicho.

—Su padre se ha puesto enfermo —dijo la decana—. Se marchó ayer por la tarde deprisa y corriendo.

—No comprendo por qué no me lo dijo a mí —insistió la señorita Shaw—. Mis alumnas siempre acuden a mí con sus problemas. Es terrible, pensar que tus alumnas valoran que seas comprensiva y…

—Pero usted había salido a merendar —dijo la administradora con sentido práctico.

—Le dejé una nota en su casillero —dijo la decana.

—Ah, pues no la vi —replicó la señorita Shaw—. No sabía nada, y me parece muy raro que nadie lo mencionara.

—¿Quién lo sabía? —preguntó Harriet.

Durante la pausa que siguió, todo el mundo tuvo tiempo de pensar que resultaba tan extraño como inverosímil que la señorita Shaw no hubiera recibido la nota ni se hubiera enterado de la marcha de la señorita Trotman.

—Creo que anoche se mencionó el asunto en la mesa —dijo la señorita Allison.

—Yo cené fuera —replicó la señorita Shaw—. Voy a ver si está ahí la nota.

Harriet la acompañó; la nota, una hoja de papel doblada y guardada en un sobre sin cerrar, estaba allí.

—Pues no la había visto —dijo la señorita Shaw.

—Cualquiera podría haberla leído y vuelto a poner en su sitio —dijo Harriet.

—Sí… incluso yo, quiere decir.

—Yo no he dicho eso, señorita Shaw. He dicho cualquiera.

Volvieron juntas a la sala, con expresión sombría.

—La… la broma se perpetró entre la hora de la cena, cuando la señorita Pyke perdió su toga, y aproximadamente la una menos cuarto, cuando yo lo descubrí —dijo Harriet—. Convendría que alguien pudiera presentar una coartada a toda prueba para esas horas, sobre todo para después de las once y cuarto. Supongo que podré averiguar si algunas alumnas tenían permiso de salida hasta la medianoche. Cualquiera que entrase a esa hora podría haber visto algo.

—Yo tengo la lista —dijo la decana—. Y el conserje podría darle los nombres de quienes volvieron después de las nueve.

—Eso ayudaría bastante.

—Mientras tanto —terció la señorita Pyke, retirando su plato y enrollando la servilleta—, hay que continuar con las tareas del día. ¿Puede darme mi toga... o una toga?

Fue al Tudor con Harriet, quien le devolvió la toga y le enseñó el vestido de crepé estampado.

—No he visto jamás ese vestido, que yo recuerde —dijo la señorita Pyke—. Pero no soy precisamente muy observadora para estas cosas. Parece para una persona delgada de estatura media.

—No hay razón alguna para suponer que es de la persona que lo dejó aquí —dijo Harriet—. Lo mismo que ocurre con su toga.

—Desde luego que no —replicó la señorita Pyke. Le dirigió a Harriet una mirada extraña, rápida, con sus penetrantes ojos negros—. Pero la propietaria podría proporcionar alguna pista sobre la ladrona. ¿No sería posible, y perdóneme si me meto en su terreno, no sería posible deducir algo del nombre de la tienda en la que se compró?

—Por supuesto que sería posible, pero han quitado la etiqueta —contestó Harriet.

—Ya —dijo la señorita Pyke—. Bueno, tengo que ir a dar mi clase. En cuanto encuentre un momento libre intentaré proporcionarle el horario de mis movimientos anoche. De todos modos, mucho me temo que no resulte demasiado esclarecedor. Me fui a mi habitación después de cenar y me acosté antes de las diez y media.

Salió muy digna, con la toga y el birrete. Harriet la observó mientras se alejaba, y después sacó un papel de un cajón. El mensaje estaba pegado como de costumbre, y decía lo siguiente:

Tristius haud illis monstrum nec saevior ulla pestis et ira deum Stygiis sese extulit undis. Virginei volucrum vultus foedissima ventris proluvies uncaeque manus et pallida semper ora fame.

—Las arpías —dijo Harriet en voz alta—. Las arpías. Parece indicar cierta línea de pensamiento, pero para mí que ni Emily ni ninguna de las criadas pueden ser sospechosas de expresar sus sentimientos en hexámetros virgilianos.

Frunció el entrecejo. Las cosas se estaban poniendo feas para el claustro.

Harriet llamó a la puerta de la habitación de la señorita Cattermole, a pesar del letrero que decía, en grandes caracteres: SE RUEGA NO MOLESTAR. DOLOR DE CABEZA. Abrió la señorita Briggs con expresión angustiada y sintió alivio al ver quién era.

—Me temía que fuera la decana —dijo.

—No, de momento me he contenido. ¿Cómo está la enferma?

—No demasiado bien —respondió la señorita Briggs.

—Ya. «Su señoría se bebió el baño y volvió a acostarse.» Algo parecido, supongo.

Se acercó a la cama y miró a la señorita Cattermole, que abrió los ojos con un gemido. Tenía ojos de color avellana, grandes, luminosos, en un rostro regordete que debía de ser de un agradable tono de pétalo rosa. Un montón de cabello castaño y sedoso le caía húmedo sobre la frente, contribuyendo a darle el aspecto de un conejo de angora que se hubiera extraviado y se hubiera quedado atónito ante las consecuencias.

—¿Qué tal? ¿Destrozada? —preguntó Harriet con simpatía.

—Fatal —respondió la señorita Cattermole.

—Merecido se lo tiene —replicó Harriet—. Si se empeña en beber como un hombre, lo mínimo que puede hacer es llevarlo como un caballero. Conocer las propias limitaciones es muy importante.

La señorita Cattermole parecía tan acongojada que Harriet se echó a reír.

—Me da la impresión de que no tiene mucha experiencia en estos asuntos. Mire; voy a traerle algo para que se recupere un poco y después hablamos.

Salió con paso enérgico y estuvo a punto de tropezar con el señor Pomfret en la entrada.

—¿Usted por aquí? —dijo—. Le advertí de que no se admiten visitas por la mañana. Hacen ruido en el patio y va en contra de las normas.

—Yo no soy una visita —replicó el señor Pomfret, sonriendo—. He asistido a la conferencia de la señorita Hillyard sobre evolución constitucional.

—¡Que Dios lo ayude!

—Y al verla cruzar el patio en esta dirección, me orienté hacia aquí, como la aguja hacia el norte. Oscuro, veraz y tierno es el norte. Es una cita. Prácticamente es la única que conozco, así que menos mal que encaja.

—No encaja. No soy especialmente tierna.

—Ah… Bueno. ¿Cómo está la señorita Cattermole?

—Con una resaca tremenda, como era de esperar.

—Ah… Lo siento… Pero espero que no haya habido jaleo…

—No.

—¡Muchísimas gracias! —dijo el señor Pomfret—. Yo también tuve suerte. Un amigo mío tiene una ventana fenomenal. Tranquilidad en el frente occidental. En fin, verá… me gustaría poder hacer algo para…

—Puede hacerlo —replicó Harriet. Tiró del cuaderno que el señor Pomfret llevaba bajo el brazo y escribió algo en él—. Vaya a la farmacia a que le preparen esto y tráigalo. Desde luego, no estoy dispuesta a ir a buscar una receta para un hígado maltrecho.

El señor Pomfret la miró con respeto.

—¿Dónde aprendió esto? —le preguntó.

—No en Oxford, y puedo asegurarle que nunca he tenido ocasión de probarlo, pero espero que sea repugnante. Y por cierto, cuanto antes se lo puedan preparar, mejor.

—Ya, ya —replicó el señor Pomfret, desolado—. No quiere verme ni en pintura, y lo comprendo, pero me gustaría que viniera a verme algún día para conocer a mi amigo Rogers. Está terriblemente arrepentido. Venga a tomar té, una copa o algo. Esta tarde, por ejemplo. Para demostrar que no nos guarda rencor.

Harriet estaba a punto de abrir la boca para decir que no cuando, al mirar al señor Pomfret, se ablandó. Tenía el encanto de un cachorro muy joven de una raza muy grande, una especie de absurda afabilidad.

—De acuerdo. Iré. Muchas gracias —dijo Harriet.

El señor Pomfret se deshizo en expresiones de júbilo y, aún vociferante, se dejó llevar hasta la verja donde, a punto de poner el pie fuera, tuvo que retroceder para dejar paso a una estudiante alta y morena que iba en bicicleta.

—¡Hola, Reggie! —exclamó la joven—. ¿Ibas a buscarme?

—Ah, buenos días —replicó el señor Pomfret, un tanto desconcertado. Después, al ver aparecer una hermosa cabeza leonina detrás del hombro de la estudiante, añadió con más seguridad—: ¡Hola, Farringdon!

—¡Hola, Pomfret! —exclamó el señor Farringdon.

El adjetivo «byroniano» le iba como anillo al dedo, pensó Harriet. Tenía un perfil altivo, cabellera de apretados rizos castaños, ardientes ojos marrones y boca de expresión malhumorada, y parecía menos contento de ver al señor Pomfret que el señor Pomfret de verlo a él.

El señor Pomfret presentó a Harriet al señor Farringdon, estudiante del New College, y añadió en un murmullo que, por supuesto, conocía a la señorita Flaxman. La señorita Flaxman miró fríamente a Harriet y dijo que le había encantado su charla detectivesca de la tarde anterior.

—Damos una fiesta a la seis —añadió la señorita Flaxman dirigiéndose al señor Pomfret. Se quitó la toga y la metió sin miramientos en la cesta de la bicicleta—. ¿Te apetece venir? Es en la habitación de Leo, a las seis. Tenemos sitio para Reggie, ¿no, Leo?

—Supongo que sí. De todos modos, va a haber muchísima gente —respondió el señor Farringdon con no poca descortesía.

—Entonces podemos hacer hueco para uno más —dijo la señorita Flaxman—. No hagas caso a Leo, Reggie. No sé dónde se ha dejado los buenos modales esta mañana.

El señor Pomfret debió de pensar que alguien más había olvidado los buenos modales, porque contestó con más brío del que esperaba Harriet en él:

—Lo siento, pero es que tengo un compromiso. La señorita Vane va a venir a tomar el té.

—Podemos dejarlo para otra ocasión —terció Harriet.

—No, no —dijo el señor Pomfret.

—¿Y por qué no vienen los dos después? —preguntó el señor Farringdon—. Como dice Catherine, siempre se puede hacer hueco para uno más. —Se volvió hacia Harriet—. Espero que venga usted, señorita Vane. Nos alegraríamos mucho.

—Pues… —dijo Harriet.

En esta ocasión fue la señorita Flaxman quien adoptó una expresión de mal humor.

—Un momento… ¿Es usted la señorita Vane, la novelista…? —dijo el señor Farringdon, atando cabos—. ¡Claro! Entonces tiene que venir. ¡Cómo me van a envidiar en New College! Todos somos aficionados a la novela policíaca.

—¿Qué le parece? —preguntó Harriet, dirigiéndose al señor Pomfret.

Era tan evidente que la señorita Flaxman no quería saber nada de Harriet, que el señor Farringdon no quería saber nada del señor Pomfret y que el señor Pomfret no quería ir, que Harriet experimentó el malvado placer del novelista por la situación absurda. Como ninguno de los allí presentes podía librarse de la situación sin incurrir en flagrante grosería, acabaron por aceptar la invitación. El señor Pomfret salió a la calle para acompañar al señor Farringdon, y a la señorita Flaxman no le quedó más remedio que acompañar a la señorita Vane al cruzar el patio.

—No sabía que conociera a Reggie Pomfret —dijo la señorita Flaxman.

—Sí, nos conocemos —replicó Harriet—. ¿Por qué no llevó anoche a casa a la señorita Cattermole? Sobre todo viendo que no se encontraba bien.

La señorita Flaxman pareció sobresaltarse.

—No tiene nada que ver conmigo —dijo—. ¿Hubo algún lío?

—No, pero ¿hizo usted algo para evitarlo? Podría haberlo hecho, ¿no cree?

—No soy el ángel de la guarda de Violet Cattermole.

—De todos modos, quizá le alegre saber que de toda esta estupidez ha salido algo bueno —dijo Harriet—. La señorita Cattermole está definitivamente libre de toda sospecha respecto a los anónimos y los demás incidentes, de modo que no sería mala idea mostrarse amable con ella, ¿no le parece?

—Se lo aseguro: a mí me da exactamente igual —replicó la señorita Flaxman.

—Sí, pero usted empezó a propagar los rumores sobre ella, y ahora que sabe la verdad, de usted depende que se acaben. Creo que es simplemente una cuestión de justicia contárselo al señor Farringdon, y si no lo hace usted, lo haré yo.

—Parece usted muy interesada en mis asuntos, señorita Vane.

—Parece que han despertado mucho interés en todo el mundo —replicó Harriet, sin rodeos—. No la culpo a usted por el malentendido que se produjo al principio, pero ahora que está aclarado, y puede usted creerme que está aclarado, estoy segura de que comprenderá que es injusto que la señorita Cattermole sea el chivo expiatorio. Usted puede hacer mucho en su curso. ¿Lo intentará?

Perpleja y molesta, y evidentemente sin saber qué postura adoptar ante Harriet, la señorita Flaxman contestó de mala gana:

—Por supuesto que me alegro, si no lo hizo ella. Me alegro mucho, y se lo diré a Leo.

—Muchas gracias —dijo Harriet.

El señor Pomfret debió de darse tanta prisa para ir como para volver, porque la receta apareció en un espacio de tiempo extraordinariamente breve, junto con un gran ramo de rosas. La pócima era muy potente, y no solo permitió a la señorita Cattermole presentarse en el comedor, sino comer. Harriet fue tras ella cuando salió y se la llevó a su habitación.

—Vamos a ver. Es usted tonta, ¿verdad? —le dijo.

Taciturna, la señorita Cattermole le dio la razón.

—¿Qué sentido tiene todo esto? —continuó Harriet—. Ha conseguido cometer todas las faltas habidas y por haber y encima no se lo pasado bien, ¿no es así? Asistió a una reunión en la habitación de un hombre después de la cena, sin permiso, y no debieron de darle permiso, porque se coló en esa reunión. Es una falta desde el punto de vista social, además de una infracción de las normas. En cualquier caso, salió después de las nueve, sin poner sus iniciales en el cuaderno. Eso le costaría dos chelines. Volvió al colegio después de las once y cuarto sin permiso extraordinario. Otros cinco chelines. Es más; volvió después de medianoche, lo que significa otros diez chelines, aunque hubiera tenido permiso. Saltó el muro, por lo que deberían prohibirle salir, y para colmo, volvió como una cuba, por lo que deberían expulsarla. Por cierto, esa es otra infracción social. ¿Qué tiene que decir en su defensa, acusada? ¿Hay alguna razón por la que no se la deba condenar? Tome un cigarrillo.

—Gracias —dijo la señorita Cattermole con voz débil.

—Si no fuera porque con esta estupidez ha conseguido quedar libre de la sospecha de ser la loca del college, iría a la decana. Como el incidente ha tenido consecuencias útiles, estoy dispuesta a ser clemente.

La señorita Cattermole levantó la mirada.

—¿Pasó algo mientras yo estaba fuera?

—Sí.

—¡Oh, no! —exclamó la señorita Cattermole y estalló en llanto.

Harriet se quedó observándola unos momentos; sacó un pañuelo grande y limpio de un cajón y se lo tendió en silencio.

—Puede olvidarse de todo eso —dijo Harriet cuando los sollozos de la víctima empezaron a extinguirse—. Pero déjese de tanta tontería. Oxford no es el sitio adecuado. Puede correr detrás de los hombres cuando quiera… Bien sabe Dios que el mundo está lleno de hombres, pero desperdiciar tres años irrepetibles en la vida es absurdo. Y no es justo para con la universidad. No es justo para con las demás mujeres de Oxford. Haga tonterías, si quiere… Yo también hice tonterías en mis tiempos, como la mayoría de las personas, pero por lo que más quiera, hágalas donde no deje en mal lugar a otras personas.

Lo que Harriet logró comprender de las incoherentes frases de la señorita Cattermole fue que detestaba el college, que odiaba Oxford y que no sentía la menor responsabilidad hacia tales instituciones.

—Entonces, ¿por qué está aquí? —preguntó Harriet.

—No quiero estar aquí, y nunca lo he querido, pero mis padres se empeñaron. Mi madre es una de esas personas que se dedican a que se abran puertas a las mujeres, al trabajo y esas cosas… Y mi padre es profesor de una pequeña universidad de provincias. Han hecho tantos sacrificios y todo eso que…

Harriet pensó que probablemente la señorita Cattermole era la víctima sacrificial.

—No me importó demasiado venir aquí —continuó la señorita Cattermole—, porque estaba prometida a alguien, y él también estaba aquí, así que pensé que sería divertido y que no tendría tanta importancia lo de los absurdos exámenes para la especialidad, pero ya no estoy prometida a él, así que ¿por qué tendría que molestarme por la dichosa historia, que está más muerta que nada?

—Pues yo me pregunto por qué se molestaron en traerla a Oxford, si no quería venir y estaba prometida.

—Ah, es que ellos decían que no tiene nada que ver, que toda mujer debe recibir educación universitaria, aunque se case. Y claro, ahora piensan que es estupendo que siga en la universidad. ¡No soy capaz de hacerles comprender que la detesto! No entienden que si te crías oyendo hablar de la educación por todas partes, no quieres verla ni en pintura. Estoy harta de tanta educación.

A Harriet no le sorprendió en absoluto.

—¿Qué le habría gustado hacer? Quiero decir, en el supuesto de que no se hubiera presentado esa complicación con su compromiso.

—Pues creo que —empezó a decir la señorita Cattermole, sonándose la nariz con aire decidido y cogiendo otro cigarrillo—, creo que me habría gustado ser cocinera. O quién sabe si enfermera, aunque creo que me habría ido mejor de cocinera, pero es que precisamente son las dos cosas sobre las que mi madre intenta convencer a la gente, que no debe limitarse a las mujeres a esos dos campos.

—La buena cocina reporta mucho dinero —dijo Harriet.

—Sí… pero no supone un avance en la educación. Además, en Oxford no hay escuela de cocina, y es que tenía que ser Oxford, o Cambridge, por la oportunidad de hacer amistades como es debido, pero resulta que yo no he hecho amigos. Todo el mundo me detesta. Bueno, a lo mejor ahora no tanto, porque esas cartas horribles…

—Por supuesto que no —la interrumpió Harriet, temerosa de un nuevo arrebato—. ¿Y la señorita Briggs? Parece muy buena persona.

—Es realmente amable, pero siempre tengo que estarle agradecida por algo. Eso me deprime, me da ganas de gritar.

—Cuánta razón tiene —dijo Harriet, para quien aquel comentario fue como un puñetazo en pleno plexo solar—. Lo sé. La gratitud es algo sencillamente nefasto.

—Y encima, ahora tengo que estarle agradecida a usted —añadió la señorita Cattermole con una franqueza apabullante.

—No tiene por qué. Lo hice por mis propios intereses tanto como por los suyos, pero voy a decirle lo que yo haría: dejar de hacer cosas para intentar impresionar, porque seguramente la pondrán en una situación en la que tendrá que sentirse agradecida. Y dejaría de ir detrás de los estudiantes, porque eso los aburre terriblemente e interrumpe su trabajo. Me metería a fondo con la historia, acabaría la especialidad y después diría: «Ya he hecho lo que vosotros queríais, y ahora voy a dedicarme a la cocina». Y no me echaría atrás.

—¿Usted lo haría?

—Supongo que quiere que todos corran detrás de usted, como el Viejo Canguro. Pues todos corren detrás de los cocineros. Sin embargo, como ha empezado aquí con historia, más le valdría dedicarse a ella. Seguro que no se le caen los anillos. Si aprende a estudiar un tema, cualquier tema, habrá aprendido a estudiarlos todos.

—Sí. Lo intentaré —replicó la señorita Cattermole sin mucha convicción.

Harriet se marchó furiosa y abordó a la decana.

—¿Por qué traen a esta gente aquí? ¿Para que lo pasen fatal y encima ocupen el lugar de otras personas que realmente disfrutarían de estar en Oxford? No tenemos sitio para mujeres que ni son ni nunca serán auténticas universitarias. Los colleges masculinos se pueden permitir el lujo de esos chicos bullangueros que aprueban sin pena ni gloria y aprenden a jugar para seguir jugando en los institutos privados de primaria, pero esa criatura deprimente no es ni siquiera bullanguera. Es una pobre desgraciada.

—Ya lo sé —replicó la decana, incómoda—. Pero es que las maestras y los padres son tremendos… Hacemos lo que podemos, pero no siempre podemos corregir sus errores. Fíjese en mi secretaria… Ausente porque el pesado de su hijo tiene varicela y está en esa escuela desesperante. ¡Ay, por Dios! No debería hablar así, porque es un niño muy delicado, y por supuesto, los hijos siempre son lo primero, pero es que resulta agobiante.

—Enseguida me marcho —dijo Harriet—. Es vergonzoso que tenga usted que trabajar por la tarde y vergonzoso que yo tenga que interrumpirla. A propósito, he de decirle que Cattermole tiene una coartada para el incidente de anoche.

—¿Ah, sí? ¡Muy bien! Algo es algo, aunque supongo que eso significa que recaen más sospechas sobre nosotras, pobrecitas, pero los hechos son los hechos. ¿Qué ruido era ese en el patio anoche, señorita Vane? ¿Y quién era el joven a quien usted tutelaba? No he querido preguntarle esta mañana en la sala de profesoras, porque tenía la impresión de que no quería que lo hiciera.

—No, no quería —respondió Harriet.

—¿Y sigue sin quererlo?

—Como dijo Sherlock Holmes en una ocasión: «Creo que debemos pedir amnistía en ese sentido».

La decana le dirigió una centelleante mirada de astucia.

—Hay que atar cabos, y yo confío en usted.

—Pero yo iba a proponerle que se colocara una hilera de pinchos en el muro del jardín de las profesoras.

—¡Ah! —exclamó la decana—. Bueno, no quiero enterarme de las cosas, y además, la mayoría solo son un fastidio. Quieren hacerse los héroes y las heroínas. La última semana del trimestre es la peor para escalar muros. Hacen apuestas, y tienen que pagarlas antes del final. Esos chalados… Son una pesadez, pero no podemos consentirlo.

—Me imagino que no volverá a ocurrir, al menos con esta pandilla.

—Muy bien. Hablaré con la administradora sobre lo de los pinchos…, así como quien no quiere la cosa.

Harriet se cambió de vestido mientras reflexionaba sobre las incongruencias de la fiesta a la que estaba invitada. Saltaba a la vista que el señor Pomfret se pegaba a ella para protegerse de la señorita Flaxman, y el señor Farringdon para protegerse del señor Pomfret, mientras que la señorita Flaxman, que al parecer era su anfitriona, no quería ni verla. Lástima que no pudiera embarcarse en la aventura de anexionar al señor Farringdon, para completar una perfecta pescadilla que se muerde la cola, pero era demasiado mayor y demasiado joven a la vez para emocionarse con el perfil byroniano del señor Farringdon; le resultaría más divertido mantenerse como estado tapón. Sin embargo, le guardaba suficiente rencor a la señorita Flaxman por el asunto de Cattermole para ponerse un traje de chaqueta de excelente corte y un sombrero elegante pero anodino antes de dirigirse al primer punto de su agenda vespertina.

No tuvo gran dificultad para encontrar la escalera del señor Pomfret, y aún menos para encontrar al señor Pomfret. Mientras ascendía las antiguas y oscuras escaleras, pasaba junto a la puerta entornada de un tal señor Smith, la puerta cerrada a cal y canto de un tal señor Banerjee y la puerta abierta de un tal señor Hodges, que al parecer celebraba una ruidosa fiesta con un montón de amigos varones, oyó una disputa en el rellano de arriba, y de repente divisó al señor Pomfret, en el umbral de la puerta de su habitación, discutiendo con un hombre que estaba de espaldas a la escalera.

—Por mí, se puede ir al mismísimo infierno —dijo el señor Pomfret.

—Muy bien, señor —replicó el hombre de espaldas—, pero ¿y si le voy con el cuento a la señorita? Si voy y le cuento que lo he visto empujándola por el muro…

—¡Que se vaya usted al diablo! —exclamó el señor Pomfret—. ¡Cállese de una vez!

En aquel momento Harriet llegó al último escalón y su mirada se cruzó con la del señor Pomfret.

—¡Ah! —dijo el señor Pomfret, sorprendido. Y dirigiéndose a aquel hombre, añadió—: Lárguese, que tengo cosas que hacer. Ya volverá otro día.

—Vaya, vaya, conque todo un caballero, ¿eh, señor? —dijo aquel hombre con un tono muy desagradable.

Tras pronunciar estas palabras se dio la vuelta, y Harriet se quedó pasmada al reconocer su cara.

—¡Pero hombre, Jukes! —dijo Harriet—. ¿Cómo usted por aquí?

—¿Conoce usted a este tipo? —preguntó el señor Pomfret.

—Claro que sí —contestó Harriet—. Fue conserje de Shrewsbury, y lo echaron por pequeños hurtos. Espero que se haya enderezado, Jukes. ¿Cómo está su esposa?

—Bien —replicó Jukes malhumorado—. Ya volveré.

Hizo ademán de bajar la escalera, pero Harriet había puesto su paraguas de tal manera que le cortaba la retirada.

—¡Eh, un momento! —exclamó el señor Pomfret—. Vamos a ver qué pasa aquí, ¿de acuerdo?

Estiró un brazo y atrajo con fuerza hacia el umbral a Jukes, que se resistió.

—No puede volver con esa vieja historia —dijo Jukes con desdén, mientras Harriet los seguía, cerrando la puerta de golpe—. Eso está acabado y requeteacabado, y no tiene nada que ver con el otro asuntillo que he mencionado.

—¿De qué se trata? —preguntó Harriet.

—Este canalla ha tenido la desfachatez de venir a decirme que si no le pago para que mantenga su asquerosa boca cerrada, informará sobre lo que ocurrió anoche.

—Chantaje —dijo Harriet muy interesada—. Es un delito grave.

—Yo no he hablado de dinero —repuso Jukes, ofendido—. Lo único que he hecho ha sido decirle a este caballero lo que había visto y que no debía haber pasado y que me estaba dando vueltas en la cabeza. Él me dice que me vaya al infierno, así que yo se lo voy a contar a la señorita, porque me remuerde la conciencia, a ver si me entiende.

—Muy bien —dijo Harriet—. Aquí estoy. Adelante. —Jukes se quedó mirándola—. Supongo que vio anoche al señor Pomfret ayudándome a saltar el muro de Shrewsbury, porque había olvidado la llave. Y por cierto, ¿qué hacía usted ahí fuera? ¿Merodeando con intención de cometer alguna fechoría? Entonces es probable que también me viera cuando salí, le di las gracias al señor Pomfret y le pedí que viniera a ver los edificios del colegio a la luz de la luna. Si esperó lo suficiente, también vería cuando le abrí la puerta. ¿Y qué?

—Pues menudos tejemanejes, me parece a mí —contestó Jukes, desconcertado.

—Es posible —dijo Harriet—. Pero si las antiguas alumnas deciden entrar en su college de una forma heterodoxa, no veo quién puede impedírselo. No usted, desde luego.

—No me creo ni una palabra —replicó Jukes.

—Allá usted —dijo Harriet—. La decana nos vio al señor Pomfret y a mí, así que ella sí se lo creerá. Y a usted, ¿quién lo va a creer? ¿Por qué no le ha contado a este hombre toda la historia desde el principio para tranquilizar su conciencia, señor Pomfret? Por cierto, Jukes, acabo de decirle a la decana que debería poner pinchos en ese muro. A nosotros nos vino bien, pero no es lo suficientemente alto para impedir la entrada de ladrones y otras personas indeseables. Así que no le va a servir de gran cosa seguir merodeando por allí. Recientemente han desaparecido un par de cosas de algunas habitaciones —añadió, sin faltar por completo a la verdad—. De modo que convendría poner vigilancia especial en esa carretera.

—De eso nada —dijo Jukes—. No voy a consentir que se manche mi buen nombre. Si es como usted dice, tenga por seguro que no seré yo quien ponga en apuros a una señorita como usted.

—Espero que no se le olvide —intervino el señor Pomfret—. Pero quizá le gustaría llevarse algo para recordarlo.

—¡Nada de agresiones! —gritó Jukes, retrocediendo hacia la puerta—. ¡Nada de agresiones! ¡Ni se le ocurra ponerme la mano encima!

—Como vuelva a asomar su asquerosa cara por aquí —dijo el señor Pomfret abriendo la puerta—, lo echo a patadas escaleras abajo, hasta el patio. ¿Entendido? ¡Pues largo!

Tiró de la puerta con una mano y empujó enérgicamente a Jukes con la otra. Un golpetazo y una palabrota anunciaron que la rápida salida de Jukes lo había llevado hasta la escalera.

—¡Uf! —exclamó el señor Pomfret al regresar—. ¡Demonios! Ha sido estupendo. Ha estado usted maravillosa. ¿Cómo se le ha ocurrido?

—Saltaba a la vista. De todos modos, espero que solo sea un farol. No creo que pudiera saber quién era la señorita Cattermole, pero me pregunto cómo dio con usted.

—Debió de seguirme cuando salí, pero evidentemente no entré por esta ventana, así que... ¿cómo? ¡Ah, ya! Cuando desperté a Brown, creo que sacó la cabeza y dijo: «¿Eres tú?». ¡Qué poco cuidado tiene ese tipo! Ya hablaré yo con él… Oiga, parece usted el ángel de la guarda de todo el mundo, ¿no? Es increíble que pueda estar siempre tan alerta.

La miró con ojos perrunos. Harriet se echó a reír, y en ese momento llegaron juntos el señor Rogers y el té.

El señor Rogers estaba en tercero y era alto, moreno, alegre y parecía sinceramente arrepentido.

—Esto de no parar de transgredir normas es una tontería —dijo—. ¿Por qué lo hacemos? Porque alguien dice que es divertido y te lo crees. ¿Por qué te lo crees? No lo sé. Habría que observar estas cosas con más objetividad. ¿Es algo bonito en sí mismo? No. Entonces, no lo hagamos. Por cierto, Pomfret, ¿alguien te ha propuesto lo de quitarle los pantalones a Culpepper?

—Yo estoy más que dispuesto —contestó Pomfret.

—Sí, desde luego. Es un coco, un ser repugnante, pero ¿tendría mejor aspecto sin pantalones? Vive Dios que no. Estaría mucho peor. Si hay que quitar pantalones, debe de ser a alguien que pueda exhibir las piernas… tú, por ejemplo, Pomfret.

—Atrévete y verás —replicó el señor Pomfret.

—De todos modos, quitarle los pantalones a la gente es inútil y está pasado de moda. Que no cuenten conmigo para fomentar esta manía moderna de dejar al descubierto piernas antiestéticas. No pienso participar en semejante cosa. Tengo intención de ser un personaje reformado. A partir de ahora, no consideraré sino el valor de la cosa en sí misma, indiferente a las presiones de la opinión pública.

Tras haber confesado sus pecados y haber hecho propósito de enmienda de tan simpática forma, el señor Rogers desvió airosamente la conversación hacia temas de interés general y, alrededor de las cinco, se marchó murmurando una excusa sobre el trabajo y su tutor, como si se tratara de necesidades poco delicadas. En ese momento el señor Pomfret se puso de repente todo solemne, como a veces le ocurre a un hombre muy joven cuando está a solas con una mujer mayor que él, y le explicó detalladamente a Harriet su visión del significado de la vida. Harriet lo escuchó con toda la comprensión y atención de que pudo hacer acopio, pero sintió cierto alivio cuando irrumpieron tres jóvenes para pedirle cerveza al señor Pomfret y de paso se quedaron discutiendo sobre Komisarjevski sin hacer caso a su anfitrión. El señor Pomfret parecía un poco molesto y acabó haciendo valer sus derechos sobre su invitada anunciando que era hora de irse a New College, a la fiesta de Farringdon. Sus amigos lo dejaron marchar con cierto pesar y, antes de que Harriet y su acompañante hubieran abandonado la habitación, tomaron posesión de los sillones y continuaron con la discusión.

—Muy capaz, ese Marston —dijo el señor Pomfret con afabilidad—. Está muy metido en la Sociedad Teatral de la Universidad de Oxford y pasa las vacaciones en Alemania. No entiendo cómo pueden llegar a exaltarse tanto por el teatro. A mí me gusta una buena obra, pero no entiendo todas esas cosas sobre el tratamiento estilístico y los planos de visión. Supongo que usted sí, claro.

—No tengo ni idea —replicó Harriet jovialmente—. Y yo diría que ellos tampoco. De todos modos, sí sé que no me gustan las obras en las que los actores no paran de subir y bajar escaleras, ni en las que la iluminación está dispuesta con tal arte que no se ve nada, ni en las que te pasas todo el rato preguntándote para qué van a usar el molinete simbólico del centro del escenario. Prefiero ir al Holborn Empire y divertirme de una forma vulgar y corriente.

—¿De verdad? —dijo el señor Pomfret con expresión anhelante—. No vendría conmigo a un espectáculo en la ciudad durante las vacaciones, ¿verdad?

Harriet hizo una vaga promesa, que al parecer llenó de alborozo al señor Pomfret, y poco después se sentían como sardinas en lata en el salón del señor Farringdon, entre una multitud mixta de estudiantes empeñados en tomar jerez y galletas sin mover los codos.

Había tal gentío que Harriet no vio a la señorita Flaxman ni un solo momento. Sin embargo, el señor Farringdon logró abrirse paso, seguido por un grupo de jóvenes de ambos sexos que querían hablar sobre novela policíaca. Parecían haber leído mucho de ese género, pero de pocos más. Harriet pensó que una escuela de novela policíaca tendría muchas posibilidades de dar una buena cosecha de sobresalientes. Llegó a la conclusión de que el análisis psicológico había pasado de moda desde su época de estudiante, y comprendió instintivamente que había ocupado su lugar el ansia de acción y de lo concreto. Habían desaparecido la solemnidad prebélica y el agotamiento posbélico; lo que se deseaba en aquellos momentos era la realización enérgica de algo definido, si bien las definiciones variaban. La novela policíaca era sin duda aceptada, porque en ella se hacía algo definido, y el «qué» lo decidía cómodamente de antemano el autor. Harriet percibió que todos aquellos hombres y mujeres jóvenes empezaban a labrar un surco difícil en un terreno muy pedregoso. Sintió lástima de ellos.

Hacer algo definido. Claro que sí. Al reconsiderar la situación a la mañana siguiente, Harriet se sintió profundamente descontenta. No le gustaba en absoluto el asunto de Jukes. Suponía que no tenía nada que ver con las cartas anónimas: ¿de dónde iba a haber sacado la cita de la *Eneida*? Pero era un hombre rencoroso, de mente retorcida, un ladrón; no tenía ninguna gracia que se acostumbrase a rondar el colegio por la noche.

Harriet estaba sola en la sala del profesorado; todas las demás se habían ido a su trabajo. Entró la criada, con un montón de ceniceros limpios, y Harriet se acordó de repente de que sus hijas se alojaban con los Jukes.

—Annie —le dijo impulsivamente—, ¿a qué viene Jukes a Oxford cuando ha anochecido?

La mujer pareció sorprenderse.

—¿Que viene aquí, señora? Para nada bueno, supongo.

—Me lo encontré anoche, merodeando por Saint Cross Road, en un sitio por el que fácilmente podría haberse colado. ¿Sabe si sigue siendo honrado?

—No podría decirle, señora, pero la verdad es que tengo mis dudas. Le tengo mucho afecto a la señora Jukes y no me gustaría contribuir a que tuviera más problemas. Estaba pensando que debería llevar mis niñas a otro lado. Ese hombre podría ser una mala influencia para ellas, ¿no cree?

—Sí, francamente.

—Yo sería la última persona que querría crearle dificultades a una mujer casada y respetable —añadió Annie, dejando con fuerza un cenicero sobre una mesa— y, por supuesto, está en su derecho de defender a su marido, pero lo primero son los hijos, ¿no?

—Desde luego —respondió Harriet, un tanto distraída—. Claro que sí. Ya les encontraré yo otro sitio. Me imagino que no les habrá oído ni a Jukes ni a su esposa comentar nada que haga pensar que... bueno, que estaba robando en el college o que alberga resentimientos contra las profesoras...

—Yo no hablo mucho con Jukes, señora, y si la señora Jukes

supiera algo, no me contaría nada. No estaría bien. Es su marido, y tiene que ponerse de su parte. Yo lo comprendo, pero si Jukes se está portando mal, tendré que buscar otro sitio para las niñas. Le estoy muy agradecida por habérmelo comentado, señora. Iré por allí el miércoles, que tengo la tarde libre, y aprovecharé para avisarlos. ¿Puedo preguntarle si usted le ha dicho algo a Jukes, señora?

—He hablado con él y le he dicho que si sigue rondando por aquí tendrá que vérselas con la policía.

—Me alegro de que me lo diga, señora. No está nada bien que venga aquí así como así. De haberlo sabido, no habría sido capaz de dormir. Creo que habría que pararle los pies.

—Desde luego que sí. Por cierto, Annie, ¿ha visto usted a alguien en el college con un vestido de estas características?

Harriet cogió el vestido negro estampado de la silla que estaba a su lado. Annie lo examinó detenidamente.

—No, señora, no que yo recuerde. Quizá lo sepa una de las doncellas que lleva aquí más tiempo que yo. A lo mejor Gertrude, que atiende el comedor. ¿Quiere usted preguntarle?

Pero Gertrude no pudo prestar ayuda. Harriet les pidió que se llevaran el vestido e interrogaran al resto del personal. Así lo hicieron, sin ningún resultado. Tampoco con la indagación entre las alumnas se logró identificar a la propietaria del vestido, que fue devuelto sin que nadie lo hubiera reconocido ni reclamado. Un enigma más. Harriet llegó a la conclusión de que debía de ser una prenda de la autora de los anónimos, pero en tal caso, tendría que haberla llevado al college y haberla escondido hasta el momento de su teatral aparición en la capilla, porque si alguien se lo hubiera puesto en el college, resultaba prácticamente inconcebible que nadie lo reconociera.

Ninguna de las coartadas que obedientemente presentaron las

profesoras era a toda prueba. Nada sorprendente; más sorprendente habría sido que lo fueran. Solo Harriet (y naturalmente el señor Pomfret) conocían la hora exacta para la que se necesitaba la coartada, y aunque muchas personas podían demostrar que tenían las espaldas cubiertas hasta medianoche, todas se encontraban virtuosamente en sus habitaciones, acostadas, o eso aseguraban, antes de la una menos cuarto. Y aunque examinaron el cuaderno del conserje y los permisos de salida nocturna y se interrogó a todas las alumnas que podrían haber estado cerca del patio a medianoche, nadie había observado conductas sospechosas con togas, almohadas ni cuchillos de pan. Delinquir era muy fácil en un sitio así. El college era demasiado grande, demasiado abierto. Aunque alguien hubiera visto una figura cruzando el patio con una almohada o, ya puestos, con sábanas, mantas y un colchón, no le habría extrañado. Alguna persona robusta y entusiasta del aire libre durmiendo a la intemperie: esa habría sido la conclusión más natural.

Irritada, Harriet fue a la Biblioteca Bodleiana y se enfrascó en sus investigaciones sobre Le Fanu. Al menos allí sabías qué investigabas.

Sentía tal necesidad de algo que la tranquilizara que por la tarde fue a Christ Church para asistir a los oficios de la catedral. Había estado de compras (entre otras cosas había adquirido una bolsa de merengues para agasajar a las alumnas que había invitado a una pequeña fiesta en su habitación horas más tarde), y hasta que se cargó los brazos de paquetes no se le ocurrió la idea de la catedral. No le quedaba de camino, pero los paquetes no pesaban demasiado. Cruzó por Carfax, contrariada por el moderno ajetreo de los coches y las complicaciones de los semáforos, y se sumó a los escasos peatones que caminaban con paso ligero por Saint Aldate y atravesaban el gran patio inacabado de Wolsey, entregados a la misma piadosa misión que ella.

Había un ambiente grato y tranquilo en la catedral. Se quedó un ratito en su asiento después de que se vaciara la nave y hasta que el organista acabó el solo. Después salió lentamente, torció a la izquierda por la tarima con la vaga idea de volver a contemplar la gran escalinata y el vestíbulo, y de repente una figura delgada con traje gris salió a tal velocidad de una puerta oscura que se topó de manos a boca con ella, estuvo a punto de derribarla y los paquetes salieron volando cada uno por su lado.

—¡Caray! —exclamó una voz cuya inesperada familiaridad aceleró los latidos del corazón de Harriet—. ¿Le he hecho daño? Si es que voy por ahí empujando y chocándome como un abejorro en un frasco. ¡Si seré patán! Por favor, diga que no le he hecho daño, porque si no, ahora mismo voy y me ahogo en Mercurio.

Extendió el brazo con el que no sujetaba a Harriet y señaló vagamente el estanque.

—En absoluto, gracias —contestó Harriet, reponiéndose.

—Gracias a Dios. Es mi día aciago. Acabo de tener una entrevista sumamente desagradable con el vicedecano. ¿Hay algo que pueda romperse en los paquetes? ¡Mire! Se ha abierto la bolsa y se han caído los chismes esos por las escaleras. No se mueva, por favor. Quédese aquí, pensando insultos para mí, mientras yo los recojo uno por uno, de rodillas, entonando el *mea culpa*.

Dicho y hecho.

—Me temo que los merengues no han mejorado precisamente. —Alzó la mirada con expresión contrita—. Pero si dice que me perdona, sacaremos otros de la cocina… ya sabe, los auténticos, especialidad de la casa y tal.

—No se moleste, por favor —dijo Harriet.

No era él, por supuesto. Era un chico de veintiuno o veintidós años como mucho, con una mata de pelo ondulado que le caía sobre la frente y un rostro hermoso e insolente, rebosante de encanto, si bien premonitoriamente débil alrededor de los curvados labios y de las cejas de arcos pronunciados, pero el color del pelo era igual… el amarillo pálido de la cebada madura, y la voz suave, arrastrada, la palabra fácil y las sílabas sincopadas, la sonrisa rápida, ladeada y, sobre todo, las manos, preciosas, sensibles, que devolvían hábilmente los «chismes» a su bolsa.

—Todavía no me ha llamado nada —dijo el joven.

—Pero creo que casi podría ponerle nombre —replicó Harriet—. ¿No es… familiar de Peter Wimsey?

—Pues sí —contestó el joven, sentándose sobre los talones—. Es mi tío, y muchísimo más complaciente que el típico judío —añadió, como si se le hubiera ocurrido una triste asociación de ideas—. ¿Nos hemos visto en alguna parte, o simplemente lo ha adivinado? No cree que soy como él, ¿verdad?

—Cuando empezó a hablar, por un momento pensé que era su tío. Sí, se parece mucho a él, en algunos sentidos.

—Pues a mi *mater* le partiría el alma —dijo el joven, sonriendo—. El tío Peter no goza de muchas simpatías, pero ojalá estuviera aquí. Resultaría sumamente útil en este momento, pero al parecer se ha largado a no sé sabe dónde, para variar. Es como un gato misterioso, ¿verdad? Me imagino que lo conoce… No recuerdo bien esa trivialidad sobre lo pequeño que es el mundo, pero ya me entiende. ¿Dónde está ese viejo zorro?

—En Roma, según creo.

—Cómo no. Eso significa una carta. Es terriblemente difícil resultar persuasivo por carta, ¿no le parece? O sea, hay que explicar tantas cosas, y cuando se trata de ponerlo sobre el papel, el tan celebrado encanto de la familia no funciona demasiado bien.

Le dedicó a Harriet una sonrisa franca y seductora mientras recuperaba un último penique que había salido rodando.

—¿Me equivoco, o tiene previsto apelar a los más delicados sentimientos del tío Peter? —preguntó Harriet con cierto regocijo.

—Pues más o menos —respondió el joven—. La verdad es que es bastante humano, si lo pillas de buenas. Además, al tío Peter lo tengo bien cogido. Si ocurre lo peor, siempre puedo amenazarlo con cortarme el cuello y endilgarle las dichosas hojas de fresa.

—¿Qué hojas de fresa? —preguntó Harriet, imaginándose que debía de ser la versión más reciente en Oxford de darle a alguien con la puerta en las narices.

—Las hojas de fresa de la corona —dijo el joven—. «El bálsamo, el cetro y la esfera.» Cuatro tiras de armiño comido por la polilla, por no hablar de ese cuartel del demonio en Denver, mohoso a más no poder. —Al ver que Harriet seguía mirándolo sin comprender, explicó—: Perdone, lo había olvidado. Me llamo Saint-George, y el jefe se olvidó de proporcionarme hermanos. Así que en el momento en que escriban *decessit sine prole* cuando yo pase a mejor vida, el tío Peter es el que va detrás. Desde luego, es posible que mi padre viva más años que él, pero no creo que el tío Peter sea de los que mueren jóvenes, a menos que se lo cargue unos de sus criminales favoritos.

—Algo que podría ocurrir fácilmente —dijo Harriet, pensando en el tipo de aspecto patibulario.

—Pues eso le complica las cosas —replicó lord Saint-George, moviendo la cabeza—. Cuantos más riesgos corra, más rápidamente tendrá que acatar la disciplina de los votos matrimoniales. Adiós a la libertad de soltero con el pobre Bunter en un piso de Piccadilly.

Y adiós a las espectaculares cantantes vienesas. Así que, como ve, le va la vida en no dejar que me pase nada.

—Evidentemente —dijo Harriet, fascinada ante aquel nuevo enfoque.

—La debilidad del tío Peter —añadió lord Saint-George, desprendiendo cuidadosamente los merengues aplastados del papel— es su tremendo sentido del deber público. No lo parece a simple vista, pero es así. ¿Se lo damos a las carpas? No creo que sean aptos para el consumo humano. De momento se ha librado, el viejo zorro. Dice que tendrá la esposa adecuada o ninguna.

—Pero ¿y si la adecuada dice que no?

—Esa es la historia que él cuenta, pero yo no me creo ni media palabra. ¿Por qué iba a rechazar nadie al tío Peter? No es ningún bellezón y habla hasta aburrir a las ovejas, pero tiene muchísimo dinero, educación y pedigrí. —Se balanceó en el borde del estanque y escudriñó sus tranquilas aguas—. ¡Mire! Una muy grande. Tiene pinta de llevar aquí desde la fundación… ¿La ha visto? La mascota del cardenal Wolsey. —Le tiró un trocito al gran pez, que lo cogió con un chasquido y volvió a sumergirse—. No sé hasta qué punto conoce a mi tío —añadió—, pero si tiene la oportunidad, podría informarle de que cuando me vio tenía muy mal aspecto, parecía angustiado e hice oscuras insinuaciones sobre el *felo de se*.

—Lo haré —dijo Harriet—. Le diré que apenas era capaz de arrastrarse y que se desmayó en mis brazos, aplastándome los paquetes de paso. No me creerá, pero haré lo posible.

—No… No se cree las cosas fácilmente, maldito sea. Me temo que al final tendré que escribirle y presentarle las pruebas, pero no sé por qué estoy aburriéndola con mis asuntos personales. Venga a la cocina.

El cocinero de Christ Church les dio de buena gana varios merengues del antiguo y famoso horno del colegio, y tras contemplar con admiración el enorme hogar con sus asadores relucientes y oír estadísticas sobre el número de asados y la cantidad de combustible que se consumían cada semana durante el curso, Harriet siguió a su guía hasta el patio con las debidas expresiones de agradecimiento.

—De nada —replicó el vizconde—. La verdad, no es una gran recompensa después de haberla aporreado y haber tirado sus cosas. Por cierto, ¿podría saber a quién he tenido el honor de causar tantas molestias?

—Me llamo Harriet Vane.

Lord Saint-George se quedó inmóvil y se dio una fuerte palmada en la frente.

—¿Qué he hecho, Dios mío? Le pido perdón, señorita Vane, y suplico humildemente su clemencia. Si se entera mi tío, no me perdonará jamás, y entonces me cortaré el cuello. Acabo de darme cuenta de que he dicho todo lo que no debía decir.

—Ha sido por mi culpa —repuso Harriet al ver que parecía realmente asustado—. Debería habérselo advertido.

—La verdad es que no tendría por qué contarle cosas así a nadie. Mucho me temo que he heredado la lengua de mi tío y la falta de tacto de mi madre. Mire, olvide esas tonterías, por lo que más quiera. El tío Peter es un tipo estupendo, y tan buena persona como el que más.

—Tengo motivos para saberlo —dijo Harriet.

—Sí, supongo que sí. Por cierto… ¡Caray! Me da la impresión de que estoy metiendo la pata a fondo, pero tengo que contarle que nunca le he oído hablar de usted. Quiero decir, no es esa clase de persona. Es mi madre, que habla de todo. Lo siento, estoy empeorando las cosas.

—No se preocupe —dijo Harriet—. Al fin y al cabo, conozco a su tío… bastante bien, al menos lo suficiente para saber qué clase de persona es. Y desde luego, no voy a dejarlo a usted en evidencia.

—¡No, por lo que más quiera! No es solo que no volvería a sacarle nada (y estoy metido en una buena), sino que te hace sentir como un gusano despreciable. Supongo que no habrá tenido que soportar la lengua larga de mi tío… No claro, pero yo preferiría que me desollaran.

—Estamos en la misma situación. Tampoco tendría yo por qué prestar oídos. Adiós… y muchas gracias por los merengues.

Harriet subía por Saint Aldate cuando la alcanzó el vizconde.

—Oiga… acabo de acordarme de una cosa, esa vieja historia que acabo de desenterrar, porque soy un imbécil…

—¿La de la bailarina vienesa?

—No, la cantante… A mi tío le chifla la música. Olvídelo, por favor. O sea, es del año de la nana… hace seis años. Yo era un crío, y supongo que son bobadas.

Harriet se echó a reír y le dio su palabra de olvidar lo de la cantante vienesa.

9

Ven aquí, amigo. Me avergüenza oír lo que oigo de ti… Casi has alcanzado la edad de nueve años, o al menos ocho y medio, y en vista de que conoces tu obligación, si no cumples con ella mereces mayor castigo que aquel que por ignorancia la desconoce. No pienses que la nobleza de tus antepasados te permite obrar a tu antojo; por el contrario, te obliga aún más a seguir el camino de la virtud.

PIERRE ERONDELL

—De modo que Jukes ha vuelto a las andadas… —dijo la administradora dirigiéndose briosamente al estrado de la mesa de autoridades el jueves siguiente.

—¿Que ha vuelto a robar? —preguntó la señorita Lydgate—. ¡Dios mío, qué decepción!

—Annie me ha contado que lo sospechaba desde hace tiempo, y como ayer tenía medio día libre fue a decirle a la señora Jukes que tenía que llevarse las niñas a otro sitio, cuando, quién lo iba a decir, apareció la policía y descubrió un montón de cosas que habían desaparecido hace dos semanas de la habitación de una estudiante de

Holywell. Fue de lo más desagradable, para Annie, quiero decir. Le hicieron un montón de preguntas.

—A mí siempre me ha parecido un error que las niñas estuvieran en esa casa —dijo la decana.

—Así que a eso se dedicaba Jukes por la noche —dijo Harriet—. Había oído decir que lo habían visto rondando por el college. La verdad es que yo puse al tanto a Annie. Lástima que no se hubiera llevado antes a las niñas.

—Yo pensaba que se estaba portando bien —intervino la señorita Lydgate—. Tenía trabajo, y además, sé que criaba gallinas y que recibía dinero por las Wilson, las hijas de Annie, o sea... ¿qué necesidad tenía de robar, el pobre? A lo mejor es que la señora Jukes no se administra bien.

—Jukes es mala persona —dijo Harriet—. Es un asunto muy desagradable. Más vale que se quite de en medio.

—¿Se había llevado mucho? —preguntó la decana.

—Según tengo entendido por Annie, han descubierto numerosos hurtos atribuibles a Jukes —contestó la administradora—. Supongo que es cuestión de averiguar si ha vendido los objetos.

—Supongo que los pondría en manos de un perista, un prestamista o alguien de esa calaña —dijo Harriet—. ¿Ya había estado dentro... o sea, en la cárcel?

—No que yo sepa —repuso la decana—. Pero debería haber estado.

—Entonces supongo que saldrá pronto, al no tener antecedentes.

—La señorita Barton debe de estar al tanto de esas cosas. Le preguntaremos. Espero que la pobre señora Jukes no esté metida en el asunto —dijo la administradora.

—¡Seguro que no! ¡Una mujer tan buena! —exclamó la señorita Lydgate.

—Tenía que saberlo, a menos que sea imbécil —replicó Harriet.

—¡Debe de ser terrible, saber que tu marido es un ladrón!

—Sí —convino la decana—. Debe de resultar muy incómodo tener que vivir del producto de los robos.

—Espantoso —dijo la señorita Lydgate—. No puedo imaginarme nada peor para los sentimientos de una persona honrada.

—Entonces, por el bien de la señora Jukes, esperemos que sea tan culpable como él.

—¿Cómo puede decir algo tan espantoso? —replicó la señorita Lydgate.

—Bueno, o es culpable o se sentirá muy desgraciada —contestó Harriet, pasándole el pan a la decana con un centelleo en los ojos.

—No puedo por menos que disentir —dijo la señorita Lydgate—. O es inocente y desgraciada o culpable y desgraciada… No veo cómo podría ser feliz, la pobrecilla.

—Preguntémosle a la rectora la próxima vez que la veamos, si es posible que una persona culpable sea feliz —dijo la señorita Martin—. Y en tal caso, si es mejor ser feliz u honrada.

—Vamos, decana, no podemos consentir estas cosas —dijo la administradora—. Por favor, señorita Vane, un tazón de cicuta para la decana. Volviendo al tema que nos ocupa: como de momento la policía no se ha llevado a la señora Jukes, supongo que no hay nada contra ella.

—Me alegro mucho —dijo la señorita Lydgate, y con la llegada de la señorita Shaw, muy afligida por una de sus alumnas, que padecía un dolor de cabeza constante y no era capaz de trabajar, la conversación se desvió por otros derroteros.

El trimestre tocaba a su fin y la investigación no parecía haber progresado mucho, pero lo que sí parecía posible era que las peripatéticas actividades nocturnas de Harriet y el chasco ante los incidentes de la biblioteca y la capilla hubieran contribuido a frenar al *Poltergeist*, pues no se produjo ninguno más, ni tan siquiera una inscripción en un cuarto de baño o un anónimo, durante tres días. La decana, con muchísimo trabajo, agradeció la tregua, y también le alegró la noticia de que la señora Goodwin, la secretaria, fuera a volver el lunes para ocuparse de la avalancha del fin de trimestre. Se vio más animada a la señorita Cattermole, que hizo un trabajo bastante aceptable para la señorita Hillyard sobre la política marítima de Enrique VIII. Harriet invitó a café a la enigmática señorita De Vine. Como siempre, tenía intención de que la señorita De Vine le abriera su corazón, y como siempre, fue ella quien acabó abriéndole el suyo.

—Pienso lo mismo que usted sobre la dificultad de conciliar los intereses intelectuales con los emocionales —dijo la señorita De Vine—. Y no creo que afecte únicamente a las mujeres; también a los hombres, pero cuando un hombre antepone su vida pública a su vida privada, produce menos indignación que cuando una mujer hace otro tanto, porque las mujeres, por la educación que han recibido, están más acostumbradas que los hombres a ser relegadas.

—Pero vamos a suponer una cosa: que no sabes qué poner en primer lugar. Vamos a suponer —insistió Harriet, recurriendo a palabras ajenas— que tienes la maldición de poseer cerebro y corazón.

—Normalmente puede deducirse por la clase de errores que cometes —dijo la señorita De Vine—. Estoy convencida de que no se cometen errores de importancia vital en algo que realmente se quiere hacer. Los errores de importancia vital son producto de la falta de auténtico interés. En mi opinión, claro.

—Yo cometí un error muy grave una vez, como supongo que usted sabe —dijo Harriet—. No creo que fuera por falta de interés. En su momento parecía lo más importante del mundo.

—Y sin embargo, cometió el error, pero ¿cree que se había concentrado de verdad en ello? ¿Era de verdad tan rigurosa y exigente como cuando escribe un párrafo de buena prosa?

—Es una comparación muy difícil. Desde luego, no se pueden tratar las pasiones emocionales con tanta objetividad.

—¿Y no es escribir buena prosa una pasión emocional?

—Sí, claro que sí. Al menos cuando das completamente en el clavo y lo sabes, no hay nada comparable. Te sientes en el séptimo cielo... al menos un ratito.

—Pues a eso me refiero. Solucionas el problema sin cometer errores... y entonces experimentas el éxtasis, pero si hay algún tema en el que te conformas con lo mediocre, entonces no es realmente tu tema.

—Tiene toda la razón —repuso Harriet tras una pausa—. Si verdaderamente te interesa algo, sabes ser paciente y dejar que pase el tiempo, como decía la reina Isabel. Quizá sea ese el significado de una frase que siempre me ha parecido absurda: que el genio es eterna paciencia. Si realmente deseas algo, no te apoderas de ello; si te apoderas, es que realmente no lo deseas. ¿Cree usted que si comprendes que te estás tomando verdaderas molestias por algo es prueba de lo mucho que te importa?

—Creo que sí, en gran medida, pero la gran prueba es que ese algo salga bien, sin esos errores de importancia vital. Naturalmente, siempre se cometen errores superficiales, pero un error vital es señal inequívoca de que no te importa. Ojalá pudiera enseñársele hoy en día a la gente que apoderarse de lo que uno cree desear es una insensatez.

—Este invierno he visto seis obras de teatro en Londres, y todas predicaban la doctrina de apoderarse de las cosas —dijo Harriet—. Y he de reconocer que todas me dejaron con la sensación de que ninguno de los personajes sabía lo que quería.

—No —replicó la señorita De Vine—. Una vez que sabes con certeza lo que quieres, ves que todo queda aplastado, como la hierba bajo un rodillo... lo que te interesa a ti y a los demás. A la señorita Lydgate no le gustaría oírlo, pero es tan aplicable a ella como a cualquiera. Es la persona más bondadosa del mundo con cosas que le resultan indiferentes, como los engaños de Jukes, pero no tiene ninguna misericordia con las teorías prosódicas del señor Elkbottom. No las aceptaría ni para salvar al señor Elkbottom de la horca. Diría que no podía hacer semejante cosa. Y por supuesto que no podría. Si viera al señor Elkbottom humillándose como un gusano, sentiría lástima, pero no alteraría ni un párrafo. Eso supondría una traición. No se puede sentir lástima de nadie cuando se trata del trabajo. Supongo que usted sería capaz de mentir tranquilamente sobre cualquier cosa excepto... ¿sobre qué?

—¡Ah, yo sobre cualquier cosa! —contestó Harriet, riéndose—. Excepto decir que un libro espantoso es bueno si no lo es. De eso no soy capaz. Me granjea muchos enemigos, pero no soy capaz.

—No, nadie puede —dijo la señorita De Vine—. Por muy doloroso que resulte, siempre hay algo a lo que hay que enfrentarse con sinceridad, si sigues conectada con tu intelecto. Yo tendría que saberlo, por experiencia propia. Naturalmente, ese algo puede ser un algo emocional, no digo que no. Puedes cometer todos los pecados habidos y por haber y sin embargo seguirle siendo fiel a una persona y ser honrada con ella. En tal caso, es probable que esa persona sea el trabajo que se te ha encomendado. Yo no desprecio esa clase de lealtad; simplemente, no es lo mío.

—¿Lo descubrió al cometer un error de importancia vital? —preguntó Harriet con cierto nerviosismo.

—Sí —contestó la señorita De Vine—. Estuve prometida en cierta época, pero descubrí que siempre metía la pata, que hería sus sentimientos, que hacía estupideces, que cometía errores de lo más básico con él. Acabé por comprender que simplemente no me tomaba con él las mismas molestias que las que me habría tomado con una lectura polémica, y llegué a la conclusión de que no era mi trabajo. —Sonrió—. Además, yo lo quería más que él a mí. Se casó con una mujer extraordinaria que está dedicada a él en cuerpo y alma; es su trabajo, yo diría que a tiempo completo. Es pintor y casi siempre está al borde de la ruina, pero pinta muy bien.

—Supongo que no habría que casarse, a menos que estés dispuesta a que tu marido sea un trabajo a tiempo completo.

—Es probable, aunque yo creo que hay unas cuantas personas, muy pocas, que no se consideran un trabajo sino compañeros.

—Yo diría que Phoebe Tucker y su marido son así —dijo Harriet—. Usted la conoció en la fiesta. Esa colaboración parece funcionar, pero entre las esposas celosas del trabajo de sus maridos y los maridos celosos de las aficiones de sus esposas, da la impresión de que la mayoría nos consideramos un trabajo.

—Lo peor de ser un trabajo son las devastadoras consecuencias sobre el propio carácter —dijo la señorita De Vine—. Yo siento lástima de la persona que es el trabajo de otra; él, o ella, naturalmente, acaba por devorar o ser devorado. Mi pintor ha devorado a su esposa, pero ninguno de los dos lo sabe, y la señorita Cattermole, pobrecilla, corre el enorme riesgo de ser identificada con el trabajo de sus padres y ser devorada.

—Entonces, ¿es usted partidaria del trabajo impersonal?

—Sí —contestó la señorita De Vine.

—Pero asegura que no desprecia a quienes convierten a otra persona en el trabajo de su vida...

—Lejos de despreciarlos, los considero peligrosos —replicó la señorita De Vine.

Christ Church
Viernes

Estimada señorita Vane:

Si es capaz de perdonar mi estúpida conducta del otro día, ¿vendrá a comer conmigo el lunes a la una? Venga, por favor... Todavía tengo deseos de suicidarme, así que sería una verdadera obra de caridad. Espero que los merengues llegaran sanos y salvos.

Atentamente,

SAINT-GEORGE

Mi querido joven, pensó Harriet, mientras redactaba una nota para aceptar la ingenua invitación, si te crees que no veo lo que hay detrás de esto, estás pero que muy confundido. Esto no es por mí, sino por *les beaux yeux de la cassette de l'oncle Pierre*, pero hay peores comidas que las que salen de la cocina de tu college, y acudiré. Por cierto; me gustaría saber cuánto dinero despilfarras. El heredero de Denver debería tener lo suficiente por derecho propio sin necesidad de recurrir al tío Peter. ¡Dios del cielo! ¡Cuando pienso que a mí me daban para la matrícula, la ropa y cinco libras por trimestre y saltaba de alegría! No esperes mucha comprensión ni mucho apoyo de mi parte, milord.

Aún con esas ideas tan severas, el lunes bajó por Saint Aldate y preguntó al conserje bajo la torre Tom por lord Saint-George, a lo que le respondieron que el joven no se encontraba en el colegio.

—¡Ah! —exclamó Harriet, desconcertada—. Si me había invitado a comer…

—Lástima que no la hayan informado, señorita. Lord Saint-George sufrió un terrible accidente de tráfico el viernes por la noche. Está en el hospital. ¿No lo ha visto en los periódicos?

—No, se me ha pasado. ¿Está muy grave?

—Según tenemos entendido, se lesionó un hombro y se hizo una enorme brecha en la cabeza —contestó el conserje con pesar pero con cierto deleite al poder anunciar malas noticias—. Estuvo inconsciente durante veinticuatro horas, pero se nos ha comunicado que su situación está mejorando. El duque y la duquesa han regresado al campo.

—¡Dios mío! —exclamó Harriet—. Cuánto lo siento. Iré a preguntar. ¿Sabe si le permiten visitas?

El conserje le dirigió una mirada paternal que le dio a entender que si hubiera sido una estudiante la respuesta habría sido negativa.

—Según creo, se ha permitido la visita del señor Danvers y de lord Warboys a su señoría esta mañana, pero no puedo añadir nada más. Perdone… El señor Danvers está cruzando el patio. Iré a averiguarlo.

Salió de la garita de cristal y fue en pos del señor Danvers, que llegó a todo correr hasta la conserjería.

—¿Es usted la señorita Vane? —preguntó—. Es que el pobre Saint-George acaba de acordarse de usted. Lo siente muchísimo, y yo tenía que venir a buscarla y darle algo de comer. Ninguna molestia; será un placer. Tendríamos que haberla avisado, pero el pobrecillo ha estado fuera de combate. Y encima, con la familia dando la lata... ¿Conoce a la duquesa? ¿No? Ah, pues se ha marchado esta mañana, y después he podido acercarme a recibir instrucciones. En fin, que le pide mil perdones.

—¿Cómo ocurrió?

—Es un auténtico peligro público conduciendo un coche de carreras —respondió el señor Danvers con una mueca—. Intentaba pasar antes de que cerrasen las puertas, y como dio la casualidad de que no había policía por allí, pues no sabemos exactamente qué pasó. Por suerte, no hay muertos. Al parecer, Saint-George se llevó un poste de telégrafos por delante, salió disparado de cabeza y aterrizó sobre un hombro. La suerte es que llevaba el parabrisas bajado, porque si no, tendría una cara nueva. El coche está completamente destrozado, y no sé cómo no lo está él también, pero es que esos Wimsey tienen más vidas que un gato. Venga, entre. Estas son mis habitaciones. Espero que no le importe tomar las típicas chuletas de cordero, porque no he tenido tiempo para pensar en nada especial, pero me encargaron que buscara el Niersteiner del 23 de Saint-George y que dijera que era de parte del tío Peter. No sé si el tío Peter lo compró, lo recomendó o se lo bebió, y ni siquiera sé qué tiene que ver con él, pero eso es lo que me han dicho que dijera.

Harriet se echó a reír.

—Si ha hecho cualquiera de esas cosas, estará muy bien.

El Niersteiner era excelente; Harriet disfrutó sin preocupaciones de la comida, y el señor Danvers le pareció un anfitrión muy agradable.

—Vaya a ver al enfermo —dijo el señor Danvers mientras acompañaba a Harriet hasta la puerta—. Está en condiciones de recibir

238

visitas, y lo animará lo indecible. Está en una habitación privada, o sea que puede entrar cuando quiera.

—Voy ahora mismo —replicó Harriet.

—Estupendo —dijo el señor Danvers—. ¿Qué es eso? —añadió, volviéndose hacia el conserje, que llevaba una carta en la mano—. Ah, algo para Saint-George. Muy bien. Espero que se lo lleve la señorita, si va a verlo ahora. Si no, que se lo lleve el recadero.

Harriet miró la dirección. «Vizconde Saint-George, Christ Church, Oxford, Inghilterra.» Incluso sin el sello italiano, no cabía duda de dónde procedía.

—Ya se la llevo yo... Puede que sea urgente —dijo.

Con el brazo derecho en cabestrillo, la frente y un ojo ocultos por vendas y el otro ojo morado e inyectado en sangre, lord Saint-George se deshizo en saludos y excusas.

—Espero que Danvers se haya ocupado de usted como es debido. Y es usted de lo más amable por venir a verme.

Harriet le preguntó si era grave.

—Podría ser peor. Supongo que el tío Peter ha estado a punto de verle las orejas al lobo en esta ocasión, pero todo ha quedado en una brecha en la cabeza y un hombro dislocado. Y bueno, estado de shock, magulladuras y demás. Mucho menos de lo que me tengo merecido. Venga, quédese un ratito y hable conmigo. Es espantosamente aburrido estar aquí a solas, y encima con un solo ojo no veo nada.

—Si hablamos, a lo mejor le duele la cabeza.

—Es imposible que me duela más, y usted tiene una voz preciosa. Por favor, quédese aquí un rato.

—Le he traído una carta que ha llegado al college.

—Un acreedor o algo, como si lo viera.

—No. Es de Roma.

—El tío Peter. ¡Dios mío! En fin. Supongo que tendré que prepararme para lo peor.

Harriet le puso la carta en la mano izquierda y vio cómo manoseaba torpemente el ancho sello rojo.

—¡Puaj! Lacre y el sello de la familia. Sé lo que significa: el tío Peter más estirado que nunca.

Luchó impaciente con el grueso sobre.

—¿Quiere que lo abra yo?

—Sí, por favor… Y otra cosa: sea buena y léamelo. Incluso con los dos ojos en buen estado, algo de su puño y letra pone nervioso.

Harriet sacó la carta y echó un vistazo a las primeras palabras.

—Parece de carácter privado.

—Mejor usted que la enfermera. Además, lo soportaré mejor con un poquito de comprensión femenina. Por cierto, ¿lleva algún documento anexo?

—No. Ninguno.

El enfermo emitió un gemido.

—El tío Peter se revuelve. Se acabó lo que se daba. ¿Cómo empieza? Si es con «Pepinillo», «Jerry» o incluso «Gerald», aún queda esperanza.

—Empieza con «Mi querido Saint-George».

—¡Santo Dios! Eso quiere decir que está hecho una furia. Y habrá firmado con todas las iniciales que haya podido sacar a relucir, ¿no?

Harriet le dio la vuelta a la carta.

—Ha firmado con los nombres y apellidos completos.

—¡Monstruo implacable! Ya me daba a mí la impresión de que no se lo iba a tomar demasiado bien. No sé qué demonios voy a hacer.

Parecía tan enfermo que Harriet preguntó preocupada:

—¿No sería mejor que lo dejáramos para mañana?

—No. Tengo que saber en qué situación me encuentro. Continúe, pero hable con dulzura a esta criaturita. Cántelo. Lo voy a necesitar.

Querido Saint-George:

Si he comprendido correctamente el estado de tus asuntos, que tan incoherentemente presentas, has contraído una deuda de honor que asciende a una suma de la que no dispones. La has satisfecho con un cheque por una cantidad de la que no disponías. Para cubrirlo, le has pedido prestado dinero a un amigo, a quien le has dado un cheque con fecha posterior por una cantidad de la que tampoco tienes razón alguna para pensar que dispondrás. Me propones que avale tu cuenta a seis meses, y que en caso de no poder responder, *a*) «lo intentaré otra vez con Levy» o *b*) te volarás la tapa de los sesos. Como tú mismo reconoces, la primera alternativa aumentará tu pasivo; la segunda, como me atrevería a señalar, no compensaría a tu amigo; meramente contribuiría a añadir la ignominia a la insolvencia.

Lord Saint-George cambió de postura, incómodo, entre las almohadas.

—Vaya forma tan lúcida y desagradable de poner las cosas.

Tienes la decencia de decir que acudes a mí en lugar de a tu padre porque, en tu opinión, es probable que yo sea más comprensivo con tu turbia situación económica. No puedo decir que tal opinión me halague.

—Yo no quería decir eso exactamente —gimió el vizconde—. Él sabe muy bien a qué me refiero. El jefe perdería los estribos.

¡Maldita sea, es culpa suya! No tendría que ser tan tacaño. ¿Qué es lo que espera? Teniendo en cuenta lo que despilfarró durante su loca juventud, podría saber algo del asunto. Y el tío Peter está forrado... No le pasaría nada por soltar un poco.

—No creo que sea tanto por el dinero como por los cheques sin fondos, ¿no?

—Ese es el problema. Pero ¿por qué demonios tiene que largarse a Roma precisamente cuando se le necesita? Sabe que no habría dado un cheque sin fondos si tuviera con qué cubrirlo, pero no podía hablar con él si no estaba aquí. En fin, continúe leyendo. Oigamos lo peor.

Soy consciente de que tu prematuro fallecimiento me dejaría como heredero presuntivo del título...

—¿Heredero presuntivo?... Ah, ya. Mi madre podría estirar la pata y mi padre volver a casarse. Qué mente tan calculadora tiene.

... heredero presuntivo del título y del patrimonio. Por fastidiosa que pueda resultar semejante herencia, me perdonarás que diga que seguramente sería un administrador más honrado que tú.

—¡Caray! ¡Eso es un golpe bajo! —exclamó el vizconde—. Si sigue así, adiós muy buenas.

Me recuerdas que cuando llegues a la mayoría de edad, el próximo julio, recibirás una renta más elevada. Sin embargo, como la suma que mencionas asciende aproximadamente a los ingresos de un año en la escala más elevada de pago, tus posibilidades de liquidar las deudas en el plazo de seis meses son remotas, y tampoco comprendo cómo piensas vivir si has anticipado tus ingresos hasta tal extremo. Además, ni se me ocurre pensar que la suma en cuestión represente la totalidad de tu pasivo.

—¡Maldito adivino! —gruñó su señoría—. Claro que no, pero ¿cómo lo sabe?

Dadas las circunstancias, he de declinar la posibilidad de avalar tu deuda o de prestarte dinero.

—Bueno, está muy claro. ¿Por qué no lo dice desde el principio?

Sin embargo, como has firmado un cheque con tu apellido, y ese apellido no debe quedar deshonrado, he dado instrucciones a mis banqueros…

—¡A ver! Eso suena mejor. ¡Ay, tío Peter! Es fácil pillarlo por el buen nombre de la familia.

… les he dado instrucciones a mis banqueros para que cubran tus cheques…

—¿Cheque o cheques?
—Cheques, en plural. Lo dice con toda claridad.

… tus cheques desde ahora hasta el momento en el que yo regrese a Inglaterra y pueda verte. Seguramente será antes de que acabe el trimestre de verano. Te ruego que antes te encargues de saldar todo tu pasivo, incluyendo las deudas pendientes en Oxford y tus compromisos con los hijos de Israel.

—Vaya. Un destello de humanidad —dijo el vizconde.

¿Puedo ofrecerte, además, un pequeño consejo? Ten muy en cuenta que el profesional aficionado es especialmente codicioso, algo aplicable a las mujeres y a los jugadores de cartas. Si apuestas por un caballo, apuesta por un precio razonable en ambos sentidos. Y, si te empeñas en volarte la tapa de los sesos, hazlo en un sitio donde no salpiques ni causes molestias.

Afectuosamente, tu tío,

PETER DEATH BREDON WIMSEY

—¡Uf! ¡Qué horror! —exclamó lord Saint-George—. Me da la impresión de que se ablanda un poco en el último párrafo, porque si no, diría que jamás había llegado carta más brutal para aliviar la atormentada frente del doliente. ¿A usted qué le parece?

En su fuero interno, Harriet pensó que no era la clase de carta que le habría gustado recibir. Es más, ponía de manifiesto casi todo lo que le contrariaba de Peter: la superioridad condescendiente, la arrogancia de casta y aquella generosidad que sentaba como una bofetada. Sin embargo…

—Ha hecho mucho más de lo que usted le había pedido —dijo—. Por lo que veo, no hay razón que le impida librar un cheque de cincuenta mil y dilapidarlo enterito.

—Eso es lo malo. Me tiene cogido y bien cogido. Me ha cargado con todo el maldito equipo. Yo pensaba que se ofrecería a pagar mis deudas, pero lo que hace es dejármelo a mí sin siquiera pedirme cuentas, y eso significa que tengo que hacerlo. No sé cómo voy a salir de esta. Es de lo más ingenioso para hacerte sentir como una rata. ¡Caray! ¡Me va a estallar la cabeza!

—Intente tranquilizarse y dormir. Ya no tiene de qué preocuparse.

—No, espere un momento. No se marche. Lo del cheque, que es lo más importante, está solucionado. Menos mal, porque me las habría visto negras para conseguir el dinero en otra parte, estando como estoy, pero pasa una cosa… Como no puedo mover este brazo, no tendré que escribir todo un testamento lleno de agradecimiento y arrepentimiento.

—¿Sabe su tío lo del accidente?

—No, a menos que le haya escrito la tía Mary. Mi abuela está en la Riviera, y no creo que a mi hermana se le haya ocurrido. Todavía va a la escuela. El jefe nunca escribe a nadie, y desde luego, mi madre no se molestaría por el tío Peter. Mire, tengo que hacer una cosa. O sea, el pobre ha sido de lo más amable, francamente. ¿Podría escribirle unas líneas en mi nombre, explicándole lo que ha pasado? No quiero que mi familia se entere de esto.

—Por supuesto que sí.

—Dígale que saldaré las malditas deudas en cuanto pueda poner una firma reconocible. Hay que ver. ¡Pensar que tengo carta blanca con el fortunón del tío Peter y que no puedo firmar un cheque! Para partirse de la risa, ¿no? Dígale que… ¿cómo es la frase esa? Sí, que agradezco su confianza y que no lo defraudaré. Oiga, ¿puede darme un poquito de eso que hay en la jarra? Me siento como el rico Epulón en… ¿cómo se llamaba?

Tomó agradecido la bebida fría de un trago.

—¡No, maldita sea! Tengo que hacer algo. El pobre está realmente preocupado. Creo que puedo medio mover los dedos. Tráigame papel y lápiz y lo intentaré.

—No creo que deba.

—Sí debo, y voy a hacerlo así muera en el intento. Búsqueme algo, sea buena.

Harriet encontró materiales de escritura y sujetó el papel mientras Saint-George garabateaba torpemente unas palabras. El dolor le hizo sudar: un hombro dislocado y vuelto a colocar en su sitio no es precisamente el colmo de la comodidad al día siguiente, pero apretó los dientes y se aplicó a la tarea animosamente.

—Ya está —dijo con una débil sonrisa—. Da verdadera lástima. Ahora depende de usted. Haga lo que pueda por mí, ¿vale?

Quizá Peter supiera cómo tratar a su sobrino, pensó Harriet. El chico tenía una desvergonzada tendencia a considerar suyo el dinero de los demás y, probablemente, si Peter se hubiera limitado a avalarlo, él habría considerado a su tío presa fácil y habría continuado procediendo en los mismos términos, pero en aquellas circunstancias daba la impresión de que estaba dispuesto a pensárselo un poco. Y además poseía algo de lo que ella carecía: el don de la gratitud. La facilidad para aceptar favores podría ser indicio de superficialidad; sin embargo, algo le había costado garrapatear aquella lastimera nota.

Hasta que se retiró a su habitación tras la cena y empezó a escribir a Peter, Harriet no se dio cuenta de lo delicado de su tarea. Dar una breve explicación sobre el encuentro con lord Saint-George y ponerle al corriente del accidente en tono tranquilizador fue un juego de niños. Las dificultades comenzaron con la economía del joven. Redactó el primer borrador con fluidez; tenía un toque de humor y daba a entender al benefactor que sus valiosos bálsamos estaban calculados para romperle la cabeza al receptor, allí donde no se la habían roto ya otros elementos. Se divirtió bastante escribiendo esto último. Al releerlo, la decepcionó ver que tenía cierto tono impertinente e indiscreto. Lo rompió.

Las alumnas estaban haciendo un ruido tremendo, correnteando y riendo por el pasillo. Harriet las mandó a paseo mentalmente y se puso a intentarlo de nuevo.

El segundo borrador empezaba con frialdad: «Estimado Peter: te escribo en nombre de tu sobrino, que por desgracia...».

Una vez acabado, daba la impresión de que no tenía en buen concepto ni al tío ni al sobrino y de que estaba deseando desvincularse todo lo posible de sus asuntos. Lo rompió, volvió a maldecir a las alumnas y redactó un tercer borrador.

Cuando lo terminó, parecía un alegato conmovedor y sin duda convincente en favor del joven pecador, pero con muy poco del arrepentimiento y la gratitud que le habían pedido que expresara. El cuarto borrador, que pecaba justo de lo contrario, era simplemente empalagoso.

—Pero ¿qué demonios me pasa? —dijo en voz alta—. ¡Malditas mocosas! ¿Por qué no puedo escribir como es debido sobre un tema concreto?

Una vez formulada la dificultad con una sencilla pregunta, el intelecto imparcial se entregó dócilmente a su tarea académica y proporcionó la respuesta.

—Porque, lo expreses como lo expreses, herirá su orgullo terriblemente.

La respuesta resultó correcta.

Despojado de toda verborrea, lo que tenía que decir era lo siguiente: tu sobrino se ha portado de una forma estúpida y poco honrada, y yo lo sé; se lleva mal con sus padres, y eso también lo sé; me ha hecho confidencias, y aún más, confidencias sobre ti, algo a lo que no tengo derecho; lo cierto es que sé muchas cosas que tú preferirías que no supiera, y no puedes hacer nada por evitarlo.

En realidad, era la primera vez en el transcurso de su relación que Harriet ocupaba una posición de superioridad frente a Peter

Wimsey y podía restregar su aristocrática nariz por el barro si lo deseaba. Como llevaba cinco años esperando semejante oportunidad, habría resultado extraño que no se apresurase a aprovecharla. Comenzó el quinto borrador, lenta y laboriosamente.

> Querido Peter:
> No sé si sabrás que tu sobrino está en el hospital, recuperándose de lo que podría haber sido un terrible accidente de automóvil. Tiene el hombro derecho dislocado y heridas en la cabeza, pero va bien y tiene suerte de no haberse matado. Según parece, chocó contra un poste de telégrafos. No conozco los detalles; quizá tú te hayas enterado por su familia. Lo conocí por casualidad hace unos días, y hasta hoy no me he enterado de lo del accidente, cuando vine a verlo.

Muy bien de momento, pero quedaba lo difícil.

> Tiene un ojo vendado y el otro tremendamente hinchado, y por eso me ha pedido que le leyera una carta tuya que acababa de recibir. (Por favor, no vayas a pensar que ha perdido la vista; le he preguntado a la enfermera, y son solo cortes y moratones.) No había nadie que pudiera leérsela, ya que sus padres se han marchado esta mañana de Oxford. Como apenas puede escribir, me pide que te envíe la nota adjunta y que te diga que te lo agradece mucho y que lo siente. Agradece tu confianza y hará exactamente lo que le pides, en cuanto se recupere.

Confiaba en que no hubiera nada que pudiera parecer ofensivo. Al principio había escrito «hará honorablemente lo que pides», pero tachó la segunda palabra: mencionar el honor significaba dar a entender lo contrario. Su conciencia parecía haberse transformado en un centro nervioso en carne viva, sensible al mínimo asomo de insinuación maliciosa en sus propias palabras.

No me quedé mucho tiempo, porque estaba realmente hecho polvo, pero me han asegurado que va progresando. Se empeñó en escribir esta nota, aunque supongo que yo no debería haberle dejado. Volveré a verlo antes de marcharme de Oxford... única y exclusivamente por mí, porque es encantador. Espero que no te importe que te lo diga, aunque estoy segura de que no hace falta que te lo diga.

Afectuosamente,

HARRIET D. VANE

Parece que me estoy tomando muchas molestias con esta historia, pensó mientras releía cuidadosamente la carta. Si tuviera que creer a la señorita De Vine, podría empezar a suponer que... ¡Malditas alumnas!... ¡A quien se le diga que se puede tardar dos horas en escribir una simple carta...!

Metió con decisión la carta en un sobre, escribió la dirección y le puso un sello. No se sabe de nadie que, tras haber puesto un sello de dos peniques y medio, abra el sobre. Ya estaba hecho. Durante las dos horas siguientes se dedicaría a Sheridan Le Fanu.

Trabajó tan contenta hasta las diez y media; se calmó el barullo del pasillo, y las palabras fluían con facilidad. De vez en cuando levantaba la vista del papel, dudando sobre una palabra, y por la ventana veía las luces del Burleigh y el Queen Elizabeth destellando al otro lado del patio, réplicas de las suyas. Muchas, sin duda, iluminaban animadas fiestas, como la del edificio anexo; otras prestaban ayuda a personas que, como ella, estaban entregadas a la esquiva búsqueda del saber, cubriendo de tinta el papel y dudando de vez en cuando sobre una palabra. Harriet se sentía parte viva de una comunidad con un objetivo común.

«A la hora de tratar lo sobrenatural, a Wilkie Collins siempre lo entorpeció la funesta ansia», escribió Harriet (¿puede entorpecerte un ansia? ¿Por qué no? Bueno, de momento sirve), «la funesta ansia de explicarlo todo. Sus estudios de derecho...». ¡Maldita sea! Demasiado largo. «Lo entorpeció la funesta costumbre del abogado de explicarlo todo. Sus espectrales demonios...» No, demasiado anticuado. «Sus apariciones fantasmales son demasiado pulcras, llevan el sudario perfectamente colocado y no dejan cabos sueltos que puedan inquietarnos. Es en Le Fanu donde hallamos al creador natural de... al maestro natural de... al maestro de lo portentoso cuya maestría viene dada por la naturaleza. Si comparamos...»

Antes de poder establecer la comparación, la lámpara se apagó de repente.

—¡Maldición! —exclamó Harriet. —Se levantó y accionó el interruptor de la pared—. ¡Se ha fundido! —dijo, abriendo la puerta para investigar. El corredor estaba a oscuras y los lamentos y protestas a ambos lados proclamaban que se habían apagado todas las luces del Tudor.

Harriet cogió su linterna de la mesa y se dirigió hacia el pabellón principal del edificio. Inmediatamente se vio inmersa entre una multitud de estudiantes, algunas con linternas y otras pegadas a quienes las llevaban, todas ellas vociferantes, queriendo saber qué pasaba con la luz.

—¡Silencio! —gritó Harriet, escudriñando tras la barrera de luces de linterna para reconocer a alguien—. Deben de haber saltado los fusibles. ¿Dónde está el cajetín?

—Debajo de las escaleras, creo —dijo alguien.

—Quédense donde están —dijo Harriet—. Yo iré a ver.

Naturalmente, nadie se quedó donde estaba. Todas bajaron, enfadadas y deseosas de ayudar.

—Es la *Poltergeist* —dijo alguien.

—Esta vez vamos a pillarla —añadió otra persona.

—A lo mejor solo han saltado —sugirió una tímida voz en medio de la oscuridad.

—¡Sí, saltado! ¡A la comba! —exclamó con desprecio otra voz en tono más alto—. ¿Desde cuándo saltan los fusibles? —Y añadió en un susurro agitado—: Vaya, si es la Chilperic. ¿Para qué habré hablado?

—¿Es usted, señorita Chilperic? —preguntó Harriet, alegrándose de haber encontrado a una de las profesoras—. ¿Ha visto a la señorita Barton por alguna parte?

—No, estaba en la cama.

—La señorita Barton no está allí —dijo alguien desde el vestíbulo y después intervino otra voz:

—¡Han arrancado el cajetín y se lo han llevado!

Y a continuación una voz aguda desde el extremo del pasillo de abajo:

—¡Ahí va, corriendo por el patio!

Harriet fue arrastrada escaleras abajo por veinte o treinta alumnas hasta el medio del gentío arremolinado en el vestíbulo. Se formó un tapón en la entrada. Perdió a la señorita Chilperic y se quedó atrás, forcejeando. Abriéndose paso bruscamente hasta la terraza, vio a la tenue luz una sucesión de personas que cruzaban el patio a todo correr. Se oían voces estridentes. Después, cuando las primeras cinco o seis perseguidoras se recortaron contra las brillantes ventanas bajas del Burleigh, también aquellas luces se extinguieron.

Harriet corrió con todas sus fuerzas, no hacia el Burleigh, donde se repetía la barahúnda, sino hacia el Queen Elizabeth, que a su juicio sería el siguiente punto de ataque. Sabía que las puertas laterales estarían cerradas con llave. Pasando junto a la escalera del vestíbulo, llegó al pórtico y se abalanzó sobre la puerta. También estaba cerrada con llave. Retrocedió y gritó por la ventana más próxima:

—¡Cuidado! Hay alguien gastando bromas. Voy a entrar. —Una estudiante sacó la despeinada cabeza—. Déjeme pasar —dijo Harriet, levantando la ventana de guillotina y encaramándose al alféizar—. Están apagando todas las luces del colegio. ¿Dónde está el cajetín?

—Pues no lo sé —contestó la estudiante, mientras Harriet atravesaba la habitación.

—¡Claro! ¡Cómo iba a saberlo! —exclamó Harriet, sin razón alguna.

Abrió la puerta y salió bruscamente… a una oscuridad infernal. En aquel momento el revuelo ya había llegado al Queen Elizabeth. Alguien encontró la puerta y la abrió, y aumentó el tumulto: quienes estaban dentro salieron en tromba y quienes estaban fuera entraron en tromba. Se oyó decir: «Alguien ha pasado por mi habitación y ha salido por la ventana justo después de que se apagaran las luces». Aparecieron varias linternas. Aquí y allá se iluminó momentáneamente una cara, la mayoría desconocidas. Entonces empezaron a apagarse también las luces del patio nuevo, empezando por el extremo meridional. Todo el mundo corría de un lado a otro. Harriet salió de estampida pegada al estrado, se dio de manos a boca con alguien y le enfocó la cara con la linterna. Era la decana.

—¡Gracias a Dios! —exclamó Harriet—. ¡Por fin alguien donde debe estar!

Se agarró a ella.

—¿Qué ocurre? —preguntó la decana.

—Quédese quieta —dijo Harriet—. Tendré una coartada para usted aunque muera en el empeño. —Mientras pronunciaba estas palabras, se apagaron las luces del noreste—. ¿Está bien? ¡Entonces, venga! Vamos a la escalera del oeste y la pillaremos.

Por lo visto a varias personas se les había ocurrido la misma idea, porque la entrada a la escalera del oeste estaba bloqueada por una multitud de estudiantes, incrementada por la multitud de criadas a las que Carrie había liberado del ala que ocupaban. Harriet y la decana lograron abrirse paso y encontraron a la señorita Lydgate desconcertada, estrechando sus pruebas contra el pecho, decidida a que en aquella ocasión no les ocurriera nada. Se la llevaron entre las dos (casi en volandas, pensó Harriet) y se dirigieron hacia los cajetines que había bajo la escalera. Allí estaba Padgett, montando guardia con expresión grave; se había puesto los pantalones sobre el pijama apresuradamente y llevaba un rodillo de amasar en la mano.

—Este no se lo llevan —dijo—. Ya me encargo yo, señora decana, señorita. A punto estaba yo de meterme en la cama, porque ya habían vuelto todas las señoritas con permiso de salida nocturno. Mi mujer está llamando por teléfono a Jackson para que nos traiga fusibles nuevos. ¿Ha visto los cajetines, señorita? Los han arrancado con un escoplo o algo por estilo. Qué bonito. Pero este no se lo llevan.

Y no lo hicieron. En el lado oeste del patio nuevo, en la casa de la rectora, la enfermería y el ala del servicio, atrincheradas tras la verja que se había vuelto a cerrar, las luces brillaban con normalidad, pero cuando llegó Jackson con los fusibles, los edificios que habían quedado a oscuras mostraban las huellas del desaguisado. Mientras Padgett esperaba en la ratonera al ratón que no apareció, el *Poltergeist* había pasado por todo el colegio rompiendo tinteros, tirando papeles a las chimeneas, destrozando lámparas y vajilla y arrojando libros por las ventanas. También había desaparecido el cajetín del comedor, y habían lanzado las tazas de plata de la mesa de autoridades contra los retratos, cuyos cristales se habían roto, y el busto de escayola de un benefactor victoriano, tras ser arrojado por la escalera de piedra, había acabado en un reguero de patillas desprendidas y facciones desintegradas.

—¡Bueno! —exclamó la decana contemplando el destrozo—. Al menos tenemos que agradecer una cosa: que no volveremos a ver al reverendo Melchisedek Entwistle, pero ¡Dios mío!

10

Unos dicen que es la juventud tu falta,
otros que la licencia.
Unos dicen que es la juventud tu gracia,
y el gentil galanteo.
Unos y otros gracia y faltas aman,
pues tus faltas en gracias mudas.

WILLIAM SHAKESPEARE

A primera vista podría parecer que, en un acontecimiento presenciado por tantas personas y que había durado casi una hora (es decir, contando desde la primera alarma en el Tudor hasta la reinstalación del último fusible), resultaría fácil encontrar coartada para todas las personas inocentes. No fue así en la práctica, debido sobre todo a que los seres humanos se niegan tercamente a quedarse donde los ponen. Fue precisamente el exceso de testigos lo que creó la dificultad, porque parecía muy probable que la culpable se hubiera mezclado con la multitud una y otra vez al amparo de la oscuridad. Pudieron establecerse algunas coartadas sin dejar lugar a dudas: Harriet y la decana estaban juntas cuando se apagaron las luces en el ángulo noreste del patio nuevo; la rectora no había abandonado su casa hasta después de que empezara el alboroto, como podía atestiguar su personal de servicio; de los dos conserjes podían responder sus respectivas esposas, y en realidad jamás se había sospechado de ellos, puesto que se habían producido incidentes en anteriores ocasiones mientras se encontraban en sus puestos, y también la enfermera y su ayudante habían estado juntas todo el tiempo. La señorita Hudson, la alumna a la que se había considerado una «posible», estaba en una reunión tomando café cuando comenzaron los problemas y quedaba libre de sospecha; para gran alivio de Harriet, la señorita Lydgate también estaba en el Queen Elizabeth, disfrutando de la hospitalidad de una fiesta de las de tercer curso y acababa de levantarse para despedirse, comentando que se le había hecho más tarde de lo habitual, cuando se apagaron las luces. Quedó atrapada entre la muchedumbre y, en cuanto pudo liberarse, fue precipitadamente a su habitación a rescatar las pruebas.

Otros miembros del claustro se encontraban en una posición menos afortunada. El caso de la señorita Barton era interesante y misterioso. Según contó ella misma, estaba trabajando cuando arrancaron los fusibles del Tudor. Tras intentar encender el interruptor de la pared, miró por la ventana, vio una figura que corría por el patio y salió inmediatamente tras ella. La figura la esquivó en dos ocasiones al rodear el Burleigh, y de repente se abalanzó sobre ella por detrás, la lanzó contra la pared «con una fuerza extraordinaria» y le tiró la linterna que llevaba en la mano. Sin darle tiempo a recobrarse, quien la había atacado apagó las luces del Burleigh y desapareció. La señorita Barton no pudo dar una descripción de la persona en cuestión, salvo que llevaba «algo oscuro» y que corría muy deprisa. No le había visto la cara. La única prueba de esta historia era que, efectivamente, la señorita Barton presentaba una gran magullara en un lado de la cara, que según ella, se había hecho cuando la lanzaron contra una esquina del edificio. Se quedó tumbada unos momentos tras recibir el golpe, y mientras tanto la algarabía había llegado al patio nuevo. Efectivamente, allí se la había visto unos segundos con un par de alumnas. Después corrió a buscar a la decana, encontró su habitación vacía, volvió a salir a todo correr y se quedó con Harriet y las demás en la escalera oeste.

La historia de la señorita Chilperic era igualmente difícil de probar. Cuando en el Tudor se oyó el grito de «¡Ahí va!», ella fue una de las primeras en salir corriendo, pero, al no tener linterna y estar demasiado excitada para darse cuenta de por dónde iba, tropezó, se cayó por las escaleras de la terraza y se torció ligeramente un pie. Por eso se había retrasado en llegar al lugar de los hechos. Estaba entre la multitud del Queen Elizabeth, que la arrastró por el pórtico y entró directamente en los edificios del patio nuevo. Creyó oír pasos a su derecha, y había empezado a seguirlos cuando se apagaron las luces y, como no conocía bien el edificio, dio vueltas, confusa, hasta que al fin encontró la salida al patio. Al parecer, nadie recordaba haber visto a la señorita Chilperic después de que hubiera abandonado el Tudor; era esa clase de persona.

La tesorera se había quedado trabajando en la contabilidad del trimestre. Las luces de su edificio fueron las últimas en apagarse, y sus ventanas daban a la carretera y no al patio, de modo que no se enteró de nada hasta que el incidente ya estaba muy avanzado. Cuando la envolvió la oscuridad, fue a las habitaciones de la administradora (o eso dijo), que estaban enfrente, ya que las piezas de repuesto para la electricidad estaban allí. La administradora no estaba ni en su dormitorio ni en su despacho, pero cuando la señorita Allison salía de donde la había estado buscando, ella apareció en el sitio donde estaban los fusibles, salió a su vez y anunció que el cajetín había desaparecido. Entonces la tesorera y la administradora habían ido al patio y se habían mezclado con las demás.

La explicación que dio la señorita Pyke de sus movimientos era la más increíble. Vivía una planta más arriba que la tesorera y estaba trabajando en un artículo para los anales de una sociedad académica. Cuando se fue la luz dijo: «¡Vaya, hombre!», encendió un par de velas de las que guardaba para tales situaciones de emergencia y siguió trabajando tranquilamente.

La señorita Burrows afirmaba que estaba bañándose cuando fallaron las luces del edificio Burleigh y que, por una extraordinaria coincidencia, al salir precipitadamente de la bañera se dio cuenta de que se había dejado la toalla en el dormitorio. Como no tenía cuarto de baño propio, se vio obligada a ir a tientas por el pasillo, con la bata pegada al cuerpo chorreante, hasta su dormitorio, donde se secó y se vistió en medio de la oscuridad. Tardó un rato sorprendentemente largo y cuando se reunió con el resto del grupo, ya había acabado la diversión. Ninguna prueba, salvo la innegable presencia de agua jabonosa en un cuarto de baño de la planta en la que vivía.

Las habitaciones de la señorita Shaw estaban encima de las de la administradora, y su dormitorio daba a Saint Cross Road. Se acostó y se quedó dormida enseguida, porque estaba muy cansada, y no se enteró de nada hasta que todo hubo acabado. Lo mismo contó la señora Goodwin, que había regresado al college aquel mismo día, agotada tras ejercer de enfermera. Con respecto a la señorita Hillyard y la señorita De Vine, que vivían encima de la señorita Lydgate, no se les había apagado la luz y, como sus ventanas daban a la carretera, no se habían enterado de nada y atribuyeron un leve ruido en el patio al natural deseo de fastidiar de las alumnas.

Hasta después de que Padgett llevara unos cinco minutos esperando en vano junto a la ratonera, Harriet no hizo lo que debería haber hecho antes: un recuento completo del claustro. Las encontró en los sitios en los que, según lo que contaron posteriormente sobre sus movimientos, deberían haber estado, pero reunirlas a todas en una habitación con luz y mantenerlas allí no resultó tarea fácil. Localizó a la señorita Lydgate en su habitación y fue a buscar a las demás; les pidió que fueran a la habitación de la señorita Lydgate y que se quedaran allí. Entretanto llegó la rectora, que habló con las alumnas y les rogó que se quedaran tranquilamente donde estaban. Por desgracia, justo cuando se pensaba que podía comprobarse el paradero de todo el mundo, apareció una persona demasiado curiosa que se separó del resto del grupo y se puso a dar vueltas por el patio viejo anunciando con voz entrecortada lo que había pasado en el comedor. De inmediato volvió el caos. Las profesoras que iban mansamente como corderitos al redil perdieron la cabeza y se precipitaron hacia la oscuridad con las alumnas. La señorita Burrows gritó: «¡La biblioteca!», y salió disparada, mientras que la administradora, gritando angustiada por las pertenencias del colegio, corrió tras ella. La decana ordenó: «¡Deténganlas!», y aplicándose la orden, la señorita Pyke y la señorita Hillyard salieron a toda prisa y desaparecieron. En medio de la confusión, todo el mundo se perdió como unas veinte veces, y cuando se volvieron a instalar los fusibles y por fin se reunió todo el grupo y se contaron sus integrantes, ya se había perpetrado el desaguisado.

Resulta sorprendente lo mucho que se puede hacer en pocos minutos. Harriet conjeturó que probablemente fuera el comedor el primero en sufrir los destrozos, al encontrarse en un ala independiente, donde los ruidos no habrían llamado demasiado la atención;

todo lo ocurrido podría haberse hecho en un par de minutos. Desde que se extinguieron las primeras luces en el Tudor hasta las últimas en el patio nuevo transcurrieron menos de diez minutos. La tercera parte del incidente, la más larga, cuando se produjeron los destrozos en las habitaciones de los edificios a oscuras, había durado entre quince y treinta minutos.

La rectora pronunció un discurso ante todo el college después de la capilla: volvió a pedir discreción encarecidamente, rogó a la culpable que se diese a conocer y prometió que se tomarían todas las medidas posibles para identificarla en caso de que no confesara.

—No tengo intención de imponer restricción ni castigo algunos sobre el college en conjunto por los actos de una sola persona irresponsable —dijo la doctora Baring—. Ruego a cualquiera que tenga alguna sugerencia o que pueda presentar alguna prueba respecto a la identidad de esta estúpida bromista que venga a vernos a la decana o a mí y nos lo comunique con absoluta confidencialidad.

Añadió unas palabras sobre la solidaridad del college y salió con gesto grave, con la toga revoloteando a su espalda.

Los cristaleros ya estaban reparando los cristales de las ventanas afectadas. En el comedor, la administradora colocaba tarjetas nuevas en lugar de los retratos cuyo cristal estaba roto: «Retrato de la señorita Matheson. Directora, 1899-1912. Retirado para limpieza». Estaban barriendo el patio viejo para deshacerse de las piezas de vajilla destrozada. El college estaba empeñado en presentar un rostro sereno al mundo.

El descubrimiento de un escrito consistente en «¡JA! ¡JA!» y un epíteto grosero pegado en el espejo de la sala del profesorado poco antes del almuerzo no contribuyó a levantar los ánimos. Al parecer, la sala había estado vacía desde las nueve de la mañana. Al entrar a la hora del almuerzo con las tazas de café, la doncella fue la primera en verlo, y ya se había secado por completo. La administradora, que había echado en falta su bote de pegamento tras los acontecimientos de la noche anterior, lo encontró perfectamente colocado en el centro de la repisa de la chimenea.

El ambiente en el claustro tras este suceso sufrió un sutil cambio. Se afilaron las lenguas; empezó a desgastarse el barniz de imparcialidad y a notarse la desazón de la sospecha; solo la señorita Lydgate y la decana, al haber probado su inocencia, permanecieron impasibles.

—Parece que la suerte se le vuelve en contra otra vez, señorita Barton —observó la señorita Pyke con mordacidad—. Tanto en el asunto de la biblioteca como en este último incidente, usted fue la primera en llegar, pero por desgracia algo le impidió atrapar a la culpable.

—Sí, es lamentable —replicó la señorita Barton—. Si la próxima vez también se llevan mi toga, el sabueso del colegio empezará a oler a gato encerrado.

—Señora Goodwin, debe de resultarle muy duro volver aquí, con tantos disgustos como hemos tenido, precisamente cuando necesitaba descansar —dijo la señorita Hillyard—. Espero que su hijito esté mejor. Es una verdadera lástima, porque durante todo el tiempo que ha estado fuera no se ha producido ni un solo incidente.

—Sí, un verdadero fastidio —replicó la señora Goodwin—. La pobre desgraciada que hace estas cosas debe de ser una demente. Por supuesto, este tipo de problemas suelen producirse en comunidades célibes o prácticamente célibes. Supongo que es una especie de compensación, a falta de otras emociones.

—Por supuesto, el gran error consistió en no permanecer todas juntas —dijo la señorita Burrows—. Como es natural, yo quería comprobar si había ocurrido algo en la biblioteca... pero si no hubieran salido tantas personas disparadas detrás de mí...

—Lo que a mí me preocupaba era el comedor —intervino la administradora.

—Ah, pero ¿llegó al comedor? Yo la perdí de vista en el patio.

—Esa era precisamente la catástrofe que intentaba evitar cuando salí detrás de usted —dijo la señorita Hillyard—. Le grité que se detuviera. Tuvo que oírme.

—Había demasiado ruido para oír nada —replicó la señorita Stevens.

—Yo fui a la habitación de la señorita Lydgate en cuanto pude vestirme, al comprender que todo el mundo debía de estar allí —dijo la señorita Shaw—. Pero es que no había nadie. Pensé que me había equivocado e intenté buscar a la señorita Vane, pero era como si se la hubiese tragado la tierra.

—Pues debió de tardar usted una eternidad en vestirse —replicó la señorita Burrows—. Cualquiera podría haber dado tres vueltas al colegio en el tiempo que tarda usted en ponerse las medias.

—Pues al parecer alguien lo hizo —dijo la señorita Shaw.

—Están empezando a ponerse rebeldes —dijo Harriet a la decana.

—¿Y qué se puede esperar de esas majaderas? Si anoche se hubieran quedado quietecitas donde estaban, podríamos haber solucionado el problema. No es culpa de usted. No podía estar en todas partes a la vez. ¿Se puede pedir disciplina a las alumnas cuando un montón de profesoras de mediana edad actúan como una bandada de gallinas en una situación de crisis? ¿Quién es ese que mantiene una conversación a voces con alguien de una ventana del último piso? Ah, creo que el novio de Baker. Bueno, supongo que hay que observar la disciplina. ¿Puede darme el teléfono de la casa? Gracias. No sé cómo vamos a evitar que este último acontecimiento... ¡Ah, Martha! Salude a la señorita Baker de parte de la decana, por favor, y dígale que tenga la amabilidad de recordar la norma sobre las visitas matutinas... Y las alumnas están muy enfadadas porque alguien está destruyendo sus objetos personales. Creo que incluso están preparando una reunión, y es injusto para las pobres criaturas consentir que sospechen unas de otras, pero ¿qué podemos hacer? ¡Gracias a Dios, es la última semana del trimestre! No estaremos cometiendo un error espantoso, ¿verdad? Tiene que ser una de nosotras, no una alumna o una criada.

—Parece que hemos eliminado a las alumnas... a menos que se trate de una conspiración de dos de ellas. Podría ser. Hudson y Cattermole. Pero con respecto a las criadas... Supongo que ya puedo enseñarle esto. ¿Podría citar a Virgilio una de las criadas?

—No —contestó la decana mientras examinaba el pasaje de las arpías—. No, no parece muy probable. ¡Ay, Dios mío!

La respuesta a la carta de Harriet llegó a vuelta de correo.

Mi querida Harriet:

Eres sumamente amable al tomarte tantas molestias por mi descortés sobrino. Mucho me temo que el incidente te haya dado una impresión pésima de los dos.

Le tengo mucho cariño al muchacho y, como tú dices, es simpático, pero se deja arrastrar fácilmente y, en mi opinión, mi hermano no lo maneja como es debido. Teniendo en cuenta sus expectativas, a Gerald le restringen demasiado el dinero, y naturalmente, él piensa que tiene derecho a cualquier cosa sobre la que pueda poner las manos encima. Sin embargo, tiene que aprender a distinguir entre la indolencia y la falta de honradez. Yo me he ofrecido a aumentar su asignación, pero en su casa no ha sido bien recibida mi propuesta. Sé que sus padres piensan que les estoy robando su confianza, pero si yo me negara a ayudarlo, el muchacho recurriría a otra persona y se metería en problemas aún mayores. Aunque no me gusta la situación de «Tu amigo es Codlin, no Short» en la que me han puesto, pienso que es mejor que acuda a mí que a un extraño. Yo lo llamo orgullo de familia; podría ser simple vanidad, pero sé que es tribulación del espíritu.

Te aseguro que, hasta la fecha, siempre que le he confiado algo a Gerald jamás me ha defraudado. Se aviene a ciertos lemas, pero no se aviene a una disciplina en la que se alternen indulgencia y severidad. Francamente, no sé quién lo haría.

Te pido excusas una vez más por molestarte con nuestros asuntos familiares. ¿Qué demonios estás haciendo en Oxford? ¿Te has retirado del mundo para dedicarte a la vida contemplativa? Ahora no intentaré disuadirte, pero trataré el asunto contigo, como de costumbre, el 1 del próximo abril.

Afectuosamente y con toda gratitud,

P.D.B.W.

Olvidaba decirte una cosa: gracias por contarme lo del accidente y por tranquilizarme sobre las consecuencias. No tenía ninguna noticia al respecto… Como dice James Forsyte: «A mí nadie me cuenta nada». Le escribiré unas amables líneas.

—¡Pobrecito Peter! —dijo Harriet.

Esa frase probablemente merece ser incluida en la antología de los grandes acontecimientos.

Cuando Harriet fue a visitar a lord Saint-George para despedirse de él, lo encontró mucho mejor de aspecto, pero con expresión angustiada. Con un montón de papeles esparcidos por la cama, daba la impresión de estar intentando enfrentarse a sus asuntos y conseguir únicamente complicarse aún más la vida. Se animó considerablemente al ver a Harriet.

—¡Vaya! Es usted precisamente la persona que me hacía falta. Yo no tengo cabeza para estas cosas, y estas espantosas facturas se me caen todo el rato de la cama. Soy capaz de escribir mi nombre bastante bien, pero con lo demás me despisto. Estoy seguro de que les he pagado a esas bestias por partida doble.

—Vamos a ver si puedo ayudarle.

—Esperaba que me lo dijera. Me encanta sentirme un poco mimado. No entiendo cómo se pueden ir acumulando las cosas de esta manera. Es que en estos sitios te estafan, pero algo tienes que comer, ¿no?, y ser socio de algunos clubes y jugar a algo. Desde luego, el polo sale un poco caro, pero eso prácticamente se ha acabado. No, en serio, no es nada. Por supuesto, el problema fue ir por ahí con esa pandilla en las vacaciones. Madre se cree que son estupendos porque son solteros de oro, pero la verdad es que son gente de mucho cuidado. No daría crédito si acabaran en la cárcel, y con ellos su niñito del alma. La penosa degeneración de la aristocracia rural y esas cosas. Solemne reprimenda del docto juez. Es que me atrasé un poquito con las cosas en Año Nuevo y no he vuelto a ponerme al día. Me da la impresión de que el tío Peter va a llevarse un pequeño susto. Por cierto; ha escrito. Esto le pega más.

Le lanzó la carta.

Querido Jerry:

De todas las desazones que pudieran haber amargado la vida de los sufridos parientes, tú eres con mucho la peor. Deja en paz ese maldito Alfa antes de que te mates, por lo que más quieras; por extraño que parezca, aún conservo ciertos vestigios de afecto por ti. Espero que te quiten el carnet de conducir de por vida, y también espero que te encuentres fatal. Probablemente sea así. Deja de preocuparte por el dinero.

Voy a escribirle a la señorita Vane para agradecerle su amabilidad contigo. Es una persona cuya buena opinión tengo en muy alta estima, de modo que sé compasivo con mis sentimientos, como hombre y como tío.

Bunter acaba de encontrar tres hebras de plata entre el oro, y está verdaderamente apesadumbrado. Me ruega que te presente sus respetuosas condolencias, y aconseja un masaje del cuero cabelludo (para mí, quiero decir).

Cuando puedas, envía unas líneas para informar de tu evolución a tu pesaroso y cada día más decrépito tío.

P.W.

—Recogerá toda una cosecha de hebras de plata cuando se dé cuenta de que no he pagado el seguro —dijo el vizconde con crueldad, mientras recogía la carta.

—¿Cómo?

—Afortunadamente no hay ningún otro afectado, y la policía no estaba en el lugar de los hechos, pero supongo que recibiré noticias de Correos por el puñetero poste de telégrafos. Si tengo que presentarme ante los jueces y se entera el jefe, se enfadará. Va a costar un poco arreglar el coche. Yo tiraría ese maldito trasto, pero es que papá me lo regaló en uno de sus arrebatos de generosidad. Y por supuesto, prácticamente lo primero que me preguntó cuando salí de debajo del coche fue si el seguro estaba en orden, y como yo no me encontraba en condiciones de discutir, le dije que sí. Con tal de que no aparezca en la prensa lo del seguro, todo bien... solo que la reparación va a ser un buen pellizco en el total de la factura del tío Peter.

—¿Y es justo que él tenga que pagar por eso?

—Totalmente injusto —repuso lord Saint-George alegremente—. El jefe tendría que pagar el seguro. Es como el viejo de las Termópilas: nunca hace nada como es debido. Si a eso vamos, no es justo que el tío Peter pague por todos los caballos que se caen cuando uno apuesta por ellos, ni por todas las asquerosas cazafortunas con las que uno tiene que cargar... Tendré que agruparlo bajo el epígrafe de «Varios». Y él dirá: «¡Ah, claro! Sellos de correos, llamadas telefónicas y recaderos». Y entonces yo perderé la cabeza y diré: «Bueno, tío...». Detesto esas frases que empiezan con «Bueno, tío». Me da la impresión de que se repiten una y otra vez y no llevan a ninguna parte.

—No creo que le pida detalles si usted no se los da. ¡Ya está! He ordenado todas estas facturas. ¿Quiere que le escriba los cheques y usted los firma?

—Si no le importa... No, no preguntará nada. Se quedará tranquilamente, con expresión inocente, hasta que yo se lo cuente. Supongo que es así como sonsaca a los delincuentes. No es un rasgo demasiado agradable. ¿Tiene esa nota de Levy? Eso es lo principal. Y hay una carta de un tipo llamado Cartwright, bastante importante. Me prestó algo en un par de ocasiones. ¿A cuánto dice que asciende?... ¡Tonterías! No puede ser tanto... Vamos a ver... Bueno, supongo que tiene razón..., y Archie Campbell... es mi corredor de apuestas… ¡Dios! ¡Qué gentuza! No deberían soltar a esas pobres bestias. ¿Y estos asuntillos sueltos? Se las arregla usted maravillosamente con estas cosas. ¿Lo sumamos todo y vemos qué pasa? Si me desmayo, pulse el timbre y vendrá la enfermera.

—No se me da bien la aritmética. Será mejor que lo compruebe. Parece increíble, pero no consigo que me salga menos.

—Vamos a añadir… digamos ciento cincuenta por la reparación del coche, y ya veremos. Pero ¿qué demonios tenemos aquí?

—«El retrato de un tonto de remate» —repuso Harriet sin poder contenerse.

—Un tipo increíble, ese Shakespeare. Siempre con la palabra adecuada para cada ocasión. Sí, desde luego; esto tiene el aspecto de «Bueno, tío». Claro, me dan la asignación trimestral a finales de mes, pero están las vacaciones y el trimestre siguiente. Y, por supuesto, tendré que ir a casa y ser buen chico; no puedo seguir así. El jefe me dio más o menos a entender que yo tendría que pagar al médico, pero no me di por aludido. Mi madre culpa de todo al tío Peter.

—¿Y por qué demonios?

—Por darme mal ejemplo conduciendo a lo loco. Es un poco bruto, pero claro, nunca tiene tan mala suerte como yo.

—¿Podría ser mejor conductor?

—Eso es un poco cruel, mi querida Harriet. ¿Te importa que te llame Harriet?

—Pues sí, bastante.

—Pero es que no puedo seguir llamando «señorita Vane» a una persona que conoce todos mis espantosos secretos. Quizá sería mejor que me acostumbrase a decir «tía Harriet»… ¿Eso qué tiene de malo? No puedes negarte a ser mi tía adoptiva. Mi tía Mary se ha vuelto de lo más hogareño y no puede dedicarme tiempo, y las hermanas de mi madre son la personificación de las arpías. Soy un incomprendido y huérfano de tías a todos los efectos prácticos.

—No te mereces tener ni tíos ni tías, en vista de cómo los tratas. ¿Tienes intención de terminar con estos cheques hoy mismo? Porque si no, tengo otras cosas que hacer.

—Muy bien, sigamos desnudando a un santo para vestir a otro. Ejerces una influencia estupenda sobre mí. Dedicación absoluta al deber. Si me apretaras las clavijas, al final podría resultar que no soy tan mal chico.

—Firma, por favor.

—Pero no pareces muy dispuesta. ¡Pobre tío Peter!

—El tío Peter será pobre cuando hayas acabado con esto.

—A eso me refiero. Cincuenta y tres, diecinueve, cuatro... Hay que ver cómo se fuma la gente tus cigarrillos, y estoy seguro de que mi criado pilla la mitad. Veintiséis, doce, ocho. Diecinueve, siete, dos. Cien libras vistas y no vistas. Treinta y una, catorce. Doce, nueve, seis. Cinco, quince, tres. ¿Qué es eso que cuentan sobre fantasmas campando por sus respetos en Shrewsbury?

Harriet dio un respingo.

—¡Maldita sea! ¿Cuál de esas fierecillas te lo ha contado?

—A mí no me lo ha contado nadie. No les doy alas a las estudiantes. Buenas chicas seguro que son, pero un poco asquerositas. Hay un chaval de mi misma escalera que hoy me ha contado algo... Vaya; se me olvidaba que me ha dicho que no dijera nada. ¿Qué pasa? ¿Y a qué viene tanto secreto?

—¡Por Dios, y eso que les hemos pedido que no digan nada! No piensan en lo mucho que perjudican estas cosas al college.

—Pero no es más que una broma, ¿no?

—Me temo que es algo más que eso. Vamos a ver, si te explico el porqué de tanto secreto, ¿prometes no contarlo?

—Bueno, ya sabes que me voy un poco de la lengua —replicó lord Saint-George con franqueza—. No soy muy de fiar.

—Tu tío dice que sí lo eres.

—¿El tío Peter? ¡Dios santo! Se ha vuelto loco o algo así. Qué lástima, ese cerebro tan brillante destrozado. Claro, ya no es tan joven… Pareces muy seria.

—Es terrible, de verdad. Pensamos que el problema lo está causando alguien que no está bien de la cabeza. No una alumna… pero, por supuesto, no se lo podemos decir a ellas, sobre todo porque no sabemos quién es.

El vizconde la miró sin dar crédito.

—¡Dios del cielo! ¡Debe de ser espantoso para ti! Entiendo lo que quieres decir, que una cosa así no debe andar de boca en boca. Bueno, yo no pienso decir ni media palabra… de verdad que no. Y si alguien lo menciona, adoptaré una expresión reconcentrada de falta de interés. ¿Sabes una cosa? A lo mejor he visto a tu fantasma.

—¿La conoces?

—Sí. Al menos, conocí a alguien que no parecía real. Me asustó un poco. Eres la primera persona a la que se lo cuento.

—¿Cuándo fue? Cuéntamelo.

—A finales del trimestre pasado. Yo estaba fatal de dinero e hice una apuesta con alguien a que entraba en Shrewsbury y… —Guardó silencio y miró con aquella sonrisa que le era tan asombrosamente propia y ajena—. ¿Qué sabes de eso?

—Si te refieres a la parte del muro junto a la puerta privada, le van a poner pinchos. De los giratorios.

—Ah, se sabe todo. Bueno, no era la mejor noche, francamente, con luna llena y demás, pero parecía la última oportunidad de llevarme esas diez libras, así que me metí allí, en el trocito de jardín que hay.

—El jardín de las profesoras. Ya.

—Ya. Sí, bueno, yo iba a largarme cuando alguien salió de detrás de un arbusto y me agarró. Estuvo a punto de salírseme el corazón por la boca, y yo lo único que quería era salir por piernas.

—¿Cómo era aquella persona?

—Iba de negro y llevaba algo también negro alrededor de la cabeza. Solo pude verle los ojos, y eran espeluznantes. Así que dije: «¡Ay, Dios!», y ella dijo: «¿A cuál de ellas quieres?», con una voz repugnante, como pegamento. En fin, no resultó agradable, y desde luego, no lo que yo me esperaba. No digo que sea buen chico, pero en aquel momento no eran esas mis intenciones. Así que le dije: «No quiero nada de eso. Simplemente había hecho una apuesta a que no me pillarían, y como me han pillado, me marcho y usted perdone». Y ella dijo: «Sí, márchate. Asesinamos a los chicos guapos como tú, les arrancamos el corazón y nos lo comemos». Y yo: «¡Dios santo! ¡Qué repulsivo!». No me hizo ninguna gracia.

—¿Te lo estás inventando?

—De verdad que no. Después dijo: «El otro también era rubio». Y yo: «No me diga, ¿en serio?». Y ella dijo algo, no recuerdo qué… Me dio la impresión de que tenía una expresión como hambrienta, no sé si me entiendes… y bueno, resultaba muy incómodo, así que dije: «Perdone, pero será mejor que me vaya», y me solté (esa mujer tenía una fuerza extraordinaria en las muñecas) y subí el muro de un tirón.

Harriet lo miró, pero él parecía completamente serio.

—¿Qué estatura tenía?

—Yo diría que como tú, o un poco más baja. De verdad, estaba tan asustado que no pude fijarme en demasiados detalles. No creo que la reconociera si volviera a verla. No me dio la impresión de que fuera una jovencita, y prácticamente no puedo decirte nada más.

—¿Y dices que has guardado silencio, que no le has contado a nadie esta historia tan extraordinaria?

—Sí. No me pega nada, ¿verdad?, pero es que había algo extraño… no sé. Si se lo hubiera contado a cualquiera de los muchachos, se habrían partido de la risa, y no tiene nada de divertido. Por eso no dije nada. Además, no me parecía bien.

—Me alegro de que no quisieras que se rieran.

—No. El chico tiene buenos sentimientos. Y no hay nada más. Veinticinco, once, nueve… ese maldito coche se traga el aceite y la gasolina, como todas las máquinas grandes. Lo del seguro va a ser muy delicado. Querida tía Harriet, por favor, ¿tengo que seguir con esto? Me deprime.

—Puedes dejarlo hasta que yo me marche y entonces escribir todos los cheques y los sobres tú mismo.

—Negrera. Me voy a echar a llorar.

—Te daré un pañuelo.

—Eres la mujer menos femenina que he conocido en mi vida. El tío Peter cuenta con todas mis simpatías. ¡Mira esto! Sesenta y nueve, quince… cuenta rendida… No sé de qué iba.

Harriet no replicó; se limitó a extender cheques.

—Y no parece que haya mucho en Blackwell's. Una insignificancia de seis con doce.

—«Una pizca de pan para esta intolerable cantidad de jerez».

—Esa manía de las citas, ¿se te ha pegado del tío Peter?

—No pongas más cargas sobre los hombros de tu tío.

—¿Tienes que restregármelo por las narices? Casí no hay nada de la bodega. Lo de beber mucho se está pasando de moda. ¿No es estupendo? Naturalmente, el jefe tiene el detalle de regalar un par de botellas de vez en cuando. ¿Te gustó el Niersteiner del otro día? Detalle del tío Peter. ¿Cuántas cosillas más de este tipo quedan?

—Unas cuantas.

—¡Huy! ¡Cómo me duele el brazo!

—Si estás demasiado cansado…

—No, no. Puedo arreglármelas.

Harriet dijo al cabo de media hora:

—Ya está todo.

—¡Gracias a Dios! Ahora dime cosas bonitas.

—No; tengo que marcharme. De camino echaré al correo estas cartas.

—Pero ¿te vas? ¿Así, sin más?

—Sí, me voy a Londres.

—Qué envidia. ¿Vendrás el próximo trimestre?

—No lo sé.

—¡Vaya por Dios! Bueno, dame un beso de despedida.

Como no se le ocurrió ninguna forma de negarse que no provocara un comentario capaz de atacarla de los nervios, Harriet accedió reposadamente. Estaba a punto de marcharse cuando apareció la enfermera para anunciar otra visita. Era una joven, vestida con la máxima estupidez que dictaba la moda del momento, sombrero ladeado, como borracho, y uñas pintadas de morado brillante, que se acercó exclamando con tono compasivo:

—¡Ay, Jerry, cielo! ¡Es absolutamente terrible!

—¡Por Dios, Gillian! —dijo el vizconde sin demasiado entusiasmo—. ¿Cómo te has…?

—¡Pobrecito! No pareces muy contento de verme.

Harriet huyó y se encontró a la enfermera en el pasillo, colocando un montón de rosas en un cuenco.

—Espero no haber cansado demasiado a su paciente con esos asuntos.

—Me alegro de que haya venido a ayudar. Estaba muy preocupado. ¿A que son preciosas las rosas? La señorita las ha traído de Londres. Tiene muchas visitas, pero no es de extrañar, ¿verdad? Es un encanto, ¡y las cosas que le dice a la hermana! Es que no puedes ponerte seria. ¿No le parece que tiene mucho mejor aspecto? El señor Whybrow ha hecho un trabajo estupendo con la herida de la cabeza. Ya le ha quitado los puntos… ¡y casi ni se le va a notar! Gracias a Dios, porque es tan guapo…

—Sí, es un joven muy apuesto.

—Ha salido a su padre. ¿Conoce usted al duque de Denver? Él también es muy apuesto. No diría yo que la duquesa sea guapa; más bien elegante. Tenía mucho miedo de que su hijo pudiera quedar desfigurado de por vida, y es que habría sido una verdadera lástima, pero el señor Whybrow es un cirujano excelente. Ya verá como se pone bien. La hermana está encantada… Le decimos que casi se ha enamorado del número quince. A todas nos va a dar lástima decirle adiós… Nos mantiene muy animadas.

—Ya me lo imagino.

—Y cómo le toma el pelo a la enfermera jefe. Diablillo descarado, así es como lo llama, pero no deja de reírse con sus cosas. ¡Vaya por Dios! Vuelve a llamar la diecisiete. Supongo que quiere una cuña. Sabe dónde está la puerta, ¿no?

Harriet se marchó, con la sensación de que debía de resultar muy gravoso ser tía de lord Saint-George.

—Naturalmente, si ocurriera algo durante las vacaciones… —dijo la decana.

—Lo dudo mucho —la interrumpió Harriet—. No hay suficientes espectadoras. Me imagino que de lo que se trata es de dar un espectáculo público, pero si ocurriese otro incidente, se reducirían las posibilidades.

—Sí; la mayoría de los miembros del claustro estarán fuera. El próximo trimestre, entre la directora, la señorita Lydgate y yo fuera de sospecha definitivamente, debería resultarnos más fácil vigilar. ¿Qué va a hacer?

—No lo sé. Estaba pensando en volver a Oxford una temporada, a trabajar. Este sitio te atrapa. Está tan poco comercializado… Creo que estoy demasiado agitada, y necesitaría un poco de sosiego.

—¿Por qué no prepara un doctorado de literatura?

—Sí, sería bastante divertido, aunque me temo que no aceptarían a Le Fanu, ¿no? Tendría que ser algo más aburrido. Me vendría bien un poco de aburrimiento. Hay que seguir escribiendo novelas para ganarse el pan, pero me gustaría hincarle el diente a algo realmente académico y sustancioso, para variar.

—Bueno, de todos modos espero que venga aquí a pasar parte del trimestre. No puede dejar sola a la señorita Lydgate hasta que esas pruebas estén en manos del impresor.

—Casi me da miedo dejarla suelta estas vacaciones. No está contenta con el capítulo sobre Gerard Manley Hopkins; piensa que a lo mejor lo ha atacado desde un ángulo completamente erróneo.

—¡Oh, no!

—Me temo que es ¡oh, sí!… En fin, ya me las arreglaré. Y con lo demás… bueno, ya veremos qué pasa.

Harriet se marchó de Oxford justo después del almuerzo. Mientras estaba colocando la maleta en el coche, se le acercó Padgett.

—Perdone, señorita, pero la decana piensa que le gustaría ver esto, señorita. Lo han encontrado esta mañana en la chimenea de la señorita De Vine , señorita.

Harriet miró la hoja de periódico medio quemada y arrugada. Habían recortado letras de los anuncios.

—¿Está aquí todavía la señorita De Vine?

—Se ha marchado en el tren de las diez y diez, señorita.

—Gracias, Padgett. Voy a quedarme con esto. ¿Suele leer la señorita De Vine *The Daily Trumpet*?

—No diría yo que sí, señorita. Me parece más probable *The Times* o *The Telegraph*, pero lo puede averiguar fácilmente.

—Cualquiera podría haber tirado esto a la chimenea, claro está. No demuestra nada, pero me alegro mucho de haberlo visto. Buenos días, Padgett.

—Buenos días, señorita.

11

Déjame, oh, amor, que a polvo te reduces,
y tú, espíritu mío, a elevarte aspiras;
enriquécete con aquello que el orín no cubre,
lo que se marchita, pero marchitos placeres
[procura.
Tus rayos oculta y humíllalos
al dulce yugo donde la libertad perdura,
rompe las nubes y abre paso a la luz
que nos alumbra y para ver nos da la vista.

Sir Philip Sidney

La ciudad parecía extraordinariamente vacía y anodina; sin embargo, pasaban muchas cosas. Harriet vio a su agente y editor, firmó un contrato para una novela por entregas, se enteró del conflicto interno entre lord Gobbersleigh, propietario del periódico, y el señor Adrian Cloot, el crítico, entró de lleno en la furibunda disputa triangular entre Gargantua Colour-Talkies Ltd., el señor Garrick Drury, actor, y la señora Snell-Wilmington, autora de *Pastel de flor de la pasión*, y en los detalles de la tremenda demanda por difamación contra *The Daily Headline* interpuesta por la señorita Sugar Toobin, y por supuesto, le interesó enormemente saber que Jacqueline Squills hacía maliciosas revelaciones sobre las costumbres y el carácter de su segundo ex marido en su nueva novela, *Luz de gas.*

Sin embargo, tales distracciones no lograron entretenerla. Para empeorar las cosas, se había atascado con la novela de misterio que estaba escribiendo. Tenía cinco sospechosos, convenientemente confinados en un viejo molino sin otra posibilidad de entrada o salida que un puente de tablones, y todos ellos con móviles y coartadas para un asesinato atractivo y original. En la historia no parecía haber ningún fallo importante, pero las permutaciones y combinaciones de las relaciones de las cinco personas empezaban a presentar una simetría antinatural, increíble. Los seres humanos no son así; los problemas humanos no son así; lo que realmente había era unas doscientas personas correteando como conejos por un college, haciendo su trabajo, viviendo su vida, impulsadas continuamente por motivaciones incomprensibles incluso para ellas mismas, y de repente, en mitad de todo, no un asesinato simple, comprensible, sino una locura inexplicable, sin sentido.

En todo caso, ¿cómo comprender las motivaciones y los sentimientos de otras personas cuando los propios seguían siendo un misterio? ¿Por qué esperar con irritación recibir una carta el 1 de abril y después sentirse preocupada y ofendida cuando no llega con el primer correo? Lo más probable era que la carta hubiera sido enviada a Oxford. No era nada urgente, puesto que sabía lo que contenía y cómo había que contestar, pero daba mucha rabia quedarse allí esperando.

Timbrazo. Entra la secretaria con un telegrama (probablemente sería eso). Un cablegrama farragoso e innecesario de la representante de una revista norteamericana para decir que llegaría al cabo de poco tiempo a Inglaterra y que estaba deseando hablar con la señorita Harriet Vane sobre un relato para su publicación. Cordialmente. ¿De qué demonios quería hablar aquella gente? No se escriben relatos hablando de ellos.

Timbrazo. Segundo correo. Carta con sello italiano. (Ligero retraso en la clasificación, sin duda.) Ah, gracias, señorita Bracey. Un imbécil con pésimo inglés ansioso por traducir las obras de la señorita Vane al italiano. ¿Podía informarle la señorita Vane de los libros que había escrito? Todos los traductores eran así: ni inglés, ni sentido común, ni avales. Harriet dijo brevemente lo que pensaba de ellos, le pidió a la señorita Bracey que remitiera el asunto al agente y volvió con el dictado.

—Wilfrid se quedó mirando el pañuelo. ¿Qué hacía en el dormitorio de Winchester? Con una extraña sensación de…

El teléfono. Un momento, por favor. (No podía ser; menuda estupidez comunicarse por conferencia desde el extranjero, tan cara.) ¿Diga? Sí, soy yo. ¡Ah!

Podría haberlo adivinado. Reggie Pomfret habló con un tono entre decidido y afable. ¿Querría o podría la señorita Vane soportarlo como acompañante para cenar y ver el nuevo espectáculo del Palladium? ¿Esa noche? ¿La siguiente? ¿Cualquiera? ¿Esa misma noche? El señor Pomfret apenas podía articular palabra de tanta alegría. Gracias. A colgar. ¿Por dónde íbamos, señorita Bracey?

—Con una extraña sensación de… Ah, sí, Wilfrid. Wilfrid sintió gran angustia al encontrar el pañuelo de su prometida en el dormitorio del hombre asesinado. Algo atroz. Una extraña sensación de… ¿Qué sentiría usted dadas las circunstancias, señorita Bracey?

—Supongo que pensaría que se habían equivocado en la lavandería.

—¡Oh, señorita Bracey! Bueno… Vamos a decir que era un pañuelo de encaje. Winchester no habría podido confundir un pañuelo de encaje con uno suyo, aunque se lo enviaran de la lavandería.

—Pero ¿habría usado Ada pañuelos de encaje, señorita Vane? Porque se la presenta como una persona un tanto masculina, aficionada a los deportes y demás. Y no es como si llevara un traje de noche, porque era muy importante que apareciera con traje sastre de mezclilla.

—Cierto. Bueno… Entonces vamos a poner que el pañuelo es pequeño, pero no de encaje. Sencillo pero de buena calidad. Vamos a volver a la descripción del pañuelo… ¡Vaya por Dios! No, ya contesto yo. ¿Sí? ¿Sí? ¡Sí!… No, me va a resultar imposible. No, de verdad. ¿Ah, sí? Bueno, será mejor que les pregunte a mis agentes. Sí, eso es. Adiós. Un club que quiere un debate sobre si los genios deberían casarse. No es demasiado probable que el asunto afecte personalmente a sus miembros, así que no sé por qué se toman tantas molestias… Dígame, señorita Bracey… Ah, sí, Wilfrid. ¡Maldito Wilfrid! Qué mal está empezando a caerme ese hombre.

Antes de la hora del té, Wilfrid estaba poniéndose tan pesado que Harriet lo dejó, enfurecida, y se escapó a un cóctel literario. En la habitación en la que se celebraba hacía demasiado calor y había demasiada gente, y todos los escritores allí reunidos hablaban sobre a) los editores; b) los agentes; c) las ventas de sus propios libros; d) las ventas de los libros de los demás, y e) la increíble actuación de los seleccionadores del libro del momento por haber otorgado la efímera corona a *Tortuga de imitación*, de Tasker Hepplewater. Según uno de los distinguidos miembros del jurado, «…terminé este libro con las lágrimas corriéndome por la cara». El autor de *El diente de la serpiente* le confió a Harriet mientras tomaba una *petite saucisse* y una copa de jerez que debían de ser lágrimas de puro aburrimiento, pero el autor de *Polvo y escalofrío* dijo que no, que probablemente eran lágrimas de risa, provocadas por el involuntario humor del libro, y ¿conocía a Hepplewater? Una joven muy airada, a cuyo libro no habían prestado la menor atención, proclamó que todo el mundo sabía que aquel asunto era una farsa. El libro del momento se elegía por turnos entre la lista de cada editorial, de modo que su *Ariadne Adams* había quedado automáticamente excluido por el simple hecho de que su sello editorial había sido honrado con la distinción en enero. Sin embargo, alguien le había asegurado en privado que el crítico de *The Morning Star* había sollozado como una criatura con las últimas cien páginas de *Ariadne* y que probablemente lo elegiría libro de la quincena, siempre y cuando se pudiera convencer al editor para que reservase espacio publicitario en el periódico. El autor de *El limón exprimido* coincidía en que la publicidad estaba detrás de todo; ¿no sabían que *The Daily Flashlight* había intentado chantajear a Humphrey Quint para que se anunciase con ellos? Y que al negarse, le habían dicho con tono misterioso: «Bueno, señor Quint, ya sabe lo que va a ocurrir». ¿Y que desde entonces el *Flashlight* no le había dedicado ni una sola línea a los libros de Quint? ¿Y que cuando Quint lo hizo público en *The Morning Star* las ventas de sus libros se dispararon un cincuenta por ciento? Bueno, una cantidad increíble, en cualquier caso. Pero el autor de *Devaneo de primavera* dijo que para la gente del libro del momento lo que contaba era el tirón personal… Seguro que recordaban que Hepplewater se había casado con la hermana de la última esposa de Walton Strawberry. El autor de *Un plácido día* coincidía en lo del tirón, pero pensaba que en este caso era de carácter político, porque en *Tortuga de imitación* se hacía convincente propaganda antifascista y era bien sabido que podías meterte al viejo Sneep Fortescue en el bolsillo con un buen bofetón a los Camisas Negras.

—Pero ¿de qué trata *Tortuga de imitación*? —preguntó Harriet.

Sobre este punto, la mayoría de los escritores dieron vagas explicaciones, pero un joven que escribía relatos humorísticos para revistas y, por consiguiente, podía permitirse cierta tolerancia con las novelas, dijo que la había leído y que le parecía bastante interesante, solo que un poco larga. Era sobre un profesor de natación de un balneario con una obsesión tan extrema con el antinudismo tras contemplar a tantas nadadoras bellas que llega a reprimir por completo sus emociones naturales. Así que se enrola en un ballenero y se enamora de una esquimal nada más verla, porque es un hermoso fardo de prendas de ropa. Se casa con ella y se la lleva a vivir a un barrio residencial, donde la esquimal se enamora de un vegetariano nudista. Entonces el marido se vuelve un poco loco, se obsesiona con las tortugas gigantes y pasa todo su tiempo libre contemplando el tanque de las tortugas del acuario, observando los lentos monstruos mientras nadan significativamente protegidos por sus conchas. Pero desde luego tenía muchas cosas; era uno de esos libros que reflejan las reacciones del autor hacia las cosas en general. En definitiva, significativo era lo que mejor lo definía.

Harriet empezó a pensar que quizá podría reconocérsele algo incluso a la trama de *La muerte entre viento y agua*. Era, al menos, significativa de nada en especial.

Volvió irritada a Mecklenburg Square. Al entrar en la casa oyó el teléfono, que sonaba como un poseso en el primer piso. Subió las escaleras apresuradamente… Nunca se sabe con las llamadas telefónicas. Justo cuando estaba metiendo la llave en la cerradura, el teléfono enmudeció.

—Maldita sea —dijo.

Había un sobre en el suelo, dentro. Contenía recortes de prensa. Uno de ellos la llamaba señorita Vines y decía que se había licenciado en Cambridge; en otro se comparaba negativamente su obra con la de un escritor norteamericano de novelas de misterio; un tercero era una reseña tardía de su último libro, que desvelaba la trama; un cuarto le atribuía una novela de otra persona y aseguraba que Harriet «adoptaba una actitud deportiva ante la vida» (a saber qué significaría aquello).

—¡Vaya día! —exclamó Harriet, muy ofendida—. ¡Primero de abril tenía que ser! Y encima tengo que ir a cenar con ese condenado estudiante para que me haga sentir la carga de una edad incalculable.

Sin embargo, y para su sorpresa, disfrutó de la cena y del espectáculo. La falta de complejidad de Reggie Pomfret resultaba reconfortante. No sabía nada de envidias literarias; no tenía opinión sobre la importancia relativa de las lealtades personales y profesionales; se reía con ganas de ocurrencias sencillas; no dejaba al descubierto sus centros nerviosos ni los de la otra persona; no empleaba palabras de doble sentido; no te desafiaba a que lo atacaras para después enroscarse bruscamente como un armadillo, presentando una suave superficie defensiva de citas irónicas; no tenía trasfondos de ningún tipo; era un joven bondadoso, no muy inteligente, deseoso de complacer a quien lo había tratado con amabilidad. A Harriet le pareció sumamente relajante.

—¿Quiere subir un momento a tomar una copa o algo? —le preguntó Harriet a la puerta de su casa.

—Muchísimas gracias —contestó el señor Pomfret—. Si no es demasiado tarde...

Ordenó al taxista que esperase y subió pesadamente las escaleras, muy contento. Harriet abrió la puerta y encendió la luz. El señor Pomfret se agachó cortésmente para recoger la carta que había en el felpudo.

—Ah, gracias —dijo Harriet.

Lo llevó al salón y dejó que la ayudara a quitarse la capa. Al cabo de unos momentos cayó en la cuenta de que aún tenía la carta en la mano y de que su invitado y ella seguían de pie.

—Perdone. Siéntese.

—Por favor… —replicó el señor Pomfret con un gesto que daba a entender: «Léala y no se preocupe por mí».

—No es nada importante —dijo Harriet, dejando el sobre en la mesa sin miramientos—. Sé lo que es. ¿Qué quiere tomar? ¿Se sirve usted mismo?

El señor Pomfret inspeccionó cuantos refrigerios estaban a la vista y le preguntó a Harriet qué podía ofrecerle. Una vez solucionada la cuestión de las bebidas, hubo una pausa.

—Esto… ¿cómo está la señorita Cattermole? —dijo el señor Pomfret—. No he sabido prácticamente nada de ella desde… desde aquella noche en que la conocí a usted, en fin… La última vez que nos vimos me dijo que estaba trabajando mucho.

—Sí, sí. Eso tengo entendido. Tiene exámenes para pasar a segundo el próximo trimestre.

—¡Pobrecilla! Siente gran admiración por usted.

—¿En serio? Pues no entiendo por qué. Si mal no recuerdo, le eché un rapapolvo tremendo.

—Sí, bueno, conmigo se puso usted bastante firme, pero estoy de acuerdo con la señorita Cattermole. O sea, comparto su gran admiración por usted.

—Es usted muy amable —replicó Harriet distraídamente.

—Sí, de verdad. ¡Ya lo creo! Jamás olvidaré cómo se enfrentó a ese tipo, Jukes. ¿Sabe que se metió en un lío una semana después?

—Sí, y no me sorprende.

—No. Es un cerdo. Verdaderamente repugnante.

—Siempre lo ha sido.

—Bueno, por que el camarada Jukes pase una buena temporada a la sombra. No ha estado nada mal el espectáculo de esta noche, ¿verdad?

Harriet empezaba a cansarse del señor Pomfret y a desear que se marchara, pero habría sido una monstruosidad no portarse cortésmente con él. Hizo un gran esfuerzo por hablar con interés y vivacidad sobre la función a la que él tan amablemente la había llevado y lo logró hasta el extremo de que pasaron casi quince minutos hasta que el señor Pomfret se acordó del taxi que esperaba y se marchó, muy animado.

Harriet cogió la carta. Ahora que era libre para abrirla, no sentía el menor deseo de hacerlo. Le había estropeado la noche.

Querida Harriet:

Envío mi petición con la implacable regularidad de los inspectores de Hacienda, y probablemente dirás, al ver los sobres: «¡Oh, Dios mío! Ya sé qué es esto». La única diferencia es que, tarde o temprano, hay que prestar atención a los impuestos.

«¿Quieres casarte conmigo?» Empieza a parecer una de esas frases de una farsa, que resulta aburrida hasta que se repite lo suficiente y después te ríes más cada vez que la dicen.

Debería escribirte esa clase de palabras que queman el papel en el que se escriben, pero las palabras así no solo consiguen ser inolvidables, sino también imperdonables. De todos modos, tú quemarás el papel, y preferiría que no hubiera nada en él que no pudieras olvidar si lo desearas.

Bueno, ya está. No te preocupes.

Mi sobrino (en quien, por cierto, pareces haber fomentado una diligencia extraordinaria) me alegra en mi exilio con oscuras indirectas sobre tu participación en una historia peligrosa e incómoda en Oxford, sobre la cual ha dado su palabra de honor de no contar nada. Espero que esté equivocado, pero sé que si te traes algo entre manos, ni el peligro ni la incomodidad te echarán atrás, y Dios no quiera que sea así. Sea lo que sea, te deseo lo mejor.

No puedo tomar mis propias decisiones en este momento, ni sé adónde iré a continuación ni cuándo regresaré; espero que pronto. Entretanto, ¿podría albergar la esperanza de saber de vez en cuando que te va bien?

Tuyo, más que mío,

PETER WIMSEY

Tras leer la carta, Harriet comprendió que no podría descansar hasta haberla contestado. La amargura y la tristeza de los párrafos iniciales se explicaban fácilmente con los dos últimos. Peter probablemente pensaba (no podría evitar pensarlo) que, tras tantos años de conocerlo, Harriet había acabado por confiar no en él, sino en un muchacho al que doblaba la edad y que encima era su sobrino, a quien ella conocía desde hacía solo dos semanas y del que tenía pocas razones para fiarse. Peter no hacía comentarios ni preguntas; eso empeoraba las cosas. Y para mayor generosidad, se abstenía de ofrecerle ayuda y consejo, porque podría haberla molestado. Reconocía que ella tenía el derecho de correr los riesgos que quisiera. «Ten mucho cuidado.» «Detesto la idea de que te veas metida en algo desagradable.» «Ojalá pudiera estar allí para protegerte…» Cualquiera de estas frases habrían expresado la reacción masculina normal. Ni un hombre entre diez mil diría a la mujer amada, o a cualquier mujer: «… ni el peligro ni la incomodidad te echarán atrás, y quiera Dios que no sea así». Eso equivalía a admitir la igualdad, algo que Harriet no se esperaba de él. Si Peter concebía el matrimonio en esos términos, habría que revisar el problema a una nueva luz, pero parecía bastante improbable. Para adoptar semejante postura y mantenerla, Peter no tendría que ser un hombre, sino un milagro, pero había que aclarar inmediatamente el asunto de Saint-George. Harriet escribió con rapidez, sin pararse a pensar demasiado.

Querido Peter:

No, no lo veo posible, pero gracias de todos modos. Sobre el asunto de Oxford… Debería habértelo contado hace tiempo, pero no es mi secreto. No debería habérselo contado a tu sobrino, pero se había enterado de algo y tuve que confiarle el resto para evitar que metiera la pata sin querer. Ojalá pudiera contártelo a ti. Me alegraría que me ayudaras, y si me dan permiso para ello, lo haré. Es bastante desagradable, pero no peligroso, o eso espero. Gracias por no decirme que salga corriendo. Es el mejor cumplido que me has hecho.

Espero que tu caso, o lo que sea, vaya bien. Debe de ser difícil para que te lleve tanto tiempo.

HARRIET

Lord Peter Wimsey leyó esta carta sentado en la terraza de un hotel que daba a los Jardines Pincianos, que estaban bañados por un sol radiante. Le dejó tan estupefacto que estaba leyéndola por cuarta vez cuando se dio cuenta de que la persona que estaba de pie a su lado no era el camarero.

—¡Mi querido conde! Perdóneme. ¡Qué modales! Estaba en las nubes. Haga el favor de sentarse conmigo. *Servitore!*

—Le ruego que no se disculpe. Es culpa mía, por haberle interrumpido, pero temiendo que anoche pudiera haber complicado la situación…

—Es una tontería hablar tanto y hasta tan tarde. Los adultos actúan como niños cansados a quienes se les ha permitido quedarse despiertos hasta medianoche. Reconozco que estábamos todos muy quisquillosos, sobre todo yo.

—Usted es siempre la gentileza personificada. Por eso he pensado que unas palabras con usted a solas… Los dos somos personas razonables.

—Conde, conde, espero que no haya venido para convencerme de nada. Me resultaría muy difícil negarme. —Wimsey dobló la carta y la guardó en su cartera—. Hace un sol radiante y estoy de humor para cometer errores por exceso de confianza.

—Entonces aprovecharé el buen momento.

El conde apoyó los codos sobre la mesa y se inclinó hacia delante, con las yemas de los pulgares juntas, las yemas de los meñiques juntas, sonriente, irresistible. Se despidió al cabo de cuarenta minutos, aún sonriente, habiendo cedido, sin darse cuenta, bastante más de lo que había obtenido, y habiendo contado con diez palabras más de lo que le habían contado a él con mil.

Pero, naturalmente, Harriet no sabía nada de este paréntesis. Aquel mismo día, por la noche, estaba cenando sola y un poco deprimida en Romano's. Estaba a punto de terminar cuando vio a un hombre que, mientras salía del restaurante, le dirigía un vago gesto, como si la hubiera reconocido. Era cuarentón, con calvicie incipiente, de rostro terso, expresión ausente y bigote oscuro. Harriet no pudo situarlo durante unos momentos; después, sus andares indolentes y su impecable traje le recordaron una tarde en Lord's. Le sonrió, y él se acercó a su mesa.

—¡Hola, buenas! Espero no incordiar. ¿Cómo va el trabajo?

—Muy bien, gracias.

—Estupendo. Había pensado en venir a pasar el rato, pero me daba miedo que no se acordara de mí o que me considerase un pesado.

—Por supuesto que me acuerdo de usted. Es el señor Arbuthnot, el honorable Frederick Arbuthnot, y es amigo de Peter Wimsey. Lo conocí en el partido entre Eton y Harrow hace dos años, está usted casado y tiene dos hijos. ¿Cómo están?

—Tirando, gracias. ¡Qué cabeza tiene usted! Sí, menuda tarde de calor. No entiendo por qué tienen que arrastrar a unas mujeres indefensas hasta esos sitios para que se aburran mortalmente mientras un puñado de chicos juegan el partido de desempate con sus antiguas corbatas. Es una broma. Usted se portó divinamente, lo recuerdo.

Harriet replicó pausadamente que disfrutaba con un buen partido de críquet.

—¿En serio? Yo pensaba que era por cortesía. Para mi gusto es demasiado lento, pero la verdad es que nunca se me ha dado muy bien, al contrario que a Peter, que es capaz de ponerse atacado de los nervios pensando en que él podría haberlo hecho mucho mejor.

Harriet le ofreció café.

—No sabía yo que a nadie le diera un ataque nervios en Lord's. Pensaba que eso no se hacía.

—Bueno, el ambiente no recuerda precisamente a la final de copa, pero hasta los ancianitos más afables pueden ponerse a veces un poco criticones. ¿Le apetece un brandy? Camarero, dos copas de brandy. ¿Está escribiendo más libros?

Conteniendo la rabia que siempre desata esta pregunta en el escritor profesional, Harriet reconoció que sí.

—Debe de ser maravilloso saber escribir —dijo el señor

Arbuthnot—. A veces pienso que yo podría inventar una buena historia, si tuviera cabeza para ello. Sobre las cosas tan extrañas que ocurren, ya me entiende. Tratos raros y esas cosas.

Un borroso recuerdo de algo que había dicho Wimsey en una ocasión iluminó el laberinto mental de Harriet. El dinero. En eso consistía la relación entre ambos. Por lerdo que fuera en otros aspectos, el señor Arbuthnot tenía olfato para el dinero. Sabía siempre qué iba a hacer ese misterioso producto; era de lo único que sabía, y era por instinto. Cuando las cosas estaban a punto de subir o bajar, sonaba una campanilla en lo que Freddy Arbuthnot llamaba su cabeza y él actuaba obedeciendo a la señal sin poder explicar por qué. Peter tenía dinero, y Freddy comprendía el dinero; ese debía de ser el interés y el vínculo de confianza recíprocos que explicaban una amistad por lo demás inexplicable. Harriet admiraba la extraña red de intereses que une a la mitad masculina de la humanidad formando un apretado panal, cada una de cuyas celdas solo está en contacto por uno de sus lados con la siguiente pero, aun así, constituye un tejido consistente y adherente.

—El otro día apareció una historia curiosa —añadió el señor Arbuthnot—. Un asunto de lo más misterioso. Para mí no tiene ni pies ni cabeza, y al bueno de Peter le habría encantado. Por cierto, ¿qué tal está Peter?

—Hace tiempo que no lo veo. Está en Roma. No sé qué hace allí, pero supongo que lleva algún caso.

—No. Supongo que ha abandonado su país por el bien de su país. Normalmente es por eso. Espero que consigan dejar las cosas tranquilas. Las divisas andan un poco inquietas.

El señor Arbuthnot parecía casi inteligente.

—¿Y qué tiene que ver Peter con las divisas?

—Nada, pero si algo estalla, afectará a las divisas.

—Me suena a chino. ¿Cuál es el trabajo de Peter en todo esto?

—El Ministerio de Asuntos Exteriores. ¿No lo sabía?

—No tenía ni idea. No es un destino permanente, ¿no?

—¿Quiere decir en Roma?

—En el Ministerio de Asuntos Exteriores.

—No, pero a veces se lo llevan cuando creen que lo necesitan. Se lleva bien con la gente.

—Comprendo. Me pregunto por qué nunca lo habrá mencionado.

—Pero si no es ningún secreto. Lo sabe todo el mundo. Probablemente pensó que a usted no le interesaría. —El señor Arbuthnot dejó en equilibrio la cucharilla sobre la taza con expresión abstraída—. Yo le tengo un enorme cariño al bueno de Peter —fue su siguiente contribución, un tanto irrelevante—. Es de muy buena pasta. La última vez que lo vi me dio la impresión de que no andaba muy bien… En fin, tengo que marcharme.

Se levantó con cierta brusquedad y se despidió.

Harriet pensó en lo humillante que resulta dejar en evidencia la propia ignorancia.

Diez días antes del comienzo del trimestre, Harriet ya no soportaba Londres. El toque final se lo dio ver asqueada un avance de *La muerte entre viento y agua* que incluía una nota publicitaria excepcionalmente exagerada. Empezó a sentir una terrible nostalgia de Oxford y el *Estudio de Le Fanu*, libro que jamás tendría valor publicitario, pero sobre el que algún estudioso quizá comentaría con moderación algún día: «La señorita Vane trata el tema con agudeza y precisión». Llamó a la administradora, se enteró de que podía alojarse en Shrewsbury y regresó inmediatamente al mundo académico.

En el college no había nadie, salvo ella, la administradora, la tesorera y la señorita Barton, que desaparecía a diario en la cámara Radcliffe y solo se dejaba ver durante las comidas. También estaba la rectora, pero en su propia casa.

Abril tocaba a su fin, frío y caprichoso, pero con la promesa de buenas cosas venideras, y la ciudad presentaba la belleza retraída y discreta que la envuelve en la época de vacaciones. No resonaba un clamor de voces jóvenes entre sus ancestrales piedras; el tumulto de raudas bicicletas se apaciguaba en el estrecho paso del Turl; en Radcliffe Square, la cámara dormía como una gata al sol, y solo despertaba de vez en cuando con las lentas pisadas de un profesor; incluso en High Street, el estruendo de coches y autobuses parecía disminuir y decrecer, pues aún no habían llegado las vacaciones estivales; bateas y piraguas, recién puestas a punto para el trimestre de verano, empezaban a apuntar por el Cherwell como los esmaltados brotes del castaño de Indias, pero aún no se agolpaban las embarcaciones en la brillante cuenca; las melodiosas campanas elevaban su canto en torres y agujas, hablando del rápido paso del tiempo en una paz eterna, y la Great Tom, con sus ciento una campanadas nocturnas, solamente llamaba a los grajos de la pradera de Christ Church.

Las mañanas en la Bodleiana, adormilada entre los marrones desteñidos y el dorado deslustrado de la biblioteca Duke Humphrey, olfateando el leve olor a moho del cuero que se deterioraba lentamente, oyendo tan solo el discreto tip-tap de los pasitos de roedor sobre el suelo acolchado; las largas tardes remontando el Cher en una canoa de balancín, notando el áspero beso de las espadillas en las palmas de las manos desacostumbradas, escuchando el clinc-clonc, rítmico y placentero, de los escálamos; observar el juego muscular de los robustos hombros de la administradora a cada golpe de remo mientras el cortante viento de primavera pegaba la fina blusa de seda contra ellos o, si el día era más cálido, avanzar rápidamente en una canoa bajo los muros del Magdalen, por el canal del King's Mill, pasando por la isla de Mesopotamia hasta la zona de Parson's Pleasure; después volver, con la mente relajada y el cuerpo desentumecido y vigoroso, a preparar tostadas en la chimenea, y después, por la noche, la lámpara encendida y la cortina corrida, el aleteo de la página al volverse y el suave rascar de la pluma sobre el papel, únicos sonidos que rompían el silencio absoluto entre las campanadas de los cuartos. De vez en cuando Harriet sacaba la carpeta de los anónimos y le echaba un vistazo; sin embargo, a la luz de aquella lámpara solitaria, incluso los feos garabatos impresos parecían inofensivos e impersonales, y el deprimente problema, menos importante que determinar la fecha de una primera edición o resolver una interpretación objeto de controversia.

En aquel melodioso silencio recuperó algo que estaba dormido y sofocado desde los días de inocencia de su época estudiantil. La voz cantarina, ahogada hacía tiempo bajo la presión de la lucha por la existencia y acallada por aquel desdichado y extraño contacto con la pasión física, empezó a balbucear unas notas vacilantes. En su mente soñadora nadaban grandes frases de oro que surgían de la nada y llevaban a la nada, como la enorme y lenta carpa en el agua fría del estanque de Mercurio. Un día subió la colina de Shotover y se sentó a contemplar las agujas de la ciudad, en lo más profundo, abismales, que brotaban de la hondonada de la cuenca del río, inverosímilmente remotas, maravillosas, como las torres de Tir-nan-Og bajo las grandes olas verdes. Tenía sobre las rodillas el cuaderno de anillas con las notas sobre el escándalo de Shrewsbury, pero su corazón no estaba en aquella sórdida investigación. En sus oídos resonaba un pentámetro suelto, como un eco salido de la nada…, siete pies…, un pentámetro y medio:

A ese centro calmo donde el mundo en su girar
duerme sobre su eje…

¿Lo había compuesto ella o lo recordaba? Le resultaba conocido, pero en el fondo de su alma sabía con certeza que era suyo, y le resultaba conocido únicamente porque era inevitable y correcto.

Abrió el cuaderno por otra página y anotó aquellas palabras. Se sentía como el hombre de una historia de *Punch*: «Bonito baño, Liza. ¿Y ahora qué hacemos con él?». ¿Verso blanco?… No… Formaba parte de la octava de un soneto…, le daba la sensación de que era un soneto. ¡Pero la rima…! ¿Plegadas? ¿Ondulada? Tanteó con la rima y la métrica, como un músico toqueteando las teclas de un instrumento largo tiempo abandonado.

Después, tras muchos intentos fallidos y espacios en blanco, volviendo una y otra vez a lo mismo, rellenando y tachando, empezó a escribir otra vez, con la profunda convicción de que, tras tan amargas andanzas, había regresado a su sitio.

Y, al fin en casa…

el centro, el corazón del laberinto…

Y, al fin, en casa, lejos de la tempestad,
detenidos nuestros pasos… nuestro rumbo…
las manos cruzadas y plegadas las alas…

Aquí, ya en casa, a resguardo de tempestades,
las diligentes manos cruzadas, plegadas las alas;
aquí, en íntimo aroma yace la rosa ondulada,
aquí se alza el sol que ni este ni oeste conoce,

aquí la marea no llega: hemos vuelto al fin,
de la inmensidad arrojados por círculos de vértigo
al centro calmo donde el mundo en su girar
duerme sobre su eje, al corazón mismo del reposo.

Sí, algo tenía, aunque el metro se interrumpía monótonamente, y el sonido de «cruzadas-plegadas» no acababa de gustarle. Los versos se tambaleaban y daban bandazos torpemente entre sus manos, incontrolables, pero a pesar de los pesares, era una octava.

Y allí parecía acabar. Había llegado al final y no tenía nada más que decir. No se le ocurría ningún giro para el sexteto, ningún estrambote, ningún cambio de talante. Escribió un par de versos, toda indecisa, y los tachó. Si no surgía el giro correcto por sí mismo, era inútil forzarlo. Tenía la imagen, la del mundo dormido como una gran peonza sobre su eterno huso, y lo que pudiera añadir a esa imagen no sería sino simple versificación. A lo mejor salía algo un buen día. Había reflejado su estado de ánimo en el papel, y esa es la liberación que buscan todos los escritores, incluso los peores, como los seres humanos buscan el amor y, una vez encontrada, se sumergen felices en los sueños y dejan de afligirse.

Cerró el cuaderno, escándalo y soneto incluidos, y empezó a bajar lentamente por el empinado sendero. A medio camino se topó con un pequeño grupo que subía: dos niñas rubísimas al cuidado de una mujer cuyo rostro le resultó al principio vagamente familiar. Cuando se aproximaron, cayó en la cuenta de que era Annie, un tanto extraña sin la cofia y el delantal, de paseo con sus hijas.

Como era su obligación, Harriet las saludó y les preguntó dónde estaban viviendo.

—Hemos encontrado un sitio muy bueno en Headington, gracias, señora. También estoy yo allí, pasando las vacaciones. Estas son mis hijas. Beatrice y Carola. Saludad a la señorita Vane.

Harriet estrechó la mano a las niñas con actitud seria, les preguntó cuántos años tenían y qué tal les iba.

—Qué bien que las tenga tan cerca.

—Sí, señora. No sé qué haría sin ellas. —La mirada de orgullo y dicha era de un posesivo que casi daba miedo. Harriet vislumbró una pasión básica que prácticamente olvidó nada más reconocerla y que atravesó centelleante la serenidad del estado de ánimo creado por su soneto como un meteoro ominoso.

—Son todo lo que tengo… ahora que he perdido a su padre.

—Oh, Dios mío, sí —replicó Harriet, un tanto incómoda—. ¿Cuándo… cuánto tiempo hace, Annie?

—Tres años, señora. Lo empujaron a ello. Decían que había hecho algo que no debía, y eso le preocupaba terriblemente. Jamás le hizo daño a nadie, y la obligación fundamental de un hombre es para con su esposa y su familia, ¿no cree? De buena gana me habría muerto de hambre con él y habría trabajado hasta dejarme la piel con tal de mantener a mis hijas, pero él no pudo soportarlo. El mundo es muy cruel con quien quiere abrirse camino, y con tanta competencia.

—Sí que lo es —replicó Harriet.

Beatrice, la mayor, miraba a su madre con unos ojos demasiado inteligentes para sus ocho años. Más valía pasar a otro tema de conversación que no tuviera nada que ver con los posibles errores e iniquidades del marido. Harriet murmuró que las niñas debían de ser un gran consuelo para ella.

—Sí, señora. No hay nada como tener a tus hijos. Por ellos merece la pena vivir. Beatrice es la viva imagen de su padre, ¿verdad, cielo? Antes me daba pena no haber tenido un chico, pero ahora me alegro. Es difícil criar a los chicos sin padre.

—¿Y qué van a hacer Beatrice y Carola cuando sean mayores?

—Pues señora, espero que sean buenas muchachas, buenas esposas y madres… Para eso las voy a criar.

—Yo quiero tener una motocicleta cuando sea mayor —dijo Beatrice, agitando sus rizos con firmeza.

—No, no, cielo. Hay que ver las cosas que dicen, ¿verdad?

—Claro que sí —insistió Beatrice—. Voy a tener una motocicleta y un garaje.

—No digas tonterías —la interrumpió su madre con cierta brusquedad—. No debes decir esas cosas. Eso es trabajo de chicos.

—Pero hoy en día hay muchas chicas que hacen trabajo de chicos —intervino Harriet.

—Pues no deberían, señora. No está bien. Bastantes problemas tienen los chicos para encontrar trabajo. No le meta esas ideas en la cabeza, por favor, señora. Beatrice, si te metes a hacer tonterías en un garaje y te pones toda fea y sucia, no encontrarás marido.

—Es que no quiero —replicó Beatrice, muy segura.

Annie parecía irritada, pero se echó a reír cuando Harriet se rió.

—Ya lo comprenderá algún día, ¿no, señora?

—Es lo más probable —contestó Harriet.

Si aquella mujer mantenía la opinión de que lo más importante era encontrar marido a toda costa, no tenía sentido discutir. Y Harriet casi había adquirido la costumbre de rehuir las conversaciones que recayeran sobre los hombres y el matrimonio. Se despidió amablemente y siguió andando, un poco desanimada, pero no mucho. O te gustaba hablar sobre esos temas o no. Y cuando había terribles fantasmas acechando en tu interior, esqueletos que no te atrevías a mostrar a nadie, ni siquiera a Peter…

Bueno, precisamente a Peter menos que a nadie. Y al fin y al cabo, no había hueco para él entre las grisáceas piedras de Oxford. Él representaba Londres, el mundo rápido, ruidoso, inquieto y endiablado de la tensión y la barahúnda. Allí, en el centro calmo (sí, ese verso era bueno, sin duda), no tenía sitio. Apenas había pensado en él durante toda una semana.

Y después empezaron a llegar las profesoras, animadas tras sus actividades de las vacaciones y dispuestas a aceptar la carga del trimestre más riguroso, pero también el más bonito. Harriet las observaba, preguntándose cuál de aquellos alegres rostros ocultaría un secreto. La señorita De Vine había estado en una antigua ciudad flamenca, haciendo consultas en una biblioteca en la que se conservaba una excepcional correspondencia familiar sobre las condiciones comerciales entre Inglaterra y Flandes bajo el reinado de Isabel. Tenía la cabeza llena de estadísticas sobre la lana y la pimienta, y costaba trabajo conseguir que pensara en lo que había hecho el último día del trimestre anterior. Desde luego, había quemado algunos papeles, y entre ellos podía haber periódicos; por supuesto, jamás leía *The Daily Trumpet* y no podía arrojar ninguna luz sobre el periódico mutilado que habían encontrado en la chimenea.

La señorita Lydgate (tal y como se esperaba Harriet) había conseguido desbaratar por completo sus pruebas en el transcurso de unas semanas. Estaba contrita. Había pasado un largo fin de semana, sumamente interesante, con el profesor Nosecuántos, gran autoridad en materia de métrica griega, que le había hecho observar ciertos errores en varios párrafos y había arrojado una luz completamente nueva sobre los argumentos del capítulo siete. Harriet exhaló un gemido de desesperación.

La señorita Shaw había llevado a cinco alumnas suyas a una reunión de lectura, había visto cuatro obras de teatro nuevas y se había comprado un conjunto veraniego fascinante. A la señorita Pyke le había resultado apasionante ayudar al conservador de un museo provincial a reunir los fragmentos de tres vasijas decoradas y varias urnas funerarias que se habían encontrado en un prado de Essex. La señorita Hillyard estaba encantada de haber vuelto a Oxford; había tenido que pasar un mes en casa de su hermana, asistiéndola en el parto, y al parecer, cuidar de su cuñado le había agriado el carácter. Por otra parte, la decana había estado ayudando en la boda de una sobrina y el asunto le había resultado muy gracioso. «Una de las damas de honor se equivocó de iglesia y apareció cuando ya había acabado todo, y estábamos por lo menos doscientas personas apretadas en una habitación con capacidad para cincuenta. Solamente tomé media copa de champán y ni siquiera un trocito de tarta, así que el estómago golpeaba la columna vertebral. El novio perdió el sombrero en el último momento… ¡Y no se lo van a creer! ¡Todavía hay gente que regala latas para galletas!» La señorita Chilperic había ido con su prometido y la hermana de este a varios sitios muy interesantes para estudiar escultura doméstica medieval. La señorita Burrows había pasado la mayor parte del tiempo jugando al golf. También llegaron refuerzos en la persona de la señorita Edwards, la tutora de ciencias, que acababa de volver tras un trimestre de permiso. Era una mujer joven y dinámica, cuadrada de cara y de hombros, cabello a lo paje y actitud de no soportar estupideces. La única que faltaba era la señora Goodwin, cuyo hijo (un niño muy desdichado) había contraído el sarampión inmediatamente después de volver a la escuela y requería de nuevo los cuidados de su madre.

—Por supuesto, no puede evitarlo, pero es un fastidio, precisamente al principio del trimestre de verano —dijo la decana—. Si yo lo hubiera sabido, podría haber vuelto antes.

—¿Y qué se puede esperar, si le da trabajo a viudas con hijos?

—intervino la señorita Hillyard con seriedad—. Hay que estar preparadas para estas continuas interrupciones. Y por alguna razón, las preocupaciones domésticas siempre se anteponen al trabajo.

—Bueno, en caso de enfermedad grave, hay que dejar el trabajo a un lado —replicó la decana.

—Pero todos los niños pasan el sarampión.

—Sí, pero es que este niño no es muy fuerte. Su padre tenía tuberculosis, el pobre… de eso murió, y si el sarampión degenera en neumonía, como ocurre con frecuencia, las consecuencias pueden ser graves.

—Pero ¿ha degenerado en neumonía?

—Temen que pueda ocurrir. Lo ha agarrado muy fuerte, y como es una criaturita tan nerviosa, es natural que quiera estar con su madre. Y además, ella tendrá que estar en cuarentena.

—Cuanto más tiempo se quede con su hijo, más tiempo tendrá que estar en cuarentena.

—Desde luego, es una pena —dijo la señorita Lydgate gentilmente—. Pero si la señora Goodwin se hubiera aislado y hubiera vuelto con la mayor rapidez posible, como se ofreció a hacer, con mucha valentía, habría sufrido una angustia terrible.

—Muchas de nosotras tenemos que sufrir angustia de una u otra forma —replicó la señorita Hillyard con acritud—. Yo he estado muy angustiada por mi hermana. Tener el primer hijo a los treinta y cinco siempre crea una situación angustiosa, pero si hubiera dado la casualidad de que se hubiera producido durante el curso, tendría que haber sido sin mi ayuda.

—Siempre resulta difícil decidir qué obligación es la más importante —dijo la señorita Pyke—. Es una cuestión personal. Supongo que, al traer hijos al mundo, se acepta cierta responsabilidad hacia ellos.

—No lo niego —replicó la señorita Hillyard—. Pero si la responsabilidad doméstica tiene preferencia sobre la responsabilidad pública, habría que darle el trabajo a otra persona.

—Pero hay que dar de comer y vestir a los hijos —terció la señorita Edwards.

—Sin duda, pero la madre no debería ocupar un puesto de interna.

—La señora Goodwin es una secretaria excelente —dijo la decana—. Yo lamentaría perderla. Y preferiría pensar que podemos ayudarla en la situación tan difícil en que se encuentra.

La señorita Hillyard perdió la paciencia.

—Aunque no lo reconocerán jamás, lo cierto es que aquí todo el mundo tiene complejo de inferioridad respecto a las mujeres casadas y los hijos. A pesar de lo que dicen sobre la independencia y la carrera, en el fondo todas ustedes están convencidas de que deberíamos rebajarnos ante cualquier mujer que haya satisfecho sus funciones animales.

—Eso es completamente absurdo —dijo la administradora.

—Supongo que es natural pensar que las mujeres casadas tienen una vida más plena —empezó a decir la señorita Lydgate.

—Y más útil —le espetó la señorita Hillyard—. ¡Fíjense en lo mimados que están los «nietos de Shrewsbury»! ¡Fíjense en lo contentas que se ponen ustedes cuando se casan las antiguas alumnas! Es como si dijeran: «¿Lo ven? Al fin y al cabo, la educación no nos incapacita para la vida real». Y cuando una estudiante con un futuro académico realmente brillante lo tira todo por la borda para casarse con un coadjutor, ustedes dicen, sin pensárselo dos veces: «¡Qué lástima! Pero, desde luego, su vida es lo más importante».

—¡Yo jamás he dicho una cosa así! —exclamó la decana, indignada—. Yo siempre digo que son unas perfectas imbéciles por casarse.

—No me importaría que dijeran claramente que las inquietudes intelectuales son solamente una segunda alternativa —continuó la señorita Hillyard, sin hacerle caso—. Pero fingen ponerlas en primer lugar en teoría, mientras que en la práctica se avergüenzan.

—No hay por qué acalorarse tanto —interrumpió la señorita Barton a la señorita Pyke, que protestaba airada—. Al fin y al cabo, es posible que algunas de nosotras hayamos decidido no casarnos, y si me disculpan, tengo que decir que...

Ante una frase tan funesta, siempre preludio de algo imperdonable, Harriet y la decana entraron de lleno en la discusión.

—Si tenemos en cuenta que estamos dedicando nuestra vida...

—Ni siquiera para un hombre es siempre fácil...

Precisamente por la viveza de su reacción común chocaron sus buenas intenciones. Las dos se callaron al unísono y se pidieron perdón mutuamente, y a continuación intervino la señorita Barton, ya sin control:

—No es conveniente ni convincente mostrar tanta animadversión hacia las mujeres casadas. Es el mismo prejuicio, sin fundamento alguno, que la llevó a retirar a esa criada de su escalera y...

—Me opongo a ese trato de privilegio —dijo la señorita Hillyard, subiendo el tono—. No veo razón para tolerar la negligencia en el deber porque una criada o una secretaria sea viuda con hijos. No veo razón alguna por la que haya que darle a Annie una habitación propia en el ala del servicio y ponerla a cargo de todo un corredor, cuando criadas que llevan aquí más tiempo que ella tienen que conformarse con una habitación compartida. No...

—Pues yo pienso que se merece cierta consideración —dijo la señorita Stevens—. Una mujer acostumbrada a tener una casa bonita...

—Me parece muy bien pero, en cualquier caso, no fue precisamente mi falta de consideración lo que permitió que sus queridas criaturas quedaran a cargo de un delincuente común.

—Yo siempre estuve en contra —dijo la decana.

—Entonces, ¿por qué cedió? Porque la pobre señora Jukes es una mujer tan buena y tiene una familia que mantener. Había que mostrarle consideración y compensarla por haber sido lo suficientemente imbécil para casarse con un sinvergüenza. ¿Qué sentido tiene fingir que antepone los intereses del college cuando duda dos trimestres en despedir a un conserje deshonesto porque le da lástima su familia?

—En eso estoy completamente de acuerdo con usted —dijo la señorita Allison—. En esos casos, el college debe ser lo primero.

—Siempre debe ser lo primero. La señora Goodwin tendría que comprenderlo y renunciar a su puesto de trabajo si no puede cumplir con sus obligaciones como es debido. —Se levantó—. Al fin y al cabo, quizá sea mejor que se haya marchado. Quizá recuerden que, la última vez que estuvo fuera, no recibimos cartas anónimas ni se cometió ninguna fechoría.

La señorita Hillyard dejó su taza de café y salió muy digna de la habitación. Todo el mundo parecía incómodo.

—¡Hay que ver! —exclamó la decana.

—Aquí pasa algo, y muy malo —dijo la señorita Edwards, sin andarse con rodeos.

—Tiene tantos prejuicios… —dijo la señorita Lydgate—. Yo siempre he pensado que es una lástima que no se haya casado.

La señorita Lydgate tenía una forma especial de expresar con palabras lo que podría comprender un niño, cosas que otras personas no decían, o las decían de otra manera.

—Pues francamente, pobre del hombre que se casara con ella

—intervino la señorita Shaw—. Pero a lo mejor estoy mostrando demasiada consideración hacia el sexo masculino. Es que casi te da miedo abrir la boca.

—¡La señora Goodwin! ¡La última persona en la que se podría pensar! —exclamó la administradora.

Se levantó muy enfadada y salió. La señorita Lydgate fue detrás de ella. La señorita Chilperic, que parecía muy preocupada pero no había hecho ningún comentario, también se marchó, diciendo en voz baja que tenía trabajo. La habitación fue vaciándose poco a poco, hasta que Harriet y la decana se quedaron a solas.

—La señorita Lydgate es tremenda. Siempre da en el clavo —dijo la señorita Martin—. Y es que salta a la vista que es mucho más probable que...

—Muchísimo más probable —la interrumpió Harriet.

El señor Jenkyn era un profesor jovencito y simpático a quien Harriet había conocido el trimestre anterior en una fiesta al norte de Oxford, precisamente donde se había encontrado con Reginald Pomfret. Residía en el Magdalen y daba la casualidad de que era uno de los supervisores. También por casualidad, Harriet le había dicho algo sobre la ceremonia del Primero de Mayo en el Magdalen y él le prometió que le enviaría una invitación para la torre. Al ser científico y hombre de mente escrupulosamente exacta, recordó su promesa, y la invitación llegó a su debido tiempo.

No iba a asistir ningún miembro del claustro de Shrewsbury. La mayoría había ido en otras ocasiones. No así la señorita De Vine, pero aunque le habían ofrecido una entrada, su corazón no resistiría las escaleras. También había alumnas con invitación, pero Harriet no las conocía. De modo que salió ella sola, mucho antes del amanecer, tras haber concertado una cita con la señorita

Edwards para dar un paseo en canoa por el Isis antes de desayunar.

El coro había cantado el himno. El sol había salido, rojo y furibundo, proyectando un leve rubor sobre los tejados y las agujas de la ciudad que empezaba a despertar. Harriet se asomó al pretil y contempló la belleza desgarradora de la calle mayor en curva, apenas alterada aún por el estruendo de los vehículos de motor. La torre empezó a balancearse bajo sus pies con el balanceo de las campanas. Allá abajo empezó a deshacerse y a dispersarse el grupito de ciclistas y peatones. El señor Jenkyn subió, dijo unas palabras amables y añadió que tenía que marcharse corriendo para ir a bañarse con un amigo en Parson's Pleasure, pero Harriet no tenía por qué darse prisa… ¿podría arreglárselas ella sola para bajar?

Harriet se echó a reír y le dio las gracias, y él se despidió en las escaleras. Harriet fue al lado este de la torre. Desde allí se veían el río y el puente de Magdalen, con sus bateas y canoas, entre las que distinguió la robusta figura de la señorita Edwards, con un jersey de un naranja muy vivo. Era maravilloso estar tan por encima del mundo, con un mar de sonido debajo y un océano de aire encima, la humanidad reducida a las proporciones de un hormiguero. Sí, todavía se arracimaban unas cuantas personas en la torre…, sus compañeros de aquel santuario al aire libre, igualmente embelesados ante tanta belleza…

¡Por todos los santos! Pero ¿qué quería hacer aquella chica?

Harriet se abalanzó hacia la joven que estaba apoyando una rodilla en la mampostería y colocándose entre dos almenas.

—¡Cuidado! —gritó—. No haga eso. Es peligroso.

La muchacha, una criatura delgada, de piel muy blanca, con expresión asustada, desistió de inmediato.

—No, si solo quería asomarme.

—Pues no haga tonterías. Podría marearse. Venga, bájese de ahí. A la dirección del Magdalen le resultaría sumamente desagradable que alguien se cayera de aquí. A lo mejor tendrían que prohibir que se subiera.

—Lo siento muchísimo. No lo había pensado.

—Pues hay que pensar. ¿Hay alguien con usted?

—No.

—Yo voy a bajar. Venga conmigo.

—Muy bien.

Harriet bajó delante de la muchacha por la oscura espiral. No tenía pruebas de nada, sino simple curiosidad, la suficiente para hacerle pensar. La muchacha tenía un acento un tanto ordinario, y Harriet la habría incluido en la categoría de dependienta de una tienda de no haber sido porque las invitaciones para la torre normalmente se limitaban a los universitarios y sus amigos. Podía ser una alumna con beca, y además, a lo mejor le estaba dando demasiada importancia a aquel incidente.

Estaban atravesando el campanario, con un clamor insistente, impertinente. A Harriet le recordó algo que le había contado Peter Wimsey hacía unos años, un día en el que, solo gracias a la inquebrantable decisión de seguir hablando él, logró evitar que acabara en pelea una lamentable excursión. Era algo sobre un cadáver en un campanario, y una inundación y las grandes campanas propagando la alarma por tres condados.

El ruido de las campanas fue apagándose a medida que Harriet avanzaba, y también el recuerdo, pero se había detenido un momento en el difícil descenso, y la chica, quienquiera que fuese, se había adelantado. Cuando llegó al pie de las escaleras y salió a la clara luz del día, vio la delgada figura atravesar disparada el pasadizo y salir al patio. Dudó si debía perseguirla o no. La siguió desde lejos, observó que torcía hacia la ciudad y de repente se encontró poco menos que en los brazos del señor Pomfret, que bajaba del Queen's con un traje de franela gris zarrapastroso y una toalla al brazo.

—¡Hola! —dijo el señor Pomfret—. ¿Viene de saludar al amanecer?

—Sí. No ha sido un amanecer muy bueno, pero el saludo sí.

—Yo creo que va a llover, pero he dicho que iba a bañarme y voy a bañarme.

—Pues igual que yo. He dicho que voy a remar, y voy a remar —replicó Harriet.

—¿No somos dos héroes? —dijo el señor Pomfret.

La acompañó hasta el puente de Magdalen, lo llamó desde una canoa un amigo irritado, que dijo que llevaba esperando media hora, echó a andar río arriba, rezongando que nadie lo quería y que sabía que iba a llover.

Harriet encontró a la señorita Edwards, quien, al oír lo de la chica dijo:

—En fin, supongo que podría haberle preguntado cómo se llama, pero no sé qué se podría hacer. No sería una de las nuestras, ¿no?

—No la he reconocido, y creo que ella a mí tampoco.

—Entonces probablemente no lo es. De todos modos, es una lástima que no averiguase su nombre. La gente no debería hacer cosas así. Es una falta de consideración. ¿Qué prefiere, proa o popa?

12

Como un tulipán (que nuestros herboristas llaman *Narcissus*) cuando brilla el sol es *admirandus flos
ad radios solios se pendens*, una flor exhibiendo su es-
plendor, cuando el sol se pone, o llega la tempestad,
se oculta, languidece y sin deleite alguno queda... así
hace todo enamorado con su amada.

ROBERT BURTON

La mente actúa con suma eficacia sobre el cuerpo, provocando con sus pasiones y perturbaciones
prodigiosas alteraciones, tales como la melancolía, la
desesperación, crueles enfermedades y en ocasiones
la muerte misma... Aquellos que viven con temor jamás son libres, audaces, seguros, alegres, sino que
padecen incesante dolor... Causa a menudo la locura repentina.

Ibidem

La llegada de la señorita Edwards, junto con la reorganización de
las residencias debido a la finalización del edificio de la biblioteca
contribuyeron considerablemente a reforzar la autoridad al co-

mienzo del último trimestre. La señorita Barton, la señorita Burrows y la señorita De Vine se instalaron en tres nuevos apartamentos en la primera planta de la biblioteca; a la señorita Chilperic la trasladaron al patio nuevo y se llevó a cabo una redistribución general, de modo que los edificios del Tudor y del Burleigh quedaron privados por completo de profesoras. La señorita Martin, Harriet, la señorita Edwards y la señorita Lydgate establecieron un sistema de rondas, mediante el cual se podían hacer visitas nocturnas a intervalos variables al patio nuevo, el Queen Elizabeth y el edificio de la biblioteca y vigilar cualquier movimiento sospechoso.

Gracias a este plan se frenaron las actuaciones más violentas de la autora de los anónimos, si bien llegaron unas cuantas cartas anónimas por correo, con insinuaciones insidiosas y amenazas de venganza contra varias personas. Harriet se encargaba escrupulosamente de cuantas muestras tenía noticia o podía recoger. Cayó en la cuenta de que ya habían llegado a todo el claustro, salvo a la señora Goodwin y a la señorita Chilperic; además, las alumnas de tercero empezaron a recibir siniestros pronósticos sobre sus posibilidades en los exámenes, mientras que a la señorita Flaxman la obsequiaron con un dibujo de muy mala factura de una arpía arrancándole la carne a un caballero con birrete. Harriet había intentado librar de toda sospecha a la señorita Pyke y a la señorita Burrows, basándose en que eran bastante hábiles con el lápiz y, por consiguiente, incapaces de realizar dibujos tan malos, ni siquiera a propósito; sin embargo, descubrió que aunque ambas eran diestras, ninguna de las dos era ambidiestra, y que lo que intentaban hacer con la mano izquierda resultaba tan malo como cualquier obra de la autora de los anónimos, si no peor. Desde luego, cuando le enseñó el dibujo de la arpía, la señorita Pyke comentó que contradecía en varios aspectos el concepto clásico de ese monstruo, pero a una experta podía resultarle muy fácil fingir ignorancia, y quizá el ardor con que resaltó los errores de escasa importancia decía tanto contra ella como a su favor.

Otro suceso insignificante pero curioso, que tuvo lugar el tercer lunes del trimestre, fue la queja de una alumna de primero, que estaba muy nerviosa y muy seria: había dejado una novela moderna, totalmente inofensiva, abierta sobre la mesa en la biblioteca de narrativa, y al volver a recogerla tras haber pasado la tarde en el río, encontró varias páginas del centro, justo donde estaba leyendo, arrancadas y desparramadas por la sala. A la alumna, que tenía una beca del condado y era más pobre que las ratas, poco le faltó para echarse a llorar. No había sido culpa suya, pero ¿tendría que reponer el libro? La decana, a quien fue presentada la cuestión, dijo que no, porque no parecía ser culpa de una alumna de primero. Hizo una nota sobre aquella atrocidad: «*La búsqueda*, de C. P. Snow. Páginas 327-340 arrancadas y cortadas. 13 de mayo», y le dio la información a Harriet, que la incorporó a su diario del caso, junto con entradas como: «7 de marzo. Carta insultante por correo para la señorita De Vine», «11 de marzo, para la señorita Hillyard y la señorita Layton», «29 de abril. Dibujo de la arpía para la señorita Flaxman», y acumuló una lista imponente.

Y así se presentó el trimestre de verano, salpicado de sol, precioso; abril se despidió como una exhalación, espoleado por el viento, para recibir a un mayo esplendoroso. Los tulipanes se mecían en el jardín de las profesoras; un fleco de verdor dorado relucía hasta lo más intrincado de las hayas seculares; las barcas dispuestas en el Cher, entre las orillas que empezaban a florecer y la ancha cuenca del Isis, se agotaban con tanto entrenamiento de los equipos. Por las calles de la ciudad y por las puertas de los colleges revoloteaban togas negras y vestidos veraniegos, formando descuidados blasones con el verde del suave césped y el sable plateado de la piedra ancestral; automóviles y bicicletas torcían peligrosamente por estrechas bocacalles codo con codo, y con los alaridos de los gramófonos, los canales desde el puente de Magdalen hasta mucho más allá de la nueva carretera de circunvalación resultaban odiosos. Las alumnas que tomaban el sol y merendaban ruidosamente profanaban el patio viejo de Shrewsbury, las zapatillas de tenis recién lavadas proliferaban en zócalos y alféizares de ventanas, y la decana se vio obligada a promulgar un edicto sobre la cuestión de los trajes de baño, que ondeaban y revoloteaban, a modo de banderas, y se veían desde cualquier posición estratégica. Las solícitas tutoras empezaron a cloquear y empollar con ternura cuantos huevos becarios a punto de madurar estaban destinados a eclosionar en la humedad de los exámenes tras tres años de incubación; las candidatas, al darse cuenta con remordimiento de conciencia de que apenas les quedaban ocho semanas para compensar las clases que se habían saltado y las horas de trabajo perdidas, iban como flechas desde la Bodleiana hasta las aulas y desde la cámara a las clases, y entonces el goteo de insultos de las cartas anónimas quedó anegado y prácticamente olvidado en la corriente de joviales amenazas que siempre brotaban de labios de las alumnas elegidas entre el grueso de las examinandas. Ni tampoco faltó la nota más alegre en el delirio generalizado al comienzo de la fiebre de los exámenes. El claustro decidía las candidatas para la «carrera», y a Harriet le proporcionaron los nombres de dos «caballos», uno de los cuales, la señorita Newland, era al parecer favorito. Preguntó quién era, porque nunca la había visto ni había oído hablar de ella.

—Supongo que no la conocerá —dijo la decana—. Es muy tímida, pero la señorita Shaw piensa que tiene todas las probabilidades de obtener la calificación más alta.

—Sin embargo, este trimestre no tiene muy buen aspecto —dijo la administradora—. Espero que no vaya a sufrir una crisis nerviosa ni nada parecido. El otro día le dije que no debía saltarse el comedor tan a menudo.

—Sí, se empeñan en hacerlo —replicó la decana—. Con decir que no les apetece cambiarse cuando vuelven del río, se quedan en su habitación en pijama y se toman un huevo, pero estoy segura de que un huevo cocido y una sardina no son suficientes para estos exámenes.

—Y el lío que supone para las criadas que tienen que limpiarlo todo —refunfuñó la administradora—. Es prácticamente imposible tener arregladas las habitaciones antes de las once si están llenas de platos sucios.

—Lo que le pasa a Newland no tiene nada que ver con ir al río —objetó la decana—. La chiquilla trabaja mucho.

—Pues todavía peor —dijo la administradora—. No me fío de las alumnas que se dedican a empollar en el último trimestre. No me extrañaría que su «caballo» se retirase, señorita Vane. Me da la impresión de que está muy nerviosa.

—Qué deprimente —dijo Harriet—. Quizá debería vender la mitad de mi boleto mientras tenga buen precio. Coincido con Edgar Wallace: «Que me den un caballo bueno y estúpido que se coma la avena». ¿Alguna apuesta por Newland?

—¿Qué dicen de Newland? —preguntó la señorita Shaw, acercándose a ellas. Estaban tomando café en el jardín de las profesoras—. Por cierto, decana, ¿no podría poner un aviso sobre sentarse en la hierba del patio nuevo? Ya he tenido que echar a dos grupos que estaban merendando. No podemos consentir que esto parezca la playa de Margate.

—Claro que no. Saben perfectamente que está prohibido. ¿Por qué son las estudiantes tan descuidadas?

—Siempre deseando parecerse a los hombres —replicó sarcásticamente la señorita Hillyard—. Pero según observo, el parecido no abarca el respeto a los jardines del college.

—Incluso usted ha de reconocer que los hombres tienen algunas virtudes —dijo la señorita Shaw.

—Más tradición y disciplina, pero nada más —replicó la señorita Hillyard.

—No sé —dijo la señorita Edwards—. Creo que las mujeres son por naturaleza más desordenadas, y les atrae la idea de las meriendas en el campo.

—Es muy agradable estar al aire libre con este tiempo tan bueno —apuntó la señorita Chilperic, casi disculpándose (ya que su época de estudiante no quedaba muy lejos)— y no se dan cuenta de lo horrible que queda.

—Cuando hace calor, los hombres tienen el sentido común de quedarse en casa, donde hace más fresco —intervino Harriet, retirando su silla hacia la sombra.

—Los hombres sienten predilección por el aire viciado —dijo la señorita Hillyard.

—Sí, pero ¿qué decían de la señorita Newland? —insistió la señorita Shaw—. No estaba usted ofreciéndose a vender su boleto, ¿verdad, señorita Vane? Porque, créame, es la favorita. Es la típica becaria de Latymer, y su trabajo extraordinario.

—Alguien ha sugerido que está inapetente y que probablemente no competirá.

—Qué crueldad —dijo la señorita Shaw, indignada—. Nadie tiene derecho a decir cosas así.

—Parece agobiada y con los nervios a flor de piel —dijo la administradora—. Es demasiado aplicada, trabaja demasiado. No le ha cogido el tranquillo a los exámenes para la especialidad, ¿verdad?

—No hace mal su trabajo —replicó la señorita Shaw—. Está un poco pálida, pero supongo que es por este calor que ha llegado de repente.

—Posiblemente está preocupada por cosas de su casa —apuntó la señora Goodwin.

Había vuelto al college el 9 de mayo, ya que, afortunadamente, la situación de su hijo había cambiado para mejor, aunque todavía no estaba fuera de peligro. Parecía preocupada y comprensiva.

—Me lo habría contado si así fuera —dijo la señorita Shaw—. Yo animo a mis alumnas a que confíen en mí. Desde luego, es una muchacha muy reservada, pero he hecho todo lo posible para que sea más comunicativa, y estoy segura de que si le pasara algo me habría enterado.

—Bueno, tendré que ver a ese caballo para decidir qué hago con mi boleto. Alguien tiene que elegirla —dijo Harriet.

—Me imagino que en este momento estará en la biblioteca —dijo la decana—. La vi corriendo como una loca hacia allí antes de la cena, saltándose el comedor como siempre. Estuve a punto de hablar con ella. Venga a dar una vuelta, señorita Vane. Si está allí, la echaremos, por su bien. De todas maneras, tengo que hacer una consulta.

Harriet se levantó, riendo, y acompañó a la decana.

—A veces pienso que las alumnas de la señorita Shaw confiarían más en ella si no estuviera siempre sonsacándolas y pinchándolas —dijo la señorita Martin—. Le encanta que la gente le tenga cariño, y lo considero un error. Sé amable, pero déjalas en paz: ese es mi lema. Las tímidas se meten en su concha cuando las pinchas, y las egoístas hacen un montón de tonterías para llamar la atención. Pero claro, cada cual tiene su método.

Abrió la puerta de la biblioteca, se detuvo en el cubículo del fondo para consultar un libro y comprobar una cita y después atravesó la alargada sala delante de Harriet. Sentada a una mesa cerca del centro había una chica delgada, rubia, trabajando entre un montón de libros de consulta. La decana se paró.

—¿Todavía aquí, señorita Newland? ¿No ha cenado nada?

—Tomaré algo más tarde, señorita Martin. Hace mucho calor, y quiero terminar este trabajo de lengua.

La muchacha parecía asustada e intranquila. Se retiró el pelo húmedo de la frente. Tenía el blanco de los ojos como el de un caballo inquieto.

—No sea tonta —replicó la decana—. Tanto trabajar y tan poco divertirse es sencillamente absurdo en este trimestre. Como siga así, tendremos que mandarla a una cura de reposo y prohibirle que trabaje durante al menos una semana. ¿Tiene dolor de cabeza? Lo parece.

—No mucho, señorita Martin.

—Por lo que más quiera, deje ya a ese condenado Ducange o Meyer-Lübke o quien demonios sea y vaya a divertirse un rato —dijo la decana—. Siempre tengo que andar detrás de las alumnas para la especialidad a fin de sacarlas del río y que vayan al campo —añadió, dirigiéndose a Harriet—. Ojalá fueran todas como la señorita Camperdown... Estuvo aquí después de usted. Menudo susto le dio a la señorita Pyke, repartiendo todo el trimestre entre el río y las pistas de tenis, y acabó con sobresaliente en clásicas.

La señorita Newland parecía más asustada que nunca.

—Es que no soy capaz de pensar —confesó—. Se me olvidan las cosas y me quedo en blanco.

—Natural —replicó la decana vivamente—. Es una clara señal de que se está excediendo. Deje eso inmediatamente. Levántese ahora mismo, coma un poco y lea una buena novela o algo, o vaya a jugar un partidito de tenis con alguien.

—No se preocupe, por favor, señorita Martin. Prefiero seguir con esto. No tengo ganas de comer y el tenis no me interesa. ¡No se preocupe! —exclamó, casi histérica.

—De acuerdo, hija —replicó la decana—. No quiero incordiar, pero sea usted sensata.

—Sí, de verdad, señorita Martin, pero voy a terminar este trabajo. No me sentiría a gusto si no lo hiciera. Cenaré algo y después me acostaré. Le prometo que lo haré.

—Así me gusta.

La decana salió de la biblioteca y le dijo a Harriet:

—No me gusta verlas en ese estado. ¿Qué piensa de las posibilidades de su caballo?

—No gran cosa —contestó Harriet—. La conozco. Es decir, la he visto. La última vez en la torre de Magdalen.

—¿Cómo? ¡Dios mío! —exclamó la decana.

Harriet no había visto mucho a lord Saint-George durante la primera quincena del trimestre. El muchacho ya no llevaba el brazo en cabestrillo, pero aún no estaba lo suficientemente fuerte y eso había puesto freno a sus actividades deportivas, y cuando por fin lo vio Harriet, él le dijo que estaba trabajando. El asunto del poste de telégrafos y del seguro se había resuelto sin problemas y se había evitado la ira paterna. Sin duda, «el tío Peter» había tenido algo que ver, pero es que el tío Peter, si bien mordaz, era muy de fiar. Harriet animó al joven a continuar con su trabajo y rechazó una invitación a cenar para conocer a «su gente». No tenía ninguna gana de conocer a los Denver, y hasta la fecha se había librado.

El señor Pomfret no paraba de tener detalles con ella. El señor Rogers y él la llevaron al río y también invitaron a la señorita Cattermole. Todos se portaron divinamente y se lo pasaron bien, evitando, de común acuerdo, recordar anteriores encuentros. Harriet estaba contenta con la señorita Cattermole: parecía haberse esforzado por ahuyentar las sombras que se habían apoderado de ella, y el informe de la señorita Hillyard era esperanzador. El señor Pomfret también la invitó a almorzar y a jugar al tenis. En la primera ocasión, Harriet alegó un compromiso anterior, sin faltar a la verdad, y en la segunda, sin hacer tanto honor a la verdad, dijo que llevaba años sin jugar al tenis, que no estaba en forma y que no le apetecía demasiado. Al fin y al cabo, tenía trabajo (Le Fanu, *Entre el viento y el agua* e *Historia de la prosodia* constituían un programa bastante completo) y no era cuestión de perder el tiempo con estudiantes.

Sin embargo, la noche después de que le presentaran formalmente a la señorita Newland, Harriet se encontró por casualidad con el señor Pomfret. Había ido a ver a una antigua alumna de Shrewsbury adscrita al claustro Somerville, y estaba atravesando Saint Giles al volver, poco antes de medianoche, cuando reparó en un grupo de jóvenes con traje de etiqueta alrededor de uno de los árboles que adornan la famosa vía. De natural curioso, Harriet se acercó a ver qué ocurría. La calle estaba prácticamente vacía, salvo algún que otro vehículo. Las ramas superiores del árbol se agitaron con fuerza, y Harriet, algo apartada del grupito que había debajo, comprendió por los comentarios que el señor Nosecuántos se había comprometido, por una apuesta después de la cena, a trepar a todos los árboles de Saint Giles sin que se enterase el supervisor. Como los árboles eran numerosos y el lugar público, Harriet pensó que la apuesta era demasiado optimista. Estaba a punto de darse la vuelta para cruzar la calle en dirección al Lamb and Flag cuando otro joven, que evidentemente había estado apostado vigilando, llegó jadeante y anunció que el supervisor acababa de aparecer doblando la esquina de Broad Street. El escalador bajó precipitadamente, y el grupo se dispersó en todas direcciones: unos pasaron al lado de Harriet, otros escaparon por las calles laterales, y unos cuantos osados se dirigieron al pequeño recinto conocido como la Defensa, en cuyo interior (puesto que no pertenece a la ciudad sino a Saint John) podían jugar cuanto quisieran al corre que te pillo con el supervisor. Uno de los jóvenes que salieron disparados hacia allí pasó muy cerca de Harriet, se detuvo con una exclamación y se puso a su lado.

—¡Pero si es usted! —gritó el señor Pomfret—. Curioso, pero siempre me pilla. Una suerte increíble, ¿verdad? Oiga, me ha estado evitando todo este trimestre. ¿Por qué?

—No, no —replicó Harriet—. Es que he tenido muchas cosas que hacer.

—Pero me ha estado evitando —insistió el señor Pomfret—. Yo sé que sí. Supongo que es absurdo pensar que pueda interesarse por mí. Supongo que ni siquiera piensa en mí, y a lo mejor hasta me desprecia.

—No diga tonterías, señor Pomfret. Por supuesto que no hago nada semejante. Me parece usted muy simpático, pero...

—¿En serio?... Entonces, ¿por qué no me deja que vaya a verla? Mire, tengo que verla. Tengo que contarle una cosa. ¿Cuándo puedo venir a hablar con usted?

—¿De qué? —preguntó Harriet, asaltada por una terrible duda.

—¿Cómo que de qué? Vamos, no sea tan cruel. Mire, Harriet... No, no, tiene que escucharme, Harriet, maravillosa, adorable Harriet...

—Señor Pomfret, por favor...

Pero al señor Pomfret no había quien lo parase. Se dejó llevar por su admiración, y Harriet, acorralada en la sombra del gran castaño de Indias junto al Lamb and Flag, se vio obligada a escuchar la confesión de entrega más entusiasta que jamás le haya hecho un joven de veintipocos años a una dama de edad y experiencia considerablemente mayores que las suyas.

—Lo siento muchísimo, señor Pomfret. No había pensado… No, en serio, es imposible. Le llevo al menos diez años, y además…

—¿Y eso qué importancia tiene? —Con un gesto exagerado y torpe, el señor Pomfret dejó a un lado la diferencia de edad y se lanzó a un torrente de elocuencia que Harriet, exasperada, por él y por sí misma, no pudo detener. La amaba, la adoraba, era profundamente desgraciado, no era capaz ni de trabajar ni de hacer deporte por pensar en ella, si lo rechazaba no sabría qué hacer, ella tenía que haberlo visto, tenía que haberse dado cuenta de que… quería interponerse entre ella y el resto del mundo…

El señor Pomfret medía uno noventa, con anchura y musculatura proporcionales.

—No haga eso, por favor —dijo Harriet, sintiéndose como si le ordenara débilmente al alsaciano enorme y desobediente de otra persona: «Ya está bien, César»—. No, en serio. No puedo consentir que… —y añadió con un tono distinto—: ¡Cuidado, tonto! Ahí llega el supervisor.

Consternado, el señor Pomfret recuperó la compostura y se dio la vuelta, como dispuesto a huir, pero los bulldog del supervisor, que habían pasado un rato muy animado con los escaladores de árboles en Saint Giles y estaban sedientos de sangre, entraron por el arco a buen trote y, al ver a un joven no solo entregado al nocturno deambular sin toga sino incluso abrazado a una fémina (*mulier vel meretix, cujus consortio Christianis prorsus interdictum est*), saltaron alegremente sobre él, como sobre una presa segura.

—¡Maldición! —exclamó el señor Pomfret—. Oiga, mire…

—Al supervisor le gustaría hablar con usted, señor —dijo el gran bulldog con gravedad.

Harriet debatió en su fuero interno si no sería más delicado marcharse y dejar al señor Pomfret enfrentado a su destino, pero el supervisor les seguía los talones a sus hombres; se encontraba a escasos metros de ella y ya había exigido el nombre y el college del infractor. No parecía haber otra salida sino afrontar la situación.

—Un momento, señor supervisor —dijo Harriet, intentando contener un rebelde ataque de risa, por el bien del señor Pomfret—. Este caballero está conmigo, y usted no puede… ¡Ah, buenas noches, señor Jenkyn!

Efectivamente, era el afable ayudante del supervisor, que al mirar a Harriet se quedó mudo de asombro y vergüenza.

—Oiga —terció el señor Pomfret con torpeza pero con la convicción caballeresca de que debía una explicación—. Mire, es todo por mi culpa. O sea, me parece que he molestado a la señorita Vane. Ella… o sea, yo…

—Bueno, ahora no puede seguir acechándolo, ¿no le parece? —dijo Harriet con tono persuasivo.

—Pues pensándolo bien, supongo que no —replicó el señor Jenkyn—. Es usted licenciada por esta universidad, ¿no? —Indicó con una mano a los bulldog que se alejaran—. Usted perdone —añadió con cierta frialdad.

—No tiene importancia —replicó Harriet—. Es una bonita noche. ¿Ha tenido buena caza en Saint Giles?

—Dos culpables tendrán que presentarse ante su decano mañana —dijo el ayudante del supervisor, más amablemente—. Supongo que por aquí no ha pasado nadie más, ¿verdad?

—Solamente nosotros, y le aseguro que no nos hemos subido a los árboles —repuso Harriet.

Por una pérfida facilidad para las citas literarias, estuvo a punto de añadir «salvo en las Hespérides», pero se contuvo por respeto a los sentimientos del señor Pomfret.

—No, no, claro —dijo el señor Jenkyn. Se retorció las manos nerviosamente y se protegió los hombros con las vueltas de terciopelo de la toga—. Será mejor que vaya en busca de quienes sí lo han hecho.

—Buenas noches —dijo Harriet.

—Buenas noches —dijo el señor Jenkyn, levantando cortésmente el birrete. Se volvió bruscamente hacia el señor Pomfret—. Buenas noches, señor.

Se dirigió con paso vivo hacia Museum Road por entre los postes, con las largas mangas revoloteando al viento. Entre Harriet y el señor Pomfret se hizo uno de esos silencios en los que la primera palabra que se pronuncia resuena como un gong. Parecía tan imposible comentar la interrupción como reanudar la conversación interrumpida, pero de común acuerdo le dieron la espalda al ayudante del supervisor y volvieron a Saint Giles. El señor Pomfret no abrió la boca hasta que torcieron a la izquierda y atravesaron la Defensa, en aquellos momentos desierta.

—He quedado como un perfecto imbécil —dijo con amargura.

—Ha sido mala suerte, pero más imbécil he debido de parecer yo —replicó Harriet—. Por poco no echo a correr, pero bien está lo que bien acaba. El ayudante del supervisor es buena persona y no creo que le dé mayor importancia al incidente.

Con otro desconcertante acceso de risa interna, recordó una expresión que empleaban los irreverentes: «pillar a un alumno mayor faldeando». Posiblemente, el equivalente femenino de «faldear» sería «pantalonear», y pensó si el señor Jenkyn la pronunciaría al día siguiente en la sala común. No le envidiaba la diversión; tenía suficiente edad para saber que incluso las mayores meteduras de pata no provocan sino una pequeña onda en el océano del tiempo y que desaparece rápidamente. Sin embargo, era inevitable que al señor Pomfret esa onda se le antojase una auténtica vorágine. Estaba murmurando enfurruñado algo sobre haber quedado en ridículo.

—Por favor, no se preocupe —dijo Harriet—. No tiene ninguna importancia. A mí no me importa en absoluto.

—No, claro que no —repuso el señor Pomfret—. Naturalmente, usted no puede tomarme en serio. Me trata como a un niño.

—Por supuesto que no. Estoy muy agradecida… me siento muy honrada por todo lo que me ha dicho, pero la verdad es que es imposible.

—Bueno, es igual —replicó el señor Pomfret muy enfadado.

Qué lástima, pensó Harriet. Ya era suficientemente vejatorio que pisotearan los sentimientos juveniles, pero que te dejaran en ridículo de una forma oficial resultaba casi insoportable. Tenía que hacer algo para que aquel joven recuperase su dignidad.

—Escúcheme, señor Pomfret. No creo que me case jamás. Por favor, créame: mi objeción no es de tipo personal. Hemos sido muy buenos amigos. ¿No podríamos…?

El señor Pomfret acogió esta bonita y manida frase con un gruñido.

—Supongo que hay otra persona —dijo casi con saña.

—No creo que tenga usted derecho a preguntarme eso.

—Por supuesto que no —replicó el señor Pomfret muy ofendido—. No tengo derecho a preguntarle nada, y tendría que disculparme por haberle pedido que se case conmigo, y por haber montado una escenita ante los supervisores… en realidad, por existir. Lo lamento muchísimo.

Saltaba a la vista que el único bálsamo que podía aliviar medianamente la vanidad herida del señor Pomfret sería convencerlo de que había otra persona, pero Harriet no estaba dispuesta a reconocer semejante cosa, y además, hubiera otra persona o no, la sola idea de casarse con el señor Pomfret era sencillamente absurda. Harriet le rogó que se lo tomara de una forma razonable, pero él siguió todo enfurruñado, y la verdad es que nada de lo que pudiera decirse habría contribuido a paliar lo absurdo de la situación. Ofrecerle a una dama una caballerosa protección contra el mundo y verse obligado a aceptar su posición de persona mayor como protección contra la justa indignación del supervisor es grotesco y siempre lo será.

Ambos tenían que seguir el mismo camino. Anduvieron sobre las piedras en silencio, resentidos, pasaron junto a la fea fachada del Balliol y la alta verja de hierro del Trinity, el desdén multiplicado por catorce de los Césares y el inestable arco del edificio Clarendon, hasta llegar al cruce de Cat Street y Holywell.

—Bueno, pues si no le importa, yo seguiré por aquí —dijo el señor Pomfret—. Van a dar las doce.

—Sí. No se preocupe por mí. Buenas noches… Y muchísimas gracias, una vez más.

—Buenas noches.

El señor Pomfret se fue corriendo hacia Queen's College perseguido por el bramido de un coro de campanas.

Harriet siguió hasta Holywell. Ya podía reírse si le apetecía, y vaya si se rió. No temía haberle causado un daño irreparable al corazón del señor Pomfret; estaba tan enfadado que únicamente su orgullo podía sufrir. El incidente poseía ese elemento gracioso de lo ridículo que ni la lástima ni la caridad pueden destruir. Por desgracia, si se consideraba buena persona, no podía compartirlo con nadie; solo podía disfrutarlo en solitarios accesos de regocijo. No se podía ni imaginar lo que el señor Jenkyn pensaría de ella. ¿La consideraría una corruptora de menores? ¿Una promiscua sin principios? ¿O una mujer desesperada intentado aferrarse a las oportunidades que ya casi estaban a punto de escapársele? Cuanto más pensaba en el papel que había desempeñado en aquel incidente, más gracioso le parecía. Pensó en qué le diría al señor Jenkyn si volvía a verlo.

La sorprendió lo mucho que la había animado la ingenua propuesta del señor Pomfret. Debería haberse sentido avergonzada. Debería haberse culpado por no haber comprendido lo que le ocurría al señor Pomfret y no haber tomado medidas para ponerle fin. ¿Por qué no lo había hecho? Suponía que sencillamente porque no se le había ocurrido semejante posibilidad. Tenía asumido que jamás volvería a atraer a ningún hombre, salvo al excéntrico Peter Wimsey. Y para él era, por supuesto, un ser que él había creado y el espejo de su propia magnanimidad. Aunque ridícula, la entrega de Reggie Pomfret era al menos inquebrantable: no era un rey Cophetua, y ella no tenía que sentirse humildemente agradecida porque él hubiera tenido la bondad de fijarse en ella. Y al fin y al cabo, aquella idea resultaba agradable. Por mucho que proclamemos nuestros escasos méritos, pocos nos ofenderíamos en realidad si una persona desinteresada nos contradijera.

Sin arrepentirse de lo ocurrido, Harriet llegó al college y entró por la puerta trasera. Había luz en las habitaciones de la rectora, y alguien asomado a la verja. Al oír las pisadas de Harriet, ese alguien dijo, con la voz de la decana:

—¿Es usted, señorita Vane? La rectora quiere verla.

—¿Qué ocurre, decana?

La decana tomó a Harriet del brazo.

—Newland no ha venido. ¿No la ha visto usted por alguna parte?

—No… He estado en Somerville. Son poco más de las doce. A lo mejor aparece. ¿No pensarán que…?

—No sabemos qué pensar. Newland no suele salir sin permiso, y hemos encontrado unas cosas.

Acompañó a Harriet al salón de la rectora. La doctora Baring estaba sentada a la mesa, su hermoso rostro severo y grave, como el de un juez. Frente a ella estaba la señorita Haydock, de pie, con las manos en los bolsillos de la bata; parecía nerviosa y enfadada. Taciturna y acurrucada en un extremo del gran sofá, la señorita Shaw lloraba, mientras que detrás revoloteaba inquieta la señorita Millbanks, entre asustada y desafiante. Cuando Harriet entró con la decana, todas miraron esperanzadas hacia la puerta e inmediatamente apartaron la vista.

—Señorita Vane, me ha dicho la decana que vio usted a la señorita Newland actuando de una manera extraña en la torre de Magdalen el Primero de Mayo —dijo la rectora—. ¿Podría darme detalles más concretos?

Harriet volvió a contar la historia.

—Lamento no haberle preguntado su apellido entonces, pero no la reconocí, no pensé que fuera una de nuestras alumnas —añadió al final—. Ni siquiera me había fijado en ella hasta ayer, cuando me la señaló la señorita Martin.

—Sí, no me extraña que no la conociera —terció la señorita Martin—. Es muy tímida y muy callada y raramente va al comedor o se deja ver por ninguna parte. Creo que se pasa prácticamente todo el día trabajando en la Radcliffe. Como es natural, cuando me contó lo del Primero de Mayo, decidí que alguien tenía que vigilarla. Informé a la doctora Baring y a la señorita Shaw y le pregunté a la señorita Millbanks si alguien de tercero había notado que tuviera algún problema.

—¡No lo entiendo! —exclamó la señorita Shaw—. ¿Por qué no vino a hablar conmigo? Yo siempre animo a mis alumnas a que confíen plenamente en mí. Le he preguntado una y mil veces. Pensaba que sentía verdadero cariño por mí...

Se sonó la nariz con un pañuelo húmedo, desolada.

—Yo sabía que pasaba algo —dijo la señorita Haydock sin rodeos—, pero no sabía qué. Cuantas más preguntas le hacías, menos te contaba, así que no le pregunté demasiadas cosas.

—¿Esa muchacha no tiene amigos? —preguntó Harriet.

—Yo creía que a mí me consideraba amiga suya —se quejó la señorita Shaw.

—No hacía amigos —contestó la señorita Haydock.

—Es muy reservada —dijo la decana—. No creo que nadie pueda sonsacarle gran cosa. Yo no he podido.

—Pero ¿qué ha ocurrido exactamente? —preguntó Harriet.

—Cuando la señorita Martin habló con la señorita Millbanks sobre ella —terció la señorita Haydock, interrumpiendo sin ningún respeto hacia las demás personas—, la señorita Millbanks me lo contó y me dijo que no veía qué podíamos hacer nosotras.

—Pero si yo apenas la conocía... —empezó a decir la señorita Millbanks.

—Ni yo —volvió a interrumpir la señorita Haydock—, pero pensé que algo había que hacer, y esta tarde me la he llevado al río. Me dijo que tenía que trabajar, pero le dije que no fuera tonta, que si no, se iba a venir abajo. Tomamos una batea y merendamos en los jardines, y parecía estar bien. Volví a traerla y la convencí para que se viniera al comedor a cenar como es debido. Después me dijo que quería ir a trabajar a la Radcliffe. Yo tenía un compromiso, así que no pude acompañarla, aparte de que le habría parecido raro que anduviera detrás de ella todo el día. Así que le dije a la señorita Millbanks que alguien tenía que tomar el relevo.

—Pues yo tomé el relevo —replicó desafiante la señorita Millbanks—. Me llevé mi trabajo allí y me senté a una mesa desde la que podía verla. Estuvo allí hasta las nueve y media. Salí a las diez y vi que se había marchado.

—¿No la vio salir?

—No. Yo estaba leyendo y supongo que no me di cuenta. Lo siento, pero ¿cómo iba yo a saberlo? Este trimestre tengo exámenes. Es muy fácil decir que no debería haberla perdido de vista, pero no soy enfermera ni nada de eso...

Harriet observó que la señorita Millbanks había perdido la seguridad en sí misma, que se estaba defendiendo torpe y furiosamente, como una colegiala.

—Al regresar, la señorita Millbanks... —prosiguió la rectora.

—Pero ¿han hecho algo? —la interrumpió Harriet, impaciente ante aquella exposición ordenada y académica—. Supongo que habrán preguntado si ha estado en la galería de la Radcliffe.

—Lo pensé después y propuse que se hiciera un registro. Según creo, se ha hecho, sin resultados. No obstante, en un posterior...

—¿Y el río?

—A eso voy. Quizá sea mejor que continúe en orden cronológico. Le aseguro que no hemos perdido el tiempo.

—Muy bien, rectora.

—Al regresar —añadió la rectora, retomando el relato en el punto exacto en el que lo había dejado—, la señorita Millbanks se lo contó a la señorita Haydock, y comprobaron que la señorita Newland no estaba en el college. Actuando con toda corrección, informaron inmediatamente a la decana, que ordenó a Padgett que telefoneara en cuanto llegara la señorita Newland. No había vuelto a las once y cuarto, y Padgett dio parte, al tiempo que comentaba su inquietud por la señorita Newland. Había observado que le había dado por ir sola a todas partes y que parecía tensa y nerviosa.

—Padgett es muy sagaz —dijo la decana—. A veces pienso que sabe más de las alumnas que ninguna de nosotras.

—Hasta esta noche, yo habría asegurado que conocía íntimamente a todas mis alumnas —gimoteó la señorita Shaw.

—Padgett también dijo que había visto varias cartas anónimas dirigidas a la señorita Newland en la conserjería.

—Tendría que haber dado parte —dijo Harriet.

—No —replicó la decana—. Fue después de que viniera usted el trimestre pasado cuando le ordenamos que diera parte de todo. Las que él vio habían llegado antes.

—Comprendo.

—Ya empezábamos a preocuparnos, y la señorita Martin llamó a la policía —continuó la directora—. Mientras tanto, la señorita Haydock registró la habitación de la señorita Newland, en busca de algo que pudiera arrojar luz sobre su estado de ánimo, y encontró… esto.

Recogió de la mesa un montoncito de papeles y se lo dio a Harriet, que exclamó: «¡Dios mío!».

En esta ocasión, la autora de los anónimos había encontrado una víctima que le venía como anillo al dedo. Las cartas, treinta o más («y no creo que estén todas», comentó la decana), amenazantes, insultantes, insinuantes, machacaban despiadadamente sobre el mismo tema: «No creas que te vas a salir con la tuya», «¿Qué vas a hacer cuando suspendas los exámenes?», «Te mereces suspender y ya me encargaré yo de que así sea», y después sugerencias más espantosas: «¿No notas que estás perdiendo la cabeza?», «Si se dan cuenta de que te estás volviendo loca te echarán» y por último, una siniestra serie: «Será mejor que acabes de una vez», «Mejor muerta que en el manicomio», «Yo que tú me tiraría por la ventana», «Inténtalo en el río», etcétera, y lo más difícil de soportar para unos nervios debilitados es el martilleo continuo y certero.

—¡Si me las hubiera enseñado a mí! —exclamó llorosa la señorita Shaw.

—Por supuesto que no lo habría hecho —dijo Harriet—. Hay que ser muy equilibrada para reconocer que la gente puede pensar que te estás volviendo loca. Eso ha sido lo peor.

—De todas las maldades que… —dijo la decana—. ¡Pensar que esa pobre criatura ha estado recogiendo estas monstruosidades y amargándose la vida! ¡Me gustaría matar a quien haya hecho esto!

—Decididamente, es un intento de asesinato, pero la cuestión es: ¿se ha consumado? —dijo Harriet.

Se hizo un silencio, y después la rectora dijo con tono inexpresivo:

—Ha desaparecido una de las llaves del cobertizo de las barcas.

—La señorita Stevens y la señorita Edwards han ido en un bote río arriba, y la señorita Burrows y la señorita Barton por el Isis en el otro bote de espadilla —dijo la decana—. También está buscando la policía. Se han marchado hace unos tres cuartos de hora. Hasta entonces no nos habíamos percatado de la desaparición de la llave.

—Entonces no podemos hacer gran cosa —dijo Harriet, abs-

teniéndose de añadir con enfado que habría que haber comprobado lo de las llaves del cobertizo en el mismo momento en que se
dieron cuenta de la ausencia de la señorita Newland—. Señorita
Haydock… ¿le contó algo la señorita Newland, cualquier cosa
que pudiera indicar adónde pensaba ir en caso de que quisiera ahogarse?

La dura frase, pronunciada por primera vez sin ambages, impresionó a todo el mundo. La señorita Haydock se cubrió la cara
con las manos.

—Un momento —dijo—. Sí recuerdo algo. Íbamos por los jardines…, sí, después de la merienda, y seguimos un poco más antes
de torcer. Había una zona con el agua muy revuelta y estuve a punto de perder la pértiga. Recuerdo que dije que sería un sitio muy
malo para caerse, por las algas. El fondo es malo, está lleno de cieno y agujeros. La señorita Newland me preguntó si no era donde se
había ahogado un hombre el año pasado. Le dije que no lo sabía,
pero que creía que era por allí cerca. Ella no dijo nada más, y yo me
había olvidado hasta ahora.

Harriet miró su reloj.

—La vieron por última vez a las nueve y media. Tuvo que ir al
cobertizo de las barcas. ¿Tiene bicicleta? ¿No? Entonces tardaría
casi media hora. Las diez. Pongamos otros cuarenta minutos hasta
ese punto, a menos que fuera muy rápido…

—No se le da bien la batea. Cogería una piragua.

—Tendría en contra la corriente y el viento. Pongamos las once menos cuarto. Y tendría que llevar la canoa ella sola. Eso lleva su
tiempo, pero aún le quedaría más de una hora. Quizá sea demasiado tarde, pero merece la pena intentarlo.

—Pero puede haber ido a cualquier parte.

—Por supuesto, pero debemos tener en cuenta esa posibilidad.

Cuando a la gente se le ocurre una idea, no se le va de la cabeza, y no siempre toman la decisión en el mismo momento.

—Si conozco un poco la psicología de esa muchacha... —empezó a decir la señorita Shaw.

—¿De qué sirve discutir? —la interrumpió Harriet—. O está viva o está muerta, y tenemos que arriesgarnos. ¿Quién viene conmigo? Voy a por el coche... Se va más rápido por carretera que por el río. Podemos requisar un bote en algún punto de los jardines... si tenemos que entrar a la fuerza en un cobertizo. Decana...

—Estoy con usted —dijo la señorita Martin.

—Necesitamos linternas y mantas. Café caliente. Brandy. Habrá que avisar a la policía para que envíen a un agente y nos veamos en Timm's. Señorita Haydock, usted rema mejor que yo...

—Voy con usted —dijo la señorita Haydock—. Gracias a Dios, tenemos algo que hacer.

Luces en el río. El chapoteo de las espadillas. El constante movimiento de los escálamos.

El bote avanzaba lentamente río abajo. Agazapado en la proa, el agente escudriñaba las aguas de orilla a orilla con el haz de una potente linterna. Aferrada al timón, Harriet repartía su atención entre la oscura corriente y la luz móvil que tenía delante. Con paladas lentas y regulares, la decana mantenía la mirada fija delante de ella, concentrada en su tarea.

A una palabra del policía, Harriet paró el bote y dejó que lo arrastrara la corriente hacia un bulto negro y viscoso en el agua negra. La embarcación dio un bandazo cuando el hombre se inclinó sobre la borda. En medio del silencio se oyó la respuesta, el gemido, el chapoteo y el palmetazo de los remos al otro lado del siguiente recodo.

—Nada —dijo el policía—. Un trozo de arpillera.

—¿En serio? ¡A remar!

Los remos volvieron a golpear el agua.

—¿Ese bote es el de la administradora? —dijo la decana.

—Es muy probable —contestó Harriet.

Mientras pronunciaba estas palabras alguien gritó en la otra embarcación. Se oyó un salpicón, un chillido, y el policía respondió gritando:

—¡Ahí va!

—A toda velocidad —dijo Harriet.

Mientras maniobraba con el timón para que el bote doblase el recodo, vio a la luz de la linterna, a escasas paladas de distancia, lo que habían ido a buscar: la reluciente quilla de una piragua a la deriva en mitad del río, con los remos flotando al lado, y alrededor el agua, formando ondas por la fuerza de la caída.

—Cuidado, señoras, no vayamos a chocar. No puede andar lejos.

—¡Despacio! —dijo Harriet y añadió—: ¡Sujétenlo!

El río se arremolinaba burlonamente sobre las palas de los remos invertidos. El policía gritó al bote que se acercaba y señaló la orilla izquierda.

—¡Ahí, en el sauce!

La luz cayó sobre las hojas plateadas, que goteaban sobre el río como la lluvia. Algo desvaído y ominoso giraba debajo.

—Despacio. Zagual. Una a proa. Otra. Otra. Despacio. Zagual. Una. Dos. Tres. Despacio. Una a popa. Despacio. Cuidado con los remos de proa.

El bote atravesó el río y volvió ante la señal del policía, que iba arrodillado a proa, escudriñando el agua. Algo blanco y brillante subió hasta la superficie y volvió a sumergirse.

—Gire un poco más, señorita.

—¿Listas? Una a popa, zagual. Otra. Despacio. Sujétenlo. —El policía estaba inclinado sobre la borda, tanteando con ambas manos entre las algas—. Un poco más atrás. Despacio. Mantenga los remos de proa fuera del agua. Equilibre el bote. ¿La tiene?

—Sí... pero las algas son una barbaridad de fuertes.

—Cuidado, no vaya a caerse, o ya serán dos. Señorita Haydock... ¡Vamos! A ver si puede ayudar al agente. Decana, una palada muy suave.

La embarcación se balanceó peligrosamente cuando viró y arrancó las pegajosas algas, afiladas y duras como cuchillos. El otro bote se había aproximado y estaba cruzando el río. Harriet le gritó a la señorita Stevens que tuviera cuidado con los remos. Las dos embarcaciones se arrimaron. La chica tenía la cabeza fuera del agua, pálida como la muerte, exánime, desfigurada por cieno negro y algas oscuras. El policía sujetaba el cuerpo. La señorita Haydock tenía las dos manos en el agua, arremetiendo con un cuchillo contra las algas que aprisionaban cruelmente las piernas. La otra barca, obstaculizada por su propia ligereza, estaba escorando e inundándose por la borda, mientras las ocupantes forcejeaban.

—¡Equilibren ese bote, maldita sea! —gritó iracunda Harriet, a quien no le gustaba la idea de tener que encargarse de otros dos cadáveres y olvidándose de a quién se dirigía. La señorita Stevens no le hizo caso, pero la señorita Edwards echó todo su peso hacia delante, y cuando el bote se levantó también se levantó el cuerpo. Sujetando firmemente la linterna para que el equipo de rescate viera bien lo que hacía, observó cómo se desenredaban las reacias algas.

—Será mejor subirla aquí —dijo el policía. Su bote tenía menos espacio, pero brazos más fuertes y mejor equilibrio. Hubo una sacudida y un tirón cuando izaron por la borda el peso muerto, que cayó chorreando como un guiñapo a los pies de la señorita Haydock.

El agente de policía era un joven enérgico y competente. Administró los primeros auxilios con admirable rapidez. Las mujeres, en la orilla, observaban con expresión angustiada. Ya había llegado más ayuda del cobertizo de los botes. Harriet se encargó de contener el torrente de preguntas.

—Sí, una de nuestras alumnas. No sabe remar muy bien. Nos asustamos al pensar que había cogido una piragua ella sola. Una imprudencia. Sí, temíamos que hubiera un accidente. El viento, la corriente… No. Va contra las normas. (Si iba a haber una investigación judicial, habría que dar más explicaciones, pero no allí, en aquel momento.) Una insensatez. Demasiado optimista. Sí, sí, muy mala suerte. Correr estos riesgos…

—Se pondrá bien —dijo el policía.

Se incorporó y se enjugó el sudor de la frente.

Brandy. Mantas. Un lúgubre grupo en procesión hasta el cobertizo de los botes, si bien menos lúgubre de lo que podría haber sido. Después, una auténtica orgía de llamadas telefónicas. Después, el médico. Después, de repente, Harriet se puso a temblar de puros nervios, y una persona bondadosa le dio whisky. La paciente estaba mejor. La paciente estaba bastante bien. Al policía competente, a la señorita Haydock y a la señorita Stevens les estaban vendando las manos, con profundos cortes a causa de las afiladas algas. La gente hablaba, y Harriet esperaba que no dijeran tonterías.

—Vaya nochecita —le dijo la decana al oído.

—¿Quién está con la señorita Newland?

—La señorita Edwards. La he advertido de que no deje que la

chica diga nada si puede evitarlo. Y he acallado a ese policía tan simpático. Un accidente, hijo mío, un accidente. Todo en orden. Qué bien ha mantenido usted la calma, y las demás hemos seguido su ejemplo. La señorita Stevens la perdió un poquito cuando se puso a llorar y a hablar de suicidio, pero yo la hice callar enseguida.

—¡Maldita sea! —exclamó Harriet—. ¿Por qué querría hacer eso?

—Exactamente, ¿por qué? Cualquiera diría que quería organizar un escándalo.

—Salta a la vista que alguien lo quiere.

—¿No pensará que la señorita Stevens…? Pero si ha ayudado en el rescate…

—Sí, lo sé. De acuerdo, decana. No pienso nada. Ni siquiera voy a intentar pensar. Lo que pensaba era que iban a volcar el bote entre la señorita Edwards y ella.

—No hablemos de eso ahora. Gracias a Dios no ha ocurrido lo peor. La chica está a salvo, y eso es lo único que importa. Lo que tenemos que hacer es no darle mayor importancia al asunto.

Eran casi las cinco de la mañana cuando las participantes en el salvamento volvían a sentarse en la casa de la rectora, cansadas y vendadas. Todas se dedicaron elogios mutuos.

—Qué inteligente ha sido la señorita Vane al comprender que la pobre chiquilla iría a ese sitio concreto. Ha sido providencial que llegáramos cuando llegamos —dijo la decana.

—Yo no estoy tan segura —replicó Harriet—. Podríamos haber hecho más mal que bien. ¿Se dan cuenta de que no se decidió a saltar hasta que nos vio llegar?

—¿Quiere decir que quizá no habría saltado si no hubiéramos ido detrás de ella?

—Es difícil saberlo. Yo creo que lo estaba retrasando. Lo que la empujó realmente fue ese grito desde el otro bote. Por cierto, ¿quién gritó?

—Yo —contestó la señorita Stevens—. La vi al mirar por encima del hombro y grité.

—¿Qué hacía cuando la vio?

—Estaba de pie en la piragua.

—No —repuso la señorita Edwards—. Cuando usted gritó miré a mi alrededor, y la chica estaba poniéndose en pie.

—Se equivoca —la contradijo la señorita Stevens—. Lo que digo es que se estaba levantando cuando la vi y grité para detenerla. Usted no pudo ver nada delante de mí.

—Sé muy bien lo que vi —insistió obstinadamente la administradora.

—Es una lástima que no llevaran nadie al timón —terció la decana—. Nadie puede ver lo que ocurre a su espalda.

—No hace ninguna falta discutir sobre eso —dijo la rectora con cierta brusquedad—. Se ha evitado la tragedia, y eso es lo único que importa. Les estoy sumamente agradecida a todas.

—Me ofende que se insinúe que yo empujé a esa desgraciada muchacha a autodestruirse —dijo la señorita Stevens—. Y decir que no deberíamos haber ido en su busca...

—Yo no he dicho eso —replicó Harriet con expresión de cansancio—. Lo único que he dicho es que si no hubiéramos ido quizá no habría ocurrido, pero por supuesto, teníamos que ir.

—¿Qué dice la señorita Newland? —preguntó la decana.

—Que por qué no la dejamos en paz —contestó la señorita Edwards—. Yo le he dicho que no sea imbécil ni desagradecida.

—¡Pobre criatura! —exclamó la señorita Shaw.

—Si yo estuviera en su lugar, no sería tan blanda con esas chicas —dijo la señorita Edwards, y añadió—: Lo que las echa a perder es darles tantos ánimos. Usted las deja hablar demasiado de sí mismas y…

—Pero si no habló conmigo —dijo la señorita Shaw—. Y lo intenté con todas mis fuerzas.

—Hablarían más si las dejara en paz.

—Creo que deberíamos irnos todas a la cama —dijo la señorita Martin.

—Menuda nochecita —dijo Harriet, arrebujándose entre las sábanas, muerta de cansancio—. ¡Vaya noche tan espantosa!

La memoria, revolviéndose en su cerebro como un gato dentro de un saco, le devolvió las imágenes del señor Pomfret y del ayudante del supervisor. Parecían formar parte de otra vida.

13

Mi triste pesar se aliviará
cuando mis pensamientos desvele,
pues no podrás sino afligirte
cuando mis penas te cuente.
No hay nada que a ese amigo,
el de corazón sin dobleces,
los secretos pensamientos no podamos
enviar y a buen recaudo dejar,
y tu leal consejo
mi penoso estado templará,
pues en otro caso, la triste aflicción
a su antojo en mujer me mudará.

MICHAEL DRAYTON

—Deben comprender que es imposible seguir así —dijo Harriet—. Tienen que recurrir a la ayuda de expertos y arriesgarse a las consecuencias. Cualquier escándalo es preferible a un suicidio y una investigación judicial.

—Creo que tiene razón —dijo la rectora.

En el salón de la doctora Baring solo se encontraban la señorita Lydgate, la decana y la señorita Edwards. Habían renunciado a los valientes esfuerzos de fingir seguridad en sí mismas. Los miembros del claustro evitaban mirarse directamente a los ojos y medían sus palabras. Ya no había ni enfado ni desconfianza. Lo que había era miedo.

—No creo que los padres de la chica vayan a quedarse de brazos cruzados —añadió Harriet implacablemente—. Si hubiera conseguido ahogarse, ya tendríamos aquí a la policía y a los periodistas. La próxima vez, la tentativa podría tener éxito.

—La próxima vez… —empezó a decir la señorita Lydgate.

—Habrá una próxima vez —la interrumpió Harriet—. Y podría no ser suicidio, sino claro asesinato. Les dije al principio que no consideraba adecuadas las medidas, y ahora les digo que me niego a seguir compartiendo la responsabilidad. Lo he intentado y he fracasado, en todas las ocasiones.

—¿Y qué podría hacer la policía? —preguntó la señorita Edwards—. Vinieron una vez, cuando lo de los robos, ¿recuerda, rectora? Montaron un alboroto y detuvieron a quien no debían. Fue un asunto muy engorroso.

—Creo que la policía no es lo más conveniente —dijo la decana, volviéndose hacia Harriet—. Su idea era una empresa de detectives privados, ¿no?

—Sí, pero si alguien sugiere algo mejor…

Nadie tenía ninguna sugerencia realmente práctica. Continuó la conversación, hasta que al final:

—Señorita Vane, creo que su idea es la mejor —dijo la rectora—. ¿Podría ponerse en contacto con esas personas?

—Muy bien, rectora. Voy a llamar por teléfono a la dirección de esa empresa.

—Será usted discreta…

—Por supuesto —replicó Harriet. Empezaba a perder la paciencia; le parecía que ya había pasado el momento de la discreción—. Verá, si traemos a alguien, tendremos que darle carta blanca —añadió.

Evidentemente, era una advertencia desagradable, pero había que reconocer que también necesaria. Harriet preveía innumerables restricciones que obstaculizarían la investigación, y las dificultades que acompañarían a una autoridad dividida. La policía no tenía que rendir cuentas a nadie salvo a sí mismos, pero los detectives privados estaban obligados a acceder más o menos a lo que les pidieran quienes les pagaban. Miró a la doctora Baring y pensó si la señorita Climpson o cualquiera de sus subordinadas sería capaz de hacerse valer frente a tan imponente personalidad.

—Y ahora tengo que enfrentarme con los Newland —le dijo la decana mientras atravesaban el patio—. No es lo que más me apetece en el mundo. Estarán terriblemente afectados, los pobres. El padre es un funcionario de segunda categoría, y la carrera de su hija lo es todo para ellos. Además de lo personal, les supondrá un golpe tremendo si fracasa en los exámenes. Son muy pobres y trabajan mucho, y se sienten tan orgullosos de ella…

La señorita Martin hizo un gesto de desconsuelo, se irguió y se dispuso a acometer su tarea.

La señorita Hillyard, con toga, se dirigía a una de las aulas. Parecía ojerosa y atormentada, pensó Harriet. Lanzaba miradas a derecha e izquierda, como si pensara que la seguían.

Por una ventana abierta de la planta baja del Queen Elizabeth se oía la voz de la señorita Shaw, que estaba dando clase:

—También podrían haber utilizado una cita del ensayo *De la Vanité*. Recuerden el párrafo: *Je me suis couché mille fois chez moi, imaginant qu'on me trahirait et assomerait cette nuit-là…*, su morbosa preocupación por la idea de la muerte y su…

La maquinaria académica seguía funcionando. La administradora y la tesorera estaban a la entrada de sus despachos, con las manos llenas de papeles. Debían de estar hablando de alguna cuestión económica. Se miraban con reserva y hostilidad; parecían dos perros huraños encadenados juntos y obligados a llevarse bien, aunque a regañadientes, por una reprimenda de su amo.

La señorita Pyke bajó por la escalera y pasó junto a ellas sin dirigirles la palabra. Después pasó por la tarima junto a Harriet, también sin dirigirle la palabra. Llevaba la cabeza alta y desafiante. Harriet entró y se dirigió a la habitación de la señorita Lydgate. Sabía que estaba dando clase; podría utilizar su teléfono sin que la molestaran. Pidió una conferencia a Londres.

Un cuarto de hora más tarde colgaba el auricular con el ánimo por los suelos. No entendía por qué tenía que haberla sorprendido que la señorita Climpson se hubiera ausentado por «encontrarse ocupada con un caso». Le parecía vagamente monstruoso que tuviera que ser así, pero así era. ¿Deseaba hablar con otra persona? Harriet preguntó por la señorita Murchison, la única otra persona de la empresa a la que conocía personalmente. La señorita Murchison se había marchado hacía un año para casarse. Harriet se lo tomó casi como una ofensa personal. No le apetecía volcar todos los detalles del problema de Shrewsbury en los oídos de una perfecta desconocida. Dijo que enviaría una carta, colgó y se sentó, sintiéndose extrañamente impotente.

Está muy bien adoptar una postura firme y precipitarse al teléfono, decidida a «hacer algo» sin tardanza; los demás no se cruzan de brazos esperando a lo que más convenga, ni siquiera a nosotros, que somos tan interesantes e influyentes. Harriet se rió de su propia irritación. Había decidido actuar inmediatamente, y estaba furiosa porque una empresa tenía sus propios asuntos que atender. Sin embargo, era imposible esperar más. La situación empezaba a convertirse en una pesadilla. El rostro de la gente se había distorsionado y había adoptado una expresión taimada de la noche a la mañana; los ojos estaban llenos de temor, las palabras más inocentes cargadas de sospecha. En cualquier momento podía sobrevenir otra atrocidad y llevárselo todo por delante.

De repente le dieron miedo todas aquellas mujeres: *horti conclusi, fontes signati*, estaban todas encerradas, aisladas tras unos muros que a ella la dejaban fuera. Sentada allí a la clara luz de la mañana, contemplando el prosaico teléfono de la mesa, comprendió el pavor ancestral de Artemisa, la diosa de la luna, la virgen cazadora, cuyas flechas son plagas y muerte.

Entonces pensó que era una idea absurda recurrir a la ayuda de otro hatajo de solteronas; aunque lograra localizar a la señorita Climpson, ¿cómo iba a explicarle el asunto a aquella virgen anciana y seca? Solo con ver los anónimos probablemente sentiría ganas de vomitar y no alcanzaría a comprender el problema. En este sentido, Harriet no le hacía justicia a la señora; la señorita Climpson había visto muchas cosas extrañas en el transcurso de sesenta y tantos años de vida en casas de huéspedes, y estaba tan libre de represiones y complejos como podría estarlo cualquier otro ser humano, pero lo cierto era que el ambiente de Shrewsbury empezaba a sacar de quicio a Harriet. Lo que necesitaba era alguien con quien no tuviera que morderse la lengua, alguien que ni mostrara ni experimentara sorpresa ante ninguna manifestación de las rarezas humanas, alguien a quien conociera y en quien pudiera confiar.

Había muchísimas personas en Londres, hombres y mujeres, para quienes hablar de las aberraciones sexuales era algo cotidiano, pero la mayoría no eran muy dignas de confianza. Ejercitaban la normalidad hasta que les salían bultos por todas partes, como los músculos de los forzudos profesionales, y no parecían ni mucho menos normales. Y no paraban de hablar, a voz en grito. Su rozagante salud mental asustaba al común de los mortales desequilibrados. Repasó mentalmente varios nombres, pero no dio con ninguno que pudiera servirle.

—La verdad es que no sé si necesito un médico o un detective —le dijo al teléfono—. Pero necesito a alguien.

Pensó, y no era la primera vez, que ojalá hubiera localizado a Peter Wimsey. Naturalmente, no era la clase de caso que él hubiera podido investigar debidamente, pero a lo mejor conocía a la persona idónea. Al menos a él no le habría sorprendido nada, no se habría escandalizado por nada: tenía demasiada experiencia del mundo. Y era de absoluta confianza. Pero no estaba. Había desaparecido en el mismo momento en el que ella tuvo noticia del asunto de Shrewsbury; era como si lo hubiera hecho a propósito. Al igual que lord Saint-George, empezaba a pensar que Peter no tenía derecho a desaparecer justo cuando se lo necesitaba. El hecho de que ella llevara cinco años negándose airadamente a contraer más obligaciones con Peter Wimsey no tenía ningún peso en aquellos momentos; de buena gana habría contraído obligaciones con el mismísimo diablo si hubiera tenido la certeza de que el príncipe de las tinieblas era un caballero cortado por el mismo patrón que Peter, pero Peter estaba tan fuera de su alcance como Lucifer.

¿Tanto? Tenía el teléfono al lado. Podía hablar con Roma con la misma facilidad que con Londres, si bien resultaría una pizca más caro. Probablemente se debía tan solo a la modestia económica de la persona cuyos ingresos eran fruto exclusivo del trabajo lo que daba mayor trascendencia a llamar a alguien a otro país que a otra ciudad. De todos modos, no pasaría nada por mirar la última carta de Peter y buscar el número de teléfono de su hotel. Salió rápidamente y se topó con la señorita De Vine.

—¡Oh! —exclamó la profesora—. Venía a buscarla. Creo que debería ver esto.

Le tendió un trozo de papel; las letras impresas le resultaron odiosamente familiares.

TU TURNO SE ACERCA

—Está bien que te avisen —dijo Harriet, con una ligereza que no sentía—. ¿Dónde, cuándo y cómo?

—Se ha caído de un libro que estoy usando —contestó la señorita De Vine, parpadeando tras las gafas—. Hace un momento.

—¿Cuándo fue la última vez que usó el libro?

—Eso es lo más curioso —dijo la señorita De Vine, parpadeando otra vez—. Que no lo utilicé yo. Se lo llevó anoche la señorita Hillyard, y me lo ha devuelto la señora Goodwin esta mañana.

Teniendo en cuenta lo que había dicho la señorita Hillyard de la señora Goodwin, no le extrañó demasiado que la hubiera elegido a ella para que le hiciera los recados, pero en ciertas circunstancias la elección puede ser acertada.

—¿Está segura de que ayer no estaba el papel?

—No lo creo. Consulté varias páginas y supongo que lo habría visto.

—¿Se lo dio directamente a la señorita Hillyard?

—No. Lo dejé en su casillero antes del comedor.

—Es decir, que se lo podría haber llevado cualquiera.

—Pues sí.

Para desesperarse. Harriet se apoderó del papel y siguió su camino. Ya ni siquiera estaba claro a quién iba dirigida la amenaza, y mucho menos quién la enviaba. Recogió la carta de Peter y se dio cuenta de que ya había tomado una decisión. Había dicho que llamaría a la dirección de la empresa y eso haría. Si bien él no era técnicamente el director, sin duda era el cerebro. Pidió la conferencia. No sabía cuánto tardaría pero dejó instrucciones en la conserjería para que cuando la pusieran la buscaran y la encontraran a toda costa. Se sentía terriblemente agitada.

La siguiente noticia fue que había estallado una pelea espantosa entre la señorita Shaw y la señorita Stevens, que normalmente eran muy amigas. Tras enterarse de las peripecias de la noche anterior, la señorita Shaw había acusado a la señorita Stevens de haber asustado a la señorita Newland, que por eso había caído al río, y la señorita Stevens acusó a su vez a la señorita Shaw de haberse aprovechado de los sentimientos de la chica hasta el extremo de haberle provocado un ataque de nervios.

La siguiente alteración del orden corrió a cargo de la señorita Allison. Harriet ya lo había descubierto el trimestre anterior. La señorita Allison tenía la manía de contarle a todo el mundo lo que otros habían dicho de ellos. Candorosa, se le ocurrió contarle a la señora Goodwin las insinuaciones que había dejado caer la señorita Hillyard. La señora Goodwin se enfrentó a la señorita Hillyard, y hubo una escena sumamente desagradable, en la que la señorita Allison, la decana y la pobre señorita Chilperic, que tuvo que participar en la discusión por una desdichada casualidad, se pusieron de parte de la señora Goodwin y en contra de la señorita Pyke y la señorita Burrows, a quienes, aunque pensaban que los comentarios de la señorita Hillyard eran desafortunados, les molestaba que se pusiera en entredicho la soltería como tal. Este desagradable incidente tuvo lugar en el jardín de las profesoras.

Por último, la señorita Allison contribuyó a exacerbar los ánimos al contarle la historia con todo lujo de detalles a la señorita Barton, que fue toda indignada a decirles a la señorita Lydgate y a la señorita De Vine lo que pensaba de la psicología de la señorita Hillyard y la señorita Allison.

No resultó una mañana placentera.

Entre las casadas (o a punto de casarse) y las solteras, Harriet se sentía como el murciélago de Esopo entre las aves y las bestias, extraña consecuencia de que sus correrías se hubieran hecho públicas, pensó. La comida fue muy tensa. Al llegar al comedor, bastante tarde, vio que la mesa de autoridades se había dividido en bandos opuestos, con la señorita Hillyard en un extremo y la señora Goodwin en otro. Encontró una silla vacía entre la señorita De Vine y la señorita Stevens y se divirtió arrastrándolas, a ellas y a la señorita Allison, que estaba al otro lado de la señorita De Vine, a una conversación sobre moneda e inflación. Harriet no sabía nada sobre ese tema, pero naturalmente ellas sabían mucho, y su diplomacia tuvo recompensa. Empezaron a participar más personas en la conversación; la mesa presentaba un aspecto menos sombrío ante las alumnas allí reunidas, y la señorita Lydgate sonreía con satisfacción. Todo iba bien cuando una criada, inclinándose entre la señorita Allison y la señorita De Vine, murmuró un recado.

—¿De Roma? —dijo la señorita De Vine—. ¿Quién será?

—¿Que llaman de Roma? —dijo la señorita Allison con voz estridente—. Ah, supongo que uno de sus corresponsales. Debe de tener mejor posición económica que la mayoría de los historiadores.

—Creo que es para mí —dijo Harriet, y añadió, dirigiéndose a la criada—: ¿Está segura de que han dicho De Vine y no Vane?

La criada no estaba segura.

—Si la está esperando, será para usted —dijo la señorita De Vine.

La señorita Allison hizo un comentario mordaz sobre los escritores de fama internacional, y Harriet abandonó la mesa, ruborizándose terriblemente y enfadada consigo misma por ello.

Mientras se dirigía a la cabina pública del Queen Elizabeth, adonde habían derivado la conferencia, intentó preparar mentalmente lo que iba a decir. Unas breves palabras de disculpa; unas breves palabras más a modo de explicación y a continuación, pedir consejo: ¿en manos de quién debía ponerse el caso? Sin duda, no presentaba ninguna dificultad.

La voz de Roma hablaba muy bien en inglés. No creía que lord Peter Wimsey se encontrara en el hotel, pero se informaría. Una pausa, durante la cual Harriet oyó pasos yendo y viniendo al otro lado del continente. Después, de nuevo la voz, melosa y contrita.

—Su señoría se marchó de Roma hace tres días.

¡Ah! ¿Sabían con qué destino?

Iría a informarse. Otra pausa, y voces hablando en italiano. Después, la misma voz:

—Su señoría se dirigía a Varsovia.

—¡Ah! Muchísimas gracias.

Y eso fue todo.

Ante la idea de llamar a la embajada británica en Varsovia, a Harriet le faltó valor. Colgó el auricular y volvió a subir. No parecía que hubiera ganado mucho adoptando una postura firme.

Viernes por la tarde. Las crisis siempre se producían durante el fin de semana, cuando no había correo. Si escribía entonces a Londres y contestaban a vuelta de correo, lo más probable era que no pudiera actuar hasta el lunes. Si escribía a Peter, podía haber servicio de correo aéreo, pero ¿y si no estaba en Varsovia? A lo mejor ya se había ido a Bucarest o a Berlín. ¿Podía llamar al Ministerio de Asuntos Exteriores y preguntar por su paradero? Porque si la carta le llegaba el fin de semana y él enviaba un telegrama, no perdería tanto tiempo. No estaba muy segura de ser capaz de tratar con Asuntos Exteriores. ¿Había alguien que pudiera hacerlo? ¿Y el honorable Freddy?

Tardó un poco en localizar al honorable Freddy Arbuthnot, pero finalmente dio con él, por teléfono, en unas oficinas de Throgmorton Street. Le resultó de enorme ayuda. El honorable Freddy no tenía ni idea de dónde estaba el bueno de Peter, pero daría todos los pasos necesarios para averiguarlo, y si Harriet quería enviarle una carta a su casa (a la de Freddy), él se encargaría de que se la remitieran a Peter a la mayor brevedad posible. Ninguna molestia. Encantado de poder ser útil.

Así que Harriet escribió la carta y la despachó inmediatamente, con el fin de que llegara a Londres con el primer reparto el sábado por la mañana. Era un breve resumen del caso y acababa de la siguiente manera:

> ¿Puedes decirme si crees que podrían hacerse cargo las ayudantes de la señorita Climpson, y en su ausencia, quién es la persona más competente? Si no, ¿puedes recomendarme a alguien? Quizá debería ser un psicólogo, no un detective. Sé que cualquiera que recomiendes será de fiar. ¿Te importaría enviarme un telegrama en cuanto recibas esta nota? Te quedaría eternamente agradecida. Estamos todas muy nerviosas, y mucho me temo que pueda ocurrir algo grave si no hacemos frente a la situación rápidamente.

Esperaba que la última frase no revelara tan a las claras lo desesperada que estaba.

> He llamado a tu hotel en Roma y me han dicho que te habías ido a Varsovia. Como no sé dónde podrías estar ahora, le he pedido al señor Arbuthnot que te remita esta carta por mediación del Ministerio de Asuntos Exteriores.

Sonaba un poco a reproche, pero no podía evitarlo. Lo que realmente quería decir era: «Ojalá estuvieras aquí y me dijeras qué tengo que hacer», pero pensó que eso le haría sentirse incómodo, ya que, evidentemente, no podía estar allí. Sin embargo, no pasaría nada por preguntarle: «¿Cuándo crees que volverás a Inglaterra?». Y con esta frase terminó la carta y la envió.

—Y para colmo de males, viene ese hombre a cenar —dijo la decana.

«Ese hombre» era el doctor Noel Threep, persona muy respetable e importante, profesor de un distinguido college y miembro del consejo por el que se regía Shrewsbury. No era infrecuente recibir amigos y benefactores de este porte en el colegio, y por lo general en la mesa de autoridades se alegraban de su presencia, pero el momento no era precisamente el más favorable. Sin embargo, el compromiso se había contraído a principios del trimestre y era imposible aplazar la visita del doctor Threep. Harriet dijo que podía ser algo bueno, porque contribuiría a que profesoras y autoridades se distrajeran de sus problemas.

—Esperemos que así sea —dijo la decana—. Es un hombre muy agradable, y su conversación muy interesante. Es economista político.

—¿Duro o blando?

—Duro, creo.

La pregunta no se refería a la tendencia política o económica del doctor Threep, sino a la pechera de sus camisas. Harriet y la decana habían empezado una colección de pecheras, la primera de las cuales era la del «novio» de la señorita Chilperic. Era extraordinariamente alto y delgado, y de pecho hundido; para resaltar este defecto, siempre llevaba camisa de etiqueta con jaretas, sin almidonar, que le hacía parecer (según la decana) una cáscara de melón. A modo de contraste, había un profesor de química, tan eminente como voluminoso, de otra universidad, que se había presentado con una pechera de extraordinaria rigidez que destacaba como la pechuga de una paloma, sobresaliendo sin control y dejando al descubierto una extensa zona de la camisa a ambos lados. Una tercera variedad de camisa bastante corriente entre los doctos era la que se escapaba del botón central y se abría por el medio. Un día absolutamente inolvidable llegó un famoso poeta a dar una conferencia sobre sus métodos de composición y el futuro de la poesía, y con cada gesticulación (y gesticulaba mucho) el chaleco pegaba un brinco y asomaba una franja de la camisa, adornada con una pequeña lengüeta, como un conejo, por encima de la cinturilla de los pantalones. En aquella ocasión Harriet y la decana hicieron todo un papelón.

El doctor Threep era un hombre corpulento, simpático y hablador que a primera vista no presentaba ninguna fisura que permitiera la crítica sartorial, pero no llevaba sentado a la mesa ni tres minutos cuando Harriet comprendió que estaba destinado a ser una de las piezas más destacadas de la colección. La pechera saltaba. Cuando se encorvaba sobre el plato, cuando se volvía para pasarle la mostaza a alguien, cuando se inclinaba cortésmente para oír lo que decía su vecina de mesa, la pechera de la camisa saltaba con un alegre estallido como cuando se abre una botella de refresco de jengibre. El estruendo del comedor parecía más fuerte de lo normal, de modo que los estallidos resultaban inaudibles más allá de unos cuantos asientos a la derecha y a la izquierda del doctor Threep, pero la rectora y la decana, sentadas a su lado, sí los oían, y Harriet, enfrente, también los oía y no se atrevía a mirar a la decana. El doctor Threep era demasiado fino, o quizá le diera demasiada vergüenza, para hacer alusión al asunto; siguió hablando impertérrito, elevando cada vez más la voz para hacerse oír por encima del barullo de las estudiantes. La rectora fruncía el entrecejo.

—… las excelentes relaciones entre los colleges femeninos y la universidad —dijo el doctor Threep—. De todos modos…

La rectora llamó a una criada, que fue inmediatamente a la mesa de las de los primeros cursos y después a las demás, con el recado de costumbre:

—Saludos de parte de la rectora, que les quedaría muy agradecida si hicieran menos ruido.

—Perdone, doctor Threep. No le he oído bien.

—De todos modos —repitió el doctor Threep, con un estallido y una inclinación de cabeza—, resulta curioso observar que perduran vestigios de los antiguos prejuicios. Ayer, sin ir más lejos, el vicerrector me enseñó una carta anónima de una vulgaridad extraordinaria que le habían enviado por la mañana…

El ruido del comedor iba apagándose poco a poco; era como la calma que precede a la tempestad.

—… con las acusaciones más absurdas, y curiosamente, contra el claustro de este college en concreto. Acusaciones de asesinato, ni más ni menos. El vicerrector…

Harriet se perdió las siguientes palabras; estaba observando cómo, mientras la voz del doctor Threep resonaba en el relativo silencio, todas las cabezas de la mesa se volvían bruscamente hacia él, como movidas por alambres.

—… pegadas sobre papel, algo muy ingenioso. Yo le dije: «Mi buen vicerrector, dudo que la policía pueda hacer gran cosa. Seguramente es obra de algún chiflado inofensivo». Pero ¿no es curioso que ideas tan absurdas existan y persistan a estas alturas?

—Sí, verdaderamente curioso —dijo la rectora sin apenas despegar los labios.

—De modo que desaconsejé la intervención de la policía… al menos de momento, pero le dije que le plantearía el asunto a usted, puesto que se mencionaba Shrewsbury. Naturalmente, respeto su opinión.

Las profesoras estaban como hechizadas, y en aquel momento, el doctor Threep, doblegándose a las decisiones de la rectora, estalló. Fue una explosión tan ruidosa y violenta que resonó de un extremo a otro de la mesa, y el bochorno minúsculo fue devorado por el mayúsculo. La señorita Chilperic prorrumpió de repente en carcajadas estruendosas, nerviosas.

Harriet nunca llegó a recordar con claridad cómo acabó la cena. El doctor Threep fue a tomar café con la rectora, y Harriet terminó en la habitación de la decana, entre la risa y la inquietud.

—Es realmente serio —dijo la señorita Martin.

Tremendo. «Le dije al vicerrector…»

—¡Pum!

—No, en serio, ¿qué vamos a hacer?

—«Respeto su opinión».

—¡Pum!

—No entiendo por qué hacen eso las camisas. ¿Y usted?

—No tengo ni idea. Y yo que tenía la intención de ser tan ingeniosa. Por fin hay un hombre entre nosotras, me dije. Voy a observar las reacciones de todo el mundo… ¡y pum!

—No sirve de nada observar las reacciones ante el doctor Threep —replicó la decana—. Todas están demasiado acostumbradas a él. Y además, tiene como media docena de hijos, pero va a ser muy embarazoso si el vicerrector…

—Mucho.

El sábado amaneció nublado y frío.

—Creo que va a haber tormenta —dijo la señorita Allison.

—Todavía es demasiado pronto para eso —objetó la señorita Hillyard.

—En absoluto —replicó la señora Goodwin—. Yo he visto muchas tormentas en mayo.

—Desde luego, se nota electricidad en la atmósfera —añadió la señorita Lydgate.

—Estoy de acuerdo con usted —dijo la señorita Barton.

Harriet había dormido mal. En realidad, se había pasado la mitad de la noche deambulando por el college, pendiente de alarmas imaginarias. Cuando al fin se acostó, tuvo un sueño muy pesado: intentaba tomar un tren con el continuo estorbo de un enorme equipaje que trataba de meter inútilmente en unas maletas indómitas y nebulosas. Por la mañana pasó grandes apuros con las pruebas del capítulo de la señorita Lydgate sobre Gerald Manley Hopkins, tan indómito como las maletas y casi igualmente nebuloso. A ratos, mientras desligaba el sistema rítmico característico de Gerald Manley Hopkins del sistema rival de escansión de la señorita Lydgate (que requería cinco alfabetos y una serie de signos taquigráficos), pensaba en si Freddy Arbuthnot habría logrado hacer lo que había prometido y si ella debía dejar las cosas como estaban o hacer algo más, y en tal caso, ¿qué? Por la tarde ya no pudo aguantar más y salió, bajo un cielo amenazante, a pasear por Oxford, a ser posible hasta agotarse. Echó a andar por High Street y se detuvo unos momentos ante el escaparate de una tienda de antigüedades, donde había un juego de ajedrez de marfil tallado que despertó en ella un afecto absurdo. Incluso jugueteó con la idea de entrar sin más a comprarlo, pero sabía que sería demasiado caro. Era chino, y cada pieza consistía en un nido de bolitas giratorias, delicadas como encaje. Sería agradable tenerlas entre los dedos, pero descabellado comprarlas. Ni siquiera jugaba bien al ajedrez y, además, no se podría jugar a gusto con piezas como aquellas. Venció la tentación y siguió andando. Había otra tienda llena de objetos de madera adornados con los escudos de los colegios: sujetalibros, plumas en forma de remo que parecían de difícil manejo, pitilleras, tinteros e incluso polveras. ¿Mejoraría el arreglo facial el hecho de que fueran testigos los leones del Oriel o los vencejos del Worcester? ¿Te recordaría durante el proceso de transformación que tu prometido se encontraba entre los ciervos del Jesus o que el piadoso pelícano del Corpus nutría a un hermano tuyo? Cruzó la calle para no pasar ante el Queen's (no le habría extrañado que el señor Pomfret saliera de repente, y prefería evitar un encuentro con él) y se dirigió hacia el otro extremo. Libros y grabados, fascinantes en la mayoría de los casos, pero no lo suficientemente apasionantes para retener su atención largo tiempo. Togas, vistosas pero demasiado académicas para su estado de ánimo. Una farmacia. Una papelería con más baratijas universitarias, en esta ocasión de vidrio y cerámica. Una tienda de artículos de fumador, con más escudos de armas en ceniceros y latas de tabaco. Una joyería, con escudos de colegios en cucharas, broches y servilleteros. Empezó a aburrirse de tanto escudo y torció por una calle lateral hasta Merton Street. Si en algún sitio podía haber paz, sería en aquel callejón inalterado y adoquinado; pero la paz se lleva dentro, no se encuentra en las calles, por antiguas y hermosas que sean. Entró a Merton Grove por la verja de hierro, atravesó el Dead Man's Walk, siguió por el Broad Walk de Christ Church y dobló por el sendero en el que el New Cut se topa con el Isis. Y allí se quedó horrorizada cuando una voz muy conocida la llamó. Por intervención especial de todas las potencias del mal, allí estaba la señorita Schuster-Slatt, cuya presencia en Oxford Harriet había olvidado felizmente hasta entonces, escoltando a un grupo de norteamericanos deseosos de información. La señorita Vane era la persona más indicada para contárselo todo. ¿Sabía a qué college pertenecía cada barcaza? Esas cabecitas azules y doradas tan monas, ¿eran grifos o fénix, y había tres como símbolo de Trinity College o era simple coincidencia? Y aquello, ¿eran los lirios de Magdalen? En tal caso, ¿por qué estaba pintada la W en toda la barcaza y qué significaba? ¿Por qué tenía el escudo del Pembroke la rosa inglesa y el cardo escocés? Las rosas de New College, ¿también eran inglesas? ¿Por qué se llamaba «New» cuando era tan antiguo y por qué no podía decirse simplemente «New» sino «New College»? ¡Ah, mira, Sadie! ¿Eso que vuela son gansos? ¿Cisnes? ¡Qué interesante! ¿Había muchos cisnes en el río? ¿Era verdad que todos los cisnes de Inglaterra eran propiedad del rey? ¿Era un cisne lo que había en aquella barca? Ah, un águila. ¿Por qué unas barcazas tenían mascarón de proa y otras no? ¿Celebraban fiestas los chicos en las barcazas? ¿Podía explicar la señorita Vane esas carreras a topetazos?, porque con la descripción de Sadie nadie la había entendido. ¿Era aquella la barcaza de la universidad? Ah, la barca del University College. ¿Era el University College donde se daban todas las clases?

Y así sucesivamente, por todo el sendero, por el largo paseo arriba hasta llegar a los edificios Meadow y dar una vuelta por Christ Church, desde el comedor hasta la cocina, desde la catedral hasta la biblioteca, desde el estanque de Mercurio hasta la campana Great Tom, mientras el cielo iba encapotándose por momentos y la atmósfera se hacía más opresiva, hasta que Harriet, que había empezado el paseo con la sensación de tener el cráneo como lleno de lana, acabó con un dolor de cabeza enloquecedor.

La tormenta aguantó hasta después de la cena, salvo algunas amenazas gruñonas de truenos. A las diez en punto recorrió el cielo el primer relámpago, como un reflector, recortando en azul violáceo tejados y copas de árboles contra la oscuridad, y a continuación un trueno hizo temblar las paredes. Harriet abrió la ventana de par en par y se asomó. Había un olor dulce a lluvia inminente. Otro estrepitoso destello; una ráfaga de viento y a continuación el impetuoso susurro del torrente de agua, el gorgoteo de las alcantarillas desbordadas y por último, la tranquilidad.

14

Tregua, dulce amor; parlamentar ansío;
largo tiempo ha del inicio de estas guerras
que ni tú ni yo ganar podemos:
malo el combate sin vencedor.
Te ofrezco condiciones de paz justa,
mi corazón de rehén, y aquí quedará;
despidamos nuestras tropas, que cese el rencor,
y que con mi promesa tu promesa renueves.

MICHAEL DRAYTON

—Buena tormenta hemos tenido —dijo la decana.

—De primera categoría —replicó secamente la administradora—, para quienes les guste y no tengan que soportar a quienes no
les gusta. Las habitaciones del servicio eran un auténtico caos. Carrie histérica, la cocinera convencida de que había llegado su última
hora y Annie a voz en grito diciendo que sus hijas debían de estar
aterrorizadas y que quería irse a Headington inmediatamente para
consolarlas…

—Pues no sé por qué no la envió allí enseguida en el primer coche que estuviera disponible —terció la señorita Hillyard con tono
sarcástico.

—… y a una de las pinches de cocina le dio un ataque de religiosidad y confesó sus pecados ante un montón de personas boquiabiertas —añadió la señorita Stevens—. No acabo de entender por qué la gente tiene tan poco dominio de sí misma.

—A mí los truenos me espantan —dijo la señorita Chilperic.

—La pobre Newland se ha vuelto a alterar mucho —dijo la decana—. A la enfermera ha llegado a asustarla. Dice que la ayudante se escondió en el armario de la ropa blanca y que no quería quedarse a solas con Newland, pero la señorita Shaw se responsabilizó amablemente de la situación.

—¿Quiénes son las cuatro alumnas que estaban bailando en traje de baño en el patio? —preguntó la señorita Pyke—. Parecía algo ritual, y es que me recordaron los bailes ceremoniales de…

—Lo que a mí me daba miedo es que a las hayas las derrumbara un rayo —dijo la señorita Burrows—. A veces pienso si estando tan cerca de los edificios, deberían seguir ahí. Si se vinieran abajo…

—Administradora, en mi techo hay una gotera tremenda —dijo la señora Goodwin—. Me entra el agua a chorros, y justo encima de la cama. He tenido que cambiar de sitio todos los muebles, y la alfombra está hecha un…

—De todos modos, hemos tenido una buena tormenta —insistió la decana—, y ha limpiado el aire. Fíjense. ¿Podría pedirse una mañana de domingo más luminosa y más bonita?

Harriet asintió con la cabeza. El sol brillaba sobre la hierba húmeda y soplaba un viento fresco.

—¡Y gracias a Dios, se me ha quitado el dolor de cabeza! Me gustaría hacer algo tranquilo y bonito, muy de Oxford. ¿No tiene todo un color precioso? ¡Si parece un misal miniado, con esos azules, escarlatas y verdes!

—Verá lo que vamos a hacer —dijo la decana muy animada—. Vamos a ir como dos buenas chicas al sermón del University. No se me ocurre nada más normal, más académico y que más pueda tranquilizarla a una. Y los sermones del doctor Armstrong siempre son interesantes.

—¿Un sermón? —A Harriet le hizo gracia—. Bueno, es lo último que se me habría ocurrido, pero no es mala idea. Vamos.

Sí, la decana tenía razón: allí estaban los aspectos más reconfortantes y ceremoniales del gran compromiso anglicano. La solemne procesión de doctores con muceta; el vicerrector haciendo la reverencia de rigor al predicador y los bedeles tropezando delante de ellos; la multitud de togas negras y el decoroso colorido de los vestidos veraniegos de las esposas de los catedráticos; el himno y la oración petitoria; el predicador, de muceta y toga, austero con su sotana y sus bandas; el discurso calmo y delicado con voz débil, clara y académica sobre las relaciones de la filosofía cristiana con la física atómica. Allí estaban la universidad y la Iglesia de Inglaterra, unidas en un beso honesto y apacible, como los ángeles de una Natividad de Botticelli: exquisitamente ataviados, alegres pero serios, un tanto amanerados, un tanto pendientes de su recíproca cortesía. Allí, sin acaloramiento, podían discutir su problema común, coincidir plácidamente o plácidamente coincidir en discrepar. Nada tenían que decir aquellos ángeles de las feas y grotescas figuras demoníacas que cubrían la parte inferior del cuadro. En caso de necesidad, ¿qué solución aportarían para el problema de Shrewsbury? Otras instituciones serían más audaces: la Iglesia católica daría una respuesta fluida, competente, experta; las extrañas y discordantes sectas de la nueva psicología darían otra distinta, fea, torpe, vacilante y aplicada con un empirismo desaforado. Resultaba entretenido imaginarse una universidad freudiana indisolublemente unida a un organismo católico: sin duda no vivirían con tanta armonía como la Iglesia anglicana y la Escuela de Humanidades, pero daba gusto creer, aunque solo fuera durante una hora, que se podían tratar todas las dificultades humanas con aquel espíritu de imparcialidad y cordialidad. «La universidad es un paraíso»… cierto, pero… «después comprendí que hay un camino hacia los infiernos aun desde las puertas de los cielos».

Recibieron la bendición; los solos fueron estirándose, en una especie de fuga prebachiana; el cortejo volvió a agruparse y a deshacerse, hacia aquí y hacia allá; los fieles se pusieron en pie y empezaron a salir en metódico desorden. La decana, muy aficionada a las fugas antiguas, se quedó discretamente en su asiento junto a Harriet, que tenía una soñadora mirada clavada en los santos delicadamente coloreados del trascoro. Al fin se levantaron las dos y se dirigieron a la puerta. Cuando pasaban por entre las columnas retorcidas del porche del doctor Owen les salió al encuentro una ligera ráfaga de viento que obligó a la decana a aferrar su rebelde birrete e infló sus togas con amplios arcos y volutas. Entre almohadón y almohadón de nubes redondeadas, el cielo era de un azul pálido y transparente, aguamarina.

En la esquina de Cat Street había un grupo de togados en animada charla, dos profesores de All Souls y un personaje majestuoso que Harriet reconoció: el director de Balliol. A su lado había otro hombre, que al pasar Harriet y la decana, que iban hablando del contrapunto, se dio la vuelta bruscamente y se levantó el birrete.

Harriet no pudo dar crédito a sus ojos durante unos momentos. Peter Wimsey. Peter, ni más ni menos. Peter, que en teoría estaba en Varsovia, tan tranquilamente allí plantado, casi como si allí hubiera nacido. Peter, con birrete y toga como cualquier licenciado ortodoxo, con toda la pinta de haber asistido con fervor al sermón, hablando tranquilamente de cuestiones de trabajo con dos profesores del All Souls y el director del Balliol.

¿Y por qué no?, pensó Harriet al recobrarse de la sorpresa. Es licenciado. Estudió en el Balliol. ¿Por qué no iba a hablar con el director si le apetece? Pero ¿cómo había llegado hasta allí? ¿Y por qué? ¿Y cuándo había llegado? ¿Y por qué no me lo ha dicho?

De repente empezaron las confusas presentaciones, y ella presentó a lord Peter a la decana.

—Llamé ayer desde Londres —decía Wimsey—, pero habías salido. —Y a continuación más explicaciones, algo sobre el vuelo desde Varsovia, y que si «mi sobrino, que está en Oxford» y «la amable hospitalidad del director» y que si había enviado una nota al college. Por último, entre tantas naderías de simple cortesía, una frase que Harriet entendió perfectamente.

—Si vas a estar en el college y estás libre durante la próxima media hora, ¿puedo pasar a verte?

—Sí, será un placer —contestó Harriet no muy convencida. Se calmó un poco y añadió—: Supongo que no podría invitarte a comer, ¿no?

Al parecer Peter iba a comer con el director, y al almuerzo también iba a asistir uno de los miembros de All Souls. En definitiva, según dedujo Harriet, iba a ser una pequeña celebración, con una especie de base histórica, para hablar del artículo de alguien sobre las actas de esto o lo otro, para lo cual Wimsey iba «a pasar un momento al All Souls, nada, ni diez minutos», y para una consulta sobre la impresión y distribución de unos polémicos opúsculos sobre la Reforma (tema en el que Wimsey era experto) con otro experto y con un historiador de otra universidad, inexperto pero con ciertas pretensiones.

El grupo se deshizo. El director levantó su birrete y se alejó, no sin antes recordarles a Wimsey y al historiador que el almuerzo sería a la una y cuarto; Peter le dijo a Harriet algo así como que estaría allí «dentro de unos veinte minutos», desapareció con los dos profesores en el All Souls, y Harriet y la decana reanudaron el paseo.

—¡Vaya! Conque este es el hombre en cuestión —dijo la señorita Martin.

—Sí, es él —repuso Harriet débilmente.

—Querida mía, es encantador. No nos había dicho usted que fuera a venir a Oxford.

—No lo sabía. Yo creía que estaba en Varsovia. Sabía que vendría este trimestre, tarde o temprano, a ver a su sobrino, pero no tenía ni idea de que fuera a llegar tan pronto. La verdad es que quería preguntarle… pero no creo que haya recibido mi carta…

Le dio la impresión de que sus esfuerzos por explicarse solo contribuían a complicar las cosas. Acabó por confesárselo todo a la decana.

—No sé si recibió mi carta y ya lo sabe todo, o si, si no lo sabe, debería contárselo. Sé que es absolutamente de fiar, pero si la rectora y los demás miembros del claustro… No esperaba que se presentase así.

—Yo diría que es lo mejor que podría usted haber hecho —replicó la señorita Martin—. No debemos contar demasiadas cosas en el college. Si viene, tráigalo, y que nos ponga patas arriba. Un hombre con esos modales sería capaz de meterse en el bolsillo al claustro entero. Qué suerte que sea historiador… Así se ganará las simpatías de la señorita Hillyard.

—Yo no lo consideraba historiador.

—Bueno, y con sobresaliente… ¿No lo sabía?

Harriet no lo sabía. Ni siquiera se había molestado en pensarlo. Nunca había relacionado conscientemente a Wimsey con Oxford. Otra vez la historia del Ministerio de Asuntos Exteriores. Si Peter se hubiera dado cuenta de su falta de consideración, le habría hecho daño. Harriet se vio como un monstruo insensible, una ingrata.

—Según me han contado, lo consideraban uno de los mejores estudiantes de su época —añadió la decana—. A. L. Smith lo tenía en muy alto concepto. En cierto modo, es una lástima que no se haya dedicado a la historia, pero naturalmente, lo que más le interesa no es lo estrictamente académico.

—No —dijo Harriet.

De modo que la decana había indagado. Normal. Probablemente, todo el claustro podría darle detalles de la trayectoria académica de Wimsey. Era comprensible: ellas pensaban de esa manera, pero ella podría haber dedicado al menos un par de minutos a consultar el anuario.

—¿Y dónde lo meto cuando venga? Porque supongo que si lo llevo a mi habitación será un mal ejemplo para las alumnas. Y además, casi no hay sitio.

—Pueden quedarse en mi salón. Mucho mejor que ninguna de las salas públicas, si van a hablar de este espantoso asunto. Me pregunto si habrá recibido esa carta. Quizá el interés que ocultaba esa penetrante mirada era que sospechaba de mí. ¡Y yo que lo había atribuido a mi fascinación personal! Ese hombre es peligroso, aunque no lo parezca.

—Precisamente por eso es peligroso, pero si leyó mi carta, sabrá que no es usted.

Cuando llegaron al college y encontraron una nota de Peter en el casillero de Harriet, se aclararon ciertas confusiones. La nota de Wimsey explicaba que había llegado a Londres el sábado por la tarde y que la carta de Harriet estaba en el Ministerio de Asuntos Exteriores. «Intenté llamarte, pero no di mi nombre, porque no sabía si querías que yo interviniera personalmente en este asunto.» Aquella tarde tenía compromisos en Londres, lo llevaron en coche hasta Oxford para cenar, unos amigos del Balliol lo liaron un poco y el director tuvo la amabilidad de invitarlo a pasar allí la noche, y pensó en «llamarte mañana» con la esperanza de encontrarla.

Así que Harriet esperó en las habitaciones de la decana, observando tranquilamente el jugueteo del sol estival entre las ramas de los plátanos del patio nuevo y el dibujo saltarín que trazaba sobre el estrado, hasta que alguien llamó a la puerta. Cuando dijo «¡Adelante!», esa expresión, tan común y corriente, pareció adquirir una importancia insólita. Para bien o para mal, había solicitado la presencia de algo explosivo del mundo exterior que rompería el orden y la tranquilidad de aquel lugar; había vendido aquella violación de lo establecido a una fuerza extraña; había tomado partido por Londres frente a Oxford y por el mundo frente a la clausura.

Pero cuando entró Peter, Harriet comprendió que la idea que se había hecho era absurda. Peter daba la impresión de formar parte de aquella habitación silenciosa, como si nunca hubiera formado parte de ningún otro sitio.

—¡Hooola! —dijo Peter, con un débil eco de su vieja actitud frívola. Después se despojó de la toga, la tiró sobre el sofá, junto a la de Harriet, y dejó el birrete sobre la mesa.

—He encontrado tu nota al volver. O sea que recibiste mi carta...

—Sí. Siento que hayas tenido que tomarte tantas molestias. Pensé que, como de todos modos iba a venir a Oxford, podía venir a verte. Mi intención era haber llegado anoche, pero me liaron… y además, pensaba que sería mejor anunciar mi llegada.

—Gracias. Siéntate.

Harriet le acercó una butaca, y Peter literalmente se desplomó en ella. No sin cierta angustia, Harriet observó que la luz ponía de relieve las angulosidades de la mandíbula y las sienes de Peter.

—¡Peter! ¡Si es que estás muerto de cansancio! ¿Qué has estado haciendo?

—Hablar —contestó Peter, contrariado—. Palabras, palabras y más palabras durante semanas interminables. Soy el gracioso profesional del Ministerio de Asuntos Exteriores. ¿No lo sabías? Pues así es. No pasa con frecuencia, pero siempre tengo que estar listo por si se me necesita. Si algo sale mal… qué sé yo… que el secretario de un subsecretario con poca discreción y menos dominio del francés suelta una frase poco afortunada en un discurso después de la cena, pues envían al actor con labia para poner a todos de buen humor otra vez. Llevo a la gente a comer, les cuento cosas divertidas y los preparo para que se ablanden un poco. ¡Dios! ¡Menudo jueguecito!

—No lo sabía, Peter. Acabo de darme cuenta de que he sido demasiado egoísta incluso para intentar enterarme de nada, pero tú no sueles estar tan desanimado. Pareces…

—No te preocupes, Harriet. No me digas que empiezo a aparentar la edad que tengo. El eterno infantilismo es mi única baza diplomática.

—Lo único que te pasa es que parece que llevas varias semanas sin dormir.

—Pues ahora que lo dices, no estoy seguro de haber dormido.

Pensaba (en cierto momento todos lo pensamos) que podía ocurrir algo, el asqueroso revuelo de siempre. Llegué al extremo de decirle una noche a Bunter: «Ya lo tenemos encima. Otra vez al ejército, sargento...». Pero al final todo ha quedado en nada... de momento.

—¿Gracias a los comentarios ocurrentes?

—No, por Dios, no. Lo mío ha sido una trivialidad, una ligera escaramuza fronteriza. No te creas que soy yo el hombre que ha salvado al imperio.

—¿Y quién ha sido?

—Ni idea. Nadie lo sabe. Nunca se sabe con certeza. Cuando el viejo cacharro se bambolea hacia un lado, piensas: «¡Ya está!», luego se bambolea hacia el otro lado y piensas: «Todo en orden», y de repente un día te ves metido en el lío y no te acuerdas de cómo te has metido.

—Eso es lo que todos tememos en el fondo.

—Sí. A mí me aterroriza. Es un alivio haber vuelto aquí, encontrarte... y que todo siga como antes. Aquí es donde se hacen las cosas de verdad, Harriet... si esos metepatas de fuera cerraran la boca y dejaran que esto siguiera adelante. ¡Dios, cómo detesto la violencia, las prisas y ese ingenio espantoso, evasivo! Es desatinado, falto de rigor, de sinceridad... únicamente propaganda, argucias y «¿qué sacamos nosotros de esto?». Ni tiempo, ni paz, ni silencio; únicamente conferencias, periódicos y discursos hasta que ya no sabes ni lo que piensas... Si pudiera uno echar raíces aquí, entre la hierba y las piedras y hacer algo que mereciera la pena, aunque solo fuera recuperar el aliento perdido por amor al trabajo y nada más.

Harriet se quedó atónita al oírlo hablar con tal vehemencia.

—Pero Peter, si estás diciendo precisamente lo que yo siento desde hace tiempo, pero ¿qué se puede hacer?

—No, no se puede hacer nada, aunque a veces uno vuelve y piensa que sí.

—«Preguntad por las antiguas sendas, cuál es el buen camino, y seguidlo, pues hallaréis reposo para vuestra alma».

—Sí —dijo Peter con amargura—. Y continúa: «Mas ellos respondieron: no lo seguiremos». ¿Reposo? Había olvidado que existía semejante palabra.

—Yo también.

Guardaron silencio unos minutos. Wimsey le ofreció a Harriet su pitillera y encendió una cerilla para los dos.

—Peter, qué raro parece que estemos aquí hablando así. ¿Te acuerdas de aquellos momentos terribles en Wilvercombe cuando no encontrábamos nada que tirarnos el uno al otro salvo agudezas de mal gusto y comentarios llenos de maldad? Bueno, yo estaba llena de maldad; tú no.

—Era por el ambiente del balneario —replicó Wimsey—. Uno se pone ordinario en los balnearios. Si hay algo que me aterroriza en la vida es que un día surja un problema de antología en Brighton o Blackpool y que sea lo suficientemente imbécil para entrometerme. —La risa había vuelto a su voz y tenía los ojos serenos—. Gracias a Dios, resulta dificilísimo ser vulgar en Oxford... por lo menos, después del segundo año. Lo cual me recuerda que aún no te he dado las gracias debidamente por haber sido tan amable con Saint-George.

—¿Ya lo has visto?

—No. He amenazado con caer sobre él el lunes y mostrarle la sanción de desheredamiento. Hoy se ha ido a no sé dónde con un grupo de amigos, y sé lo que eso significa. Es un perfecto malcriado.

—No es de extrañar, Peter. Es increíblemente guapo.

—Un cretinillo precoz, eso es lo que es —replicó Wimsey sin entusiasmo—. Aunque de eso no puedo echarle la culpa: lo lleva en la sangre, pero está actuando con su típica impudencia al obligarte a relacionarte con él, cuando siempre te has negado a conocer a mi familia.

—Verás, Peter, lo encontré yo solita.

—Literalmente, o eso dice él. Al parecer estuvo a punto de tirarte al suelo, te estropeó tus cosas, te dio la lata e inmediatamente tú dedujiste que tenía que ser pariente mío.

—Eso es… si eso es lo que dice, sabes que no debes creértelo, pero era imposible no ver el parecido.

—¡Pero si sé de personas que hablan con desprecio de mi aspecto! Te felicito por esa percepción tuya, digna de Sherlock Holmes en sus mejores momentos.

A Harriet le hizo gracia y la enterneció aquella vena de vanidad de Peter, pero sabía que él la calaría de inmediato si le seguía el juego diciendo algo más halagador que la verdad.

—Reconocí la voz incluso antes de verlo. Y tiene tus mismas manos. No creo que nadie haya hablado con desprecio de eso.

—¡Maldita sea, Harriet! ¡Mi única debilidad realmente bochornosa, el secreto de mi soberbia más celosamente guardado expuesto sin piedad a la luz del día! Siento un orgullo absurdo por haber heredado las manos de los Wimsey. A mi hermano y a mi hermana no les ha tocado, pero en los retratos de familia se remontan a hace trescientos años. —Su rostro se ensombreció unos momentos—. Me extraña que a estas alturas no se les haya agotado toda la fuerza. Tenemos los días contados. Harriet, ¿vendrás conmigo a Denver un día a verlo antes de que lo invada la nueva civilización, como la jungla? No quiero ponerme en plan Galsworthy. Te dirán que todo ese tinglado me importa un bledo, y no sé si me importa, pero nací allí y lamentaría vivir para ver la tierra vendida para edificios y la casa solariega convertida en escenario de películas de Hollywood.

—Lord Saint-George no haría una cosa así, ¿verdad?

—No lo sé, Harriet. ¿Por qué no? Nuestro espectáculo está muerto y enterrado. ¿De qué demonios le sirve a nadie en los tiempos que corren? Pero quizá le importe más de lo que cree.

—A ti sí te importa, ¿no, Peter?

—Para mí es muy fácil que me importe, porque no tengo vela en este entierro. Soy el típico mojigato de mediana edad con una admirable habilidad para atar pesadas cargas y depositarlas sobre los hombros de los demás. No creas que le envidio su tarea a mi sobrino. Yo prefiero vivir en paz y que mis huesos reposen en la tierra. Lo que pasa es que me empeño en mantener ciertos valores anticuados, y tengo la cobardía de renegar de ellos, como mi tocayo de los Evangelios. Nunca voy a casa si puedo evitarlo, y también evito venir aquí: los gallos cantan demasiado fuerte y demasiado tiempo.

—Peter, no tenía ni idea de que te sintieras así. Me gustaría ver tu casa.

—¿En serio? Entonces iremos, un día de estos. No te impondré a la familia, aunque creo que mi madre te caerá bien. Pero elegiremos un día en que estén todos fuera, salvo diez o doce duques inofensivos en el panteón familiar. Todos embalsamados, pobrecillos, para perdurar llenos de polvo hasta el día del Juicio. Típico de una tradición familiar que ni siquiera dejen que te pudras, ¿verdad?

A Harriet no se le ocurrió nada que decir. Llevaba cinco años peleando con Peter, y lo único que había descubierto era su fortaleza, mientras que en la última media hora él había dejado al descubierto todas sus debilidades, una detrás de otra. Y honradamente no podía decirle: «¿Por qué no me lo habías contado?», porque sabía bien cuál sería la respuesta. Afortunadamente, Peter no parecía esperar ningún comentario.

—¡Dios santo! —fue la siguiente frase de Peter—. ¡Mira qué hora es! Has dejado que me pusiera a divagar y no hemos dicho ni media palabra sobre tu problema.

—Me siento muy agradecida de haberlo olvidado unos momentos.

—Me lo imagino —dijo Peter, mirándola pensativamente—. Oye, Harriet, ¿no podríamos tomarnos el día libre? Debes de estar harta de esta maldita historia. Ven a aburrirte conmigo, para variar. Será un alivio para ti, como cambiar un dolor de muelas por un bonito ataque de reumatismo. Igualmente deplorable pero diferente. Tengo que ir a ese almuerzo, pero no tiene por qué durar demasiado. ¿Qué te parece un paseo en batea desde el puente de Magdalen a las tres?

—El río estará hasta los topes. El Cherwell ya no es lo que era, sobre todo los domingos. Se parece más a Margate en día festivo, con gramófonos, trajes de baño y empujones.

—No importa. Vamos y aportamos nuestros empujones a los del feliz populacho. A menos que prefieras subir al coche y volar conmigo al fin del mundo, pero las carreteras estarán peor que el río. Y si encontramos un sitio tranquilo, o te doy la lata o acometemos ese problema del demonio. Lo público es lo más seguro.

—Muy bien, Peter. Haremos lo que tú quieras.

—Pues entonces en el puente de Magdalen a las tres. De verdad, no estoy rehuyendo el problema. Si no podemos resolverlo juntos, buscaremos a alguien que pueda hacerlo. No hay ni mares innavegables ni tierras inhabitables.

Se levantó y le tendió una mano.

—¡Peter, eres como una roca! La sombra de una roca enorme en una tierra baldía. Dios mío, ¿en qué estás pensando? En Oxford nadie estrecha la mano.

—El elefante nunca olvida. —Le besó delicadamente los dedos—. Es que me he traído mi cortesía cosmopolita. ¡Dios mío! Hablando de cortesía... voy a llegar tarde al almuerzo.

Recogió el birrete y la toga y desapareció sin darle tiempo a Harriet a acompañarlo hasta la conserjería.

Pero mejor así, pensó Harriet, viéndolo correr por el patio como un estudiante. No tiene mucho tiempo. ¡Válgame Dios, se ha llevado mi toga en lugar de la suya! Bueno, qué más da. Somos casi de la misma estatura y la mía tiene los hombros bastante anchos, así que es lo mismo.

Y de repente le pareció extraño que fuera lo mismo.

Harriet sonrió para sus adentros al ir a cambiarse para el río. Si Peter se empeñaba en mantener tradiciones decadentes, encontraría oportunidades de sobra manteniendo una forma de patronear, unos modales y una vestimenta propios de la época anterior a la guerra, sobre todo la vestimenta. Unos pantalones cortos y mugrientos o unos pantalones corrientes negligentemente enrollados alrededor de la cintura eran la versión moderna de la moda masculina en el Cherwell; para las mujeres, traje de baño y, para las novatas, sandalias de playa de vivos colores. Harriet movió la cabeza ante la luz del sol, que estaba radiante y quemaba. Ni siquiera para impresionar a Peter estaba dispuesta a exhibir una espalda achicharrada y unas piernas comidas por los mosquitos. Se pondría algo apropiado y cómodo.

Al encontrársela bajo las hayas, la decana la miró con exagerada sorpresa ante el deslumbrante despliegue de lino blanco.

—Si fuera hace veinte años, diría que va usted al río.

—Allí voy. De la mano de un pasado más señorial.

La decana gruñó levemente.

—Pues mucho me temo que va a llamar la atención. Ya no se hacen esas cosas. Va vestida, limpia y fresca. Y encima, un domingo por la tarde. Me avergüenzo de usted. Al menos, espero que en ese paquete que lleva bajo el brazo haya discos de cantantes.

—Ni siquiera eso —replicó Harriet.

Lo que había era su diario del problema de Shrewsbury. Había pensado que lo mejor sería que Peter se lo llevara y lo estudiara a solas y después decidiera qué se podía hacer.

Llegó puntual al puente, pero Peter ya estaba allí. Su obsoleta cortesía quedaba acentuada por la presencia de la señorita Flaxman y otra alumna de Shrewsbury, que estaban sentadas en la plataforma, al parecer esperando a su acompañante, acaloradas y enfadadas. A Harriet le divirtió dejar que Wimsey se ocupara del paquete, la ayudara ceremoniosamente a subir a la batea y le arreglara los cojines, y también saber, por su mirada irónica, que Peter comprendía bien la razón de su insólita docilidad.

—¿Qué se te antoja? ¿Hacia arriba o hacia abajo?

—Bueno, hacia arriba hay más alboroto, pero el fondo es mejor; hacia abajo se va bien hasta la bifurcación, y después hay que elegir entre el cieno y el vertedero.

—Pues habrá que elegir el mal menor, pero tú solo tienes que darme la orden. «Mi oído se abre cual ávido tiburón para percibir la melodía de una divina voz.»

—¡Cielo santo! ¿De dónde has sacado eso?

—Aunque no te lo creas, es el estrepitoso final de un soneto de Keats. Cierto que es obra de juventud, pero hay cosas que ni la juventud puede justificar.

—Vamos río abajo. Necesito soledad para recobrarme del susto.

Peter sacó la batea al río y salvó el puente hábilmente. Después dijo:

—¡Qué mujer tan extraordinaria! Has permitido que extendiera la cola de la vanidad ante esas dos Ariadnas abandonadas. ¿Prefieres ser independiente y coger la pértiga? Reconozco que es más divertido llevar que que te lleven, y que el deseo de divertirte tú más que nadie constituye las nueve décimas partes de la ley de caballería.

—¿Será posible que tengas una actitud justa y generosa? A mí, a generosidad no me gana nadie. Me quedaré aquí sentada como toda una señora y te veré trabajar. Es bonito ver las cosas bien hechas.

—Si dices eso, empezaré a creérmelo y haré alguna tontería.

Realmente resultaba agradable verlo con la pértiga, moviéndose con naturalidad y sorprendente rapidez. Se abrieron paso entre la multitud por el sinuoso río a una velocidad increíble hasta que en un estrecho tramo los detuvo otra batea que giraba con torpeza en medio de la corriente y encajonaba peligrosamente dos piraguas contra la orilla.

—¡Antes de meterse en estas aguas, tendrían que aprender las normas del río! —gritó Wimsey, empujando a los infractores y mirando ofensivamente al joven responsable (nervudo, desnudo de cintura para arriba y rosa como una gamba por el sol)—. Esas piraguas tienen preferencia, y si no sabe sujetar una pértiga como es debido, le recomiendo que se retiren a las aguas estancadas y se queden allí hasta que sepan para qué les ha dado Dios los pies.

En aquel mismo momento un hombre de mediana edad, cuya batea estaba amarrada un poco más arriba, volvió bruscamente la cabeza y gritó con voz resonante:

—¡Dios santo! ¡Wimsey, de Balliol!

—Vaya, vaya, vaya —dijo su señoría, abandonando al joven rosado y situándose junto a la otra batea—. ¡Por todos los santos, Peake, de Brasenose! ¿Qué te trae por aquí?

—Pero si yo vivo aquí —respondió el señor Peake—. Más bien habría que preguntar qué te trae a ti por aquí. No conoces a mi esposa… Cariño, lord Peter Wimsey, el as del críquet. El resto de mi familia.

Señaló vagamente con la mano un surtido de vástagos.

—Nada, he venido a dar una vuelta —dijo Peter cuando hubieron acabado las presentaciones—. Es que tengo un sobrino aquí y esas cosas. ¿Qué haces? ¿Eres tutor, profesor…?

—Bueno, doy clases. Una vida de perros, de verdad. ¡Dios mío! Ha pasado mucha agua bajo el puente Folly desde la última vez que nos vimos, pero habría reconocido tu voz en cualquier parte. Nada más oír ese tono brusco y desdeñoso, he dicho: «Wimsey, de Balliol». ¿Tenía o no tenía yo razón?

Wimsey subió la pértiga y se sentó.

—¡Ten piedad, hijo, ten piedad! «Deja que los muertos entierren a sus muertos.»

—Es que, veréis —le dijo el señor Peake al mundo en general—, cuando estábamos juntos… de eso hace un montón de años ¡pero es igual!, cuando a alguien le endosaban un primo del campo o un viajero estadounidense que preguntaba, como siempre hace esa gente: «¿Qué es eso que llaman el estilo de Oxford?», le enseñábamos a Wimsey, de Balliol. Encajaba estupendamente entre los jardines de Saint John y el monumento a los Mártires.

—Pero ¿y si no estaba o no quería desempeñar su papel?

—Esa catástrofe jamás ocurrió. Era imposible no encontrar a Wimsey, de Balliol, plantado en el centro del patio dándole órdenes a alguien con exquisita insolencia.

Wimsey escondió la cara entre las manos.

—Hacíamos apuestas sobre lo que dirían de él después —añadió el señor Peake, que parecía conservar el humor estudiantil, sin duda debido al continuo contacto con la mentalidad de los de primer curso—. La mayoría de los estadounidenses decían: «¡Caramba! ¡Si es el perfecto aristócrata inglés!», pero algunos decían: «¿De verdad le hace falta ese cristal en el ojo o forma parte del disfraz?».

Harriet se rió, pensando en la señorita Schuster-Slatt.

—Cariño… —dijo la señora Peake, que parecía de natural bondadoso.

—Los primos del campo —continuó implacable el señor Peake— invariablemente se quedaban estupefactos y había que reanimarlos con café y helados en Buol's.

—Yo, como si no estuviera —dijo Peter, cuyo rostro era invisible, salvo la punta de una oreja carmesí.

—Pero te conservas muy bien, Wimsey —añadió el señor Peake, benévolo—. Mantienes la línea. ¿Todavía sirves para una carrerita por el terreno de juego? No puedo decir que yo sirva ya de gran cosa, excepto para el partido de padres, ¿eh, Jim? Es lo que tiene el matrimonio, que engordas y te vuelves vago, pero tú no has cambiado, ni pizca. Sigues siendo inconfundible. Y tienes razón con lo de estos patanes del río. Estoy hasta la coronilla de que me empujen y de que me metan sus asquerosas pértigas en la proa. No saben ni pedir perdón. Les parece divertidísimo. Si serán zoquetes… Y con esos gramófonos vociferándote en los oídos… ¡Pero míralos! ¡Míralos! Si es que te dan ganas de vomitar. ¡Son como la jaula de los monos del zoológico!

—«¡Noble, desnuda y antigua!» —apuntó Harriet.

—No me refiero a eso. Me refiero a trepar por la pértiga. ¡Fíjense en esa chica! Una mano encima de la otra… ¡y arriba! Y ahora gira y empuja como si estuviera desatascando un desagüe. Como no tenga cuidado, al agua que se va.

—Va vestida para eso —replicó Wimsey.

—Voy a decirte una cosa —dijo el señor Peake con tono confidencial—. Esa es la verdadera razón del traje. Esperan caerse. Está muy bien salir del agua con esas preciosas arrugas en los pantalones, pero si te caes así, es todavía más divertido.

—Cuánta razón tienes. Bueno, estamos impidiendo el paso. Iré a verte un día, si me lo permite la señora Peake. Hasta pronto.

Las bateas se separaron.

—¡Ay, Dios mío! —exclamó Peter cuando ya no podían oírlos. Qué agradable ver a los viejos amigos. Y qué saludable.

—Sí, pero ¿no te resulta deprimente cuando se ponen a gastar las mismas bromas de hace cien años?

—Terriblemente deprimente. Es el único inconveniente de vivir aquí, que te mantiene joven. Demasiado joven.

—Es penoso, ¿no?

El río se ensanchaba allí, y a modo de respuesta Peter dobló las rodillas para darse impulso, haciendo a la batea una reverencia y al agua borbotear alegremente bajo la proa.

—¿Recuperarías la juventud si pudieras, Harriet?

—Por nada del mundo.

—Yo tampoco. Por mucho que me dieran, aunque a lo mejor es una exageración. Por una cosa que tú podrías darme quizá me gustaría recuperar veinte años de mi vida, pero no los mismos veinte años. Y si volviera a tener veintitantos, no querría lo mismo.

—¿Por qué estás tan seguro? —preguntó Harriet, acordándose de repente del señor Pomfret y el ayudante del supervisor.

—Por el vivo recuerdo de mis locuras… ¡Harriet! ¿No me irás

a decir que los jóvenes no son todos tontos a los veinte años? —Se puso en pie, arrastrando la pértiga y mirando a Harriet; las cejas enarcadas le daban un toque caricaturesco a su rostro—. Vaya, vaya, vaya… Espero que no sea Saint-George, por cierto. Sería una complicación doméstica verdaderamente lamentable.

—No, Saint-George no.

—Ya decía yo. Sus locuras son menos ingenuas, pero alguien hay. En fin, me niego a preocuparme, puesto que lo has mandado a paseo.

—Me gusta la rapidez con la que haces deducciones.

—Eres incurablemente sincera. Si hubieras hecho algo drástico, me lo habrías contado en tu carta. Habrías dicho: «Estimado Peter, tengo que exponerte un caso, pero en primer lugar creo que es simplemente de justicia que te informe de que estoy prometida al señor Jones, del Jesus». ¿O no?

—Es probable. ¿Y de todas maneras habrías investigado el caso?

—¿Por qué no? Un caso es un caso. ¿Qué tal es el fondo en el río viejo?

—Asqueroso. Por cada palada que das retrocedes dos.

—Entonces nos quedaremos en el tramo nuevo. En fin, el señor Jones, del Jesus, cuenta con mi sincera simpatía. Confío en que sus cuitas no afecten a sus estudios.

—Solo está en segundo.

—Entonces tiene tiempo para superarlo. Me gustaría conocerlo. Probablemente es el mejor amigo que tengo en el mundo.

Harriet no replicó. La inteligencia de Peter le daba mil vueltas a la suya, más lenta. Era verdad que, en cierta medida, el cariño espontáneo de Reggie Pomfret le había hecho más creíble que los sentimientos de Peter fueran algo más que la ternura del artista hacia su obra, pero le resultaba odioso que Peter hubiera llegado a esa conclusión con tal rapidez. Le molestaba que fuera capaz de entrar y salir de sus pensamientos como si se tratara de su propia casa.

—¡Cielo santo! —exclamó Peter. Escudriñó preocupado las aguas verde oscuro. Una sarta de burbujas grasientas subió lentamente hasta la superficie, dejando al descubierto el sitio donde la pértiga había abierto el cieno, y en el mismo momento les inundó las fosas nasales un repugnante hedor a putrefacción.

—¿Qué pasa?

—He encontrado algo espantoso. ¿No lo hueles? Es verdaderamente escandaloso cómo me persiguen los cadáveres. En serio, Harriet…

—Si serás tonto… No es más que el vertedero.

Wimsey siguió con la mirada la mano de Harriet, que señalaba la otra orilla, donde una nube de moscas revoloteaba alrededor de un repulsivo montón de inmundicias.

—¡Pero por todos los…! ¿Qué demonios pretenden con una cosa así? —Wimsey se pasó una mano húmeda por la frente—. Durante unos momentos he estado de verdad convencido de que me había topado con el señor Jones, del Jesus, y empezaba a arrepentirme de haber hablado con tanta frivolidad del pobre chico. ¡Venga! ¡Vámonos de aquí!

Impulsó vigorosamente la batea hacia delante.

—Me quedo con el Isis. En este río ya no hay romanticismo.

15

Parémonos a considerar las excelencias del dormir: es joya tan inestimable que si un tirano cambiara su corona por una hora de sueño, no podría comprarse; tan hermosa hechura tiene que aun si un hombre yaciera con una emperatriz, su corazón no latiría hasta que dejara sus abrazos para descansar con el otro; sí, tal es nuestra deuda con este pariente de la muerte que a él debemos la mitad de nuestra vida, pues el dormir es esa cadena de oro que une la salud con nuestro cuerpo. ¿Quién se lamenta de necesidad, de sus heridas, de temores, de opresión, de cautividad mientras duerme? Los pordioseros en sus camas disfrutan tanto como los reyes; ¿podemos, por tanto, hartarnos de tan delicada ambrosía? ¿Podemos beber demasiado de lo que, si tomamos demasiado poco, nos lleva al camposanto y si lo usamos con indiferencia nos reduce al asilo? No y no; fijaos en Endimión, el seguidor de la Luna, que durmió cien años, y no por ello se sintió peor.

THOMAS DEKKER

—La cesta de la merienda está detrás de ti, en la proa —dijo Wimsey.

Habían recalado bajo la sombra jaspeada de un sauce, a la orilla del Isis. Allí no había tanta gente, y la que había pasaba a cierta distancia. Si había algún sitio en el que pudieran encontrar alguna calma, era allí. Por consiguiente, con el termo aún en la mano, Harriet observó con algo más que irritación cómo se aproximaba una batea cargada de gente.

—¡Lo que faltaba! ¡La señorita Schuster-Slatt y su grupo! Y dice que te conoce.

Las pértigas estaban firmemente clavadas a ambos lados de la embarcación; imposible huir. El contingente estadounidense se cernía inexorable sobre ellos. Ya estaban al lado, y la señorita Schuster-Slatt gritaba entusiasmada. En esta ocasión fue Harriet quien tuvo que sonrojarse por sus amigos. La señorita Schuster-Slatt pidió disculpas por su intromisión con increíble timidez, efectuó las presentaciones, dijo que estaba segura de que eran muy inoportunas, le recordó a lord Peter su primer encuentro, reconoció que él debía de estar tan placenteramente ocupado que no iba a hacerle el menor caso, soltó una andanada de vehementes y preocupantes comentarios sobre la propagación de los hábitos saludables, hizo hincapié una vez más en su falta de tacto, con palabras estridentes, puso en conocimiento de lord Peter que Harriet era una persona muy comprensiva y sencillamente encantadora, y obsequió a ambos con un ejemplar de su nuevo cuestionario. Wimsey prestó oídos y contestó, cortés e imperturbable, mientras que Harriet, que deseaba que el Isis se desbordara y se ahogaran todos, envidiaba su autocontrol. Cuando al fin se quitaron de encima a la señorita Schuster-Slatt y su grupo, las aguas traicioneras devolvieron su aguda voz desde lejos:

—¿Qué, chicas? ¿No os había dicho que era el perfecto aristócrata inglés?

Ante lo cual Wimsey, ya demasiado agobiado, se tumbó entre las tazas y sufrió un ataque de risa histérica.

—Peter, tu temperamento, tan irreductiblemente dulce, resulta bochornoso —dijo Harriet cuando Peter dejó de cacarear como un gallo—. Esa inofensiva mujer me hace perder los estribos. Toma un poco más de té.

—Creo que debería dejar de ser el perfecto aristócrata inglés y empezar a ser el gran detective —dijo su señoría con tristeza—. Parece que el destino está convirtiendo mi romance de un día en una auténtica farsa. Si ese es el informe, dámelo. Veremos qué clase de detective eres cuando te quedas sola —añadió con una risita.

Harriet le entregó el cuaderno de anillas y un sobre con los documentos anónimos, refrendados, donde era posible, con la fecha y la forma de publicación. Wimsey examinó los documentos, uno a uno, minuciosamente, sin manifestar sorpresa, repugnancia ni ninguna emoción, salvo interés. Volvió a guardarlos en el sobre, llenó y encendió una pipa, se tendió entre los cojines hecho un ovillo y se concentró en el manuscrito. Lo leyó lentamente, volviendo atrás de vez en cuando para comprobar una fecha o un detalle. Al llegar al final de las primeras páginas, levantó la mirada y comentó:

—Hay que reconocerle una cosa a lo de escribir novelas policíacas, y es que sabes hilar una historia y presentar las pruebas.

—Gracias —replicó Harriet secamente—. «La aprobación de sir Hubert es aprobación de verdad.»

Peter continuó leyendo. Su siguiente observación fue:

—Veo que has eliminado a todo el ala de las criadas basándote en una puerta cerrada con llave.

—No soy tan simplona. Cuando llegues al incidente de la capilla, comprobarás que quedan todas eliminadas por otra razón.

—Perdóname. Estaba cometiendo el fatal error de teorizar antes de contar con todos los datos.

Aceptando el reproche, Peter volvió a sumirse en el silencio, mientras Harriet observaba su rostro, de perfil. En líneas generales, como fachada, ya le resultaba soportablemente familiar, pero en aquel momento apreció ciertos detalles, como ampliados por una lente mental. La oreja con sus delicadas volutas, pegada al cráneo, de hermosa línea. El brillo del pelo al rape allí donde se elevaban los músculos del cuello y se unían a la cabeza. La diminuta cicatriz en forma de hoz en la sien izquierda. Las finas arrugas de expresión alrededor del párpado, un poco caído en la comisura. El reflejo dorado del pómulo. La envergadura de las ventanillas de la nariz. Una gota de sudor casi imperceptible sobre el labio superior y un diminuto músculo que temblaba en la sensible comisura de los labios. El ligero enrojecimiento por el sol de la piel clara y la súbita blancura bajo la base del cuello. La pequeña oquedad entre las clavículas.

Peter levantó la mirada, y Harriet se puso roja como la grana, como si la hubieran metido en agua hirviendo. Una enorme mole parecía cernirse sobre ella en medio de la confusión de sus ojos nublados y sus oídos resonantes. Y de repente se despejó aquella bruma. Los ojos de Peter estaban clavados de nuevo en el manuscrito, pero su respiración era como si hubiera estado corriendo.

Vaya, ha ocurrido, pensó Harriet, pero había ocurrido hacía tiempo. La única novedad es que ahora tengo que reconocerlo. Lo sabía desde hace tiempo. Pero ¿lo sabe él? Después de esto, pocas excusas tiene para no saberlo. Al parecer, se niega a reconocerlo, y eso sí podría ser una novedad. En ese caso, lo que yo tenía intención de hacer debería resultar más fácil.

Miró con decisión las aguas ondulantes, pero consciente de cada movimiento de Peter, de cada página que volvía, de cada respiración. Era como si percibiera cada uno de los huesos del cuerpo de Peter, cada uno por separado. Al fin Peter habló, y Harriet se preguntó cómo habría podido confundir su voz con la de ningún otro hombre.

—Verás, Harriet, no tiene muy buena pinta.

—Claro que no. Y no podemos seguir con este problema, Peter. No podemos consentir que más personas se tiren al río de puro miedo. Con o sin publicidad, hay que parar todo esto. Si no, y aunque nadie sufra ningún daño, nos vamos a volver locas.

—Ahí está lo malo.

—Dime qué podemos hacer, Peter.

Harriet había vuelto a perder toda conciencia de Peter salvo por la inteligencia, tan conocida, que vivía y se movía de una forma tan extraña tras unos rasgos muy curiosos.

—Pues… hay dos posibilidades. Puedes poner espías por todas partes y esperar a abalanzarte sobre esa persona cuando se produzca el próximo incidente.

—Pero es que no sabes lo difícil que es vigilar un sitio así. Y además, la espera es espantosa. ¿Y si no la pillamos y ocurre algo terrible?

—Tienes razón. La otra manera, para mí la mejor, sería hacer lo que podamos para asustar a esa loca y que se quede quietecita mientras averiguamos el móvil de toda esta historia. Estoy seguro de que no se trata de pura maldad. Sigue un método.

—¿No es el móvil sencillamente evidente?

Wimsey se quedó mirándola pensativamente y dijo:

—Me recuerdas a un viejo tutor que yo tenía, ya difunto, un hombre encantador, cuyo tema de investigación eran las relaciones del Papado con la Iglesia de Inglaterra en unas fechas que no recuerdo bien. En una época pusieron este tema para la facultad de historia, y naturalmente, los estudiantes que elegían esa asignatura asistían a las clases del vejete y les iba muy bien, pero notaron que nadie de su propio college cursaba esa asignatura especial, por la sencilla razón de que el tutor era tan honrado que convencía de todo corazón a sus alumnos para que no la eligieran, por temor a influir en sus decisiones.

—¡Qué hombre tan encantador! La comparación me halaga, pero no entiendo qué tiene que ver conmigo.

—¿No? ¿No es cierto que, como más o menos te has decidido por el celibato, estás dispuesta a poblar el claustro de fantasmas? Si quieres prescindir de las relaciones personales, prescinde, pero no te precipites sobre ellas imaginándote que tienes que tenerlas o que te van a describir como un caso freudiano.

—No se trata ni de mí ni de mis sentimientos. Se trata de ese espantoso caso del college.

—Pero no puedes dejar tus sentimientos a un lado. De nada sirve decir que el sexo está en el fondo de todo esto. El sexo no es algo que funcione por sí mismo, con independencia de todo lo demás. Normalmente va unido a alguna persona.

—Eso es evidente.

—Pues echémosle un vistazo a lo evidente. El mayor delito de esos malditos psicólogos es impedir que se vea lo evidente. Son como quien va a hacer la maleta para el fin de semana y lo saca todo de armarios y cajones hasta que por fin encuentra el pijama y el cepillo de dientes. Vamos a empezar por unos cuantos puntos evidentes. Conociste a la señorita De Vine en la fiesta de fin de curso, y pusieron la primera carta en la manga de tu toga ese mismo día; las personas objeto de los ataques son casi todas profesoras o estudiantes; días después de tomar el té con el joven Pomfret, Jukes va a la cárcel; todas las cartas enviadas por correo llegan un lunes o un jueves; todos los textos están escritos en inglés, salvo la cita de las arpías; el vestido de la muñeca jamás se había visto en el colegio: tomados en conjunto, ¿todos estos hechos no te sugieren más que una idea general de represión sexual?

—Uno a uno sugieren muchas cosas, pero en conjunto no me dicen nada.

—Sueles tener mayor capacidad de síntesis. Ojalá pudieras quitarte de la cabeza esa preocupación personal. Pero ¿de qué tienes miedo? Los dos grandes peligros de la vida célibe son no tener otra opción y una cabeza desocupada. Las energías zumbando en el vacío producen quimeras, pero tú no corres peligro. Si quieres alcanzar el reposo eterno, es mucho más probable que lo encuentres en la vida del intelecto que en la vida del corazón.

—¿Y precisamente tú dices eso?

—Eso digo. Son tus necesidades lo que tomamos en cuenta, no las de los demás. Esa es mi honrada opinión de estudioso, considerando el asunto desde el punto de vista académico y por sus propios méritos.

Harriet experimentó la conocida sensación de que Peter se estaba burlando de ella. Volvió a aferrarse al tema principal de la conversación.

—Entonces, ¿crees que podemos resolver el problema con una investigación directa, sin recurrir a un especialista en psiquiatría?

—Creo que puede resolverse con un razonamiento directo e imparcial.

—Peter, me da la impresión de estar actuando como una imbécil, pero la razón por la que quiero apartarme de la gente y los sentimientos y volver al ámbito intelectual es que es el único ámbito de la vida que no he traicionado ni destrozado.

—Lo sé —dijo Peter con más dulzura—. Y es terrible pensar que a su vez te pueda traicionar a ti, pero ¿por qué tienes que pensar eso? Aunque el conocimiento excesivo vuelva loca a una persona, no tiene por qué volver loco a todo el mundo. Todas estas mujeres están empezando a parecerte anormales porque no sabes de cuál sospechar, pero en realidad ni siquiera sospechas de más de una.

—No, pero estoy empezando a pensar que prácticamente cualquiera de ellas sería capaz de hacerlo.

—Supongo que ahí es donde tus temores están distorsionando tus ideas. Si toda persona frustrada se fuera derecha al manicomio, conozco al menos un peligro para la sociedad al que deberían encerrar.

—¡Déjate de tonterías, Peter! ¿Quieres centrarte?

—Es decir, ¿qué medidas deberíamos tomar? ¿Me dejas esta noche para pensarlo? Si confías en mí para que me haga cargo del asunto, creo ver un par de líneas de investigación que podrían resultar útiles.

—Confío en ti más que en nadie.

—Gracias, Harriet. ¿Quieres que reanudemos nuestra interrumpida vacación?… Ah, mi juventud perdida. Ahí vienen los patos, a por los restos de nuestros bocadillos. Hace veintitrés años di de comer a unos patos idénticos a estos con unos bocadillos idénticos.

—Yo también les di de comer hasta que se hartaron hace diez años.

—Y de aquí a treinta años los mismos patos y los mismos estudiantes compartirán el mismo banquete ritual, y los patos les picarán los dedos a los estudiantes como acaban de picarme a mí. ¡Cuán efímeras son las pasiones humanas en comparación con la sólida continuidad de los patos…! Fuera, bobos. No hay más.

Arrojó las últimas migas de pan al agua, se dio la vuelta entre los cojines y se puso a contemplar el agua ondeante con los ojos entrecerrados... Pasó una batea llena de gente silenciosa, aturdida por el sol, con un plaf y un tintineo alternos cuando la pértiga entraba y salía del agua; después un ruidoso grupo con un gramófono que berreaba «Amor en flor»; a continuación un joven con gafas, solo en una piragua, remando como si le fuera en ello la vida; después otra batea, conducida a paso de funeral por un chico y una chica susurrantes; después un grupo de chicas acaloradas y enérgicas en una canoa de balancines; después otra piragua, conducida velozmente por dos estudiantes canadienses que iban arrodillados; luego una piragua muy pequeña, con una chica que se reía como una tonta y llevaba la pértiga peligrosamente y un joven burlón acuclillado a proa, ambos vestidos y preparados para el inevitable chapuzón; después un grupo muy sosegado, todos vestidos de pies a cabeza, muy corteses con una catedrática; a continuación un grupo de ambos sexos y todas las edades en un bote de remos, con otro gramófono que lanzaba quejoso «Amor en flor»: los habitantes de la ciudad desatados; después una sucesión de chillidos que anunciaban la llegada de un animadísimo grupo enseñando a manejar la pértiga a una novata; luego un ridículo contraste: un hombre muy corpulento con traje azul y sombrero de tela, propulsándose con gran solemnidad él solo en una cáscara de nuez y un joven delgado y en camisa pasando como un rayo a su lado con aire de desprecio, después tres bateas juntas, en las que todos parecían dormidos salvo los responsables de las pértigas y los zaguales. Una de ellas pasó a una palada de distancia de Harriet: un joven barrigón de pelo alborotado tumbado con las rodillas dobladas, la boca ligeramente abierta y la cara arrebolada por el calor; una chica despatarrada y apoyada sobre su hombro, mientras que el hombre enfrente de ella, con el sombrero sobre la cara y las manos apretadas contra el pecho y los pulgares bajo los tirantes también parecía haber perdido todo interés por el mundo exterior. La cuarta pasajera estaba comiendo bombones. La encargada de la pértiga llevaba un vestido de algodón arrugado y las piernas, picadas por los mosquitos, al aire. A Harriet le recordaron un compartimiento de tren de tercera clase en un día caluroso: dormirse en público era funesto, y muy tentador tirarle algo al joven barrigón. En aquel mismo momento, la devoradora de bombones apretujó los dulces que le quedaban en la bolsa y se la lanzó al joven barrigón. Le dio en el estómago, y él se despertó resoplando. Harriet sacó un cigarrillo de su pitillera y se volvió para pedirle fuego a su acompañante. Estaba dormido.

Dormía apaciblemente, sin ruido; la postura podría describirse casi como la del erizo, y el durmiente no presentaba ni la boca ni el estómago como posible blanco de objetos arrojadizos, pero no cabía duda de que estaba dormido. Y allí estaba la señorita Harriet Vane, de repente comprensiva, con miedo de hacer el menor movimiento por si lo despertaba y terriblemente contrariada ante la proximidad de una embarcación llena de imbéciles en cuyo gramófono sonaba, para variar, «Amor en flor».

«¡Qué maravilla la Muerte, la Muerte y su hermano, el Sueño!», dice el poeta. Y tras haber preguntado si Iante se despertaría y teniendo la certeza de que lo haría, él se pone a entretejer hermosos pensamientos sobre el sueño de Iante. De esto podemos deducir fácilmente (como Henry, arrodillado en silencio ante el diván) que él albergaba buenos sentimientos hacia Iante. Porque el sueño de otra persona es la agria prueba de nuestros sentimientos. A menos que seamos unos salvajes, reaccionamos con bondad ante la muerte, ya sea la de un amigo o la de un enemigo. No nos saca de quicio; no nos tienta a arrojarle cualquier cosa; no nos hace ninguna gracia. La muerte es la debilidad postrera, y no nos atrevemos a insultarla, pero el sueño es solamente una ilusión de debilidad y, a menos que despierte nuestros instintos de protección, lo más probable es que nos provoque un desagradable deseo de intimidar. Desde una superioridad consciente, miramos con desprecio al durmiente, que pone en evidencia toda su fragilidad, y nos permitimos comentarios desdeñosos sobre su aspecto, sus modales y (si se trata de una ocasión en público) sobre la absurda posición en la que pone a su acompañante, si lo tiene, y sobre todo si somos nosotros ese acompañante. Así engañada para hacer de Febe con el durmiente Endimión, Harriet tuvo sobradas oportunidades de examinarse a sí misma. Tras una detenida reflexión, llegó a la conclusión de que lo que más necesitaba era una caja de cerillas. Peter había usado cerillas para encender la pipa; ¿dónde estaban? ¡Maldición! Se había quedado dormido con todo el equipo, pero el blazer estaba a su lado, sobre los cojines, y ¿conoce alguien a algún hombre que solo lleve una caja de cerillas en los bolsillos?

Apoderarse del blazer fue una tarea peliaguda, porque la embarcación se balanceaba con cada movimiento y tuvo que quitarle la prenda de las rodillas, pero Peter dormía el profundo sueño del cansancio físico, y Harriet retrocedió triunfalmente a gatas sin haberlo despertado. Registró los bolsillos con un extraño sentimiento de culpabilidad y encontró tres cajas de cerillas, un libro y un sacacorchos. Con tabaco y literatura se puede hacer frente a cualquier situación, siempre y cuando el libro no esté escrito en una lengua desconocida, naturalmente. No había título en el lomo, y al abrir la gastada tapa de piel de becerro lo primero que vio fue el *ex libris* grabado con su escudo de armas: tres ratones en plata sobre sable y el gato doméstico agazapado amenazadoramente en la corona del casco. Dos sarracenos armados sujetaban el escudo, bajo el cual aparecía el lema, burlón y arrogante: «A donde mi capricho me lleve». Volvió la portada. *Religio Medici.* ¡Vaya...! Pero ¿era tan inesperado?

¿Por qué viajaba Peter con un libro así? ¿Dedicaba sus ratos libres, entre las investigaciones y la diplomacia, a cavilar sobre las transmigraciones «extrañas y místicas» de los gusanos de seda y «la prestidigitación de los niños cambiados al nacer»? ¿O a reflexionar sobre cuán «vanamente acusamos a la ferocidad de las armas de fuego y las nuevas invenciones de la muerte?». «Sin duda no existe la felicidad en este círculo de la carne, ni está en poder de la óptica de estos ojos contemplar la dicha. El primer día de júbilo es el de la muerte.» Harriet no sentía el menor deseo de darle una aplicación personal a semejante cosa; prefería que Peter estuviera seguro y feliz para que a ella pudiera molestarla su seguridad y su felicidad. Pasó las páginas apresuradamente. «Cuando sin él estoy, muero hasta estar con él. Las almas unidas no se satisfacen con abrazos, sino con el deseo de ser realmente el otro; al ser imposible, esos deseos son infinitos y han de continuar sin posibilidad de satisfacción.» Desde cualquier punto de vista, era un párrafo sumamente irritante. Volvió a la primera página y se puso a leer con meticulosidad, crítica con la gramática y el estilo, con el fin de ocupar la corriente superior de su conciencia sin husmear demasiado en lo que pudiera ocurrir bajo la superficie.

El sol descendía en el cielo y las sombras se alargaban sobre el agua. Ya quedaban menos embarcaciones en el río; los que habían merendado allí volvían a casa apresuradamente para cenar y los que iban a cenar aún no habían salido. Endimión daba la impresión de ir a pasar en la batea toda la noche; ya era hora de hacerse la fuerte y levantar las pértigas. Harriet lo fue retrasando un minuto tras otro, hasta que un agudo chillido y un golpetazo en el extremo de la batea la libró de tener que tomar una decisión. La novata incompetente había regresado con su tripulación y, tras abandonar la pértiga en mitad del río, había dejado su embarcación a la deriva frente a la popa de la batea de Harriet, que empujó a los intrusos con más vigor que simpatía y al darse la vuelta vio a su acompañante incorporándose y sonriendo un tanto avergonzado.

—¿Me he quedado dormido?

—Casi dos horas —respondió Harriet con una risita de satisfacción.

—¡Cielo santo, qué actuación tan repugnante! No sabes cuánto lo lamento. ¿Por qué no me has dado un grito? ¿Qué hora es? Pobrecita, si no nos damos prisa, hoy te quedas sin cenar. Mil perdones.

—No tiene la menor importancia. Estabas terriblemente cansado.

—Eso no es excusa. —Peter se había puesto en pie y estaba extrayendo las pértigas del cieno—. A lo mejor lo conseguimos si los dos cogemos las pértigas…, si puedes perdonar la tremenda caradura de pedirte que trabajes para compensar mi nauseabunda pereza.

—Me encantaría, pero ¡una cosa, Peter! —De repente le caía maravillosamente—. ¿Qué prisa hay? Quiero decir, ¿te está esperando el director o algo?

—No. Me he trasladado al Mitre. No puedo tomarme la residencia del director como si fuera un hotel y, además, tienen invitados.

—Entonces, ¿y si comemos algo a la orilla del río, y un día es un día? Quiero decir, si te apetece, ¿o tienes que cenar como es debido?

—Querida mía, de buen grado comería cáscaras de bellota por

haberme portado como un cerdo. O cardos. Sí, mejor cardos. Eres una mujer muy comprensiva.

—Venga, dame la pértiga. Yo me pongo en la proa y tú al timón.

—Y veo cómo subes la pértiga en tres movimientos.

—Te prometo que lo haré.

De todos modos, Harriet era consciente de la mirada crítica de Wimsey, de Balliol, que la observaba mientras manejaba la pesada pértiga, pues o lo haces con elegancia o espantosamente: no hay término medio. Pusieron rumbo a Iffley.

—Casi habrían sido preferibles los cardos —dijo Harriet cuando volvieron a embarcar un rato más tarde.

—Esa clase de comida está destinada a personas muy jóvenes que tienen la cabeza en otro sitio, «hombres de pasiones pero sin partes». Me alegro de haber cenado a base de tarta de albaricoque y limonada sintética: amplía tu experiencia. ¿Quién se encarga de la pértiga? ¿Tú, yo o los dos? ¿O abandonamos las distancias y la superioridad y remamos en paz y armonía codo con codo? —Sus ojos se burlaban de Harriet—. Yo soy sumiso. Ordena.

—Lo que tú prefieras.

Peter la llevó solemnemente al asiento de proa y se enroscó a su lado.

—¿Dónde demonios me he sentado?

—En sir Thomas Browne, supongo. Lo siento, pero te he hurgado en los bolsillos.

—Como soy tan mal compañero, me alegro de haberte proporcionado un buen sustituto.

—¿Te acompaña continuamente?

—Tengo unos gustos bastante católicos. Fácilmente podría haber sido *Kai Lung* o *Alicia en el país de las maravillas* o Maquiavelo...

—¿O Boccaccio o la Biblia?

—Probablemente. O Apuleyo.

—¿O John Donne?

Peter guardó silencio unos momentos y después contestó con un tono de voz distinto:

—¿Ha sido un golpe al azar?

—¿Buen disparo?

—En el centro de la diana… Si remas un poco por tu lado resultaría más fácil navegar.

—Perdona… ¿Te emborrachas fácilmente con las palabras?

—Con tanta facilidad que, si te digo la verdad, raras veces estoy completamente sobrio. Lo que explica que hable tanto.

—Sin embargo, a cualquiera que me preguntara, le diría que te apasionan el equilibrio y el orden… que no hay belleza sin medida.

—Puede apasionarte lo inalcanzable.

—Pero tú lo alcanzas, o al menos eso parece.

—¿El perfecto augusto? ¡No! Mucho me temo que, como máximo, es un equilibrio de fuerzas opuestas… El río empieza a llenarse otra vez.

—Hay mucha gente que sale después de cenar.

—Sí, pobrecillos, ¿por qué no iban a salir? ¿Tienes frío?

—Ni pizca.

Era la segunda vez en cinco minutos que Peter evitaba que entrase en su terreno privado. Su estado de ánimo había cambiado desde primeras horas de la tarde y todas sus defensas estaban en pie una vez más. Harriet no podía olvidar de nuevo el letrero de «Prohibido el paso», así que dejó en manos de Peter cambiar de tema.

Así lo hizo él, cortésmente, preguntando qué tal iba la nueva novela.

—Estoy atascada.

—¿Qué ha pasado?

Aquello supuso poner en escena la trama de *La muerte entre viento y agua*. Era una historia complicada, y la batea había recorrido un buen trecho del río cuando Harriet llegó al final.

—En lo fundamental no hay nada que esté mal —dijo Peter y procedió a ofrecerle sugerencias sobre los detalles.

—Qué inteligente eres, Peter. Tienes razón. Desde luego que esa sería la mejor manera de resolver la dificultad del reloj, pero ¿por qué toda la historia parece tan pobretona?

—En mi opinión, es Wilfrid. Sé que se casa con la chica, pero ¿tiene que ser tan memo? ¿Por qué se guarda las pruebas y cuenta tantas mentiras innecesarias?

—Porque cree que la culpable es la chica.

—Sí, pero ¿por qué lo hace? Adora a la chica… piensa que es el súmmum… y sin embargo, simplemente por encontrar el pañuelo de ella en el dormitorio se convence inmediatamente, por unos indicios de lo más endebles, no solo de que es la amante de Winchester, sino de que ella lo ha asesinado de una manera especialmente diabólica. Puede ser una forma de amar, pero…

—Pero tú quieres insistir en que no es la tuya… y en realidad, no lo era.

Ya estaba otra vez: el viejo resentimiento y el impulso de devolver despiadadamente el golpe por el placer de verlo sufrir.

—No. Estaba considerando el asunto desde un punto de vista impersonal —replicó Peter.

—Incluso académico.

—Sí… por favor… Desde un punto de vista puramente estructural, creo que la conducta de Wilfrid no queda suficientemente explicada.

—Bueno, en términos académicos reconozco que Wilfrid es el mayor zafio del mundo —dijo Harriet, recuperando el aplomo—. Pero si no oculta el pañuelo, ¿en qué queda la trama?

—¿No podrías presentar a Wilfrid como uno de esos personajes morbosamente concienzudos, que han crecido con la idea de que todo lo placentero tiene que ser malo, de modo que si quiere considerar a la chica un ángel, precisamente por esa razón es mucho más probable que sea culpable? Ponle un padre puritano y una religión con fuego eterno incluido.

—Qué buena idea, Peter.

—Verás. Tiene la lúgubre convicción de que el amor es un pecado en sí mismo y de que solo puede expiarlo cargando sobre sí los pecados de la joven y regodeándose en un sufrimiento indirecto... Seguiría siendo un zafio, un zafio patológico, pero resultaría un poquito más coherente.

—Sí... sería interesante, pero si le atribuyo todos esos sentimientos intensos y verosímiles, desequilibrará por completo el libro.

—Tendrías que abandonar las historias como rompecabezas y escribir un libro sobre seres humanos, para variar.

—Me da miedo intentarlo, Peter. Quizá se pasaría de castaño oscuro.

—Quizá sería lo más sensato que puedes hacer.

—¿Escribirlo y quitármelo de encima?

—Sí.

—Lo pensaré. Haría un daño terrible.

—¿Y eso qué importa, si es un buen libro?

Harriet se quedó desconcertada, no por lo que había dicho Peter, sino por haberlo dicho. Nunca había pensado que él se tomara su trabajo muy en serio, y desde luego, no se esperaba que adoptara una actitud tan implacable al respecto. ¿El varón protector? Tan protector como un abrelatas.

—Aún no has escrito el libro que podrías escribir si lo intentaras —prosiguió Peter—. Probablemente no podías escribirlo cuando tenías las cosas demasiado cercanas, pero ahora sí podrías, si tuvieras… si tuvieras…

—¿Agallas?

—Exacto.

—No creo que pueda enfrentarme a ello.

—Claro que sí. Y no tendrás paz de espíritu hasta que lo hagas. Yo llevo huyendo de mí mismo veinte años, y no funciona. ¿De qué sirve cometer errores si no los utilizas? Prueba. Empieza con Wilfrid.

—¡Maldito Wilfrid!… De acuerdo. Lo intentaré. Le quitaré el polvo a Wilfrid, por lo menos.

Peter retiró la mano del zagual y se la tendió a Harriet con gesto de desaprobación.

—«Siempre dándole órdenes a alguien con exquisita insolencia.» Lo siento.

Harriet aceptó la mano y la disculpa y siguieron remando en concordia, pero era cierto, pensó, que ella había tenido que aceptar mucho más que eso. Le sorprendió no sentir rencor.

Se separaron al llegar a la puerta trasera.

—Buenas noches, Harriet. Te devolveré el manuscrito mañana. ¿Te vendría bien por la tarde? Tengo que almorzar con Gerald, supongo, y ponerme serio.

—Ven alrededor de las seis. Buenas noches… y muchas gracias.

—Estoy en deuda contigo.

Peter esperó cortésmente mientras Harriet cerraba la pesada reja.

—¡Y asiií —con voz almibarada— se cerraron las puertas del conventooo tras Soniaaa!

Se golpeó la frente con gesto teatral y un grito de angustia y fue a caer prácticamente en brazos de la decana, que subía por la carretera al paso brioso de costumbre.

—Merecido se lo tiene —dijo Harriet y enfiló el sendero sin esperar a ver qué pasaba.

Al meterse en la cama, recordó la oración improvisada de un coadjutor bienintencionado pero incoherente que había oído en una ocasión y no había olvidado: «Señor, enséñanos a mirar nuestros corazones cara a cara, por difícil que resulte».

16

Del ruido y el miedo al incendio os libra,
de asesinatos, Benedicite.
De toda desgracia que ahuyentar pueda
vuestro placentero sueño de noche,
piadosamente os protege y de vosotros
aleja el trasgo, mientras dormís.

ROBERT HERRICK

—¡Ay, señorita!

—Sentimos molestarla, señora.

—Por Dios, Carrie, ¿qué pasa?

Cuando llevas despierta en la cama más de una hora pensando en cómo reconstruir un Wilfrid sin infligir una feroz mutilación a la trama de tu novela y acabas de sumirte en un agitado sueño poblado de duques embalsamados, resulta muy desagradable que te devuelvan bruscamente a la vigilia dos criadas en bata, nerviosas y medio histéricas.

—Ay, señorita, la decana nos ha dicho que viniéramos a contárselo. Menudo susto nos hemos llevado Annie y yo. Por poco lo pillamos.

—¿Qué?

—Lo que sea, señorita. En el aula de ciencias, señorita. Lo vimos allí. Es horrible.

Harriet se incorporó aturdida.

—Y se ha ido, señorita, y el destrozo que ha hecho, y a saber qué andará tramando, así que teníamos que contárselo a alguien.

—Por lo que más quiera, Carrie, cuéntemelo. Siéntense, las dos, y empiecen por el principio.

—Pero señorita, ¿no deberíamos ir a ver qué ha pasado? Por la ventana del cuarto oscuro, por ahí ha salido, y en este mismo momento igual está matando gente. Y la habitación cerrada, con la llave dentro... podría haber un cadáver, y todo lleno de sangre.

—No digan tonterías —replicó Harriet, pero de todos modos se levantó de la cama y buscó sus zapatillas—. Si alguien está gastando otra broma, tenemos que intentar detenerlo, pero no hablemos de sangre y cadáveres. ¿Adónde ha ido?

—No lo sabemos, señorita.

Harriet miró a la corpulenta Carrie, que tenía la cara contraída y los ojos desorbitados, como a punto de un ataque de histeria. Harriet nunca había considerado a la jefa de criadas demasiado digna de confianza y atribuía su rebosante energía al hipertiroidismo.

—¿Y dónde está la decana?

—Esperando a la puerta del aula de ciencias, señorita. Dijo que viniéramos a por usted...

—Está bien.

Harriet se guardó la linterna en el bolsillo de la bata y echó bruscamente a las criadas.

—Ahora cuéntenme rápidamente qué ha pasado y no hagan ruido.

—Pues, señorita, viene Annie y me dice...

—¿Cuándo fue eso?

—Pues hace como un cuarto de hora, señorita, más o menos.

—Sí, aproximadamente, señora.

—Yo estaba en la cama, durmiendo, sin imaginarme nada ni nada, cuando viene Annie y me dice: «¿Tienes las llaves, Carrie? Pasa algo raro en el aula de ciencias». Así que voy y le digo a Annie…

—Un momento. Deje que Annie cuente lo suyo primero.

—Bueno, señora, conoce el aula de ciencias, en la parte trasera del patio nuevo, y sabrá que se puede ver desde nuestra ala. Me desperté como a la una y media, miré por la ventana y vi luz en el aula. Así que pensé, qué raro, con lo tarde que es. Y vi una sombra en la cortina, como si alguien anduviera allí dentro.

—Entonces, ¿las cortinas estaban echadas?

—Sí, señora, pero son unas cortinas beis, y vi la sombra con toda claridad. Así que me quedé mirando un rato, la sombra desapareció pero seguía la luz encendida, y pensé que era raro. De modo que fui a despertar a Carrie y le dije que me diera las llaves para ir a ver, por si acaso algo andaba mal. Y ella también vio la luz, y le dije: «Ay, Carrie, vente conmigo, que no quiero ir sola». Así que Carrie se vino conmigo.

—¿Fueron por el comedor o por el patio?

—Por el patio, señora. Pensamos que sería más rápido. Pasamos por el patio y por la verja de hierro, intentamos mirar por la ventana, pero estaba cerrada y con las cortinas echadas.

Ya habían salido del edificio Tudor; a su paso por los corredores, les dio la impresión de que todo estaba tranquilo, y tampoco parecía que ocurriera nada raro en el patio viejo. El ala de la biblioteca estaba a oscuras, salvo una lámpara encendida, la ventana de la señorita De Vine, y la débil iluminación del pasadizo.

—Al llegar a la puerta del aula de ciencias, resulta que estaba cerrada, con la llave puesta, porque me agaché a mirar por la cerradura y no vi nada. Y entonces me di cuenta de que la cortina no estaba echada del todo sobre la puerta… es que tiene paneles de cristal, ¿sabe usted, señora?, así que miré por la abertura y vi algo todo de negro, señora. Y dije: «¡Ah, ahí está!», y Carrie dice: «Déjame ver», y me dio un empujón, así que me di un golpe contra la puerta, y se conoce que quien andaba por allí se asustó, porque se apagó la luz.

—Sí, señorita —confirmó Carrie, angustiada—. Y le dije: «¡Cuidado!», y de repente se oyó un golpetazo espantoso…, una cosa horrorosa, y más golpes, y yo me puse a gritar: «¡Ay, que viene a por nosotras!».

—Y le dije a Carrie: «¡Vete corriendo a por la decana! ¡Lo tenemos aquí dentro!». Así que Carrie se fue a por la decana y oí a quien estuviera allí dentro moviéndose un poco y después ya no pude aguantar más.

—Y entonces vino la decana y estuvimos esperando un poco, y dije: «¡Aay! ¿Creen que estará ahí con el cuello cortado?», y dice la decana: «¡Si seremos tontas! Se habrá ido por la ventana». Y yo digo: «Pero si todas las ventanas tienen barrotes». Y la decana dice: «La ventana del cuarto oscuro, por ahí habrá salido». La puerta del cuarto oscuro también estaba cerrada con llave, así que salimos corriendo y vaya si la ventana no estaba abierta de par en par. Así que dice la decana: «Vayan a buscar a la señorita Vane». Y aquí que hemos venido, señorita.

Habían llegado al extremo oriental del patio nuevo, donde las esperaba la señorita Martin.

—Lo siento, pero nuestra amiga ha desaparecido —dijo la decana—. Tendríamos que habernos dado más prisa y pensar en esa ventana. Yo he dado una vuelta por este patio, y no veo que pase nada. Esperemos que ese ser haya vuelto a la cama.

Harriet examinó la puerta. Efectivamente, estaba cerrada por dentro, y la cortina no cubría por completo los paneles de cristal, pero dentro todo estaba oscuro y en silencio.

—¿Y qué hace ahora Sherlock Holmes? —preguntó la decana.

—Creo que deberíamos entrar —contestó Harriet—. Supongo que no tendrán unos alicates, ¿no? Bueno, es igual. Rompemos el cristal, y punto.

—No vaya a cortarse.

¿Cuántas veces su detective, Robert Templeton, habría destrozado puertas para descubrir el cadáver del financiero asesinado? Con la ridícula sensación de estar representando un papel, Harriet apoyó un pliegue de su bata contra el panel y le asestó un fuerte puñetazo. Se quedó atónita al comprobar que el cristal se rompía hacia dentro, como era lo normal, con el acompañamiento de un leve tintineo. Y además… un pañuelo o una bufanda alrededor de la mano y la muñeca para protegerlas y no dejar más huellas dactilares en la llave y el picaporte. La decana fue solícita a buscarle tan útiles prendas, y al fin abrieron la puerta.

Lo primero que buscó Harriet a la luz de la linterna fue el interruptor. Estaba en la posición de apagado, y lo accionó con el asa de la linterna. Ante sus ojos apareció toda la habitación.

Era un espacio casi vacío, incómodo, con un par de mesas alargadas, varias sillas y una pizarra. La denominaban el aula de ciencias en parte porque la señorita Edwards daba clases allí de vez en cuando sin necesidad de gran aparato, pero fundamentalmente porque un benefactor, ya muerto y bien muerto, había dejado al college cierta cantidad de dinero, además de libros científicos, moldes de anatomías, retratos de científicos difuntos y cajas de cristal llenas de muestras geológicas, añadiendo al legado, ya de por sí molesto, la condición de que todos aquellos chismes se guardaran en una sola habitación. Por lo demás no había nada en la estancia especialmente indicado para el estudio científico, salvo que comunicaba con un retrete que tenía fregadero. De vez en cuando lo usaban las aficionadas a la fotografía como cuarto oscuro, y así lo llamaban.

En cuanto encendieron la luz quedó a la vista la causa de los golpetazos. Habían tirado la pizarra al suelo y desplazado unas cuantas sillas, como si alguien, abriéndose paso precipitadamente en la oscuridad, se hubiera tropezado con los muebles. Lo más interesante de la habitación era una serie de objetos sobre una de las mesas. Había una página de periódico desplegada, con un bote de pegamento y un pincel dentro, parte de un bloc y la tapa de una caja de cartón llena de letras recortadas, además de varios mensajes formulados en el estilo ya conocido de la autora de los anónimos y pegados de la forma habitual, mientras que una obra artística a medio terminar había caído al suelo, lo que venía a demostrar que a la autora la habían interrumpido en plena faena.

—¡Así que aquí es donde lo hace! —exclamó la decana.

—Sí —dijo Harriet—. Y me pregunto por qué, aquí tan a la vista. ¿Por qué no en su habitación? Oiga, decana, no toque eso, si no le importa. Será mejor que lo dejemos todo como está.

La puerta del cuarto oscuro estaba abierta. Harriet entró y examinó el fregadero y la ventana de arriba, también abierta. Las huellas en el polvo mostraban claramente que alguien se había encaramado al alféizar.

—¿Qué hay fuera, debajo de esta ventana?

—Un sendero de piedra. No creo que vaya a encontrar gran cosa ahí.

—No, y da la casualidad de que únicamente se puede ver algo desde esas ventanas del cuarto de baño del corredor. Es prácticamente imposible que nadie viera salir a la persona en cuestión. Si tenía que preparar las cartas en un aula, este es el mejor sitio. ¡En fin! Me parece que de momento no podemos hacer más. —Harriet se volvió bruscamente hacia las dos criadas—. Annie, usted dice que vio a esa persona.

—No es que la viera, señora, no es que la reconociera. Llevaba algo negro y estaba en la mesa al otro lado de la habitación, de espaldas a la puerta. Pensé que estaba escribiendo.

—¿No le vio la cara cuando se levantó y atravesó la habitación para apagar la luz?

—No, señora. Le dije a Carrie lo que estaba viendo y Carrie también quiso verlo y le dio un golpe a la puerta, y justo cuando le estaba diciendo que no hiciera ruido, se apagó la luz.

—¿Y usted no vio nada, Carrie?

—Pues es que ni lo sé, señorita, de lo aturullada que estaba. La luz sí que la vi, pero después no vi nada más.

—A lo mejor fue a gatas hasta la luz —terció la decana.

—Así debió de ser, decana. ¿Podría sentarse a la mesa en la silla que está un poco retirada para que compruebe qué se ve desde la puerta? Después, cuando llame al cristal, ¿puede levantarse y quitarse de mi vista lo más rápido posible, ir hasta el interruptor y apagar la luz? Annie, ¿la cortina está más o menos como estaba o la he descolocado al romper el cristal?

—Creo que está igual, señora.

La decana entró y se sentó. Harriet cerró la puerta y miró por la abertura de la cortina, por el lado de los goznes, lo que le permitió ver la ventana, los extremos de las dos mesas y el sitio donde antes estaba la pizarra, bajo la ventana.

—Eche un vistazo, Annie. ¿Estaba así?

—Sí, señora, solo que la pizarra estaba en su sitio, claro.

—Bien… Haga lo mismo que hizo entonces. Dígale a Carrie lo que le dijo, y Carrie, llame usted a la puerta y haga lo que hizo antes.

—Sí, señora. Dije: «¡Ahí está! ¡Ya la tenemos!», y me eché atrás así.

—Sí, y yo dije: «¡Ay, Dios! ¡Vamos a echar un vistazo!», y después tropecé con Annie y di un golpe… así.

—Y yo dije: «Cuidado… La has fastidiado».

—Y yo: «Vaya» o algo parecido, y me asomé pero no vi a nadie…

—¿Ahora sí ve a alguien?

—No, señorita, y estaba intentando ver algo cuando de repente se apagó la luz.

Se apagó la luz.

—¿Cómo se ha apagado? —preguntó la decana con desconfianza, con la boca casi pegada al agujero del cristal.

—Una actuación perfecta. Justo a tiempo —dijo Harriet.

—En cuanto he oído llamar a la puerta he ido corriendo hacia la derecha y he seguido a gatas contra la pared. ¿Me han oído?

—Nada. Lleva zapatillas, ¿no?

—Tampoco oímos a la otra, señorita.

—También debía de llevar zapatillas. Bueno, supongo que eso ya está solucionado. Deberíamos dar una vuelta por el college para comprobar que todo va bien y volver a la cama. Ustedes pueden marcharse, Carrie… La señorita Martin y yo nos encargamos de todo.

—Muy bien, señorita. Vamos, Annie, aunque no sé cómo vamos a poder dormir…

—¡Ya está bien de jaleo!

Una voz indignada anunció la llegada de una alumna en pijama, sumamente enfadada.

—A ver si se enteran de que algunas queremos descansar un rato. Este corredor es un... Ah, perdón, señorita Martin. ¿Ocurre algo?

—Nada en absoluto, señorita Perry. Lamento haberla molestado. Alguien se ha dejado encendida la luz en el aula y hemos venido a ver si todo estaba en orden.

La alumna se marchó, con una sacudida de la despeinada cabeza que daba a entender lo que pensaba del asunto. También se marcharon las dos criadas, y la decana se volvió hacia Harriet.

—¿A qué viene lo de reconstruir el crimen?

—Quiero averiguar si Annie podía realmente haber visto lo que dice que vio. Esta gente a veces deja volar su imaginación. Si no le importa, voy a cerrar estas puertas y a llevarme las llaves. Me gustaría tener una segunda opinión.

—¡Ajá! —exclamó la decana—. ¿El exquisito caballero que me besó los pies en Saint Cross Road, diciendo «*Vera incessu patuit decana*»?

—Sí, le pega mucho. En fin, decana, tiene usted unos pies muy bonitos. Yo también me he fijado.

—Sí, los alaban —dijo la decana con cierto aire de suficiencia—, pero raramente en un lugar tan público ni a los cinco minutos de conocerme. Le dije a su señoría: «Joven, es usted un hombre muy estúpido». Y él contestó: «Hombre, sin duda, y a veces lo bastante estúpido para ser joven». «Vamos, levántese, por favor; aquí no puede ser joven», le dije, y él dijo, muy cortés: «Lamento haber actuado como un farsante. No tengo ninguna excusa que ofrecerle, de modo que, ¿me perdona?». Así que lo invité a cenar.

Harriet negó con la cabeza.

—Mucho me temo que es usted demasiado sensible al cabello rubio y la delgadez. Eso, en los delgados es sentido del humor, mientras que en los corpulentos es simple impertinencia.

—Podría haber resultado sumamente impertinente, pero la verdad es que no. Me interesa saber qué opina de los acontecimientos de esta noche. Vamos a ver si han pasado más cosas raras.

Pero no observaron nada fuera de lo común.

Harriet telefoneó al Mitre antes del desayuno.

—Peter, ¿podrías venir esta mañana en lugar de a las seis?

—Dentro de cinco minutos, donde y cuando quieras. «Si ella se lo pide, irán descalzos a Jerusalén, a la gran corte de Cham, a las Indias Orientales, en busca de un pájaro para su sombrero.» ¿Ha pasado algo?

—Nada preocupante; solo unas cuantas pruebas *in situ*, pero puedes terminarte los huevos con beicon.

—Estaré en la conserjería de Jowett Walk dentro de media hora.

Peter llegó en compañía de Bunter y de una cámara fotográfica. Harriet los llevó a las habitaciones de la decana y les contó la historia, con ayuda de la señorita Martin, que le preguntó a Wimsey si quería entrevistar a las dos criadas.

—De momento, no. Parece que ustedes ya han hecho todas las preguntas necesarias. Iremos a echar un vistazo a la habitación. Según tengo entendido, no se puede acceder a ella si no es por este pasillo. Dos puertas a la izquierda… habitaciones de alumnas, supongo. Y una a la derecha. Y lo demás son cuartos de baño y cosas. ¿Cuál es la puerta del cuarto oscuro? ¿Esta? A la vista de la otra puerta… así que no hay otra posible salida que la ventana. Comprendo. ¿La llave del aula estaba dentro y la cortina tal y como está ahora? ¿Seguro? Muy bien. ¿Pueden darme la llave?

Abrió la puerta y miró dentro.

—Saca una fotografía de·esto, Bunter. Tienen unas puertas muy bonitas en este edificio, y encajan bien. Roble, sin pintura ni cera.

Sacó una lupa del bolsillo y examinó concienzudamente el interruptor de la luz y el picaporte.

—¿De verdad va a descubrir huellas dactilares?

—Claro que sí —contestó Wimsey—. No nos servirán de nada, pero impresionan al espectador e inspiran confianza. El aislante, Bunter. Ahora comprobará qué arraigada está la costumbre de sujetar las puertas para abrirlas —añadió mientras echaba rápidamente el polvo blanco sobre el marco de la puerta y el picaporte. Apareció una sorprendente cantidad de huellas superpuestas por encima de la cerradura cuando sopló sobre el polvo sobrante—. De ahí la magnífica y anticuada institución de la chapa de protección. ¿Puedo coger una silla del cuarto de baño? Ah, gracias, señorita Vane, pero no quería decir que la trajera usted.

Prosiguió con los soplidos hasta la parte de arriba de la puerta y el borde superior del marco.

—No esperará encontrar huellas dactilares ahí arriba, ¿no? —preguntó la decana.

—Nada me sorprendería más, pero se trata de un simple despliegue de eficacia y meticulosidad. Pura cuestión de rutina, como dicen los policías. La felicito: este college no tiene ni una mota de polvo. Bueno, ya está. Ahora tendremos que forzar la vista con la puerta del cuarto oscuro y hacer lo mismo que aquí. ¿La llave? Gracias. ¿Lo ven? Aquí hay menos huellas. De esto deduzco que normalmente se llega a la habitación por el aula, lo que probablemente explica también el polvo en la parte superior de la puerta. Siempre se descuida uno con alguna cosilla, ¿no? Sin embargo, el linóleo está honorablemente limpio y abrillantado. ¿Debo ponerme de rodillas y andar por el suelo en busca de huellas de pies? Es fatal para los pantalones y raramente resulta útil. Mejor examinemos la ventana. Sí… salta a la vista que alguien ha salido por ahí, pero eso ya lo sabíamos. Se encaramó al fregadero y tiró ese vaso de precipitados sobre el escurridero.

—Pisó el fregadero y dejó una mancha húmeda en el alféizar de la ventana, pero ahora está seca, claro —dijo Harriet.

—Sí, pero eso demuestra que salió por aquí y en ese momento, aunque prácticamente no hace falta demostrarlo. Otra salida no hay. No es como el problema de la habitación herméticamente cerrada y un cadáver. ¿Has acabado ahí, Bunter?

—Sí, milord. He tomado tres fotografías.

—Con eso debería ser suficiente. No estaría de más que limpiaran esas puertas —añadió, dirigiéndose sonriente a la decana—. Es que, verá, aunque identificáramos todas las huellas dactilares, serían de personas que estaban en su perfecto derecho de haber pasado por aquí. Y además, nuestra posible culpable es lo suficientemente lista, como todo el mundo hoy en día, para haberse puesto guantes.

Examinó el aula con ojo crítico.

—¡Señorita Vane!

—¿Sí?

—En esta habitación hay algo que la ha inquietado. ¿Qué es?

—No hace falta que lo diga.

—No; estoy seguro de que pensamos lo mismo, pero dígaselo a la señorita Martin.

—Cuando la autora de los anónimos apagó la luz, debía de estar cerca de la puerta y salió por el cuarto oscuro. Entonces, ¿por qué tiró la pizarra, que no está entre las dos puertas?

—Exactamente.

—¡Ah, pero eso no es nada! —exclamó la decana—. En una habitación a oscuras te puedes despistar. Una noche se me fundió el flexo y al intentar buscar el interruptor de la pared, me di de narices contra el armario.

—¡Eso es! —dijo Wimsey—. La gélida voz del sentido común cae sobre nuestras conjeturas como agua fría sobre cristal caliente y las hace añicos. Simplemente fue a tientas junto a la pared. Debía de tener alguna razón para volver al centro de la habitación.

—Se habría dejado algo en una de las mesas.

—Eso es más probable, pero ¿qué? Algo reconocible.

—Un pañuelo o lo que hubiera usado para aplastar las letras al pegarlas.

—Vamos a suponer que fuera eso. Me imagino que estos papeles siguen tal y como los encontraron. ¿Han comprobado si el pegamento estaba húmedo?

—Solo he tocado este que está sin terminar en el suelo, y se ve cómo lo hizo. Puso una línea de pegamento de un extremo a otro del papel y pegó las letras. El renglón sin terminar estaba pegajoso, pero no húmedo, y es que no entramos hasta cinco o diez minutos después de que ella se marchara.

—¿No han tocado ninguno más?

—Pues no.

—Me pregunto cuánto tiempo estaría aquí. Había terminado buena parte, pero a lo mejor podemos averiguarlo de otra manera. —Cogió la tapa de la caja que contenía las letras sueltas—. Cartón basto. No creo que tengamos que molestarnos en buscar huellas dactilares en esto, ni en averiguar de dónde ha salido: podría ser de cualquier sitio. Casi había terminado la faena; solo quedan un par de docenas de letras, y muchas son «q», «z», «k» y otras consonantes poco útiles. Me pregunto cómo tendría que terminar este mensaje.

Recogió el papel del suelo y le dio la vuelta.

—Dirigido a usted, señorita Vane. ¿Es esta la primera vez que recibe tal honor?

—La primera vez... desde la primera vez.

—¡Ah! «No me haga reír si se cree que me va a pillar, usted, que es una...» Bueno, hay que añadir el epíteto, con las letras de la caja. Si tiene un vocabulario suficientemente amplio, quizá descubra cuál iba a ser.

—Pero lord Peter... —Hacía tanto tiempo que Harriet no lo llamaba por su título que le dio vergüenza, pero agradeció el trato de cortesía de Peter—. Lo que me gustaría saber es por qué vino a esta habitación.

—Ahí está el misterio, ¿no?

Había una lamparita en la mesa, y Wimsey encendía y apagaba la luz despreocupadamente.

—Perdón, milord.

—Dime, Bunter.

—¿Esto aportaría algo a la investigación?

Bunter se metió debajo de la mesa y se levantó con una horquilla negra y alargada en la mano.

—¡Santo cielo, Bunter! Si esto parece sacado de un libro de historia. ¿Cuántas personas utilizan estos chismes?

—Unas cuantas, en los días que corren —dijo la decana—. Se han vuelto a poner de moda los moños. Yo me las pongo, pero son de bronce. Y también algunas alumnas, y la señorita Lydgate... pero creo que las suyas también son de bronce.

—Yo sé quién las usa negras y con esta forma —dijo Harriet—. Una vez tuve el honor de ponerle una.

—La señorita De Vine, por supuesto. Siempre la Reina Blanca. Y por supuesto, las va dejando caer por todas partes, pero yo diría que ella es precisamente la única persona de todo el college que ni por casualidad entraría en esta habitación. No da clases ni conferencias y jamás utiliza el cuarto oscuro ni consulta libros científicos.

—Cuando la vi anoche estaba trabajando —dijo Harriet.

—Pero ¿la vio? —se apresuró a replicar Wimsey.

—Lo siento, qué tonta soy. Lo que quería decir es que tenía encendido el flexo, junto a la ventana.

—No se puede establecer una coartada basándose en un flexo —dijo Wimsey—. En fin, voy a tener que ponerme a cuatro manos, o eso parece.

Fue la decana quien recogió una segunda horquilla, en el sitio donde te puedes esperar encontrarla: en un rincón junto al fregadero del cuarto oscuro. Se sentía tan satisfecha de su labor detectivesca que casi se olvidó de lo que suponía aquel descubrimiento, hasta que la angustiada exclamación de Harriet se lo hizo comprender de golpe.

—Todavía no hemos identificado con toda seguridad las horquillas —dijo Peter para animarla—. Es una pequeña tarea para la señorita Vane. —Recogió los papeles—. Me los voy a llevar para completar el informe. Supongo que no habrá un mensaje para nosotros en la pizarra, ¿no?

Levantó el encerado, en el cual solo había unas fórmulas químicas escritas con tiza, con la letra de la señorita Edwards, y volvió a colocarlo en el caballete, al otro extremo de la ventana.

—¡Un momento! —exclamó Harriet de repente—. Ya sé por qué se marchó por ahí. Tenía intención de salir por la ventana del aula, pero se olvidó de los barrotes, y cuando corrió la cortina y los vio se acordó del cuarto oscuro y salió corriendo, tiró la pizarra y chocó con las sillas. Debía de estar entre la ventana y el caballete, porque la pizarra y el caballete se cayeron hacia delante y no hacia atrás, hacia la pared.

Peter la miró pensativo; después volvió al cuarto oscuro y bajó y subió el marco, que se deslizó con suavidad, casi en silencio.

—Si este edificio no tuviera tan buena construcción —le dijo a la decana, casi con tono acusador—, alguien habría oído esta ventana y habría salido corriendo para pillar a tiempo a la buena señora, pero lo que me extraña es que Annie no oyera el ruido del vaso al caer al fregadero…, aunque si lo oyó probablemente pensaría que era algo en el aula, una de las cajas de cristal o vaya usted a saber qué. ¿Usted no oyó nada al llegar?

—Absolutamente nada.

—Entonces debió de salir mientras Carrie la sacaba a usted de la cama. Y supongo que nadie la vio salir.

—He preguntado a las tres alumnas cuyas ventanas dan a esa pared, y no vieron nada —dijo Harriet.

—Bueno, podría preguntarle a Annie por el vaso de precipitados, y también preguntarles a las dos si al pasar vieron si la ventana del cuarto oscuro estaba abierta o cerrada. Supongo que no se fijarían, pero nunca se sabe.

—¿Y eso qué importancia tiene? —preguntó la decana.

—No demasiada, pero si estaba cerrada, corroboraría la idea de la señorita Vane sobre la pizarra. Si estaba abierta, eso nos daría a entender que tenía planeada la retirada en esa dirección. Se trata de saber si nos encontramos ante una persona miope o hipermétrope… mentalmente, quiero decir. Y también podría preguntar si alguna de las otras mujeres del ala del servicio vio la luz en el aula, y en ese caso, cuándo.

Harriet se rió.

—Eso lo puedo contestar yo ahora mismo. Ninguna. Si la hubieran visto, habrían venido corriendo a contárnoslo. Estoy completamente segura de que la aventura de Annie y Carrie ha sido la comidilla del ala de servicio esta mañana.

—Totalmente cierto —replicó su señoría.

Se hizo un silencio. El aula no parecía ofrecer más campo de investigación. Harriet propuso a Wimsey dar una vuelta por el college.

—Estaba yo a punto de decirlo, si tiene tiempo.

—La señorita Lydgate me espera dentro de media hora para atacar de nuevo la *Prosodia* —dijo Harriet—. No puedo dejarlo, porque la pobrecilla anda muy agobiada de tiempo y de repente se le ha ocurrido añadir otro apéndice.

—¡Oh, no! —exclamó la decana.

—¡Oh, sí! Pero podríamos echar un vistazo a los campos de batalla más importantes.

—Lo que más me gustaría ver son el comedor, la biblioteca y el paso de uno a otra, la entrada del edificio Tudor, con la antigua habitación de la señorita Barton, la situación de la capilla con respecto a la entrada trasera y el sitio donde, con la ayuda de Dios, se puede saltar el muro, y el paso desde el Queen Elizabeth hasta el patio nuevo.

—¡Dios santo! —exclamó Harriet—. ¿Se ha pasado toda la noche leyendo el informe?

—¡Chitón! Lo que pasa es que me he despertado muy temprano, pero que no se entere Bunter, porque si no, se va a preocupar. «Hombres hay que han muerto, y se los han comido los gusanos», pero no por madrugar. Como se suele decir, no por mucho madrugar amanece más temprano.

—Eso me recuerda que tengo unos cuantos casos esperando en mi habitación en estos momentos, y no creo que Dios los ayude

—dijo la decana—. Tres que han llegado tarde sin permiso, dos con gramófonos en los jardines y un vehículo contrario a las normas. Volveremos a vernos en la cena, lord Peter.

Salió a paso vivo para encararse con las infractoras, y Peter y Harriet se quedaron a solas para hacer la visita. Por los comentarios de Peter, Harriet no pudo deducir mucho de lo que pensaba; le pareció que estaba abstraído, sin prestar demasiada atención al asunto que se traían entre manos.

—En fin, supongo que ya no tendréis demasiados problemas por la noche —dijo al fin Peter, cuando llegaron a la conserjería de Jowett Walk, donde había dejado el coche.

—¿Por qué?

—Pues porque las noches son cada vez más cortas y los riesgos muy grandes… De todos modos… ¿te ofenderías si te pidiera… si te sugiriese que tomaras ciertas precauciones?

—¿Qué precauciones?

—No voy a ofrecerte un revólver para que lo pongas debajo de la almohada, pero tengo la impresión de que a partir de ahora tú y al menos otra persona podríais estar en peligro. A lo mejor son imaginaciones mías, pero si esa bromista está un poco asustada y algo la ha frenado…, y creo que debe de estar asustada, el siguiente incidente, cuando se produzca, podría ser grave…

—Bueno, sabemos por ella misma que simplemente me considera rara —replicó Harriet.

Al parecer, a Wimsey le llamó la atención algo que había en el salpicadero y dijo, dirigiéndose al coche, no a Harriet:

—Sí, pero sin vanidad ninguna, ojalá fuera tu marido, tu hermano o tu amante o cualquier cosa que no soy.

—¿Quieres decir que porque tú estés aquí representas un peligro… para mí?

—Supongo que me creo demasiado importante.

—Pero no te impediría perjudicarme a mí.

—A lo mejor ella no lo tiene muy claro.

—Bueno, no me importa correr el riesgo, si acaso lo es. Y no veo por qué sería menor si tú fueras pariente mío.

—Habría una excusa inocente para mi presencia aquí, ¿no?… No pienses que intento aprovecharme de la situación. Como habrás notado, observo las formalidades con sumo cuidado. Solo quiero advertirte de que a veces resulta peligroso conocerme.

—Vamos a aclarar esto, Peter. Piensas que el hecho de que tú estés aquí pone nerviosa a esa persona y que podría intentar tomarla conmigo. Y estás intentando decirme, con mucha delicadeza, que podría ser más seguro que disimuláramos tu interés.

—Más seguro para ti.

—Sí, aunque no sé por qué lo piensas, pero sabes perfectamente que preferiría morirme a fingir algo tan bochornoso.

—¿Tanto?

—Y que tú preferirías verme muerta que abochornada.

—Probablemente esa es otra forma de egoísmo, pero estoy a tu entera disposición.

—Por supuesto, si eres un aliado tan peligroso, podría decirte que te marcharas.

—Puedo imaginarte rogándome que me marche y deje un trabajo sin hacer.

—Mira, Peter, te aseguro que preferiría morirme a fingir nada ante ti o sobre ti, pero creo que exageras. Normalmente no te asustas tanto.

—Sí, y con mucha frecuencia, pero si soy solo yo quien corre peligro, me lo puedo permitir. Cuando se trata de otras personas…

—Tú, por instinto, esconderías a las mujeres y los niños bajo el ala.

—Bueno, no puedes suprimir tus instintos naturales —reconoció Wimsey de mala gana—, ni siquiera si tu razón y tus intereses te dicen lo contrario.

—Es una lástima, Peter. Deja que te presente a una buena mujercita a quien le guste que la protejan.

—Perdería el tiempo conmigo. Además, me engañaría continuamente, con la mejor intención del mundo, por mi propio bien, y yo no lo soportaría. Me niego a que me maneje diplomáticamente alguien que debería ser mi igual. Si quiero alguien a mi cargo que sea diplomático, lo contrato, y lo despido si se pone demasiado diplomático. No me refiero a Bunter. Él me apoya continuamente con el jarro de agua fría de la crítica silenciosa. No lo protejo; él me protege y mantiene un criterio independiente… No obstante, sin atreverme a ser protector, ¿puedo sugerirte que actúes con cierta prudencia? Te lo digo sinceramente: no me gusta la obsesión de tu amiga por los cuchillos y los estrangulamientos.

—¿Hablas en serio?

—Por una vez…

Harriet estuvo a punto de decirle que se dejara de tonterías, pero recordó lo que le había contado la señorita Barton sobre unas manos fuertes que la aferraban por detrás. Quizá fuera cierto. La idea de recorrer los largos pasillos por la noche le pareció de repente muy desagradable.

—Muy bien. Tendré cuidado.

—Creo que sería conveniente. Bueno, tengo que irme. Volveré a tiempo de aguantar la mesa de autoridades en la cena. ¿A las siete?

Harriet asintió. Peter había interpretado al pie de la letra la orden de ir a verla «esta mañana en lugar de a las seis». Fue a enfrentarse con las pruebas de la señorita Lydgate, un tanto perpleja.

17

Aquel que mucho pregunte, mucho aprenderá y mucho disfrutará, mas sobre todo si dirige sus preguntas a personas de ingenio, pues les dará ocasión de deleitarse hablando, y él recabará conocimientos sin cesar; mas que sus preguntas no sean dificultosas, puesto que eso es pura afectación, y que respete el turno de palabra de los demás.

Francis Bacon

—Parece una madre nerviosa con un hijo a punto de recitar «El naufragio del *Hesperus*» en el concierto del colegio —dijo la decana.

—Me siento más bien como la madre de Daniel.

> *Dijo el rey Darío a los leones:*
> *Morded a Daniel, morded a Daniel.*
> *Mordedlo, mordedlo.*

—¡Grrr! —dijo la decana.

Estaban ante la puerta de la sala del profesorado, desde donde se dominaba la conserjería de Jowett Walk. El patio viejo estaba muy animado. Las rezagadas iban a cambiarse apresuradamente para la cena; otras, que ya se habían cambiado, paseaban en grupos, esperando la campana; algunas seguían jugando al tenis; la señorita De Vine salió del edificio de la biblioteca, aún colocándose distraídamente horquillas en el pelo (Harriet había examinado e identificado aquellas horquillas); una elegante figura enfiló hacia ellas desde el patio nuevo.

—La señorita Shaw lleva un vestido nuevo —dijo Harriet.

—¡Es verdad! ¡Qué fina!

> *Y allí estaba, hermosa cual melón en un trigal,*
> *deslizándose preciosa cual buque por la mar.*

»Eso era por Daniel, hija mía.

—Querida decana, es usted una arpía.

—Bueno, ¿no lo somos todas? Esto de que todo el mundo llegue pronto es sumamente siniestro. Incluso la señorita Hillyard se ha engalanado con su mejor vestido negro, con cola y todo. Al parecer, todas pensamos que en la cantidad está la seguridad.

No era insólito que el claustro se reuniera fuera de la sala común cuando hacía buen tiempo en verano, pero al mirar a su alrededor, Harriet tuvo que reconocer que aquella tarde había más personas de lo normal antes de las siete. Pensó que todas parecían inquietas y algunas incluso hostiles. Evitaban mirarse a los ojos; sin embargo, se agrupaban como para protegerse de una amenaza común. De repente le pareció absurdo que Peter Wimsey pudiera asustar a nadie; las veía como pacientes nerviosas e inofensivas en la sala de espera del dentista.

—Al parecer estamos preparando una recepción imponente

para nuestro invitado —le dijo con voz ronca la señorita Pyke al oído—. ¿Es de carácter tímido?

—Yo diría que está totalmente endurecido —contestó Harriet.

—Eso me recuerda, en cuestión de pecheras de camisa... —dijo la decana.

—Dura, por supuesto —replicó indignada Harriet—. Y si revienta o se abulta, le doy a usted cinco libras.

—Llevaba tiempo queriendo preguntárselo —dijo la señorita Pyke—. ¿Cómo se produce ese ruido? No quise preguntarle al doctor Threep algo tan personal, pero se me despertó la curiosidad.

—Será mejor que se lo pregunte a lord Peter —respondió Harriet.

—Si piensa que no se ofenderá, lo haré —repuso la señorita Pyke con absoluta seriedad.

Las campanas del New College, bastante desafinadas, repicaron los cuartos y dieron la hora.

—Parece que la puntualidad es una de las virtudes del caballero —dijo la decana, contemplando la conserjería—. Será mejor que vaya a su encuentro y lo calme un poco antes de la dura prueba.

—¿Usted cree? —Harriet negó con la cabeza—. «No apabullarán a Tammas Yownie.»

Quizá podía resultar un tanto embarazoso para un hombre cruzar en solitario un amplio patio bajo el fuego de miradas de un nutrido grupo de universitarias, pero era un juego de niños en comparación, por ejemplo, con la larga caminata desde la caseta de Lord's hasta el otro extremo del campo, con cinco palos derribados y los noventa que faltaban para el seguimiento. Miles de personas entonces vivas habrían reconocido aquel andar plácido y pausado y aquella cabeza erguida. Harriet dejó que Peter cubriera tres cuartas partes del recorrido a solas y después se dirigió hacia él.

—¿Te has lavado los dientes y has rezado tus oraciones?

—Sí, mamá, y me he cortado las uñas, me he lavado detrás de las orejas y llevo un pañuelo limpio.

Mirando a una pandilla de alumnas que pasaba por allí, Harriet pensó que ojalá pudiera haber dicho lo mismo de ellas. Iban todas mugrientas y despeinadas, y de pronto se sintió curiosamente agradecida a la señorita Shaw por haber hecho un esfuerzo con la ropa. Con respecto a su acompañante, le inspiraba desconfianza desde la cabeza, de cabello lacio y amarillo, hasta los zapatos; Peter no se encontraba en el mismo estado de ánimo que por la mañana, y parecía más dispuesto a hacer travesuras que una bandada de monos.

—Entonces, vamos, y pórtate bien. ¿Has visto a tu sobrino?

—Lo he visto. Probablemente mañana se hará público que estoy en bancarrota. Me ha encargado que te dé cariñosos recuerdos, sin duda pensando que aún puedo ser generoso con esas mercancías. Todo ha vuelto de él a ti como si antes fuera mío. Ese color te queda muy bien.

Lo dijo con un tono gratamente distante, y Harriet pensó que ojalá se refiriese al vestido, pero no podía estar segura. Se alegró cuando traspasó Peter a la decana, que se acercó a reclamarlo y a liberarla de las presentaciones. Harriet los observó divertida. La señorita Lydgate, demasiado natural para adoptar ninguna actitud, lo saludó como habría saludado a cualquier otra persona y le preguntó con ansiedad por la situación en Europa central; la señorita Shaw sonrió con una gentileza que por comparación resaltó la brusquedad del «¿Cómo está usted?» de la señorita Stevens, que se apartó inmediatamente para continuar una animada conversación sobre asuntos del college con la señorita Allison; la señorita Pyke se abalanzó sobre él con una inteligente pregunta sobre el último asesinato; la señorita Barton, a todas las luces decidida a ponerle los puntos sobre las íes respecto a la pena capital, quedó desarmada por la rotunda amabilidad del semblante que se presentaba ante ella, y en su lugar comentó que había sido un día extraordinariamente bueno.

¡Farsante!, pensó Harriet cuando, al ver que no había nada que hacer con Peter, la señorita Barton se lo traspasó a la señorita Hillyard.

—¡Ah! Maravilloso —dijo al instante Wimsey, mirando sonriente a los malhumorados ojos de la tutora de historia—. Su trabajo en la *Historical Review* sobre los aspectos diplomáticos del divorcio…

Cielo santo, pensó Harriet. Espero que sepa de lo que habla.

—… verdaderamente magistral. Si acaso, pienso que quizá haya subestimado ligeramente la presión que ejerció sobre Clemente…

»… podría haber ampliado un poquito más el argumento. Señala muy acertadamente que el emperador…

Sí; había leído el artículo.

—… tergiversado por los prejuicios, pero una destacada autoridad en derecho canónico…

»… habría que revisarlo por completo y reeditarlo. Innumerables errores de transcripción y al menos una omisión deliberada…

»… si en algún momento necesita acceder allí, probablemente yo podría ponerla en contacto con… por cauces oficiales… presentación personal… sin ningún problema…

—Da la impresión de que a la señorita Hillyard le han hecho un regalo de cumpleaños —le dijo la decana a Harriet.

—Creo que le está ofreciendo acceso a una fuente de información insólita.

Al fin y al cabo, pensó Harriet, Peter es alguien, aunque a mí a veces se me olvide.

—… no tanto político como económico.

—¡Ah! Cuando se trata de economía nacional, la verdadera autoridad es la señorita De Vine —dijo la señorita Hillyard.

Hizo las presentaciones de rigor, y la conversación continuó.

—Vaya, ha conquistado por completo a la señorita Hillyard —dijo la decana.

—Y la señorita De Vine lo está conquistando por completo a él.

—Supongo que es mutuo. De todos modos, a la señorita De Vine se le está deshaciendo el peinado por detrás, signo inequívoco de satisfacción y entusiasmo.

—Pues sí —replicó Harriet.

Wimsey discutía con argumentos muy inteligentes sobre la apropiación de los fondos monásticos, pero a Harriet no le cabía duda de que, en el fondo, tenía la cabeza llena de horquillas.

—Aquí llega la rectora. Vamos a tener que separarlos por la fuerza. Lord Peter tiene que aguantar a la doctora Baring y acompañarla a cenar… Bueno, todo bien. La rectora lo ha cogido por banda. ¡Ese comentario tan tajante sobre la prerrogativa real…! ¿Quiere sentarse a su lado y apretarle la mano?

—No creo que necesite mi ayuda. Usted es la persona adecuada. No es sospechosa, pero tiene mucha información interesante.

—De acuerdo. Iré a cotorrear con él. Será mejor que usted se siente enfrente de nosotros y me dé una patada si digo algo indiscreto.

Con semejante distribución, Harriet se sintió un tanto incómoda entre la señorita Hillyard (en quien siempre percibía cierta rivalidad) y la señorita Barton (quien evidentemente seguía preocupada por los pasatiempos detectivescos de Wimsey), y frente a frente con las dos personas cuyas miradas más podían descomponerla. Al otro lado de la decana estaba la señorita Pyke; al otro lado de la señorita Hillyard, la señorita De Vine, bien a la vista de Wimsey. La señorita Lydgate, aquella fortaleza segura, se había sentado al otro extremo de la mesa y no ofrecía protección.

Ni la señorita Hillyard ni la señorita Barton tenían mucho de que hablar con Harriet, quien pudo observar sin demasiada dificultad la evidente voluntad de la rectora de calar a Wimsey y la voluntad de Wimsey, diplomáticamente velada pero igualmente obstinada, de calar a la rectora, contienda que transcurrió en medio de una inalterable cortesía por ambas partes.

La doctora Baring empezó por preguntar si habían llevado a lord Peter a visitar el college y lo que opinaba de él, y con la debida modestia añadió que, arquitectónicamente, no podía competir con las instituciones más antiguas.

—Teniendo en cuenta que la arquitectura de mi antigua institución está matemáticamente compuesta de ambición, descuido, desprecio y afeamiento, ese comentario parece un sarcasmo —repuso su señoría, quejumbroso.

Casi tentada a considerarse culpable de haber infringido los buenos modales, la rectora se apresuró a asegurarle que no se trataba de una alusión personal.

—De vez en cuando viene bien que nos lo recuerden —dijo Wimsey—. Nos humillamos con el gótico del siglo XIX, por si acaso olvidamos a Dios en nuestra soberbia condición de hombres del Balliol. Derribamos lo bueno para dejar sitio a lo malo; ustedes, por el contrario, han creado el mundo de la nada, un procedimiento más propio de lo divino.

Maniobrando incómoda en aquel resbaladizo terreno entre la seriedad y la broma, la rectora encontró un punto de apoyo:

—Es cierto que tuvimos que hacer lo que pudimos con muy poco, y nuestra situación aquí se distingue precisamente por eso.

—Sí. ¿Prácticamente no reciben donaciones?

Planteó la pregunta de tal modo que incluía a la decana, que contestó alegremente:

—Así es. Todo se ha hecho a base de ahorrar de aquí y de allá.

—En tal caso, incluso expresar admiración parece una impertinencia —dijo Wimsey muy serio—. El comedor es muy bonito… ¿Quién es el arquitecto?

La rectora lo deleitó con un poco de historia local e interrumpió el discurso para decir:

—Pero quizá no le interese especialmente el problema de la educación de las mujeres.

—¿Sigue siendo un problema? Pues no debería serlo. Espero que no me pregunte si apruebo que las mujeres hagan esto o lo otro.

—¿Por qué?

—No debería usted insinuar que tengo derecho a aprobar o desaprobar nada.

—Le aseguro que incluso en Oxford aún nos encontramos con no pocas personas que defienden su derecho a desaprobar.

—Y yo que confiaba en haber vuelto a la civilización…

Se aprovechó la oportunidad de que retirasen los platos de pescado para cambiar de conversación, y la rectora centró sus preguntas en la situación de Europa. Allí el invitado se encontraba a sus anchas. Harriet cruzó la mirada con la de la decana y sonrió, pero estaba a punto de comenzar el reto más temible. La política internacional llevaba a la historia, y la historia, para la doctora Baring, a la filosofía. De entre una maraña de palabras surgió de repente el ominoso nombre de Platón, y la doctora Baring planteó una especulación filosófica tentadoramente, como quien mueve un peón de ajedrez.

Muchas personas se habían precipitado en desastres irreparables por el peón filosófico de la rectora. Había dos maneras de tomárselo, ambas desastrosas. Una consistía en fingir que sabías de qué trataba el asunto; la otra, en manifestar un falso deseo de aprender. Su señoría sonrió amablemente y se negó a aceptar el gambito.

—Eso está fuera de mi alcance. No tengo una mente filosófica.

—¿Y cómo definiría la mente filosófica, lord Peter?

—No la definiría. Las definiciones son peligrosas, pero sé que la filosofía es un misterio para mí, como la música para quien no tiene oído.

La rectora le dirigió una dura mirada, y él le ofreció un perfil inocente, con la cabeza gacha y pensativa sobre el plato, como una garza empollando junto a una laguna.

—Un ejemplo muy acertado —dijo la rectora—. Da la casualidad de que no tengo buen oído.

—¿En serio? Sí, pensaba que podría ser su caso —replicó Wimsey con ecuanimidad.

—Qué interesante. ¿Cómo lo sabe?

—Es algo en el timbre de la voz. —Le presentó unos cándidos ojos grises—. Pero no se puede llegar a esa conclusión sin ciertos riesgos, y como quizá haya observado, no he llegado a esa conclusión. En eso consiste el arte del embaucador: en incitar a una confesión y presentarla como el resultado de la deducción.

—Comprendo —repuso la doctora Baring—. Expone su técnica con toda franqueza.

—De todas maneras lo habría adivinado, así que es mejor exhibirse abiertamente y adquirir una inmerecida fama de sincero. La gran ventaja de decir la verdad es que nadie se la cree… Es la base de ψεύδη λέγειν ὡς δεῖ.

—De modo que hay un filósofo que no es un misterio para usted, ¿no? La próxima vez empezaré por Aristóteles.

La rectora se volvió hacia la comensal que estaba a su izquierda y dejó en paz a Wimsey.

—Lo siento, pero no tenemos ninguna bebida fuerte que ofrecerle —dijo la decana.

El rostro de Wimsey expresaba con elocuencia una mezcla de recelo y picardía.

—«El sapo que está bajo el rastrillo sabe hacia dónde va cada una de las afiladas púas.» ¿Siempre ponen a prueba a sus invitados con preguntas difíciles?

—Hasta que demuestran ser Salomones. Usted la ha superado airosamente.

—¡Chist! Solo hay una clase de sabiduría con cierto valor social, y es conocer las propias limitaciones.

—Ya han tenido que sacar a jóvenes profesores y alumnos presa de convulsiones nerviosas por miedo a reconocer abiertamente su falta de conocimientos.

—Demostrando que eran menos sabios que Sócrates, que lo reconocía con bastante frecuencia —terció la señorita Pyke.

—Por lo que más quiera, ni mencione a Sócrates. Podríamos volver a empezar —dijo Wimsey.

—Ahora no —dijo la decana—. Ya no hará más preguntas, salvo para ilustrarse.

—Hay un tema sobre el que estoy deseando ilustrarme, si no le parece a usted inoportuno —dijo la señorita Pyke.

Naturalmente, seguía preocupada por la pechera de la camisa del doctor Threep, y decidida a informarse. Harriet confiaba en que Wimsey se tomase su curiosidad como lo que realmente era: no un capricho, sino la embarazosa voracidad por la información exacta que caracteriza al erudito.

—Ese fenómeno forma parte de mi esfera de conocimientos —contestó Wimsey de buen grado—. Se produce porque el torso humano posee un grado de variabilidad superior al de la camisa de confección. El estallido al que usted se refiere se produce cuando la pechera es demasiado larga para quien la lleva. Al separarse ligeramente debido a la inclinación del cuerpo, los bordes rígidos vuelven a unirse con un fuerte chasquido, semejante al que emiten los élitros de ciertos escarabajos. Sin embargo, no hay que confundirlo con el tictac de la carcoma, que lo produce golpeando las mandíbulas y se considera un reclamo amoroso. El chasquido de la pechera de una camisa no tiene ningún significado amoroso, e incluso abochorna al insecto. Puede evitarse con una selección más meticulosa o, en casos extremos, encargando la prenda a medida.

—Muchísimas gracias —dijo la señorita Pyke—. Es una explicación sumamente convincente. A estas horas, quizá no sea indecoroso aducir el ejemplo paralelo del anticuado corsé, sujeto a los mismos inconvenientes.

—Aún mayores eran los inconvenientes de la armadura de placas, que debía confeccionarse muy bien para poder moverse.

En ese momento a Harriet le llamó la atención cierto comentario de la señorita Barton y perdió el hilo de la conversación que mantenían al otro lado de la mesa. Cuando lo recuperó, la señorita Pyke estaba explicando algunos detalles curiosos de la civilización minoica, y al parecer la rectora esperaba a que terminase para abalanzarse de nuevo sobre Wimsey. Al volverse hacia la derecha, Harriet vio que la señorita Hillyard observaba al grupo con una extraña expresión, como reconcentrada. Harriet le pidió que le pasara el azúcar, y ella bajó de las nubes con un ligero sobresalto.

—Parece que ahí se llevan muy bien —dijo Harriet.

—A la señorita Pyke le gusta tener público —replicó la señorita Hillyard con tal malevolencia que Harriet se quedó atónita.

—A un hombre también le viene bien limitarse a escuchar de vez en cuando —apuntó.

La señorita Hillyard asintió con aire ausente. Tras un breve silencio, durante el cual la cena prosiguió sin incidentes, dijo:

—Me ha dicho su amigo que puede proporcionarme acceso a ciertas colecciones privadas de documentos históricos en Florencia. ¿Cree que tiene intención de hacerlo?

—Si él lo dice, tenga por seguro que puede hacerlo y lo hará.

—Es toda una recomendación —repuso la señorita Hillyard—. Me alegro.

Mientras tanto, la rectora había efectuado la captura y le hablaba a Peter en voz baja y con cierta gravedad. Él le prestaba atención mientras pelaba una manzana, cuya piel se deslizaba lentamente entre sus dedos en estrechas espirales. La rectora concluyó con una pregunta, y Wimsey negó con la cabeza.

—Es muy improbable. Yo diría que no había la mínima esperanza.

Harriet pensó si al fin habría salido a la luz el asunto de los anónimos, pero en aquel mismo instante Wimsey dijo:

—Hace trescientos años tenía una importancia relativamente pequeña, pero después de la época de la reafirmación nacional, la época de la expansión colonial, la época de las invasiones bárbaras y la época de la decadencia, todas ellas como uña y carne en el tiempo y el espacio, todos armados por igual con gas venenoso y dando los pasos finales hacia una civilización avanzada, los principios son más peligrosos que las pasiones. Resulta extraordinariamente fácil matar a un gran número de personas, y lo primero que hace un principio, si realmente es un principio, es matar a alguien.

—«La verdadera tragedia no consiste en el conflicto entre el bien y el mal, sino entre el bien y el bien», lo cual equivale a un problema sin solución.

—Sí, y que naturalmente afecta a las mentes ordenadas. Puedes aceptar lo inevitable y que te llamen progresista sanguinario, o intentar ganar tiempo y que te llamen reaccionario sanguinario, pero cuando el argumento que esgrimen es la sangre, todo argumento tiende a ser... simplemente sanguinario.

La rectora se tomó el adjetivo en el sentido literal.*

—A veces me planteo si ganamos algo ganando tiempo.

—Bueno..., si dejas cartas sin contestar mucho tiempo, se contestan por sí solas. Nadie puede evitar la caída de Troya, pero una persona gris y minuciosa podría pasar clandestinamente los lares y los penates, aun a riesgo de que la tildaran de *pius*.

—A las universidades siempre las empujan a ir a la vanguardia del progreso.

—Pero quien realiza los actos épicos es siempre la retaguardia... en Roncesvalles y en las Termópilas.

—Muy bien. Entonces, vamos a morir sin haber conseguido más que un poema épico —replicó la rectora, riendo.

Recorrió la mesa con la mirada, se levantó y salió con andares majestuosos. Peter se pegó cortésmente a los paneles de la pared mientras las profesoras desfilaban ante él y llegó al borde de la tarima justo a tiempo de recoger el chal de la señorita Shaw, que se le

---

* *Bloody* significa «sangriento», «sanguinario», y también «puñetero», «jodido». *(N. de la T.)*

había caído de los hombros. Harriet se vio entre la señorita Martin y la señorita De Vine, que comentó, mientras bajaban las escaleras:

—Es usted una mujer muy valiente.

—¿Por qué? —replicó Harriet como sin darle importancia—. ¿Por traer a mis amigos para que los sometan a un interrogatorio?

—¡Qué tontería! —interrumpió la decana—. Nos hemos portado todas divinamente. Daniel aún no ha sido devorado; es más, en cierto momento incluso ha mordido al león. Por cierto, ¿iba en serio?

—¿Lo de no tener oído? Más en serio de lo que ha dado a entender.

—¿Va a pasarse toda la noche tendiéndonos trampas para que caigamos en ellas?

Harriet se dio cuenta de lo extraño de la situación. Una vez más, Wimsey le parecía un extraño peligroso, y que ella había tomado partido por aquellas mujeres que acogían al inquisidor con sorprendente generosidad. No obstante, dijo:

—Si lo hace, colocará el mecanismo con suma amabilidad.

—Cuando ya esté una dentro. Eso es un consuelo.

—Eso es un hombre capaz de doblegarse ante sus propios fines —dijo la señorita De Vine, despreciando los comentarios superficiales—. Compadezco a quien choque con sus principios, sean los que sean, y si es que los tiene.

Se apartó de las otras dos mujeres y entró en la sala del profesorado con expresión sombría.

—Es curioso —dijo Harriet—. Acaba de decir sobre Peter Wimsey exactamente lo mismo que siempre he pensado yo de ella.

—Quizá haya encontrado un alma gemela.

—O un adversario digno de… No debería hablar así.

Allí las alcanzaron Peter y su acompañante, y la decana entró con Harriet y la señorita Shaw. Wimsey le dirigió a Harriet una sonrisa rara, como interrogante.

—¿Qué te pasa?

—Peter, me siento como Judas.

—Sentirse un Judas forma parte del trabajo, que no es muy adecuado para un caballero. ¿Nos lavamos las manos como Pilatos y somos absolutamente respetables?

Harriet le deslizó una mano bajo el brazo.

—No, ahora ya nos hemos metido en ello. Nos rebajaremos juntos.

—Estaría bien. Como los amantes en esa película de Stroheim, nos sentaremos en la cloaca.

Harriet notaba los músculos y los huesos de Peter, tranquilizadoramente humanos bajo la fina tela. Pensó: Él y yo pertenecemos al mismo mundo, y todas estas personas son las extrañas. Y a continuación: ¡Qué demonios! Esta pelea es entre los dos… ¿por qué se tiene que meter nadie? Pero eso era absurdo.

—¿Qué quieres que haga, Peter?

—Que me lances la pelota si se sale del círculo, pero no de una forma evidente. Solo tienes que emplear tu devastadora habilidad para no irte por las ramas y decir la verdad.

—Parece fácil.

—Y lo es… para ti. Por eso te quiero. ¿No lo sabías? Bueno, ahora no podemos ponernos a discutir por eso; pensarían que estamos tramando algo.

Harriet le soltó el brazo y entró en la habitación delante de él, avergonzada y, en consecuencia, desafiante. El café ya estaba en la mesa, y los miembros del claustro a su alrededor, sirviéndose. Harriet vio que la señorita Barton iba a abalanzarse sobre Peter, ofreciéndole cortésmente un refrigerio con los labios pero con un destello de resolución en los ojos. A Harriet no le importaba de momento qué le ocurriera a Peter. Ya le había dado un nuevo problema para entretenerse, y se retiró a un rincón con una taza de café, un cigarrillo y el problema. Muchas veces había pensado, con cierta imparcialidad, qué sería lo que Peter valoraba de ella y lo que al parecer había valorado desde el primer día, cuando estaba en el banquillo de los acusados y tuvo que defender su vida. Ahora que lo sabía, pensó que rara vez se podrían haber aducido como excusa para amar dos cualidades más antipáticas.

—Pero ¿de verdad se siente cómodo haciendo eso, lord Peter?

—No… No se lo recomendaría a nadie como actividad cómoda, pero ¿tiene gran importancia su comodidad, la mía o la de nadie?

Probablemente la señorita Barton se lo tomó como una frivolidad, pero Harriet reconoció aquella voz que había dicho implacable: «¿Qué importa si hace daño…?». Que lo resuelvan ellos… Antipáticas, pero si Peter hablaba en serio, explicaba muchas cosas. Eran unas cualidades que podían reconocerse bajo las condiciones más sórdidas… «Imparcialidad… Si encuentra a alguien que la aprecie por eso, ese cariño será sincero.» Era lo que había dicho la señorita De Vine, que no estaba muy lejos, con los ojos tras los gruesos cristales de las gafas clavados en Peter, con una mirada extraña, calculadora.

Las conversaciones en grupo empezaban a decaer, y la gente a guardar silencio mientras se sentaba. Las voces de la señorita Allison y de la señorita Stevens se elevaron hasta dominar todo lo demás. Hablaban sobre un asunto del college, con vehemencia, airadamente. Apelaron a la opinión de la señorita Burrows. La señorita Shaw se dirigió a la señorita Chilperic para hacer un comentario sobre «el baño de las solteronas»; la señorita Chilperic empezó a dar una respuesta minuciosa, demasiado minuciosa y larga, de modo que llamó la atención de todo el mundo; vaciló, empezó a sentirse confusa y se calló. Con expresión preocupada, la señorita Lydgate escuchaba una anécdota que le contaba la señora Goodwin sobre su hijo, y en medio de todo, la señorita Hillyard, que estaba lo suficientemente cerca para oírlo, se levantó de forma harto significativa, fue a apagar su cigarrillo en un cenicero que le quedaba bastante lejos y se trasladó lentamente, como con desgana, hasta un asiento bajo la ventana junto al que seguía de pie la señorita Barton. Harriet vio su mirada irritada, ardiente, clavada en la cabeza inclinada de Peter, después que la volvía hacia el patio bruscamente y a continuación la clavaba de nuevo en Peter. La señorita Edwards, que estaba sentada en una silla baja enfrente de Harriet, con las manos apoyadas en las rodillas e inclinada hacia delante, con una actitud un tanto hombruna, daba la impresión de estar a la espera de algo. La señorita Pyke, de pie, encendiendo un cigarrillo, con expresión de interés, parecía acechar una oportunidad para que Peter le hiciera caso, pero mucho más tranquila que las demás. La decana, acurrucada en una butaca, escuchaba de buen grado lo que decían Peter y la señorita Barton. En realidad todo el mundo estaba pendiente de lo que hablaban, y al mismo tiempo la mayoría intentaba fingir que Wimsey era un invitado más, que no era un enemigo, un espía. Intentaban evitar que fuera el centro de atención, puesto que ya era el centro de la reflexión.

Sentada en una butaca junto a la chimenea, la rectora no prestaba ayuda a nadie. Los esfuerzos por reanimar las conversaciones fueron debilitándose, uno tras otro, dejando la única voz de tenor flotando en el aire, como un instrumento que ejecuta un solo cuando la orquesta guarda silencio:

—La ejecución del culpable resulta desagradable, pero no tan angustiosa como el sacrificio de los inocentes. Si vienes a por mí, ¿no me permitirías que te diera un arma más útil?

Wimsey miró a su alrededor, y al darse cuenta de que, salvo la señorita Pyke, Harriet y él, todo el mundo guardaba silencio, hizo una pausa a modo de interrogación que parecía cortesía, pero que Harriet clasificó mentalmente como «buena representación teatral».

La señorita Pyke se dirigió delante de él hacia un sofá grande junto al asiento de la señorita Hillyard y mientras se acomodaba en un rincón dijo:

—¿Se refiere usted a las víctimas del asesino?

—No —repuso Peter—. Me refiero a mis víctimas. —Se sentó entre la señorita Pyke y la señorita Barton y añadió cordialmente—: Verán; descubrí por casualidad que una joven había matado a una mujer mayor por su dinero. No es que importara mucho, porque la anciana se estaba muriendo y la chica, aunque no lo sabía, habría heredado ese dinero. En cuanto empecé a meterme en el asunto, la chica se puso otra vez a la tarea, mató a dos personas inocentes para cubrirse las espaldas y agredió a otras tres con intenciones homicidas. Al final se suicidó. Si yo la hubiera dejado en paz, en lugar de cuatro muertes, podría haber habido solo una.

—¡Válgame Dios! —exclamó la señorita Pyke—. ¡Pero esa mujer habría quedado libre!

—Sí, claro. No era una mujer buena y ejercía mala influencia sobre ciertas personas, pero ¿quién mató a los otros dos inocentes? ¿Ella o la sociedad?

—Fueron asesinados por el miedo que la muchacha tenía a la pena de muerte —terció la señorita Barton—. Si esa pobre desgraciada hubiera recibido tratamiento médico, ella y los demás seguirían vivos.

—He dicho que era una buena arma, pero no es tan sencillo. Si no hubiera matado a los demás, probablemente nunca la habríamos pillado, y si estuviera siguiendo tratamiento médico, viviría divinamente, y encima pervirtiendo a otros, si es que le parece que eso tiene alguna importancia.

—Me parece que está sugiriendo que esas víctimas inocentes murieron por el pueblo, que fueron sacrificadas en aras de un principio social —dijo la rectora, mientras la señorita Barton lo debatía en su fuero interno.

—O al menos de los principios sociales de usted —dijo la señorita Barton.

—Gracias. Pensaba que iba a decir de mi desmedida curiosidad.

—Podría haberlo dicho perfectamente —dijo la señorita Barton sin ambages—. Pero como usted reivindica unos principios, a eso nos atendremos.

—¿Quiénes eran las otras tres personas a las que agredió? —preguntó Harriet, que no tenía ningunas ganas de dejar que la señorita Barton se saliera con la suya tan fácilmente.

—Un abogado, un colega mío y yo, pero eso no demuestra que yo tenga principios. Soy capaz de dejar que me maten por pura diversión. ¿Quién no?

—Comprendo —replicó la decana—. Es curioso que nos pongamos tan solemnes con los asesinatos y las ejecuciones y nos importe tan poco correr riesgos con los automóviles, nadando, escalando montañas y demás. Supongo que preferimos morir por pura diversión.

—Parece ser que el principio social consiste en que deberíamos morir para nuestra propia diversión, no para la de otras personas —apuntó la señorita Pyke.

—Por supuesto que reconozco que habría que evitar el asesinato y que los asesinos causaran más daño —replicó la señorita Barton muy enfadada—. Pero no habría que castigarlos y mucho menos matarlos.

—Supongo que habría que mantenerlos en los hospitales, con un gasto enorme, junto con otros ejemplares incapacitados —dijo la señorita Edwards—. Como bióloga he de decir que creo que podría emplearse mejor el dinero público. Con todos los cretinos y despojos humanos que dejamos que anden por ahí sueltos y propaguen su especie, acabaremos debilitando naciones enteras.

—La señorita Schuster-Slatt abogaría por la esterilización —dijo la decana.

—Según creo, ya lo están intentando en Alemania —dijo la señorita Edwards.

—Y también relegando a la mujer al lugar que le corresponde en el hogar —replicó la señorita Hillyard.

—Pero allí ejecutan a mucha gente, así que la señorita Barton no puede aceptar esa organización por completo —dijo Wimsey.

La señorita Barton protestó airadamente ante tal sugerencia e insistió en que sus principios sociales se oponían a cualquier clase de violencia.

—¡Qué tontería! —exclamó la señorita Edwards—. No se puede poner en práctica ningún principio sin ejercer violencia sobre alguien, directa o indirectamente. Cada vez que rompemos el equilibrio de la naturaleza damos entrada a la violencia, y de todos modos, si se deja que la naturaleza siga su curso, también hay violencia. Estoy de acuerdo en que no habría que ahorcar a los asesinos: es un derroche y una crueldad, pero no estoy de acuerdo en que haya que darles comida y alojamiento mientras que las personas decentes pasan apuros. Desde el punto de vista económico, habría que utilizarlos para experimentos científicos.

—¿Para contribuir a la conservación de los discapacitados? —preguntó Wimsey secamente.

—Para contribuir a establecer hechos científicos —replicó la señorita Edwards aún más secamente.

—En eso estamos de acuerdo —dijo Wimsey—. Por fin hemos encontrado un terreno común. Establecer los hechos, independientemente de los resultados.

—Lord Peter, en ese terreno su curiosidad pasa a ser un principio —dijo la rectora—. Y muy peligroso.

—Pero el hecho de que A mate a B no es necesariamente toda la verdad —reiteró la señorita Barton—. La provocación de A y su estado de salud también son hechos.

—Eso nadie lo pone en duda —replicó la señorita Pyke—, pero ni mucho menos se puede pedir al investigador que se exceda en su trabajo. Si no podemos llegar a ninguna conclusión por temor a que alguien la utilice de una forma imprudente, volvemos a la época de Galileo. Habría que ponerle un límite a los descubrimientos.

—Pues ojalá dejáramos de descubrir cosas como el gas venenoso —dijo la decana.

—No puede ponerse objeción alguna a los descubrimientos, pero ¿es siempre conveniente hacerlos públicos? —preguntó la señorita Hillyard—. En el caso de Galileo, la Iglesia…

—Con eso jamás estará de acuerdo un científico —la interrumpió la señorita Edwards—. Suprimir un hecho equivale a hacer pública una falsedad.

Harriet perdió el hilo de la conversación, en la que ya participaba todo el mundo, durante unos minutos. Se daba cuenta de que había llegado a ese extremo a propósito, pero no tenía ni idea de lo que se proponía Peter. Sin embargo, saltaba a la vista que le interesaba mucho. Sus ojos, bajo los párpados entrecerrados, estaban atentos. Parecía un gato acechando ante una ratonera. ¿O estaría relacionándolo casi inconscientemente con su blasón? «Sable: tres ratones en plata. Emblema: un gato doméstico…»

—Por supuesto, si piensa que las lealtades personales van por delante de la lealtad al trabajo… —dijo la señorita Hillyard.

«Agazapado como para saltar.» Así que eso era lo que Peter estaba esperando. Casi se podía ver el erizamiento de su sedoso pelo.

—Yo no digo que haya que ser desleal al propio trabajo por razones personales, por supuesto —dijo la señorita Lydgate—, pero no cabe duda de que si se asumen responsabilidades personales, hay un deber que cumplir en ese sentido. Si el trabajo interfiere con ellas, quizá habría que renunciar al trabajo.

—Estoy de acuerdo con usted —dijo la señorita Hillyard—, pero claro, yo tengo pocas responsabilidades personales, y quizá no sea la más indicada para hablar. ¿Qué opina usted, señora Goodwin?

Se hizo un silencio sumamente incómodo.

—Si se trata de algo personal, comparto hasta tal punto su opinión que le he pedido a la doctora Baring que acepte mi dimisión —contestó la secretaria, levantándose y encarándose con la tutora—. No por las monstruosas acusaciones que se han vertido contra mí, sino porque comprendo que, dadas las circunstancias, no puedo hacer mi trabajo tan bien como debería. Pero están ustedes muy equivocadas si piensan que yo estoy detrás de los problemas de este college. Me marcho, y pueden decir lo que quieran de mí, pero también yo puedo decir que quien tan apasionadamente cree en los hechos, debería recabarlos de fuentes imparciales. Al menos la señorita Barton reconocerá que la salud mental es un hecho como cualquier otro.

En el horripilante silencio que siguió, Peter dejó caer unas palabras como otros tantos trozos de hielo.

—No se marche, por favor.

La señora Goodwin se detuvo en seco, ya con la mano en el picaporte.

—Sería un lástima tomarse de una forma personal lo que se dice en una conversación de carácter general —intervino la rectora—. Estoy segura de que la señorita Hillyard no tenía esa intención. Naturalmente, unas personas tienen más oportunidades que otras para ver las dos caras de una cuestión. En su tipo de trabajo deben de producirse con frecuencia tales conflictos de lealtades, lord Peter.

—Sí, desde luego. En una ocasión creí que se me presentaba la simpática oportunidad de elegir entre colgar a mi hermano o a mi hermana. Por suerte, no pasó nada.

—Pero ¿suponiendo que sí hubiera pasado algo? —preguntó la señorita Barton, disfrutando del *argumentum ad hominem*.

—Ah, pues… ¿qué hace en ese caso el detective ideal, señorita Vane?

—El protocolo profesional recomendaría arrancar una confesión y a continuación servir veneno para dos en la biblioteca.

—¿Ve lo fácil que es cuando se cumplen las reglas? —dijo Wimsey—. La señorita Vane no tiene ningún reparo. En lugar de perjudicar mi prestigio, me destruye con mano firme, pero no siempre es tan sencillo. ¿Y el pintor genial que tiene que elegir entre dejar que su familia se muera de hambre o decorar teteras para mantenerla?

—No debería tener esposa ni familia —repuso la señorita Hillyard.

—¡Pobrecillo! Entonces tendría otra interesante posibilidad:

las represiones o la inmoralidad. Supongo que la señora Goodwin se opondría a las represiones y algunas personas podrían oponerse a la inmoralidad.

—Eso no importa —terció la señorita Pyke—. Ha planteado el hipotético caso de una esposa y una familia. Pues… podría dejar de pintar, lo que, si realmente es un genio, supondría una pérdida para el mundo, pero no debería pintar cuadros malos, porque eso sería una auténtica inmoralidad.

—¿Por qué? —preguntó la señorita Edwards—. ¿Qué importancia tienen unos cuantos cuadros malos más o menos?

—Claro que tienen importancia —replicó la señorita Shaw, que sabía bastante de pintura—. Un mal cuadro de un buen pintor es una traición a la verdad… a su verdad.

—Esa verdad es solo relativa —objetó la señorita Edwards.

La decana y la señorita Burrows se lanzaron a degüello sobre ese comentario, y Harriet, al ver que la polémica podía írseles de las manos, pensó que había llegado el momento de recuperar la pelota y devolverla. Había comprendido lo que hacía falta, pero no por qué.

—Si no coincide con lo de los pintores, pongamos otro caso, el de un científico, por ejemplo.

—No tengo nada que objetar a las teteras científicas. Quiero decir que un libro popular no necesariamente carece de rigor científico —dijo la señorita Edwards.

—Siempre y cuando no falsee los hechos —replicó Wimsey—. Pero podría ser algo distinto. Por poner un ejemplo concreto… alguien escribió una novela titulada *La búsqueda*…

—C. P. Snow —interrumpió la señorita Burrows—. Qué curioso que se refiera a ella. Era el libro que…

—Ya lo sé —replicó Peter—. Posiblemente por eso se me ha venido a la cabeza.

—Yo no lo he leído —dijo la rectora.

—Ah, yo sí —dijo la decana—. Es sobre un hombre que empieza siendo científico y le va muy bien hasta que, justo cuando lo van a nombrar para un cargo importante, descubre que ha cometido un error por descuido en una investigación. No había comprobado los resultados de su ayudante o algo. Alguien lo descubre, y no consigue el puesto, así que llega a la conclusión de que en realidad no le interesa la ciencia.

—Evidentemente —dijo la señorita Edwards—. Solo le interesaba el puesto.

—Pero si solo fue un error… —intervino la señorita Chilperic.

—Lo importante es lo que le dice un científico de cierta edad. Le dice: «El único principio ético que ha hecho posible la ciencia es que siempre hay que decir la verdad. Si no penalizamos las declaraciones falsas realizadas por error, abriremos la puerta a las declaraciones falsas intencionadas. Y una declaración falsa sobre un hecho, realizada deliberadamente, es el delito más grave que puede cometer un científico», o algo parecido. Quizá la cita no sea exacta.

—Eso es cierto, por supuesto. Nada puede excusar la falsificación deliberada.

—Ha ocurrido con frecuencia —terció la señorita Hillyard—. Por defender un argumento, o por ambición.

—¿Ambición de qué? —dijo la señorita Lydgate—. ¿Qué satisfacción se podría obtener de un prestigio que sabes que no te mereces? Sería terrible.

A todos los presentes, tan circunspectos, los dejó pasmados la inocencia de aquellas palabras indignadas.

—¿Y los cánones falsificados… Chatterton… Ossian… Henry Ireland… esos opúsculos del siglo XIX el otro día…?

—Sí, lo sé. Sé que hay personas que lo hacen, pero ¿por qué? —preguntó perpleja la señorita Lydgate—. Deben de estar locas.

—En la misma novela, alguien falsea adrede un resultado, quiero decir más adelante, para obtener un trabajo —añadió la decana—. Y el hombre que cometió el error al principio lo descubre, pero no dice nada, porque el otro anda muy mal de dinero y tiene esposa e hijos que mantener.

—¡Hay que con ver las esposas y los hijos! —exclamó Peter.

—¿Y el autor lo aprueba? —preguntó la rectora.

—Pues el libro acaba ahí, así que supongo que sí —contestó la decana.

—Pero ¿alguien aquí presente lo aprueba? Se hace pública una falsedad y la persona que podría corregirla lo deja pasar por piedad. ¿Alguna de ustedes haría lo mismo? Ahí tiene su campo de pruebas, señorita Barton, sin nada personal.

—Claro que no podría hacerse una cosa así —contestó la señorita Barton—. Ni por diez esposas y cincuenta hijos.

—¿Ni por Salomón y todas sus esposas y concubinas? La felicito por dar la nota tan poco femenina, señorita Barton. ¿Nadie tiene nada que decir en favor de las mujeres y los niños?

Ya sabía yo que nos jugaría alguna trastada, pensó Harriet.

—Eso le gustaría oír, ¿verdad? —dijo la señorita Hillyard.

—Nos pone entre la espada y la pared —terció la decana—. Si lo decimos, puede argumentar que la feminidad nos incapacita para el saber, y si no lo decimos, puede argumentar que el saber nos hace poco femeninas.

—Puesto que en los dos casos puedo resultar ofensivo, no tienen nada que ganar no diciendo la verdad —replicó Wimsey.

—La verdad es que nadie puede defender lo indefendible —dijo la señora Goodwin.

—De todos modos, me parece un caso demasiado artificial —se apresuró a objetar la señorita Allison—. Raramente podría darse, y si se diera…

—Claro que se da —interrumpió la señorita De Vine—. Ha ocurrido, y me ha ocurrido a mí. No me importa contarlo, sin dar nombres, por supuesto. Cuando estaba en Flamborough College, examinando las tesis doctorales en la Universidad de York, un hombre presentó un trabajo muy interesante sobre un tema histórico. Era una proposición sumamente convincente, pero dio la casualidad de que yo sabía que era falsa, porque existía una carta en una recóndita biblioteca de una ciudad del extranjero que la contradecía por completo. La encontré cuando estaba investigando otra cosa. No habría tenido mayor importancia, por supuesto, pero los documentos internos demostraban que el hombre debía de haber tenido acceso a esa biblioteca. Así que tuve que hacer averiguaciones y descubrí que aquel hombre había estado allí, que tenía que haber visto la carta y que la había omitido a propósito.

—Pero ¿cómo puede estar tan segura de que había visto la carta? —preguntó la señorita Lydgate con ansiedad—. Quizá fuera un simple descuido, y eso sería muy distinto.

—No solo la había visto, sino que la robó —contestó la señorita De Vine—. Lo obligamos a reconocerlo. Descubrió la carta cuando su tesis estaba casi terminada y no tenía tiempo de reescribirla. Y además supuso un terrible golpe para él, porque estaba entusiasmado con su propia teoría y no soportaba tener que abandonarla.

—Lo lamento, pero eso es lo que distingue a un intelectual irresponsable —dijo la señorita Lydgate con tono lastimero, como si hablara de una enfermedad incurable.

—Pero pasó una cosa curiosa —añadió la señorita De Vine—.

Tuvo la suficiente falta de escrúpulos para mantener la falsa conclusión, pero era demasiado buen historiador para destruir la carta. Se la guardó.

—Debió de resultarle terriblemente doloroso —dijo la señorita Pyke.

—Quizá tuviera la idea de darla a conocer algún día y limpiar su conciencia —dijo la señorita De Vine—. No lo sé, y creo que tampoco él lo sabía muy bien.

—¿Qué fue de él? —preguntó Harriet.

—Por supuesto, eso supuso su fin. Perdió la cátedra y le retiraron el título. Una lástima, porque a su manera era brillante… y muy guapo, si acaso eso tiene algo que ver.

—¡Pobre hombre! —exclamó la señorita Lydgate—. Debía de necesitar desesperadamente el trabajo.

—Significaba mucho para él económicamente. Estaba casado y andaba mal de dinero. No sé qué habrá sido de él. Eso ocurrió hace unos seis años. Abandonó la universidad por completo. Lo sentí, pero así son las cosas.

—No podría haber hecho nada más —dijo la señorita Edwards.

—Claro que no. Un hombre tan poco fiable no es solo inútil, sino peligroso. Podría haber hecho cualquier cosa.

—Supongo que aprendería la lección —intervino la señorita Hillyard—. No le mereció la pena, ¿no? Sacrificar su honor profesional por las mujeres y los hijos de los que tanto estamos hablando… y al final acabar aún peor.

—Pero eso es solo porque cometió otro pecado: que lo descubrieran —objetó Peter.

—A mí me parece… —empezó a decir la señorita Chilperic tímidamente, pero se calló.

—¿Sí? —la animó Peter.

—Pues… ¿no debería tenerse en cuenta el punto de vista de las mujeres y los hijos? O sea… si la esposa sabía que su marido había hecho una cosa así por ella, ¿cómo se sentiría?

—Eso es muy importante —concedió Harriet—. Supongo que se sentiría fatal.

—Depende —dijo la decana—. No creo que a nueve de cada diez mujeres les importara un bledo.

—¡Pero qué barbaridad! —exclamó la señorita Hillyard.

—¿Usted cree que a una mujer le preocupa el honor de su marido… aunque lo haya sacrificado por ella? —preguntó la señorita Stevens—. Porque yo no lo sé.

—Yo pensaría que se sentiría como un hombre que… —dijo la señorita Chilperic, tartamudeando un poco por el nerviosismo—, o sea, ¿no sería como vivir de los ingresos que alguien obtiene de una forma inmoral?

—Si me lo permite, creo que en eso exagera —replicó Peter—. Al hombre que hace una cosa así, si no ha llegado demasiado lejos para haber perdido todo sentimiento, lo asaltan otras preocupaciones, algunas de las cuales no tienen nada que ver con la ética, pero es muy interesante que establezca la comparación.

Miró a la señorita Chilperic tan fijamente que ella se sonrojó.

—A lo mejor he dicho una tontería.

—No, pero si algún día a la gente se le ocurre valorar el honor del intelecto tanto como el honor del cuerpo, viviremos una revolución social sin precedentes, y muy distinta de la que se está haciendo en estos momentos.

La señorita Chilperic parecía tan asustada ante la idea de fomentar la revolución social que solo la oportuna entrada de dos criadas para retirar las tazas y librarla de la necesidad de replicar pareció evitar que se la tragara la tierra.

—Estoy completamente de acuerdo con la señorita Chilperic —dijo Harriet—. Si alguien hiciera algo deshonroso y después dijera que lo había hecho por ti, sería el peor de los insultos. ¿Cómo podrías volver a sentir lo mismo por él?

—Desde luego, debe de viciar la relación —dijo la señorita Pyke.

—¡Qué tontería! —exclamó la decana—. ¿A cuántas mujeres les importa la integridad intelectual de nadie? Solo a las mujeres como nosotras, con demasiados estudios. Mientras el hombre no falsifique un cheque, desvalije la caja de un establecimiento o haga algo socialmente degradante, la mayoría de las mujeres pensarán que tiene perfecta justificación. Pregúntele a la señora Huesos, la esposa del carnicero, o a la señorita Cinta, la hija del sastre, lo mucho que les preocuparía suprimir un hecho en una polvorienta tesis histórica.

—Todas apoyarían al marido —dijo la señorita Allison—. Bueno o malo, es mi hombre, dirían. Aunque haya robado la caja de un establecimiento.

—Pues claro que sí —terció la señorita Hillyard—. Eso es lo que el hombre quiere. No te daría las gracias por una crítica al hogar.

—¿Cree que tiene que tener a la mujer femenina? —preguntó Harriet—. ¿Qué quiere, Annie? ¿Mi taza? Aquí tiene… Alguien que diría: «Cuanto mayor el pecado, mayor el sacrificio, y en consecuencia, mayor el apego». ¡Pobre señorita Schuster-Slatt!… Supongo que reconforta que te digan que te quieren hagas lo que hagas.

—Ah, sí —dijo Peter, y añadió, con su mejor voz de instrumento de viento:

Y dicen ellas: «Ni mi caballero es,
ni caballero de Dios será»… tú,
mucho más blanco y más puro,
mucho más fiel y amable,

a mi lado para siempre estarás…

»William Morris tenía momentos en los que era un hombre varonil al ciento por ciento.

—¡Pobre Morris! —exclamó la decana.

—Entonces era joven —añadió Peter con benevolencia—. Si se para uno a pensarlo, es curioso que los términos «femenino» y «varonil» resulten casi más insultantes que sus antónimos. Sientes la tentación de pensar que quizá sea cierto que en el sexo hay algo poco delicado.

—Y todo por tanto estudiar —proclamó la decana mientras la criada cerraba la puerta—. Y aquí estamos nosotras sentadas, desvinculándonos de la bondadosa señora Huesos y de esa encantadora muchacha, la señorita Cinta…

—Por no hablar de esos hombres estupendos, tan varoniles ellos, los Huesos y los Cintas —terció Harriet.

—Y mientras, yo aquí desolado en el medio, «como cabaña en pepinar» —dijo Peter.

—Sí que lo parece —replicó Harriet, riendo—. El único vestigio de la humanidad, en un páramo frío, amargo e indigesto.

Hubo risas y después un repentino silencio. Harriet notó una tensión nerviosa en la habitación, pequeñas hebras de ansiedad y expectación que se tendían, se entrecruzaban, vibraban. Ahora alguien va a mencionarlo, todo el mundo decía para sus adentros. Se ha reconocido el terreno, han retirado el café de en medio, los combatientes están dispuestos al ataque… ahora ese afable caballero de afilada lengua se desenmascarará y aparecerá como lo que es, un inquisidor, y todo va a resultar muy desagradable.

Lord Peter sacó un pañuelo, limpió meticulosamente el monóculo, volvió a colocárselo, miró con severidad a la rectora y elevó una voz dolida y enérgica para quejarse del vertedero.

La rectora se marchó, tras expresar cortésmente su agradecimiento a la señorita Lydgate por la hospitalidad de la sala del profesorado e invitar gentilmente a su señoría a visitarla en su casa en cualquier momento que le viniera bien durante su estancia en Oxford. Varias profesoras se levantaron y empezaron a salir, murmurando que tenían que revisar trabajos de alumnas antes de acostarse. La conversación había girado sobre diversos temas. Peter había soltado las riendas para dejar que siguiera por donde quisiera, y Harriet, al comprenderlo, apenas se había molestado en seguirla. Al final solo quedaron Peter y ella, la decana, la señorita Edwards (al parecer encantada con la conversación de Peter), la señorita Chilperic, silenciosa y casi invisible en un rincón oscuro y, para sorpresa de Harriet, la señorita Hillyard.

Los relojes dieron las once. Wimsey se levantó y dijo que tenía que marcharse. Todo el mundo se puso en pie. El patio viejo estaba a oscuras, salvo el reflejo de las ventanas iluminadas; el cielo se había encapotado y empezaba a levantarse un viento que agitaba las ramas de las hayas.

—Buenas noches —dijo la señorita Edwards—. Ya me encargaré de que le den una copia de ese trabajo sobre los grupos sanguíneos. Creo que le parecerá interesante.

—Por supuesto que sí. Muchas gracias —replicó Wimsey.

La señorita Edwards salió con paso enérgico.

—Buenas noches, lord Peter.

—Buenas noches, señorita Chilperic. Avíseme cuando esté a punto de empezar la revolución social, que iré a morir en las barricadas.

—Estoy segura de que lo haría —repuso la señorita Chilperic, para asombro de todos, y desafiando la tradición, le estrechó la mano.

—Buenas noches —dijo la señorita Hillyard sin dirigirse a nadie en especial, y salió rápidamente con la cabeza muy alta.

La señorita Chilperic revoloteó hasta la oscuridad como una mariposilla pálida, y la decana dijo:

—¡Bueno! —Y añadió con tono interrogativo—: ¿Y bien?

—Ya ha pasado, y ha ido bien —dijo Peter tranquilamente.

—Pero ha habido un par de momentos, ¿verdad? Aunque en general… lo mejor que se podía esperar.

—Me he divertido muchísimo —dijo Peter, de nuevo con el dejo pícaro en la voz.

—Seguro —dijo la decana—. No me fiaría de usted ni un pelo. Ni un pelo.

—Claro que se fiaría. No se preocupe.

La decana también se marchó.

—Ayer te dejaste la toga en mi habitación —dijo Harriet—. Deberías venir a buscarla.

—He traído la tuya y la he dejado en la conserjería de Jowett Walk. Y también el informe. Espero que lo hayan recogido.

—¡No habrás dejado el informe en cualquier parte!

—¿Por quién me tomas? Está envuelto y lacrado.

Atravesaron el patio lentamente.

—Tengo que hacerte muchas preguntas, Peter.

—Ah, sí. Y yo a ti una. ¿Cuál es tu segundo nombre? El que empieza por D.

—Lamento decir que Deborah. ¿Por qué?

—¿Deborah? ¡Caray! Bueno, no te llamaré así. Por lo que veo, la señorita De Vine sigue trabajando.

En esta ocasión las cortinas de la ventana de la investigadora estaban descorridas, y vieron su cabeza oscura y despeinada, inclinada sobre un libro.

—Me parece muy interesante —dijo Peter.

—A mí me cae bien.

—A mí también.

—Pero mucho me temo que esas horquillas son suyas.

—Ya lo sé —replicó Peter. Sacó una mano del bolsillo y la abrió. Estaban junto al Tudor, y la luz de una ventana contigua iluminó una horquilla triste y despatarrada—. Se le cayó en la tarima después de la cena. Me viste cuando la recogí.

—Te vi recogiendo el chal de la señorita Shaw.

—Como todo un caballero. ¿Puedo subir contigo o va contra las normas?

—Puedes subir.

Había varias alumnas medio desnudas correteando por los pasillos que miraron a Peter con más curiosidad que irritación. En la habitación de Harriet encontraron la toga encima de la mesa, y también el informe. Peter cogió el cuaderno, examinó el papel, el cordel y los lacres, cada uno de ellos con el sello del gato agazapado y el arrogante lema de los Wimsey.

—Si lo han abierto, me como el lacre caliente. —Fue hasta la ventana y miró el patio—. No es mal puesto de observación… en cierto modo. Gracias. Es lo único que quería ver.

No mostró más curiosidad; cogió la toga que le dio Harriet y la siguió por las escaleras. Habían llegado al centro del patio cuando de repente dijo:

—Harriet, ¿de verdad valoras la honradez por encima de todo?

—Creo que sí, o eso espero. ¿Por qué?

—Porque si no, soy el mayor imbécil sobre la faz de la tierra. Me he empeñado en tirar piedras sobre mi propio tejado. Si soy honrado, probablemente te perderé para siempre. Si no lo soy…

Tenía la voz extrañamente ronca, como si estuviera intentando dominar algo, y no una pasión o un dolor corporal, sino algo más importante, pensó Harriet.

—Si no lo eres, entonces sería yo quien te perdería, porque no seguirías siendo la misma persona, ¿no? —repuso Harriet.

—No lo sé. Tengo fama de frívolo y falso. ¿Tú crees que soy honrado?

—Sé que lo eres. No podría imaginarte de otra manera.

—Y sin embargo, en este momento estoy intentando asegurarme contra las consecuencias de mi propia honradez. «He intentado tomar esa gran decisión, ser honrado sin pensar ni en cielos ni en infiernos.» Parece ser que de todos modos pasaré una temporada en el infierno, así que no me voy a preocupar demasiado por esa decisión. Estoy convencido de que lo dices en serio, y supongo que yo haría lo mismo si no me creyera ni media palabra.

—Peter, no tengo ni idea de qué estás hablando.

—Mejor. No te preocupes. No volveré a actuar así, jamás. «El duque apuró un cazo de brandy con agua y volvió a ser el perfecto caballero inglés.» Dame la mano.

Harriet se la dio, él la sujetó con firmeza unos momentos y entrelazó el brazo de Harriet con el suyo. Así entraron en el patio nuevo, del brazo, en silencio. Al atravesar el pasadizo al pie de la escalera del comedor, Harriet creyó oír a alguien moviéndose en la oscuridad y atisbó un rostro acechante, pero desapareció antes de que pudiera decirle nada a Peter.

Padgett les abrió la verja; preocupado, Wimsey le dijo «buenas noches» sin prestarle atención al traspasar el umbral.

—¡Buenas noches, comandante Wimsey, señor!

—¡Pero bueno! —Peter volvió a meter el pie que ya estaba en Saint Cross Road y miró de cerca la sonriente cara del conserje—. ¡Dios mío, pero claro! Un momento. No me lo diga. Caudry, 1918... ¡ya lo tengo! Es usted Padgett, el cabo Padgett.

—Sí, señor.

—Vaya, vaya. Me alegro muchísimo de verlo. Y además tiene un aspecto estupendo. ¿Qué tal le va?

—Bien, señor, gracias. —La manaza peluda de Padgett estrechó cálidamente los largos dedos de Peter—. Le dije a mi mujer, al enterarme de que estaba usted aquí, le digo: «Te apuesto lo que quieras a que el comandante no se ha olvidado».

—¡Pero qué demonios, claro que no! ¡Y mira que encontrármelo aquí! La última vez que lo vi, yo iba en una camilla.

—Pues sí, señor. Y yo tuve el placer de ayudar a desenterrarlo.

—Ya lo sé. Me alegro de verlo ahora, pero cuando lo vi aquel día me puse mucho más contento.

—Sí, señor. Gorblimey, señor... ¡En fin! Esa vez pensamos que se nos había ido. Le dije a Hackett... ¿se acuerda de Hackett, el pequeñajo, señor?

—¿Aquel tipo bajito y pelirrojo? Sí, claro. ¿Qué ha sido de él?

—Por ahí anda, en Reading, de camionero, casado y con tres hijos. Pues le digo a Hackett: «¡La madre que...! ¡Que se ha muerto el Cristales!»..., perdón, señor, y él me dice: «¡Dita sea! ¡Perra suerte!», y yo le digo: «No seas llorica... A lo mejor no se ha muerto». Así que...

—No, supongo que yo tenía más miedo que otra cosa. Es una sensación muy desagradable, eso de que te entierren vivo.

—¡Claro, señor! El caso es que cuando lo vimos allí en el fondo del refugio ese con una viga enorme encima, le digo a Hackett: «Bueno, por lo menos está aquí». Y él dice: «¡Gracias a Dios por los alemanes!», o sea, lo que quería decir es que si no hubiera sido por el refugio ese…

—Sí, tuve suerte, pero perdimos al señor Danbury, el pobre —dijo Wimsey.

—Sí, señor. Una mala pasada, con lo simpático que era aquel caballero. ¿Y ha visto últimamente al capitán Sidgwick, señor?

—Ah, sí. Lo vi el otro día, sin ir más lejos, en el Bellona Club, pero lamento decir que no se encuentra muy bien. Es que se llevó una buena dosis de gas, y tiene los pulmones fastidiados.

—Cuánto lo siento, señor. ¿Recuerda cómo se puso con el cerdo ese que…?

—Chist, Padgett. Cuanto menos se hable de ese cerdo, mejor.

—Sí, señor. Menuda la que se armó con el cerdo. ¡Madre mía! —Padgett se regodeó en los recuerdos—. ¿Se ha enterado de lo que le pasó al brigada Toop?

—¿A Toop? No… Le he perdido la pista. Nada desagradable, espero. El mejor brigada que he tenido nunca.

—¡Ah! Sí, muy bueno. —A Padgett se le puso una sonrisa de oreja a oreja—. Pues señor, resulta que ha encontrado la horma de su zapato. Una menudencia de mujer, no más alta que… pero… ¡madre mía!

—Vamos, Padgett, no diga eso.

—Sí, señor. Estaba yo trabajando con los camellos en el zoo…

—¡Dios santo, Padgett!

—Sí, señor… Los vi pasar, y allí que estuvimos un buen rato.

Después fui a su casa. ¡Y bueno! ¡Cómo se las hace pasar al briga-da! Ya conoce la canción: «Venga a pinchar a un tipo de uno no-venta…».

—«¡… y ella con su uno cuarenta!» ¡Vaya, vaya! ¡Cómo han caído los poderosos! Por cierto, no se va a creer con quién me topé el otro día…

El torrente de la memoria siguió su curso implacablemente, hasta que de repente Wimsey se acordó de la buena educación, pi-dió disculpas a Harriet y se apresuró a salir, no sin antes haber pro-metido volver para seguir hablando de los viejos tiempos. Aún con una sonrisa radiante, Padgett empujó la pesada verja y la cerró.

—¡Ah, no ha cambiado mucho, el comandante! —dijo—. En-tonces era mucho más joven, claro, pues acababan de nombrarlo, pero a pesar de todo un buen oficial, y tremendo con lo de lavarse los ojos y afeitarse. ¡Madre mía!

Apoyándose con una mano sobre el enladrillado de la conser-jería, se perdió en el pasado.

—«Y ahora, muchachos», nos decía cuando estábamos espe-rando un bombardeo o algo, «si os vais a enfrentar con vuestro Ha-cedor, por lo que más queráis, que sea con la barbilla sin pelos.» ¡Ah! El Cristales, así lo llamábamos, por lo del monóculo, pero sin intención de faltarle al respeto. Nadie decía ni media palabra con-tra él. Y en esto que nos llega un tipo de otra unidad, un tipejo muy mal hablado que no le caía bien a nadie, Huggins se llamaba, sí, Huggins. Pues resulta que se creía muy gracioso, y se pone a llamar al comandante soldadito, y le ponía unos adjetivos ignominiosos…
—Hizo una pausa para intentar elegir un adjetivo que pudiera oír una dama, pero al no encontrarlo, repitió—: Adjetivos ignominio-sos, señorita. Era antes de que me ascendieran, que entonces yo era soldado raso, igual que Huggins, y voy y le digo: «Oye, ya está

bien». Y él me dice... Bueno, el caso es que ahí se acabó todo, porque liamos una buena.

—Vaya por Dios —dijo Harriet.

—Sí, señorita. Estábamos en el descanso, y a la mañana siguiente, cuando nos ordena que formemos... ¡madre mía!, si teníamos la cara hecha un cromo. El brigada, el brigada Toop, ese que como estaba diciendo se ha casado, no dijo nada, y eso que lo sabía. Y el ayudante, que también lo sabía, no dijo nada. Y resulta que de repente vemos nada menos que al comandante saliendo, así que el ayudante nos pone en fila, y yo me pongo firmes, pensando que la cara de Huggins no tenía mejor pinta que la mía. «Buenos días», dice el comandante, y el ayudante y el brigada: «Buenos días, mi comandante». Así que se pone a charlar como si tal cosa con el brigada, y yo veo que está mirando a todos los que estábamos firmes. «¡Brigada!», dice de repente. «¡Mi comandante!» «¿Qué ha hecho ese hombre?», refiriéndose a mí. «¿Mi comandante?», dice el brigada, mirándome como sorprendido. «Parece que ha tenido un grave accidente», dice el comandante. «¿Y ese otro? No me gustan estas cosas. No son bonitas. Que rompan filas.» Así que el brigada nos hizo romper filas. «Hum. Ya veo. ¿Cómo se llama este soldado?», dice el comandante. Y el brigada: «Padgett, mi comandante». «Bueno, Padgett, ¿qué ha hecho para ponerse así?», dice el comandante. «Caerme encima de un cubo, mi comandante», dije yo, mirando por encima de su hombro con el único ojo con que veía algo. «¿Un cubo?», dijo él. «Los cubos son unos trastos muy incómodos. Y este soldado... supongo que se escurrió con la bayeta, ¿no, brigada?» «El comandante quiere saber si te escurriste con la bayeta», dice el brigada Toop. «Sí, mi comandante», le dijo Huggins, como si le doliera la boca. «Muy bien, cuando rompan filas, deles a estos dos soldados un cubo y una bayeta a cada uno. Así aprenderán a manejar estos peligrosos utensilios.» «Sí, mi comandante», dice el brigada Toop. «Adelante», dice el comandante. Así que después me dice Huggins: «¿Crees que lo sabe?», y yo le digo: «¿Que si lo sabe? Pues claro que lo sabe. Pocas cosas hay que no sepa». Y a partir de entonces, Huggins se tragó sus adjetivos.

Harriet reconoció debidamente el interés de aquella anécdota, que Padgett había relatado con gran entusiasmo, y se despidió de él. Por alguna razón, aquella historia del cubo y la bayeta había convertido a Padgett en esclavo de Peter de por vida. Qué raros eran los hombres.

Cuando regresó no había nadie bajo los arcos de comedor, pero al pasar junto al extremo occidental de la capilla creyó ver algo oscuro que se deslizaba como una sombra por el jardín. Lo siguió. Sus ojos fueron acostumbrándose a la tenue luz de la noche estival y distinguió una silueta que caminaba rápidamente de un lado a otro, y también oyó el frufrú de una falda larga al rozar la hierba.

Solo había una persona en todo el colegio que aquella noche hubiera llevado vestido largo, y era la señorita Hillyard. Se pasó una hora y media andando por el jardín.

18

—¡Dios mío! —exclamó la decana.

Estaba mirando interesada por la ventana de la sala del profesorado, taza en mano.

—¿Qué ocurre? —preguntó la señorita Allison.

—¿Quién es ese joven tan increíblemente guapo?

—Supongo que el prometido de Flaxman, ¿no?

—¿Un joven guapo? —dijo la señorita Pyke. Se dirigió hacia la ventana—. Me gustaría verlo.

—No diga tonterías —replicó la decana—. Conozco perfectamente al Byron de Flaxman. Ese chico es rubio ceniza, y lleva blazer del House.

—¡Ay, Dios mío! —exclamó la señorita Pyke—. Si es el mismísimo Apolo de Belvedere con pantalones de franela impecables. No parece tener compromiso. Extraordinario.

Harriet dejó su taza y se levantó de las profundidades del sillón más grande que había en la habitación.

—Quizá forma parte de esa pandilla que está jugando al tenis —aventuró la señorita Allison.

—¿Los amigos zarrapastrosos de Cooke? ¡Por Dios!

—¿A qué viene tanto alboroto? —preguntó la señorita Hillyard.

—Los jóvenes guapos siempre son motivo de alboroto —contestó la decana.

—Es el vizconde Saint-George —dijo Harriet, entreviendo al fin al prodigioso joven por encima del hombro de la señorita Pyke.

—¿Otro de sus aristocráticos amigos? —preguntó la señorita Barton.

—Su sobrino —repuso Harriet sin mucha coherencia.

—¡Ah! —exclamó la señorita Barton—. Pues no veo por qué tienen que quedarse todas mirándolo como colegialas.

Se aproximó a la mesa, se sirvió un trozo de bizcocho y miró con indiferencia por la otra ventana.

Lord Saint-George estaba en la esquina del ala de la biblioteca, con aire despreocupado, como si todo aquello fuera suyo, observando un partido de tenis entre dos estudiantes descamisados y dos jóvenes cuyas camisas se escapaban continuamente del cinturón. Cansado de aquello, se dirigió lentamente hacia el Queen Elizabeth, y al pasar delante de las ventanas observó con mirada de experto un grupo de alumnas de Shrewsbury despatarradas bajo las hayas, como un sultán que inspeccionara una partida de esclavas circasianas poco prometedoras.

¡Qué altanería! ¡Si será bruto!, pensó Harriet, y también si estaría buscándola a ella. En ese caso, que esperase, o que preguntase en la conserjería como era debido.

—¡Vaya! —exclamó la decana—. ¡Conque ahí se había metido! Por la puerta del ala de la biblioteca salió lentamente la señorita De Vine, y tras ella, solemne y deferente, lord Peter Wimsey. Rodearon la pista de tenis hablando con gravedad. Al verlos desde lejos, lord Saint-George se dirigió hacia ellos. Coincidieron en el sendero y se quedaron unos minutos charlando. Después se encaminaron hacia la conserjería.

—¡Dios mío! —exclamó la decana—. Paris y Héctor raptando a Helena De Vine.

—No, no —repuso la señorita Pyke—. Paris era hermano de Héctor, no sobrino. Creo que no tenía ningún tío.

—Y hablando de tíos —dijo la decana—, ¿es verdad, señorita Hillyard, que Ricardo III...? Creía que estaba aquí.

—Y estaba aquí —dijo Harriet.

—Van a devolvernos a Helena —dijo la decana—. El sitio de Troya se ha aplazado.

Los tres volvían por el sendero. A medio camino la señorita De Vine se despidió de los dos hombres y regresó a su habitación. En aquel momento, las espectadoras de la sala del profesorado se quedaron paralizadas al contemplar algo portentoso. La señorita Hillyard apareció al pie de la escalera del comedor, se precipitó sobre tío y sobrino, les habló, apartó hábilmente a lord Peter de su acompañante y lo arrastró hacia el patio nuevo.

—¡Aleluya, aleluya! —exclamó la decana—. ¿No debería ir a rescatar a su joven amigo? Han vuelto a abandonarlo.

—Podría invitarlo a una taza de té —sugirió la señorita Pyke—. Así nos entretendríamos un poco.

—Me sorprende usted, señorita Pyke —dijo la señorita Barton—. Ningún hombre está a salvo con mujeres como usted.

—¿De qué me suena a mí esa opinión? —terció la decana.

—De uno de los anónimos —respondió Harriet.

—Si está sugiriendo que... —empezó a decir la señorita Barton.

—Lo único que sugiero es que es un tanto tópico —la interrumpió la decana.

—Era una broma —replicó con enfado la señorita Barton—, pero hay personas que no tienen sentido del humor.

Salió y cerró la puerta de golpe. Lord Saint-George había regresado y estaba sentado en la galería que llegaba a la biblioteca. Se levantó cortésmente cuando la señorita Barton pasó muy digna frente a él camino de su habitación e hizo algún comentario, al que ella respondió brevemente, pero con una sonrisa.

—Qué seductores, estos Wimsey —dijo la decana—. Siempre cortejando, a diestro y siniestro.

Harriet se rió, pero en la rápida mirada valorativa que Saint-George había dirigido a la señorita Barton volvió a ver a Peter unos momentos. Aquellos parecidos de familia la ponían nerviosa. Se acurrucó en el asiento de la ventana y se quedó observando casi diez minutos. El vizconde estaba sentado, inmóvil, fumando un cigarrillo, completamente a sus anchas. Entraron la señorita Lydgate, la señorita Burrows y la señorita Shaw y se pusieron a servir té. Después se oyeron pasos rápidos y ligeros por el sendero de grava, a la izquierda.

—¡Hola! —le dijo Harriet al caminante.

—¡Hola! —dijo Peter—. ¡Qué casualidad! Tú por aquí. —Sonrió burlonamente—. Ven a hablar con Gerald. Está en la galería.

—Lo veo perfectamente —replicó Harriet—. Su perfil ha dado mucho que hablar.

—¿Por qué no eres un poco amable con el pobre chico, como buena tía adoptiva?

—Nunca me ha gustado meterme donde no me llaman. Yo voy a mis cosas.

—Bueno, pero ven.

Harriet bajó del asiento y salió.

—Lo he traído aquí para ver si puede reconocer a alguien, pero parece ser que no —dijo Peter.

Lord Saint-George saludó a Harriet con entusiasmo.

—Ha pasado frente a mí otra mujer —dijo, dirigiéndose a Peter—. Pelo canoso muy mal peinado. Actitud muy seria. Vestida como de arpillera, con aire de pertenecer a alguna institución o algo. Me dirigió unas palabras.

—La señorita Barton —dijo Harriet.

—Los ojos, muy bien; la voz, fatal. No creo que sea ella. A lo mejor fue la que te cogió por banda a ti, tío. Parecía muy enjuta, como con hambre.

—¡Hum! —dijo Peter—. ¿Y la primera?

—Me gustaría verla sin gafas.

—Si te refieres a la señorita De Vine, dudo que pueda ver mucho sin ellas —dijo Harriet.

—Eso es importante —dijo Peter pensativamente.

—Siento ser tan poco preciso y tal —dijo lord Saint-George—, pero no es fácil reconocer un susurro y dos ojos que has visto una sola vez y a la luz de luna.

—No, se necesita mucha práctica —repuso Peter.

—Al diablo con la dichosa práctica —replicó su sobrino—. No pienso practicar semejante cosa.

—Pues como deporte no está mal. A lo mejor podrías dedicarte a eso hasta que estés en condiciones de reanudar tus juegos.

—¿Qué tal el hombro? —preguntó Harriet.

—No va mal, gracias. El de los masajes está obrando maravillas. Ya puedo subir el brazo hasta la altura del hombro. Es muy útil… para algunas cosas.

A modo de demostración, le pasó a Harriet el brazo lesionado alrededor de los hombros y le dio un beso, con la rapidez del experto, antes de que ella pudiera zafarse.

—¡Por Dios, criaturas! —exclamó su tío con tono lastimero—. Recordad dónde estáis.

—Pero si a mí no me puede pasar nada —replicó lord Saint-George—. Soy un sobrino adoptivo, ¿no, tía Harriet?

—No justo debajo de las ventanas de la sala del profesorado —replicó Harriet.

—Pues vamos aquí a la vuelta y lo hago otra vez —dijo el vizconde, sin el menor arrepentimiento—. Como dice el tío Peter, estas cosas necesitan mucha práctica.

Estaba descaradamente empeñado en hacer sufrir a su tío, y Harriet terriblemente enfadada con él. Sin embargo, si Harriet demostraba su disgusto, le seguiría el juego. Le sonrió con desdén y pronunció la clásica reprimenda del conserje del Brasenose:

—Caballeros, no les va a servir de nada armar jaleo. El decano no va a bajar esta noche.

Estas palabras lo dejaron en silencio unos momentos. Harriet se volvió hacia Peter, que dijo:

—¿Tienes algún encargo para Londres?

—¿Por qué? ¿Vas a volver?

—Me voy esta noche y mañana por la mañana sigo hacia York. Espero volver el jueves.

—¿Que te vas a York?

—Sí… tengo que ver a alguien allí, por un perro y tal.

—Ah, ya. Pues si no te viniera demasiado mal pasarte por mi casa, podrías llevarle unos cuantos capítulos del manuscrito a mi secretaria. Me fío más de ti que del correo. ¿Podrías hacerlo?

—Será un placer —contestó Wimsey con cortesía.

Harriet subió apresuradamente a su habitación a recoger los papeles y vio desde la ventana que los Wimsey estaban ajustando cuentas entre ellos. Cuando bajó con el paquete, el sobrino esperaba a la puerta del Tudor, con la cara muy colorada.

—Tengo que pedir disculpas, por favor.

—Creo que sí —repuso Harriet con expresión severa—. No se me puede deshonrar de esa forma en mi propio patio. Francamente, no puedo permitírmelo.

—Lo siento muchísimo —dijo lord Saint-George—. Me he portado fatal. De verdad, solo quería molestar al tío Peter, y por si te sirve de consuelo, lo he conseguido —añadió arrepentido.

—Pórtate bien con él. Él se porta muy bien contigo.

—Seré buen chico —dijo el sobrino de Peter, recogiendo el paquete, y anduvieron un rato amigablemente hasta que Peter los alcanzó en la conserjería.

—¡Maldito muchacho! —dijo Wimsey después de ordenar a Saint-George que se adelantase para poner en marcha el coche.

—Vamos, Peter, no te preocupes tanto por cosillas sin importancia. Solamente quería fastidiarte un poco.

—Pues es una lástima que no se le ocurra otra manera. Parece que soy una verdadera cruz para ti, y cuanto antes me largue, mejor.

—¡Vamos, por lo que más quieras! —exclamó Harriet con irritación—. Si te vas a poner tan retorcido, desde luego que sería mejor para ti que te largaras. Ya te lo había dicho antes.

Al ver que sus mayores se retrasaban, lord Saint-George tocó un brioso «pi-po-pi-pom-pom» con la bocina.

—¡Maldito sea una y mil veces! —exclamó Peter.

Salvó de un salto la verja y el sendero, echó de mala manera a su sobrino del asiento del conductor, cerró la portezuela del Daimler ruidosamente y salió disparado por la carretera con un rugido. Presa de un arrebato de mal humor, Harriet volvió, decidida a disfrutar de su estado de ánimo al máximo, ejercicio al que contribuyó en gran medida descubrir que el pequeño incidente de la galería había despertado enorme curiosidad entre el claustro y enterarse después de comer, por la señorita Allison, de que la señorita Hillyard, al tener noticia de ello, había hecho unos comentarios sumamente desagradables que la señorita Vane estaba en su derecho de conocer.

¡Dios mío!, pensó Harriet a solas en su habitación, ¿qué he hecho peor que miles de personas, salvo haber tenido la mala suerte de que me juzgaran y que la triste historia saliera a la luz?... Cualquiera pensaría que ya he recibido suficiente castigo... pero nadie es capaz de olvidarlo, ni un momento... Yo no puedo olvidarlo... Peter tampoco puede olvidarlo... Si Peter no fuera imbécil dejaría esto en paz... Tiene que comprender que es imposible... ¿Acaso cree que me gusta verlo sufriendo por otros?... ¿De verdad piensa que me casaría con él por el placer de verlo sufrir?... ¿No comprende que lo único que puedo hacer es mantenerme al margen?... ¿Por qué demonios se me metió en la cabeza traerlo a Oxford?... Y yo que pensaba que sería tan bonito retirarme a Oxford... para que haga «comentarios desagradables» sobre mí la señorita Hillyard, que está medio chiflada, francamente... Desde luego, aquí hay alguna chiflada... parece que eso es lo que pasa cuando te mantienes al margen del amor, el matrimonio y todos esos líos... Pues si Peter se cree que voy a «aceptar la protección de su apellido» y encima a agradecérselo, está pero que muy equivocado... En menudo embrollo se metería... Ya está metido en un embrollo espantoso si me quiere, si realmente me quiere, y no puede tener lo que quiere porque yo tuve la mala suerte de que me juzgaran por un asesinato que no cometí... De todos modos, parece que lo va a pasar fatal... Pues que lo pase fatal; es su problema... Lástima que me salvara de la horca..., probablemente a estas alturas preferiría haberme dejado en paz... Supongo que cualquier persona como es debido le estaría agradecida y le daría lo que quiere..., pero no sería agradecimiento hacerlo desgraciado... Los dos seríamos desgraciados, porque ninguno de los dos podría olvidar... Yo estuve a punto de olvidar el otro día en el río... Y había olvidado esta tarde, pero él lo ha recordado primero... ¡Maldito sea ese mocoso insolente! ¡Qué crueles pueden ser los jóvenes con los de mediana edad...! No es que yo haya sido muy amable... y yo sí sabía lo que hacía... Mejor que Peter se haya marchado..., pero ojalá no se hubiera marchado dejándome sola en este lugar odioso donde la gente se vuelve loca y escribe cartas horribles... «Cuando sin él estoy, muero hasta estar con él»... No, no puedo sentirme así... No pienso meterme en esas cosas otra vez... Me mantendré al margen... Me quedaré aquí..., donde la gente se vuelve loca... Dios mío, ¿qué he hecho yo para amargarle la vida a los demás y a mí misma? No más que miles de mujeres...

Dándole vueltas y más vueltas en la cabeza, como una ardilla enjaulada, hasta que tuvo que decirse: esto no puede ser; yo también me voy a volver loca. Más vale que me centre en el trabajo. ¿Por qué ha ido Peter a York? ¿Por la señorita De Vine? Si no hubiera perdido la calma podría haberlo averiguado, en lugar de perder el tiempo discutiendo. Voy a ver si ha escrito alguna nota en el informe.

Cogió el cuaderno de anillas, que aún estaba envuelto en el papel, con el bramante y los sellos con el emblema de los Wimsey. «A donde mi capricho me lleve»... Los caprichos de Peter lo habían llevado a meterse en numerosos problemas. Harriet rompió los sellos con impaciencia, pero se llevó una gran decepción. Peter no había subrayado nada; seguramente habría copiado lo que le interesaba. Pasó las páginas, intentando esbozar una solución, pero estaba demasiado cansada para pensar con coherencia. Y de pronto…, sí; era la letra de Peter, sin duda, pero no en una página del informe. Era el soneto inacabado… ¡y había que ser imbécil para dejar sonetos a medias mezclados con la investigación detectivesca, para que los vieran otras personas! Una tontería de colegiala, que haría sonrojarse a cualquiera. Sobre todo teniendo en cuenta que, por lo que recordaba del soneto, los sentimientos que reflejaba no se correspondían con sus emociones en aquellos momentos.

Pero allí estaba, y en el ínterin había adquirido un sexteto y parecía un tanto desequilibrado, con la desgarbada letra de Harriet encima y la escritura engañosamente clara de Peter abajo, como un huso pequeño con una cabezuela grande.

Aquí, ya en casa, a resguardo de tempestades,
las diligentes manos cruzadas, plegadas las alas;
aquí, en íntimo aroma yace la rosa ondulada,
aquí se alza el sol que ni este ni oeste conoce,
por aquí no fluye la marea: hemos vuelto al fin
de la inmensidad arrojados por círculos de vértigo
al centro calmo donde el mundo en su girar
duerme sobre su eje, al corazón mismo del reposo.

Afánate con el látigo, oh, Amor,
que en muelle lecho no pueda yo dormir
cual duerme de la música el reverbero,

pues si el azote disculpas, tambaleantes
caeremos, mudos y muertos, y en así muriendo
no dormiremos más nuestro dulce sueño.

Tras semejante resultado, el poeta debió de perder la calma, porque había añadido el siguiente comentario: «¡Una conclusión presuntuosa y metafísica!».

Vaya, vaya. ¡Conque ahí estaba el giro que tan infructuosamente había intentado darle al sexteto! Aquel murmullo hermoso y tranquilo que ella había compuesto transformado en restallido, y por así decirlo, obligado a dormir por la fuerza. ¡Y qué imbécil! ¿Cómo se atrevía a coger la palabra «dormir» y emplearla nada menos que tres veces, y en cada ocasión con un pie distinto, como si hacer malabarismos con el acento métrico fuera un juego de niños? Y ese último verso, tan arrastrado, pesado y somnoliento, que contradecía su sentido de tal modo que negaba su propia contradicción… No era el mejor sexteto del mundo, pero sí considerablemente mejor que su octava, que era escandalosa.

Pero si quería respuesta a sus preguntas sobre Peter, allí la tenía, terriblemente clara. Él no quería olvidar, ni vivir tranquilo, ni que le evitaran sufrimientos, ni quedarse al margen de nada. Lo único que quería era una especie de estabilidad central, y al parecer estaba dispuesto a aceptar lo que se le presentara, siempre y cuando le sirviera de estímulo para mantener ese precario equilibrio. Y, desde luego, si eso era lo que realmente sentía, todo lo que había dicho y hecho con respecto a ella era absolutamente coherente. «El mío es solo un equilibrio de fuerzas opuestas»… «¿Qué importa que haga un daño terrible si es un buen libro?»… «¿De qué sirve cometer errores si no los utilizas?»… «Sentirse un Judas forma parte del trabajo»… «Lo primero que hace un principio es matar a alguien»… Si esa era su actitud, saltaba a la vista que era absurdo rogarle amablemente que se mantuviera al margen por temor a llevarse un buen golpe.

Peter había intentado mantenerse al margen. «Llevo veinte años huyendo de mí mismo, y no funciona.» Ya no creía que el etíope pudiera mudar su piel por la del rinoceronte. Desde que lo conocía hacía cinco años, Harriet lo había visto despojarse de sus defensas, capa a capa, hasta que prácticamente solo quedó la verdad desnuda.

Entonces, para eso la quería. Por alguna razón, tan confusa para ella como posiblemente para él, Harriet tenía el poder de obligarlo a abandonar sus defensas. Tal vez, al verla debatirse en la trampa de las circunstancias, Peter hubiera salido deliberadamente en su ayuda. O quizá el verla debatirse le había servido de aviso de lo que le ocurriría a él si seguía encerrado en la trampa que él mismo se había tendido.

Y a pesar de todo, parecía dispuesto a dejar que ella se refugiara tras las barreras del intelecto, a condición (sí, al fin y al cabo era coherente), a condición de que su válvula de escape fuera su trabajo. En realidad, Peter le ofrecía elegir entre Wilfrid y él. No reconocía que ella tenía una salida que él no tenía.

Y Harriet suponía que por eso era Peter tan morbosamente sensible a su propio papel en la comedia. Tal y como él veía las cosas, sus propias necesidades se interponían entre Harriet y su legítima válvula de escape. Por esas necesidades se veía mezclada en unos problemas que él no podía compartir, porque Harriet le negaba sistemáticamente el derecho a compartirlos. Peter no tenía la alegre disposición de su sobrino para recibir y tomar. Bruto indolente y egoísta, pensó Harriet recordando al vizconde. ¿Por qué no dejará en paz a su tío?

Por cierto, cabía la posibilidad de que Peter sencilla y humanamente tuviera celos de su sobrino, por supuesto no de su relación con Harriet, algo que habría sido absurdo y vergonzoso, sino del egoísmo juvenil que hacía posible esa relación.

Y, al fin y al cabo, Peter tenía razón. Resultaba difícil explicar la impertinencia de lord Saint-George sin que la gente diera por sentado que el vínculo de Harriet con Peter permitía semejante cosa. Era sin duda una situación muy violenta. Resultaba fácil decir: «Ah, sí, lo conocía un poco y fui a verlo cuando estaba hospitalizado por un accidente de tráfico». La verdad era que no le importaba demasiado que la señorita Hillyard pensara que con una persona de tan dudosa reputación cualquiera podía tomarse toda clase de libertades, pero sí le importaba el corolario que pudiera deducirse sobre Peter. Que tras cinco años de paciente amistad solo hubiera adquirido el derecho de quedarse de brazos cruzados mientras su sobrino hacía de las suyas lo dejaba en muy mal lugar, pero cualquier otra cosa sería falsa. Ella lo había colocado en aquella situación de imbécil, y tenía que reconocer que no se había portado nada bien.

Se acostó pensando en otra persona más que en sí misma, lo cual viene a demostrar que incluso la poesía menor puede tener su utilidad.

La noche siguiente ocurrió algo tan extraño como siniestro. A Harriet la había invitado a cenar su amiga de Somerville, para conocer a un distinguido escritor especializado en la época victoriana de quien esperaba obtener datos útiles sobre Le Fanu. Estaba en las habitaciones de su amiga, donde se habían reunido unas seis o siete personas más para hacerle los honores al distinguido escritor, cuando sonó el teléfono.

—Señorita Vane, la llaman de Shrewsbury —dijo su anfitriona.

Harriet se excusó ante el distinguido invitado y salió a un pequeño vestíbulo donde estaba instalado el teléfono. Una voz que no reconoció respondió de la siguiente manera a su «¿Diga?»:

—¿Es la señorita Vane?

—Sí… ¿Quién es?

—Es de Shrewsbury College. ¿Podría venir inmediatamente, por favor? Ha habido otro incidente.

—¡Dios mío! ¿Qué ha ocurrido? ¿Podría decirme quién es?

—Es de parte de la rectora. Por favor, ¿podría usted…?

—¿Es usted la señorita Parsons?

—No, señorita. Soy la doncella de la doctora Baring.

—Pero ¿qué ha ocurrido?

—No lo sé, señorita. La rectora me ha dicho que le pidiera que venga usted enseguida.

—Muy bien. Estaré allí dentro de diez o quince minutos. No me he traído el coche, o sea que llegaré alrededor de las once.

—Muy bien, señorita. Gracias.

Se cortó la comunicación. Harriet fue a ver apresuradamente a su amiga, le explicó que la habían llamado con urgencia, se despidió y se marchó.

Había atravesado el jardín y se encontraba entre el comedor viejo y los edificios de Maitland cuando la asaltó un recuerdo absurdo. Se acordó de que Peter le había dicho en una ocasión: «Las protagonistas de las novelas policíacas se tienen merecido lo que les pasa. Cuando alguien misterioso las llama por teléfono y dice que es de Scotland Yard, nunca se les ocurre comprobar la llamada. De ahí el creciente número de secuestros».

Harriet sabía dónde estaba la cabina pública de Somerville y que probablemente podría llamar desde allí. Entró y marcó; vio que era la centralita; marcó el número de Shrewsbury, y cuando contestaron pidió que la pusieran con las habitaciones de la rectora.

Quien contestó no era la misma persona que la había telefoneado.

—¿Es la doncella de la doctora Baring?

—Sí, señora. ¿Quién es, por favor?

«Señora»… La otra persona había dicho «señorita». Harriet comprendió por qué se había sentido un tanto inquieta por la llamada: recordó que la doncella de la rectora había dicho «señora».

—Soy la señorita Vane, desde Somerville. ¿Ha sido usted quien me ha llamado hace unos momentos?

—No, señora.

—Alguien me ha llamado en nombre de la rectora. ¿Era la cocinera o alguien de la casa?

—Creo que nadie ha llamado desde aquí, señora.

Una equivocación. A lo mejor la rectora había dejado el recado en el college y Harriet había entendido mal a la interlocutora o la interlocutora a ella.

—¿Podría hablar con la rectora?

—La rectora no se encuentra en el colegio, señora. Ha ido al teatro con la señorita Martin. Supongo que estarán a punto de volver.

—Ya. Gracias. No tiene importancia. Debe de haber sido un error. ¿Podría devolverme la comunicación con la conserjería?

Cuando oyó la voz de Padgett preguntó por la señorita Edwards, y mientras la conectaban pensó a toda velocidad.

Todo empezaba a indicar que había sido una llamada con trampa. Pero ¿por qué demonios? ¿Qué habría ocurrido si hubiera ido inmediatamente a Shrewsbury? Como no se había llevado el coche, habría tenido que pasar por la puerta trasera, después por entre los frondosos arbustos del jardín de las profesoras… el jardín por donde la gente paseaba de noche…

—La señorita Edwards no está en su habitación, señorita Vane.

—Y supongo que todas las criadas estarán acostadas.

—Sí, señorita. ¿Quiere que le pida a la señora Padgett que vaya a ver si la encuentra?

—No… A ver si puede usted encontrar a la señorita Lydgate.

Otra pausa. ¿También la señorita Lydgate estaría fuera de su habitación? ¿Estaban fuera del colegio o de sus habitaciones todas las profesoras de fiar? Sí; la señorita Lydgate también había salido, y a Harriet se le ocurrió que, por supuesto, estarían patrullando diligentemente por el colegio antes de acostarse; pero Padgett sí estaba. Le explicó la situación lo mejor que pudo.

—Muy bien, señorita —replicó Padgett—. Sí, señorita… La señora Padgett puede quedarse en la conserjería. Voy a bajar a la puerta de atrás a echar un vistazo. No se preocupe, señorita. Si hay alguien ahí acechándola, pues lo siento por ellos. No, señorita, que yo sepa no ha habido ningún incidente esta noche, pero como pille a alguien por ahí acechándola, entonces sí que se va a producir un incidente, eso se lo aseguro, señorita.

—Sí, Padgett, pero no arme mucho jaleo. Baje sin hacer ruido a ver si hay alguien rondando por ahí, pero que no lo vean. Si alguien me ataca cuando entre, venga a ayudarme, pero si no, no se deje ver.

—Muy bien, señorita.

Harriet colgó y salió de la cabina. Una débil luz brillaba en el centro del vestíbulo. Miró el reloj. Las once menos siete minutos. Iba a llegar tarde, pero la agresora, si es que era tal, la esperaría. Sabía dónde estaría la trampa, dónde debía de estar. A nadie se le ocurriría formar alboroto a la puerta de la enfermería o de la casa de la rectora, donde la gente podía oírlo y salir a ver, ni nadie se esconderría debajo o detrás de los muros en aquel lado del sendero. El único sitio lógico para ocultarse eran los arbustos del jardín de las profesoras, junto a la verja, a la derecha del sendero.

Estaría preparada, y eso suponía una ventaja. Además, Padgett andaría por allí cerca, pero habría un momento terrible, en el que tendría que volverse de espaldas y cerrar desde dentro la puerta trasera. Se estremeció al pensar en el cuchillo clavado en la muñeca.

Si metía la pata y la mataban…, melodramático, pero posible cuando la gente no está en sus cabales, Peter tendría razón. Quizá lo correcto sería pedir disculpas antes, por si acaso. Vio un cuaderno en el asiento de la ventana, arrancó una hoja, escribió media docena de palabras con el lápiz que llevaba en el bolso, dobló la nota, puso el nombre del destinatario y la guardó junto con el lápiz. Si pasaba algo, la encontrarían.

El conserje de Somerville le abrió la verja para salir a Woodstock Road. Tomó el camino más rápido: por la iglesia de Saint Giles, Blackhall Road, Museum Road, South Parks Road, Mansfield Road, andando deprisa, casi a la carrera. Aflojó el paso al entrar en Jowett Walk. Tenía que recuperar el aliento y el juicio.

Dobló la esquina de Saint Cross Road, llegó a la verja y sacó la llave. El corazón le latía con fuerza.

Y de repente el melodrama dio paso a una amable comedia. Un coche se detuvo detrás de ella; la decana depositó a la rectora, continuó por la entrada de servicio para estacionar su Austin, y la rectora Baring dijo afablemente:

—¡Ah, es usted, señorita Vane! Así no tendré que buscar mi

llave. ¿Ha pasado una tarde agradable? La decana y yo nos hemos permitido un pequeño vicio. Lo decidimos de repente después de cenar…

Siguió por el sendero junto a Harriet, charlando con gran cordialidad sobre la obra que había visto. Harriet la dejó al llegar a la verja y declinó la invitación a tomar café y emparedados. ¿Había oído algo moviéndose entre los arbustos o eran imaginaciones suyas? De todos modos, había perdido la ocasión. Se había ofrecido como cebo, pero debido al ligero retraso a la hora de tender la trampa, la rectora la había hecho saltar involuntariamente.

Entró en el jardín, encendió la linterna y miró a su alrededor. El jardín estaba vacío. De pronto se sintió como una perfecta imbécil. Sin embargo, después de tanto lío, tenía que existir algún motivo para la llamada telefónica.

Se dirigió hacia la conserjería de Saint Cross y en el patio nuevo se encontró con Padgett.

—¡Ah! —dijo Padgett—. Ahí mismo que estaba, señorita. —Movió la mano derecha, y Harriet creyó que llevaba algo que parecía una cachiporra—. Sentada en el banco detrás de los laureles esos al lado de la verja. Me acerqué con mucho cuidado, como si fuera una inspección nocturna, y me escondí detrás de los arbustos esos del centro, señorita. Ella no se dio cuenta de que yo estaba allí, pero cuando entraron la doctora Baring y usted hablando, se levantó y salió disparada.

—¿Quién era, Padgett?

—Pues, mire, señorita, hablando en plata, era la señorita Hillyard. Se fue al extremo del jardín y subió a sus habitaciones. Yo la seguí y la vi, y bien rápido que iba, y vi la luz encenderse en su ventana.

—¡Ah! —exclamó Harriet—. Mire, Padgett: no quiero que diga nada de esto. Sé que a veces la señorita Hillyard se da un paseo por la noche por el jardín. Quizá la persona que me llamó la vio allí y volvió a marcharse.

—Sí, señorita. Es muy raro lo de esa llamada. No pasó por la conserjería.

—Quizá la pasaron por la centralita con otro aparato.

—No, señorita. Fui yo a verlo. Antes de acostarme, a las once, comunico con la rectora, la decana, la enfermería y la cabina pública, pero no estaban comunicadas a las once menos veinte, se lo juro, señorita.

—Entonces tuvieron que hacer la llamada desde fuera.

—Sí, señorita. La señorita Hillyard entró a las once menos diez, justo antes de que llamara usted, señorita.

—¿Sí? ¿Está seguro?

—Lo recuerdo muy bien, señorita, porque Annie hizo un comentario sobre ella. No se pueden ni ver, Annie y ella —añadió Padgett con una risita—. La culpa es de las dos, eso es lo que yo digo, señorita, y con ese mal genio…

—¿Qué hacía Annie en la conserjería a esas horas?

—Acababa de entrar, porque tenía medio día libre, señorita. Pasó un ratito con la señora Padgett en la conserjería.

—¿Ah, sí? No le habrá contado nada de esta historia, ¿verdad, Padgett? No le tiene ningún aprecio a la señorita Hillyard, y para mí que es una lianta.

—No dije ni media palabra, señorita, ni siquiera a la señora Padgett, y no pudieron oírme hablar por teléfono, porque al no encontrar ni a la señorita Lydgate ni a la señorita Edwards, cuando usted empezó a contármelo, cerré la puerta del cuarto de estar. Después me asomé y le dije a la señora Padgett: «Oye, vigila tú la verja, que voy a salir un momento a darle un recado a Mullins». Así que esto es lo que se podría llamar confidencial, entre usted y yo, señorita.

—Pues que siga siendo confidencial, Padgett. A lo mejor son imaginaciones mías, algo absurdo. Lo de la llamada fue un embuste, sin duda, pero no hay pruebas de que se hiciera con maldad. ¿Entró alguien más entre las once menos veinte y las once?

—Eso lo sabrá la señora Padgett, señorita. Le enviaré una lista de los nombres, o si quiere venir ahora a la conserjería…

—No. Será mejor que no. Deme la lista mañana por la mañana.

Harriet fue a buscar a la señorita Edwards, de cuya discreción y sentido común tenía muy buena opinión, y le contó lo de la llamada.

—Es que si hubiera ocurrido algo, posiblemente hicieron la llamada con intención de demostrar una coartada, aunque no sé cómo —dijo—. Si no, ¿por qué intentar que yo volviera a las once? O sea, si querían que el incidente empezara a esa hora y que yo lo presenciara, la persona en cuestión ha tenido que arreglar las cosas de tal manera que pareciera que estaba en otro sitio en esos momentos, pero ¿por qué era necesario que yo fuera testigo?

—Sí… ¿y por qué dijo que ya había empezado todo cuando no era así? ¿Y por qué no iba a servir usted de testigo cuando además estaba con la rectora?

—Claro, la idea era que se produjera un altercado mientras yo estaba en medio, a tiempo para que se sospechara que yo lo había provocado —replicó Harriet.

—Eso es absurdo. Todo el mundo sabe que precisamente usted no puede ser la *Poltergeist.*

—Pues entonces tenemos que volver a la primera idea. En teoría, yo tenía que ser la persona a la que agrediesen, pero ¿por qué no a medianoche o en cualquier otro momento? ¿Por qué tenía que volver a las once?

—¿Y no podría ser algo ideado para que estallase a las once, mientras se establecía la coartada?

—Nadie podía saber con exactitud el tiempo que yo tardaría en volver de Somerville a Shrewsbury, a menos que esté pensando en una bomba o algo que estallaría al abrirse la verja... pero eso funcionaría igualmente en cualquier momento...

—Pero si la coartada era para las once...

—Entonces, ¿por qué no estalló la bomba? Es que simplemente no me puedo creer que fuera una bomba.

—Yo tampoco..., no, la verdad es que no —dijo la señorita Edwards—. Son simples teorías. Supongo que Padgett no vio nada sospechoso...

—Solamente a la señorita Hillyard, que estaba sentada en el jardín de las profesoras —replicó Harriet como sin darle mayor importancia.

—¡Ah!

—Algunas noches pasea por allí. Yo la he visto alguna vez... No sé, a lo mejor se asustó por algo...

—Es posible —dijo la señorita Edwards—. Por cierto, parece que su aristocrático amigo ha vencido los prejuicios de la señorita Hillyard de una forma sorprendente. No me refiero al que la saludó a usted en el patio, sino al que vino a cenar.

—¿Quiere hacer una novela de misterio con lo que ocurrió ayer por la tarde? —replicó Harriet sonriendo—. Creo que solo se trataba de presentarle a alguien que tiene una biblioteca en Italia.

—Eso nos contó ella —dijo la señorita Edwards. Harriet comprendió, que nada más volver la espalda, debían de haber llegado montones de cotilleos a oídos de la tutora de historia—. Pero bueno —añadió la señorita Edwards—, le prometí un trabajo sobre los grupos sanguíneos, y él todavía no ha empezado a darme la lata con eso. Es un hombre muy interesante, ¿no le parece?

—¿Desde el punto de vista de la bióloga?

La señorita Edwards se echó a reír.

—Bueno, sí, como ejemplar de animal con pedigrí: excesivamente desarrollado pero con una gran inteligencia, un tanto nerviosa; pero no me refería a eso.

—Entonces, ¿desde el punto de vista de la mujer?

La señorita Edwards le dirigió una mirada muy sincera a Harriet.

—Supongo que desde el punto de vista de muchas mujeres.

Harriet la miró directamente a los ojos.

—No tengo información sobre ese asunto.

—¡Ah! —exclamó la señorita Edwards—. Pero en sus novelas, se ocupa usted de los aspectos materiales más que de los psicológicos, ¿no?

Harriet no tuvo reparo en reconocerlo.

—Bueno, no importa —replicó la señorita Edwards, y se despidió con brusquedad.

Harriet no acababa de comprender qué significaba todo aquello. Curiosamente, jamás se había planteado qué pensaban las demás mujeres de Peter, ni él de ellas, lo cual debía de apuntar o bien a que sentía gran confianza o gran indiferencia, porque, bien pensado, Peter reunía todos los requisitos del soltero de oro.

Al llegar a su habitación, sacó la nota del bolso que había escrito deprisa y corriendo y la rompió sin volver a leerla. Solo de pensarlo se puso colorada. Las heroicidades que no salen bien constituyen la esencia misma de lo burlesco.

El jueves destacó por una pelea violenta, prolongada y completamente inexplicable entre la señorita Hillyard y la señorita Chilperic, que tuvo lugar en el jardín de las profesoras tras la comida.

Después nadie fue capaz de recordar cómo ni por qué había comenzado. Alguien había revuelto un montón de libros y papeles en una de las mesas de la biblioteca, con el resultado de que una aspirante a entrar en la facultad de historia había llegado a una clase contando que le habían quitado unas notas, o que las había perdido. La señorita Hillyard, que llevaba todo el día de un humor de perros, se tomó el asunto muy a pecho, y después de pasarse la cena con cara larga, estalló indignada contra todo el mundo (no antes de que se hubiera marchado la rectora).

—Lo que no acabo de entender es por qué mis alumnas tienen que pagar por los descuidos de las demás —dijo.

La señorita Burrows replicó que no creía que sufrieran más que las demás. La señorita Hillyard adujo varios ejemplos que se remontaban a los últimos tres trimestres en los que a varias alumnas de historia les habían interrumpido en sus estudios de una forma que parecía deliberada.

—Y teniendo en cuenta que historia es una de las especialidades más extensas y no precisamente la menos importante… —añadió.

La señorita Chilperic apuntó, y sin equivocarse, que precisamente aquel año había habido más alumnas de inglés que ningún otro año.

—Claro, faltaría más —replicó enfadada la señorita Hillyard—. A lo mejor hay dos o tres más este año… Sí, supongo que sí, pero no veo la necesidad de otra tutora de inglés, cuando yo tengo que enfrentarme sola a tantas…

Fue entonces cuando el motivo de la riña empezó a perderse en una auténtica tormenta de personalismos, en el transcurso de la cual la señorita Chilperic fue acusada de insolencia, altanería, desinterés por su trabajo, torpeza y el deseo de llamar la atención. La pobre señorita Chilperic se quedó atónita ante semejante catarata de insultos. Y la verdad es que nadie sabía qué hacer, salvo, quizá, la señorita Edwards, que seguía tejiendo su suéter de hilo tranquilamente, a pesar de los pesares. Al final la agresión verbal pasó de la señorita Chilperic a su prometido, cuya beca fue sometida a mordaces críticas.

La señorita Chilperic se puso en pie, temblando.

—Señorita Hillyard, creo que debe de estar usted fuera de sus casillas —dijo—. Puede decir lo que quiera de mí, pero no voy a consentir que insulte a Jacob Peppercorn.* —Se trabucó un poco al pronunciar tan desafortunado apellido, y la señorita Hillyard se rió sin la menor consideración—. El señor Peppercorn es un investigador extraordinario, e insisto en que… —añadió con una vocecita como de cordero a punto de ir al matadero.

—Me alegro de que diga eso —la interrumpió la señorita Hillyard—. Yo en su lugar, arreglaría las cosas con él.

—¡Pero qué quiere usted decir! —exclamó la señorita Chilperic.

—A lo mejor la señorita Vane se lo puede explicar —replicó la señorita Hillyard, y salió de la habitación sin más.

—¡Pero por Dios! ¿A qué se refiere? —dijo la señorita Chilperic, dirigiéndose a Harriet.

—No tengo ni la menor idea —repuso Harriet.

—No lo sé, pero me lo puedo imaginar —dijo la señorita Edwards—. Si se pone dinamita en un polvorín, no es de extrañar que se produzcan explosiones. —Mientras Harriet le daba vueltas en la cabeza a aquellas palabras, intentando relacionarlas con algo, la señorita Edwards añadió—: Si no se llega al fondo de estos proble-

* *Peppercorn*: grano de pimienta. *(N. de la T.)*

mas en el plazo de unos cuantos días, va a ocurrir algo realmente terrible. Si ahora estamos así, ¿qué será de nosotras al final del trimestre? Tendrían que haber llamado a la policía desde el principio, y si yo hubiera estado aquí, lo habría dicho. No me importaría vérmelas con un agente de policía estúpido, para variar.

Y también ella se levantó y salió muy digna, mientras las demás profesoras se quedaban boquiabiertas.

19

¡Oh, fornido Sansón, Sansón el de fuertes
músculos! Con la espada te aventajo, cual tú me
aventajas con puertas a tu espalda. También yo
estoy enamorado.

WILLIAM SHAKESPEARE

Cuánta razón tenía Harriet con lo de Wilfrid. Se había pasado casi
cuatro días enteros cambiando y humanizando a Wilfrid, y aquel
día, tras una mañana angustiosa con él, llegó a la deprimente conclusión de que tenía que volver a escribirlo todo desde el principio.
La atormentada humanidad de Wilfrid destacaba frente a la eficiente vacuidad de los demás personajes como una herida abierta. Además, al reducir las motivaciones de Wilfrid a lo psicológicamente
verosímil, se había desprendido una gran parte de la trama, dejando un hueco por el que se podían entrever nuevas marañas de exci-
tante intriga. Miró distraídamente el escaparate de la tienda de antigüedades. Wilfrid empezaba a parecerse a una de las codiciadas
piezas de ajedrez. Si indagabas en su interior, descubrías una esfera delicadamente tallada de sensibilidades, y al darle vueltas entre
los dedos, encontrabas otra dentro, y dentro de esta, otra más.

Detrás de la mesa donde estaban las piezas de ajedrez había un aparador jacobeo de roble negro, y de repente los rasgos de un rostro se delinearon pálidamente sobre el fondo oscuro, como el fantasma de Pepper.

—¿Qué miras? —preguntó Peter por encima del hombro de Harriet—. ¿Las jarras de cerveza, los jarros de peltre o el dudoso arcón con asas?

—Las piezas de ajedrez —contestó Harriet—. He caído en sus garras, sin saber por qué. No me servirían de nada, pero es como un hechizo.

—«La razón que nadie conoce, que sea suficiente. Lo que contemplamos está censurado por nuestros ojos.» Ser poseído es una excelente razón para poseer.

—¿Cuánto crees que pedirán por ellas?

—Si están todas y son auténticas, entre cuarenta y ochenta libras.

—Es demasiado. ¿Cuándo has vuelto?

—Justo antes de la hora de comer. Ahora iba a verte. ¿Vas a algún sitio concreto?

—No… Estaba paseando. ¿Has descubierto algo útil?

—He recorrido Inglaterra en busca de un hombre llamado Arthur Robinson. ¿Te suena de algo ese nombre?

—De nada.

—Ni a mí. Lo abordé con una reconfortante falta de prejuicios. ¿Alguna novedad en el college?

—Pues sí. La otra noche pasó algo muy raro, y no acabo de entenderlo.

—¿Vienes a dar un paseo y me lo cuentas? He traído el coche, y hace una tarde muy agradable.

Harriet miró a su alrededor y vio el Daimler estacionado junto al bordillo.

—Me encantaría.

—Nos entretendremos por los caminos y tomaremos té en alguna parte —añadió Peter, muy convencional, mientras ayudaba a subir a Harriet.

—¡Qué original, Peter!

—¿Verdad? —Avanzaron decorosamente por la abarrotada calle mayor—. La palabra té tiene algo hipnótico. Te estoy pidiendo que disfrutes de las maravillas del campo inglés, que me cuentes tus aventuras y escuches las mías, que planeemos una campaña de la que dependen el bienestar y el prestigio de doscientas personas, que me honres con tu sola presencia y me concedas la ilusión del Paraíso... y hablo como si el objeto supremo de todo deseo fuera un cacharro lleno de agua hervida y un plato de pastelitos sintéticos en Ye Olde Worlde Tudor Tea-Shoppe.

—Si nos entretenemos hasta que abran, podemos tomar pan con queso y cerveza en el bar del pueblo —dijo Harriet.

—Eso sí que es buena idea.

> *Los manantiales cristalinos, cuyo sabor ilumina*
> *los ojos refinados con eterna visión,*
> *como plata contrastada discurren por el Paraíso*
> *para recreo de Jenócrates el divino.*

Como Harriet no encontró respuesta adecuada para estos versos, se limitó a observar las manos de Peter, apoyadas delicadamente sobre el volante. Pasaron por Long Marston y Elsfield; enseguida torcieron por una carretera secundaria, después entraron en un camino y se detuvieron.

—Llega un momento en el que hay que dejar de navegar solo por los extraños mares del pensamiento. ¿Quién habla primero? ¿Tú o yo?

—¿Quién es Arthur Robinson?

—Es el caballero que actuó de forma tan extraña con una tesis. Era licenciado por la Universidad de York, ocupó diversas tutorías en diversos templos del saber, solicitó la cátedra de historia moderna en York y se topó con la formidable memoria y la habilidad detectivesca de la señorita De Vine, que era entonces directora de Flamborough College y del tribunal examinador. Era un hombre apuesto, rubio, de unos treinta años, muy agradable y muy querido por todos, si bien con un pequeño obstáculo para su vida social, ya que en un momento de debilidad se había casado con la hija de su casera. Tras el lamentable incidente de la tesis, desapareció de los círculos académicos y no se volvió a saber nada de él. En el momento de su desaparición tenía una hija de dos años y otra en camino. Conseguí encontrar a un antiguo amigo suyo, que me dijo que no sabía nada de Robinson desde aquel desastre, pero suponía que se había marchado al extranjero y cambiado de apellido. Me habló de un hombre llamado Simpson, que vivía en Nottingham. Busqué a Simpson, y averigüé que había tenido la ocurrencia de morirse el año pasado. Volví a Londres y despaché a varios miembros de la agencia de la señorita Climpson a buscar otros amigos y colegas de Arthur Robinson, y también a Somerset House a indagar en el registro civil. Y eso es todo lo que puedo ofrecer tras dos días de intensa actividad, salvo que entregué honradamente el manuscrito a tu secretaria.

—Muchas gracias. Arthur Robinson. ¿Crees que podría tener algo que ver con este asunto?

—Bueno, es algo muy distinto, pero lo cierto es que no hubo incidentes hasta que llegó la señorita De Vine, y lo único que ella ha mencionado que pudiera apuntar a una enemistad personal es la historia de Arthur Robinson. Me pareció que valía la pena investigar.

—Sí, comprendo… Espero que no vayas a insinuar que la señorita Hillyard es Arthur Robinson disfrazado, porque la conozco desde hace diez años.

—¿Y por qué la señorita Hillyard? ¿Qué ha hecho?

—Nada que pueda demostrarse.

—Cuéntame.

Harriet le contó lo de la llamada telefónica, y Peter la escuchó con expresión grave.

—¿He hecho una montaña de un grano de arena?

—Creo que no. Creo que nuestra amiga se ha dado cuenta de que representas un peligro y ha decidido emprenderla contigo primero. A menos que se trate de un enfrentamiento totalmente distinto, que también es posible. Hiciste muy bien en llamar.

—El mérito es tuyo. No había olvidado tus mordaces comentarios sobre la protagonista de novela policíaca y el recado falso de Scotland Yard.

—¿En serio?… Harriet, ¿me dejas que te enseñe a enfrentarte a una agresión si algún día se produce?

—¿Enfrentarme a…? Sí, me gustaría saberlo, aunque la verdad es que soy bastante fuerte. Creo que podría hacer frente a casi todo, menos una puñalada por la espalda. Y eso era lo que me esperaba.

—Pues dudo que sea eso —replicó Peter con tranquilidad—. Se pone todo asqueroso y hay que deshacerse de un arma asquerosa. El estrangulamiento es más limpio y rápido y no se hace ruido.

—¡Aaag!

—Tienes buen cuello —añadió pensativo su señoría—. Tiene un aspecto como de lirio de agua que es por sí mismo una invitación a la violencia. No quiero que me lleven preso por agresión, pero si tienes la amabilidad de acompañarme a ese prado que queda tan a mano, me complacerá estrangularte científicamente en varias posturas.

—Eres un compañero horripilante para una excursión.

—Hablo en serio. —Peter había salido del coche y tenía la portezuela abierta para Harriet—. Vamos, Harriet. Estoy fingiendo cortésmente que no me importan los riesgos que corras. No querrás que te suplique de rodillas, ¿no?

—Vas a hacer que me sienta ignorante y desvalida —repuso Harriet, siguiéndole de todas formas hasta la valla más cercana—. Y no me gusta la idea.

—Este prado nos viene que ni de perlas. No lo han preparado para el heno, está relativamente libre de cardos y boñigas de vaca y hay un seto alto que nos protege de la carretera.

—Y cuando me caiga estará blandito y además tiene una charca a la que arrojar el cadáver si te entusiasmas demasiado. Muy bien. He rezado mis oraciones.

—Entonces ten la bondad de imaginarte que soy un canalla malcarado con los ojos puestos en tu bolso, tu virtud y tu vida.

Los siguientes minutos resultaron agotadores.

—No te revuelvas tanto —dijo Peter con gentileza—. Así solo conseguirás cansarte. Usa mi peso para hacerme perder el equilibrio. Lo pongo enteramente a tu disposición, y no puedo moverlo en dos direcciones al mismo tiempo. Si dejas que me domine mi desmedida ambición, caeré al otro lado con la maravillosa precisión de la manzana de Newton.

—No lo entiendo.

—Tú intenta estrangularme a mí y lo verás.

—Conque este prado era blandito, ¿eh? —dijo Harriet cuando Peter la hizo tropezar ignominiosamente. Se frotó los pies con resentimiento—. Ahora voy a hacértelo a ti, ya verás.

Y en esta ocasión, por habilidad o por benevolencia, consiguió que Peter perdiera el equilibrio, de modo que se salvó de desplomarse despatarrado gracias a un complicado giro que recordaba a una anguila retorciéndose en un anzuelo.

—Deberíamos parar —dijo Peter después de haberle enseñado a Harriet cómo deshacerse del canalla que ataca de frente, del canalla que se abalanza por detrás y del canalla, más refinado, que inicia las operaciones con un pañuelo de seda—. Mañana te vas a sentir como si hubieras jugado al fútbol.

—Creo que me dolerá la garganta.

—Lo siento. ¿Me he dejado llevar por mi naturaleza animal? Es lo peor que tienen estos deportes tan duros.

—Más duro sería si fuera en serio. No me gustaría encontrarme contigo en un callejón en una noche oscura, y espero que la autora de los anónimos no haya estudiado el tema. Peter, no pensarás en serio que…

—Huyo de los pensamientos serios como de la peste, pero te aseguro que no he estado dándote golpes a diestro y siniestro por divertirme.

—Te creo. Ningún caballero podría zarandear a una señora de una forma más impersonal.

—Gracias por el cumplido. ¿Un cigarrillo?

Harriet aceptó el cigarrillo, que en su opinión se merecía, y se sentó con los brazos alrededor de las rodillas, transformando mentalmente los acontecimientos de la última hora en una escena de un libro (la desagradable costumbre del novelista) y pensando que, con un poquito de vulgaridad por ambas partes, podía convertirse en una bonita secuencia de exhibicionismo para el varón y una provocación para la fémina en cuestión. Manipulándolo un poco, podría ser objeto del capítulo en el que el sinvergüenza de Everard va a seducir a Sheila, la esposa exquisita pero abandonada. Podía atraparla, rodilla contra rodilla y pecho contra pecho, estrecharla en un férreo abrazo y sonreír desafiante ante su rostro arrebolado, y Sheila podía desfallecer, momento en el que Everard cubriría su boca de apasionados besos o diría: «¡No, por Dios! ¡No me tientes!», que al fin y al cabo sería lo mismo. Les iría bien a esos dos ordinarios, pensó Harriet, y se pasó un dedo inquisitivo bajo la mandíbula, donde había dejado su recuerdo la presión de un pulgar implacable.

—Anímate —dijo Peter—. Se te quitará.

—¿Tienes intención de darle clases de defensa personal a la señorita De Vine?

—Me tiene preocupado. Está mal del corazón, ¿no?

—Supuestamente, sí. No subió a la torre de Magdalen.

—Y seguramente tampoco andará por el college robando fusibles ni entrando y saliendo por las ventanas, en cuyo caso las horquillas la inculparían, lo cual nos remite a la teoría de Robinson, pero es fácil fingir que tienes el corazón peor de lo que está. ¿La has visto con un ataque al corazón?

—Pues ahora que lo dices, no.

—¿Ves? Ella me dio la pista de Robinson. Yo le ofrecí la oportunidad de contar una historia, y la contó. Al día siguiente fui a verla y le pregunté el apellido. Se hizo mucho de rogar, pero me lo dijo. Es fácil arrojar sospechas sobre personas que te guardan rencor, sin necesidad de decir mentiras. Si quisiera que creyeras que alguien me la tiene jurada, podría darte una lista de enemigos tan larga como mi brazo.

—Supongo que sí. ¿Han intentado liquidarte?

—No con demasiada frecuencia. De vez en cuando me envían estupideces por correo, como crema de afeitar llena de bichos. Y en una ocasión, conocí a un caballero que tenía una píldora para curar la debilidad y la fatiga. Mantuve una larga correspondencia con él, siempre con sobres corrientes. Lo bonito de su sistema era que te hacía pagar por la píldora, lo que sigue pareciéndome un detalle magnífico. La verdad es que logró embaucarme; solo cometió un pequeño error de cálculo al suponer que yo necesitaba la píldora, y no me extraña, porque con la lista de síntomas que le presenté, cualquiera habría pensado que necesitaba la farmacopea completa, pero un día me envió la dosis para una semana, siete píldoras, a un precio escandaloso, y yo, muy prudente, fui a ver a mi amigo del Ministerio del Interior que se ocupa de los charlatanes, de los anuncios inmorales y demás, y desperté su curiosidad lo suficiente para que las analizara. «Hum. Seis de ellas no te harían ni bien ni mal, pero la otra, seguro que curaba la fatiga», me dijo. Así que, como es natural, le pregunté qué contenía. «Estricnina», me dijo. «Una dosis mortal. Si quieres echarte a rodar como un aro por toda la habitación, con la cabeza tocándote los pies, te garantizo el resultado.» Así que fuimos a buscar a ese caballero.

—¿Lo encontrasteis?

—Sí, claro. Un viejo amigo mío. Ya lo había sentado en el banquillo por posesión de cocaína. Lo metimos en chirona, y el muy desgraciado intentó chantajearme basándose en la correspondencia que habíamos mantenido por la píldora. Jamás he conocido a un bribón que me cayera más simpático… ¿Te apetece un poquito más de sano ejercicio, o volvemos a la carretera?

Cuando pasaban por un pueblecito, Peter se fijó en una tienda de artículos de cuero y arneses y se detuvo bruscamente.

—Ya sé lo que te hace falta —dijo—. Necesitas un collar de perro. Voy a comprarte uno, con trocitos de bronce.

—¿Un collar de perro? ¿Para qué? ¿Como símbolo de propiedad?

—No lo quiera Dios. Para protegerte de las dentelladas de los tiburones. También es excelente contra los canallas y los cortadores de cuellos.

—¡Pero hombre de Dios!

—En serio. Es demasiado duro para retorcerlo y puede torcer el filo de un cuchillo… y aunque te cuelguen con él, no te ahogará como una soga.

—No puedo andar por ahí con un collar de perro.

—Bueno, no de día, pero te dará seguridad cuando patrulles de noche. Y con un poco de práctica, podrás dormir con él. No hace falta que entres. Te he rodeado el cuello con las manos suficientes veces para saber qué tamaño necesitas.

Desapareció dentro de la tienda, y Harriet lo vio después consultando con el dueño. Salió al cabo de poco tiempo con un paquete y volvió a sentarse al volante.

—El vendedor estaba muy interesado por mi perra bull-terrier —comentó—. Es extraordinariamente valiente, pero una luchadora obstinada e imprudente. Me ha dicho que, personalmente, prefiere los galgos. Me ha dicho adónde podía llevar el collar para que le pusieran mi nombre y dirección, pero yo le he dicho que no corría prisa. Ahora que hemos salido del pueblo, te lo puedes probar.

Se acercó a un lado de la carretera con tal fin y ayudó a Harriet a abrocharse la pesada correa (un tanto satisfecho de sí mismo, según le pareció a Harriet). Era una especie de gargantilla enorme e increíblemente incómoda. Harriet buscó un espejo en el bolso y contempló el resultado.

—Muy favorecedor, ¿no crees? —dijo Peter—. No veo por qué no podría marcar una nueva moda.

—Pues yo sí —replicó Harriet—. Si no te importa, quítamelo.

—¿Te lo vas a poner?

—¿Y si alguien lo agarra por detrás?

—Entonces déjate caer, con fuerza. Caerás en blando, y con suerte, el agresor se abrirá la cabeza.

—Eres un monstruo sanguinario. Muy bien. Haré lo que quieras si me lo quitas ahora.

—Me lo has prometido —repuso Peter, y la liberó—. Este collar se merece que lo pongas en una caja de cristal —añadió mientras lo enrollaba y lo dejaba en las rodillas de Harriet.

—¿Por qué?

—Porque es lo único que me has permitido que te regalara.

—Aparte de mi vida… aparte de mi vida… aparte de mi vida.

—¡Maldita sea! —exclamó Peter, y clavó una colérica mirada en el parabrisas—. Debió de ser un regalo muy doloroso, porque no consientes que lo olvidemos ninguno de los dos.

—Perdóname, Peter. He sido una mezquina y una bruta. Regálame algo si quieres.

—¿Puedo? ¿Y qué quieres que te regale? Los huevos del ave roc hoy están a buen precio.

A Harriet se le quedó la mente en blanco unos segundos. Le pidiera lo que le pidiese, tenía que ser algo adecuado. Algo anodino, corriente o simplemente caro le parecería insultante. Y él comprendería en seguida si se estaba inventando un deseo para complacerlo…

—Peter… Regálame las piezas de ajedrez de marfil.

Peter parecía tan encantado que Harriet pensó que esperaba que le hiciera un feo pidiéndole algo de saldo.

—¡Pues claro que sí! ¿Las quieres ahora?

—¡Ahora mismo! A lo mejor se las está llevando un pobre estudiante. Cada vez que paso por la tienda voy con el miedo de que hayan desaparecido. Date prisa.

—De acuerdo. Pisaré el acelerador para no bajar de los ciento diez, salvo en el límite de los cincuenta y cinco.

—¡Dios mío! —exclamó Harriet cuando arrancó el coche.

Le aterrorizaba la velocidad, y Peter lo sabía. Tras ocho kilómetros espeluznantes, Peter la miró de reojo, para ver cómo lo llevaba, y aflojó la presión sobre el acelerador.

—Ha sido mi canto triunfal. ¿Han sido cuatro minutos espantosos?

—Merecido me lo tengo —contestó Harriet apretando los dientes—. Sigue.

—Ni loco. Seguiremos a un ritmo prudente, arriesgándonos a que se presente el maldito estudiante.

Pero las piezas de marfil seguían en el escaparate cuando llegaron. Peter las sometió a una minuciosa y monocular inspección, y dijo:

—Parece que están bien.

—Son preciosas. Tienes que reconocer que cuando hago una cosa, la hago divinamente. Te he pedido treinta y dos regalos de golpe.

—Parece sacado de *A través del espejo.* ¿Entras o dejas que regatee yo solo?

—Pues claro que voy a entrar. ¿Por qué? ¡Ah! ¿Se me nota que estoy muy interesada?

—Demasiado interesada.

—Bueno, es igual. De todos modos voy a entrar.

La tienda estaba a oscuras y atestada por una extraña colección de objetos de primera categoría, cachivaches y trampas para incautos. No obstante, el dueño del establecimiento estaba ojo avizor y tras una refriega preliminar de superlativos, reconoció que tenía que vérselas con un cliente obstinado, experto y bien informado y se sometió con cierto entusiasmo a un prolongado asedio de la posición. A Harriet jamás se le habría ocurrido que nadie pudiera dedicar una hora y cuarenta minutos a comprar un ajedrez. Hubo que examinar minuciosamente todas y cada de una de las bolas talladas de las treinta y dos piezas, con las yemas de los dedos, a simple vista y con una lupa de relojero, en busca de señales de desperfectos, reparaciones, sustituciones o factura defectuosa, y no se mencionó ninguna cantidad hasta después de una severa catequesis sobre la procedencia de las piezas y una larga conversación sobre las condiciones comerciales en China, la situación del mercado de antigüedades en general y su efecto sobre la depresión económica en Estados Unidos, y cuando al fin se mencionó esa cantidad, hubo otra discusión, en el transcurso de la cual volvieron a escudriñarse todas las piezas. Todo acabó cuando Peter accedió a adquirirlas por el precio fijado (considerablemente por encima del mínimo que él había calculado, pero por debajo del máximo), a condición de que en él fuera incluido el tablero. El inusual tamaño de las piezas requería su propio tablero, y el vendedor accedió, si bien de mala gana, tras haber hecho hincapié en que el tablero era español, del siglo XVI, y que, por consiguiente, era casi pura condescendencia por parte del comprador aceptarlo como regalo.

Habiendo concluido el combate con un resultado honorable, el anticuario sonrió afablemente y preguntó adónde había que enviar el paquete.

—Nos lo llevamos —contestó Peter con decisión—. Si prefiere dinero en efectivo a un cheque…

El anticuario insistió en que el cheque sería perfecto pero que el paquete sería bastante grande y tardaría mucho tiempo en prepararlo, puesto que había que embalar las piezas por separado.

—No tenemos prisa. Nos lo llevamos nosotros —dijo Peter,

cumpliendo así la primera norma de la buena conducta con los niños, que siempre hay que llevar personalmente los regalos y no que los entregue la tienda.

El comerciante subió a buscar una caja idónea, y Peter se volvió hacia Harriet para disculparse.

—Siento haber tardado tanto. Has hecho una elección mejor de lo que creías. No soy experto, pero o mucho me equivoco, o es un juego muy antiguo y bueno, con un valor bastante superior al precio que piden. Por eso he regateado tanto. Cuando algo parece una ganga, suele tener alguna pega. Si una de esas piezas no fuera la original, el conjunto no valdría nada.

—Sí, supongo que sí. —A Harriet la asaltó una idea inquietante—. Si no hubiera sido perfecto, ¿lo habrías comprado?

—A ningún precio.

—¿Ni aunque yo lo quisiera?

—No. Eso es lo malo que tengo. Además, tú no habrías querido. Tienes una mente académica, y te habrías sentido incómoda al saber que algo no era bueno, aunque nadie más lo supiera.

—Es verdad. Siempre que alguien lo elogiara, me sentiría obligada a decir: «Sí, pero una de las piezas es moderna», y sería una pesadez. En fin, me alegro de que todas sean buenas, porque les he cogido un cariño realmente absurdo. Llevo semanas soñando con ellas. Y ni siquiera te he dado las gracias.

—Claro que sí… y, además, para mí ha sido un placer… Veamos si esa espineta funciona.

Se abrió paso por «el extremo y abismo oscuros» de la tienda, apartando una rueca, un enfriador de vino georgiano, una lámpara de bronce y un bosquecillo de ídolos birmanos que se interponían entre el instrumento y él.

—Variaciones sobre una caja de música —dijo, pasando los de-

dos por las teclas, y tras acercar un taburete, se sentó y tocó, primero un minué de una suite de Bach, después una giga, y a continuación atacó la melodía de «Mangasverdes»:

Ay, amor, cuánto me duele
tu descortés abandono,
yo que tanto tiempo te amé
y tu compañía fue mi deleite.

Ahora verá que no me importa, pensó Harriet, y alzó la voz alegremente en el estribillo:

Pues Mangasverdes era mi dicha
y Mangasverdes era mi gozo…

Peter dejó de tocar inmediatamente.

—No es tu tono. Dios te tiene destinada a contralto. —Trans-
portó la canción a *mi* menor, en una tintineante cascada de modu-
laciones—. No me habías dicho que supieras cantar… No, ya veo
que no practicas… ¿En un coro? ¿Un coro de Bach?… Claro…
Tendría que habérmelo imaginado… «Y Mangasverdes era mi corazón, y quién sino mi señora Mangasverdes»… ¿Conoces alguna
de las *Cancionetas para dos voces*, de Morley?… Vamos… «¡Y he-
te aquí al rayar el alba…!» La parte que quieras, son todas iguales… «Ella, mi amor, adornaba…» Sol natural, hija mía, sol natural…

El comerciante bajó las escaleras cargado con materiales para
embalar, sin prestarles atención. Estaba acostumbrado a las rarezas
de los clientes, y además, probablemente albergaba la esperanza de
venderles la espineta.

—Esto es la esencia misma de la música —dijo Peter, después de que tenor y contralto se hermanaran en una última y cordial cadencia—. Cualquiera puede alcanzar la armonía, si nos dejan a nosotros el contrapunto. ¿Qué más?... ¿«Acuéstate, dulce musa...»? ¡Vamos, vamos! ¿Es cierto? ¿Es gentil? ¿Es necesario?... «El amor es capricho, el amor es frenesí»... Muy bien, te debo una por eso, y con mirada pícara tocó los compases iniciales de «Dulce Cupido, madura su deseo».

—No —dijo Harriet, sonrojándose.

—No, no es de muy buen gusto. Otra cosa.

Vaciló unos momentos, pasó de una melodía a otra y al final se decidió por la más conocida de las canciones de amor isabelinas:

> *De buen grado cambiaría esa nota*
> *con que el sincero amor me cautivó...*

Con los codos apoyados en la tapa de la espineta y la barbilla entre las manos, Harriet dejó que Peter cantara solo. Dos caballeros que habían entrado y estaban hablando en voz muy alta en la parte delantera de la tienda, abandonaron la desganada búsqueda de candelabros de bronce y avanzaron a trompicones en medio de la oscuridad para ver quién hacía aquel ruido.

> *Albergue de dicha y gozo,*
> *de los más dulces placeres,*
> *solo a ti adoro;*
> *te veo como eres,*
> *te amo de corazón*
> *y ante ti me postro.*

El excelente aire de Tobias Hume se eleva en un desafío agudo y triunfal en el penúltimo verso y a continuación retoma la tónica con estruendo. Harriet le hizo una señal al cantante para que bajase la voz, pero era demasiado tarde.

—¡Eh, oiga! —gritó con agresividad el más corpulento de los dos jóvenes—. ¡Está armando un jaleo de mil demonios! ¡Cállese!

Peter giró el taburete.

—¿Cómo dice? —Limpió el monóculo con exagerada parsimonia, se lo colocó y recorrió con la mirada el inmenso personaje embutido en un traje de mezclilla inclinado sobre él—. Usted perdone, pero ¿iba dirigida a mí esa amable observación?

Harriet empezó a decir algo, pero el joven se volvió hacia ella.

—¿Quién es este sinvergüenza afeminado? —preguntó a voz en grito.

—Me han acusado de muchas cosas, pero la acusación de afeminamiento es una novedad para mí. ¿Le importaría explicarse?

—No me gusta su canción —contestó el joven, balanceándose un poco—, no me gusta su voz y no me gusta su ridículo monóculo.

—Cálmate, Reggie —dijo su amigo.

—Está molestando a esta dama —insistió el joven—. La está dejando en evidencia. ¡Fuera de aquí!

—¡Dios santo! —exclamó Wimsey, dirigiéndose a Harriet—. ¿No será este por casualidad el señor Jones, del Jesus?

—¿A quién llama usted puñetero galés? —gruñó furibundo el joven—. Me llamo Pomfret.

—Y yo Wimsey —replicó Peter—. Igualmente ancestral pero menos eufónico. Venga, hijo, no sea tonto. No debe actuar así ante sus mayores, ni ante las damas.

—¡Al diablo los mayores! —exclamó el señor Pomfret, a quien

aquella frase tan poco afortunada le recordaba demasiadas cosas—.
¿Cree que puede burlarse de mí? ¡Defiéndase! ¿Por qué no puede
defenderse solo?

—En primer lugar, porque tengo veinte años más que usted
—repuso Wimsey con gentileza—. En segundo lugar, porque usted es quince centímetros más alto que yo, y en tercer lugar, porque
no quiero hacerle daño.

—¿Ah, sí? Pues a ver, gallina.

El señor Pomfret lanzó un impetuoso puñetazo contra la cabeza de Peter, que lo paró aferrándolo por la muñeca.

—Como no se tranquilice, va a romper algo —dijo su señoría—. Mire, caballero. Haga el favor de llevarse a casa a su eufórico
amigo. ¿Cómo demonios puede estar borracho a estas horas?

El amigo ofreció una confusa explicación sobre un almuerzo y
la consiguiente borrachera. Peter negó con la cabeza.

—Una ginebra detrás de otra, maldita sea —dijo Peter con tristeza—. En fin, caballero. Será mejor que pida disculpas a la señora
y se largue.

Conteniéndose y a punto de estallar en llanto, el señor Pomfret
dijo entre dientes que lamentaba haber armado tanto jaleo.

—Pero ¿por qué se ha burlado de mí? —le preguntó a Harriet
con tono de reproche.

—No me he burlado de usted, señor Pomfret. Está usted muy
equivocado.

—¡Al diablo con los mayores! —exclamó el señor Pomfret.

—No empiece otra vez —le pidió Peter con amabilidad. Al levantarse, sus ojos quedaron a la altura de la barbilla del señor Pomfret—. Si desea continuar con la conversación, me encontrará mañana por la mañana en el Mitre. Salga usted, por favor.

—Vamos, Reggie —dijo el amigo.

El anticuario, que había vuelto a la tarea de empaquetar tras asegurarse de que no hacía falta llamar a la policía ni a los supervisores de la universidad, dio un brinco para abrir la puerta y dijo amablemente: «Buenas tardes, caballeros», como si no hubiera ocurrido nada fuera de lo normal.

—De mí no se burla nadie, maldita sea —dijo el señor Pomfret en la puerta, intentando volver a montar un espectáculo.

—Venga, muchacho, que nadie se está burlando de ti —dijo su amigo—. ¡Vamos! Ya te has divertido lo suficiente esta tarde.

Pusieron tierra de por medio.

—¡Vaya, vaya! —dijo Peter.

—Es que los jóvenes son alegres —dijo el anticuario—. Lamento que el paquete sea tan voluminoso, señor. He puesto el tablero aparte.

—Métalos en el coche. Irá todo bien —dijo Peter.

Una vez cumplido el encargo, el anticuario, encantado de despejar la tienda, empezó a echar el cierre, puesto que ya era más que hora de cerrar.

—Siento lo de mi amigo —dijo Harriet.

—Parece que se lo ha tomado a mal. ¿Por qué demonios se ha enfadado tanto por el simple hecho de que yo sea mayor?

—¡Pobrecito! Debió de pensar que yo te había contado lo que pasó entre él, el supervisor y yo. Supongo que debería contártelo.

Peter la escuchó y se rió con cierto remordimiento.

—Perdona, pero es que esas cosas te hacen un daño terrible a su edad. Voy a enviarle una nota para aclarar las cosas. ¡Oye, por cierto!

—¿Qué?

—Que no nos hemos tomado esa cerveza. Vente conmigo al Mitre a preparar un bálsamo para los sentimientos heridos.

Peter escribió la epístola con un par de jarras de cerveza en la mesa.

Hotel Mitre, Oxford

A la atención del señor don Reginald Pomfret.

Señor:

La señorita Vane me ha dado a entender que en el transcurso de nuestra conversación de esta tarde lamentablemente utilicé una expresión que se podría haber interpretado erróneamente como una alusión a sus asuntos personales. Permítame asegurarle que dichas palabras fueron fruto de una completa ignorancia, y que nada más lejos de mi intención que ofenderlo. Si bien condeno enérgicamente su conducta, deseo expresar mi más sincero pesar por cualquier trastorno que inadvertidamente hubiera podido causarle, y le ruego que me siga considerando su seguro servidor.

PETER DEATH BREDON WIMSEY

—¿Es suficientemente pomposo?

—Es estupendo —dijo Harriet—. Ni una palabra fuera de su sitio y todos tus apellidos. Como diría tu sobrino, «el tío Peter en plan estirado». Lo único que falta son el emblema y el lacre. ¿Por qué no escribirle al pobre chico una nota amable, simpática?

—No quiere amabilidad —replicó su señoría sonriendo burlonamente—. Lo que quiere es desagravio. —Pulsó el timbre y ordenó al camarero que viniera Bunter con el lacre—. Tienes razón sobre los efectos beneficiosos de un sello rojo… pensará que es un duelo. Bunter, tráeme el sello. Pensándolo bien, no es mala idea. ¿Le doy a elegir entre espada o pistola al amanecer en Port Meadow?

—A mí me parece que ya va siendo hora de que crezcas —dijo Harriet.

—¿Tú crees? —replicó Peter, dirigiéndose al sobre—. Nunca he desafiado a nadie. Sería divertido. A mí me han desafiado tres veces y me he batido dos. La tercera vez se metió la policía de por medio, supongo que porque a mi adversario no le gustaba el arma que yo había elegido… Gracias, Bunter… Es que una bala puede ir a cualquier parte, pero el acero casi siempre llega a alguna parte.

—Peter, creo que eres un presumido —dijo Harriet, mirándolo con severidad.

—Yo también lo creo —replicó él, colocando con precisión el pesado anillo sobre el lacre—. Todo gallo cacarea en su propio estercolero —añadió con una sonrisa entre enfurruñada y despectiva—. Detesto que se me echen encima esos estudiantes gigantescos y que me hagan notar la edad que tengo.

20

Pues, por decirlo en pocas palabras, la envidia no es sino *tristitia de bonis alienis*, pesar por el bien de otros, ya sea presente, pasado o futuro, y *gaudium de adversis*, júbilo por sus males… Es una enfermedad muy común, y casi natural en nosotros, como sostiene Tácito, envidiar la prosperidad de otros.

Robert Burton

Se dice que el amor y la tos no pueden ocultarse, como tampoco resulta fácil ocultar treinta y dos piezas de ajedrez, a menos que seas tan inhumano como para dejarlas envueltas en sus vendajes de momia y sepultadas entre los seis lados de un sarcófago de madera. ¿Qué sentido tiene conseguir el deseo más ferviente si no se puede tocar y regodearse con él, enseñárselo a los amigos y cosechar una envidia y una admiración de antología? Cualesquiera que fueran las incómodas conclusiones que pudieran deducirse de quien había hecho el regalo, y al fin y al cabo, eso no era asunto de nadie, Harriet sabía que o lo exhibía o estallaba en solitario de puro deleite.

En consecuencia, se armó de valor, llevó su ejército resueltamente a la sala del profesorado después del comedor y lo desplegó sobre la mesa, con la diligente ayuda de las profesoras.

—Pero ¿dónde va a guardarlo? —preguntó la decana, después de que todo el mundo hubiera prodigado elogios y exclamaciones ante la delicadeza de la talla y hubiera girado y examinado por turno las esferas concéntricas—. No puede dejarlas en la caja. Fíjese en esas lanzas tan pequeñas y frágiles y en los tocados de los reyes. Habría que ponerlas en una urna de cristal.

—Ya lo sé —dijo Harriet—. Siempre me empeño en cosas imposibles. Tendré que envolverlas de nuevo.

—Pero entonces no podrá contemplarlas —dijo la señorita Chilperic—. Desde luego, si fueran mías, no sería capaz de perderlas de vista ni un minuto.

—Si quiere una urna de cristal, puede llevársela del aula de ciencias —dijo la señorita Edwards.

—Justo lo que le hace falta, pero ¿qué pasaría con los términos del legado? —intervino la señorita Lydgate.

—¡Al cuerno con el legado! —exclamó la decana—. ¿O es que no podemos llevarnos prestada una cosa un par de semanas? Podemos poner juntas esas espantosas muestras geológicas y llevar una de las cajas pequeñas a su habitación.

—Por supuesto. Ya me encargo yo —dijo la señorita Edwards.

—Gracias. Sería estupendo —dijo Harriet.

—¿No se muere de ganas de jugar con su nuevo juguete? ¿Juega lord Peter al ajedrez? —preguntó la señorita Allison.

—No lo sé —contestó Harriet—. Yo no juego muy bien. Simplemente me enamoré de estas piezas.

—Pues vamos a jugar una partida —dijo la señorita De Vine con amabilidad—. Son tan bonitas que sería una lástima que nadie las usara.

—Pero me imagino que me va a dar una paliza.

—¡Vamos, juegue! Piense en lo mucho que deben de estar deseando un poquito de vida y movimiento tras tanto tiempo en un escaparate —dijo la señorita Shaw con sentimentalismo.

—Le cedo un peón —ofreció la señorita De Vine.

Aun con esa ventaja, Harriet sufrió tres humillantes derrotas en rápida sucesión: en primer lugar, porque jugaba mal; en segundo lugar, porque le costaba trabajo recordar las piezas, y en tercer lugar, porque era tal la angustia de desprenderse de golpe de un guerrero con todas sus armas, un corcel rampante y un juego completo de bolas de marfil, que apenas podía arriesgar un peón. Observando con absoluta serenidad incluso la desaparición de un alfil con grandes mostachos o de un elefante cargado de combatientes, la señorita De Vine acorraló muy pronto al rey de Harriet entre sus defensores. Y a la jugadora más débil no le facilitó el juego el encontrarse sometida a la desdeñosa mirada de la señorita Hillyard, quien, tras haber proclamado a los cuatro vientos que el ajedrez era el entretenimiento más aburrido del mundo, no se fue a continuar con su trabajo; por el contrario, se quedó como fascinada ante el tablero y, algo aún peor, jugueteando con las piezas comidas, con la consiguiente preocupación de Harriet por si se le caía alguna.

Además, una vez concluidas las partidas y cuando la señorita Edwards había anunciado que habían limpiado una urna de cristal y que la habían llevado a la habitación de Harriet, la señorita Hillyard se empeñó en ayudar a llevar las piezas del ajedrez, para lo cual eligió el rey y la reina blancos, cuyos tocados tenían delicados ornamentos ondulados a modo de antenas, que fácilmente podían sufrir desperfectos. Incluso después de que la decana se diera cuenta de que se podían transportar las piezas más protegidas poniéndolas de pie en su caja, la señorita Hillyard se unió al grupo que las escoltaba para cruzar el patio y ayudó muy servicial a colocar la urna de cristal en el lugar adecuado frente a la cama, «de modo que pueda verla si se despierta por la noche», observó.

Dio la casualidad de que al día siguiente era el cumpleaños de la decana. Harriet salió poco después del desayuno para comprarle un obsequio floral en el mercado, y al salir a High Street con la intención de pedir hora en la peluquería, se encontró con la inesperada recompensa de ver dos espaldas masculinas que salían del Mitre y se dirigían hacia el este, al parecer en perfecta armonía. La del hombre más bajo y más delgado la habría reconocido entre un millón de espaldas, y tampoco resultaba fácil confundir la imponente anchura y altura de la del señor Reginald Pomfret. Ambos fumaban en pipa, circunstancia por la que Harriet llegó a la conclusión de que el destino de su paseo difícilmente podría ser Port Meadow con pistolas o espadas. Iban paseando parsimoniosamente, lo propio después de desayunar, y Harriet se cuidó muy mucho de no acercarse a ellos. Esperaba que lo que lord Saint-George denominaba «el famoso encanto de la familia» se estuviera aplicando con buen fin; se sentía demasiado mayor para disfrutar de la sensación de que se pelearan por ella: los tres hacían el ridículo. A lo mejor diez años antes se habría sentido halagada, pero le daba la impresión de que el deseo de poder era algo que se iba perdiendo con la edad. Lo que se necesitaba era paz y liberarse de la presión de ciertos personajes demasiado coléricos y nerviosos, pensó en el aire viciado de perfumes de la peluquería. Pidió hora para la tarde y continuó su camino. Al pasar junto a Queen's College, Peter bajaba las escaleras, él solo.

—¡Hola! ¿Y esos emblemas florales? —preguntó.

Harriet se lo explicó.

—¡Pero vaya por Dios, con lo bien que me cae la decana! —Libró del peso de las rosas a Harriet—. Yo también quiero llevarle un regalo.

Trénzale una lozana guirnalda de azur colombina,
adorna la diadema con dulces eglantinas,
con delicadas rosas de Jericó blanquirrojas,
sutiles prímulas de Jerusalén y estrelicias.

»Aunque no sé qué son las prímulas de Jerusalén, y a lo mejor no es la temporada.

Harriet volvió con él al mercado.

—Tu joven amigo ha venido a verme —añadió Peter.

—Sí, ya lo he visto. Y ¿«le clavaste una mirada ausente y con tu noble cuna le diste muerte»?

—¿A mi pariente en decimosexto grado por parte del padre de mi madre? No; es buen chico, y lo que realmente conquista su corazón son los campos de deporte de Eton. Me contó todas sus penas y le ofrecí toda mi comprensión, al tiempo que insistía en que hay mejores maneras de matar el dolor que ahogándose en un barril de vino de malvasía; pero, ¡oh, Dios!, «retrasa el universo y devuélveme el ayer». Anoche llevaba una cogorza prodigiosa, desayunó antes de salir y ha vuelto a desayunar conmigo en el Mitre. Lo que envidio no es el corazón de los jóvenes, sino su cabeza y su estómago.

—¿Te has enterado de algo más sobre Arthur Robinson?

—Solamente que se casó con una joven llamada Charlotte Ann Clarke, y que tuvo con ella una hija, Beatrice Maud. Eso fue fácil, porque sabemos dónde vivía hace ocho años y pude consultar el registro civil de la localidad, pero todavía siguen investigando para averiguar cuándo murió, suponiendo que esté muerto, o cuándo nació el segundo hijo, que, si es que llegó a nacer, podría indicarnos adónde se fue después del incidente de York. Desgraciadamente, das una patada y te salen miles de Robinson, y su nombre, Arthur, tampoco es raro, y si se cambió de apellido, es posible que no aparezca ninguna inscripción. Otra de mis investigadoras ha ido a la antigua pensión de Robinson, donde, si lo recuerdas, cometió la imprudencia de casarse con la hija de la casera, pero los Clarke se han trasladado, y nos va a costar trabajo encontrarlos. Otra posibilidad sería indagar entre las agencias de empleo para profesores y las escuelas privadas de poca categoría, porque es probable que… No me estás escuchando.

—Claro que sí —replicó Harriet distraída—. Su esposa se llamaba Charlotte y lo estás buscando en un centro de enseñanza privado. —Al entrar en el mercado se derramó sobre ellos una fragancia profunda y húmeda, y Harriet se sintió invadida por una extraña sensación de bienestar—. Me encanta este olor… es como el invernadero de los cactus en el Jardín Botánico.

Su acompañante abrió la boca, a punto de hablar, la miró, y como si pensara que iba a malograr su buena fortuna, dejó que el nombre de Robinson se le marchitara en los labios.

—*Mandragorae dederunt odorem.*

—¿Qué dices, Peter?

—No, nada. «Las palabras de Mercurio son duras tras los cánticos de Apolo.» —Le puso delicadamente una mano sobre el brazo—. Vamos a entrevistarnos con el dispensador de fragancias.

Y una vez despachados a su destino claveles y rosas, en esta ocasión con recadero, parecía natural acercarse al Jardín Botánico, ya que se había mencionado su nombre, y puesto que, como observa Bacon, un jardín es el más puro de los placeres humanos y el mayor alivio para el espíritu, e incluso los ignorantes incapaces de distinguir entre *Leptosiphon hybridus* y *Kauljussia amelloides* que preferirían haraganear a romperse la espalda plantando y escardando podrían entablar amena conversación con él, sobre todo si conocieran los antiguos nombres de las flores y tuvieran cierto conocimiento de los líricos menores de la época isabelina.

Y después de haber recorrido el Jardín Botánico, cuando estaban sentados a orillas del río, Peter, volviendo desgarradoramente al sórdido presente, dijo:

—Me parece que voy a tener que hacerle una visita a un viejo amigo tuyo. ¿Sabes cómo pillaron a Jukes con todo el equipo encima?

—Ni idea.

—La policía tiene un anónimo.

—¡No!

—Pues sí. Uno de esos que recibís allí. Por cierto, ¿has intentado averiguar cuál era la última palabra del que iba dirigido a ti, el que encontramos en el aula de ciencias?

—No, y no podría haberlo terminado. No quedaba ni una sola vocal, como para haber puesto h... de...

—Eso fue un descuido tremendo. Es lo que yo pensaba. Bueno, Harriet, la persona que buscamos, sabemos cómo se llama, ¿no?, pero otra cosa es probarlo. El incidente del aula tenía que ser la última jugarreta nocturna, y probablemente lo será, y la mejor prueba estará en el fondo del río a estas alturas. Es demasiado tarde para cerrar las puertas herméticamente y poner alguien a vigilar.

—¿Vigilar a quién?

—¿Es que no lo sabes ya? Harriet, seguro que tienes que saberlo, si es que te has tomado alguna molestia por todo esto. La ocasión, los medios, el móvil... si es que salta a la vista. Olvídate de los prejuicios y piensa un poco, por lo que más quieras. ¿Qué te pasa, que no eres capaz de atar cabos?

—No lo sé.

—Pues si no lo sabes, no voy a ser yo quien te lo diga —replicó Peter secamente—. Pero si prestas atención unos momentos al asunto que nos traemos entre manos y revisas tu informe debidamente...

—¿Sin dejarme intimidar por algún soneto que me encuentre por casualidad?

—Sin dejarte intimidar por ningún motivo de tipo personal —soltó Wimsey casi con enfado—. No; tienes razón. Eso fue una estupidez. Mi habilidad para hacerme sombra a mí mismo es casi genial, ¿no?, pero cuando llegues a una conclusión sobre todo esto, ¿te acordarás de que fui yo quien te pidió que adoptaras una actitud desapasionada y que fui yo quien te dijo que el peor de los males posibles es el amor incondicional...? No me refiero a la pasión. La pasión es como un caballo dócil y estúpido, que tirará del arado seis días a la semana si lo dejas en paz los domingos, pero el amor es una bestia nerviosa, insoportable y torpe, y si no le pones freno, lo mejor es no tener trato con él.

—Es como ponerlo todo patas arriba —repuso Harriet con dulzura.

Pero la inusitada vehemencia de Peter ya empezaba a apagarse.

—Como yo, que parezco un payaso haciendo el pino. Si vamos a Shrewsbury, ¿crees que la rectora querrá verme?

Un poco más tarde, la doctora Baring avisó a Harriet.

—Ha venido a verme lord Peter Wimsey, con una extraña propuesta que, tras larga reflexión, he rechazado —dijo—. Me ha dicho que está prácticamente convencido de la identidad del... de la malhechora, pero que de momento no se encontraba en situación de presentar pruebas concluyentes. También me ha dicho que, en su opinión, esa persona está atemorizada, y que a partir de ahora tendrá mucho más cuidado para que no la descubran. Es posible que ese temor sea suficiente para evitar más incidentes hasta el final del trimestre, pero en cuanto bajemos la guardia, es probable que el problema vuelva a desencadenarse de una forma incluso más virulenta. Le he dicho que resultaría muy perjudicial, y él coincidió conmigo. Me preguntó si quería que me diera el nombre de la persona en cuestión, con el fin de vigilar estrechamente sus movimientos, y yo objeté dos cosas: en primer lugar, que esa persona podría sospechar que la están observando, en cuyo caso simplemente tomaría más precauciones, y en segundo lugar, que si se equivocaba con respecto a la identidad de la malhechora, sobre la persona sometida a vigilancia recaerían sospechas inadmisibles. Le dije que, en el supuesto de que cesaran las hostilidades, seguiríamos sospechando de esa persona, que podría ser inocente, sin ninguna prueba. Contestó que él ponía precisamente las mismas objeciones. Señorita Vane, ¿conoce usted el nombre de la persona a la que se refiere lord Peter?

—No —contestó Harriet, que llevaba todo el rato devanándose los sesos—. Empiezo a hacerme una idea, pero no acabo de encajarla. Es que sencillamente, no me lo puedo creer.

—Muy bien. A continuación lord Peter propuso algo extraordinario. Me preguntó si le permitiría que interrogase a esa persona en privado, con la esperanza de sorprenderla en un renuncio. Si salía bien el montaje, como él lo denomina, la culpable me confesaría a mí sus delitos y accederíamos a que abandonara el college discretamente o a que se sometiera a tratamiento médico, según lo que nos pareciera más indicado. Sin embargo, si no salía bien y la persona en cuestión lo negaba todo, podríamos vernos en una situación sumamente desagradable. Mi respuesta fue que lo comprendía y que en ningún caso podría consentir que se aplicaran tales métodos en este college, a lo que él replicó que era precisamente lo que esperaba que yo dijera.

»A continuación le pregunté qué pruebas tenía contra esta persona, si es que las tenía, y me dijo que solo eran pruebas de indicios y que esperaba recabar más en el transcurso de los próximos días, pero que en ausencia de un nuevo incidente y en el caso de coger a la culpable con las manos en la masa, dudaba que pudieran presentarse pruebas incontrovertibles a estas alturas. Le pregunté si había alguna razón para que no esperásemos al menos a la presentación de las demás pruebas. —La doctora Baring hizo una pausa y miró fijamente a Harriet—. Replicó que solo había una razón: que la culpable, en lugar de tomar más precauciones, mande a paseo toda precaución y actúe de una forma abiertamente violenta. «En cuyo caso, es muy probable que la atrapemos», dijo, «pero a costa de que alguien resulte herido o muerto.» Le pregunté qué personas estaban sujetas a tales amenazas. Dijo que las víctimas más probables eran... usted, la señorita De Vine y otra persona a la que no podía nombrar, pero cuya existencia había deducido. También me sorprendió que dijera que usted ya había sido objeto de una agresión frustrada. ¿Es cierto?

—Quizá no debería haberlo expresado en esos términos —contestó Harriet, y a continuación le explicó brevemente la historia de la llamada telefónica. Al oír el nombre de la señorita Hillyard, la directora levantó bruscamente la mirada.

—¿He de entender que sospecha en firme de la señorita Hillyard?

—Si así fuera, no sería yo la única —repuso Harriet con prudencia—. Pero he de decir que no encaja en absoluto en la línea de investigación de lord Peter, que yo sepa.

—Me alegro de que lo diga —replicó la doctora Baring—. Me

han elevado ciertas protestas que, al no existir pruebas, no estoy dispuesta a tener en cuenta.

Así que la doctora Baring estaba al corriente del sentir del claustro. La señorita Allison y la señora Goodwin probablemente habían hablado. ¡Bien!

—Al final comuniqué a lord Peter que pensaba que sería mejor esperar a tener más pruebas —añadió la rectora—. Pero naturalmente, la decisión debe someterse a que usted y la señorita De Vine estén dispuestas a correr ese riego. Por supuesto, no se puede determinar la disposición de la tercera persona.

—A mí no me importa en absoluto correr riesgos —dijo Harriet—. Pero supongo que habría que advertir a la señorita De Vine.

—Eso es lo que dije, y lord Peter está de acuerdo.

Así que algo lo ha decidido a absolver a la señorita De Vine, pensó Harriet. Me alegro. A no ser que sea una estratagema maquiavélica para que baje la guardia.

—¿Le ha dicho algo a la señorita De Vine, rectora?

—La señorita De Vine está en Londres y no volverá hasta mañana por la noche. Tengo intención de hablar con ella entonces.

De modo que lo único que se podía hacer era esperar. Y mientras tanto, Harriet observó un curioso cambio en el ambiente del claustro. Era como si todas hubieran dejado a un lado su desconfianza mutua y sus temores comunes y se hubieran unido como los espectadores ante el cuadrilátero para presenciar otra clase de combate, en el que ella era una de las protagonistas. La extraña tensión que así se produjo apenas logró aliviarla la decana al anunciar a unos cuantos espíritus selectos que, en su opinión, el novio de Flaxman la había plantado como ella se tenía merecido, a lo que la tutora de Flaxman replicó con amargura que ojalá la gente no sufriera esos contratiempos en el trimestre de verano, pero que afortunadamente la señorita Flaxman no tenía los exámenes finales para la facultad hasta el año siguiente. Eso dio pie a Harriet a preguntarle a la señorita Shaw cómo le iba a la señorita Newland. Al parecer le iba bien y se había recuperado por completo del susto de la inmersión en el Cherwell, de modo que tenía muchas posibilidades de obtener sobresaliente.

—¡Estupendo! —exclamó Harriet—. Yo ya he marcado a mis ganadoras. Por cierto, señorita Hillyard, ¿cómo está nuestra joven amiga Cattermole?

Le dio la impresión de que todas en la sala esperaban la respuesta conteniendo la respiración. La señorita Hillyard contestó con cierta brusquedad que la señorita Cattermole parecía haber recuperado el ánimo, gracias, según le había dado a entender la joven, a los buenos consejos de la señorita Vane. Añadió que Harriet era muy amable al interesarse por las estudiantes de historia, con tantas preocupaciones como tenía. Harriet contestó distraídamente, y le dio la impresión de que todas volvían a respirar.

Un poco más tarde cogió una canoa con la decana y le sorprendió ver a la señorita Cattermole y al señor Pomfret compartiendo una batea. Había recibido una contrita carta del señor Pomfret, y saludó alegremente con la mano al pasar los dos botes como muestra de que la paz se había restablecido. Si hubiera sabido que el señor Pomfret y la señorita Cattermole habían establecido un vínculo de simpatía por el afecto hacia ella, quizá habría especulado sobre lo que les puede ocurrir a los amantes rechazados que confían sus pesares a personas de buena voluntad, pero no se le pasó por la cabeza, porque estaba pensando en qué habría ocurrido exactamente aquella mañana en el Mitre, y sus pensamientos se perdieron en el Jardín Botánico hasta que la decana le indicó con severidad que estaba remando de un forma irregular y demasiado pausada.

Fue la señorita Shaw quien provocó involuntariamente un altercado.

—Qué bufanda tan bonita —le dijo a la señorita Hillyard.

Las profesoras se habían reunido, como de costumbre antes del comedor, a la puerta de la sala del profesorado, pero la noche estaba nublada y fría y se agradecía una bufanda como complemento del vestido.

—Sí —dijo la señorita Hillyard—. Desgraciadamente no es mío. Alguien se la dejó anoche en el jardín de las profesoras y yo la rescaté. La he traído para ver si alguien la reconoce, pero lo cierto es que esta noche me viene muy bien.

—No sé de quién podrá ser —dijo la señorita Lydgate acariciándola con admiración—. Parece de hombre —añadió.

Harriet, que no había prestado demasiada atención, se dio la vuelta, con remordimiento de conciencia.

—¡Dios mío! —exclamó—. Es mía. Bueno, de Peter. No sabía dónde me la había dejado.

Era la misma bufanda que habían utilizado el viernes para la demostración de técnicas de estrangulamiento y que habían llevado a Shrewsbury inadvertidamente junto con el ajedrez y el collar de perro. La señorita Hillyard se puso roja como la grana y se la quitó como si se estuviera asfixiando.

—Perdone, señorita Vane —dijo, ofreciéndosela a Harriet.

—Es igual, ahora no la necesito, pero me alegro de saber dónde está. Si la hubiera perdido, habría tenido problemas.

—¿Sería usted tan amable de recoger su prenda? —dijo la señorita Hillyard.

Harriet, que llevaba otra bufanda, le dijo:

—Gracias, pero ¿seguro que no…?

—¡No! —exclamó la señorita Hillyard, tirando con rabia la bufanda a la escalera.

—¡Madre mía! —dijo la decana, recogiéndola—. Parece que nadie quiere esta bufanda tan bonita. Pues me la voy a poner yo. Hace una noche espantosa, y no sé por qué no nos vamos adentro.

Se enrolló la bufanda alrededor del cuello, y como afortunadamente la rectora llegó en aquel momento, entraron a cenar.

Tras haber pasado como una hora con la señorita Lydgate revisando las pruebas, que casi habían llegado a la fase de enviarlas a la imprenta, Harriet se dirigió al edificio Tudor atravesando el patio viejo, a las diez menos cuarto. En la escalera se encontró con la señorita Hillyard, que salía en aquel momento.

—¿Me buscaba? —preguntó Harriet con un tono un tanto agresivo.

—No. Por supuesto que no —replicó la señorita Hillyard precipitadamente, y a Harriet se le antojó que había algo furtivo y malicioso en sus ojos, pero la noche era oscura para mediados de mayo y no podía estar segura.

—¡Ah! Pensaba que a lo mejor sí.

—Pues no —insistió la señorita Hillyard. —Y cuando Harriet pasó a su lado, se volvió y añadió, casi como si le estuvieran arrancando las palabras a la fuerza—: ¿A trabajar, con la inspiración de sus preciosas piezas de ajedrez?

—Más o menos —contestó Harriet, riendo.

—Espero que pase una agradable velada —dijo la señorita Hillyard.

Harriet subió y abrió la puerta de su habitación.

La urna de cristal estaba hecha añicos y el suelo cubierto de trozos de cristal roto y pedazos de marfil rojo y blanco pisoteados y destrozados.

Durante unos cinco minutos Harriet fue presa de esa rabia y esa estupefacción que no se pueden ni expresar ni controlar. Si se le hubiera pasado por la cabeza, en aquel momento habría sido incluso comprensiva con la *Poltergeist* y sus fechorías. Si hubiera podido dar una paliza o estrangular a alguien, lo habría hecho de buen grado. Por suerte, tras la abrumadora furia inicial, las palabrotas la calmaron. Cuando vio que podía dominar su voz, cerró con llave la puerta de la habitación y bajó al teléfono.

Aun así, al principio habló con tal incoherencia que Peter apenas pudo entenderla. Cuando al fin la entendió, adoptó una actitud desesperantemente fría y se limitó a preguntar si había tocado algo o se lo había contado a alguien. Cuando Harriet contestó que no, replicó alegremente que estaría allí al cabo de unos minutos.

Harriet salió y rabió como loca por el patio viejo hasta que lo oyó llamar al timbre (las verjas estaban cerradas), y únicamente gracias a un último vestigio de autocontrol logró no abalanzarse sobre él y dar rienda suelta a su indignación delante de Padgett, pero lo esperó en el centro del patio.

—¡Peter… Peter!

—Bueno, esto me da esperanzas —dijo Peter—. Tenía miedo de que hubiéramos cortado estas exhibiciones de una vez por todas.

—¡Pero es mi ajedrez! Sería capaz de matarla.

—Vamos, querida, es repugnante que les haya tocado a tus piezas de ajedrez, pero no saques las cosas de quicio. Podrías haber sido tú.

—Ojalá. Podría haberle devuelto el golpe.

—Eres como Termagante. Vamos a echar un vistazo al desaguisado.

—Es horrible, Peter, como una matanza. Es… da mucho miedo… Las han destrozado con tanta saña…

Al ver la habitación, Wimsey adoptó una expresión grave.

—Sí —dijo, arrodillándose entre los despojos—. Una maldad ciega, brutal. No solo las han roto, sino que las han reducido a polvo. Aquí ha intervenido un tacón, además del atizador: se ven las marcas en la alfombra. Te odia, Harriet. No me había dado cuenta. Pensaba que solamente te tenía miedo… «¿Queda alguien de la casa de Saúl?»… ¡Mira! Un pobre guerrero escondido detrás del cubo del carbón, resto de un poderoso ejército.

Levantó el solitario peón rojo, sonriendo, y se puso precipitadamente de pie.

—Vamos, querida, no llores. ¿Qué diablos importa?

—Me encantaban, y me las habías regalado tú —dijo Harriet.

Peter negó con la cabeza.

—Lástima que no sea al revés. «Me las habías regalado tú y me encantaban» estaría bien, pero «Me encantaban y me las habías regalado tú» es algo irreparable. No podrán ocupar su lugar ni cincuenta mil huevos del ave roc. «La virgen ha desaparecido y yo he desaparecido; ha desaparecido, y ¿qué voy a hacer yo?» Pero no tienes por qué llorar sobre la cómoda cuando aquí tienes mi pecho a tu disposición, ¿no?

—Perdona. Estoy quedando como una tonta.

—Ya te había dicho que el amor es el peor de los males. Treinta y dos piezas de ajedrez hechas migas. «Y todos los poderosos reyes y las bellas reinas de este mundo no eran sino un lecho de flores…»

—Podría haber tenido el detalle de ocuparme de ese ajedrez.

—No digas bobadas —replicó Peter, con la boca pegada al cabello de Harriet—. No hables con tanta dulzura o yo también me voy a poner tonto. A ver. ¿Cuándo ha ocurrido?

—Entre la cena y las diez menos cuarto.

—¿Ha faltado alguien al comedor? Porque tuvo que hacer un poco de ruido. Después de la cena, tenía que haber alumnas por aquí, que a lo mejor oyeron el cristal al romperse o se fijaron en alguien raro rondando.

—Podía haber alumnas por aquí durante toda la cena… Muchas veces se toman un huevo cocido en su habitación. Y… ¡Dios santo! Claro que había alguien raro… dijo algo sobre el ajedrez. Y anoche también dijo algo extraño.

—¿Quién?

—La señorita Hillyard.

—¡Otra vez!

Mientras Harriet le contaba la historia, Peter paseaba inquieto por la habitación, evitando pisar el cristal y el marfil rotos del suelo con la precisión automática de un gato, y al final se detuvo ante la ventana, de espaldas a Harriet. Ella había corrido las cortinas cuando subieron a la habitación, y la mirada de Peter al observarlas solamente parecía expresar preocupación.

—¡Maldita sea! —exclamó Peter—. Eso complica las cosas. —Aún con el peón rojo en la mano, se dio la vuelta y lo colocó con gran precisión justo en el centro de la repisa de la chimenea—. Sí. Bueno, supongo que tendrás que averiguar…

Llamaron a la puerta, y Harriet fue a abrirla.

—Perdone, señora, pero es que Padgett me ha mandado a la sala del profesorado para ver si estaba allí lord Peter Wimsey, y como pensaba que usted podría saber…

—Está aquí, Annie. Es para ti, Peter.

—¿Sí? —dijo Peter al llegar a la puerta.

—Si tiene la amabilidad, señor… Han llamado del Mitre para decir que hay un recado del Ministerio de Asuntos Exteriores y que si tendría usted la bondad de llamar inmediatamente.

—¿Cómo? ¡Dios, claro, tenía que pasar! Muy bien, gracias, Annie. Ah, un momento. ¿Fue usted quien vio a… esto… a la persona que estaba haciendo fechorías en el aula?

—Sí, señor, pero no la reconocería.

—No, claro, pero la vio, y a lo mejor ella no sabe que usted no podría reconocerla. Yo en su lugar, andaría con cuidado por el college después de oscurecer. No quiero asustarla, pero ¿ve lo que ha pasado con el ajedrez de la señorita Vane?

—Sí, lo veo, señor. Qué lástima, ¿no?

—Y más lástima sería si a usted le ocurriera algo desagradable. No se inquiete, pero si yo fuera usted, siempre iría acompañada cuando saliera después de la caída del sol. Y lo mismo le aconsejaría a la criada que estaba con usted.

—¿A Carrie?

—Es por simple precaución, ¿comprende? Buenas noches, Annie.

—Buenas noches, señor. Y gracias.

—Voy a tener que insistir en lo de los collares de perro —dijo Peter—. Nunca sabes si es mejor advertir a la gente o no. Algunas personas se ponen histéricas, pero Annie parece bastante equilibrada. Mira, Harriet, todo esto es tedioso. Si me llaman otra vez a Roma, tendré que ir. Yo cerraría esa puerta con llave. Si es Roma, le diré a Bunter que traiga las notas que tengo en el Mitre y a las detectives de la señorita Climpson que te informen a ti directamente. De todos modos, te llamaré esta noche en cuanto sepa de qué va todo esto. Si no es Roma, volveré por la mañana. Mientras tanto, no dejes entrar a nadie en tu habitación. Yo la cerraría con llave y esta noche dormiría en otro sitio.

—Creía que no esperabas más sobresaltos nocturnos.

—Y no los espero, pero no quiero que nadie pise ese suelo. —Se detuvo al llegar a la escalera para examinar la suela de sus zapatos—. No se me han pegado trozos. ¿Y a ti?

Harriet se apoyó primero en una pierna y luego en la otra.

—Esta vez no. Y la primera vez no pisé los destrozos. Me quedé en la puerta, echando pestes.

—Buena chica. Los senderos del patio están un poco húmedos, y a lo mejor ha quedado algo. Además, ahora está lloviendo un poco. Te vas a mojar.

—No importa. ¡Ah, Peter! Tengo esa bufanda blanca tuya.

—Quédatela hasta que vuelva… mañana, con un poco de suerte, o si no, sabe Dios cuándo. ¡Maldita sea! Sabía que algo iba a pasar. —Se quedó inmóvil bajo las hayas—. Harriet, no dejes que te borren del mapa en cuanto yo vuelva la espalda… si puedes evitarlo, o sea, no se te da muy bien cuidar de los objetos de valor.

—¿Que tenga el detalle de preocuparme un poco? De acuerdo, Peter. Esta vez haré lo que pueda. Palabra de honor.

Le tendió la mano y él se la besó. Una vez más creyó ver a alguien moviéndose en la oscuridad, como en la última ocasión en la que habían pasado los dos juntos por los patios umbríos, pero no se atrevió a entretener más a Peter y no dijo nada. Padgett abrió la verja para su señoría, y al darse la vuelta, Harriet se vio frente a frente con la señorita Hillyard.

—Me gustaría hablar con usted, señorita Vane.

—Por supuesto. A mí también me gustaría hablar con usted.

Sin añadir palabra, la señorita Hillyard se dirigió a sus habitaciones delante de Harriet, que la siguió por la escalera y entró en el salón. La tutora tenía la cara muy blanca cuando cerró la puerta y dijo, sin pedirle a Harriet que se sentara:

—Señorita Vane, ¿cuál es la relación entre ese hombre y usted?

—¿Qué quiere decir?

—Lo sabe usted perfectamente. Si no hay nadie que hable con usted sobre su conducta, tendré que hacerlo yo. Trae usted a ese hombre, sabiendo perfectamente la fama que tiene…

—Sé qué fama tiene como detective.

—Me refiero a su reputación moral. Sabe tan bien como yo que es conocido en toda Europa. Mantiene a montones de mujeres…

—¿A todas a la vez o sucesivamente?

—De nada sirve ponerse impertinente. Supongo que a una mujer con su pasado, esas cosas le parecen simplemente graciosas, pero debe intentar comportarse con un poco más de decencia. Lo mira usted de una forma vergonzosa. Finge ser una simple conocida suya y se dirige a él por su título en público y por su nombre de pila en privado. Lo lleva de noche a su habitación…

—Oiga, señorita Hillyard, no puedo consentir…

—Los he visto. Dos veces. Él ha estado aquí esta noche. Le ha dejado que le besara las manos y que le hiciera el amor…

—Así que era usted, espiando bajo las hayas.

—¿Cómo se atreve a pronunciar semejante palabra?

—¿Y cómo se atreve usted a decir semejante cosa?

—No es asunto mío cómo actúe usted en Bloomsbury, pero si trae a sus amantes aquí…

—Sabe muy bien que no es mi amante. Y también sabe muy bien a qué ha venido a mi habitación esta noche.

—Me lo imagino.

—Y sé muy bien por qué ha ido usted.

—¿Que yo he ido a su habitación? No sé qué quiere decir.

—Claro que sí. Y sabe que él ha venido a ver el destrozo que ha hecho en mi habitación.

—Yo no he entrado en su habitación.

—¿No ha entrado en mi habitación y ha destrozado las piezas de ajedrez?

La señorita Hillyard parpadeó.

—Por supuesto que no. Le he dicho que esta noche ni me he acercado a su habitación.

—Pues ha mentido.

Harriet estaba demasiado enfadada para sentir miedo, aunque se le pasó por la cabeza que si aquella mujer furibunda de cara blanca la agredía, resultaría difícil pedir ayuda en aquella escalera aislada, y pensó en el collar de perro.

—Sé que es mentira porque hay un trozo de marfil en la alfombra, debajo de su mesa, y otro pegado a la suela de su zapatilla derecha. Lo he visto al subir las escaleras.

Estaba preparada para cualquier cosa, pero para su sorpresa, la señorita Hillyard se tambaleó, se sentó bruscamente y dijo:

—¡Dios mío!

—Si no tiene nada que ver con el destrozo de esas piezas de ajedrez ni con ninguna de las fechorías que se han cometido en este college, más le vale explicar esos trozos de marfil —añadió Harriet.

¿Seré una estúpida por enseñar así mis cartas?, pensó. Pero si no, ¿qué pasaría con las pruebas?

Desconcertada, la señorita Hillyard se quitó una zapatilla y miró la esquirla blanca que colgaba del tacón, clavada en un montoncito de grava húmeda.

—Démela —dijo Harriet, y se la arrebató.

Se esperaba una negativa rotunda, pero la señorita Hillyard dijo con voz débil:

—Es una prueba… incontrovertible…

Con lúgubre alegría, Harriet dio gracias al cielo por el método de la mente académica; al menos, no había que discutir sobre lo que eran o no eran pruebas.

—Sí he entrado en su habitación. Iba a decirle lo que acabo de decirle ahora, pero usted no estaba. Y al ver todo aquello en el suelo, pensé… tuve miedo de que usted pensara…

—Lo pensé.

—¿Qué pensó él?

—¿Lord Peter? No lo sé, probablemente ahora pensará algo.

—No tiene pruebas de que fuera yo —replicó la señorita Hillyard con súbito brío—. Solo de que estuve en su habitación. Cuando llegué ya estaba así. Lo vi y me acerqué a echar un vistazo. Puede decirle a su amante que lo vi y que me alegro de haberlo visto, pero él le dirá que eso no prueba que lo hiciera yo.

—Mire, señorita Hillyard —dijo Harriet, dividida entre la ira, la sospecha y una especie de lástima despreciable—. Tiene que entender, de una vez por todas, que no es mi amante. ¿De verdad cree que si lo fuera, vendríamos —al llegar a este punto se apoderó de ella el sentido del ridículo y le costó trabajo dominar la voz—, vendríamos a Shrewsbury a hacer locuras con las consiguientes incomodidades? Aunque yo no sintiera ningún respeto por el college, ¿qué sentido tendría? Con todo el mundo y todo el tiempo a nuestra disposición, ¿por qué demonios íbamos a venir aquí a hacer el tonto? Sería absurdo. Y si realmente estaba usted en el patio hace un momento, tendrá que saber que los amantes no se tratan así. Al menos, si supiera algo del asunto, eso lo sabría —añadió con mala intención—. Somos viejos amigos, y yo le debo mucho…

—No diga estupideces —repuso la tutora con desprecio—. Sabe que está enamorada de ese hombre.

—¡Dios santo! —exclamó Harriet, comprendiendo de repente—. Si yo no lo estoy, ya sé quién sí lo está.

—¡No tiene ningún derecho a decir eso!

—Pero de todos modos es verdad —repuso Harriet—. ¡Maldita sea! Supongo que no servirá de nada que le diga que lo siento muchísimo. (¿Dinamita en una fábrica de pólvora? Sí, desde luego, señorita Edwards; usted lo vio venir antes que nadie. Biológicamente interesante.) Estas cosas son endiabladas. («Es una complicación de mil demonios», había dicho Peter. Él lo había visto venir, claro. Demasiada experiencia para no haberlo comprendido. Probablemente le había pasado montones de veces… con montones de mujeres, en toda Europa. ¡Ay, Dios! ¿Y sería una acusación hecha al azar o la señorita Hillyard había hurgado en el pasado y desenterrado cantantes vienesas?)

—¡Márchese, por lo que más quiera! —gritó la señorita Hillyard.

—Sí, será lo mejor.

Harriet no sabía cómo enfrentarse a la situación. Ya no podía sentir indignación ni enfado. No estaba asustada. No estaba celosa. Solo sentía lástima, y era incapaz de expresar simpatía sin que resultara insultante. Se dio cuenta de que aún llevaba en la mano la zapatilla de la señorita Hillyard. ¿Debía devolverla? Era una prueba… de algo. Pero ¿de qué? Le dio la impresión de que la historia de la *Poltergeist* se había replegado tras el horizonte, dejando tras ella el atormentado caparazón de una mujer que miraba al vacío bajo la cruel dureza de la luz eléctrica. Recogió el trozo de marfil que había bajo la mesa, la diminuta punta de lanza de un peón rojo.

Bueno, las pruebas son las pruebas, independientemente de los sentimientos personales. Peter… Recordó que Peter había dicho que la llamaría desde el Mitre. Bajó con la zapatilla en la mano, y al llegar al patio nuevo se topó con la señora Padgett, que iba a buscarla.

Desviaron la llamada a la cabina del Queen Elizabeth.

—No es tan malo como creía —dijo Peter—. Solo el gran jefe, que quiere celebrar una reunión en su domicilio. Va a ser una especie de placentera tarde de domingo en el agreste Warwickshire. Quizá después toque Londres o Roma, pero esperemos que no. De todos modos, bastará con que esté allí a las once y media, así que me pasaré a verte alrededor de las nueve.

—Por favor. Ha ocurrido algo. No preocupante, pero sí triste. No puedo contártelo por teléfono.

Peter volvió a prometer que iría a verla y le dio las buenas noches. Tras guardar cuidadosamente la zapatilla y el trozo de marfil, Harriet fue a ver a la administradora, y la acomodaron en una cama de la enfermería.

21

Allí esperó hasta que cayó el manto de la noche,
más no vio aparecer a ser viviente alguno.
Y ahora las tristes sombras ocultan el mundo
de la vista mortal, y lo arropan en la oscuridad,
mas ella no rinde sus agotados brazos, por temor
a un secreto peligro, ni deja que el sueño
oprima sus fatigados ojos con la carga
de la naturaleza, sino que se retira exhausta
y sus bien afiladas armas adereza.

EDMUND SPENCER

Harriet dejó recado en la conserjería de que esperaría a lord Peter Wimsey en el jardín de las profesoras. Había desayunado temprano, para evitar a la señorita Hillyard, que pasó por el patio nuevo como una sombra iracunda mientras ella hablaba con Padgett.

Había conocido a Peter en unos momentos en que la brutalidad de las circunstancias la había despojado a golpes de toda sensación física, y por esa coincidencia lo percibía desde el principio como un espíritu y un cerebro situados en un cuerpo. Jamás, ni siquiera en aquellos momentos de vértigo en el río, lo había considerado un animal macho ni sopesado la promesa implícita en los ojos velados, la boca alargada y flexible, las manos de extraña vitalidad. Ni, puesto que él siempre le había pedido pero nunca exigido, había notado dominación alguna, salvo la del intelecto. Pero en aquel momento, mientras Peter avanzaba hacia ella por el sendero bordeado de flores, lo vio con ojos nuevos, los ojos de las mujeres que lo habían visto antes de conocerlo, lo vio, como ellas, dinámicamente. La señorita Hillyard, la señorita Edwards, la señorita De Vine, incluso la decana, habían reconocido lo mismo, cada cual a su manera: seis siglos de actitud posesiva, sometida al yugo de la urbanidad. También ella, al verla tan impudente y fuera de control en el sobrino de Peter, lo había comprendido de inmediato, y la sorprendía que hubiera estado ciega a esa actitud en el hombre de más edad y que aún se defendiera tan denodadamente contra ella. Y pensó si sería casualidad que hubiera cerrado los ojos hasta que fuera demasiado tarde para que el comprenderlo resultara desastroso.

Se quedó inmóvil donde estaba hasta que Peter se detuvo ante ella.

—¿Y bien? —dijo Peter alegremente—. ¿Cómo estáis, mi señora? «¿Exánime, cariño?»... Sí, veo que algo ha ocurrido. ¿Qué, *domina*?

Aunque el tono era medio burlón, nada habría tranquilizado más a Harriet que ese solemne título académico. Contestó, como si recitara una lección:

—Cuando te marchaste anoche, la señorita Hillyard vino a buscarme al patio nuevo. Me pidió que subiera a su habitación porque quería hablar conmigo. Al subir las escalaras, vi que llevaba un trozo de marfil blanco pegado al tacón de una zapatilla. Lanzó... unas acusaciones muy desagradables; había malinterpretado la situación...

—Eso se debe y se puede solucionar. ¿Le dijiste algo sobre la zapatilla?

—Lamento decir que sí. Había otro trocito de marfil en el suelo. La acusé de haber entrado en mi habitación, y ella lo negó hasta que le enseñé la prueba. Entonces lo admitió, pero dijo que ya habían hecho el destrozo cuando ella llegó.

—¿La creíste?

—Quizá la habría creído si... si no me hubiera mostrado un móvil.

—Ya. Muy bien. No tienes que contármelo.

Al levantar los ojos por primera vez, Harriet vio un rostro tan sombrío como el invierno y titubeó.

—Me llevé la zapatilla. Ojalá no lo hubiera hecho.

—¿Vas a tenerle miedo a los hechos? ¿Y tú tienes una mente académica?

—Creo que no lo hice por maldad, o eso espero, pero fui muy cruel con ella.

—Afortunadamente, los hechos son los hechos, y tu estado de ánimo no los alterará lo más mínimo. Vamos; tenemos que conocer la verdad a toda costa.

Peter subió detrás de Harriet a su habitación, donde el sol matutino proyectaba un rectángulo alargado y resplandeciente sobre los despojos del suelo. Harriet sacó la zapatilla de una cómoda junto a la ventana y se la dio a Peter, que se tumbó en el suelo, entrecerrando los ojos para examinar la alfombra, donde no había pisado ninguno de los dos. Se metió la mano en el bolsillo y miró de soslayo el atribulado rostro de Harriet, sonriendo.

—«Si todas las plumas que han asido los poetas de todos los tiempos hubieran alentado el sentimiento de los pensamientos de sus amos», no habrían escrito datos tan sólidos como los que se pueden asir con un calibrador. —Midió el tacón de la zapatilla en ambas direcciones y después se fijó en la alfombra—. Estuvo aquí mirando, con los pies juntos. —El calibrador centelleó sobre el rectángulo de luz—. Y aquí está el tacón que pisoteó y redujo la belleza a polvo. Uno era de carrete y otro cubano... ¿No es así como los llaman los fabricantes de calzado? —Se acuclilló y dio un ligero golpecito con el calibrador en el tacón de la zapatilla.

—Me alegro —dijo Harriet de todo corazón—. Me alegro.

—Lo sé. La mezquindad no es una de tus habilidades, ¿verdad? —Volvió a fijar la mirada en la alfombra, en esta ocasión en un punto cerca del borde.

—¡Mira! Ahora que no le da el sol se ve bien. Aquí es donde Tacón Cubano se limpió las suelas antes de marcharse, así que quedarán pocos restos. Bueno, eso nos evita rompernos la espalda buscando «el polvo de reyes y reinas» por todo el colegio. —Quitó la esquirla de marfil del tacón de carrete, se guardó la zapatilla en un bolsillo y se puso en pie—. Habrá que devolvérsela a su dueña, junto con un certificado de buena conducta.

—Dámela. Debo devolvérsela yo.

—Ni hablar. Si alguien tiene que enfrentarse con una situación desagradable, esta vez no vas a ser tú.

—Pero, Peter... tú no...

—No, yo no. Te lo aseguro.

Harriet se quedó mirando las piezas de ajedrez rotas. Al poco salió al corredor, buscó un recogedor y un cepillo en uno de los cuartos de la limpieza y volvió a la habitación a recoger los despojos. Mientras iba a devolver los objetos de limpieza se topó con una alumna del anexo.

—Por cierto, señorita Swift, anoche no oiría usted por casualidad ruidos en mi habitación, como de cristales rotos, ¿verdad?

—No, señorita Vane. Estuve en mi habitación toda la noche, pero… un momento. La señorita Ward vino alrededor de las nueve y media para estudiar morfología conmigo y —a la chica se le dibujaron unos hoyuelos en las mejillas al reírse— y me preguntó si usted comía tofes a escondidas, porque parecía que estaba usted machacando tofes con el atizador. ¿Le ha hecho una visita la fantasma del college?

—Eso me temo —contestó Harriet—. Gracias. Ha sido de gran ayuda. Tengo que ver a la señorita Ward.

Pero lo único que pudo aportar la señorita Ward fue una hora un poco más precisa: «Seguro que no más tarde de las nueve y media».

Harriet le dio las gracias y se marchó. Se sentía como si le dolieran hasta los huesos de pura desazón, o quizá se debiera a que había dormido mal e inquieta en una cama extraña. El sol había sembrado de diamantes la hierba húmeda del patio, y la brisa zarandeaba las ramas de las hayas, desprendiendo una cascada de gotas de lluvia. Las estudiantes iban y venían. Alguien se había dejado un cojín escarlata toda la noche fuera; estaba empapado, con un aspecto lamentable; su dueña fue a recogerlo, entre risueña y asqueada, y lo tiró sobre un banco para que se secara al sol.

No hacer nada era insufrible, y aún más insufrible que le hablara ningún miembro del claustro. Harriet se parapetó en el patio viejo, porque era sensible a la mera cercanía del patio nuevo, como quien se ha puesto una vacuna es sensible a cuanto roza el punto dolorido de su cuerpo. Rodeó la pista de tenis, sin intención ni objetivo concretos, y se dirigió hacia la entrada de la librería. Pensó en subir, pero al ver abierta la puerta de la señorita De Vine cambió de idea; podía llevarse un libro de allí. El pequeño vestíbulo estaba vacío, pero en el salón había una criada dándole una pasada con el trapo a la mesa. Harriet recordó que la señorita De Vine estaba en Londres y que había que avisarla en cuanto regresara.

—¿A qué hora llega la señorita De Vine esta noche, lo sabe usted, Nellie?

—Creo que en el tren de las nueve y treinta y nueve, señorita.

Harriet asintió con la cabeza, cogió al azar un libro de las estanterías y fue a sentarse en la galería, donde había una silla de tijera. Se está haciendo tarde, pensó. Si Peter tenía que llegar a su destino a las once y media, ya era hora de que se marchara. Recordó con toda claridad la ocasión en la que tuvo que esperar en una clínica mientras una amiga se sometía a una operación; olía a éter, y en la sala de espera había un jarrón Wedgwood negro lleno de delfinios.

Leyó una página sin prestarle atención, y cuando alzó la vista al oír pisadas, se encontró con la cara de la señorita Hillyard.

—Lord Peter me ha pedido que le dé esta dirección —dijo la señorita Hillyard sin preámbulos—. Ha tenido que marcharse a toda prisa para llegar puntual a su cita.

Harriet cogió el papel y dijo:

—Gracias.

La señorita Hillyard añadió con decisión:

—Cuando hablé anoche con usted estaba en un error. No había comprendido plenamente lo difícil de su situación. Lamento haber contribuido involuntariamente a agravarla, y le pido perdón.

—No se preocupe —repuso Harriet, refugiándose en lo convencional—. Yo también lo siento. Anoche estaba muy alterada y dije cosas que no tendría que haber dicho. Este desagradable asunto está resultando muy violento.

—Desde luego que sí —dijo la señorita Hillyard con un tono más natural—. Nos ha trastornado a todas. Ojalá lleguemos a conocer la verdad. Según creo, acepta usted la explicación que le di de mis movimientos anoche.

—Sin lugar a dudas. Es imperdonable que yo no verificara la información que tenía.

—Las apariencias pueden engañar —dijo la señorita Hillyard.

Se hizo un silencio.

—Bueno —dijo al fin Harriet—. Espero que podamos olvidar todo esto.

Mientras pronunciaba estas palabras, sabía que había al menos una cosa que no podría olvidarse: habría dado lo que fuera por recordarlo.

—Lo intentaré —repuso la señorita Hillyard—. Quizá tengo excesiva tendencia a juzgar con dureza asuntos sobre los que carezco de experiencia.

—Es usted muy amable por decir eso —dijo Harriet—. Yo tampoco me tengo en muy alta estima, puede creerme.

—Es muy probable. He observado que las personas que tienen oportunidades siempre parecen elegir las menos acertadas, pero no es asunto mío. Buenos días.

Se fue tan bruscamente como había llegado. Harriet echó un vistazo al libro que tenía sobre las rodillas y descubrió que estaba leyendo *Anatomía de la melancolía*.

> *Fleat Heraclitus an rideat Democritus?* Para hablar de estos síntomas, ¿qué hacer? ¿Reír con Demócrito o llorar con Heráclito? Son tan ridículos y absurdos por un lado, tan lamentables y trágicos por otro…

Harriet sacó el coche aquella tarde y llevó a la señorita Lydgate y a la decana a merendar en el campo, en las inmediaciones de Hinksey. Cuando volvió, a tiempo para la cena, encontró un recado urgente en la conserjería, en el que le pedían que llamara a lord Saint-George al House en cuanto regresara. La voz del muchacho parecía agitada cuando contestó.

—¡Oye, es que no puedo localizar al tío Peter! ¡Se ha esfumado otra vez, maldita sea! He visto a la fantasma esta tarde, y creo que deberías tener cuidado.

—¿Dónde la has visto? ¿Cuándo?

—A eso de las dos y media, paseando por el puente de Magdalen, a plena luz del día. Yo había estado comiendo con unos amigos cerca de Iffley, y nos acercábamos al Magdalen a dejar a uno de ellos cuando la vi. Iba hablando para sus adentros, rarísima, apretando las manos, con los ojos en blanco. Ella también me vio. Y es inconfundible. Iba conduciendo un amigo mío, e intenté avisarlo, pero íbamos a dar la vuelta detrás de un autobús y no me entendió. De todos modos, cuando nos paramos delante de la verja del Magdalen, salí corriendo y retrocedí, pero no la encontré. Como si se hubiera esfumado. Seguro que sabía que iba detrás de ella y se largó. Me dio miedo, pensando que esa mujer era capaz de cualquier cosa. Así que llamé a tu college y me dijeron que habías salido, y después llamé al Mitre y tampoco sirvió de nada, así que llevo aquí toda la tarde mordiéndome los puños. Primero pensé en dejar una nota, pero después pensé que sería mejor que te lo contara. Qué fiel soy, ¿no? No he ido a una cena por hablar contigo.

—Eres amabilísimo —repuso Harriet—. ¿Cómo iba vestida la fantasma?

—Pues con uno de esos vestidos azul oscuro con ramilletes y sombrero con ala, eso que llevan la mayoría de vuestras profesoras por la tarde. Nada chillón, ni elegante. Corriente. Lo que reconocí fueron los ojos. Se me puso la carne de gallina, en serio. Esa mujer es un peligro, te lo juro.

—Has hecho bien en avisarme —dijo Harriet—. Voy a intentar averiguar quién podría ser. Y tomaré precauciones.

—Sí, por favor —dijo lord Saint-George—. O sea, el tío Peter está asustadísimo, como loco. Ya sé que es medio imbécil y un nervioso, y he hecho todo lo posible por «aliviar el pecho del atribulado» y esas cosas, pero estoy empezando a pensar que ha encontrado una excusa. Por lo que más quieras, tía Harriet, haz algo. No puedo consentir que se carguen delante de mis narices a un tío tan valioso como el mío. Es que parece el señor de Burleigh, ya sabes, «de arriba abajo y de abajo arriba» y demás… y tanta responsabilidad me desquicia.

—Oye, ¿por qué no vienes a cenar al college mañana a ver si reconoces a esa señora? Esta noche no serviría de nada, porque hay mucha gente que no viene a cenar los domingos.

—¡Estupendo! —exclamó el vizconde—. Me parece una idea fenomenal. Le voy a sacar un regalo de cumpleaños estupendo al tío Peter si le resuelvo este problema. Hasta luego, y cuídate mucho.

—Tendría que habérseme ocurrido antes —dijo Harriet, contándole esta noticia a la decana—, pero no podía imaginarme que reconocería a esa mujer tras haberla visto solo una vez.

La decana, para quien la historia de lord Saint-George y su encuentro fantasmal era una novedad, parecía escéptica.

—Personalmente, no me comprometería a reconocer a nadie habiéndolo visto a oscuras y una sola vez, y desde luego, no me fiaría de un joven tarambana como ese. La única persona que conozco aquí que tenga un pañuelo azul marino con ramilletes es la señorita Lydgate, ¡y me niego en redondo a creérmelo! Pero de todos modos, invite a cenar al joven. Me encantan las emociones, y ese muchacho es aún más decorativo que el otro.

Harriet comprendió que las cosas estaban a punto de desembocar en algo complicado. «Toma precauciones». Menuda imbécil parecería yendo por ahí con un collar de perro alrededor del cuello, y además no le serviría para defenderse de atizadores y cosas por el estilo… El viento debía de soplar desde el suroeste, porque al atravesar el patio viejo llegó nítidamente a sus oídos el estruendo de la campana Tom al dar las ciento una campanadas.

«No más tarde de las nueve y media», había dicho la señorita Ward. Si el peligro había dejado de merodear a medianoche, aún le quedaban unas horas por delante.

Subió a su habitación y cerró la puerta con llave antes de abrir un cajón y sacar la pesada correa de cuero y cobre. En la descripción de aquella mujer cruzando el puente de Magdalen con los ojos en blanco y «apretando» las manos había algo muy desagradable. Notó la presión de Peter en su cuello como una tira de hierro, y lo oyó diciendo serenamente, como si leyera un libro de texto: «Ese es el punto peligroso. La compresión de los vasos sanguíneos ahí provoca la inconsciencia casi al instante. Y entonces, se acabó».

Y con la presión momentánea de los pulgares de Peter, se le habían inundado los ojos de fuego.

Se dio la vuelta sobresaltada al oír un ruido en el picaporte. Probablemente estaba abierta la ventana del corredor y entraba el viento. Se estaba poniendo absurdamente nerviosa.

La dureza de la hebilla se le resistió. («¿Acaso es tu sirviente un perro, para que haga esto?») Al verse en el espejo, se rió. «Un aspecto como de cala que por sí mismo es una provocación a la violencia.» A la difuminada luz nocturna, su propio rostro la sorprendió, suavizado y sobresaltado, lívido, con los ojos extrañamente grandes bajo las espesas cejas negras y los labios entreabiertos. Era como la cabeza de una persona a la que hubieran guillotinado: la tira oscura la separaba del cuerpo como el acero del verdugo.

Pensó si su amante la habría visto así durante aquel tórrido año de infelicidad, cuando ella intentaba creer que la entrega llevaba a la felicidad. Pobre Philip, atormentado por su propia vanidad, que nunca la había querido hasta que mató sus sentimientos por él y sin embargo la arrastraba peligrosamente en su caída hacia el abismo de la muerte. No fue tanto a Philip a quien se sometió como a una teoría de la vida. Los jóvenes siempre son teóricos; solo los de mediana edad pueden comprender los límites de los principios. Doblegarse ante uno mismo y ante los propios fines puede ser peligroso, pero someterse a los fines de otros es reducirse a polvo y ceniza. Sin embargo, los hay aún más desgraciados, quienes envidian la salobre ceniza de esas «manzanas del mar Muerto».

¿Podría existir jamás una alianza entre el intelecto y la carne? Era esa manía de hacer preguntas y analizarlo todo lo que esterilizaba y anquilosaba las pasiones. Quizá la experiencia tuviera una fórmula para superar esa dificultad; mantienes el cerebro amargado, atormentado, a un lado de la pared, y al otro el cuerpo hermoso y lánguido, sin permitirles que se reúnan jamás. De modo que si eres así, podrías discutir sobre lealtades en una sala del profesorado de Oxford y refrescarte con cantantes vienesas, por ejemplo, presentando una superficie de aguas tranquilas por los dos lados de tu ser. Fácil para un hombre y posible incluso para una mujer, si evitas accidentes absurdos como que te juzguen por asesinato; pero intentar forzar un compromiso entre dos personas incompatibles es una locura; no se debería hacer ni prestarse a ello. Si Peter quería hacer el experimento, que no contara con la connivencia de Harriet. Seis siglos de sangre posesiva no obedecerían a cuarenta y cinco años escasos de intelecto hipersensibilizado. Que el animal macho tomara a la hembra y se contentara; al cerebro activo puede dejársele perfectamente «hablando», como el protagonista de *Hombre y superhombre*. En un largo monólogo, por supuesto, pues el animal hembra solo puede escuchar, sin intervenir. De otro modo, tendríamos la pareja de *Vidas privadas*, que rodaban por el suelo y se daban de golpes cuando no estaban haciendo el amor porque, evidentemente, no tenían recursos convencionales. Un panorama de desolador aburrimiento en cualquier caso.

La puerta volvió a hacer ruido, como recordatorio de que incluso un poquito de aburrimiento puede ser deseable en lugar de los sustos. El solitario peón rojo se burlaba de la seguridad apostado en la repisa de la chimenea… Con qué tranquilidad se había tomado Annie la advertencia de Peter. ¿Se la habría tomado en serio? ¿Estaría teniendo cuidado? Parecía tan delicada y reservada como siempre cuando llevó el café a la sala del profesorado aquella noche… quizá un poco más alegre que de costumbre. Claro, había pasado la tarde con Beatie y Carola… Es curioso, ese deseo de poseer a los hijos y dictar sus gustos, como si fueran fragmentos que se escapan de nosotros y no individuos, pensó Harriet. Aunque los gustos se inclinaran por las motocicletas… A Annie no le pasaba nada. ¿Y la señorita De Vine, regresando de Londres felizmente ignorante? Harriet comprobó sobresaltada que eran casi las diez menos cuarto. El tren debía de haber llegado ya. ¿Se habría acordado la rectora de avisar a la señorita De Vine? No podían dejar que durmiera en aquella habitación de la planta baja sin estar preparada; pero la rectora nunca olvidaba nada.

Sin embargo, Harriet no estaba tranquila. Desde su ventana no veía si había luces encendidas en el ala de la biblioteca. Abrió la puerta y salió (sí; la ventana del corredor estaba abierta; nadie sino el viento había hecho ruido en el picaporte). Unas cuantas figuras borrosas se movían aún por el extremo del patio cuando ella pasó junto a la pista de tenis. Todas las ventanas de la planta baja del ala de la biblioteca estaban oscuras, salvo el débil resplandor del pasadizo. Desde luego, la señorita Barton no estaba en su habitación, y la señorita De Vine no había regresado todavía. O... sí, porque en su salón estaban echadas las cortinas, aunque no brillaba ninguna luz.

Harriet entró en el edificio. La puerta de la señorita Burrows estaba abierta, y el vestíbulo a oscuras. La puerta de la señorita De Vine estaba cerrada. Llamó, pero no hubo respuesta... y de repente le pareció raro que estuvieran echadas las cortinas y que no hubiera luz. Abrió la puerta y accionó el interruptor de la pared del vestíbulo. No pasó nada. Con creciente desasosiego, llegó al salón y abrió la puerta. Y entonces, justo cuando tendía la mano hacia el interruptor, la agarraron brutalmente por el cuello.

Contaba con dos ventajas: en cierto modo estaba preparada y la agresora no se esperaba el collar de perro. Notó y oyó el jadeo en la cara mientras los dedos fuertes y crueles tanteaban el cuero. Mientras se movían, le dio tiempo a recordar lo que le habían enseñado: a coger las muñecas y separarlas de golpe, pero cuando intentó ponerle la zancadilla, sus zapatos de tacón alto se escurrieron sobre el parquet..., y de repente notó que se caía, que las dos se caían juntas, y ella estaba debajo; le pareció que pasaban años enteros, mientras en sus oídos derramaban una sarta de insultos repugnantes. Después el mundo se apagó entre fuego y truenos.

Rostros... nadando en confusión por entre olas chisporroteantes de dolor, hinchándose y desinflándose angustiadamente, después condensándose en uno solo..., el de la señorita Hillyard, enorme junto al suyo. Después una voz, espantosamente fuerte, resonando ininteligible como una sirena. Y de repente, con toda claridad, como el escenario iluminado de un teatro, la habitación, con la señorita De Vine, blanca como el mármol, en el sofá y la rectora inclinada sobre ella, y en medio, en el suelo, un cuenco blanco lleno de algo rojo y la decana arrodillada a su lado. La sirena volvió a ulular y oyó su propia voz, increíblemente lejana y débil: «Dígale a Peter...». A continuación, nada.

Había alguien con dolor de cabeza, un dolor de cabeza insoportable. La brillante luz blanca podría haber sido muy agradable, si no hubiera sido por la opresiva cercanía de la persona con dolor de cabeza que, encima, gemía de una forma espantosa. No sin esfuerzo, haces de tripas corazón para averiguar qué quiere esa persona tan pesada. Con un esfuerzo como el de un hipopótamo para salir de una ciénaga, Harriet hizo de tripas corazón y descubrió que el dolor de cabeza y los gemidos eran suyos, y que la enfermera se había dado cuenta del problema e iba a echarle una mano.

—Pero ¿qué demonios...? —dijo Harriet.

—Ah, eso está mejor —dijo la enfermera—. No, no intente incorporarse. Le han dado un golpe tremendo en la cabeza, y cuanto más quieta se quede, mejor.

—Ya, comprendo —replicó Harriet—. Tengo un dolor de cabeza espeluznante. —Al pensar un poquito, localizó la peor parte del dolor de cabeza detrás de la oreja derecha. Se pasó una mano con cuidado y se encontró con una venda—. ¿Qué ha pasado?

—Eso nos gustaría saber a todos —contestó la enfermera.

—Es que no recuerdo nada —dijo Harriet.

—No importa. Tómese esto.

Como en un libro, pensó Harriet. Siempre dicen: «Tómese esto». Al fin y al cabo, la habitación no estaba tan iluminada; las persianas estaban bajadas. Eran sus ojos, extraordinariamente sensibles a la luz. Mejor cerrarlos.

El «tómese esto» debía de tener gran eficacia, porque cuando Harriet volvió a despertarse, ya no le dolía tanto la cabeza y tenía un hambre canina. Además, empezaba a recordar: el collar de perro y las luces que no se encendían… y las manos que la habían aferrado en medio de la oscuridad. Y allí, de repente, la memoria se detenía obstinadamente. No tenía ni idea del origen de semejante dolor de cabeza. Después rememoró la escena de la señorita De Vine tendida en el sofá. Preguntó por ella.

—Está en la otra habitación —dijo la enfermera—. Ha sufrido un ataque al corazón bastante grave, pero está mejor. Hizo demasiados esfuerzos, y claro, al encontrarla a usted así, se llevó un susto terrible.

Hasta última hora de la tarde, cuando entró la decana y encontró a la paciente muerta de curiosidad, no le explicaron debidamente a Harriet las peripecias de la noche anterior.

—Bueno, si se queda tranquilita, se lo cuento, porque si no, no —dijo la decana—. Y su jovencito le ha enviado un jardín entero de flores jóvenes y ha dicho que volverá esta mañana. ¡Bueno, a ver! La señorita De Vine, la pobre, llegó aquí alrededor de las diez, porque el tren se retrasó un poco, y Mullins le dio recado de que fuera a ver a la rectora inmediatamente, pero ella pensó que debía ir primero a quitarse el sombrero, así que fue deprisa y corriendo a sus habitaciones, para no hacer esperar a la doctora Baring. Y claro, lo primero que pasó fue que las luces no podían encenderse, y después la oyó a usted como gruñendo en medio de la oscuridad.

Así que cuando intentó encender el flexo y le funcionó... pues allí que estaba usted, hija mía, como una auténtica aparición para una profesora respetable, y en su propio salón. Ah, por cierto, le han puesto a usted dos puntos preciosos... Fue cosa del pico de la estantería, ¿sabe?... Así que la señorita De Vine salió corriendo para pedir ayuda, pero no había ni un alma en el edificio, así que fue disparada hasta Burleigh y varias personas salieron a ver qué pasaba y alguien fue a buscar a la rectora, después alguien fue a buscar a la enfermera, y no sé quién vino a buscarnos a la señorita Stevens, la señorita Hillyard y a mí, que estábamos tomando tranquilamente una taza de té en mi habitación, y llamamos al médico, y la señorita De Vine, entre el susto y las carreras, se nos puso amoratada, por lo del corazón... Lo hemos pasado divinamente.

—Ya me imagino. ¡Otra nochecita de fiesta! Supongo que no habrán averiguado quién es la culpable, ¿no?

—No tuvimos tiempo de pensar en ese detalle durante un buen rato, y cuando empezábamos a calmarnos un poco, vuelve a empezar el lío con Annie.

—¿Annie? ¿Qué le ha pasado?

—¡Ah! ¿No lo sabía? La encontramos en la carbonera, hija mía, y en qué estado, toda llena de polvo de carbón y dando puñetazos a la puerta, y lo que no sé es cómo no se ha vuelto loca la pobrecilla, allí encerrada durante tanto tiempo. Y si no hubiera sido por lord Peter, a lo mejor no habríamos empezado a buscarla hasta la mañana siguiente, con toda esta barahúnda.

—Sí... lord Peter la advirtió de que podían agredirla... ¿Cómo se enteró? ¿Lo llamó por teléfono o...?

—Sí, sí. Verá, después de llevarlas a usted y a la señorita De Vine a la cama y ya seguras de que no iban ustedes a irse al otro barrio, a alguien se le encendió la bombilla y recordó que lo primero

que usted había dicho cuando la recogimos fue: «Dígaselo a Peter».
Así que llamamos al Mitre, pero no estaba allí, y la señorita Hillyard dijo que sabía dónde estaba y llamó. Esto fue después de medianoche. Afortunadamente, aún no se había acostado, y dijo que
vendría enseguida, y después preguntó qué le había pasado a Annie Wilson. Yo creo que la señorita Hillyard pensó que había perdido la cabeza del susto, pero él insistió en que había que inspec-
cionar, así que todas nos pusimos a buscarla. Y en fin, usted sabe lo
difícil que es encontrar a la gente aquí, y por mucho que registra-
mos, nadie dio con ella, hasta que justo antes de las dos llegó lord
Peter, completamente desencajado, y dijo que teníamos que poner
el colegio patas arriba si no queríamos encontrarnos con un cadáver. ¡Menudos ánimos nos dio!

—Ojalá no me lo hubiera perdido —dijo Harriet—. Peter debió de pensar que soy una perfecta imbécil por haber consentido
que me dejaran fuera de combate así como así.

—No fue eso lo que dijo —replicó la decana secamente—. Entró a verla, pero por supuesto, usted no estaba en condiciones. Y por
supuesto, nos explicó lo del collar de perro, que nos tenía perplejas
y preocupadas.

—Sí. Esa mujer me agarró por el cuello, eso sí lo recuerdo, y
supongo que en realidad iba a por la señorita De Vine.

—Evidentemente. Y con lo mal que tiene el corazón y sin un
collar de perro, no habría vivido para contarlo, según el médico.
Fue una suerte para ella que usted entrara por casualidad en su habitación. ¿O es que lo sabía?

—Creo que fui a advertirle de lo que había dicho Peter —contestó Harriet, todavía un tanto confusa—, y... ¡ah, sí!, vi que pasaba algo raro con las cortinas, y que no se podía encender la luz.

—Habían quitado las bombillas. Bueno, en fin, a eso de las

cuatro Padgett encontró a Annie. Estaba encerrada en la carbonera, debajo del edificio del comedor, en el extremo de la sala de calderas. Se habían llevado la llave y Padgett tuvo que derribar la puerta. Annie estaba gritando y dando golpes… pero claro, si no la hubiéramos buscado, podría haber chillado hasta el día del Juicio, teniendo en cuenta además que los radiadores están cerrados y que no utilizamos la caldera. Se encontraba en lo que se llama estado de shock y no fue capaz de explicarse con coherencia durante un buen rato, pero no le pasa nada grave, salvo la impresión y las magulladuras, porque la tiraron sobre el montón de carbón. Y además tiene las manos y los brazos despellejados de tanto dar golpes en la puerta e intentar salir por el respiradero.

—¿Y qué dice que ocurrió?

—Pues que estaba retirando las sillas de la galería, como a las nueve y media, cuando alguien la agarró desde atrás por el cuello y la arrastró hasta la carbonera. Dice que era una mujer, muy fuerte…

—Y tanto. Doy fe de ello. Con unas manos de hierro y un vocabulario nada femenino —replicó Harriet.

—Annie dice que no pudo verla, pero piensa que el brazo que le rodeó el cuello iba envuelto en una manga de color oscuro. Le pareció que era la señorita Hillyard, pero resulta que estaba con la administradora y conmigo. Sin embargo, muchos de nuestros ejemplares más robustos no tienen coartada, sobre todo la señorita Pyke, que dice que estaba en su habitación, y la señorita Barton, quien asegura que estaba en la biblioteca de narrativa buscando «un buen libro para leer». Y tampoco sabemos mucho de lo que hicieron la señora Goodwin y la señorita Burrows, porque según ellas, de repente sintieron un irrefrenable deseo de salir a pasear, cada una por su lado. La señorita Burrows fue a unirse en íntima comunión con la naturaleza en el jardín de las profesoras y la señora Goodwin con una autoridad superior en la capilla. Y hoy todas nos miramos con cierto recelo.

—Ojalá hubiera reaccionado mejor, quiero decir, yo. No entiendo por qué no acabó conmigo —dijo Harriet.

—Eso mismo dijo lord Peter. Piensa que creyó que usted estaba muerta o que se asustó con la sangre al darse cuenta de que se había equivocado de persona. Cuando usted se desplomó, probablemente se puso a palpar y comprendió que no era la señorita De Vine… o sea, usted no lleva gafas y tiene el pelo corto… y entonces se fue corriendo a limpiarse las manchas de sangre. Al menos, esa es la teoría de lord Peter, y me dio la impresión de que se sentía muy raro.

—¿Está aquí?

—No, ha tenido que volver… Tenía que coger un avión a primera hora en Croydon o algo… Llamó por teléfono y les montó una buena, pero al parecer estaba ya todo preparado y no le quedó más remedio que marcharse. Si por él hubiera sido, no habría quedado en pie ni un solo miembro del gobierno, así que intenté animarlo con un café calentito, y se marchó dejando muy claro que ni usted ni la señorita De Vine ni Annie debían quedarse solas un solo momento. Y ha llamado una vez desde Londres y tres veces desde París.

—¡Pobre Peter! —exclamó Harriet—. Es que no lo dejan descansar.

—Y ahora la rectora, muy valiente, va a dar un comunicado, que no va a convencer a nadie, al efecto de que alguien le ha gastado una absurda broma a Annie y que usted resbaló y se hizo una herida en la cabeza y que la vista de la sangre impresionó a la señorita De Vine. Y se han cerrado las puertas del college para todo el mundo, por temor a que aparezcan periodistas, pero a las criadas no se les puede cerrar la boca… Dios sabe qué estarán contando en la entrada de servicio. Pero en fin, lo importante es que nadie ha muerto. Bueno, mejor me marcho, porque en otro caso la enfermera se me tirará a la yugular, y entonces sí habrá una investigación judicial.

Al día siguiente apareció lord Saint-George.

—Ahora me toca a mí visitar a los enfermos —dijo—. Para mí que no eres una tía para adoptarte. ¿Te das cuenta de que por tu culpa no he podido asistir a una cena?

—Sí —contestó Harriet—. Es una lástima… A lo mejor debería decírselo a la decana. Quizá podrías reconocer…

—No empieces a inventarte historias, no vaya a ser que te suba la fiebre —dijo el chico—. Déjalo en manos del tío Peter. Por cierto, dice que volverá mañana, que todo va divinamente y que te quedes tranquilita y no te preocupes. Nobleza obliga. He hablado con él por teléfono esta mañana, y estaba atacado, diciendo que cualquiera podría haber ido en su lugar a París, pero que se les ha metido en la cabeza que él es la única persona capaz de caerle en gracia a no sé qué imbécil al que hay que apaciguar o conciliar o vaya usted a saber qué. Por lo poco que le he podido sacar, resulta que han asesinado a un periodista prácticamente desconocido y están intentando convertirlo en un incidente de carácter internacional. Y de ahí los líos. Ya te había dicho que el tío Peter tiene un profundo sentido la responsabilidad pública, y ahora puedes verlo en la práctica.

—Bueno, es que hace bien.

—¡No eres una mujer normal! El tío Peter tendría que estar aquí, llorando a mares, y que la situación internacional se fuera al diablo. —Lord Saint-George soltó una risita—. Ojalá hubiera estado con él en el coche el lunes por la mañana. Nada menos que cinco citaciones en el viaje entre Warwickshire, Oxford y Londres. A mi madre le va a encantar. ¿Qué tal tu cabeza?

—Bastante bien. Creo que ha sido peor la herida que el golpe.

—¿A que sangran las heridas en la cabeza? Como si fueras un cerdo, pero menos mal que no eres «un cadáver en la caja de cara triste e hinchada». En cuanto te quiten los puntos, estarás bien, solo con cierto aire de presidiaria por ese lado de la cabeza. Tendrán que cortarte un poco el pelo, y el tío Peter podrá llevar tus mechones junto al corazón.

—Vamos, vamos, ni que fuera de los años setenta —dijo Harriet.

—Está envejeciendo por días. Yo diría que ya ha llegado a los años sesenta, con aquellas patillas doradas tan bonitas. En serio, creo que deberías rescatarlo antes de que empiecen a crujirle los huesos y de que le salgan telarañas en los ojos.

—Tu tío y tú deberíais ganaros la vida con vuestras frasecitas —dijo Harriet.

22

No, no existe un final: ¡el final es la muerte
y la locura! Como jamás estoy mejor que cuando
estoy loco, a mi parecer soy un individuo valiente, y entonces obro maravillas, pero cuando la
razón de mí se aprovecha, llegan los tormentos y
el mismo infierno. Al menos, señor, traedme a
uno de los asesinos, que aun si fuera tan fuerte
como Héctor, yo lo haría pedazos.

BEN JONSON

Jueves, un jueves sombrío y deprimente, con una lluvia anodina
que caía de un cielo encapotado, como cubierto por una tapa gris.
La rectora había convocado una reunión del claustro a las dos y
media, una hora francamente desoladora. Las tres convalecientes
ya podían valerse por sí mismas. A Harriet le habían cambiado las
vendas por unos esparadrapos nada favorecedores y mucho menos
románticos, y no es que realmente le doliera la cabeza, sino que tenía la sensación de que podía empezar a dolerle de un momento a
otro. La señorita De Vine parecía recién salida de la tumba. Aunque menos afectada físicamente, Annie seguía presa de miedos y
nervios y realizaba sus tareas a duras penas, siempre asistida por la
otra doncella de la sala del profesorado.

Se había dado a entender que lord Peter Wimsey asistiría a la reunión del claustro para aportar ciertos datos. Harriet había recibido una breve nota, muy del estilo de Peter, que decía: «Enhorabuena por no haberte muerto todavía. Me he llevado el collar para que le pongan mi nombre». Ya había echado en falta el collar, y con lo que le había contado la señorita Hillyard, revivió una imagen de Peter junto a su cama, entre la noche y el amanecer, en silencio y dándole vueltas a la correa entre las manos.

Llevaba toda la mañana deseando verlo, pero Peter llegó en el último momento, de modo que su encuentro tuvo lugar en la sala del profesorado, a la vista de todas las allí presentes. Peter había salido de Londres sin siquiera cambiarse de traje, y por encima de la tela oscura su cabeza parecía una acuarela, o más bien una aguada. Presentó sus respetos a la rectora y a las profesoras y a continuación se acercó a Harriet y la tomó de la mano.

—A ver, ¿qué tal estás?

—Dadas las circunstancias, no demasiado mal.

—Qué bien.

Peter sonrió y fue a sentarse al lado de la rectora. Harriet se sentó discretamente al otro lado de la mesa, junto a la decana. Todo lo que aún seguía vivo en Peter, Harriet lo tenía en la palma de la mano, como una manzana madura. La doctora Baring le había pedido que comenzara, y eso estaba haciendo él, con la voz impersonal del secretario que lee las actas de una reunión de empresa. Tenía varios papeles ante él, entre otros, según observó Harriet, su informe, que debía de haberse llevado el lunes por la mañana, pero empezó a hablar sin consultar ni una sola nota, dirigiéndose a un jarrón lleno de caléndulas que había en la mesa enfrente de él.

—No considero necesario que perdamos el tiempo revisando todos los detalles de esta situación, que es sumamente confusa. En primer lugar, expondré los puntos más destacados tal y como se me explicaron cuando vine a Oxford el pasado domingo, con el fin de mostrarles la base sobre la que construí mi teoría. A continuación formularé dicha teoría y aduciré las pruebas que espero y creo que considerarán concluyentes. He de decir que prácticamente todos los datos necesarios para el establecimiento de mi teoría están contenidos en el valiosísimo resumen que preparó la señorita Vane y que me entregó a mi llegada. El resto de las pruebas son simplemente lo que la policía denomina trabajo de rutina.

Esto sí que es adaptar tu estilo a tus oyentes, pensó Harriet. Miró a su alrededor. Los miembros del claustro guardaban un respetuoso silencio, como feligreses a punto de escuchar un sermón, pero notó la tensión nerviosa en el aire. No sabían qué iban a oír.

—Lo primero que sorprende a alguien de fuera es el hecho de que los incidentes comenzaran en las celebraciones de fin de curso. Yo diría que ese fue el primer error que cometió su autora. Por cierto; nos ahorrará tiempo y problemas si me refiero a dicha autora con el tradicional término de X. Si X hubiera esperado al comienzo del trimestre, se habría multiplicado el número de posibles sospechosas. Por consiguiente, me planteé qué incitaría a X a no esperar hasta un momento más conveniente.

»No parece muy probable que ninguna de las alumnas que ya residían en el college pudiera provocar la animosidad de X, porque los incidentes siguieron produciéndose en el siguiente trimestre, pero no durante las vacaciones de verano, de modo que me dediqué a averiguar qué personas habían llegado en la fiesta de fin de curso y residían aquí el bimestre siguiente. Solo una cumplía tales requisitos, y era la señorita De Vine.

La sala se alborotó, como un maizal cuando sopla el viento.

—Las dos primeras pruebas cayeron en manos de la señorita

Vane. Una de ellas, que equivalía a una acusación de asesinato, la encontró en una manga de su toga y, quizá por una coincidencia, podría ir dirigida a ella, pero es posible que la señorita Martin recuerde que había dejado la toga de la señorita Vane en la sala del profesorado junto a la de la señorita De Vine. Yo creo que X, confundiendo «H. D. Vane» con «H. De Vine», puso la nota en la toga que no debía. Por supuesto, no puedo probarlo, pero la posibilidad da que pensar. El error, si fue tal, desvió la atención del objeto central de la campaña desde el principio.

El tono desapasionado de la voz de Peter no se alteró lo más mínimo al exponer aquella vieja ignominia para a renglón seguido relegarla al olvido, pero la mano que había sujetado la de Harriet se tensó unos segundos y después se relajó. Harriet contempló aquella mano mientras se movía entre los papeles.

—La segunda nota, que por casualidad recogió la señorita Vane en el patio, fue destruida, como la anterior, pero por la descripción, deduzco que era un dibujo similar a este. —Desprendió un papel del clip y se lo dio a la rectora—. Representa un castigo infligido por una figura femenina desnuda a otra asexuada, vestida con ropajes académicos. Esta parece ser la clave simbólica de la situación. En el trimestre de otoño aparecen más dibujos parecidos, junto con el ahorcamiento de un personaje académico, tema que se repite en el incidente de la muñeca colgada que se encontró más adelante en la capilla. También se enviaron notas de carácter vagamente obsceno y amenazador que no nos detendremos a considerar. Quizá la más importante e interesante sea el mensaje dirigido, según creo, a la señorita Hillyard: «Ningún hombre está a salvo con mujeres como usted», y el otro, enviado a la señorita Flaxman, en el que le exigen que deje en paz al prometido de otra alumna. Ambas notas insinuaban que el motivo de agravio de X eran celos sexuales normales y corrientes, insinuación que, en mi opinión, es completamente errónea y contribuyó a oscurecer el asunto de una forma extraordinaria.

»A continuación, y pasando por alto el incidente de la quema de togas en el patio, llegamos a la cuestión del manuscrito de la señorita Lydgate, mucho más grave. No creo que sea una coincidencia que las partes más dañadas y las destruidas por completo fueran aquellas en las que la señorita Lydgate rebatía las conclusiones de otros eruditos, hombres todos ellos. Si no me equivoco, vemos que X es una persona que sabe leer y que, hasta cierto punto, es capaz de comprender un trabajo académico. Junto a este atropello podemos colocar la mutilación de la novela *La búsqueda* en el punto exacto en el que el autor defiende, o parece defender en ese momento, la doctrina de que la lealtad a la verdad abstracta debe prevalecer sobre toda consideración personal, y también la quema del libro de la señorita Burton, en el que ataca la doctrina nazi según la cual el lugar de la mujer en el Estado debe limitarse a las tareas «femeninas» de *Kinder, Kirche, Kuche.*

»Aparte de estas agresiones personales contra individuos, tenemos el incidente de la hoguera y las esporádicas manifestaciones obscenas en las paredes. Cuando llegamos a los destrozos de la biblioteca, vemos una agresión generalizada de una forma más espectacular, y empieza ponerse claramente de manifiesto el objeto de la campaña. El resentimiento de X pasa de una sola persona a todo el college, y la intención consiste en provocar un escándalo que desacredite a la institución como tal.

Al llegar aquí, el orador apartó por primera vez la mirada del jarrón de caléndulas, la paseó lentamente por la mesa y la fijó en el atento rostro de la directora.

—Permítanme que les diga, aquí y ahora, que lo único que ha

frustrado la agresión definitiva ha sido la excepcional solidaridad y el espíritu público de que ha hecho gala el college en su totalidad. Creo que ese era el último obstáculo que esperaba encontrarse X en una comunidad de mujeres. Nada sino la gran lealtad del claustro hacia el college y el respeto de las alumnas por el claustro se ha interpuesto entre ustedes y una publicidad sumamente desagradable. Es una osadía por mi parte decirles lo que ustedes saben mejor que yo, pero lo digo no solo por mi propia satisfacción, sino porque esta clase de lealtad constituye al tiempo la excusa psicológica para las agresiones y la única defensa posible contra ellas.

—Gracias —dijo la rectora—. Estoy segura de que todas las aquí presentes sabrán apreciarlo.

—A continuación llegamos al incidente de la muñeca en la capilla —prosiguió Wimsey, de nuevo con la mirada clavada en las caléndulas—. Simplemente repite el tema de los primeros dibujos, pero con miras a crear un efecto más dramático. Su importancia radica en la cita de la arpía prendida a la muñeca, en la misteriosa aparición de un vestido negro que nadie pudo reconocer, en la posterior condena por robo del antiguo conserje, Jukes, y en el hallazgo del periódico mutilado en la habitación de la señorita De Vine, que cierra la sucesión de acontecimientos. Volveré a estos puntos más adelante.

»Fue más o menos por entonces cuando la señorita Vane conoció a mi sobrino Saint-George, y él le contó que, bajo circunstancias en las que quizá no sea necesario indagar, una noche había visto a una misteriosa mujer en el jardín, y que ella le dijo dos cosas. En primer lugar, que en Shrewsbury College mataban a los chicos guapos como él, les arrancaban el corazón y se lo comían, y en segundo lugar, que «el otro también era rubio».

Este dato era desconocido para la mayoría de los miembros del claustro, y causó cierta sensación.

—Aquí tenemos realzado el «motivo del asesinato», con un pequeño detalle sobre la víctima. Es un hombre, rubio, guapo y relativamente joven. Mi sobrino dijo entonces que no podía comprometerse a reconocer a la mujer, pero en una ocasión posterior la vio y sí la reconoció.

Una vez más la sala se estremeció.

—El siguiente incidente importante fue el asunto de los fusibles desaparecidos.

Al llegar a este punto la decana no pudo contenerse y exclamó:

—¡Qué título tan bonito para una novela de misterio!

Los ojos velados se alzaron al instante y en las comisuras de los párpados se marcaron las arrugas de expresión.

—Perfecto. Y eso era precisamente. X abandonó, sin haber conseguido más que una novela de misterio con buena publicidad.

—Y fue después de eso cuando encontraron el periódico en mi habitación —dijo la señorita De Vine.

—Sí —convino Wimsey—. He hecho una exposición racional, no cronológica… Y así llegamos al final del segundo trimestre. Las vacaciones transcurrieron sin incidentes. En el trimestre de verano nos enfrentamos con el efecto acumulativo de un acoso largo e insidioso a una estudiante de temperamento sensible. Esa fue la fase más peligrosa de las actividades de X. Sabemos que, además de la señorita Newland, otras alumnas habían recibido cartas en que les deseaban mala suerte en los exámenes para la especialidad; por suerte, la señorita Layton y las demás son de carácter más fuerte, pero me gustaría que prestaran especial atención al hecho de que, con unas cuantas excepciones sin importancia, la animosidad iba dirigida contra las profesoras.

Al llegar aquí, intervino la administradora, que llevaba un rato manifestando irritación.

—No comprendo por qué están haciendo tanto ruido debajo de este edificio. ¿Le importa que vaya a ponerle remedio, rectora?

—Lo siento —dijo Wimsey—. Yo soy el responsable. Le he insinuado a Padgett que un registro de la carbonera podría resultar fructífero.

—Entonces, me temo que tendremos que aguantarnos, administradora —sentenció la rectora.

—Esto es un resumen de los acontecimientos tal y como me los presentó la señorita Vane cuando, con su consentimiento, rectora, me expuso el caso. Deduje —la mano derecha parecía inquieta y empezó a tamborilear un silencioso tatuaje sobre el tablero de la mesa— que ella y algunas de ustedes se inclinaban a considerar esas atrocidades consecuencia de las represiones que en ocasiones acompañan a la vida célibe y que derivan en una maldad obscena e irracional que se ceba en parte en las condiciones de esa vida y en parte en las personas que disfrutan, han disfrutado o supuestamente han disfrutado de una experiencia más amplia. No cabe duda de que esa clase de maldad existe, pero a mí me pareció que la historia de este caso ofrecía un perfil psicológico completamente distinto. En este claustro hay una mujer que ha estado casada y otra que está prometida, y ninguna de ellas, que deberían haber sido las primeras víctimas, ha sufrido acoso alguno, que yo sepa. También es muy significativa la actitud dominante de la figura femenina desnuda del primer dibujo, así como la destrucción del libro de la señorita Barton. Además, los prejuicios que muestra X parecen centrarse en lo académico, y tener un motivo más o menos racional, basado en una afrenta equivalente para ella al asesinato, infligida a una persona del sexo masculino por una académica. A mi entender, el resentimiento iba dirigido fundamentalmente contra la señorita De Vine, y por extensión, contra todo el college y posiblemente contra todas las mujeres con estudios. Por consiguiente, pensé que deberíamos buscar una mujer casada o con experiencia sexual, de educación limitada pero familiarizada con lo académico, cuyo pasado estuviera vinculado de alguna manera al de la señorita De Vine y que probablemente hubiera empezado a residir en el college después del pasado diciembre, si bien esto era una suposición.

Harriet apartó la mirada de la mano de Peter, que había dejado de tamborilear y descansaba sobre la mesa, para estimar la reacción de las oyentes ante sus palabras. La señorita De Vine tenía el ceño fruncido, como si volviendo mentalmente a los años anteriores considerase sin pasión sus posibilidades de haber cometido un asesinato; el rostro de la señorita Chilperic estaba sonrojado, con expresión atribulada, y la señora Goodwin parecía disgustada; los ojos de la señorita Hillyard reflejaban una extraordinaria mezcla de triunfo y bochorno; la señorita Barton asentía en silencio, la señorita Allison sonreía, la señorita Shaw parecía ligeramente ofendida; la señorita Edwards miraba a Peter con ojos que decían claramente: «Es usted la clase de persona con la que yo puedo tratar». El grave semblante de la rectora estaba inexpresivo, la decana, de perfil, no daba muestra alguna de sus sentimientos, pero emitió un breve suspiro, como aliviada.

—Y ahora pasemos a las pruebas materiales. En primer lugar, los mensajes impresos. Me parecía inverosímil que hubieran podido confeccionarse en tales cantidades dentro de los muros del colegio sin haber dejado rastros de su procedencia. Más bien pensaba que todo tenía que proceder del exterior, y también en el caso del vestido que se encontró en la muñeca: parecía muy extraño que nadie lo hubiera visto jamás, a pesar de que era de varias temporadas anteriores. En tercer lugar, la curiosa circunstancia de que las cartas que llegaban por correo siempre se recibieran un lunes o un jueves, como si domingo y miércoles fueran los únicos días en los que se pudieran echar al correo, desde una sucursal o un buzón lejos de aquí. Estos tres factores podrían inducir a pensar en alguien que viviera lejos y que viniera a Oxford solamente dos veces a la semana, pero los incidentes nocturnos indicaban claramente que la persona en cuestión vivía entre estos muros y tenía dos días fijos para salir y algún sitio en el exterior donde podía guardar ropa y preparar las cartas. La persona que mejor cumpliría estas condiciones sería una de las criadas.

La señorita Stevens y la señorita Barton se movieron inquietas.

—Sin embargo, la mayoría de las criadas parecían descartadas. Las que no estaban confinadas en su ala por la noche eran mujeres de confianza con muchos años de servicio aquí. La mayoría ocupaban habitaciones dobles y, por consiguiente, a menos que dos de ellas estuvieran en connivencia, no podían entrar al colegio noche tras noche sin despertar sospechas. Con esto solo nos quedaban las que tenían habitaciones individuales: Carrie, la jefa de criadas; Annie, la criada asignada primero a la escalera de la señorita Lydgate y posteriormente a la sala del profesorado, y Ethel, una mujer de edad y muy acreditada. De las tres, Annie era la que correspondía mejor al perfil psicológico de X, porque había estado casada y tenía libres la tarde del domingo y la de los miércoles, además de dos hijas con domicilio en la ciudad y, por consiguiente, un sitio donde guardar la ropa y preparar las cartas.

—¡Pero...! —empezó a decir la administradora con indignación.

—Así es el caso tal y como lo vi el pasado domingo —continuó Wimsey—. E inmediatamente se plantearon serias objeciones. El ala de las criadas quedaba aislada al cerrarse con llave puertas y verjas, pero con el incidente de la biblioteca se puso de manifiesto que el pasaplatos de la despensa se dejaba a veces abierto para comodidad de las alumnas que deseaban provisiones a última hora de la noche. La señorita Hudson esperaba encontrarlo abierto esa misma noche. La señorita Vane comprobó que estaba cerrado, pero eso fue después de que X hubiera salido de la biblioteca, y recordarán que la señorita Vane y la señorita Hudson por un extremo y la señorita Barton por el otro demostraron que X había quedado atrapada en el edificio del comedor. Lo que se supuso en aquel momento fue que se había escondido en el comedor.

»Tras ese incidente, se tomaron precauciones para mantener cerrado el pasaplatos de la despensa, y según tengo entendido, la llave, que antes se dejaba por dentro del pasaplatos, se quitó y ahora la lleva Carrie en su llavero, pero se puede hacer una copia de una llave en un día. En realidad, fue una semana antes de que ocurriese el siguiente incidente nocturno, que nos lleva al siguiente miércoles, cuando alguien pudo hacer fácilmente una copia de la llave sustraída a Carrie y ponerla de nuevo en su sitio. Tengo la certeza de que ese miércoles un ferretero de la ciudad hizo una copia de una llave, aunque no he podido identificar al cliente, pero es un simple detalle de rutina. Hay un factor que predispuso a la señorita Vane a exonerar a todas las criadas: que una mujer de semejante clase social fuera capaz de expresar su resentimiento con la cita latina de *La eneida* que se encontró en la muñeca.

»Esa objeción también me influyó un poco a mí, pero no demasiado. Era el único mensaje que no estaba en inglés, pero al que podría tener acceso cualquier colegial. Por otra parte, el hecho de que fuera una excepción entre los demás me convenció de que tenía un significado especial, es decir, no es que X expresara habitualmente sus sentimientos en hexámetros. Ese párrafo debía de tener algo especial aparte de su aplicación general a mujeres desnaturalizadas que les quitan el pan de la boca a los hombres. *Neo saevior ulla pestis.*

—La primera vez que lo oí, tuve la certeza de que había un hombre detrás de todo esto —intervino la señorita Hillyard.

—Y probablemente no se equivocó —admitió Wimsey—. Yo estoy seguro de que lo escribió un hombre… Bueno, huelga decir lo fácil que le resulta a cualquiera andar por el college de noche y gastar bromas a la gente. En una comunidad de doscientas personas, algunas de las cuales apenas se conocen de vista, es más difícil encontrar a alguien que perderlo, pero la intervención de Jukes en aquel momento puso en un aprieto a X. La señorita Vane anunció su decisión de investigar la vida familiar de Jukes. A consecuencia de eso, alguien que conocía bien las costumbres de Jukes dio cierta información y Jukes acabó en la cárcel. La señora Jukes fue acogida por sus familiares, y enviaron a las hijas de Annie a Headington. Y con el fin de que pensáramos que la casa de los Jukes no tenía nada que ver con el asunto, poco después apareció un periódico mutilado en la habitación de la señorita De Vine.

Harriet levantó los ojos.

—Eso lo comprendí… más adelante, pero lo que ocurrió la semana pasada parece invalidarlo.

—Perdone que se lo diga, pero creo que no abordó el problema con una actitud imparcial, y que no le prestó total atención —replicó Peter—. Algo se interpuso entre usted y los hechos.

—La señorita Vane me ha prestado una ayuda tan generosa con mis libros… —murmuró contrita la señorita Lydgate—. Y además tiene su propio trabajo. No deberíamos haberle pedido que dedicara tiempo a nuestros problemas.

—Tenía tiempo de sobra, pero he sido tonta —repuso Harriet.

—De todos modos, la señorita Vane hizo lo suficiente para que

X la considerase peligrosa —dijo Wimsey—. A principios de este trimestre vemos que X está más desesperada y con intenciones aún más terribles. Con las tardes más luminosas, resulta más difícil hacer trastadas por la noche. Tenemos la tentativa de acabar con la vida y la razón de la señorita Newland, y al fallar, hace un esfuerzo para montar un escándalo en la universidad enviando cartas al vicerrector. Sin embargo, la universidad demostró tanta solidez como el college: tras haber dejado entrar a las mujeres, no estaba dispuesta a defraudarlas. Eso debió de sacar de quicio a X. El doctor Threep actuó como intermediario entre ustedes y el vicerrector, y seguramente se ocuparon del asunto.

—Yo le comuniqué al vicerrector que se estaban tomando medidas —dijo la rectora.

—Desde luego, y para mí fue un honor que me pidiera que tomase esas medidas. Yo tenía muy pocas dudas sobre la identidad de X desde el principio, pero una sospecha no es una prueba, y no deseaba sembrar ninguna sospecha que no pudiera justificar. Mi primera tarea consistía, evidentemente, en averiguar si la señorita De Vine había asesinado o lesionado de verdad a alguien. En el transcurso de una conversación sumamente interesante después de la cena en esta habitación, puso en mi conocimiento que, hace seis años, había desempeñado un papel decisivo en despojar a un hombre de su prestigio y sus medios de vida, y si lo recuerdan, llegamos a la conclusión de que su conducta podría haber contrariado a cualquier hombre viril o a cualquier mujer femenina.

—¿Quiere decir que toda esa discusión estaba destinada a sacar a relucir esa historia? —preguntó la decana.

—Ofrecí una oportunidad para que la historia saliera a la luz, pero si no hubiera salido entonces, yo habría preguntado. A propósito, también me convencí de algo de lo que estaba seguro desde el principio: que no hay en este claustro ninguna mujer, casada o soltera, dispuesta a poner las lealtades personales por encima del honor profesional. Era un punto que me pareció necesario aclarar, no tanto por mí como por ustedes.

La rectora miró a la señorita Hillyard, después a la señora Goodwin y de nuevo a Peter.

—Sí —dijo—. Creo que fue muy acertado.

—Al día siguiente le pregunté a la señorita De Vine el nombre del hombre en cuestión, del que ya sabíamos que era guapo y estaba casado —prosiguió Peter—. Se llamaba Arthur Robinson, y con esta información me propuse averiguar qué había sido de él. Mi teoría consistía en que X era la esposa o alguien de la familia de Robinson, que había venido aquí cuando se anunció el nombramiento de la señorita De Vine, con la intención de vengarse de ella, del college y de las universitarias en general, y que casi seguro, era una persona que mantenía una estrecha relación con la familia Jukes. Esta teoría quedó reforzada por el descubrimiento de que habían dado información perjudicial para Jukes mediante una carta anónima similar a las que circulaban por aquí.

»Pues bien, lo primero que ocurrió después de mi llegada fue la irrupción de X en el aula de ciencias. La idea de que X se arriesgara a ser descubierta al preparar las cartas de una forma tan abierta y peligrosa era a todas luces absurda. Era todo un montaje, destinado a inducirnos a error y posiblemente a establecer una coartada. Había preparado los mensajes en otro sitio y los había colocado adrede; de hecho, no quedaban suficientes letras en la caja para terminar el comunicado que había empezado para la señorita Vane. La habitación elegida se ve perfectamente desde el ala de las criadas, y la luz del techo estaba llamativamente encendida, aunque había un flexo que funcionaba perfectamente. Fue Annie quien le dijo a Carrie que se fijara en la luz de la ventana, y Annie la única que aseguró haber visto a X, y mientras que quedó establecida una coartada para ambas, Annie era la única que cumplía las condiciones requeridas por X.

—Pero Carrie oyó a X en la habitación —objetó la decana.

—Sí, claro —repuso Wimsey, sonriendo—. Y Annie la mandó a buscarla a usted mientras ella quitaba las cuerdas con que había apagado la luz y tiraba la pizarra desde el otro lado de la puerta. ¿Recuerda que le comenté que habían limpiado a fondo el polvo de la parte superior de la puerta para que no se notaran las marcas de la cuerda?

—Pero las huellas del alféizar de la ventana del cuarto oscuro… —dijo la decana.

—Auténticas. Salió por allí la primera vez, dejando las puertas cerradas con llave por dentro para hacerlo más convincente. Después entró en el ala de las criadas por la despensa, avisó a Carrie y se la llevó a que viera la escenita… Por cierto, creo que alguna de las criadas podía tener sus sospechas. Quizá encontrase la puerta de la habitación de Annie misteriosamente cerrada en varias ocasiones, o se topara con ella en el pasadizo a horas intempestivas. En cualquier caso, saltaba a la vista que había llegado el momento de establecer una coartada. Me atreví a aventurar que a partir de entonces cesarían las correrías nocturnas, y así fue. Y supongo que no encontraremos la otra llave de la despensa.

—Muy bien, pero no tiene pruebas —dijo la señorita Edwards.

—No. Me fui para recabarlas. Entretanto, X, si es que no le gusta cómo la he identificado, llegó a la conclusión de que la señorita Vane era peligrosa y le tendió una trampa para atraparla. No le salió bien, porque con mucha sensatez, la señorita Vane telefoneó al college para confirmar el misterioso recado que había recibido en Somerville. Dieron ese recado desde una cabina de teléfonos de la calle el miércoles por la noche, a las once menos diez. Justo antes de las once, Annie volvió de su día libre y oyó a Padgett hablando con la señorita Vane por teléfono. No se enteró de la conversación, pero probablemente oyó el nombre.

»Aunque esa tentativa fracasó, yo estaba seguro de que volvería a intentar algo, contra la señorita Vane, contra la señorita De Vine o contra la criada suspicaz... o contra las tres, y las advertí. Lo siguiente que ocurrió fue que destruyeron las piezas de ajedrez de la señorita Vane, algo inesperado. Parecía más una cuestión de odio personal que de miedo. Hasta ese momento la señorita Vane había recibido un trato casi tan cariñoso como si hubiera sido una mujer femenina. ¿Se le ocurre algo que pudiera haberle dado esa impresión a X, señorita Vane?

—No lo sé —contestó Harriet confusa—. Le pregunté por las niñas y hablé con Beatie... ¡Dios mío, sí, Beatie!... cuando las conocí. Y recuerdo que en una ocasión le di la razón cortésmente a Annie y le dije que el matrimonio podía ser algo bueno si encontrabas a la persona adecuada.

—Una frase muy diplomática, si bien falta de principios. ¿Y el atento señor Jones, del Jesus? Si trae jóvenes al college por la noche y los esconde en la capilla...

—¡Cielo santo! —exclamó la señorita Pyke.

—... es normal que se la considere una mujer femenina. De todos modos, no tiene mayor importancia. Me temo que esa impresión quedó borrada por completo cuando declaró públicamente que las relaciones personales deben relegarse ante los deberes públicos.

—Pero ¿qué le pasó a Arthur Robinson? —preguntó la señorita Edwards con impaciencia.

—Estaba casado con una mujer llamada Charlotte Ann Clarke, que era la hija de su casera. A su primera hija, que nació hace ocho años, le impusieron el nombre de Beatrice. Después del incidente de York, cambió su apellido por el de Wilson y encontró un puesto de maestro en una pequeña escuela privada de primaria, donde no les importaba contratar a alguien que había sido despojado de su título universitario, con tal de no tener que pagarle mucho. Su segunda hija, que nació poco después, se llamaba Carola. Me temo que los Wilson no llevaron una vida fácil. Perdió el primer trabajo (lamento decir que por la bebida), encontró otro, volvió a meterse en líos y hace tres años se voló la tapa de los sesos. Salieron fotografías en los periódicos locales. Aquí están. Un hombre rubio, guapo, de unos treinta y ocho años, inseguro, atractivo, parecido a mi sobrino. Y esta es la fotografía de la viuda.

—Tiene usted razón —dijo la rectora—. Es Annie Wilson.

—Sí. Si leen el informe de la investigación judicial, verán que dejó una carta en la que decía que lo habían acosado hasta la muerte… una carta un tanto incoherente, con una cita en latín, que tradujo el juez de instrucción.

—¡Santo cielo! —exclamó la señorita Pyke—. *Tristius haud illis monstrum…*

—*Ita.* Al fin y al cabo, lo escribió un hombre, de modo que en ese sentido la señorita Hillyard estaba en lo cierto. Al verse obligada a hacer algo para mantener a sus hijas y a sí misma, Annie se puso a servir.

—Me dieron muy buenas referencias de ella —dijo la administradora.

—No me cabe duda; ¿por qué no? Debió de seguirle la pista a la señorita De Vine, y cuando la Navidad pasada se anunció el nombramiento, solicitó trabajo aquí. Probablemente sabía que al ser una pobre viuda con dos hijas pequeñas, atenderían su petición…

—¿Y qué decía yo? —exclamó la señorita Hillyard—. Siempre he dicho que este absurdo sentimentalismo con las mujeres casadas acabaría con la disciplina de este colegio. No están, ni pueden estar, centradas en su trabajo.

—¡Dios mío! ¡Pobrecilla! —dijo la señorita Lydgate—. ¡Venga a darle vueltas en la cabeza a esa afrenta de una forma tan desequilibrada! Si lo hubiéramos sabido, sin duda podríamos haber hecho algo para que viera el asunto con una perspectiva más racional. Señorita De Vine, ¿nunca se le ocurrió averiguar qué le había ocurrido a ese desdichado Robinson?

—Lamento decir que no.

—¿Y por qué tendría que habérsele ocurrido? —preguntó la señorita Hillyard.

El ruido de la carbonera había cesado hacía unos minutos. Como si el silencio hubiera desencadenado una serie de asociaciones mentales, la señorita Chilperic se volvió hacia Peter y preguntó con titubeos:

—Si la pobre Annie ha hecho realmente todas esas cosas tan espantosas, ¿cómo se quedó encerrada en la carbonera?

—¡Ah! —exclamó Peter—. Esa carbonera ha estado a punto de hacerme perder la fe en mi teoría, sobre todo porque no recibí el informe de mis investigadoras hasta ayer, pero pensándolo bien, ¿qué otra cosa podía hacer Annie? Tenía un plan para agredir a la señorita De Vine cuando volviera de Londres… Probablemente las criadas sabían en qué tren llegaría.

—Nellie sí lo sabía —dijo Harriet.

—Entonces pudo decírselo a Annie. Por una suerte extraordinaria, no perpetró la agresión contra la señorita De Vine, a quien habría cogido desprevenida y cuyo corazón no es muy fuerte, sino contra una mujer más fuerte y más joven, que hasta cierto punto estaba preparada para ello. Aun así fue muy grave, y fácilmente podría haber resultado mortal. Me cuesta trabajo perdonarme a mí mismo por no haber hablado antes, con o sin pruebas, y haber sometido a observación a la sospechosa.

—¡Qué tontería! —exclamó vivamente Harriet—. Si lo hubiera hecho, ella podría haber dejado el asunto durante el resto del bimestre, y aún no habríamos confirmado nada. La herida no es grave.

—No, pero podría no haber sido usted. Yo sabía que estaba usted dispuesta a correr el riesgo, pero no tenía ningún derecho a exponer a la señorita De Vine.

—A mí me parece que yo debía de haber corrido todos los riesgos —dijo la señorita De Vine.

—La mayor responsabilidad es mía —dijo la rectora—. Debería haberla telefoneado para avisarla antes de que saliera de Londres.

—De quienquiera que sea la culpa —terció Peter—, fue la señorita Vane quien sufrió la agresión. En lugar de un estrangulamiento tranquilo, se produjo una terrible caída y gran derramamiento de sangre, parte de la cual debió de ir a parar a las manos y el vestido de la agresora, sin duda. Se encontraba en una situación complicada. Se había equivocado de persona, estaba manchada de sangre y despeinada, y la señorita De Vine o alguien más podía llegar en cualquier momento. Aunque volviera rápidamente a su habitación, podían verla (llevaba el uniforme manchado), y cuando encontraran el cuerpo, vivo o muerto, estaría perdida. Su única posibilidad consistía en fingir una agresión contra sí misma. Salió por la parte trasera de la galería, se metió en la carbonera, se encerró y procedió a disimular las manchas de sangre de la señorita Vane con la suya.

A propósito, señorita Vane, si recordaba algo de la lección, debió de dejarle señales en las muñecas a Annie.

—Juro que lo hice —replicó Harriet.

—Pero al intentar escabullirte por un respiradero, te puedes hacer numerosas magulladuras. Bien. Verán, las pruebas siguen siendo indiciarias, aunque mi sobrino está dispuesto a identificar a la mujer que vio cruzando el puente de Magdalen el miércoles con la mujer que conoció en el jardín. Se puede coger un autobús para Headington al otro lado del puente de Magdalen. Mientras tanto, ¿han oído a ese hombre en la carbonera? O mucho me equivoco, o va a llegar alguien con algo parecido a pruebas concretas.

Tras unas fuertes pisadas en el corredor, llamaron a la puerta, y Padgett entró casi antes de que le dijeran que pasara. Había restos de polvo de carbón en su ropa, si bien saltaba a la vista que se había lavado apresuradamente la cara y las manos.

—Perdone, señora rectora, señorita —dijo—. Aquí tiene, comandante. Estaba en el fondo del montón de carbón. He tenido que removerlo todo.

Dejó una llave grande sobre la mesa.

—¿Ha intentado abrir la carbonera?

—Sí, señor, pero no hacía falta. Aquí está la etiqueta que le puse. ¿Ve? «Carbonera.»

—Es muy fácil encerrarte y esconder la llave. Gracias, Padgett.

—Un momento, Padgett —dijo la directora—. Quiero ver a Annie Wilson. ¿Podría ir a buscarla y traerla aquí, por favor?

—Será mejor que no —dijo Wimsey en tono más bajo.

—Por supuesto que sí —replicó la decana con acritud—. Ha presentado usted una acusación en público contra esa desgraciada mujer, y es justo que se le dé la oportunidad de defenderse. Tráigala inmediatamente, Padgett.

Peter hizo un elocuente gesto de resignación cuando salió Padgett.

—Creo que es muy necesario que se aclare este asunto por completo, e inmediatamente —dijo la administradora.

—¿De verdad le parece acertado, rectora? —preguntó la decana.

—En este college no se acusa a nadie sin permitirle que se explique —replicó la rectora—. Sus argumentos parecen muy convincentes, lord Peter, pero las pruebas pueden estar sujetas a otra interpretación. No cabe duda de que Annie Wilson es Charlotte Ann Robinson, pero de ahí no se deduce que sea la autora de las fechorías. Reconozco que las apariencias están en su contra, pero puede haber habido falsificaciones o coincidencias. Por ejemplo, la llave: podrían haberla puesto en la carbonera en cualquier momento durante los últimos tres días.

—He bajado a ver a Jukes… —empezaba a decir Peter cuando la llegada de Annie lo interrumpió.

Pulcra y apagada como siempre, se aproximó a la directora.

—Padgett me ha dicho que deseaba verme, señora. —Después su mirada recayó sobre el periódico abierto sobre la mesa y aspiró aire con un largo silbido, mientras recorría la habitación con unos ojos que parecían los de un animal acorralado.

—Señora Robinson —dijo Peter con tranquilidad—, podemos comprender cómo llegó a sentirse agraviada, quizá justificadamente, por la persona responsable de la trágica muerte de su esposo, pero ¿cómo pudo usted consentir que sus hijas la ayudaran a preparar esas terribles notas? ¿No comprendía que si ocurría algo podrían haberlas citado como testigos ante un tribunal?

—No, claro que no —replicó Annie con presteza—. Ellas no sabían nada. Solo me ayudaban a recortar las letras. ¿Cree usted que dejaría que sufrieran? ¡Dios mío! No pueden hacer eso... no pueden... ¡Qué brutos son ustedes! Antes me mataría.

—Annie, ¿hemos de entender que admite ser la responsable de todos estos abominables incidentes? —dijo la doctora Baring—. La he llamado para que limpie su nombre de ciertas sospechas que...

—¡Que limpie mi nombre! Ni falta que me hace, hipócritas engreídos... Atrévanse a llevarme ante un tribunal, que me voy a reír en su cara. ¿Qué harían mientras le cuento al juez que esa mujer mató a mi marido?

—La noticia me ha impresionado terriblemente —dijo la señorita De Vine—. No sabía nada hasta hace un momento, pero no tuve elección. No pude prever las consecuencias, y aunque hubiera podido...

—No le habría importado. Usted lo mató y no le importó. Usted lo asesinó. ¿Qué le había hecho él? ¿Qué daño le había hecho a nadie? Lo único que quería era vivir y ser feliz. Usted le quitó el pan de la boca y nos dejó en la miseria a mis hijas y a mí. ¿Qué podía importarle a usted? Usted no tenía hijos. Usted no tenía un hombre al que cuidar. Lo sé todo de usted. Tuvo un hombre en una ocasión y lo dejó plantado porque era demasiada molestia cuidar de él, pero ¿no podía haber dejado a mi hombre en paz? Dijo una mentira sobre alguien que llevaba muerto y enterrado cientos de años, y eso no le afectaba a nadie. ¿Era más importante un trozo de papel sucio que nuestras vidas y nuestra felicidad? Usted lo destrozó y lo mató... para nada. ¿Usted cree que ese es trabajo para una mujer?

—Desgraciadamente, era mi trabajo —contestó la señorita De Vine.

—¿Y por qué tiene que meterse en un trabajo así? El trabajo de una mujer consiste en cuidar de su marido y sus hijos. Ojalá la hubiera matado yo a usted. Ojalá pudiera matarlas a todas. Ojalá pudiera reducir a cenizas este sitio y todos los sitios como este… donde enseñan a las mujeres a quitarles el trabajo a los hombres, a robarles y a matarlos.

Se volvió hacia la rectora.

—¿No saben lo que hacen? Las he oído quejarse del desempleo… pero son ustedes, son las mujeres como ustedes las que les quitan el trabajo a los hombres y les destrozan el corazón y la vida. No me extraña que no puedan tener un hombre a su lado y que detesten a las mujeres que sí pueden. Que Dios libre a los hombres de caer en sus manos, eso es lo que yo digo. Serían capaces de matar a sus maridos, si es que los tuvieran, por un libro viejo o un trozo de papel… Yo quería a mi marido, y ustedes lo destrozaron. Aunque hubiera sido un ladrón o un asesino, yo habría seguido queriéndolo y lo habría defendido. Él no quería robar ese viejo papel… solo lo guardó. No suponía nada para nadie. No habría ayudado a ningún hombre, mujer o niño en el mundo… no le habría servido de nada ni a un gato, pero ustedes lo mataron por eso.

Peter se había levantado y estaba detrás de la señorita De Vine, con la mano en su muñeca. Ella movió la cabeza. Inflexible, implacable, pensó Harriet; eso no le alteraría el pulso lo más mínimo. El resto del claustro parecía simplemente atónito.

—¡No, claro! —exclamó Annie, reflejando los pensamientos de Harriet—. Ella no siente nada. Ninguna siente nada. Son todas iguales… unas sinvergüenzas. Lo único que les importa es su pellejo y su asquerosa reputación. Las he asustado a todas, ¿eh? ¡Dios! ¡Lo que me he reído al ver cómo se miraban! Ni siquiera se fiaban las unas de las otras. No son capaces de ponerse de acuerdo en nada, salvo en odiar a las mujeres decentes y a sus hombres. Ojalá les hubiera cortado el cuello a todas, pero les habría hecho un favor. Lo que querría es verlas muertas de hambre, como nosotros. Querría verlas a todas arrastradas por el barro. Las querría ver... que se burlaran de ustedes, que las degradaran, como hicieron con nosotros. Les vendría bien aprender a fregar suelos para ganarse la vida, como he hecho yo, y a usar las manos para algo, y a llamar «señora» a un hatajo de guarras... Pero por lo menos les metí el miedo en el cuerpo. Ni siquiera han sido capaces de averiguar quién hacía todo eso... para eso les sirven sus maravillosas cabezas. En sus libros no hay nada sobre la vida, el matrimonio y los hijos, ¿verdad?, nada sobre las personas desesperadas, el amor, el odio, nada que sea humano. Son todas unas ignorantes, unas estúpidas y unas inútiles. Son una pandilla de imbéciles, incapaces de hacer nada solas. Incluso ustedes, viejas brujas, han tenido que buscar a un hombre para que les hiciera el trabajo.

»Usted lo trajo aquí. —Se inclinó sobre Harriet con ojos furibundos, como si hubiera querido abalanzarse sobre ella y despedazarla—. Y usted es la más hipócrita y asquerosa de todas. Sé quién es usted. Tuvo un amante una vez, y murió. Lo mandó a paseo porque era usted demasiado orgullosa para casarse con él. Usted era su querida y le chupó la sangre, y no lo valoraba lo suficiente como para dejar que hiciera de usted una mujer honrada. Se murió porque usted no lo cuidó. Supongo que usted diría que lo quería, pero no sabe qué significa el amor. Significa estar con tu hombre a las duras y a las maduras y pasar penalidades, pero usted usa a los hombres y los tira cuando ha acabado con ellos. Acuden a usted como moscas a la miel, y se caen y mueren. ¿Qué piensa hacer con ese de ahí? Lo busca cuando lo necesita para que le haga el trabajo sucio, y cuando haya acabado con él lo echará a patadas, porque no quiere cocinarle ni arreglarle la ropa ni darle hijos como una mujer decente. Va a usarlo, como una herramienta más, para machacarme a mí. Le gustaría verme en prisión y a mis hijas en un asilo, porque no tiene agallas para hacer el trabajo que le corresponde en el mundo. Todas ustedes juntas no tienen lo que hay que tener para que un hombre se fije en ustedes. Y usted...

Peter había vuelto a su sitio y estaba sentado, con la cabeza entre las manos. Annie fue hasta allí y lo sacudió con furia por los hombros, y cuando Peter alzó la mirada, Annie le escupió en la cara.

—¡Usted, cerdo traidor! ¡Rata asquerosa! Son los hombres como usted los que hacen así a las mujeres. Lo único que sabe hacer es hablar. ¿Qué sabrá usted de la vida, con su título, su dinero, su ropa y sus coches? Jamás ha hecho un trabajo honrado. Puede comprar a todas las mujeres que quiera. Si por usted fuera, las esposas y madres podrían morirse de asco, mientras usted habla sobre el deber y el honor. Nadie se sacrificaría por usted... ¿por qué iban a hacerlo? Esa mujer lo está dejando en ridículo y usted ni se da cuenta. Si se casa con usted por su dinero, quedará todavía más en ridículo, y merecido se lo tiene. Para lo único que sirve es para tener las manos bien blancas y para engendrar los hijos de otros hombres... ¿Qué piensan hacer todas ustedes? ¿Salir corriendo a llorarle al magistrado porque las he dejado en ridículo a todas? No se atreven. Tienen miedo de dar la cara. Tienen miedo por su querido college y por ustedes, pero yo no tengo miedo. Lo único que he hecho es defender la carne de mi carne y la sangre de mi sangre. ¡Imbéciles! ¡Puedo reírme de todas ustedes! No se atreverán a ponerme la mano encima. Yo tenía marido y lo quería... y ustedes tenían celos de mí y lo mataron. ¡Dios mío! Lo mataron entre todos, y no volvimos a tener un solo momento de felicidad.

De repente estalló en llanto, entre grotesca y digna de lástima, con la cofia descolocada y retorciendo el delantal con las manos.

—¡Por Dios bendito! —murmuró desesperadamente la decana—. ¿No podemos hacer algo?

La señorita Barton se levantó.

—Vamos, Annie —dijo con decisión—. Lo sentimos mucho por usted, pero no puede actuar como una histérica. ¿Qué pensarían las niñas si la vieran? Lo mejor será que se acueste y se tome una aspirina. Administradora, ¿podría ayudarme a llevármela, por favor?

Como electrizada, la señorita Stevens se levantó, cogió a Annie por el otro brazo y salieron las tres juntas. La rectora se volvió hacia Peter, que estaba de pie enjugándose mecánicamente la cara con el pañuelo, sin mirar a nadie.

—Le pido disculpas por haber permitido esta escena. Debería haberlo comprendido. Tenía usted toda la razón.

—¡Por supuesto que tenía razón! —exclamó Harriet. La cabeza estaba a punto de estallarle, como una máquina de vapor—. Siempre tiene razón. Dijo que era peligroso preocuparse por nadie. Dijo que el amor es una bestia demoníaca. Tú eres honrado, ¿verdad, Peter? Redomadamente honrado... ¡Dios! Déjenme salir. Voy a vomitar.

Tropezó contra Peter, que le abrió la puerta y tuvo que llevarla con mano firme hasta la puerta del lavabo. Cuando volvió, la rectora se había puesto de pie, y con ella las profesoras. Parecían aturdidas por la impresión de ver tantos sentimientos al desnudo en público.

—Por supuesto, señorita De Vine —estaba diciendo la rectora—, a nadie en su sano juicio se le ocurriría culparla a usted.

—Gracias, rectora —repuso la señorita De Vine—. A nadie, salvo quizá a mí.

—Lord Peter —dijo la rectora un poco más tarde, cuando todas se habían calmado un poco—, creo que a todas nos gustaría decirle…

—No, por favor —replicó él—. No tiene ninguna importancia.

La rectora salió y las demás la siguieron, como plañideras en un funeral, y solo quedó la señorita De Vine, sentada bajo la ventana. Peter cerró la puerta y se acercó a ella, pasándose el pañuelo por la boca. Al darse cuenta, lo tiró a la papelera.

—Yo sí me echo la culpa —dijo la señorita De Vine, dirigiéndose no tanto a Peter como a sí misma—. Con amargura. No por mi forma de actuar, que era inevitable, sino por las consecuencias. Nada de lo que pueda decirme me hará sentirme más responsable de lo que ya me siento.

—No tengo nada que decirle —replicó Peter—. Al igual que usted y la totalidad del claustro, admito que los principios y las consecuencias van unidos.

—Eso no sirve de nada —dijo la profesora sin rodeos—. Habría que pensar en las demás personas. La señorita Lydgate habría hecho lo mismo que yo, pero se habría molestado en averiguar qué había sido de ese desdichado y de su esposa.

—La señorita Lydgate es una gran persona, una persona excepcional, pero no podría evitar que otras personas sufrieran por sus principios. En cierto modo, parece que para eso están los principios… Yo no pretendo ser cristiano ni nada parecido —añadió con su inseguridad de costumbre—, pero hay algo en la Biblia que a mí me parece una simple exposición de la brutalidad de los hechos, quiero decir, lo de no traer la paz sino una espada.

La señorita De Vine lo miró con curiosidad.

—¿Cuánto va a sufrir usted por esto?

—Sabe Dios. Es problema mío. Quizá nada, pero de todos modos, estoy con usted… siempre.

Cuando Harriet salió del lavabo, encontró a la señorita De Vine sola.

—Gracias a Dios, se han ido —dijo—. Lamento haber dado un espectáculo. Ha sido… tremendo, ¿no? ¿Dónde está Peter?

—Se ha marchado —respondió la señorita De Vine. Vaciló unos momentos, y añadió—: Señorita Vane, no tengo ningún deseo de meterme en sus asuntos como una impertinente, y páreme los pies si me excedo, pero hemos hablado mucho de que hay que enfrentarse a los hechos. ¿No va siendo hora de que usted se enfrente a los hechos con respecto a ese hombre?

—Llevo bastante tiempo enfrentándome a un hecho —respondió Harriet, contemplando el patio sin verlo—, y es que si cedo una sola vez ante Peter, me desharé.

—Eso es casi evidente —replicó la señorita De Vine secamente—. ¿Cuántas veces ha utilizado esa arma contra usted?

—Nunca —contestó Harriet, recordando los momentos en que Peter podría haberlo hecho—. Jamás.

—Entonces, ¿de qué tiene miedo? ¿De sí misma?

—¿No ha sido esta tarde suficiente advertencia?

—Quizá. Ha tenido usted la suerte de dar con un hombre muy generoso y muy honrado. Ha hecho lo que usted le pidió sin importarle lo que iba a costarle y sin rehuir la cuestión. No ha intentado ocultar los hechos ni influir en su opinión. Al menos reconocerá eso.

—Supongo que se daría cuenta de cómo me habría sentido.

—¿Que se dio cuenta? —dijo la señorita De Vine con cierta irritación—. Mi querida amiga, reconozca que ese hombre tiene una gran inteligencia. Es increíblemente sensible y mucho más inteligente de lo que le convendría, pero de verdad, creo que no puede usted seguir así. No va agotar su paciencia, ni a quebrantar su autocontrol ni su espíritu, pero sí puede quebrantar su salud. Parece una persona al límite de su resistencia.

—Ha estado de acá para allá, trabajando mucho —replicó Harriet a la defensiva—. No resultaría agradable vivir conmigo. Tengo muy mal carácter.

—Bueno, si él quiere correr ese riesgo... Valor no parece que le falte.

—Solo conseguiría amargarle la vida.

—Muy bien. Si ha llegado a la conclusión de que usted no le llega ni a la suela de los zapatos, dígaselo y despáchelo.

—Llevo cinco años intentando despachar a Peter, pero con él no funciona.

—Si lo hubiera intentado en serio, podría haberlo despachado en cinco minutos... Perdone. Supongo que usted no lo habrá pasado muy bien, pero él tampoco puede haberlo pasado muy bien... viéndolo todo y sin poder intervenir.

—Sí. Casi preferiría que hubiera intervenido, en lugar de ser tan terriblemente inteligente. Sería un alivio que me trataran sin ninguna consideración, para variar.

—Él jamás haría una cosa así. Ese es su punto flaco. Jamás decidirá por usted. Usted tendrá que tomar sus propias decisiones. No tiene que temer perder su independencia; él siempre la obligaría a recuperarla. Si alguna vez encuentra algún reposo con él, será el reposo de un equilibrio muy delicado.

—Es lo mismo que dice él. Si estuviera en mi lugar, ¿a usted le gustaría casarse con un hombre así?

—Francamente, no —respondió la señorita De Vine—. Bajo ninguna circunstancia. El matrimonio entre dos inteligencias independientes e igualmente susceptibles me parece una insensatez demencial. Podrían hacerse un daño terrible el uno al otro.

—Lo sé, y no creo que yo soportara que me hicieran más daño.

—Entonces, le aconsejo que deje de hacer daño a los demás. Enfréntese a los hechos y exprese sus conclusiones. Ponga su mente académica a trabajar y acabe con el problema de una vez por todas.

—Creo que tiene usted razón —reconoció Harriet—. Lo haré. Y eso me recuerda que esta mañana he visto escrito PARA IMPRENTA en *Historia de la prosodia*, de la señorita Lydgate, de su puño y letra. Salí corriendo con el manuscrito y cogí por banda a una alumna para que lo llevara a la imprenta. Estoy casi segura de haber oído una débil voz que decía algo desde una ventana, algo sobre una nota en la página 97… pero hice como si no la oyera.

—¡Gracias a Dios! ¡Al menos ese trabajo académico ha dado al fin sus frutos! —dijo la señorita De Vine, riendo.

23

El último refugio, y el remedio más seguro, que debe aplicarse en caso extremo, cuando ningún otro recurso surta efecto, consiste en dejar que se vayan juntos para que disfruten el uno del otro: *potissima cura est ut heros amasia sua potiatur*, dijo Guianerio... El propio Esculapio no puede inventar mejor remedio para esta dolencia, *quam ut amanti cedat amatum...* que el amante satisfaga su deseo.

ROBERT BURTON

Por la mañana no hubo noticias de Peter. La rectora comunicó breve y discretamente al college que se había encontrado a la delincuente y que se había solucionado el problema. Recuperado de la impresión, todo el claustro se dedicaba tranquilamente a las actividades del trimestre. Habían vuelto a la normalidad. Siempre habían sido normales. Una vez desaparecido el espejo deformante de los recelos, eran seres humanos amables e inteligentes, que quizá no vieran más allá de sus intereses, como cualquier hombre corriente en su trabajo o cualquier mujer corriente en sus tareas domésticas, pero tan comprensibles y agradables como el pan de cada día.

Tras haberse quitado de encima las pruebas de la señorita Lydgate, y sintiéndose incapaz de enfrentarse con Wilfrid, Harriet recogió sus notas sobre Le Fanu y fue a la Cámara a trabajar un poco en serio.

Poco antes de mediodía, notó una mano en el hombro.

—Me han dicho que estabas aquí —dijo Peter—. ¿Tienes un momento? Podemos subir a la azotea.

Harriet dejó la pluma y lo siguió por la cámara circular con sus mesas llenas de lectores silenciosos.

—Tengo entendido que están tratando el problema médicamente —dijo Peter, empujando la puerta de vaivén que daba a la escalera de caracol.

—Ah, sí. Cuando la mente académica capta realmente una hipótesis, y a veces tarda un poco, funciona con meticulosidad y eficacia. No pasa nada por alto.

Subieron en silencio, y al fin salieron por la torrecilla a la galería de la Cámara. La lluvia del día anterior había dado paso a un sol radiante sobre una ciudad radiante. Pisando con cautela el suelo de listones para dirigirse al extremo suroeste del círculo, se sorprendieron un poco al toparse con la señorita Cattermole y el señor Pomfret, que estaban sentados juntos en un saliente de piedra y se levantaron ante su llegada, como pájaros asustados en un campanario.

—No se muevan —dijo Wimsey con gentileza—. Hay sitio para todos.

—No importa, señor —replicó el señor Pomfret—. Ya nos íbamos, de verdad. Tengo clase a las doce.

—¡Madre mía! —exclamó Harriet, observándolos mientras desaparecían por la torrecilla, pero a Peter ya no le interesaban ni el señor Pomfret ni sus asuntos. Estaba con los codos apoyados en el pretil, mirando Cat Street. Harriet se puso a su lado.

Al este, a tiro de piedra, se alzaban las torres gemelas de All Souls, fantásticas e irreales como un castillo de naipes, recortadas a la luz del sol, el óvalo empapado del patio de abajo brillante como una esmeralda engastada en un anillo. Detrás, negro y gris, New College, ceñudo, con alas negras revoloteando alrededor del campanario, y Queen's con su cúpula de cobre verde, y al dirigir la mirada hacia el sur, Magdalen, amarillo y esbelto, el alto lirio de torres; las facultades y la fachada almenada de la universidad; Merton, de pináculos cuadrados, semioculto tras el umbrío costado norte y la aguja rampante de Saint Mary. Y al oeste, Christ Church, enorme entre la aguja de la catedral y la torre Tom; Brasone al lado; Saint Aldate y Carfax detrás, agujas, torres y patios, todo Oxford brotando a sus pies con hojas vivas y piedra imperecedera, cercada a lo lejos por el baluarte de sus azules colinas.

Ciudad torreada, ramosa entre torres,
embelesada entre el eco del cuco y
el enjambre de campanas, preñada de rocas,
de ríos rodeada, allá abajo el lirio moteado.

—Harriet —dijo Peter—. Quiero que me perdones por estos últimos cinco años.

—Creo que debería ser al revés —replicó Harriet.

—Yo creo que no. Cuando recuerdo cómo nos conocimos…

—Peter, no pienses en esa época espantosa. Sentía asco de mí misma, estaba harta. No sabía lo que hacía.

—Y elegí ese momento, cuando debería haber pensado únicamente en ti, para abalanzarme sobre ti, para exigirte cosas, como un estúpido engreído… como si solo tuviera que pedir algo para que me lo dieran. Harriet, te pido que creas que, por mucho que metiera la pata, no era más que vanidad y una paciencia infantil por salirme con la mía.

Harriet movió la cabeza, sin saber qué decir.

—Te encontré cuando había perdido toda esperanza —añadió Peter, un poco más tranquilo—, cuando pensaba que ninguna mujer podía significar nada para mí aparte de un intercambio de placer. Y sentía tal terror a perderte antes de tenerte que te solté todos mis temores y mi codicia como si, Dios me perdone, tú no tuvieras nada mejor en lo que pensar que en mí y en mi soberbia. Como si fuera importante, como si la sola palabra «amor» fuera la peor de las insolencias que pudiera ofrecerte un hombre.

—No, Peter, eso no.

—Harriet… me demostraste lo que pensabas de mí cuando me dijiste que estabas dispuesta a vivir conmigo pero no a casarte.

—Por favor. Me avergüenzo de eso.

—No tanto como yo. Si supieras cómo he intentado olvidarlo… Me decía a mí mismo que solamente tenías miedo a las consecuencias sociales del matrimonio, me consolaba intentando convencerme de que eso demostraba que me querías un poco. Me reafirmé en ese engaño durante meses, hasta que tuve que admitir la humillante verdad que debería haber sabido desde el principio: que estabas harta de que te diera la lata, que te habrías echado en mis brazos como quien le echa un hueso a un perro para que deje de aullar.

—Peter, eso no es verdad. Era de mí de quien estaba harta. ¿Cómo iba a pagarte con moneda falsa por casarme?

—Al menos tuve la decencia de comprender que no podía aceptarlo como liquidación de una deuda, pero nunca me he atrevido a decirte lo que ese rechazo significó para mí, cuando al fin comprendí cómo era realmente… Harriet, no tengo mucho que decir en favor de la religión, ni siquiera de la moralidad, pero sí reconozco una especie de código de conducta. Sé que el peor de los pecados, o quizá el único pecado, que puede cometer la pasión es la tristeza. Debe acostarse con la risa o preparar su lecho en el infierno… no caben medias tintas… No me malinterpretes. La he comprado, con frecuencia… pero jamás ha sido una venta forzosa ni a costa de «formidable sacrificio». Por lo que más quieras, no pienses que me debes nada. Si no puedo conseguir lo auténtico, me conformo con la imitación, pero no acepto rendiciones ni crucifixiones… Si has llegado a tenerme cierto aprecio, dime que jamás volverías a hacerme esa oferta.

—Por nada del mundo. Ni ahora ni nunca. No es solo que haya encontrado unos valores por mí misma, sino que cuando te hice esa oferta, no significaba nada para mí… y ahora sí significaría algo.

—Si has encontrado tus propios valores, es con mucho lo mejor… Harriet, he tardado mucho en aprender la lección. He tenido que derribar, ladrillo a ladrillo, las barreras que había construido por mi estupidez y mi egoísmo. Si en todos estos años he logrado volver al punto en el que debería haber empezado, ¿me lo dirás y me darás permiso para comenzar de nuevo? En un par de ocasiones durante estos últimos días he tenido la sensación de que quizá pensabas que este nefasto intervalo podría borrarse y olvidarse.

—No, eso no, pero sí que podría alegrarme de recordarlo.

—Gracias. Es mucho más de lo que me esperaba y de lo que me merezco.

—Peter, no es justo que te deje hablar así. Soy yo quien tendría que disculparse. Si no te debo nada más, sí te debo mi dignidad, y te debo la vida…

—¡Ah! —replicó Peter, sonriendo—. Pero te la he devuelto

dejando que la arriesgaras. Esa ha sido la última patada a mi vanidad.

—Peter, he sido capaz de valorarlo. ¿No puedo sentirme agradecida por ello?

—No quiero agradecimiento…

—Pero ¿no lo aceptas, ahora que quiero ofrecértelo?

—Si es lo que sientes, yo no tengo ningún derecho a rechazarlo. Con eso quedamos en paz, Harriet. Tú ya me has dado mucho más de lo que te imaginas. Estás libre, para siempre, al menos con respecto a mí. Ayer tuviste ocasión de ver hasta dónde se puede llegar con las exigencias… aunque no tenía intención de que lo vieras de una forma tan brutal, pero si las circunstancias me obligaron a ser un poco más honrado de lo que tenía intención de ser, sin embargo tenía intención de ser honrado hasta cierto punto.

—Sí —dijo Harriet pensativamente—. No te imagino haciendo trampas para sostener una tesis.

—¿De qué serviría? ¿Qué habría sacado yo en limpio dejándote que imaginaras una mentira? Intenté ofrecerte la luna con toda la altanería del mundo, y descubrí que lo único que puedo darte es Oxford, que ya era tuya. ¡Mira! «Corre por ella y cuéntaselo a las torres.» «Se me ha concedido el humilde privilegio de limpiar y lustrar tu propiedad y aquí te la presento, en bandeja de plata. Entra en tu patrimonio», y como se dice en otro sitio, «que ningún asombro te amedrente».

—Pero querido Peter… —dijo Harriet. Volvió la espalda a la ciudad resplandeciente, apoyándose en el pretil y mirando a Peter—. ¡Caray!

—No te preocupes —dijo Peter—. No pasa nada. Por cierto, parece que la semana que viene me toca otra vez Roma, pero no me marcharé de Oxford hasta el lunes. El domingo hay un concierto del Balliol. ¿Quieres venir conmigo? Pasaremos otra nochecita de fiesta, y confortaremos nuestras almas con el concierto para dos violines de Bach. Si tienes paciencia conmigo hasta entonces. Al fin y al cabo, voy a largarme y a dejarte…

—Con Wilfrid y compañía —dijo Harriet, casi con rabia.

—¿Wilfrid? —repitió Peter, sin saber qué decir, perdido.

—Sí. Estoy reescribiendo a Wilfrid.

—Ah, por Dios, claro. Ese tipo de escrúpulos malsanos. ¿Qué tal le va?

—Creo que mejor. Ya es casi humano. Creo que debería dedicarte el libro. «A Peter, que hizo de Wilfrid lo que es»… o algo parecido. No te rías. Estoy trabajando de verdad en Wilfrid.

Por alguna razón, que Harriet le asegurase aquello con tanta vehemencia lo conmovió como ninguna otra cosa.

—Querida mía… si algo que yo he dicho… si has dejado que me acercase tanto a tu vida y tu trabajo… Bueno, creo que debería irme, no vaya a ser que haga alguna tontería… Tendré el honor de pasar a la posteridad en la vuelta de los pantalones de Wilfrid… ¿Vendrás el domingo? Voy a cenar con el director, pero tú y yo nos veremos al pie de la escalera… Hasta entonces.

Atravesó la galería y desapareció. Harriet se quedó contemplando el reino del intelecto, reluciente desde Merton hasta Bodley, desde Carfax hasta la torre de Magdalen, pero sus ojos estaban clavados en la delgada figura que cruzaba la plaza adoquinada, dirigiéndose hacia High Street con paso rápido, a la sombra de Saint Mary. «Todos los reinos de este mundo y toda su gloria.»

Profesores, estudiantes, invitados, todos apretados en los bancos de roble sin respaldo, los codos sobre las mesas alargadas, los ojos protegidos con la mano o vueltos con expresión inteligente hacia el estrado donde dos afamados violinistas entrelazaban la poderosa melodía del concierto en re menor. La sala estaba a rebosar; el hombro entogado de Harriet rozaba el de su compañero, y la media luna de la larga manga de este descansaba sobre su rodilla. Él estaba envuelto en la inmóvil austeridad con la que los auténticos músicos escuchan auténtica música. Harriet sabía lo suficiente de música para respetar aquella actitud distante; también sabía que el rostro arrobado del hombre enfrente de ella únicamente significaba que quería que lo tomaran por entendido en música, y que la señora de edad que llevaba el ritmo agitando los dedos era una perfecta cretina musical. Harriet sabía lo suficiente para escuchar un poco los sonidos en su cabeza y destrenzar laboriosamente las cadenas melódicas eslabón a eslabón. Estaba segura de que Peter oía el intrincado entramado en conjunto, cada parte por separado y simultáneamente, cada una independiente y equilibrada, cada una por separado pero inseparable de las demás, moviéndose por encima, por debajo, atravesando y cautivando corazón y cerebro.

Esperó hasta que hubo acabado el último movimiento y la sala abarrotada se relajó prorrumpiendo en aplausos.

—Peter, ¿qué querías decir con que cualquiera podía quedarse con la armonía si nos dejaban el contrapunto?

—Pues que la música que yo hago me gusta polifónica —respondió Peter, moviendo la cabeza—. Si crees que me refería a algo más, ya sabes a qué me refería.

—La música polifónica es muy difícil de tocar. Tienes que ser algo más que un violinista de poca monta. Tienes que ser músico.

—En este caso, dos violinistas, y los dos músicos.

—Yo no sé demasiado de música, Peter.

—Como decían en mi juventud: «Todas las chicas deberían aprender un poco de música, lo suficiente para tocar un sencillo acompañamiento». Reconozco que Bach no es asunto para un virtuoso autocrático y un acompañante sumiso, pero ¿tú quieres ser alguna de las dos cosas? Ese caballero va a cantar unas baladas. Pidamos silencio para el solista, pero a ver si termina pronto, para que podamos oír otra vez la vigorosa fuga.

Cantaron la coral final, y el público empezó a desalojar la sala. Harriet se dirigió a la salida de Broad Street, y Peter, detrás, a la del patio.

—Hace una noche preciosa, demasiado bonita para desperdiciarla. No te vayas todavía. Vamos al puente de Magdalen y le das recuerdos al río de Londres desde allí.

Recorrieron Broad Street en silencio, con el leve viento agitando sus togas.

—Este sitio tiene algo que transforma tus valores —dijo Peter al fin. Hizo una pausa y añadió con cierta brusquedad—: Te he dicho muchas cosas últimamente, pero te habrás dado cuenta de que desde que vinimos a Oxford no te he pedido que te cases conmigo.

—Sí —respondió Harriet, con los ojos clavados en la severa y delicada silueta del tejado de la Biblioteca Bodleiana, que apenas asomaba entre el Sheldonian y el Clarendon—. Me he dado cuenta.

—Es que tenía miedo —dijo Peter con sencillez—, porque sabía que no habría vuelta atrás con cualquier cosa que me dijeras aquí… pero voy a pedírtelo ahora, y si me dices que no, te prometo que esta vez aceptaré tu respuesta. Harriet, sabes que te quiero; ¿quieres casarte conmigo?

El semáforo parpadeó en Holeywell Corner: sí; no; espere. Cruzaron Cat Street y las sombras de New College los habían engullido antes de que Harriet pudiera hablar.

—Dime una cosa, Peter. Si te digo no, ¿te sentirás desesperadamente triste?

—¿Desesperadamente?… Querida mía, no voy a insultarte ni a ti ni a mí con semejante palabra. Lo único que puedo decirte es que si te casas conmigo me harás muy feliz.

Pasaron bajo el arco del puente y salieron de nuevo a la pálida luz.

—¡Peter!

Harriet se quedó inmóvil, y él se detuvo y se volvió hacia ella. Harriet le puso las manos en las solapas de la toga, mirándolo a la cara mientras buscaba la palabra que le permitiría superar el obstáculo final.

Fue Peter quien la encontró. Con un gesto de sumisión se descubrió y se quedó allí de pie, con expresión seria y el birrete colgando de la mano.

—*Placetne, magistra?*

—*Placet.*

Con fuertes pisadas y apartando la mirada, el supervisor pensó que Oxford estaba perdiendo el sentido de la dignidad. Pero ¿qué podía hacer? Si dos licenciados universitarios decidían abrazarse apasionadamente (¡y encima con las togas puestas!) en New College Lane justo debajo de las ventanas de la directora, él era incapaz de impedírselo. Se colocó con remilgo la banda blanca y prosiguió su camino, y ninguna mano le tiró de la manga de terciopelo.

El posfacio de esta edición de *Los secretos de Oxford* es una breve biografía de lord Peter Wimsey, actualizada (mayo de 1935) y entregada por su tío Paul Austin Delagardie.

Me ha pedido la señorita Sayers que rellene ciertas lagunas y corrija unos cuantos errores nimios que cometió al relatar la trayectoria vital de mi sobrino Peter, y voy a hacerlo con sumo gusto. Aparecer en letra impresa es la ambición de cualquiera, y al actuar como una especie de lacayo de la fama de mi sobrino, simplemente mostraré la modestia propia de mi avanzada edad.

La familia Wimsey es muy antigua —demasiado antigua, a decir verdad—. Lo único sensato que hizo el padre de Peter en toda su vida fue aunar su exhausto linaje con una estirpe anglofranca más vigorosa, la de los Delagardie. Aun así, mi sobrino Gerald (actual duque de Denver) no es sino un señor inglés con cabeza de chorlito, y mi sobrina Mary fue bastante frívola e insensata hasta que se casó con un policía y sentó la cabeza. Me alegro de poder decir que Peter ha salido a su madre y a mí. Cierto que es puro nervio y olfato, pero mejor eso que ser puro músculo sin cerebro como su padre y su hermano, o un amasijo de sentimientos como el hijo de Gerald, Saint-George. Al menos ha heredado la inteligencia de los Delagardie, a modo de garantía contra el lamentable temperamento de los Wimsey.

Peter nació en 1890. Su madre andaba muy preocupada en aquella época por la conducta de su marido (Denver siempre había sido muy cargante, si bien el gran escándalo no estalló hasta el año del Aniversario), y su angustia quizá afectara al muchacho. Era un renacuajo paliducho, muy inquieto y travieso, demasiado despierto para su edad. No tenía la saludable belleza física de Gerald, pero desarrolló lo que podría llamarse un ingenio corporal: más habilidad que fuerza. Era rápido con la pelota y tenía una mano fantástica con los caballos. También tenía un valor de mil demonios, esa clase de valor inteligente que ve el riesgo antes de correrlo. Sufría terribles pesadillas de pequeño. Para consternación de su padre, creció con la pasión por los libros y la música.

Sus primeros años de colegio no fueron felices. Era un niño maniático, y supongo que es natural que sus compañeros de colegio lo llamaran Tirillas y lo trataran como una especie de número cómico. Y, por pura autoprotección, podría haber aceptado esa situación y haber degenerado en un simple bufón con el beneplácito de todos, si un profesor de deportes de Eton no hubiera descubierto que era un jugador de críquet nato, extraordinario. Naturalmente, todas sus extravagancias se consideraban ingeniosas, y Gerald fue sometido a la saludable prueba de ver que su despreciado hermano menor se convertía en un personaje más importante que él. Antes de llegar a sexto curso, Peter marcaba tendencia: deportista, estudiante, *arbiter elegantiarum, nec pluribus impar.* El críquet tuvo mucho que ver en ello —muchos de quienes estudiaron en Eton recordarán al Gran Tiri y su gran partido contra Harrow—, pero he de atribuirme el mérito de haberlo llevado a un buen sastre, haberle enseñado a desenvolverse por la ciudad y a distinguir el buen vino. Denver se preocupaba bien poco por él; bastante tenía con sus muchos enredos, además de dedicarse a Gerald, que por aquella época hacía méritos para convertirse en un imbécil de marca mayor en Oxford. La verdad es que Peter nunca se llevó bien con su padre; criticaba implacablemente las fechorías paternas, y la compasión que sentía por su madre ejerció un efecto destructivo sobre su sentido del humor.

Huelga decir que Denver era el último que habría soportado ver reflejados sus propios defectos en sus retoños, le costó mucho dinero sacar a Gerald del asunto de Oxford y estaba deseando dejar a su otro hijo a mi cuidado. Y así, cuando contaba diecisiete años de edad, Peter se vino conmigo por decisión propia. Era maduro para su edad y muy razonable, y yo lo traté como a un hombre de mundo. Lo dejé a cargo de alguien de confianza en París, recomendándole que mantuviera sus asuntos sobre una sólida base comercial y procurase ponerles término con buena voluntad por ambas partes y generosidad por la suya. Mi confianza en él quedó plenamente justificada. Creo que ninguna mujer ha tenido jamás motivo de queja del trato de Peter, y al menos dos de sus antiguas amantes se han casado con miembros de la realeza (una realeza un tanto oscura, he de reconocer, pero realeza al fin y al cabo). Y en esto también insisto en atribuirme el mérito que me corresponde; por bueno que sea el material con el que se tiene que trabajar, no se puede dejar al azar la educación en sociedad de un joven.

El Peter de aquella época era realmente encantador, muy franco, modesto y educado, ingenioso y alegre. En 1909 se fue con una beca a estudiar historia a Balliol, y he de confesar que allí se puso insoportable. Tenía el mundo a sus pies, y empezó a darse aires. Se volvió muy afectado, con ademanes excesivamente oxfordianos, y le dio por llevar monóculo y manifestar sus opiniones de manera demasiado abierta, dentro y fuera de la asociación de estudiantes, aunque en justicia he de decir que jamás nos miró por encima del hombro ni a su madre ni a mí. Estaba en el segundo curso cuando Denver se rompió la crisma cazando y Gerald heredó el título. Gerald demostró en la administración de la finca más sentido común y responsabilidad de lo que me esperaba; su peor error fue casarse con su prima Helen, una mojigata escuálida, consentida, una esnob de pies a cabeza. Peter y ella se odiaban cordialmente, pero él siempre podía refugiarse con su madre en Dower House.

Y entonces, durante el último año en Oxford, Peter se enamoró de una niña de diecisiete años y se olvidó enseguida de todo lo que le habían enseñado. Trataba a esa chica como si fuera de muselina, y a mí como a un viejo monstruo insensible y depravado que lo había incapacitado para acercarse a su delicada pureza. No negaré que formaban una pareja exquisita, todo blanco y oro, un príncipe y una princesa de claro de luz de luna, aunque habrían dado mejor la talla de lunáticos. Nadie se molestó en preguntarse, salvo su madre y yo, qué haría Peter al cabo de veinte años con una esposa sin cerebro ni personalidad, y él, por supuesto, estaba perdidamente enamorado. Por fortuna, los padres de Barbara llegaron a la conclusión de que era demasiado joven para casarse, así que Peter terminó los estudios con el temple de un sir Eglamore que vence a su primer dragón, puso el título a los pies de su dama como si fuera la cabeza del dragón y se sometió virtuosamente a un período de prueba.

Entonces estalló la guerra. Naturalmente, el muy tonto estaba loco por casarse antes de ir al frente, pero sus escrúpulos y su honradez lo derritieron como cera en manos de otras personas. Le hicieron comprender que si volvía mutilado sería una injusticia para la chica. Él no había caído en la cuenta, pero entonces le acometió una especie de frenesí de autocastigo para deshacer el compromiso y dejar libre a la chica. Yo no tuve nada que ver; me alegré de las consecuencias, pero no soportaba los medios.

Le fue muy bien en Francia; era un buen oficial y los soldados le tenían cariño. Y después, ¿qué creen que ocurrió? Al volver de permiso en 1916, con el grado de capitán, resultó que la chica se había casado con un calavera recalcitrante, el comandante Nosecuántos, a quien había estado atendiendo en el hospital, y cuyo lema con las mujeres era «a por ellas rápido y luego a tratarlas mal». Fue terrible, porque la chica no había tenido valor para contárselo a Peter. Se casaron deprisa y corriendo cuando se enteraron de que Peter volvía, y al desembarcar lo único que recibió fue una carta que anunciaba el hecho consumado y le recordaba que había sido él quien la había liberado de su compromiso.

En honor de Peter, he de decir que vino inmediatamente a verme y reconoció que había sido un imbécil. «De acuerdo. Ya has aprendido la lección —dije yo—. No vayas a hacer el imbécil en el otro sentido.» Así que volvió a su trabajo, estoy seguro de que con la intención de lograr que lo mataran, pero lo único que consiguió fue que lo ascendieran a comandante y una condecoración por una temeraria acción de espionaje tras las líneas alemanas. En 1918 lo hirieron y lo encerraron en un agujero cerca de Caudry, lo que le produjo una grave crisis nerviosa que se prolongó, de manera intermitente, durante dos años. Después se instaló en un piso de Piccadilly, con Bunter (que había sido sargento a sus órdenes y estaba y sigue estando a su servicio), y empezó a recuperarse.

No tengo inconveniente en reconocer que yo estaba preparado para casi cualquier cosa. Peter había perdido su encantadora franqueza, no confiaba en nadie, ni siquiera en su madre ni en mí, había adoptado una actitud de impenetrable frivolidad y una pose de diletante y, en definitiva, de auténtico payaso. Como tenía dinero, podía hacer lo que le viniera en gana, y yo disfrutaba burlonamente al observar los esfuerzos femeninos del Londres de la posguerra para atraerlo. «No puede ser bueno para el pobre Peter vivir como un ermitaño», me comentó con preocupación una distinguida dama bienintencionada. «Señora, si viviera así, no lo sería», repliqué yo. No; no me causaba inquietud en ese sentido, pero no podía sino considerar peligroso que un hombre con tantas aptitudes no tuviera un trabajo con el que distraerse, y así se lo hice saber.

En 1921 aconteció el robo de las esmeraldas de Attenbury. El asunto no llegó a la prensa, pero se formó un gran revuelo, incluso en aquella época de enormes revuelos. El juicio contra el ladrón fue una sucesión de escándalos, el más terrible de los cuales se produjo cuando lord Peter Wimsey se presentó como principal testigo de la acusación.

Eso le dio una verdadera mala fama. No creo que la investigación le hubiera supuesto grandes dificultades a un agente secreto experimentado, pero un «sabueso de la aristocracia» era una auténtica novedad. Denver se puso furioso; personalmente, no me importaba qué hiciera Peter, siempre y cuando hiciera algo. Me parecía que estaba más contento desde que trabajaba, y me agradaba el hombre de Scotland Yard que había conocido en el transcurso de la investigación. Charles Parker es un tipo tranquilo, sensato y distinguido, y buen amigo y cuñado de Peter. Posee la valiosa cualidad de apreciar a las personas sin pretender cambiarlas.

El único problema con el nuevo pasatiempo de Peter consistía en que tenía que ser algo más que un pasatiempo si había de ser un pasatiempo propio de un caballero. No se puede ahorcar asesinos por puro entretenimiento. Su intelecto lo impulsaba hacia un lado, sus nervios hacia otro, y lo que yo me temía es que acabaran por empujarlo al abismo. Al final de cada caso, otra vez a vueltas con las antiguas pesadillas y la neurosis de guerra. Y de pronto, a Denver —precisamente a Denver, el mayor de los imbéciles, cuando más diatribas lanzaba contra las degradantes actividades policiales de Peter— se le ocurre caer bajo la acusación de asesinato y se enfrenta a un juicio en la Cámara de los Lores, en medio de un auténtico despliegue de fuegos de artificio publicitarios al lado de los cuales las actividades de Peter parecían petardos mojados.

Peter sacó a su hermano de aquel embrollo y vi con alivio que seguía siendo lo bastante humano para emborracharse a su salud. Ahora reconoce que ese «pasatiempo» es su legítimo trabajo como aportación a la sociedad, y ha llegado a interesarse tanto por los asuntos públicos que de vez en cuando acepta pequeños encargos de carácter diplomático bajo la dirección del Ministerio de Asuntos Exteriores. Últimamente parece más dispuesto a mostrar sus sentimientos y un poco menos asustado de tener alguno que mostrar.

Por lo último que le dio fue por enamorarse de esa chica a la que libró de la acusación de haber envenenado a su amante. La chica se negó a casarse con él, como habría hecho cualquier mujer con personalidad. El agradecimiento y el humillante complejo de inferioridad no son fundamentos para un matrimonio; era una situación absurda desde el principio. En esta ocasión Peter demostró un poco de sentido común y siguió mi consejo. «Hijo mío —le dije—, lo que no era bueno para ti hace veinte años ahora sí lo es. No es a las criaturas jóvenes e inocentes a las que hay que tratar con delicadeza, sino a las que han sido heridas y tienen miedo. Empieza otra vez desde el principio… pero te aseguro que necesitarás toda la autodisciplina que hayas adquirido hasta ahora.»

Y la verdad es que lo ha intentado. Creo que no he visto a nadie con tanta paciencia. La chica es lista, es honrada y tiene personalidad, pero él tiene que enseñarle a recibir, que es mucho más difícil que aprender a dar. Creo que acabarán por encontrarse, si pueden evitar que las pasiones se adelanten a la voluntad. Sé que Peter comprende que en este caso no puede haber otro consentimiento que el libre consentimiento.

Peter tiene cuarenta y cinco años, y ya va siendo hora de que siente la cabeza. Como ven, yo he sido una de las influencias más importantes en su formación, y creo que, en líneas generales, puedo sentirme orgulloso. Es un Delagardie, con muy poco de los Wimsey, salvo (tengo que ser justo) ese hondo sentido de responsabilidad social que impide que la aristocracia terrateniente de Inglaterra sea un erial absoluto, desde el punto de vista espiritual. Tanto si sigue en su papel de detective como si no, Peter es un auténtico erudito y un auténtico caballero, y estoy deseando ver cómo se las apaña como marido y padre. Yo me estoy haciendo viejo, no tengo hijos (que yo sepa) y me gustaría ver feliz a Peter, pero como dice su madre: «Peter siempre lo ha tenido todo excepto aquellas cosas que realmente quería», y supongo que es más afortunado que la mayoría de la gente.

PAUL AUSTIN DELAGARDIE